ullstein

Das Buch

Zusammen mit ihrem Mann und ihren drei Kindern verbringt Lara den Sommer in einem kleinen Dorf an der amerikanischen Ostküste. Die Familienidylle hat allerdings einen Riss: Laras Ehe steckt in der Krise. Sie hofft, dass die gemeinsame Zeit fernab des Alltags hilft, sie und ihren Mann einander wieder näherzubringen. Das fällt jedoch schwer in dem großen alten Haus im Bundesstaat New York, in dem schreckliche Dinge passiert sind. Das sagen zumindest die Dorfbewohner. Und auch Lara kommen langsam Zweifel, ob in dem kleinen Ort alles mit rechten Dingen zugeht: Immer wieder verschwinden Gegenstände aus dem Haus, und sie hat das Gefühl, ständig von jemandem beobachtet zu werden. Als dann auch noch ihr kleiner Sohn Jack beinahe von einem Auto überfahren wird, ist sie sich sicher, dass jemand hinter ihr her ist. Viel schlimmer noch: dass jemand nicht nur sie, sondern auch ihre Kinder bedroht. Lara versucht herauszufinden, wer hinter den Angriffen auf ihre Privatsphäre steckt, und ahnt nicht, dass sie damit einen tödlichen Fehler begeht.

Die Autorin

Nach ihrem Studium der Theaterwissenschaften arbeitete Julia Crouch zehn Jahre lang als Bühnenschriftstellerin und Regisseurin. Sie hat bereits drei Kinderbücher und mehrere Bände mit Kurzgeschichten publiziert. Sie lebt mit ihrem Mann und ihren drei Kindern in Brighton.

Von Julia Crouch ist in unserem Hause bereits erschienen:
Angsthauch

Julia Crouch

HAUTNAH

Aus dem Englischen von
Sybille Uplegger

Ullstein

Besuchen Sie uns im Internet:
www.ullstein-taschenbuch.de

MIX
Papier aus verantwortungsvollen Quellen
FSC® C014496

Deutsche Erstausgabe im Ullstein Taschenbuch
1. Auflage Oktober 2012

Titel der englischen Originalausgabe: *Every Vow You Break*
(Headline Publishing Group, London)
Umschlaggestaltung: Zero Werbeagentur, München
Titelabbildung: © plainpicture/Arcangel;
© FinePic®, München (Laubblätter)
Satz: LVD GmbH, Berlin
Gesetzt aus der Bembo
Papier: Pamo Super von Arctic Paper Mochenwangen GmbH
Druck und Bindearbeiten: GGP Media GmbH, Pößneck
Printed in Germany
ISBN 978-3-548-28333-3

Für meine Eltern, Jane und Roy Collins

Die Unbekannte

Sie liegt im Sand, anderthalb Meter unter der mit Büschen bewachsenen, vom Wind verworfenen Oberfläche. Ihre Augen, einst so scharf, so verlässlich, taugen jetzt nichts mehr. Sie starren ins Leere, voller winziger Steine und Sandkörner, die das Letzte gewesen wären, was sie gesehen hätten, wäre es nicht dunkel gewesen.

Von ihr ist so wenig geblieben, dass sie natürlich nichts davon mitbekommt, als der Bagger die letzte Schaufel groben Sands von ihrer Schädeldecke hebt und der Bauarbeiter laut »Stopp!« ruft.

Sie merkt nicht, wie kurz darauf ihre vertrockneten Gebeine geborgen, in einen Leichensack gelegt und an einen anderen, kälteren Ort gebracht werden. Und sie spürt auch das Schaben und Schneiden nicht, als jemand Proben entnimmt – Bestandteile von ihr, die dazu bestimmt sind, in den Laboren der Gerichtsmedizin aufgelöst und präpariert zu werden, damit mit ihrer Hilfe Identität, Zeitpunkt und Art des Todes festgestellt werden können.

Doch das Schild, das an ihrem Zeh hängt, und der Name der Akte, die auf Detective O'Hallorans Computer geöffnet ist, hätten sie erheitert. Sie ist immer gern inkognito unterwegs gewesen.

Detective O'Halloran ist hartnäckig. Er wird den Fall »Jane Doe« nicht ruhen lassen.

1

New York aus der Luft, fand Lara, sah aus wie der Londoner Stadtteil Croydon im Großformat. Als sie eine Schleife über Newark drehten, verstärkte der Ikea-Komplex am Stadtrand die Illusion noch. Erst am Boden, als sie in ihrem riesigen gemieteten Chevrolet die von Dunst verhangene New-Jersey-Schnellstraße entlangfuhren, offenbarte sich ihnen das klassischere Panorama der Stadt in Gestalt der Skyline von Manhattan. Der Anblick war so imposant, dass die gesamte Familie Wayland – der kleine Jack natürlich ausgenommen – spontan eine kurze Mundtrompeten-Version von *Rhapsody in Blue* anstimmte, eine Auswirkung ihrer Woody-Allen-Recherchen im Vorfeld der Reise.

Noch bevor sie das Asphaltgewirr der nordwärts führenden Straßen hinter sich gelassen hatten, musste Lara Marcus bitten, anzuhalten, weil ihr übel war. Außerdem hatte sie ziemlich starke Blutungen. Nachdem sie ihren Eiscreme-Snack erbrochen hatte, der ihnen kurz vor der Landung von Virgin Atlantic serviert worden war, saß sie in der Kabine der Tankstellentoilette und presste die Stirn gegen die stählerne Kühle des Papierspenders.

Zum tausendsten Mal fragte sie sich, was um alles in der Welt sie sich nur dabei gedacht hatte. Marcus hatte gemeint, sie sollten es als eine Art Fehlgeburt betrachten, und jede

Faser ihres Körpers wollte glauben, dass es tatsächlich so gewesen war.

Sie richtete den Blick nach unten, sah zu, wie ihr das, was hätte sein können, tröpfchenweise zwischen den Beinen herausrann, und betete um Vergebung – oder wenigstens darum, dass die Schmerzen aufhörten, die seit fünf Wochen still und leise in ihrem Innern wüteten. Wieder einmal machte sie sich heftige Vorwürfe, weil sie nicht auf ihre eigene Stimme gehört hatte. Weil sie so ein Feigling gewesen war und getan hatte, was Marcus wollte.

Irgendwann stand sie auf, wischte sich sauber und drückte die Spülung. Draußen spritzte sie sich kaltes Wasser ins Gesicht. Nachdem sie in den Spiegel geschaut und sich vergewissert hatte, dass sie immer noch ein Lächeln zustande brachte, machte sie sich auf den Weg zurück zu ihrer Familie. Der bevorstehende Sommer würde ein großes Abenteuer werden, und wenn er die heilsame Wirkung haben sollte, die sie sich von ihm erhoffte, musste sie sich wirklich langsam einen Ruck geben.

Sie überquerte den vor Hitze flimmernden Asphalt des Tankstellenparkplatzes und ließ sich auf den Beifahrersitz fallen, froh, dass Marcus während ihrer Abwesenheit Motor und Klimaanlage hatte laufen lassen.

»Alles in Ordnung?«, erkundigte er sich.

Sie wandte sich zu ihm und schenkte ihm das Lächeln, das sie im Spiegel geübt hatte.

Er legte den Gang ein, und sie machten sich auf die Fahrt nach Norden, hinaus aus der Stadt. Die USA waren für sie komplettes Neuland. Als sie kurz vor der Grenze zum Staat New York an eine Mautstelle kamen, musste Marcus erst nachfragen, welche Münze denn nun das geforderte Zehncentstück sei.

»Das ist 'n Scherz, oder?«, fragte die Wärterin gedehnt, eine schwitzende, giftig aussehende Frau, die wie durch eine chemische Reaktion mit ihrem Maut-Häuschen verschmolzen zu sein schien.

Die Straße erstreckte sich endlos vor ihnen, doch der lange, lange Tag neigte sich bereits dem Ende zu, und die vierzehnstündige Reise machte sich bei den Mitgliedern der Familie allmählich bemerkbar.

Lara drehte sich nach hinten und betrachtete ihre drei lebenden Kinder. Jack war natürlich sofort eingeschlafen, kaum dass er in seinem Kindersitz gesessen hatte. Er hatte seinen schweißfeuchten kleinen Kupferschopf an seinen ständigen Begleiter, den Teddybär Cyril, geschmiegt, und seine große Schwester Bella kuschelte sich schützend an ihn, als wäre sie seine Mutter.

In ihrer Tochter konnte Lara sich selbst erkennen, wie sie früher einmal gewesen war. Bella war vor kurzem sechzehn geworden, doch mit ihrem glatten dunklen Bob, jetzt strähnig von der Reise, hatte sie immer noch dasselbe puppenhafte Aussehen wie als Kind. Mit ihrer Zartheit stand sie in krassem Gegensatz zu ihrem Zwillingsbruder Olly, der groß, schlaksig und dunkeläugig war und schon etwas Wildes, Männliches an sich hatte. Er hing, gegen die Fensterscheibe gelehnt, schlaff in seinem Sitz. Vielleicht schlief auch er, unbeeindruckt von den dröhnenden Dubstep-Beats, die aus den Kopfhörern seines iPods drangen und die Lara sogar über die beachtliche Entfernung zwischen Vorder- und Rücksitzen hinweg hören konnte.

Eingerahmt von seinen zwei dunkelhaarigen Geschwistern, sah Jack aus wie ein kleiner rothaariger Engel, der ihnen zugeflogen war. Wäre er nicht das exakte Ebenbild seines Vaters gewesen, hätte man niemals vermutet, dass er aus demselben Genpool stammte wie Bella und Olly. Zwischen den Geschwistern lag ein Abstand von elf Jahren. Erst kürzlich hatte Marcus gescherzt, Jack sei der Fehler, den sie *nicht* ausgemerzt hätten: ihr *glücklicher* Betriebsunfall.

Lara drehte sich wieder nach vorn zur Straße und versuchte, Freude am Komfort des Wagens zu finden. Zwischen seinem makellos gepflegten Innenraum und ihrem zerbeulten, verdreckten Volvo daheim in England lagen ganze Welten. So fühlt es sich vielleicht an, wenn man Amerikaner ist, dachte sie. Oder zumindest arriviert. Der Wagen war riesig, ein Oberklassemodell – am Avis-Schalter in Newark hatte man sie mit einem kostenlosen Update überrascht. Das ursprünglich gebuchte Fahrzeug hatte bereits an der Obergrenze dessen gelegen, was Marcus auszugeben bereit gewesen war, und sie mussten weiß Gott auf jeden Penny achten. Trotzdem wäre es für alle fünf inklusive Koffern, Handgepäck, Jacks altem Buggy – den Lara für extreme Hitze oder lange Fußmärsche mitgenommen hatte – und Ollys Gitarre ziemlich eng geworden. Sie selbst hatte bei der Online-Reservierung für ein größeres Modell plädiert, doch Marcus war unnachgiebig geblieben, obwohl sie beide wussten, dass er, wenn man alles zwischen ihnen aufrechnete, einiges gutzumachen hatte. Nun war sie froh, dass eine unsichtbare Hand interveniert und ihr ihren Wunsch in Form dieses Schlachtschiffs erfüllt hatte.

Allerdings würde sie nicht den Fehler machen, sich daran zu gewöhnen. Marcus war nämlich fest entschlossen, den Mietwagen – ganz egal, welchen – nach einer Woche im nächstgelegenen Mietwagenbüro zurückzugeben. Das Gratis-Update änderte an seiner Haltung nicht das Geringste.

»Bestimmt wird sich früher oder später was ergeben. Irgendwie kommen wir schon an einen billigen fahrbaren Untersatz«, sagte er und legte seinen ganzen Schauspieler-Charme in sein Augenzwinkern.

Doch bis dahin würde Lara dieses perlgraue Ungetüm genießen: eine Illusion von Luxus, bezahlt mit Plastik.

Sie streckte die Beine im geräumigen Fußraum aus und bemühte sich, wach zu bleiben. Marcus fuhr vom Palisades Parkway ab und weiter in Richtung Norden, an einer Reihe gigantischer Werbetafeln vorbei, die auf Englisch und in einer Sprache, von der Lara annahm, dass es sich um Hebräisch handeln musste, das »Rundum-Ferienerlebnis in den Catskills« anpriesen. Dann waren sie plötzlich von dunklem Wald umgeben.

Nach einer weiteren Stunde wies Lara, die im Schein der Handschuhfachbeleuchtung James' Wegbeschreibung studierte, Marcus an, den Highway zu verlassen. Sie fuhren weiter, immer höher in die Berge, immer tiefer in die Nacht hinein. Nur selten kamen sie an schwach beleuchteten Siedlungen vorbei. Dann passierten sie stille, von Schindelholzhäusern gesäumte Straßen und überquerten menschenleere Kreuzungen mit geheimnisvollen orangefarbenen Blinklichtern, die, so kamen Lara und Marcus nach kurzer Unterredung überein, so viel wie »Achtung« bedeuten mussten.

Inzwischen waren alle drei Kinder eingeschlafen. Ollys leises Schnarchen und der bernsteinfarbene Schein vom Armaturenbrett weckten in Lara den Wunsch, sich zusammenzurollen und es ihnen gleichzutun. In ihren Ohren knackte es, so hoch waren sie inzwischen in den Bergen.

Marcus gähnte.

»Kannst du noch fahren?«, fragte Lara über die Kluft zwischen den zwei Vordersitzen hinweg.

»Ich werd's schon irgendwie hinkriegen«, antwortete er. »Such mir mal einen schönen amerikanischen Radiosender, vielleicht hält der mich wach.«

Lara beugte sich nach vorn, drückte diverse Knöpfe am großen Bedienfeld der Musikanlage und blieb schließlich bei einem evangelikalen christlichen Sender hängen. Belustigt hörten sie eine Zeitlang einem Prediger zu, der mit überschnappender Stimme seine Ansichten zur Nächstenliebe kundtat und darlegte, wie sich der Fluch der Sodomie ausmerzen ließe. Lara amüsierte sich prächtig, bis die Predigt sich dem Thema Abtreibung zuwandte, woraufhin sie zu einem Sender namens W-ZEETEE 101 wechselte. Der spielte hintereinander mehrere Country-Klassiker, unterbrochen von erfreulich wenig Country-Geschwätz. Marcus sang laut und falsch mit, und Lara überließ sich endlich dem Schlaf.

Ein seltsames Gefühl des Stillstands weckte sie aus Träumen von einer atemlosen Jagd durch Raum und Zeit. Sie schlug die Augen auf und stellte fest, dass sie sich zwischen hohen Bäumen befanden. Ihre mondbeschienenen Silhouetten wiegten sich im Himmel über ihnen. Marcus' Kopf war in beunruhigender Weise nach hinten abgeknickt, und er saß vollkommen regungslos in seinem Sitz. Eine Schrecksekunde lang spürte Lara das Adrenalin in ihren Wangen prickeln, doch dann stieß Marcus einen Seufzer aus, gefolgt von einem Schnarchen, das sich durchs Lederpolster direkt bis in ihre Nebenhöhlen bohrte. Er hatte bloß angehalten, um sich auszuruhen. Sie versuchte, ihren aufkeimenden Ärger zu ersticken, indem sie sich ins Bewusstsein rief, dass er immerhin nicht am Steuer eingeschlafen war und sie alle totgefahren hatte.

Sie drehte sich nach hinten um und warf einen Blick auf die Kinder. Sie sah jedes Einzelne der Reihe nach an, um sich zu vergewissern, dass sie alle noch atmeten. Schließlich befanden sie sich in einem Land, wo Serienmörder am Straßenrand lauerten, wo es Freddie Kruger gab und schauerliche Großstadtlegenden. Als sie sich davon überzeugt hatte, dass die drei quicklebendig waren, lehnte sie sich nach links und rüttelte Marcus, etwas unsanfter als nötig, wach.

»Wie weit ist es noch?«, wollte sie von ihm wissen.

Er rieb sich die Augen und warf instinktiv einen Blick in den Rückspiegel, um sich die roten Locken zu ordnen. »Tut mir leid, ich konnte die Augen nicht mehr offen halten …«, sagte er.

»Wie weit noch?«, wiederholte sie.

»So ungefähr fünfzig Meilen? Ich weiß nicht genau, ich –«

»Okay, dann fahre ich eben«, sagte Lara. Sie stieg aus, um zur Fahrerseite zu gehen, und warf dabei ihre Tür ein wenig zu laut hinter sich ins Schloss. Bella richtete sich blinzelnd auf, fragte, ob sie bald da wären, drehte sich dann aber gleich wieder zur Seite und machte die Augen wieder zu. Lara lenkte den Wagen zurück auf die dunkle, von Bäumen gesäumte Straße. Sie stellte fest, dass Marcus, der auf den Beifahrersitz hinübergewechselt hatte, sofort wieder eingeschlafen war.

Sie brauchte ein paar Minuten, um sich daran zu gewöhnen, dass alles seitenverkehrt war, aber dann machte ihr das Autofahren Spaß. Auf dem Fahrersitz des Chevy, der so hoch war wie der eines Lastwagens, überkam sie ein fast vergessenes Gefühl von Stärke und Freiheit.

Sie schaltete den Tempomat ein und fuhr die nördlichen Hänge der Catskill Mountains hinunter in Richtung Trout Island. Sechs Wochen würden sie hier verbringen. Sechs Wochen weit weg von allem. Klarheit und Entschlusskraft gehörten nicht zu Laras hervorstechendsten Charaktereigenschaften, doch als sie nun am Steuer dieses Wagens saß, wusste sie eins ganz genau: Nichts war unmöglich, und sie würde alles in ihrer Macht Stehende tun, um ihre Gefühle und ihre Familie wieder auf den richtigen Kurs zu bringen.

2

Wir sind da!«, rief Lara, als sie endlich in die Main Street von Trout Island, New York, einbogen.

Es waren lange fünfzig Meilen gewesen, seit sie das Steuer übernommen hatte, außerdem war sie aufgrund eines fehlenden Hinweisschildes einen riesigen Umweg um ein Regenrückhaltebecken herum gefahren. Die Wegbeschreibung, die James ihnen per Mail geschickt hatte, war an allen unproblematischen Stellen unnötig ausführlich und immer gerade dort vage, wo es wirklich darauf ankam. Dass Laras Gehirn davon ausging, es sei zwei Uhr morgens, obwohl es erst einundzwanzig Uhr Ortszeit war, hatte auch nicht gerade geholfen.

Die anderen regten sich allmählich. Bella weckte Jack, der prompt zu quengeln begann, weil er nicht wusste, wo er war. Sobald sie seinen Schnuller gefunden hatte, beruhigte er sich jedoch wieder.

»Kannst du mich zum Theater lotsen?«, bat Lara ihren Mann und warf ihm die Blätter mit der wenig hilfreichen Wegbeschreibung in den Schoß.

»Okay, okay, also. Hier steht …« Marcus holte aus der Jackentasche seine Lesebrille. »›Nach der Kurve geradeaus die Main Street runter, dann an der Kreuzung links. Ihr könnt uns gar nicht verfehlen.‹«

Wenige Minuten später bogen sie in eine ruhige, mondbeschienene Straße ein. Zu ihrer Rechten stand ein Gebäude, das so hoch war, dass es einem fast schon unwirklich vorkam. Eckige weiße Pfeiler – so hoch müssen Mammutbäume sein, dachte Lara – ragten von einer über dreißig Meter langen Veranda auf und stützten ein Satteldach mit Ziergiebel. Das Ganze sah aus wie ein Parthenon aus Sperrholz.

»Das muss dann wohl das Theater sein«, sagte Olly, der durch den Vorhang seiner ihm ins Gesicht hängenden Haare aus dem Wagenfenster spähte.

Lara stellte den Motor ab, und sie stiegen aus. Die klebrige Schwüle des Abends nach der eisigen Klimaanlagen-Luft im Wagen überraschte sie. Bis auf wenige parkende Autos wirkte die Straße wie ausgestorben, aber die Luft war erfüllt vom Zirpen der Grillen, das von einem elektrischen Summton verstärkt wurde. In der Ferne bellten Hunde. Ein schwerer, moschusartiger Geruch hing in der Nacht. Ein bisschen wie von einem Fuchs, dachte Lara, nur strenger. Wie die Innenseite eines neuen Gummihandschuhs.

»Und was jetzt?«, wollte Bella wissen. Sie hatte Jack aus seinem Kindersitz geholt, und er klammerte sich wie eine verschwitzte, schläfrige Napfschnecke an ihr Bein.

Wie als Antwort auf ihre Frage öffnete sich rumpelnd und klappernd die Tür des hohen Gebäudes, und ein großer Mann kam mit ausgebreiteten Armen die Verandastufen heruntergeeilt. Die Schöße seines weißen Baumwollhemds flatterten hinter ihm her wie eine weiße Fahne.

»Ihr habt es geschafft!«, rief er, als er über den Rasen gelaufen kam und Marcus in die Arme fiel.

»James!«, sagte Marcus und erwiderte die feste Umarmung. »Wie geht's dir, altes Haus?«

»Die Proben bringen mich schier um den Verstand, aber

bei deinem Anblick lebe ich gleich auf, mein Lieber«, erwiderte James und machte einen Schritt zurück, um sie alle zu betrachten. »Und hier ist die ganze kleine Familie! Wie wunderbar! Ein herzliches Willkommen euch allen.« Er reichte jedem der Reihe nach seine schwitzige Hand, dann drückte er Lara einen feuchten Kuss auf die Wange. »Lara, Schatz. Das ist ja Ewigkeiten her. Damals konnte er hier –«, er bückte sich, um Jack seine blendend weißen Zähne zu zeigen, »– gerade erst laufen. Na, sind wir denn nicht ein bisschen zu alt für einen Nuckel?« Er hob eine Braue und sah Jack in gespielter Strenge an. Dieser drückte sich noch fester ans Bein seiner Schwester. Er verstand nicht, dass der Tadel nur ein Scherz gewesen war.

»Tretet ein!« James richtete sich wieder auf, legte den Arm um Marcus und führte ihn die Stufen zum Eingang hinauf. »Ihr hattet eine gute Reise, nehme ich an? Ihr braucht einen Happen zu essen. Ein Bier.«

Der Rest der Familie wollte folgen, doch der kleine Jack, verstört durch so viel Überschwänglichkeit zu so später Stunde und die ungewohnte Umgebung, hielt Bella fest und rührte sich nicht vom Fleck.

»Na komm, Jacko«, sagte Lara und machte ihn von seiner Schwester los. Als sie ihn hochhob und ihn sich auf die Hüfte setzte, bemerkte sie das verräterische schmatzende Geräusch und den Geruch einer vollen Höschenwindel. Marcus warf ihr immer wieder vor, sie würde Jack wie ein Baby behandeln, aber die Blasenkontrolle im Schlaf bereitete ihrem Jüngsten noch Probleme, und außerdem hatte sie auf der langen Reise kein Risiko eingehen wollen.

»Gib mir mal Jacks Tasche«, bat sie Olly, der seufzend in den Wagen langte und im Fußraum vor Jacks Sitz herumwühlte. Er zog die blaue Reisetasche hervor und reichte sie mit einem Schwung an seine Mutter weiter.

Die zwei Männer waren weitergegangen. Sie hatten nichts von der Verzögerung bemerkt. Marcus redete lebhaft, während James aufmerksam lauschte.

So weit also alles wie immer, dachte Lara.

Als sie und die Kinder das hohe, holzgetäfelte Foyer betraten, hatte James bereits Getränke und einen Imbiss bereitgestellt.

»Willkommen, ihr alle«, sagte er erneut und reichte Bierflaschen herum. »Willkommen bei der Trout Island Theatre Company. Ich dachte, wir essen noch rasch ein paar Chips mit Dips, bevor ich euch eure neue Bleibe zeige. Haut rein, Waylands!«

James war um die fünfzig und auf eine überpflegte, wohlgenährte Art attraktiv. Er kleidete sich wie jemand, dem man vielleicht an einem Strand in Goa hätte begegnen können: thailändische Fischerhosen, offenes Baumwollhemd, Birkenstocks. Sein Anblick hatte etwas leicht Verstörendes an sich, wie ein überfütterter Otter, der im Schönheitssalon gewesen war.

»Jack muss gewickelt werden«, sagte Lara zu Marcus.

»Hat das nicht Zeit?«

»Nein, hat es nicht.«

James deutete quer durchs Foyer. »Du kannst die Toilette benutzen.«

In der Damentoilette setzte Lara Jack auf den ausklappbaren Wickeltisch. Während sie in seiner Tasche nach einer neuen Höschenwindel und Feuchttüchern suchte, hörte sie Olly und Bella draußen vor der Toilettentür reden. Wie Entenküken waren sie ihrer Mutter hinterhergelaufen.

»Ich hatte ganz vergessen, was der für ein Wichser ist«, flüsterte Olly seiner Schwester zu.

»Pssst!«, machte Bella.

»Fette alte Schwuchtel.«

»Sei still, Olly.«

»Guck doch nur mal, wie er Dad an den Lippen hängt. Peinlicher geht's nicht.«

Lara seufzte. Das war Olly in Reinform. Er hatte all die Jahre so hart um die Aufmerksamkeit seines Vaters kämpfen müssen, dass er es nicht ertragen konnte, wenn ein anderer kam und sie ihm streitig machte. Als James das letzte Mal bei ihnen in Brighton zu Besuch gewesen war, hatten er und Marcus nach dem Abendessen Whisky getrunken und über alte Zeiten geplaudert, während Olly die ganze Zeit danebengesessen und vergeblich versucht hatte, sich am Gespräch zu beteiligen. Irgendwann hatte er es aufgegeben, war in sein Zimmer gegangen und hatte seinen E-Bass eingestöpselt, der so laut durch die Bodendielen gedröhnt hatte, dass Marcus nach oben gestürmt war und ihn angebrüllt hatte, er solle das verdammte Ding sofort ausschalten. Hegte Olly erst mal einen Groll gegen jemanden, ließ er sich so leicht nicht davon abbringen.

»Hast du aber einen unhöflichen, mürrischen Bruder«, sagte Lara zu Jack und kitzelte ihn, so dass er vor Vergnügen zu quietschen begann.

Sie ging ebenfalls auf die Toilette und stellte fest, dass die Blutung inzwischen zum Stillstand gekommen zu sein schien. Sie hoffte, dass es bald vorbei war. Als könnte es jemals vorbei sein, nach dem, was sie getan hatte. Erneut musste sie gegen das Gefühl innerer Leere ankämpfen, bevor sie aufstand und die Schultern straffte.

»Ich habe dich genau gehört«, raunte sie Olly zu, als sie aus der Toilette kam. Jack dackelte hinter ihr her und hielt sich an ihrem Zeigefinger fest.

»Aber er ist echt ein Wichser, Mum«, beharrte Olly.

»Gib ihm eine Chance, Schatz. Er freut sich einfach nur, euren Dad zu sehen. Bald haben wir ihn wieder für uns.«

Olly schnitt eine Grimasse.

Sie gingen zurück durch die große, mit Holz verkleidete Halle. James lachte gerade schallend über etwas, was Marcus gesagt hatte. Er hatte den braungebrannten Kopf in den Nacken geworfen und betrachtete seinen nicht mehr ganz jungen Protegé aus dem Augenwinkel.

»Ah. Habt ihr euch frisch gemacht«, sagte er und wandte sich zu ihnen um. »Ihr zwei seht umwerfend aus.« Er schenkte Lara und Bella ein strahlendes Lächeln. »Und diese Ähnlichkeit, wie zwei Matrjoschka-Püppchen.«

»Hast du letztes Mal schon gesagt«, murmelte Olly. Lara trat ihm diskret auf den Fuß.

»Und du bist wirklich erwachsen geworden, junger Mann.« James richtete seine Aufmerksamkeit auf Olly und hob die gezupften Brauen. »Wie alt bist du jetzt? Vierzehn?«

Olly machte ein drohendes Gesicht.

»Sechzehn. Wir sind sechzehn«, warf Bella ein.

»Es ist so schön, dich wiederzusehen, James«, sagte Lara rasch. »Wie geht es Betty?«

»Oh, die ist auf der Farm und schreibt in letzter Minute noch ein paar Szenen um. Sie lässt sich entschuldigen, aber mit dem Musical geht es im Moment ein wenig drunter und drüber. Wir haben künstlerische Differenzen mit den Hauptdarstellern, die zudem noch auf die glorreiche Idee gekommen sind, miteinander zu bumsen – Verzeihung,

Kinder.« Er verdrehte die Augen. Die langen Jahre fern der britischen Heimat hatten seiner Aussprache einen leicht australischen Einschlag verliehen. »Aber das Plakat ist großartig, seht mal.«

Er deutete auf die limettengrünen Poster, die überall im Foyer hingen. Unter der knallroten, kursiv gesetzten Überschrift *Die Trout Island Theatre Company präsentiert die Weltpremiere eines großen neuen Musicals* war ein sehr farbenfrohes Foto mehrerer uniformierter Feuerwehrleute zu sehen, die eine füllige, in Pailletten gehüllte Frau auf den Armen trugen. Die beiden Männer ganz außen hielten Feuerwehrschläuche in den Händen, aus denen in einem sehr unvorteilhaften Winkel Wasserfontänen spritzten. Darunter prangte in Großbuchstaben mit Serifen in Form von Feuerzungen der Name des Stücks *SET ME ON FIRE!* Den Großteil des restlichen Platzes nahmen Bettys und James' Namen ein.

»Toll«, sagten Marcus und Lara im Chor.

»Das hat ein sehr begabter Junge von der örtlichen Highschool entworfen.« James seufzte. »Es gibt so viel Talent in dieser Stadt, das nur darauf wartet, freigesetzt zu werden«, fügte er hinzu und warf sich einen Tortilla-Chip aus blauem Mais in den Mund. »Das ist Teil unserer Mission hier.«

Bella zupfte Lara am Rock. »Mum, ich bin echt müde.«

»Und unser schottisches Stück wird einschlagen wie eine Bombe. Jetzt, wo wir endlich unseren Hauptdarsteller hier haben.« James zwinkerte Marcus zu. »Ich habe immer gesagt: Eines Tages werden wir es noch mal zusammen auf die Bühne bringen, stimmt's?«

»James hat damals an der Schauspielschule *Macbeth* inszeniert«, erklärte Marcus seiner Familie, die das bereits wusste.

»Und der Bart sprießt auch schon fleißig«, sagte James und strich Marcus über die stoppelige Wange. »Na, Kinder? Wie ist es, einen solchen *Kerl* zum Vater zu haben?«

Erneut verlagerte Lara ihr Gewicht auf Ollys Fuß, als sie sah, wie ihr Sohn sich schüttelte.

»Mummy, wo ist Cyrilbär?«, fragte Jack und zog an ihrem Zeigefinger.

»Im Auto.«

»Ich will ihn aber haben …«, begann er zu quengeln.

Lara war ganz schwindlig vor Müdigkeit. Sie wollte, dass der Tag endlich vorbei war, damit sie ihn abhaken und am nächsten Morgen frisch beginnen konnte.

»Also dann!«, sagte James, der die allgemeine Stimmung richtig deutete. Er klatschte in die Hände. »Meine liebe Familie Wayland, ihr seht fix und fertig aus. Kommt, ich zeige euch jetzt euer Quartier.«

Er nahm Marcus an der Hand und führte sie aus dem Gebäude zu seinem kleinen Sportwagen, der im Vergleich zu ihrem Giganten geradezu zwergenhaft aussah.

»Ich glaub nicht, dass ich den die nächsten sechs Wochen lang aushalte«, grummelte Olly in Laras Richtung. Sie drehte sich zu ihm um, und als sie seine Miene sah, wusste sie, dass er es ernstmeinte.

Und sie wusste auch, dass Olly jemand war, mit dem man es sich besser nicht verdarb.

3

Lara wachte auf, weil Jack verzweifelt nach Luft schnappte. Bis zu diesem Moment hatte sie tief und fest geschlafen. Ihr Sohn lag neben ihr im Doppelbett und versuchte vergeblich, seine Lungen zu füllen. Dabei röchelte er wie ein Sterbender – ein Geräusch, das sogar noch lauter war als Marcus' Schnarchen von der anderen Bettseite her.

Sie sprang auf und nahm Jack hoch, während sie gleichzeitig mit dem sonderbaren Drehschalter an der Nachttischlampe kämpfte. Dann lief sie mit Jack im Arm zur Tasche auf dem Boden und durchwühlte sie nach seinem Inhalator.

»Verdammt, was ist denn los?« Schwerfällig stemmte sich Marcus auf der quietschenden Matratze in die Höhe.

»Das muss am Staub liegen«, erwiderte Lara, während sie Jack fünf Sprühstöße Asthmaspray verabreichte. Marcus sah zu, während sie dem Kleinen den Rücken rieb, bis sich sein Atem wieder beruhigt hatte. Dann gab sie ihm eine Antihistamintablette und brachte ihn zurück ins Bett.

»Geht's dir jetzt besser, Jacky?«, fragte sie, über ihn gebeugt.

»Ihm geht's gut«, sagte Marcus. »Er braucht bloß Schlaf.«

Soll heißen, *du* brauchst Schlaf, dachte Lara, als sie sich wieder ins Bett legte. Für sie war der Rest der Nacht gelaufen. Sie wusste genau, dass sie kein Auge mehr zutun, sondern auf jede Veränderung in Jacks Atem lauschen würde.

Viel zu früh erhellte ein grelles Morgenlicht das Zimmer. Lara hielt es nicht länger im Bett aus. Sie horchte Jacks Brust ab, bevor sie sich aus der Umklammerung seiner klebrigen Gliedmaßen freimachte und ihn in einem verschwitzten Bettlaken-Knäuel neben Marcus liegen ließ. Sie sammelte ihre getragenen Kleider vom Boden auf, dann schlich sie auf Zehenspitzen die staubbedeckte Holztreppe hinunter ins Erdgeschoss, durch den Eingangsflur mit einem unsäglich verdreckten Teppichboden und weiter ins große Wohnzimmer, in das sie am Abend zuvor nur einen flüchtigen Blick geworfen hatten.

So, dachte sie, während sie sich umschaute. Dies würde also für einen Sommer lang ihr Zuhause sein. James hatte ihnen am Abend erklärt, dass das Haus unbewohnt gewesen sei, bis sein Besitzer es großzügigerweise der Theatertruppe gestiftet habe, damit die Gastschauspieler anstelle einer Gage wenigstens kostenlose Unterkunft erhielten. Er hatte mehrmals betont, wie dankbar die Waylands sein konnten, als familiärer Anhang eines einzelnen Schauspielers das Haus ganz für sich allein zu haben.

Was Lara sah, war meilenweit entfernt von den blitzenden amerikanischen Einrichtungen, die sie aus dem Fernsehen kannte. Die Möblierung war spartanisch und ließ nicht das geringste Anzeichen des üppigen Komforts erkennen, den sie erwartet hatte. Darüber hinaus war alles mit einer schmierigen Staubschicht überzogen.

Etwas zutiefst Britisches in ihr freute sich darüber.

Bei der Durchquerung des riesigen Wohnzimmers – für die sie dieselbe Anzahl Schritte benötigte wie daheim in Brighton für ihr ganzes Haus – stellte Lara fest, dass das, was sie zunächst für einen Teppich gehalten hatte, in Wirklichkeit ein mit persischen Mustern bemaltes Bodentuch war, wie man es für Bühnenbilder im Theater benutzte. Das »antike« Bücherregal an der krummen, holzvertäfelten Wand bestand in Wirklichkeit aus MDF-Platten, die irgendjemand auf alt getrimmt hatte. In den Ecken des Zimmers tummelte sich ein Sammelsurium aus Sofas und Sesseln, die stilistisch eine Bandbreite von Shakespeare bis Ibsen abdeckten. Dazu gesellte sich noch ein Tennessee-Williams-Beistelltischchen, das für einen Hauch zwanzigstes Jahrhundert sorgte. Und erinnerte der geschwungene Bambusstuhl nicht an Pinter? Lara musste schmunzeln. James und Betty hatten das Haus mit alten Stücken aus dem Fundus eingerichtet.

Drei große Fenster boten Blick auf ein leicht heruntergekommenes, aber idyllisches Panorama aus grünen Wiesen, hohen Laubbäumen und neoklassizistischen Häusern, von deren Fassaden die Farbe abblätterte. Es roch nach Feuchte und etwas anderem, fast wie Muskatnuss – süß, aber mit einer leichten Verwesungsnote. Lara versuchte, eins der Fenster zu öffnen, um frische Luft in den staubigen Mief zu lassen. Leider hatte irgendein Schwachkopf, vermutlich während der Wintermonate, die Rahmen so dick mit Farbe überpinselt, dass sie wie festgeklebt waren.

Lara ging geradeaus weiter durch einen bogenförmigen Durchgang in die geräumige, mit Linoleum ausgelegte Küche.

Dort fiel ihr als Erstes die blaue Vase mit den zwei Dutzend roten Rosen ins Auge. Ihr Duft verbreitete sich im stickigen Raum. Nette Geste, dachte Lara.

Sie lechzte nach einer Tasse Tee, konnte jedoch weder Wasserkocher noch Kessel entdecken. Die Schränke waren, abgesehen von Anzeichen für Insektenaktivität, leer. Der uralte klobige Kühlschrank, der brummend und vibrierend in der Ecke stand, enthielt ebenfalls nichts außer einem dünnen Überzug aus Schimmel. Lara versuchte, den Emailleherd mit seinen sechs Kochplatten anzuwerfen, aber er schien über keinen funktionierenden Gasanschluss zu verfügen.

Neben der Küche, an der hinteren Hausseite, schmorte ein verglaster Wintergarten in der Morgensonne. Auch hier schien es keine Möglichkeit zum Lüften zu geben. Fliegenkadaver lagen auf den versiegelten Fensterrahmen, deren einstmals weißes Holz mit einem klebrigen Staubfilm bedeckt war. Lara blickte auf den leeren, mit Schlaglöchern übersäten Parkplatz hinter dem Haus und versuchte durchzuatmen, aber ihre Lunge fühlte sich pelzig an.

Trotz der Hitze im Raum drang ihr eine Kälte tief in die Knochen. Was hatte sie bloß angerichtet, als sie darauf bestanden hatte, dass sie Marcus begleiteten – an diesen Ort? Hatte sie drei Kinder auf eine Reise quer um die Welt geschleppt, um in einem Haus wie diesem zu landen? Sie versuchte, sich an die Vorfreude zu erinnern, die sie empfunden hatten, als Marcus die E-Mail von James bekommen hatte, der ihn beschwor, er müsse die Rolle unbedingt annehmen. Sie selbst war es gewesen, die James' Vorschlag, Marcus solle doch gleich die ganze Familie mitbringen, aufgegriffen hatte. Sie hatte das nötige Geld aufgetrieben, den billigsten Flug herausgesucht, ihr Haus für den Sommer zwischenvermietet und den Mietwagen reserviert. Sie hatte in ihrem Job als Graphikdesignerin bei der Stadtverwaltung Überstunden gemacht und die ihr aufgrund der Freizeitausgleichs-Regelung zustehenden Urlaubstage mit ihrem gesamten Jahresurlaub kombiniert, damit sie sechs Wochen am Stück bei vollem Gehalt freinehmen konnte. Das war eine Grundvoraussetzung gewesen, denn abgesehen von der Unterkunft, zahlte das Theater Marcus pro Woche lediglich einhundert Dollar Gage und fünf Mittagessen im örtlichen Diner.

Sie kehrte in die Küche zurück, öffnete die Hintertür und ließ Luft herein, die von dem Nebel, der hinter dem Parkplatz über dem Gras hing, reingewaschen worden war. Wieder stach ihr der moschusartige Gummihandschuhgeruch vom vergangenen Abend in die Nase, obwohl der feuchte Morgen ihn etwas abmilderte. Sie stieß die Fliegengittertür auf, überquerte die kleine Veranda und setzte sich vorn an den Rand. Sie ließ die nackten Beine über die Kante baumeln, und ihre Knöchel streiften das taufeuchte Gras. Eine sanfte Brise strich ihr übers Gesicht, und sie atmete tief ein. Ihr Blick fiel auf einen Schuppen etwa sieben Meter entfernt. An dessen ihr zugewandter Ecke hing von der Traufe ein durchsichtiger zylinderförmiger Behälter mit einer klaren Flüssigkeit darin, und um diesen Behälter herum schwirrten Tiere, die aussahen wie riesige Motten. Lara hasste Motten, doch am Ende siegte ihre Neugier. Sie sprang von der Veranda und trippelte über den heißen Asphalt, um sich die Sache aus der Nähe anzusehen.

»Kleine Vögel«, sagte sie entzückt. »Winzig kleine Vögelchen.«

Zwei Kolibris umschwirrten einen Futterspender, der etwas enthielt, was ihnen offenbar sehr schmeckte. Ihre Flügel waren ein irisierender Schimmer, und ihre langen Schnäbel schwebten reglos inmitten der Bewegung, während sie sich an der Flüssigkeit labten. Ganz still stand Lara da und sah ihnen zu, wie verzaubert von dem exotischen Anblick.

Das war es, weshalb sie hierhergekommen waren. Um Neues zu erleben und Raum für Veränderung zu schaffen. Marcus, so hoffte sie, würde endlich seinen wohlverdienten Erfolg feiern – es war das erste Mal seit der Schauspielschule, dass er eine titelgebende Hauptrolle bekommen hatte. Und dabei würde er einen Teil seiner Persönlichkeit wiederentdecken, der schon viel zu lange brachgelegen hatte. Genau dieser Teil war es, fürchtete sie, den sie früher einmal geliebt hatte.

Hoffentlich würde alles so laufen, wie er es sich vorstellte. Auf den ersten Blick sah das Theater nicht gerade wie das kulturelle Kraftzentrum aus, als das James es während der langen Skype-Gespräche mit Marcus in den Wochen vor ihrer Abreise beschrieben hatte. Andererseits hatte sie es gestern Abend ja nur kurz gesehen. Und vielleicht wurden die Dinge in Amerika einfach anders gehandhabt. Vielleicht maß man hierzulande denselben Dingen einen ganz unterschiedlichen Wert bei.

Nein, dachte sie. Es würde ein fantastischer Sommer werden. Die Leute würden aus New York City kommen, um Marcus zu sehen, und ein Agent aus Manhattan würde ihn unter Vertrag nehmen – Marcus behauptete immer, dass es für einen englischen Schauspieler in den Staaten viel leichter sei, Fuß zu fassen. Sie selbst würde die Stelle bei der

Stadtverwaltung, die ihre Seele auffraß, kündigen und sich selbständig machen.

Und dann würden sie glücklicher sein, als sie es seit langer, langer Zeit gewesen waren.

Lara beobachtete die winzigen Vögel, die ganz mit ihrem Nektar beschäftigt waren, und gab sich der Vorfreude hin.

Das Zuschlagen der Fliegengittertür riss sie jäh zurück in die Wirklichkeit. Sie drehte sich um und sah Jack in seinem übergroßen Schlaf-T-Shirt, die kleinen Augen rot und verquollen.

»Meine Brust ist ganz zu, Mummy.«

»Ich weiß. Mein armer Schatz.« Sie ging zu ihm und nahm ihn in die Arme. Er fühlte sich heiß an, allerdings kam er ja gerade aus dem Bett.

»Hier, probier das mal aus«, sagte sie, richtete sich auf, streckte die Arme nach beiden Seiten aus und ließ sich den Körper von der Brise streicheln. Jack machte es ihr nach, und so standen sie eine Zeitlang nebeneinander und genossen den kühlen Lufthauch.

»Ich gebe dir noch eine Tablette, und dann sehen wir zu, dass wir was zu essen auftreiben«, sagte sie. Auf Zehenspitzen ging sie nach oben und schlich durchs Schlafzimmer, um Jacks Kleider, Tabletten und den Inhalator zusammenzusuchen, ohne dass Marcus wach wurde. Dann verließen die beiden leise das schlafende Haus, um sich auf die Suche nach einem Laden zu machen. Jack wollte unbedingt in seinem Buggy sitzen. Er war ganz schlapp von der Hitze und hatte die billige Baseballkappe aufgesetzt, die er zusammen mit einem Rucksack mit der Aufschrift »For Kidz« im Flugzeug geschenkt bekommen hatte.

Sie wandten sich nach rechts und holperten über den unebenen Gehweg, der sie vom Haus wegführte. Die Straße war lang und schnurgerade. Lara wusste noch von der Wegbeschreibung, dass sie Main Street hieß. Auf ihrer linken Seite befanden sich mehrere parallele Seitenstraßen mit Namen Third Street, Fourth Street und so weiter. An der Sixth Street angekommen, kurz vor einem großen, mit Gras bewachsenen Friedhof, stellte Lara fest, dass sie das Ende von Trout Island erreicht hatten, also bogen sie in die Sixth Street ein und liefen weiter, bis sie an eine Kreuzung gelangten, von der links eine kleinere Straße namens Back Street abging.

»Originelle Namensgebung«, sagte Lara zu Jack, der nickte, obwohl er nicht die geringste Ahnung hatte, wovon sie sprach.

Die Häuser waren fast ausnahmslos große, frei stehende Holzhäuser mit Rasen im Vorgarten. Jenseits der Grundstücke an der Back und Main Street ragten fast senkrecht mit Bäumen bestandene Hügel empor. So weit die typische Kleinstadt-Filmkulisse. Nur dass fast alle Häuser leer und seltsam vernachlässigt wirkten. Der Rasen war nicht sauber gemäht, und die Farbe auf den Holzschindeln sah alles andere als frisch aus. Alte Eiszapfen-Lichterketten hingen von den Veranden, Spielsachen lagen in den Vorgärten, und auf jedem zweiten Rasen hing eine ausgeblichene Flagge von einem verwitterten Fahnenmast.

Wo waren die Menschen?

Am Ende der Back Street bogen sie in die First Street ein. Sie kamen am Theater vorbei und fanden sich kurz darauf erneut in der Main Street wieder. Sie passierten ein paar Kirchen, eine geschlossene »kostenlose« Leihbücherei, eine verwaiste Feuerwache, ein verrammeltes Diner sowie eine Reihe verlassen daliegender Antiquitätenläden. Lara schöpfte Hoffnung, als sie zu einem Holzhaus kamen, dessen hell erleuchtetes Neonschild es als »Deli« auswies, doch als sie die Tür öffnen wollte, fand sie diese fest verschlossen. Sie waren schon fast wieder bei ihrem Haus angelangt und hatten noch nicht einen einzigen geöffneten Laden gesehen.

»Was essen wir denn bloß zum Frühstück, Jacky?«, fragte Lara. Jack zuckte mit den Schultern. Dann, gerade als sie schon aufgeben wollte, erspähte sie die Tankstelle schräg gegenüber von ihrem Haus.

Am hinteren Ende des Vorplatzes, auf dem kein Mensch zu sehen war, stand eine Art Schuppen. Als Lara und Jack den nach Benzin riechenden Asphalt überquerten, wurde ihr klar, dass das, was sie zunächst für eine vom Jetlag ausgelöste Halluzination gehalten hatte, real war: Aus den Lautsprechern, die neben jeder Zapfsäule angebracht waren, tönte Musik.

»Was fällt denen als Nächstes ein?«, wandte sie sich an Jack, als sie die Tür zum Schuppen aufstieß. Kaum hatte sie den nach Vanille duftenden Kaffee gerochen und einen Blick auf das Warensortiment im Laden geworfen, wusste sie, dass sie am Ziel waren.

»Wie geht's, wie *steht's*?«, kam eine näselnde Stimme von irgendwo hinter dem Kassentresen. Lara reckte den Hals und erspähte schließlich, inmitten des bunten Durcheinanders aus Donuts, Zigaretten, Kaffeemaschinen und Verkaufsaufstellern fast unsichtbar, eine übergewichtige Frau mittleren Alters mit mehreren Ringen in jedem Ohr und blonden Haaren, bei denen oben der schwarze Ansatz durchkam. In eine rote Uniform gequetscht, kaute sie mit offenem Mund Kaugummi und schaute in einen winzigen Handspiegel, während sie versuchte, sich verschmierte Wimperntusche unter dem Auge wegzuwischen.

»Äh, hallo«, grüßte Lara. »Haben Sie auch Milch und Cornflakes und so?«

»Hey, goldiger Akzent«, erwiderte die Frau. »Wo kommen Sie her?«

»England.«

»Nee, oder?«

»Wir sind wegen des Theaters hier.«

»Wegen was?«

»Wegen des Theaters. Die Trout Island Theatre Company.«

»Ach so. Okay.« Entweder sie verstand Lara nicht, oder aber sie wusste nicht, wovon die Rede war. »Milch ist hinten. Und Sachen fürs Frühstück finden Sie da drüben.« Mit einem dicken Finger zeigte sie auf den mittleren Gang.

Lara kaufte auch noch Putzmittel ein, um dem schimmligen Kühlschrank zu Leibe zu rücken, ein Tetrapak Orangensaft und eine Packung Kekse, die sie an Ort und Stelle aufriss, um Jack einen zu geben. Da sie keinen Tee finden konnte, nahm sie mit einem Becher brühheißem Kaffee vorlieb, der sich trotz Plastikdeckel nur unter Schwierigkeiten zum Haus zurücktransportieren ließ, weil sie gleichzeitig den Buggy schieben musste.

»Schon jemand auf?«, rief sie, sobald sie im Haus waren, erhielt aber keine Antwort. Lara beneidete Marcus und die Zwillinge um ihren Schlaf. Sie funktionierte noch immer ganz nach britischer Zeit; ihr Körper signalisierte ihr, dass es bereits nach Mittag sei, obwohl die Uhr im Laden noch nicht einmal neun Uhr angezeigt hatte.

Plötzlich zerriss das Schrillen des Telefons, das auf einem Arthur-Miller-Beistelltisch stand, die Stille. Lara lief hin, um abzunehmen, bevor alle vom Klingeln aufwachten.

»Hallo, Schatz.« Es war James, der sich nicht dafür entschuldigte, dass er zu so früher Stunde anrief. »Ich wollte mich nur nach meinem Star, seiner Gemahlin und ihren süßen kleinen Küken erkundigen. Geht es euch gut? Ist das Haus nicht ein Traum? Habt ihr alles, was ihr braucht?«

»Mehr oder weniger«, sagte Lara und wünschte, sie hätte den Mumm, James zu sagen, was sie wirklich von dem Haus hielt. Immerhin erwähnte sie die Fenster und den Gasanschluss, und James versprach, »subito« jemanden vorbeizuschicken, der sich um alles kümmerte. Außerdem erklärte er ihr, wie man in die nächstgelegene Stadt kam, wo es, so behauptete er, einen ganz ausgezeichneten unabhängigen Supermarkt mit Namen Green's gebe.

»Und bevor ich's vergesse, Liebes. Betty will für die Premierenparty morgen die Feuergrube einweihen. Ihr müsst unbedingt kommen. Das ist Pflicht. Wir haben nämlich eine kleine Überraschung für euch.«

»Wirklich?«

»Leider darf ich dir nichts verraten. Meine Lippen sind versiegelt.«

»Da bin ich aber gespannt.«

»Oh, das solltest du auch, meine Liebe, das solltest du auch. Also«, kam er zu ihrem ursprünglichen Thema zurück, »ansonsten habt ihr so weit alles?«

»Na ja, ich wollte dich noch fragen, ob du das mit dem Internetanschluss schon geregelt hast?«

Das war ihre einzige Forderung vor ihrer Ankunft gewesen. Sie hatte mehrere kleinere Projekte für die Stadtverwaltung, an denen sie arbeiten musste, und Olly und Bella wären ohne Facebook verloren. Ganz abgesehen davon, dass sie nicht wusste, wie sie und Jack ohne die C-Beebies über den Tag kommen sollten. Zu Hause besuchte er den Kindergarten für Mitarbeiter der Stadtverwaltung. Den ganzen Tag zusammen zu sein würde für sie beide eine große Herausforderung werden.

»Ist der Router denn schon gekommen?«

»Der was?«

»Der Router. Du weißt schon, diese kleine Kiste.« Er sprach es »Rauter« aus.

»Glaube nicht.«

»Das sieht denen ähnlich. Sie haben mir versichert, er wäre bis zu eurer Ankunft installiert. Ich regle das«, versprach er in einem Tonfall, der klar zum Ausdruck brachte, dass er mit der Musicalpremiere am nächsten Abend schon genug zu tun hatte, ohne sich darüber hinaus auch noch um die Sorgen und Nöte irgendwelcher Schauspielergattinnen kümmern zu müssen.

»Ach, und danke für die Rosen«, sagte Lara, die nicht undankbar erscheinen wollte.

»Rosen?«

»Die Rosen in der Küche?«

»Oh! Nein, damit habe ich nichts zu tun, fürchte ich. Klingt eher nach Betty. Sie liebt Blumen«, entgegnete James.

Lara legte auf und sah auf die Uhr. Es war noch nicht mal zehn, trotzdem fühlte sie sich schon jetzt am Ende ihrer Kräfte. Sie fragte sich, wie sie den Tag überleben sollte.

»Komm, Mummy, wir fahren einkaufen!«

Vom Schokoladenkeks nicht nur verschmiert, sondern

auch mit neuer Energie versorgt, war Jack aus seinem Buggy gesprungen und hatte sich Laras Handtasche geschnappt, die er ihr nun auffordernd entgegenstreckte. Er hatte mitbekommen, dass Lara am Telefon einen Supermarkt erwähnt hatte, und er gehörte zu jener äußerst seltenen Sorte Jungen, die eine Shoppingtour als aufregendes Abenteuer empfanden.

Lara lächelte ihn an. Sie fand es wundervoll, wie Kinder einem dabei helfen konnten, neuen Schwung zu finden, wenn alles zum Stillstand zu kommen drohte. Sie kritzelte den anderen eine kurze Nachricht auf einen Zettel und nahm den Wagenschlüssel, der immer noch dort lag, wo sie ihn am vergangenen Abend hingelegt hatte. Sie klappte den Buggy zusammen und sah in ihrem Geldbeutel nach, ob sie auch ihre Kreditkarte dabeihatte. Dann machten sie und Jack sich in ihrem riesigen Auto auf den Weg, immer der Beschreibung folgend, die James ihr gegeben hatte, über den Trout Mountain bis in den »nur« zwölf Meilen entfernt gelegenen nächstgrößeren Ort.

4

Das Sirenengeheul wurde lauter und lauter, bis Bella dachte, sie würde es keine Sekunde länger aushalten. Dann ließ es, genauso langsam, wie es angefangen hatte, ganz allmählich wieder nach und verstummte schließlich. Bella saß kerzengerade in ihrem weichen, schweißfeuchten Bett und schnappte nach Luft.

Was war das?

Sie rieb sich die Augen. Über Nacht hatte sich ihr der Staub im Zimmer aufs Gesicht gelegt und war ihr in die Nase gedrungen. Ihr Körper, seit der Abreise aus England ungewaschen, dünstete einen säuerlichen Geruch aus.

Sie sprang aus dem Bett, schnappte sich ihren Fotoapparat aus dem Handgepäck und lief zum Fenster. Ihre Füße schabten über den abgewetzten Linoleumboden. Sie zog das Laken zurück, das als eine Art Vorhangersatz an den Fensterrahmen gepinnt war, und schaute nach draußen. Wozu dieses Sirenengeheul?

Die Straße draußen war menschenleer. Niemand rannte, um sich in Sicherheit zu bringen, niemand schrie um Hilfe. Die einzig wahrnehmbare Bewegung waren die Blätter der großen Bäume am Straßenrand, die sich im Wind wiegten, und das einzige Geräusch war das Zirpen und Summen unsichtbarer Insekten. In der Ferne hallte Hundegebell zwischen den Hügeln wider. Dann hörte sie, von dem Ende der Straße her, das sie nicht einsehen konnte, das brummende Motorengeräusch eines Trucks. Ihr Herzschlag nahm den Rhythmus auf.

Das ist eine Invasion, schoss es ihr durch den Kopf. Die Achse des Bösen – eine Formulierung, die sie ihre gesamte Kindheit hindurch im Fernsehen gehört hatte, ohne sie jemals so ganz zu verstehen – ist in die USA eingefallen. Und das ausgerechnet an ihrem ersten Morgen hier. Sie hakte das Fliegengitter aus, beugte sich aus dem Fenster und richtete das Objektiv ihrer Kamera auf den Fluchtpunkt der langen, schnurgeraden Straße. Das Brummen wurde lauter, bis schließlich ein Lastwagen in Sicht kam, der von einem flimmernden Stecknadelkopf auf dunstigem Asphalt langsam zu einem großen, staubigroten Etwas wuchs. Bella drückte den Auslöser, kurz bevor das Gefährt auf Höhe ihres Hauses war. Jetzt konnte sie auch sehen, dass es sich um einen großen Tanklaster handelte, mit der Aufschrift *GOT MILK?* in verblichenen Buchstaben an der Seite. Der Fahrer war alles andere als eine feindliche Eroberungsmacht. Er schien ausschließlich an dem Sandwich interessiert, das er sich gerade in den Mund schob. Bella zoomte näher heran und knipste ihn im Moment des Abbeißens mit sperrangelweit geöffnetem Mund.

Dann war da vielleicht gar nichts gewesen. Nur wieder einer ihrer üblichen Alpträume.

Sie ließ sich zurück aufs Bett fallen, dessen Kastenfedern ein Kreischen von sich gaben, das dem Soundtrack eines Schmuddelfilms hätte entstammen können. Irgendwo auf dem Hügel hinter dem Haus wieherte ein Pferd.

»New York, New York, it's a helluva town«, sang sie.

Sie hatte ihrer Mutter nicht wirklich geglaubt, als diese

ihr erklärt hatte, dass sie nicht in Sichtweite irgendwelcher Wolkenkratzer wohnen würden. Aus unerfindlichen Gründen – wahrscheinlich hatte es mit den kurz zuvor bestandenen Abschlussprüfungen nach der Zehnten und der darauf folgenden Party zu tun – hatte sie sich nicht die Mühe gemacht, auf der Landkarte nachzusehen und sich einen Eindruck über die, wie sie nun feststellte, enorme Größe und ländliche Prägung des Staates New York zu verschaffen.

Sie brannte darauf, ihre neue Umgebung zu erkunden, also stand sie wieder auf und holte ihren Kulturbeutel aus dem Koffer. Während sie im Zimmer umherging, fasste sie einen Entschluss. Hier, weit weg von ihren Altersgenossen, weit weg von dem Bild, das alle von ihr im Kopf hatten, würde sie eine neugeborene Bella sein, die wahre Bella. Sie würde die Vergangenheit begraben, die Grenze vom Mädchen zur Frau überschreiten, um dann im Herbst glücklicher, weiser und bereit für ein neues Leben auf dem College nach Hause zurückzukehren. Und sie würde eine spektakuläre Mappe mit Fotos von ihrem Amerika-Aufenthalt zusammenstellen.

Das Bad lag gegenüber von ihrem Zimmer, doch kaum war sie drinnen, stellte sie verärgert fest, dass es zwei Türen hatte: die, durch die sie gekommen war, und eine zweite, die ins Schlafzimmer ihrer Eltern führte. Keine der beiden hatte ein Schloss. Das hieß, dass sie, als einzige junge Frau in der Familie, sich ein System ausdenken und es den anderen erklären musste, damit niemand reingeplatzt kam, wenn sie im Bad war. Sie warf einen Blick ins Elternschlafzimmer und sah ihren Vater, der auf dem Rücken lag und schnarchte. Das teils rote, teils bereits ergraute Kraushaar auf seiner Brust sah aus wie eine lauernde Katze. Sie war heilfroh, dass das einzige Laken auf dem Bett seine Körpermitte bedeckte, denn darunter war er ganz eindeutig nackt. Sie zog die Tür fest zu und klemmte dann noch einen alten Stuhl, der neben der Wanne stand, unter die Klinke der Tür zum Flur.

Die Wanne starrte vor Dreck. Sie war alt und klein, hatte eine gebogene Kante und innen einen rostroten Wasserrand. Aus den Armaturen war Wasser in bräunlichen Schlieren über die stumpfe Emaille getropft. Fürs Erste würde sie mit dem angeschlagenen Duschkopf vorliebnehmen, aber sie musste definitiv ein ernstes Wort mit ihrer Mutter reden. Auf gar keinen Fall würde sie einen ganzen Sommer lang auf ihr tägliches Vollbad verzichten. Aber sich in die Wanne zu legen kam bei deren gegenwärtigem Zustand genauso wenig in Frage.

Während sie unter dem schwachen Wasserstrahl stand und sich mit dem Spezial-Teebaumduschgel einseifte, das sie für ihren Privatgebrauch eingepackt hatte, gab sie acht, sich nicht im Spiegel zu betrachten, der an der Wand gegenüber lehnte.

Jemand rüttelte am Knauf der Tür zum Flur.

»Bella, bist du da drin?«

Olly, der Blödmann.

»Was ist?«, rief sie mit geschlossenen Augen, während ihr das Shampoo – ebenfalls Teebaumöl – übers Gesicht lief.

»Ich muss kacken.«

»Ich brauch noch zehn Minuten.«

»Ich muss aber jetzt.«

»Scheiße.« Hastig wusch Bella sich ab und wickelte sich ein Handtuch um.

Sie stürzte zur Tür hinaus und rannte ihren Bruder dabei fast um.

»Sor-ry«, sang dieser, ehe er im Bad verschwand.

Sie zog sich Shorts und ein Tanktop über – die schicken Sachen, die sie extra für New York gekauft hatte, würden in Trout Island wohl nicht oft zum Einsatz kommen –, kämmte sich die Haare, schlüpfte in ihre silbernen Flipflops und ging dann nach unten, um ihre Mutter zu suchen. Statt ihrer fand sie nur den Zettel auf dem Küchentisch.

Toll, dachte Bella. Sitzengelassen.

Als sie die Frühstücksflocken und die Milch auf dem Tresen stehen sah, merkte sie, dass sie Hunger hatte, also machte sie sich Frühstück. Kurz darauf hörte sie die Toilettenspülung rauschen, dann kam Olly die Treppe heruntergepoltert und gesellte sich zu ihr. Er langte mit der Hand in die Frühstücksflocken-Packung.

»Woah, Erdnussbutter!«, sagte er, den Mund voller Reese's Puffs. »Wollen wir rausgehen, uns die Gegend ansehen?«

»Na gut.« Sie war einverstanden. »Was ist mit dem Haustürschlüssel?«

»Gibt keinen. Mum hat gestern Abend gefragt. Jimmy Boy hat gemeint, hier schließt niemand seine Haustür ab.«

»Aber wir sind doch in Amerika. Ist es nicht gefährlich hier?«

»Keine Ahnung.« Olly zuckte die Achseln.

Sie schlenderten die Main Street entlang in Richtung Theater. Inzwischen war es Mittag. Die Hitze drang ihnen in die Glieder und machte sie träge. Sie hielten sich im Schatten der großen Bäume, die rechts und links der Straße wuchsen.

»Mann, total old-school-mäßig hier«, stellte Olly fest, als Bella ein Foto von ihm vor einem Baum knipste, um dessen Stamm ein verblichenes gelbes Band gewickelt war. »Gar nicht so, wie ich's mir vorgestellt hab.«

»Und wo sind die ganzen Leute?«, wunderte sich Bella, als sie den Objektivdeckel aufsteckte. Dann fiel es ihr wieder ein. »Hast du auch den Luftschutzalarm gehört?«

»Ja. Bin davon aufgewacht.«

»Was sollte der?«

»Ich glaub, das ist bloß eine Übung. Ich hab irgendwo was drüber gelesen. Das haben alle Städte seit dem elften September. Für den Fall, dass es einen Terroranschlag gibt.«

»Im Ernst?« Bella war sich nie sicher, ob Olly sie auf den Arm nahm.

»Klar.« Olly schaute sich um.

»Wie paranoid ist das denn?«

Sie kamen an einem Gebäude vorbei, das offenbar die örtliche Schule beherbergte, ein langgezogener Bau mit Säulenvordach direkt gegenüber dem Theater. Das Gras davor war hoch und musste dringend gemäht werden. Neben dem Schulgebäude gab es eine klägliche Ansammlung kleiner, graffitiverschmierter und zerbeulter Rutschen und Gummischaukeln. Sie wirkten genauso trostlos wie alles andere im Ort. Bella wirbelte umher und machte Fotos: klick, klick, klick.

Sie setzten sich auf zwei Schaukeln und schwangen mit baumelnden Beinen in der Hitze quietschend vor und zurück.

»Und die denken ernsthaft darüber nach, den ganzen Sommer hierzubleiben?«, sagte Olly nach einer Weile.

»Ich glaub, über die Phase des Drüber-Nachdenkens sind sie längst hinaus«, erwiderte Bella.

»Wo sind die ganzen Kinder?« Er deutete auf den menschenleeren Spielplatz.

»Im Urlaub wahrscheinlich«, antwortete Bella. »Oder sie wurden alle in einem satanistischen Ritual abgeschlachtet. O mein Gott, was ist das denn?« Sie sprang von der Schaukel und ging bis zum Rand des Spielplatzes, wo dunkle Eichen in den diesigen Himmel ragten und dichtes Unterholz den staubigen Boden überwucherte. Olly trat hinter sie.

»Uäh«, machte er, als Bella sich vorbeugte und ein paar Zweige beiseitebog. Darunter kam ein Grabstein zum Vorschein.

»Da sind ganz viele, schau mal.« Bella zeigte auf einen zweiten und einen dritten Grabstein.

»Ein Friedhof. Neben einem Spielplatz«, sagte Olly. »Das geht ja wohl gar nicht.«

»Die sind richtig alt, sieh nur.« Bella las ein paar Jahreszahlen vor, die noch nicht vollständig verwittert waren. »1876, 1899, 1840.«

Sie gingen links um den Friedhof herum, bis sie zu einer steilen Anhöhe kamen, von der man Ausblick auf einen riesigen Sportplatz hatte. Die staubigen Pfade, die in den Rasen des Baseballfelds getreten worden waren, ließen den Platz nur noch verlassener wirken.

»Vielleicht wird's besser, wenn die Theatersaison anfängt«, murmelte Bella und schirmte die Augen vor der grellen Sonne ab.

»Nach dem, was ich bis jetzt gesehen hab, glaub ich das kaum«, entgegnete Olly.

»Oder vielleicht lernen wir ein paar Leute kennen. Finden amerikanische Freunde. Irgendwo hier muss es doch ein paar in unserem Alter geben.«

»Das ist unsere einzige Hoffnung«, sagte Olly. »Wollen wir weiter? Hier gruselt's mich.«

Sie schlenderten die Back Street entlang und bogen in eine Straße mit Namen River Road ein. Bald darauf fanden sie sich auf einem unbefestigten Weg wieder.

»Oh, guck mal, wie niedlich«, rief Olly, als sie an einem halbverfallenen Haus vorbeikamen, dessen Rasen fast vollständig von sonnenbadenden Kätzchen besetzt war. Bella ging in die Hocke, um ein Foto zu machen. Olly näherte sich den Kätzchen.

»Pass bloß auf! Das Haus gehört jemandem.«

»Nee, da wohnt niemand. Schau's dir doch mal an«, sagte Olly mit Blick auf die zerrissenen Fliegengitter, den Müll auf der Veranda und den insgesamt verlassenen Eindruck des Hauses.

»Und was ist dann das da?«, fragte Bella und zeigte auf eine Wäscheleine voller angegrauter Hemden und Windeltücher. »Ich wette, die haben ein Gewehr.«

Olly sprang zurück auf den Gehweg und hüpfte weiter. Die Häuser wurden weniger, und irgendwann standen sie an einem kleinen sandigen Strand am Ufer eines Flusses mit starker Strömung.

»Lust auf eine kleine Abkühlung?«, fragte Bella.

»Gibt's hier nicht Alligatoren und Wasserschlangen?«, wollte Olly wissen.

»Glaub nicht.«

»Und Welse, die beißen richtig heftig.«

»Oh.«

Sie setzten sich ans Ufer und hielten Ausschau nach Untieren im Fluss. Die Bewegung des Lichts auf dem Wasser und die Hitze, die auf ihren unbedeckten Kopf niederbrannte, machten Bella schläfrig. Sie hob die Arme und streckte sich wie eine Katze, um wieder Bodenhaftung zu bekommen. Olly rutschte unruhig hin und her, und sie hielt mitten in der Bewegung inne, weil sie seine Blicke auf sich spürte.

»Was?« Sie drehte sich um und sah ihm in die Augen. »Was ist?«

»Jonny hat mir das hier mitgegeben, damit ich es dir gebe.« Er steckte die Hand in seine Jeanstasche und holte einen zerknitterten, zugeklebten Umschlag heraus.

Sie stieß einen Seufzer aus, nahm den Brief aber nicht. »Lass es doch einfach, Olly. Das macht es für dich auch nicht besser.«

»Was soll das heißen?« Er sah sie durch zusammengekniffene Augen an.

»Hör auf damit«, bat sie. »Hör einfach auf mit dem Mist. Es ist vorbei. Ich hab mit ihm Schluss gemacht. Wir wissen doch beide, dass er bloß deine kleine Marionette ist.«

»Das stimmt nicht«, widersprach Olly. Seine Wangen brannten.

»Tut es wohl. Er würde alles für dich machen. Er ist auf *dich* scharf, kapierst du? Nicht auf mich.«

»Das ist so was von widerlich.«

»Du versuchst doch bloß, mich mit Hilfe deines kleinen schwulen ›besten Freundes‹ zu kontrollieren, gib's zu.« Bella war aufgestanden und klopfte sich den Staub von den nackten Beinen. »Falls da jemals was zwischen mir und Jonny gelaufen wäre – und da *ist* nichts gelaufen, jedenfalls nichts, was der Rede wert wäre –, dann ist jetzt Schluss, Olly. Sieh zu, dass du damit klarkommst.«

»Bella.« Olly griff nach ihrem Bein.

»Fass mich ja nicht an!«, schrie sie und riss sich los. Dann nahm sie ihm den Brief aus der Hand, zerriss ihn ungeöffnet in zwei Hälften und warf sie in den Fluss, der sie mit sich forttrug wie die Papierschiffchen, die sie früher als Kinder zusammen gebastelt hatten.

Olly war mit einem Satz auf den Beinen und packte seine Schwester an den Armen. »Warum hast du das getan?«

»Lass mich«, sagte sie und kämpfte sich frei. »Das kannst du nicht machen. Die Zeiten sind vorbei. Ich bin ein freier Mensch.«

»Glaubst du?«, sagte er. »Glaubst du das? Dann lass dir mal eins gesagt sein, Bella. Ich hab dich im Auge.«

»Und was soll das jetzt wieder heißen?«, fragte sie. »Du bist nicht mein Aufpasser.«

»Wart's nur ab.« Er holte tief Luft, zog die Schultern nach unten und wiederholte: »Wart's nur ab.«

»Leck mich doch.« Bella hatte genug. Sie schnappte sich ihren Fotoapparat und marschierte los, zurück Richtung Ort. Aber sie wusste, dass er hinter ihr war, und den ganzen Weg bis zum Haus spürte sie seine Blicke im Rücken.

5

Einmal mehr hatte sich James' Wegbeschreibung als komplett nutzlos erwiesen. Letzten Endes war Lara gezwungen gewesen, anzuhalten und einen Jugendlichen im Gothic-Outfit, der mitten in der Landschaft an einer zerbeulten Leitplanke lehnte, nach dem Weg zu fragen. Als sie es endlich über den Trout Mountain in die Stadt geschafft hatte, war es schon nach zwölf.

In der Stadt angekommen, hatte Lara Green's ziemlich schnell gefunden. Der Supermarkt war riesig, und sein Name prangte weithin sichtbar in stolzen, Hollywoodartigen Lettern auf dem Dach. Lara suchte sich eine Parklücke in der Nähe des Eingangs. Genau wie Trout Island und die Straße, die sie hergeführt hatte, war auch der Supermarktparkplatz praktisch wie ausgestorben. Einen Augenblick lang stellte Lara sich vor, das Ende der Welt sei gekommen und außer ihr und Jack gebe es keine Überlebenden.

Beim Öffnen der Wagentür musste sie fast buchstäblich gegen die Hitzewellen andrücken, die vom glühenden Asphalt aufstiegen. Nicht nur, dass es außerhalb des klimatisierten Autos heiß war. Die Wolken hingen tief auf dieser Seite des Berges, so dass die Luft feucht und schwer war wie in einem türkischen Bad.

»Puh«, machte Jack, als ihm die Wärme entgegenschlug.

Lara besorgte sich einen Einkaufswagen und hob ihren

Sohn vorn in den Kindersitz. Als sie den Markt durch die automatischen Glastüren betraten, wurden sie von einem Stoß eisiger Luft getroffen, und Lara erschauerte vor Erleichterung. Das Innere des Supermarkts war noch größer, als die gigantische Fassade hatte vermuten lassen. Lara freute sich, Menschen aus Fleisch und Blut zu sehen. Mütter mit kleinen Kindern fuhren die endlosen, hell erleuchteten Gänge entlang und füllten ihre Einkaufswagen mit Päckchen und Schachteln und laut knisternden Folientüten. Gedämpfte Berieselungsmusik verlieh dem Ort eine surreale, tranceartige Atmosphäre, und Lara musste unwillkürlich an die Tankstelle in Trout Island denken. Sie lenkte ihren Wagen in den ersten Gang und arbeitete sich von dort aus systematisch vor, um sich einen ersten Überblick zu verschaffen, was wo stand und wie viel alles kostete.

Ihr kleiner Jack war im Paradies. Aufgeregt streckte er die Hände aus, wann immer er etwas sah, was ihm gefiel: ein glänzender Werbeballon, eine bunte Keksverpackung. Das Warenangebot war riesig – so viele verschiedene Kaffeesorten und Frühstücksflocken, so viele verschiedene Arten von Saft. Laras Verstand hatte Mühe, den Anblick der einhundert Meter langen Regalwand voller unterschiedlicher Saftsorten zu verarbeiten: ohne Zucker, aus Konzentrat, direkt gepresst, mit Eiweißzusatz, mit Ballaststoffzusatz, aus ökologischem Landbau, glutenfrei …

Am Ende entschied sie sich für das, was ihr bekannt vorkam. Sie hatte schon genug um die Ohren, ohne sich darüber Sorgen zu machen, dass ihre Kinder über ungewohntes Essen die Nase rümpften. Sie belud ihren Einkaufswagen mit Nudeln, Dosentomaten, getrockneten Bohnen und einer köstlich aussehenden Wurst aus Italien, die fast als englische Wurst durchgehen konnte. Sie war froh, als sie Biomilch fand, da sie Horrorgeschichten über die Menge an Hormonen gehört hatte, mit denen die intensiv gehaltenen amerikanischen Kühe vollgepumpt wurden. Sie wollte nicht, dass ihren Söhnen Brüste wuchsen.

Außerdem wanderten noch zwei Sechserträger Bier in den Wagen. Als sie jedoch einen der uniformierten Angestellten, die überall im Markt herumliefen, nach dem Wein fragte, klärte dieser sie darüber auf, dass in Supermärkten kein Wein verkauft werde und sie dafür zum Alkoholgeschäft auf der gegenüberliegenden Seite des Parkplatzes gehen müsse. Ihr Auskunftsgeber sprach langsam, als wäre sie geistig minderbemittelt, weil sie dies nicht wusste.

Sie stand eine Weile unschlüssig da und überlegte, ob sie ein kleines, unverschämt teures Glas Marmite kaufen solle. Schließlich legte sie es in den Einkaufswagen. Ohne Marmite würde Marcus nicht über den Sommer kommen.

Sechs Wochen waren eine lange, lange Zeit. Eine lange Zeit, um alles wieder ins Lot zu bringen, und eine lange Zeit, wenn man einen kleinen Jungen bei Laune halten musste. Sie ging durch die Spielzeugabteilung und fügte einen Zeichenblock, ein Malbuch, preiswerte Wasserfarben, Filzstifte und Kinderschere sowie Klebstoff zu ihren Einkäufen hinzu. Sie wollte nicht, dass Jack sich langweilte, denn dann würde sie Schuldgefühle bekommen, und da jeder nur einen Koffer auf den Flug hatte mitnehmen dürfen, hatten sie nur ganz wenige, unentbehrliche Spielsachen einpacken können. Außerdem wanderten noch ein Ball, ein Reifen und etwas, das sich »Whiffle Ball Set« nannte, in den Wagen.

Jack streckte die Hände nach dem Ball aus, und sie erlaubte ihm, ihn zu halten.

»Entschuldigen Sie bitte.« Eine zierliche, dunkelhaarige Frau mit einem winzigen neugeborenen Baby, das in einem auf dem Einkaufswagen befestigten Drahtaufsatz lag, wollte hinter Lara etwas aus dem Regal nehmen.

Lara trat zur Seite, und die Frau streckte einen muskulösen, sommersprossigen Arm aus, um sich eine Plastikdose mit Säuglingsmilch zu angeln.

Das Baby schlief, und sein zerknautschtes Gesichtchen war undurchdringlich wie das eines kleinen toten Greises. Laras Knie gaben ein wenig nach; sie schwankte, während sich ihr Inneres zusammenzog.

Die Mutter sah zu Lara herüber und bemerkte, wie diese das Baby betrachtete. Der fragende Blick ihrer geschminkten Augen kreuzte den von Lara.

»Was für ein süßes Baby«, stammelte Lara wie ertappt.

»Danke schön«, sagte die Mutter.

»Wie alt ist es denn?«

»Drei Tage.«

»Ach Gott. Na, herzlichen Glückwunsch. Es ist wirklich wunderschön.« Lara lächelte, dann wandte sie sich ab und schob Jack mit dem Einkaufswagen so schnell sie konnte weiter.

Jedes Mal, wenn sie um eine Ecke bogen, tauchte die Frau mit ihrem Baby wieder auf. Sie stand da und traf ihre Auswahl aus einem verwirrend großen Sortiment Bagels, die zum Schutz vor Keimen in riesigen Plexiglas-Bottichen aufbewahrt wurden. Sie ging an der automatischen Berieselungsanlage beim grünen Gemüse vorbei. Und sie war neben ihr, als Lara von einer Tiefkühltruhe aufblickte, die so groß war wie ein Schwimmbecken und nichts als Hummer und riesige Shrimps in Schale enthielt. Es war, als würde die Frau ihr absichtlich folgen, um sie mit ihrem Baby zu quälen. Als wäre sie eine körperliche Manifestation von Laras Schuld – *Sieh her, was du weggeworfen hast,* wollte sie ihr sagen.

Und dann, als fast der gesamte Inhalt ihres Einkaufswagens schon auf dem Kassenband lag, so dass es kein Zurück mehr gab, hob Lara den Kopf – und da stand die Frau schon wieder direkt hinter ihr in der Schlange.

Lara versuchte, wegzuschauen und sich darauf zu konzentrieren, die letzten Artikel auf den Weg zur Kasse zu bringen.

»Hey, wie geht's denn?« Die pummelige junge Kassiererin strahlte sie an.

»Ach, hm, gut, danke«, stotterte Lara.

»Ihr Akzent gefällt mir!«

»Danke schön.«

Jack ließ seinen Ball fallen.

»Mummy, hol mir den Ball.«

»›Mummy‹. Ist das nicht total schnuckelig?«, gluckste die junge Kassiererin, als Lara loslief, um den Ball zurückzuholen.

»Scheibenkleister«, keuchte die frischgebackene Mutter hinter ihr. Sie hatte damit begonnen, ihre Einkäufe aufs Band zu laden, aber dann war ihr Baby aufgewacht und verlangte mit dem typischen Neugeborenenquäken nach Aufmerksamkeit. »Scheibenkleister.« Sie wurde fahrig, weil es sie offenbar überforderte, sich um ihr Baby zu kümmern und gleichzeitig ihrer Pflicht als Supermarktkundin nachzukommen, die darin bestand, den Ablauf an der Kasse nicht ins Stocken geraten zu lassen.

Ein drei Tage altes Baby ist doch noch viel zu klein, um es mit in den Supermarkt zu nehmen, dachte Lara. Erst jetzt fiel ihr das makellose Äußere der Frau auf. Ihr Gesicht war perfekt geschminkt, und sie trug eine seidene Tunika mit limettengrünen und fuchsiaroten Kreisen auf schwarzem Grund.

»Kann ich helfen?«, fragte Lara und deutete auf den Einkaufswagen der Frau.

»Ach, das wäre wahnsinnig nett«, antwortete diese, hob das Baby aus seinem Gitteraufsatz und legte es der verdatterten Lara in die Arme. Dann wandte sie sich wieder dem Wagen zu und fuhr fort, die restlichen Waren aufs Band zu legen. Säuglingsnahrung, Windeln, abgepackten Kuchen, einen Kanister Traubensaft …

So hatte Lara ihr Hilfsangebot nicht gemeint.

Sie stand da, beäugte das unwillkommene Bündel in ihrem Arm, und ihre Lippen öffneten und schlossen sich lautlos wie bei einem Karpfen. Das Baby hatte die Äuglein fest zugekniffen und strampelte. Sein Mund war ein klaffendes Loch in seinem roten Gesicht. Mit jedem Schrei krampfte sich sein kleiner Leib zusammen, während es abwechselnd den Rücken durchbog und die Knie an den Bauch zog.

Es war so lebendig, und zugleich so zerbrechlich. Sie hätte es einfach auf den Boden werfen können und …

»Ahhh, ein Baby.« Jack streckte die Hand aus.

»Ja. Ein Baby«, brachte Lara hervor. Sie legte sich das Baby an die Schulter und vollführte den kleinen wiegenden Tanz, den jede Mutter kennt. Sanft schaukelte sie es auf und ab und klopfte ihm dabei auf den Rücken, um es in seiner wie auch immer gearteten Not zu trösten. Sie achtete darauf, durch den Mund zu atmen, damit sie sein köstliches kleines Köpfchen nicht riechen musste.

Das wäre vollends unerträglich gewesen.

Während Lara das Baby hielt, passierten ihre Einkäufe die Kasse. Auf der anderen Seite packte ein pickliger Junge mit niedriger Stirn, der ungefähr in Ollys Alter sein musste, alles ein, wobei er jeweils nur ein oder zwei Artikel in eine der dünnen Plastiktüten steckte, die an einem metallenen Karussell hingen. Hätte Lara nicht das Baby im Arm gehabt, dann hätte sie sich gefragt, ob sie ihm nicht vielleicht helfen sollte. Er verbrauchte definitiv zu viele Tüten. Und wurde etwa von ihr erwartet, dass sie ihm ein Trinkgeld gab?

»So, das war's!«, verkündete er, sah auf und schenkte ihr ein argloses Lächeln, das schiefe gelbe Zähne entblößte. Lara staunte. Sie hatte gedacht, alle Amerikaner würden zum Kieferorthopäden geschleift, kaum dass sich ihr letzter bleibender Backenzahn zeigte.

»Ah, hm ...« Mit dem Baby auf dem Arm versuchte Lara, in ihrer Handtasche nach dem Portemonnaie zu kramen.

»Ich nehme ihn jetzt wieder. Vielen, vielen Dank.« Die schicke junge Mutter streckte die Arme nach ihrem Kind aus.

Lara zahlte mit Kreditkarte.

»Schönen Tag noch!«, wünschte die Kassiererin mit einem strahlenden Lächeln.

»Schönen Tag noch!«, sagte der Einpacker und schnitt eine Grimasse.

»Danke«, nuschelte Lara. Dann schob sie ihren Einkaufswagen hinaus auf den schwülen Parkplatz, heilfroh, dem Baby endlich entkommen zu sein.

Sie fand das Alkoholgeschäft, in dem sie – unter missbilligenden Blicken des bärtigen Ladenbesitzers – ein Dutzend verschiedene Flaschen kalifornischen Rot- und Weißwein erstand. Er wollte sogar ihren Ausweis sehen, was sie angesichts ihrer sechsunddreißig Jahre als Kompliment zu betrachten beschloss. Dann schob sie den Einkaufswagen zurück über den glühend heißen Asphalt. Die Flaschen standen neben den Plastiktüten mit den Einkäufen in ihrem Karton und stießen klirrend gegeneinander. Wieder vor dem Supermarkt angekommen, stand ihr Auto nicht dort, wo sie es vermutet hatte.

»Scheiße«, sagte sie zu Jack.

Sie spürte Panik in sich aufsteigen. Wenn der Wagen gestohlen worden war, würden sie saftige eintausend Dollar Selbstbeteiligung für die Versicherung auf den Tisch legen müssen. Ihre Gedanken wanderten zurück zu der getuschelten Diskussion, die sie mit Marcus am Mietwagenschalter in Newark geführt hatte. Sie hatte gemeint, dass es angesichts des kostenlosen Upgrades nur vernünftig sei, die zusätzlichen siebzig Dollar für eine Vollkaskoversicherung ohne Selbstbeteiligung zu zahlen, schließlich würden sie einen teuren Wagen auf der falschen Seite der Straße fahren. Marcus hatte dagegengehalten, dass sie eben einfach vorsichtig fahren müssten, da der verdammte Wagen plus Kindersitz sie ohnehin schon ein Vermögen koste, Upgrade hin oder her. Nun fürchtete Lara, dass diese Sparmaßnahme, wie so viele, die Marcus durchsetzte, sie am Ende teuer zu stehen kommen würde.

»Wo ist unser Auto, Jack?«, fragte sie. Jack drehte sich auf seinem Sitz im Einkaufswagen um. Die Sonne brannte durch die Dunstglocke auf sie nieder, und Lara fiel ein, dass sie ihn hätte eincremen müssen – zwischen seinen Sommersprossen waren bereits vereinzelt rote Stellen zu sehen. Sie passten zur Farbe seiner Augen, die erneut angeschwollen waren. Sie zog seine Baseballkappe tiefer, damit sein Gesicht besser abgeschirmt war. Sie selbst spürte die ersten Vorboten eines Kopfschmerzes.

»Da, Mummy, schau!« Mit seinem kleinen Finger zeigte Jack ans andere Ende der flimmernden Asphaltfläche. Hätte man durch das Supermarktgebäude samt Parkplatz genau in der Mitte eine Linie gezogen, wäre der tatsächliche Standort des Chevy genau spiegelverkehrt zu dem Platz gewesen, an dem Lara glaubte, ihn abgestellt zu haben.

»Das ist ja komisch«, sagte sie kopfschüttelnd. »Ich war mir sicher, ich hätte da drüben geparkt.«

»Dumme Mummy.« Jack kicherte.

»Ja, dumme Mummy. Ich muss verrückter sein, als ich dachte.«

Sie schob den Einkaufswagen über den Parkplatz. Mittlerweile machte sie sich größere Sorgen um das Schicksal der gekauften Eiscreme als darum, dass ihr nicht mehr eingefallen war, wo sie das Auto abgestellt hatte. Ohnehin war es nicht das erste Mal – zu Hause vergaß sie ständig, wo sie den Volvo geparkt hatte –, und in diesem Fall konnte sie immerhin den Jetlag als mildernden Umstand anführen.

»O nein«, rief sie, als sie sich dem Wagen näherten.

»Wie doof«, sagte Jack.

Der Vorderreifen auf der ihr zugewandten Seite hatte keine Luft mehr.

»Ich fasse es nicht.«

Sie hob Jack aus dem Einkaufswagen, und gemeinsam beugten sie sich herunter, um den Platten zu inspizieren.

»Was mache ich denn jetzt?«

Jack hob die Schultern.

»Kann ich Ihnen helfen, Ma'am?« Hinter ihr war ein großer Wachmann in khakifarbener Uniform aufgetaucht.

»Ich habe einen Platten«, erklärte Lara, richtete sich auf und strich sich eine Haarsträhne aus dem Auge.

Der Wachmann ging in die Hocke, um sich den Reifen genauer anzusehen, und Lara fragte sich, wo sie den Mann schon mal gesehen hatte. Irgendetwas an der Form seiner Schultern kam ihr bekannt vor. Dann musste sie schmunzeln. Langsam fing sie wirklich an zu spinnen; erst vergaß sie, wo ihr Auto stand, und dann bildete sie sich allen Ernstes ein, den Wachmann eines Supermarkts irgendwo im hintersten Winkel von New York zu kennen.

»Ein Nagel«, stellte der Wachmann fest. Als er aufstand, hielt er den Übeltäter zwischen seinen langen Fingern.

Lara sah ihr Spiegelbild in seiner Pilotensonnenbrille. Natürlich irrte sie sich. Sie hatte diesen Mann noch nie zuvor gesehen. Die Nase, die Gesichtsform, die dunkle Haut. Nichts davon kam ihr bekannt vor.

»Ich kann jemanden anrufen, der das in Ordnung bringt«, bot er ihr an.

»Das ist sehr nett von Ihnen«, erwiderte Lara. Und als der Wachmann sein Handy aus der Jackentasche zog, fiel ihr ein, an wen er sie erinnerte. Irgendetwas an seinem Körperbau, daran, wie er sich bewegte, hatte Ähnlichkeiten mit Olly. Das war es.

Während er telefonierte, ging der Wachmann einmal um den Wagen herum.

»Sie haben hier noch zwei Platten, Ma'am«, verkündete er und zeigte auf die zwei Reifen, die Lara von dort, wo sie stand, nicht sehen konnte.

»Mein Gott«, sagte Lara. »Ich muss ja durch einen ganzen Nagelhaufen gefahren sein.«

»Er ist in einer Stunde hier«, verkündete der Wachmann und steckte sein Handy weg.

»In einer Stunde? Ich glaube nicht, dass meine Einkäufe bei der Hitze so lange durchhalten.«

»Wenn ich mich nicht irre, ist Ihr Modell vom Werk aus mit einem Kühlschrank ausgestattet.« Der Mann legte einen Arm auf das Dach des Chevy. Lara sah den dunklen Schweißfleck in der Achsel seines khakifarbenen Hemdes.

»Wirklich?«, fragte Lara. »Ich habe keine Ahnung. Das ist ein Mietwagen.«

»Geben Sie mir den Schlüssel«, bat er, und ohne groß nachzudenken, gehorchte Lara. »Sehen Sie?« Er winkte sie nach hinten, damit sie die schwarze Truhe im Kofferraum begutachten konnte. Er öffnete den Deckel, nahm Laras Handgelenk und hielt ihre Hand in die Truhe, so dass sie die Kälte spüren konnte. »Hören Sie das Summen? Nachdem man den Motor ausgestellt hat, läuft er noch eine Stunde weiter.«

»Danke.« Lara zog ihren Arm zurück. Sie wollte ihren Einkaufswagen holen, doch der Mann kam ihr zuvor. »Das geht schon«, wiegelte sie ab, als er anfing, ihre Einkäufe auszuladen, wobei er jede Tüte öffnete, den Inhalt durchsuchte und die verderblichen Waren in der Kühltruhe verstaute. »Das schaffe ich jetzt schon alleine.«

»Sie trinken wohl gerne ein Gläschen, Ma'am«, stellte er fest, ihren Einwand ignorierend, und hievte die Flaschenkiste aus dem Einkaufswagen.

Allmählich wurde Lara unbehaglich zumute. Überschritt dieser Mann nicht die Grenzen der Hilfsbereitschaft und drang in ein ganz anderes Territorium vor? Oder bewies er, genau wie die junge Kassiererin und der Einpacker, lediglich, wie selbstverständlich diese Art von Freundlichkeit für Amerikaner war? Sie ging zu Jack, der damit beschäftigt war, seinen neuen Ball auf einem Stück verkümmerten Rasen neben dem Parkplatz herumzukicken, und nahm ihn auf den Arm.

»Vielen Dank«, sagte sie, als der Wachmann die letzten Einkäufe in den Kofferraum hob. »Ich glaube, wir setzen uns jetzt in den Wagen und schalten die Klimaanlage ein.« Sie streckte die Hand nach dem Autoschlüssel aus.

»Gute Idee, Ma'am.« Er gab ihr den Schlüssel zurück, und sie war erleichtert. »Aber halten Sie Ausschau nach dem Kfz-Mechaniker. Ich habe ihm gesagt, er soll sich nach einer hübschen Lady mit einem stattlichen jungen Mann umsehen. Wenn Sie sich im Wagen verstecken, findet er Sie am Ende nicht.«

»Mach ich.« Lara setzte Jack auf den Beifahrersitz, dann ging sie um den Wagen herum zur Fahrerseite. »Vielen Dank noch mal«, sagte sie und stieg ein.

»War mir ein Vergnügen. Gehört zum Service.«

Erleichtert zog Lara die Wagentür hinter sich zu, drückte auf den Knopf für die Zentralverriegelung und ließ den Motor an, damit sie und Jack sich ein wenig abkühlen konnten. Im Seitenspiegel sah sie, wie der Wachmann ihren leeren Einkaufswagen zurück Richtung Supermarkt schob. Kurz bevor er im Gebäude verschwand, drehte er sich noch einmal um und grüßte, als hätte er gewusst, dass sie ihn beobachtete.

Dreister Kerl, dachte sie. Aber etwas ließ ihr keine

Ruhe. Es war über zwei Stunden her, dass sie den Wagen geparkt hatte. Und die Kühltruhe, von der er behauptet hatte, dass sie nach Ausschalten des Motors eine Stunde weiterlief, war immer noch in Betrieb.

6

Die neuen Reifen kosteten sie fast achthundert Dollar, weil sie exakt dieselben Modelle nehmen musste wie die, die ursprünglich am Wagen gewesen waren, und die lagen, wie nicht anders zu erwarten, im oberen Preissegment. Dies bedeutete auch, dass der Mechaniker erst zurück in die Werkstatt fahren musste, um die Reifen zu holen, wodurch die Reparatur fast den gesamten Nachmittag in Anspruch nahm. Sie rief Marcus auf der Festnetznummer des Hauses an und berichtete ihm, was passiert war.

»Scheiße«, sagte er.

»Ich weiß noch nicht genau, wann ich zurück bin«, erklärte sie. »Das dauert alles ewig. Und es ist nichts zu essen im Haus.«

»Mach dir keine Sorgen, ich habe hier alles im Griff. Wenn du wiederkommst, wartet ein leckeres Essen auf dich.«

Wow, dachte sie. Das wäre ja mal was ganz Neues.

Sie brauchte lange, um den Weg aus der Stadt zu finden. Als sie sich endlich auf der unbekannten menschenleeren Landstraße wiederfand, war Jack eingeschlafen, und es war später Nachmittag.

Sie war nicht gern allein mit der Natur, nicht einmal im

Schutz ihres großen Wagens. Ihre Fantasie hatte die lästige Angewohnheit, Blüten zu treiben. Jedes Mal, wenn sie um eine Kurve bog, rechnete sie damit, dahinter eine widerliche alte Hexe am Straßenrand stehen zu sehen, die ihr einen Fluch entgegenschleuderte. Bei jedem Blick in den Rückspiegel hatte sie Angst, in die vor Wahnsinn funkelnden Augen einer Gestalt zu blicken, die hinter ihr auf dem Rücksitz saß und ihr irgendetwas Schreckliches antun wollte.

Sie hatte die Stadt bereits ein gutes Stück hinter sich gelassen, als plötzlich ein graubraunes Auto mit röhrendem Motor hinter ihr auftauchte, das auf einer besonders kurvenreichen Teilstrecke der Landstraße direkt an ihrer Stoßstange klebte. Als der Fahrer endlich zum Überholen ansetzte, wobei er aufblendete, hupte und sich sogar die Mühe machte, das Fenster herunterzukurbeln und ihr den erhobenen Mittelfinger entgegenzustrecken, war Lara bereits voll im Kampf-oder-Flucht-Modus. Ihre Handflächen waren schweißnass, ihr Herz raste. Erst jetzt konnte sie sehen, dass es sich bei dem Fahrer um eine Frau handelte.

»Blöde Kuh«, knurrte sie ihr hinterher, einfach nur, um sich selbst Mut zu machen.

Sie zwang ihre Atmung zur Ruhe und versuchte, nicht daran zu denken, was in den dicht bewaldeten Hügeln um sie herum so alles vor sich ging. Das fremde Auto hätte sie von der Straße abdrängen können, und niemand hätte je davon erfahren, bis man sie irgendwann Jahre später gefunden hätte, ein ausgedörrtes Gerippe, der rostende Chevy von Schlingpflanzen überwuchert.

Als sie endlich Trout Island erreicht hatte und am Friedhof vorbeifuhr, beschloss sie, Marcus gegenüber die Rechnung für die Reifen nicht zu erwähnen. Sollte er nachfragen, würde sie behaupten, sie hätte hundert Dollar bezahlt. Auch das würde er schon als unverschämt teuer empfinden, aber es war lange nicht so schlimm wie der tatsächliche Betrag, der eine ganze Woche grüblerischer Schweigsamkeit nach sich ziehen würde.

Glücklicherweise ging Marcus' Abneigung gegen alles Finanzielle so weit, dass er es nicht einmal über sich brachte, die Briefumschläge mit ihren Kontoauszügen und Kreditkartenrechnungen zu öffnen. Die Verwaltung des Geldes oblag allein ihr, und sie sah es als ihre Pflicht an, ihn vor den schmerzhafteren Wahrheiten zu schützen, indem sie gelegentlich ein wenig untertrieb.

Sie bog in die Einfahrt des Hauses ein. Wenn man es durch halbgeschlossene Augen betrachtete, bekam man noch eine Ahnung davon, wie eindrucksvoll es früher einmal ausgesehen haben musste. Leider zeigten der zugewucherte Vorgarten und der triste Teerplatz hinten nur allzu deutlich, dass diese Zeiten lange vorbei waren.

Sie hob Jack aus dem Kindersitz und trug ihn die wackligen Verandastufen zum Hintereingang hinauf. An der Küchentür hing ein Zettel, auf dem – in einer Handschrift, die so verschnörkelt war, dass sie nur von James stammen konnte – stand, dass das Gas nunmehr repariert sei.

Im Haus regte sich nichts. »Hallo?«, rief sie und trug Jack ins Wohnzimmer, wo sie ihn aufs Sofa bettete.

Keine Antwort.

»›Ich habe alles im Griff‹«, knurrte Lara, als sie zurück nach draußen ging, um die Einkäufe hereinzutragen. »›Ein leckeres Essen wartet auf dich‹. Von wegen.«

Manchmal brachte Marcus sie zur Weißglut.

Obendrein war sie so müde, dass sie sich kaum noch bewegen konnte.

Sie musste fünfmal laufen, bis sie alles ins Haus geschafft hatte. Die Sachen, die kühl gestellt werden mussten, legte sie mitsamt den Einkaufstüten in den Kühlschrank, den sie, so hatte sie sich vorgenommen, am nächsten Morgen saubermachen würde. Die Schränke waren ebenfalls völlig verdreckt, also ließ sie die restlichen Einkaufstüten auf dem Küchentresen stehen. Sie war gerade im Begriff, sich eine Flasche Rotwein aufzumachen und von einem Everything-Bagel mit Sesam, Mohn, Zwiebeln und Knoblauch abzubeißen, als sie auf der vorderen Veranda Schritte und dann das Zuschnappen der Fliegengittertür hörte.

»Hallo? Müde Reisende?«, rief Marcus laut. »Wir bringen Nahrung.«

Gleich darauf tauchten er, Olly und Bella in der Küche auf. Jeder von ihnen trug eine Pizzaschachtel vor sich her, die fast so breit war wie Bella hoch.

»Wein gibt es auch!«, dröhnte Marcus, der die Flasche neben Lara erspäht hatte. »Und unser Auto hat wieder Luft. Das Leben meint es gut mit uns!«

Sie aßen Pizza, bis sie sich kaum noch rühren konnten, und schauten sich eine DVD mit dem Film *Schenectady, New York* auf Laras Laptop an. Niemand konnte der Handlung folgen außer Olly, der seine Familie für ihre mangelnden intellektuellen Fähigkeiten mit beißendem Spott überschüttete. Jack rollte sich neben Lara zusammen und schlief ein.

»Schlafenszeit für alle«, verkündete Lara, als Marcus Jack die Treppe hinauftrug. Olly erhob sich seufzend, aber Bella blieb noch sitzen.

»Mum«, sagte sie, sobald Ollys schwere Schritte ganz oben auf der Treppe angekommen waren. »Olly ist richtig fies zu mir.«

»Immer noch?«, fragte Lara, während sie die leeren Pizzaschachteln zusammenfaltete, wobei sie achtgab, dass nicht allzu viele fettige Krümel auf den Boden fielen. »Gib mir mal das Glas da, ja?«

»Er nervt mich die ganze Zeit wegen Jonny. Dabei …« Bella stand auf der Schwelle zum Wohnzimmer und knetete ihre Hände. Ihre Wangen waren gerötet.

»Na ja, es hat ihm eben viel bedeutet, dass du mit seinem besten Freund zusammen warst«, sagte Lara, die damit beschäftigt war, die Spuren des schmierigen Festmahls zu beseitigen. »Er wird schon darüber hinwegkommen. Na los, steh nicht einfach nur so rum, Bella. Räum die Teller zusammen, ja?«

Seufzend knallte Bella die Teller aufeinander, trug sie in die Küche und stellte sie neben die Spüle.

»Ich weiß, dass Olly manchmal nervig sein kann«, gab Lara zu und nahm ihre Tochter bei den Händen. »Aber nur, weil er dich liebhat.«

»Ach, was soll das Ganze überhaupt? Du kapierst es ja eh nicht«, entgegnete Bella und machte sich los. »Ich geh ins Bett.« Sie stapfte ins Wohnzimmer, gab der Tür einen Stoß, als hege sie einen persönlichen Groll gegen sie, dann floh sie durch den Flur und unter lautem Gepolter die Treppe hinauf.

Teenager, dachte Lara in der Stille, die auf Bellas Abgang folgte. Da macht man was mit.

Dann nahm sie sich den Abwasch vor.

Als Lara zurück nach unten kam, nachdem sie den Kindern einen Gutenachtkuss gegeben hatte – ein Ritual, an dem sie festhielt, egal wie sehr ihre Ältesten auch darauf pochten, dass es weder notwendig noch erwünscht sei –, fand sie Marcus rauchend auf der Hollywoodschaukel vor. Zu seinen Füßen standen eine zweite Flasche Wein und zwei Gläser. Sie setzte sich neben ihn.

»So lässt es sich leben«, verkündete Marcus. »Ich glaube, wir haben ausnahmsweise mal genau die richtige Entscheidung getroffen.«

Sie suchte in seinem Gesicht nach der tieferen Bedeutung dieser Worte. Waren sie eine Art Entschuldigung für das Baby? Vielleicht. Das musste sie jedenfalls glauben. Er legte den Arm um sie und beugte sich zu ihr, um sie zu küssen.

»Ich l-l-l-liebe dich, L-l-l-lara.« So sagte er es immer.

»Ich dich auch«, sagte sie. Ihre übliche Antwort.

»Bumsen kommt wohl nicht in Frage?«

Lara machte sich von ihm los. »Das geht noch nicht.«

»Ja. Ja. Natürlich nicht. Tut mir leid.«

Um die Lampe auf der Veranda hatten sich ganze Heerscharen stechender Insekten versammelt. Marcus klatschte einen Moskito an seinem Hals tot. »Besser, wir gehen rein, sonst werden wir noch bei lebendigem Leib aufgefressen. Irgendeinen Wermutstropfen gibt es immer.«

»Ich bin todmüde.« Lara hob Flasche und Gläser auf und ging zurück ins Haus. Marcus schaltete das Licht aus und folgte ihr.

»Was haben die Reifen denn gekostet?«, wollte er wissen, als sie nach oben gingen.

Sie drehte sich zu ihm um und sagte: »Hundert Dollar.«

»Du lieber Himmel.«

7

Lara stand in Joggingsachen auf der Veranda und trank ein großes Glas Wasser, um die Flüssigkeit zu ersetzen, die sie im Laufe einer schwülen, schlaflosen Nacht ausgeschwitzt hatte. Das Licht der Morgendämmerung kroch mit Spinnenfingern über den Himmel, und eine grüne Frische milderte den Gummigestank von Trout Island.

Sie stellte ihr Glas ab, steckte sich die Ohrstöpsel ein, wählte Morrissey auf ihrem iPod aus und marschierte in zügigem Aufwärmtempo los, die Main Street entlang. Sobald sie in die Sixth Street eingebogen war, fiel sie in einen leichten Trab.

Seit sie damit angefangen hatte, um die Pfunde loszuwerden, die sie während der Schwangerschaft mit Jack angesetzt hatte, war das Laufen aus Laras Leben nicht mehr wegzudenken. Ihre Lieblingsroute zu Hause in England führte am Wasser entlang – ebener Beton auf der gesamten Strecke, so dass keine Gefahr für ihre Fußknöchel bestand, und das ständig wechselnde Schauspiel des Ärmelkanals.

Schweiß begann, auf ihrer Haut zu jucken. Sie überquerte eine Brücke, die über einen rasch dahinfließenden Fluss führte, und lief weiter stadtauswärts. Sie freute sich über die hohen Bäume am Straßenrand und die sauerstoffreichere Luft, die sich unter ihnen angesammelt zu haben schien. Mit kraftvollen Schritten nahm sie eine leichte Steigung und bog schließlich auf einen unbefestigten, parallel zum Fluss verlaufenden Pfad ein. Nebel kroch zwischen den Wildblumen hervor, die eine Art Hecke bildeten, hinter der der eigentliche Wald begann. Ihre Schritte hallten in der leeren Landschaft wider, und ihr Atem pendelte sich auf einen gleichmäßigen Rhythmus ein. Als sie um eine Kurve bog, sah sie vor sich einen großen weißen Bungalow, umgeben von einer riesigen, fast bis zur Grasnarbe abgemähten Rasenfläche. Zwei Geländewagen parkten in der Einfahrt, und genau wie überall sonst gab es auch hier kein Zeichen von Leben.

»Igitt«, sagte Lara. Es schien ihr genau die Art von Haus zu sein, in dem man erstickte. Sie lief weiter, blieb dann aber stehen, als hinter dem Bungalow ein furchterregendes Gebell zu hören war, und schaltete ihren iPod aus. Ein großer schwarzer Hund kam über den Rasen genau auf sie zugeschossen. Ganz langsam und ohne das Tier aus den Augen zu lassen, bückte sich Lara und hob zwei Steine auf. Sie hatte gelesen, dass man es so machen sollte, wenn man von einem Hund angegriffen wurde. Man warf den ersten Stein wie einen Ball und rief »Hol ihn!«, in der Hoffnung, das Tier würde sich auf ein Spiel einlassen. Falls das nicht funktionierte, hatte man immer noch den zweiten Stein als Waffe.

Lara schleuderte den ersten Stein. Der Hund, der, so konnte sie inzwischen erkennen, mindestens zur Hälfte Rottweiler war, blutunterlaufene Augen und schaumtriefende Lefzen hatte, ließ sich davon nicht beeindrucken. Sie packte ihren zweiten Stein fester und bereitete sich innerlich darauf vor, das Tier, falls nötig, zu töten. Es kam immer näher, und seine Beine bewegten sich so rasend schnell, dass sie gar nicht mehr auseinanderzuhalten waren. Doch plötzlich, sie hatte den Stein schon über den Kopf gehoben, prallte das Tier gegen eine unsichtbare Wand und sprang mit einem lauten Aufjaulen zurück. Lara sah eine Reihe dünner Metallstangen, in etwa so groß wie Zauberstäbe, die in regelmäßigen Abständen im Rasen steckten. Sie waren es, die den Hund aufgehalten hatten.

Der jedoch hatte sich sofort wieder gefangen und kläffte weiter, knurrte und fletschte die Zähne vor Wut, dass er sie nicht erreichen konnte. In der Ferne stimmten andere Hunde mit ein, und ihr Gebell hallte in den umliegenden Hügeln wider.

»Faszinierend.« Lara streckte dem Tier die Zunge heraus. Dann ließ sie den Stein fallen und setzte sich wieder in Bewegung.

Sie war erst wenige hundert Meter weit gekommen, als ein zweiter großer Hund über die Straße auf sie zugesprungen kam. Wie sein Vorgänger, so hatte auch er sie ganz eindeutig ins Visier genommen, allerdings schien seine Absicht eine andere zu sein. Lara blickte sich nach Steinen um, sah aber keine in Reichweite. Sie verhielt sich ganz still, weil sie hoffte, dem Tier auf diese Weise zu signalisieren, dass sie keine Bedrohung darstellte.

Wenige Schritte von Lara entfernt blieb der Hund stehen und musterte sie aus runden gelben Augen. Er war riesig, noch größer als der andere Hund, wie eine schwarze Dänische Dogge. Er duckte sich, und sie machte sich mit geballten Fäusten bereit, ihm einen Schlag gegen das Herz zu versetzen, sobald er sie ansprang. Zu ihrem Erstaunen jedoch legte er sich auf den Boden und sah winselnd zu ihr hoch.

»Hallo, mein Junge.« Lara hielt ihm die Hand hin. Besser, man macht ihn sich zum Freund als zum Feind, dachte sie.

In geduckter Haltung kroch der Hund über den Weg auf sie zu, bis seine Schnauze fast ihre Finger berührte. Als sie ihn streichelte, kam er ihr entgegen und schmiegte sich an sie wie eine Katze. Dann machte er Sitz und hielt ihr eine Vorderpfote hin.

»Freut mich, dich kennenzulernen.« Lara schüttelte ihm die Pfote. Sie fühlte an seinem Hals nach einer Marke, damit sie ihn mit Namen ansprechen konnte, aber er hatte keine. »Wie soll ich dich denn nennen? Wie wäre es mit Hund? Also, Hund, ich muss dann mal weiter.«

Sie entfernte sich ein paar Schritte, dann blieb sie stehen und blickte zurück. Hund saß da, schaute ihr nach und sah aus, als wolle er ihr winken, wenn er es nur gekonnt hätte.

Bis auf einen Beinahe-Zusammenstoß mit einem leuchtend blauen Vogel, der einen Federkamm auf dem Kopf hatte, gab es keine weiteren Zwischenfälle. Irgendwann gelangte Lara an eine Brücke, die zurück über den Fluss führte, ohne dass sie ein zweites Mal an dem Höllenhund vorbeimusste.

Als sie wieder beim Haus ankam, war es fast schon zu heiß zum Laufen. Aber die Stunde körperlicher Betätigung hatte ihr Gehirn mit Endorphinen überschwemmt, und sie fühlte sich beinahe wie neugeboren. Sie beugte sich über das Treppengeländer der hinteren Veranda, um ihre Schenkel zu dehnen, und atmete tief ein und aus, damit ihr Herzschlag sich wieder beruhigte.

Im Haus war alles still – es war noch niemand wach. Wieder staunte sie über die Fähigkeit ihrer Familie, den Jetlag einfach wegzuschlafen. Als sie in die Küche ging, um sich ein Glas Wasser einzugießen, hörte sie vorn vor dem Haus ein Kratzen. Sie ging durch den grauenvollen Eingangsflur und öffnete die Haustür. Dort saß Hund und blickte sie mit zum Gruß erhobener Pfote an.

»Hallo«, sagte sie und kraulte ihn hinter den Ohren. »Ich würde dich ja reinlassen, aber das geht leider nicht. Mr Wayland und der junge Master Wayland haben nämlich eine Allergie gegen Kerle wie dich. Aber warte kurz, mein Junge.«

Hund schien sie verstanden zu haben, denn er machte keinerlei Anstalten, über die Schwelle zu kommen. Lara ging zurück in die Küche, fand im Topfschrank eine Plastikschüssel, füllte sie mit Wasser und trug sie nach draußen auf die Veranda. Hund war offenbar sehr durstig, denn er schlappte alles auf.

Die nächsten zwei Stunden verbrachte Lara damit, unter Ausnutzung ihrer Restenergie vom Sport den schimmeligen Kühlschrank sowie die Küchenschränke mit ihren schmierigen Fünfziger-Jahre-Auslegepapieren und Fliegenkadavern zu schrubben.

Sie war auf Händen und Knien und wollte sich gerade den letzten Schrank vornehmen, als sie jemanden hinter sich spürte.

»Toller Arsch«, hörte sie Marcus sagen.

Sie hob den Kopf und sah ihn an, wobei sie sich mit dem Unterarm die Haare aus dem Gesicht schob.

»Geht es Jack gut?«

»Bestens. Schläft wie ein Baby. Was machst du da?«, fragte er und sah auf sie herab. Er trug noch das T-Shirt und die Unterhose vom Vortag.

»Wie sieht es denn aus?«, fragte sie zurück. »Das wird ganz schön viel Arbeit, das Haus hier bewohnbar zu machen.«

»Ist doch alles gut«, sagte Marcus. »Bloß kein Stress.«

»Du hast leicht reden.«

»Hast du an Kaffee gedacht?« Er wühlte in den Einkaufstüten, die noch auf dem Tisch standen und darauf warteten, ausgepackt zu werden. »Oh, welch Luxus«, rief er aus, als er die braune Tüte mit Kaffee fand, die Lara und Jack im Supermarkt frisch hatten mahlen lassen.

»So teuer war der gar nicht«, erwiderte sie.

»Gibt's auch Milch?«

Lara deutete auf die Plastiktüte, die sie vor der Säuberungsaktion aus dem Kühlschrank genommen hatte.

»Sollte die nicht im Kühlschrank stehen?«, fragte Marcus.

Er machte sich daran, in der uralten Maschine Kaffee aufzusetzen. Lara schrubbte indes weiter im Schrank.

»Du warst doch nicht etwa joggen, oder?«, wollte er von ihr wissen.

»Ich konnte nicht schlafen, deshalb dachte ich, ich gehe laufen, bevor es zu heiß wird.«

»Du solltest dir ein bisschen Ruhe gönnen.«

»Das kann ich nicht. Das weißt du.«

»Was ist das denn hier?«, fragte Marcus, der in eine andere Einkaufstüte spähte und die Spielsachen herauszog, die sie im Supermarkt gekauft hatten.

»Irgendwie muss ich ihn ja beschäftigen.«

»Klar. Aber vergiss nicht, wir haben kein großes Budget.«

Lara wandte sich ab und versuchte, sich ganz auf ihren

Schrank zu konzentrieren. Sie spürte, wie ihr das letzte bisschen Endorphin aus dem Hirn sickerte.

»Kaffee?«, fragte Marcus.

»Ja, bitte.«

»Hier oben«, erklärte er und stellte den dampfenden Becher so ab, dass sie ihn gerade nicht mehr erreichen konnte. »Ich lege mich dann mal wieder ins Bett und gehe meinen Text durch.« Er verschwand in Richtung Flur.

Nicht zu fassen, dachte Lara. Einfach nicht zu fassen.

Kurze Zeit später kam Jack nach unten. Er hatte Cyrilbär im Arm und kratzte sich die schweißverklebten Haare, aber seine Augen sahen nicht mehr ganz so schlimm aus wie tags zuvor.

»Morgen.« Lara gab ihm einen Kuss.

»Hunger«, sagte er.

Sie schüttete ihm Reese's Puffs in eine Schüssel und setzte ihn mit seinem neuen Malbuch und den Wasserfarben an den Tisch, während sie die restlichen Einkäufe auspackte. Sie vergewisserte sich, dass er noch beschäftigt war, bevor sie sich ein Glass Wasser nahm und nach draußen auf die Veranda ging, um im Schatten zu sitzen und sich von der leichten Brise, die über die Straße wehte, ein wenig abkühlen zu lassen.

Wären die orangefarbenen Säcke und Mülltonnen nicht gewesen, die jemand an die Straße gestellt hatte, während sie joggen gewesen war, hätte sie niemals geglaubt, dass hier Menschen wohnten. Sie lauschte mit angehaltenem Atem. Über das Zirpen und Schnarren der Zikaden und anderer, lauterer Insekten hinweg hörte sie das Plärren eines Fernsehers – weit entferntes Gelächter vom Tonband, das der warme Wind zu ihr herübertrug. Obwohl der Ort so verlassen wirkte, hatte sie auf der Veranda das sonderbare Gefühl, beobachtet zu werden. Sie versuchte, durch die mit Fliegendraht verkleideten Fenster der Nachbarhäuser zu spähen, konnte aber nichts erkennen. Was auch immer dahinterlag, wurde vom Drahtgeflecht verborgen. Ein Paradies für Spanner.

Dann vernahm sie irgendwo in der Ferne das Röhren eines Motors. Das Geräusch war ganz leise und die Straße völlig leer, so dass unmöglich festzustellen war, aus welcher Richtung es kam.

Kurze Zeit später tauchte ein Fahrzeug auf, und Lara sah, dass es sich um einen UPS-Lieferwagen handelte. Er hielt vor ihrem Haus, und ein großer Mann in brauner Uniform sprang vom Fahrersitz. Er streckte die Beine, sah zum Haus hinüber, stieß einen leisen Pfiff aus und schüttelte den Kopf.

Er verschwand im Laderaum des Lieferwagens, und als er wenige Augenblicke später wieder herauskam, hatte er ein Paket in der Hand, das ungefähr so groß war wie vier Ziegelsteine. Er knallte die hinteren Türen des Lieferwagens zu und sprang die Stufen zur Veranda hinauf. Lara erhob sich, und der Mann zuckte zusammen.

»Du liebe Zeit, Lady. Ich hab Sie da im Schatten gar nicht gesehen.«

»Entschuldigung«, sagte Lara.

»Trout Island Theatre Company?«

»Äh, ja.«

»Hier, bitte eine Unterschrift.« Er hielt ihr ein elektronisches Gerät hin, und seine Hand streifte ihre, als sie es von ihm entgegennahm.

Als sie es zurückgab, merkte sie, dass er den Hals reckte, um an ihr vorbei ins Haus blicken zu können.

»Ich könnte das Fliegengitter aufmachen, dann sehen Sie besser«, bot sie an.

»Tut mir leid, Ma'am, es ist nur –«

»Ja?«

»Ist das …« Der UPS-Bote wurde rot – zusammen mit seiner schweißfleckigen braunen Uniform eine unvorteilhafte Kombination. »Ist das das Larssen-Haus?« Er rümpfte die Nase, als er den Namen aussprach.

»Larssen? Keine Ahnung. Wir sind gerade erst eingezogen.«

»Oh. Okay. Ich und meine große Klappe. Ich muss dann auch mal wieder. Schönen Tag noch.«

Er händigte ihr das Paket aus, drehte sich um und lief die Stufen hinunter über den Rasen. Genau wie der Wachmann vor dem Supermarkt hatte auch er gewisse Ähnlichkeiten mit Olly. Vielleicht sahen alle Amerikaner so aus – groß und schlaksig, mit leicht wiegendem Gang. Bevor er in seinen Wagen stieg, drehte er sich noch einmal um, warf einen letzten Blick auf das Haus und verzog dabei das Gesicht.

Lara sah dem Wagen nach, wie er in der Ferne verschwand. Merkwürdig, dachte sie. Larssen-Haus?

Das Paket war an James adressiert, aber da sie sich relativ sicher war, dass es sich um den »Rauter« handelte, nahm sie es mit nach drinnen und riss es auf. Verärgert stellte sie fest, dass die Verpackung schon einmal geöffnet worden war; man hatte ihnen ein Gerät geschickt, das jemand anderer bereits benutzt und dann zurückgegeben hatte oder Ähnliches. Immerhin war sie nach halbstündigem Getüftel endlich online und nutzte die Zeit, um ihre E-Mails und Facebook-Nachrichten zu lesen und sich mit Kollegen und Freunden daheim auszutauschen – in einer Welt, die nach nur zwei Tagen schon ein ganzes Leben weit weg schien.

8

Dann habt ihr euch also schon ein bisschen umgesehen?«, fragte Marcus, während er sich einen Nachschlag Pasta nahm. Sie aßen früh zu Mittag, denn als sich alle in der Küche eingefunden hatten, um sich wie Tiere, die in Mülltonnen nach Essbarem stöbern, über die Reese's Puffs herzumachen, hatte Lara sich veranlasst gesehen, eine anständige Mahlzeit auf den Tisch zu bringen.

»Hier ist so was von tote Hose«, verkündete Olly.

»Hier ist garantiert jede Menge los. Ihr müsst bloß herausfinden, wo«, widersprach Marcus kauend. Lara wünschte sich, er würde nicht immer so geräuschvoll essen, aber er hielt es mit dem Grundsatz, Tischmanieren seien nur etwas für die Bourgeoisie.

»Glaubst du?« Olly nahm seinen Teller in die Hand und leckte ihn ab. Noch etwas, worüber Lara sich längst nicht mehr aufregte.

»Und wenn ihr erst mal die Schauspieler und die anderen Leute vom Theater kennenlernt, na, dann wird es bestimmt lustig.«

»Heute Abend ist ja schon mal James' und Bettys Party«, warf Lara ein.

»Was für eine Party?« Alle sahen sie an.

Sie schlug sich mit der Hand an die Stirn. »Ich habe total vergessen, es euch zu sagen. Heute um halb acht. Nach der Vorstellung. Um alle kennenzulernen, hat James gesagt.«

»Müssen wir da hin?«, fragte Olly.

»Natürlich müssen wir da hin«, gab Marcus zurück. »Du hast dich doch beschwert, dass hier nichts los ist. Und jetzt willst du nicht auf eine Party gehen?«

»Komm runter.«

»Ich kann es nicht ausstehen, wenn du das sagst.« Marcus funkelte seinen schmollenden Sohn wütend an.

»Deswegen sagt er's ja, Vater«, klärte Bella ihn auf.

»Wo findet die Party statt?«, wollte Marcus von Lara wissen.

»Irgendwo ganz weit draußen. Ich habe die Adresse. Jetzt, wo das Internet funktioniert, können wir ja bei Google Maps nachschauen«, schlug Lara vor.

»Wir sind online?«, fragte Marcus. »Gut gemacht, du kleine Computermaus, du.«

»James meinte noch, dass er irgendeine Überraschung für uns hätte«, fügte Lara hinzu.

»Oh, eine Überraschung von James. Ich kann's kaum erwarten.« Olly fuchtelte mit den Händen in der Luft herum.

»Sieh dich vor, junger Mann«, warnte Marcus.

»Komm runter.«

Marcus' Erwiderung ging in einem stetig anschwellenden Sirenengeheul unter. Es kam irgendwo ganz aus der Nähe und wurde immer lauter, bis Lara Jack die empfindlichen Ohren zuhalten musste, weil sie Angst hatte, sie könnten Schaden nehmen. Nach einer Weile ebbte der Lärm genauso langsam wieder ab, wie er angefangen hatte. Zurück blieb eine drückende Stille.

»Was war denn das?«, fragte Lara. Jack sah so verängstigt aus, wie sie sich fühlte.

»Gestern war das auch schon«, sagte Bella. »Als du in der Stadt warst.«

»Ist doch cool.« Olly zuckte mit den Schultern. »Irgendeine Übung für Terroranschläge. Hab was drüber gelesen.«

»Ach ja?« Lara hob eine Braue.

»In Wirklichkeit«, sagte Marcus, den Mund voller Pasta, da er während des Sirenengeheuls ungerührt weitergegessen hatte, »ist das ein Probealarm für die Feuerwehr. Den gibt es im Sommer jeden Tag um zwölf Uhr. James hat es mir erklärt, als die Sirene mal losging, während wir geskypt haben. Von daher«, schloss er und schob sich die letzte Gabel voll Nudeln in den Mund, »komm runter, Olly.«

»Also«, sagte Lara, als sie mit dem Essen fertig waren. »Ihr räumt ab, und ich brauche heute Nachmittag ein paar Stunden ohne Jack, damit ich das Haus auf Vordermann bringen kann.«

»Ich muss Text lernen«, erklärte Marcus schulterzuckend.

»Bella? Olly? Könnt ihr euch ein bisschen um euren Bruder kümmern?« Eigentlich hätte sie es gern gesehen, wenn Marcus zur Abwechslung einmal Verantwortungsbewusstsein gezeigt hätte. In zwei Tagen gingen die Proben los, dann wäre mit ihm überhaupt nicht mehr zu rechnen. Es passte ihr nicht, dass sie die Babysitter-Stunden, die die Zwillinge ihr versprochen hatten, schon so früh aufbrauchen musste.

Olly stöhnte.

»Na ja, vielleicht können wir mit ihm zum Spielplatz gehen«, murmelte Bella nach längerem Zögern.

»Es gibt hier einen Spielplatz? Das ist doch toll!«, sagte Lara zu Jack, der sofort die Ohren gespitzt hatte.

»So würde ich es nicht gerade nennen«, entgegnete Olly. »Schrott wäre die passendere Bezeichnung.«

»Wie auch immer, jedenfalls werdet ihr eurer Mutter unter die Arme greifen«, entschied Marcus und erhob sich. »Also. Abwasch. Ich spüle, ihr trocknet ab und räumt das Geschirr weg.«

»Und vergesst Jacks Sonnencreme nicht«, warf Lara ein. »Seine Haut ist anders als eure, ja?«

»Ich glaube, das wissen wir inzwischen, Übermutter«, antwortete Bella.

Lara warf ihrer Tochter einen Blick zu. Dann krampfte sich plötzlich ohne Vorwarnung ihr Unterleib zusammen. Sie schnappte nach Luft und suchte Halt an einer Stuhllehne.

»Alles in Ordnung?«, fragte Marcus.

»Ja.« Lara wollte nicht mit ihm darüber reden. Sie wollte nach vorne schauen, nicht zurück.

»Bist du sicher?«

»Es geht mir gut, wirklich.«

Während die anderen das Geschirr in die Küche trugen, ging Lara nach oben, um auszupacken. Vorher holte sie noch ihren Laptop, damit sie bei der Arbeit ein bisschen Musik hören konnte. Am unteren Treppenabsatz blieb sie stehen und fragte sich, woran es lag, dass sie, wann immer sie sich in diesem Teil des Hauses aufhielt, sofort die Flucht ergreifen wollte. Mitten auf dem hellbraunen Teppich im Flur prangte ein leuchtend purpurner Fleck. Gut möglich, dachte sie, dass der aus einem Agatha-Christie-Stück stammt. Sie ging auf die Knie und beschnüffelte ihn. Er roch leicht metallisch und ranzig, wie ein rostiger Topf mit altem Abwaschwasser, und fühlte sich rau an.

Aus der Hocke heraus ließ sie den Blick durch den Flur schweifen. Der Teppichboden reichte genau von einer Wand zur anderen, er konnte also nicht aus dem Theaterfundus stammen; wahrscheinlich lag er schon seit vielen, vielen Jahren hier. Sie würde James um die Erlaubnis bitten, ihn herauszureißen.

Oben im Schlafzimmer schaltete sie The Smiths' *The Queen is Dead* auf iTunes ein und nutzte die Energie des Drumbreaks im ersten Song, um die Koffer aufs Bett zu wuchten.

Sie nahm Jacks Kleider aus dem Koffer, den sie mit ihm geteilt hatte, und legte sie in ordentlichen Stapeln auf die Holzregale der Kammer, die neben dem Schlafzimmer in den Dachvorsprung eingebaut war.

Sie liebte es auszupacken. Selbst wenn sie nur ein oder zwei Tage unterwegs waren, fand sie für alles einen Platz. Einem Außenstehenden mochte dies wie eine klassische Hausfraueneigenschaft erscheinen, aber das traf bei Lara nur zum Teil zu. Wenn alles sortiert und in Stapeln zurechtgelegt war, fühlte sie sich jeder Lage gewachsen. Diese Liebe zur Ordnung war es auch, die sie zu ihrem Beruf als Graphikdesignerin geführt hatte. Und sie war der Grund, weshalb sie Marcus und seine Schlampigkeit so schwer ertragen konnte. Wenn sie nicht wäre, hätten die Kinder niemals saubere Kleider, etwas zu essen im Bauch, Zahnarzttermine …

Sie unterbrach ihren Gedankengang und konzentrierte sich stattdessen darauf, die unterschiedlichen Tabletten und Salben aus dem Erste-Hilfe-Kasten zu nehmen und auf dem Regal aufzubauen.

Die äußeren Umstände hatten Lara schon in jungen Jahren zur Häuslichkeit gezwungen. Mit neunzehn war es ihr Traum gewesen, zur Schauspielschule zu gehen und Schauspielerin zu werden. Doch als sie während ihres Sabbatjahrs nach der Schule im Dirty Duck – der Stammkneipe des Ensembles der Royal Shakespeare Company in Stratford-upon-Avon – hinter der Theke gearbeitet hatte, war sie Marcus begegnet. Er war damals einunddreißig Jahre alt und ein echter Schauspieler und kam ihr unfassbar glamourös vor. Er bat sie um ein Treffen, und sechs Monate später waren sie verheiratet – in den Augen ihrer biederen Eltern eine Ungeheuerlichkeit. Für diese waren bereits ihre Schauspielambitionen ein herber Schlag gewesen, und nun kam auch noch ein älterer Mann daher und nahm ihre einzige Tochter zu seiner Kindbraut.

Wie immer schafften es Morrisseys Stimme und Johnny Marrs Gitarrenklimpern, sie aus dem Netz der Vergangenheit zurück ins Hier und Jetzt zu holen.

Während sie die Dose mit den Pflastern neben der antibakteriellen Lotion platzierte, versuchte sie, sich an die freudige Erregung zu erinnern, die sie empfunden hatte, wann immer Marcus die Bar betrat.

Ihr fiel es schwer, sich zu erinnern. Kurze Zeit nach der Hochzeit – eine Zeit, die Lara meistens zu verdrängen pflegte – zogen sie nach Brighton, und die Zwillinge wurden geboren. Marcus musste sich stets bereithalten, um auf den Anruf irgendeines Agenten hin sofort für fünf Wochen nach Pitlochry zu fahren oder dergleichen, daher war es für Lara undenkbar, arbeiten zu gehen, während die Zwillinge noch klein waren. Da sie keine anderen Qualifikationen vorzuweisen hatte als einen Schulabschluss in Kunst und

Theater, hätte sie niemals genug verdient, um davon die Betreuungskosten für zwei Kinder bestreiten zu können. Zu diesem Zeitpunkt stand die Rollenverteilung also bereits fest: Er ging arbeiten, und sie saß zu Hause und wusste angesichts ihrer zwei nimmersatten Babys nicht, wo ihr der Kopf stand. Das war das Ende ihres Traums von der Schauspielerei. Sie ließ die Karriereleiter los, noch bevor sie einen Fuß auf die unterste Sprosse gesetzt hatte.

Und nun fragte sie sich, ob das nicht die Wurzel ihrer gegenwärtigen Missstimmung war. Unbefriedigter Ehrgeiz. Er war wie ein Wurm, der sich in einen Apfel frisst. Nur ein winziges Loch, und trotzdem ist die ganze Frucht verdorben. Wenn sie an die ersten drei Lebensjahre der Zwillinge zurückdachte, konnte sie sich nicht daran erinnern, näher mit Marcus zu tun gehabt zu haben. Obwohl er hin und wieder zu Hause gewesen war. Er musste hin und wieder zu Hause gewesen sein.

Vielleicht hatte sie bereits damals begonnen, sich innerlich abzukapseln. Nein, ihr war klar, dass es so nicht gewesen war. Den fraglichen Moment konnte sie nämlich exakt bestimmen, und er war schon viel früher gekommen. Sie verbot sich, weiter darüber nachzudenken.

Sie stellte Jacks bescheidene Spielzeugsammlung auf ein niedriges, leicht erreichbares Regal: Floppy Dog, Woody, die Power Rangers, ein paar Star-Wars-Sachen.

Am Ende war es ihre gute Kunstnote, die ihr die Chance bot, aus dem Haus zu kommen. Sobald die Zwillinge drei wurden, hatten sie Anspruch auf kostenlose Tagesbetreuung, und währenddessen belegte Lara halbtags einen Kurs in visueller Kommunikation am örtlichen College. Ursprünglich hatte sie sich vor allem deshalb eingeschrieben, weil sie sich endlich wieder als denkendes Wesen fühlen wollte, nachdem sie ihre frühen Zwanziger bis zum Hals in Babyzubehör verbracht hatte. Im zweiten Ausbildungsjahr jedoch begann sie, die Möglichkeiten zu entdecken, die der Kurs ihr eröffnete. Ihr gelang es sogar, für ihre Abschlussprojekte echte Kunden zu gewinnen. Sie bestand mit Auszeichnung, gewann einen Gutschein für einen Apple Macintosh inklusive Drucker und Scanner und richtete sich in einer Ecke des Wohnzimmers einen Arbeitsplatz ein.

Sie verdiente nicht viel, aber es tat gut, wenigstens einen kleinen Teil zum Familieneinkommen beizutragen. Und sie blieb flexibel, was in der Theorie ungemein praktisch war, nur dass manchmal Monate vergingen, ohne dass Marcus auch nur ein einziges Vorsprechen hatte. Lara kam dies zupass, da sie inzwischen zahlreiche Aufträge bekam, und sie freute sich über die kostenlose Kinderbetreuung. Marcus allerdings fand es furchtbar.

»Es war einfach noch nicht die richtige Rolle für dich dabei«, munterte sie ihn immer wieder auf. »Das kommt schon noch.« Aber es kam nicht, wenigstens nicht oft. Und wenn doch, dann spielte er gegen Mindestgage irgendeine kleine Rolle in einem unbedeutenden Provinztheater Hunderte von Meilen weit weg. Er bekam diese Engagements über Freunde, die ein gutes Wort für ihn einlegten. Nicht ein einziges Mal seit Bellas und Ollys Geburt kam es vor, dass er besetzt wurde, weil er einen Regisseur durch ein phänomenales Vorsprechen beeindruckt hatte.

Pflichtschuldig reiste Lara mit den Zwillingen quer durchs Land, damit dann die Garderobiere für einen Zehner auf die beiden aufpasste, während sie ihren Ehemann auf der Bühne sah. Sie erinnerte sich noch an den Moment in einem Theater irgendwo oben im Norden – während eines Agatha-Christie-Stücks, wie es der Zufall wollte –, als bei ihr der Groschen endlich fiel. Sie hatte nie in Frage gestellt, dass Marcus schauspielerische Begabung besaß. In den langen entbehrungsreichen Monaten zwischen Engagements weigerte er sich strikt, irgendetwas anderes zu arbeiten, um Geld zu verdienen. Zwar sagte er nie ausdrücklich, dass dies unter seiner Würde sei, er behauptete jedoch immer, dass es ihn vom Eigentlichen ablenke. Er müsse frei sein für die Schauspielerei, sagte er.

Aber als sie an jenem besagten Tag im dunklen Zuschauerraum saß und ihm beim Spielen zusah, wurde ihr klar, dass etwas ganz Entscheidendes fehlte. Sein Nacken und seine Schultern waren verkrampft; seine Stimme klang ein wenig gepresst. Was früher bei ihm so natürlich gewirkt hatte wie Atmen, kam ihr jetzt gekünstelt und bemüht vor. Er hatte die schlimmste aller Schauspielersünden begangen: Er war unglaubwürdig geworden.

Die glanzlose Inszenierung – eine gestelzte postmoderne Interpretation ohne die nötige Portion Ironie – tat ihr Übriges. Trotzdem ließ sich die Wahrheit nicht verleugnen: Marcus spielte hundsmiserabel.

Als sie nach dem Stück hinter die Bühne kam, konnte sie ihm das natürlich nicht sagen. Niemand wird es ihm je sagen, dachte sie, als sie ihn küsste und verkündete, er sei großartig gewesen. Die Engagements würden einfach nach und nach weniger werden, sobald diejenigen, von denen er beruflich abhing, zu derselben Erkenntnis gelangt waren wie sie. Damals, als die Kinder noch klein gewesen waren, hatte sie sich dafür verabscheut, dass ihr der Respekt für ihn abhandengekommen war. Sie hatte ihre Wahl getroffen und bemühte sich, dazu zu stehen. Die Gewissheit jedoch, dass er ein schlechter Schauspieler war, machte es ihr sehr schwer.

Sie seufzte bei der Erinnerung und betrachtete die zwei Koffer, die nebeneinander auf dem wackligen Bett lagen. Ihre eigenen Kleidungsstücke waren zu Zigarren aufgerollt, so wie es ihre in allen Haushaltsdingen bewanderte Mutter ihr gezeigt hatte, wenn sie zu einer ihrer Pauschalreisen nach Korfu oder Mallorca aufgebrochen waren. »Man bringt mehr unter«, hatte sie gesagt. »Und das bei minimaler Faltenbildung.« Diese Angewohnheit ihrer Mutter, sich wie eine wandelnde Reklamebotschaft auszudrücken, hatte Lara stets irritiert. Es war eine der vielen Eigenschaften, die sie nun auch an sich selbst entdeckte – kleine genetische Ticks oder Gewohnheiten, die Eltern, ob nun absichtlich oder unabsichtlich, an ihre Nachkommen weitergaben, um sie zu verkorksen.

Das wilde Durcheinander aus Chinos, schlabberigen Shorts und T-Shirts in Marcus' Koffer bewies, dass er auf schicke Kleidung keinerlei Wert legte und seine Sachen nicht gerade pfleglich behandelte.

Es war diese chaotische Seite an Marcus, die ihr das Arbeiten zu Hause irgendwann unmöglich gemacht hatte. Er respektierte weder ihre Zeit noch ihren Raum, unterbrach sie bei der Arbeit, um sie zu fragen, wo das Toilettenpapier sei, und lud scharenweise arbeitslose Schauspielerkollegen ein, die dann den ganzen Tag herumsaßen, Tee tranken – nachmittags gingen sie irgendwann zu Wein über – und sich mit wohltemperierten Stimmen über diesen Regisseur oder jenen Agenten ausließen.

Lara saß währenddessen an ihrem Schreibtisch im Wohnzimmer und versuchte, sich auf ihre Quark-Express-

Layouts zu konzentrieren. Es war ihre Aufgabe, Ordnung und Struktur in die nackten Texte zu bringen, die sie von ihren Kunden bekam, und der Lärm und die Verzweiflung um sie herum taten ihr regelrecht weh.

Sie hatte mit dem Gedanken gespielt, sich ein Büro anzumieten, aber ein solcher Schritt kam ihr zu gewagt vor. Mit ihren vierundzwanzig Jahren war sie noch jung und unerfahren. Sie hatte keinen Sinn fürs Geschäftliche – ihre Honorare etwa waren immer viel zu niedrig –, außerdem war sie zu Hause viel zu stark eingespannt, als dass sie irgendwelche größeren Risiken hätte eingehen können.

Als sie dann von der freien Stelle bei der Stadtverwaltung hörte, zögerte sie nicht lange. Das Gehalt war nicht gerade fürstlich, aber es reichte, um die laufenden Kosten zu decken, und die Arbeitszeiten waren ideal: halb zehn bis drei, fünf Tage die Woche. So hatte Marcus das Haus für sich, und falls er beruflich mal für ein paar Tage wegmusste, versank trotzdem nicht gleich alles im Chaos. Sie bewarb sich um die Stelle und bekam sie auch, obwohl sie das Gefühl hatte, sie sich irgendwie erschummelt zu haben.

Und wohin hat mich das gebracht?, fragte sie sich, während sie nun Marcus' Kleider in das Regal über die Sachen von Jack räumte. Nicht sehr weit.

Sie hängte sein einziges gutes Stück, ein Hemd von Paul Smith, das sie ihm letztes Jahr zu Weihnachten geschenkt hatte, auf einen Bügel. Es war wunderschön: blau mit winzigen rosafarbenen Blümchen. Trotzdem konnte sie es nicht ansehen, ohne daran denken zu müssen, wie wütend er gewesen war, weil sie so viel Geld dafür ausgegeben hatte. Dabei hatte er mit seiner Schätzung noch deutlich zu niedrig gelegen.

Schon nach der ersten Woche war ihr aufgegangen, dass sie mit der Stelle bei der Verwaltung ihrem Ehrgeiz ein Grab geschaufelt hatte. Im Büro wimmelte es von Leuten, die sich einen sonnigen Lenz machten: Jedes Anzeichen von Enthusiasmus wurde von ihnen mit Argwohn zur Kenntnis genommen. Dazu kam, dass sie keinerlei Achtung für ihren Teamleiter übrighatte, einen wankelmütigen Mann Anfang vierzig, der nicht in der Lage war, auch nur eine einzige Entscheidung zu treffen.

Trotzdem behielt sie die Stelle, weil sie in ihr Leben passte. Und als Jack – ihr *glücklicher* Betriebsunfall, wie Marcus ihn nannte – zur Welt kam, erwiesen sich die Mutterschaftsregelungen der Verwaltung als äußerst generös. Mit sechs Monaten bekam Jack einen bezuschussten Platz in der verwaltungseigenen Kinderkrippe, und Lara ging wieder arbeiten. Alles lief so reibungslos, dass ihr ursprünglicher Plan, ihr sicheres, bereits um mehrere Stufen in der Gehaltstabelle gestiegenes Einkommen aufzugeben, um sich wieder selbständig zu machen, geradezu wahnwitzig erschien.

Aber irgendetwas musste sich ändern. Sie langweilte sich. So sehr, dass sie manchmal am liebsten geschrien hätte. Nach der Heirat mit Marcus hatte sie sich vorgestellt, sie würden das glanzvolle Leben von Bohemiens führen. Stattdessen war sie nun eine städtische Angestellte mit Rentenkonto und Wochenarbeitsplan.

Mittlerweile war sie älter und erfahrener. Sollte sie jetzt beschließen, sich selbständig zu machen, würde sie damit Erfolg haben, das wusste sie. In ein paar Jahren könnte sie ihr eigenes Büro haben – sie stellte es sich modern vor, mit Treppengeländern aus gespannten Stahlseilen und heller

Eiche – und dazu noch zwei oder drei Angestellte, die an Projekten für jene geheimnisvollen Blue-Chip-Unternehmen arbeiteten, die so gute Honorare zahlten.

Der Pakt, den sie nach der Abtreibung mit sich selbst geschlossen hatte, sah Folgendes vor: Wenn sie schon keine weiteren Kinder haben würde, dann wenigstens eine Karriere. Sollte ihre Ehe nach all den Jahren noch eine Überlebenschance haben, musste sie dafür sorgen, dass sie selbst glücklich war.

Sie setzte sich auf das quietschende Bett und räumte als Letztes ihre eigenen Sachen aus dem Koffer. Was hatte sie sich beim Packen gedacht? Außer ihren Joggingsachen und den Kleidern, die sie auf der Reise getragen hatte, hatte sie lediglich eine olivgrüne Leinenhose, ein grünes ärmelloses Top, zwei T-Shirts, eine tintenblaue Tunika, ein Boden-Kleid aus schwarzem Jersey sowie ein rosafarbenes Blümchenkleid eingepackt. Sie hatte es vor Jahren in einer schlanken Phase gekauft und hoffte, dass sie immer noch hineinpasste. Die paar Sachen würden niemals reichen. Nicht einen ganzen Sommer lang.

Unsicher, was sie zu dem Barbecue anziehen sollte, beäugte sie das rosafarbene Kleid. Ohne sich Gelegenheit zu geben, einen Rückzieher zu machen, streifte sie ihre Sachen ab und zog es sich über den Kopf. Es war tief ausgeschnitten, mit einer leicht verstärkten und figurbetont geschnittenen Frontpartie, die man wie ein Korsett schnürte. Sie strich die Vorderseite glatt und betrachtete sich in dem angelaufenen mannshohen Spiegel, den jemand, zweifellos in der Überlegung, dass ohne ihn das Schlafzimmer eines Schauspielers nicht komplett wäre, an der Wand aufgestellt hatte.

Zufrieden nahm sie zur Kenntnis, dass das Kleid passte.

Weil ihre Oberweite nach der letzten Schwangerschaft noch immer recht üppig war, hatte sie sogar ein echtes Dekolleté. Sie drehte sich, um sich im Profil zu betrachten, und zog den Bauch so weit ein, wie sie glaubte, es einen Abend lang aushalten zu können. Gar nicht mal so schlecht. Sie entschied, dass dieses Kleid, zusammen mit ihrer Jeansjacke und dem schwarzen Pashmina-Schal, ihr Outfit für den Abend sein würde.

Sie stand immer noch vor dem Spiegel, als sie die Treppenstufen unter Marcus' schweren Schritten ächzen hörte.

»Also, die Großen sind mit dem Kleinen zum Spielplatz oder so ähnlich«, meldete er.

»Sehr gut.«

»Wäre es vielleicht möglich, die Koffer vom Bett zu räumen?«, fragte er. »Ich muss meinen Text lernen, und sonst ist nirgendwo Platz.«

Lara dachte an das riesige, leere Haus und daran, wie viele Ecken und Winkel es hatte, die zum Textlernen wie gemacht waren.

»Willst du damit nicht bis nach der Leseprobe warten?«, hakte sie nach. »Sonst sagst du doch immer, dass es so am sinnvollsten ist.«

»Außer, man hat die scheißverdammte Hauptrolle«, antwortete Marcus mit einem breiten Grinsen und schob die Koffer auf den Boden. Dann richtete er sich auf und sah Lara an. »Was trägst du denn da? Hast du das neu gekauft?«

»Es ist uralt. Was meinst du?« Sie hielt die Luft an und breitete die Arme aus.

Marcus musterte sie von oben bis unten.

»Ja«, sagte er in seiner leicht gepressten Bühnenstimme.

»Es gefällt dir nicht, oder?«

»Doch«, erwiderte er.

»Was stimmt nicht damit?« Sie wünschte, er wäre ein besserer Schauspieler.

»Du darfst aber nicht sauer auf mich sein.«

»Ich bin nicht sauer, wenn du mir die Wahrheit sagst«, gab sie zurück.

»Okay. Also, du, na ja, du quillst hier und da ein bisschen raus.«

»Ich quelle?«

»Hm, ja.«

Lara schwieg eine Sekunde lang und warf erneut einen Blick in den Spiegel, nur dass sie sich diesmal keine Zeit gab, vorher den Bauch einzuziehen.

Er hat recht, dachte sie. Und ihre Stimmung sank auf den Nullpunkt.

»Danke, dass du ehrlich zu mir warst.«

»Nein, hör mal. Es ist echt hübsch. Wirklich.«

Lara zog das rosafarbene Blümchenkleid aus und hängte es ans hinterste Ende der Kleiderstange, die an einer Wand der Kammer angebracht war. Dort würde es den ganzen Sommer über hängen bleiben. Nackt und mit dem schwarzen Jerseykleid in der Hand, von dem Johnnie Boden behauptete, dass es jeder Figur schmeichle, ging sie zurück ins Schlafzimmer. Marcus lag bereits auf dem Bett und war in sein Skript vertieft. Er sah nicht zu ihr auf.

Sie schlüpfte in das Jerseykleid.

»Was ist mit dem hier? Und dazu die Bernsteinkette?«

Seufzend hob Marcus den Blick. »Was? O ja, viel besser«, sagte er und wandte sich demonstrativ wieder seinem Skript zu.

»Na gut.« Lara zog das Kleid aus und hängte es zurück.

»Also, ich gehe jetzt duschen, und dann fange ich mit dem Haus an.«

»Super«, sagte er.

»Wollen wir so gegen halb fünf los?«

»Wie du meinst, Schatz. Kann ich jetzt hier weitermachen?« Er deutete auf sein Skript.

»Sicher.« Sie nahm ihren Laptop, verließ das Schlafzimmer und zog die Tür fest hinter sich zu.

9

Diese Hitze ist echt eklig«, stellte Bella fest, als sie, Olly und Jack neben der Schule auf den Schaukeln saßen.

Die bewaldeten Hügel hinter dem Spielplatz gaben Bella das Gefühl, winzig zu sein, eingehüllt in ein gigantisches Tuch aus Grün. Kein Vergleich zu den South Downs bei ihnen zu Hause, den langgestreckten Hügelketten mit ihrem hellen Gras, deren Anblick sie immer begrüßte, wenn sie von einer Reise zurückkam. Die sie mit Frische erfüllten und dem Gefühl, dass alles möglich war.

Die Hügel hier in New York waren ganz anders. Sie zwängten einen ein, und Bella war, als würden sie ihr den Atem aus dem Körper saugen, um ihn dann in dieser grässlichen schwülen Juninachmittagshitze in Form von noch mehr Feuchtigkeit auszudünsten.

Bei diesen Hügeln hier in New York hatte sie das Gefühl, als würde sie beobachtet.

Ein Schweißtropfen rann ihr den Rücken hinunter.

»Igitt.« Sie schüttelte sich.

»Anschwung!«, befahl Jack von seiner Schaukel aus.

»Du bist dran, Olly«, sagte Bella.

»Aber …«

»Jetzt mach's einfach.« Sie stieß sich auf ihrer eigenen Schaukel ab, schwang sich höher und höher und streckte die

Füße bis zur dunstverhangenen Sonne hinauf, vor der sie sich als dunkle Umrisse abzeichneten.

»Verfickte Scheiße«, maulte Olly, stand aber trotzdem auf und gab Jack Anschwung, bis dieser jauchzend durch die Luft sauste und seine kleinen Beine genau im selben Augenblick wie Bellas den höchsten Punkt erreichten, so dass sie nach jeder Aufwärtsbewegung beide gleichzeitig einen Moment lang wie schwerelos in der drückenden Luft hingen.

Am Vortag hatten Bella und Olly eine Art Waffenstillstand geschlossen – eine rein praktische Erwägung, weil ihnen klargeworden war, dass sie sich in Trout Island schlecht aus dem Weg gehen konnten. Wie üblich hatten sie kein Wort darüber verloren – ihre Fähigkeit, sich stillschweigend zu verständigen, war einer der salonfähigeren Aspekte ihrer Beziehung.

»Sieht so aus, als kriegten wir Gesellschaft«, verkündete Olly und deutete mit dem Kinn zu den Bäumen beim Friedhof. Bella spähte mit zusammengekniffenen Augen über den schimmernden Asphalt und sah drei Jungen, ein bisschen älter als Olly und sie, die im Schatten an den Grabsteinen lehnten, Budweiser aus Flaschen tranken und irgendwas Selbstgedrehtes rumgehen ließen. Einer von ihnen rollte einen Basketball auf dem staubigen Boden von einer Hand in die andere.

»Mmmmmmm … Gras …« Olly schnupperte in die Luft wie ein Spürhund.

»Ganz ruhig, du Junkie«, sagte Bella. »Meinst du, die sind in Ordnung? Ich finde, die sehen ein bisschen dubios aus.« Die drei Jungs waren fast identisch gekleidet: fleckige, übergroße T-Shirts, weite Shorts und Baseballkappen.

Trotz der gnadenlosen Sonne hatten alle drei unnatürlich weiße, ungesund aussehende Haut. Und sie beäugten Bella, Olly und Jack wie ein Rudel Straßenköter, das sein Revier verteidigt.

»Hast du Angst, dass wir in ihr ›Territorium‹ eingedrungen sind?«, zog Olly sie auf. »Glaubst du, das wird so was wie die Sharks gegen die Jets oder die Crips gegen die Bloods?«

»Vielleicht haben die Waffen«, sagte Bella, wobei sie versuchte, so wenig wie möglich den Mund aufzumachen, für den Fall, dass sie ihr von den Lippen ablasen.

»Glaub ich kaum. Schau sie dir doch mal an. Das sind bloß ein paar Dorftrottel«, erwiderte er. »Sieh zu und lerne.« Er gab Jack ein letztes Mal Anschwung und schlenderte dann, die Hände in den Taschen, über den Spielplatz auf die Jungen zu.

»Olly!«, rief Bella. Aber es war zwecklos, ihn aufhalten zu wollen. So war Olly einfach. Er hatte null Verstand und null Berührungsängste, verfügte normalerweise allerdings über genügend Charme, um sich aus den heiklen Situationen, in die er dadurch geriet, wieder rauszuwinden. Ihr Vater war ganz ähnlich, nur schleimte der dabei so hemmungslos, dass seine Kinder sich für ihn schämen mussten. Außerdem ärgerte es sie, dass er zu Hause, ohne Publikum, fast nie so nett war. Bei Olly, fand Bella, wirkte das Ganze viel natürlicher. Es kam aus seinem Innern und war nicht bloß Show.

Da sie in dieser Hinsicht das genaue Gegenteil ihres Bruders war, beeindruckte und nervte sie seine Spontaneität gleichermaßen. Manchmal kam sie sich neben ihm regelrecht wie ein graues Mäuschen vor.

»Was für ein Depp«, sagte sie zu Jack, der kicherte.

Nichtsdestotrotz imponierte es ihr, wie Olly der Reihe nach jedem der Jungen die Hand schüttelte, sich vorstellte und danach zu seiner Schwester und seinem Bruder auf den Schaukeln zeigte. Dann suchte er sich einen Grabstein zum Sitzen aus und nahm, als ihm ein Bier und ein Zug vom Joint angeboten wurde, beides an.

»Mein Gott«, sagte Bella.

»Mein Gott«, echote Jack und schüttelte in Nachahmung seiner großen Schwester den Kopf.

»Tja, das war's dann wohl mit Ollys Hilfe heute Nachmittag. Willst du einen Eislolli?«

»Eislolli!« Jack war begeistert.

Bella rutschte von ihrer Schaukel und hob dann Jack von seiner herunter.

»Hey, Schwester, haust du ab?«, rief Olly quer über den Spielplatz.

»Nach was sieht's denn aus?«, rief sie zurück. Sie hörte die anderen Jungs meckernd lachen. »Denk dran, Dad hat gesagt, du sollst um vier zu Haus sein«, fügte sie hinzu, in der Hoffnung, ihm einen Dämpfer zu verpassen.

»Blabla«, sagte Olly. Das Gelächter wurde lauter, und alle klatschten ihn ab.

Wie macht er das nur immer?, fragte sich Bella, während sie sich bückte, um Jacks Buggy startklar zu machen.

Sie überquerten die Straße und gingen am Theater vorbei. Die Türen waren geschlossen, aber Bella hörte Showmusik von drinnen. Jemand – höchstwahrscheinlich James – rief laut: »UND eins und zwei und drei UND eins.« Dann klatschte er in die Hände und schrie: »Nein, nein, NEIN!«

Draußen auf der Anschlagtafel klebte eine größere Version des hässlichen Musicalplakats. Bella sah auf ihre Armbanduhr. Die war immer noch auf britische Zeit eingestellt, weshalb sie ein bisschen nachrechnen musste, bevor sie heraushatte, dass ihnen exakt zwei Stunden blieben, bis die Premiere anfing.

»Klingt, als wär's totaler Mist«, sagte sie an Jack gewandt.

»Totaler Mist«, wiederholte er glucksend.

»Pass auf, was du sagst, junger Mann. Willst du dich in den Wagen setzen?«

»Nein«, protestierte Jack. »Ich will meinen Eislolli.«

In gemächlichem Tempo machten sie sich auf die Suche, wobei sie vor jeder Ameise und jeder Grille, die ihren Weg kreuzte, stehen blieben, um sie ganz genau in Augenschein zu nehmen. Irgendwann kamen sie an die wie üblich völlig ausgestorbene Main Street. Links von ihnen war eine kleine Feuerwache. Bella fragte sich, ob deren Nähe zum Theater einen Einfluss auf das Thema des Musicals gehabt hatte. Bemannt wurde die Wache, wie ein Hinweisschild offenbarte, von Freiwilligen aus der Kommune Trout Island, allerdings schien im Moment niemand im Dienst zu sein. Bella stellte sich vor, wie die Leute, wenn es irgendwann mal einen echten Feueralarm gab, aus allen Häusern gestürzt kommen würden. Sie würden sich gelbe Jacken anziehen, gelbe Helme überstülpen und sich ihre Spitzhacken oder andere lebensrettende Gerätschaften über die Schulter schwingen. Wie im Film.

Obwohl keine Autos zu sehen waren, beschloss Bella, die Straße an einem Zebrastreifen zu überqueren. Dieser befand sich vor einer Schindelholzkirche, auf deren Infotafel in Steckbuchstaben aus Plastik geschrieben stand: *Zum Himmelreich nehme den rechten Weg, und weiche nicht von ihm ab.*

Alles klar, dachte Bella, nahm Jack an der Hand und machte einen Schritt auf die Fahrbahn. Da kam plötzlich wie aus dem Nichts ein graubraunes Auto angeschossen. Vielleicht lag es daran, dass es eine ähnliche Farbe hatte wie der Straßenbelag, oder Bella hatte wegen des andauernden elektrischen Summtons der Zikaden den Motor nicht gehört, jedenfalls bemerkte sie den Wagen erst, als sie bereits auf der Straße waren. Im festen Glauben, dass er anhalten würde – schließlich befanden sie sich auf einem Zebrastreifen –, ging sie mit Jack zusammen weiter, doch der Fahrer hupte bloß und machte keinerlei Anstalten, seine Geschwindigkeit zu drosseln. Bella konnte ihren kleinen Bruder gerade noch rechtzeitig aus dem Weg ziehen.

Der Fahrer, der hinter den getönten Scheiben nicht zu erkennen war, kurbelte das Fenster so weit herunter, dass er seinen Arm hindurchstrecken konnte. Er hielt ihr den ausgestreckten Mittelfinger entgegen und rief: »Arschloch!«, bevor er davonbrauste. Die Stimme hatte heiser geklungen – höchstwahrscheinlich von zu vielen Zigaretten –, aber es war ganz eindeutig die Stimme einer Frau gewesen.

»Du meine Güte«, sagte Bella. »Alles in Ordnung mit dir, Jack?«

Jack nickte stumm.

»Vielleicht bedeuten Zebrastreifen hier nicht dasselbe wie bei uns.«

Diesmal sah sie in beide Richtungen, bevor sie mit ihrem Bruder die Straße überquerte und sie die steilen Stufen zum Gehweg hinaufstiegen, der gute anderthalb Meter höher lag als auf der anderen Seite.

Das Pflaster war bucklig und voller Risse von den Wurzeln der riesigen Bäume in den Vorgärten entlang der

Straße. Bella war froh, dass Jack zu laufen beschlossen hatte und sie ihn nicht im Buggy über den holprigen Gehweg schieben musste. Sie hielt ihren Bruder fest an der Hand, damit er nicht hinfiel.

Sie kamen an der Bücherei und an mehreren Trödelläden vorbei, von denen einer ein paar ganz interessante Secondhandkleider im Angebot zu haben schien. Bella merkte sich den Laden, um bei Gelegenheit noch mal vorbeizuschauen, vielleicht zusammen mit ihrer Mutter. Ein Stück die Straße runter kam noch ein weiterer, ziemlich finster aussehender Laden mit einem stümperhaft gemalten Schild, auf dem »Kommissionsverkauf« stand – was auch immer das bedeuten sollte. Auf der Veranda des Ladens standen mehrere Lauflernhilfen für Babys, ein angeschmuddelter Laufstall und ein jämmerlich aussehendes Spielhäuschen. Die Sachen waren so alt und abgenutzt, dass sie Jack nicht mal eine Sekunde lang von seiner Mission Eislolli ablenken konnten.

Bella prägte sich für ihr geplantes Foto-Essay über Trout Island alles ganz genau ein. Zu dumm, dass sie ihre Kamera nicht mitgenommen hatte. Ihr Haus lag nah genug, um zurückzulaufen und sie zu holen, aber es war so heiß, und sie hatte Jack dabei, und irgendwie kam ihr das alles zu mühselig vor. Außerdem war sie total erledigt. Wäre ihre Uhrzeitberechnung vorhin nicht gewesen, dann hätte sie keinen blassen Schimmer gehabt, ob es vormittags oder abends war. Dieses Gefühl wie kurz vor dem Stoned-Sein, das war dann wohl der Jetlag. Nicht gerade angenehm.

»Da, Bella, Eis!« Im nächsten Schaufenster hatte Jack ein Eiscremeplakat entdeckt. Der Laden sah wie eine ziemliche Bruchbude aus, die Holzfassade war verschmutzt und ungestrichen, aber über der Eingangstür prangte, in seltsamem Kontrast zum Rest, der rote Neon-Schriftzug »Deli«. Bei dem Wort musste Bella automatisch an die kleinen Feinkostläden in der North Laine von Brighton denken, die sündhaft teuren Parmaschinken und Büffelmozzarella verkauften. Beim Betreten des Ladens allerdings stellte sie rasch fest, dass dieser »Deli« nicht nur außen, sondern auch innen meilenweit davon entfernt war. An einer Wand des schlauchartigen, dunklen und staubigen Ladens stand eine riesige Kühltruhe, in der ein paar nach Plastik aussehende Schinken und riesige Käsequader lagen. Der restliche Raum wurde von fünf langen Regalen eingenommen, auf denen eine magere Auswahl nicht verderblicher Lebensmittel stand.

»Na, wie geht's?«, kam eine Stimme aus dem Halbdunkel hinter dem Tresen.

Bella konnte nicht heraushören, ob es sich um einen Mann oder eine Frau handelte. Sobald sich ihre Augen von der grellen Sonne draußen auf das schummrige Licht im Laden umgestellt hatten, musterte sie die Person, die gesprochen hatte. Danach war sie aber auch nicht viel schlauer.

»Danke, gut«, antwortete sie. »Und Ihnen?«

»Auch gut«, erwiderte die Person, neigte ihren – oder seinen – Kopf zur Seite und verzog einen ihrer – oder seiner – Mundwinkel zu einem Lächeln. Bella kam zu dem Schluss, dass es sich um ein Mädchen handeln musste, das etwa in ihrem Alter war.

»Habt ihr Eislollis?«, erkundigte Bella sich.

Das Mädchen lachte wie ein alter Wasserhahn mit einem Luftsack in der Leitung. »Ob wir *was* haben?«, fragte sie, als sie wieder zu Atem gekommen war.

»Eislollis. Du weißt schon.« Bella tat so, als würde sie an einem Eis lecken.

»Ach, du meinst Eis am Stiel.« Das Mädchen sprach mit ihr, als wäre sie zurückgeblieben. »Woher kommst du denn, mit so einem Akzent?«

»Aus England.«

»Seid ihr die englische Familie vom Theater? Die, die im Larssen-Haus wohnt?« Bei dem Wort »Larssen« verzog das Mädchen das Gesicht.

»Woher weißt du das?«

»Spricht sich so rum.«

»Ich hab's ihr gesagt«, kam eine Stimme von irgendwoher aus den Tiefen des Ladens. Eine Gestalt tauchte hinter einem der staubbedeckten Warenregale auf, den Arm voller Coke-light-Flaschen.

Es war der schönste Junge, den Bella je gesehen hatte.

»Du bist Bella, oder?«, fragte er und lehnte sich gegen das Regal. Der Blick seiner unglaublich blauen Augen ruhte auf ihr.

»Ja.« Bella hoffte, dass die Röte, die ihr in die Wangen schoss, in ihrem erhitzten Gesicht nicht zu sehen sein würde – obwohl sie sich gleichzeitig wünschte, ihr Gesicht *wäre* nicht ganz so erhitzt.

»Ich bin Sean«, stellte er sich vor, lud seine Last auf dem Tresen ab und hielt ihr die Hand hin. »Ich mache ein Praktikum im Theater. Helfe James ein bisschen aus. Ich musste los, Proviant holen.« Er nickte in Richtung der Colaflaschen.

»Hi«, sagte Bella und wäre bei dem elektrischen Schlag, den sie bekam, als sich ihre Hände berührten, fast zusammengezuckt. Einen Augenblick lang gab sein Blick ihr das Gefühl, in der Luft zu schweben.

»Eis!« Jack zerrte an Bellas Rock.

»Warte, kleiner Mann, ich helfe dir.« Sean führte sie beide zu einer uralten Gefriertruhe mit Schiebedeckel. Er hob Jack hoch, damit er sich ein Eis aussuchen konnte.

»Ihr seid gerade erst angekommen, oder?« Sean drehte sich zu Bella um. Sie war sich nicht ganz sicher, aber war er nicht auch rot geworden?

»Ja.«

»Und, gefällt's dir?«

»Was?«

»Der Ort. Trout Island.«

»Scheint ganz nett zu sein. Ein bisschen ruhig …«

»Wenn die Vorstellungen erst mal anfangen, ist mehr los.«

»Ich will so eins da!« Jack zeigte auf einen Karton in den tiefsten Tiefen der Truhe, außerhalb seiner Reichweite.

»Alles klar«, sagte Sean. Er stellte Jack auf dem Boden ab und angelte das gewünschte Eis aus der Truhe. Als er sich vorbeugte, sah Bella das weiße Bündchen seiner Boxershorts über dem Gürtel seiner Hose und einen Streifen glatte braune Haut unterhalb seines T-Shirt-Saums.

»Bist du aus New York?«, fragte Bella und wickelte sich eine Haarsträhne um den Zeigefinger.

Auf der anderen Seite des Ladens beugte sich das Mädchen über den Tresen und prustete. »Hätte er wohl gerne! Er hat sein ganzes Leben hier in unserem Kaff verbracht. Stimmt's, Sean?«

»Ja, so ist es leider«, bestätigte er und reichte Jack ein Eis, das fast so groß war wie dessen Kopf. »Aber ich bin trotzdem ein bisschen rumgekommen. Im Gegensatz zu gewissen anderen Leuten, Charlotte«, fügte er hinzu und begleitete Bella und Jack zur Kasse, um zu bezahlen. Jack trug sein Eis vor sich her wie ein Laserschwert.

»Ich heiße Charley, du Schwuchtel«, sagte das Mädchen nicht unfreundlich.

»Du musst meine Freundin entschuldigen«, erklärte Sean. »Es mangelt ihr ein bisschen am nötigen Respekt, weil wir zwölf Jahre lang zusammen zur Schule gegangen sind.«

»Die zwei Freaks des Jahrgangs. Das macht dann eins fünfzig, der Herr. Sie haben fünf Dollar.« Charley nahm den Schein, den Bella Jack gegeben hatte, weil der immer darauf bestand, selbst zu bezahlen.

»Kommt ihr heute Abend zur Party?«, erkundigte sich Sean.

Bella nickte. Ihr Magen schlug einen Purzelbaum.

»Hier ist der Rest.« Charley gab Bella das Wechselgeld in die Hand. Dabei hatte sie die Augenbrauen so stark hochgezogen, dass sie fast unter ihrem kurzen, strubbeligen Pony verschwanden.

»Dann bis heute Abend.« Sean berührte Bella leicht an der Schulter, als sie ging.

»Ja, klar«, sagte sie.

Auf einmal war Trout Island ein kleines bisschen interessanter geworden.

10

Lara versuchte, an ihrem Businessplan zu arbeiten, aber es mangelte ihr an der richtigen Motivation. Bei allem, was sie schrieb, hatte sie das Gefühl, nur leeres Stroh zu dreschen. Gab es irgendwann im Leben einen Punkt, ab dem man reif genug war, um zu wissen, wo man hinwollte? Oder stolperten alle anderen auch nur blindlings von einer Sache zur nächsten, so wie es bei ihr der Fall zu sein schien?

Am Ende verbrachte sie ihre kostbare freie Stunde damit, in der brütenden Hitze des Wohnzimmers mit einem Arm über den Augen auf dem staubigen Sofa zu liegen. Sie fragte sich, wo sie für den bevorstehenden Abend – die Premiere und anschließend die Party – die Kraft hernehmen sollte. Vielleicht würde eine Ibuprofen helfen. Oder ein, zwei Gläschen Wein? Nur damit sie ein bisschen in Schwung kam? Normalerweise hätte sie nicht im Traum daran gedacht, tagsüber zu trinken, allerdings signalisierte ihr Körper, dass in England schon bald die Sonne unterging. Insofern konnte sie vielleicht dieses eine Mal eine Ausnahme machen.

Während sie auf dem Sofa lag und gegen den Drang ankämpfte, aufzustehen und sich einen Drink einzuschenken, rang sie gleichzeitig mit ihrer Wut auf Marcus. Ganz abgesehen von dem Vorfall mit dem Kleid, aus dem sie angeblich »hervorquoll«, machte es sie rasend, dass er an seinem letzten freien Tag einfach nur so herumgammelte. Sie holte tief Luft und rief sich ins Gedächtnis, dass er nicht nur elf Jahre älter war als sie, sondern auch von Natur aus weniger Energie hatte und sie folglich nicht so hart mit ihm ins Gericht gehen durfte. Andererseits war es schwer vorstellbar, wie man noch weniger Energie haben konnte als sie in diesem Moment. Es sei denn, man hatte keinen Puls mehr.

Sie erhob sich mit einem Ruck vom Sofa und musste warten, bis das Schwindelgefühl nachließ, weil sie zu hastig aufgestanden war. Dann ging sie in die Küche, um sich ein Wasserglas voll Yellowtail Merlot aus der großen Flasche einzugießen, die sie am vergangenen Abend nicht ganz geschafft hatten. Damit kehrte sie zum staubigen Sofa zurück, streckte sich lang aus und freute sich über die sofortige Entspannung, die der Alkohol dem harten Knoten in ihrem Nacken bereitete.

Der kühne, verwegene Marcus, dem sie vor siebzehn Jahren begegnet war, hatte vor Kraft und Elan nur so gestrotzt. Er war charmant gewesen, humorvoll, fürsorglich und vor allem wild entschlossen, sie zu erobern. Wann immer sie jetzt ihre bildhübsche Tochter ansah, wurde ihr bewusst, was für eine Ausstrahlung sie früher besessen haben musste, ohne es zu ahnen, und welche Macht sie damit über ihn gehabt hatte. Es stimmt wirklich, dachte sie: Die Jugend ist an die Jungen verschwendet.

Sie war beliebt gewesen unter den Schauspielern, die das Dirty Duck frequentierten, und nach Schichtende hatte sie oft noch die ganze Nacht mit ihnen zusammengesessen. Sie hatten viel getrunken damals. Eines Morgens, nach einem kräftezehrenden Gelage, das die ganze Nacht gedauert hatte, hörte einer der Schauspieler auf dem Pub-Fernseher die Titelmelodie der Sportsendung *Grandstand,* und ihm fiel siedend heiß ein, dass es Samstagmittag war, eine Matinee anstand und er, der Hauptdarsteller, in einer halben Stunde auf der Bühne stehen musste.

Es war eine wilde Zeit.

Doch im Gegensatz zu den anderen Mädchen, die in der Stadt arbeiteten, reichte es Lara nicht, mit jungen Bühnenstars ins Bett zu gehen. In der Schule war sie die kunstbegeisterte Außenseiterin gewesen und hatte mit Verachtung auf die Jungs in ihrer Klasse herabgeschaut, die viel zu langweilig, viel zu normal gewesen waren, um ihr Interesse zu wecken. Folglich war sie noch Jungfrau, als sie nach Stratford kam, und dort nahm sie sich erst einmal Zeit, sich an das neue Leben zu gewöhnen und die Atmosphäre des Ortes auf sich wirken zu lassen. Als sie Marcus kennenlernte, war es das erste Mal, dass sie Gelegenheit bekam, mit jemandem zu schlafen.

Nicht dass er ein Star gewesen wäre. Er war »Ensemblemitglied«, und das, so erklärte er ihr beim Inder in Stratford, wo ihr erstes Treffen stattfand, bedeutete, dass er einen Zweijahresvertrag hatte und alles spielen musste, was man ihm vorsetzte. Bisher war er der Erste Totengräber in *Hamlet* und ein Förster in *Verlorene Liebesmüh* gewesen.

Was die Größe seiner Rollen anging, sei das ein Rückschritt, sagte er, während er ein Papadam zerkrümelte und es in einen höllisch scharfen Limettendip eintunkte. Davor hatte er im Old-Vic-Studio in Bristol mehrere Hauptrollen gespielt, einen kleinen, aber dramaturgisch zentralen Part in einem Tschechow-Stück am West End gehabt sowie für einige Folgen den missratenen Bruder einer Figur bei den

EastEnders verkörpert. Aber ein Engagement bei der Royal Shakespeare Company, erklärte er, nachdem er das Brennen der Soße mit einem Schluck Kingfisher gelöscht hatte, könne ihn ganz nach oben bringen. Er war auf dem besten Weg, sich in der Theaterwelt einen Namen zu machen, daran glaubte er fest.

Lara fand das alles ungeheuer aufregend. Wenn sie seine Geschichten hörte, wollte sie unbedingt Teil dieser Welt – *seiner* Welt – sein. Gewissermaßen war es also unausweichlich gewesen, dass sie sich in ihn verliebt hatte.

Wenn sie dieses Gefühl nur wieder zum Leben erwecken könnte, dachte sie jetzt, während sie ihr Glas leerte und überlegte, ob sie vom Sofa aufstehen und sich ein zweites einschenken sollte.

Kaum hatte sie sich dazu durchgerungen, als die Haustür aufgerissen wurde und Bella und Jack hereinkamen. Die Hitze hatte Bella stark zugesetzt, sie sah genauso zerlaufen aus wie die Eiscreme auf Jacks T-Shirt und in seinem Gesicht.

»Na, ihr zwei scheint ja einiges erlebt zu haben«, sagte Lara und stellte ihr Glas unauffällig neben dem Sofa ab. Sie durfte nicht vergessen, es später wegzuräumen. »Besser, ihr geht rauf und macht euch frisch, bevor wir losmüssen.«

»Wie spät ist es denn?«

»Halb vier.«

»Mist! Kann ich noch duschen?«

»Wenn heißes Wasser da ist. Ich weiß nicht genau, wie es funktioniert.« Noch eine Frage, die sie James stellen musste. »Was ist mit deinem Bruder? Eine schöne Sauerei.«

»Kannst du ihn nicht saubermachen, Mummy? Bitte. Ich muss mich fertigmachen.«

»Du hast doch noch eine ganze Stunde Zeit. Wozu die Hektik?«

»Würdest du sowieso nicht verstehen.«

»Einen Versuch wäre es ja vielleicht wert.«

»Mein Gott, Mum.« Bella drehte sich um, stapfte aus dem Zimmer und schlug die Tür hinter sich zu. Lara erkannte jede ihrer Gesten und die Art, wie sie sich ärgerte, bis ins kleinste Detail wieder. Es war in gleichem Maße bedrückend wie faszinierend, so als wäre sie ihre eigene Mutter und stünde ihrem jugendlichen Selbst gegenüber.

»Was ist denn nur mit deiner Schwester los, Jacko?«, sagte Lara, nahm Jacks klebrige Hand und ging mit ihm in die Küche zur Spüle, um ihm die Eiscreme abzuwaschen.

Jack zuckte mit den Schultern. »Sie ist wacko, Jacko.«

»Da sagst du was. War es denn schön auf dem Spielplatz?«, erkundigte sie sich, während sie ihm die durchweichten, verdreckten Sachen auszog.

»Ja. Und der große Junge ist auch nett«, erzählte Jack, den ein Wonneschauer durchlief, als seine Mutter ihm mit einem nassen Küchenhandtuch über den verschwitzten Körper fuhr.

»Welcher große Junge?«

»Er hat Bella geholfen, wegen meinem Eis.«

»Aha«, sagte Lara. Ein großer Junge. Bella war ihr so ähnlich, dass sie es eigentlich hätte ahnen müssen, auch ohne dass Jack seine Schwester verriet. Sie hob ihn aus der Spüle und rubbelte ihn mit einem Geschirrtuch trocken.

Eine halbe Stunde später hatte Bella die Dusche geräumt, und Marcus verschwand im Bad – zum Rasieren, Shampoonieren und Exkrementieren, wie er es ausdrückte. Lara richtete währenddessen das gemeinsame Bett, dann setzte sie sich auf die Kante. Unter den wachsamen Blicken von Jack, der sich an ihr Bein gelehnt hatte, versuchte sie, einen geraden Lidstrich zu ziehen. Sie hatte es fast geschafft, als Olly die Tür zum Schlafzimmer aufriss. Sie bekam einen solchen Schreck, dass ihre Hand mit dem Stift bis hoch zur Augenbraue zuckte.

»Sorry, Mum«, entschuldigte sich Olly. Er kaute geräuschvoll und mit offenem Mund Kaugummi.

»Wo hast du gesteckt?« Lara stand auf, um sich vom Kosmetikregal in der Kammer einen Wattebausch zu holen.

»Hab ein paar Typen kennengelernt. Hey, cooles Ankleidezimmerdingens.« Olly war ihr gefolgt und sah sich um. Er tat wesentlich beeindruckter, als die Kammer rechtfertigte, und das weckte Laras Misstrauen. Sie drehte sich zu ihrem Sohn um und musterte ihn prüfend.

»Was für Typen?«, wollte sie wissen und sah seine blutunterlaufenen Augen. »Und was hast du mit ihnen gemacht?«

»Ach, du weißt schon, rumgehangen halt.«

»Hauch mich an«, befahl Lara, stellte sich auf die Zehenspitzen und zog sein Gesicht zu sich herunter. Aber alles, was sie roch, war das starke Minzaroma des Kaugummis. »Hast du geraucht?«

»Mutter«, empörte sich Olly. »Wie kommst du nur zu solch infamen Anschuldigungen?«

Die Formulierung, die ausweichende Antwort, all das war Lara nicht neu. Sie wusste genau, was es zu bedeuten hatte. Er war high. Seufzend ging sie zum Bett zurück, um ihr Auge zu säubern. Es hatte keinen Sinn, jetzt mit ihm darüber zu streiten, aber sie war enttäuscht von ihm. Schon war die erste ihrer Erwartungen an den Sommer dahin, noch ehe er richtig begonnen hatte – die Hoffnung, dass Olly, sobald er nicht mehr in Brighton war, aufhören würde, täglich Gras zu rauchen. Ihm war gar nicht bewusst, dass sie ihn komplett durchschaut hatte, aber als diejenige, die seine Taschen voller zerrissener Rizla-Packungen und Plastikbeutelchen ausleerte, hatte sie eine ziemlich klare Vorstellung davon, was er trieb. Außerdem hatte sie ihn genau beobachtet und gelernt, die Zeichen richtig zu deuten.

Sie hatte versucht, ihn davon abzubringen, und ihm die Standardvorträge gehalten: dass Haschisch antriebslos mache und man bei den neuen Varianten der Droge unmöglich abschätzen könne, wie stark sie wirkten oder wie hoch das Risiko von Psychosen sei. Alles, was von Olly zurückgekommen war, das waren ein herablassendes »Reg dich ab, Mum, das ist doch nur eine Phase« und ein »Was erwartest du? Ich bin sechzehn und lebe in Brighton« gewesen.

Sie wusste genau, dass er log, was das Ausmaß seines Drogenkonsums anging, und sie hasste Lügen.

»Pass bloß auf, dass dein Vater nicht merkt, dass du high bist«, warnte sie ihn und machte sich erneut an ihr Augen-Make-up.

»Ich bin nicht high, Mum«, protestierte Olly, der so fest an seine eigenen Märchen glaubte, dass er es allen Ernstes fertigbrachte, genervt zu klingen.

»Und dann geh und zieh dich um.«

»Aber –«

»Kein Aber. Du hast Grasflecke am Hintern. Ich will mir gar nicht ausmalen, was du getrieben hast. Hast du eine zweite Jeans eingepackt?«

»Nein.«

»Na, dann musst du eben Shorts tragen. Du hast eine Viertelstunde. Ab mit dir.«

Olly schnalzte unzufrieden mit der Zunge, dann drehte er sich um und trollte sich in sein Zimmer.

»Verdammt«, sagte Lara, als Jack den Arm ausstreckte und ihr auf die Hand patschte, so dass zum zweiten Mal ihr Lidstrich verwackelte.

Um Viertel nach vier hatte Marcus die Mitglieder der Familie Wayland auf den zwei Sofas im Wohnzimmer zu einem Briefing versammelt. Die flirrende Hitze des Nachmittags machte die staubige Luft feucht, so dass sie ihnen auf der nackten Haut zu kleben schien. Lara hatte den Versuch unternommen, Vorder- und Hintertür zu öffnen, um für ein bisschen Durchzug zu sorgen, doch das hatte nur dazu geführt, dass schwarze Fliegen und summende Moskitos ins Haus einfielen. Als sie nun beisammensaßen, war das Kratzen von Fingernägeln auf Haut das lauteste Geräusch im Raum, so sehr waren sie bereits zerstochen. Auf keinen Fall wollten sie noch weitere von den Biestern dazu ermuntern, ihr Blut zu trinken.

Doch von den blutenden und nässenden Schwellungen der Insektenstiche abgesehen, konnte sich die Familie Wayland sehen lassen. Die Zwillinge hatten Sonne abbekommen und wirkten schon jetzt frisch und in Urlaubsstimmung. Bella trug ein knappes Hängerkleidchen aus Baumwollbatist, und Olly, der seine Gitarre zupfte, hatte sich für Surfershorts und das Hawaiihemd entschieden, in dem er Lara so gefiel. Marcus hatte für den Abend das umstrittene Paul-Smith-Hemd ausgewählt, und Jack sah in seinem chinesischen Brokathemd mit passenden Shorts, die sie in einem Wohltätigkeitsladen in Brighton erstanden hatte, zuckersüß aus. Lara selbst komplettierte die Wayland-Truppe mit ihrem nunmehr geraden Lidstrich, dem Boden-Kleid und der Bernsteinkette durchaus gut, wie sie fand.

»Was für eine hübsche Familie«, würden die Leute raunen, wenn sie vorbeischlenderten, stellte sie sich vor.

»Also dann«, sagte Marcus, als sie wie Hühner auf der Stange vor ihm saßen. »Olly, kannst du kurz die Gitarre weglegen? Danke, Kumpel. Wie ihr alle wisst, ist James mein ehemaliger Lehrer.«

»Ja, das wissen wir, Dad«, stöhnte Olly, als die Gitarre mit einem Aufjaulen der Saiten und einem dumpfen Knall auf dem Fußboden landete.

»Sein Partner heißt Betty. Und ist, wie ihr euch vermutlich bereits denken könnt, ein Mann.«

»Warum heißt er dann Betty?«, wollte Olly wissen.

»Das ist kompliziert. Alles, was ihr wissen müsst, ist, dass sie es lieber hat, wenn man von ihr als Frau redet«, erwiderte Marcus. Er hatte die Hände hinter dem Rücken gefaltet und sah aus wie sein Vater, ein ehemaliger Berufssoldat, der nicht das Zeug dazu gehabt hatte, seinen einzigen Sohn ernstzunehmen. »Also werdet ihr das auch tun.«

Olly feixte.

»Und dieser Gesichtsausdruck ist genau der Grund, weshalb ich dir das jetzt sage, junger Mann«, fuhr Marcus fort. »Damit es nicht noch so eine Szene gibt wie am Abend unserer Ankunft.«

»Was meinst du?« Olly hielt ihm die offenen Handflächen hin, wie um seine Unschuld zu demonstrieren. »Ich hab ihm nichts gemacht.«

»Ich hab ihm nichts *getan*«, korrigierte Marcus. »Dein Benehmen grenzte schon ans Homophobe, und ich dulde nicht, dass sich mein Sohn so benimmt.«

Zu der Freude darüber, was für ein schönes Bild ihre Familie abgab, gesellte sich bei Lara nun noch der Stolz auf ihren Mann – ein ungekanntes Gefühl. Ihr Ältester war so eine Naturgewalt, dass sie meistens nicht einmal wusste, wie sie ihn überhaupt auf sein Verhalten ansprechen sollte. Und jetzt stellte sich Marcus seelenruhig vor ihn hin und konfrontierte ihn ganz direkt damit. Sie versuchte, den Augenblick nicht durch den Wunsch zu verderben, er möge es öfter tun.

»War doch bloß ein Scherz«, brummte Olly.

»Ein überaus geschmackloser«, setzte Marcus hinzu. »Für heute Abend verbitte ich mir das. Die Familie Wayland steht hier in der Öffentlichkeit, und ich will, dass du dich höflich und freundlich verhältst, ich weiß nämlich genau, dass du dazu in der Lage bist. Du wirst über die Witze lachen und nach den Liedern Beifall klatschen, ganz egal, wie du sie wirklich findest. Und wenn du die Sache vermasselst, mein Großer, dann wirst du so lange dieses Haus nicht verlassen, bis du kapiert hast, wie man sich anderen Menschen gegenüber benimmt.«

»Wow«, machte Olly.

»Ich glaub, er meint's ernst, Oll«, sagte Bella.

»Und ob ich das ernst meine«, bestätigte Marcus und strich sich die Hemdbrust glatt. »Also dann. Vortrag beendet. Meine Damen und Herren: Wollen wir zum Ball gehen?«

Damit marschierte er zur Haustür hinaus in Richtung Straße, und seine Familie folgte ihm. Soeben hatte Lara ein

Stück des alten Marcus zu sehen bekommen, den sie im Laufe dieses Sommers wiederzuentdecken hoffte. Vielleicht war es die Hauptrolle, die ihm zu diesem neuen Selbstvertrauen verholfen hatte. Aber ganz egal, woran es lag, offenbar stand für ihn in Trout Island einiges auf dem Spiel, und er war eisern entschlossen, erfolgreich zu sein.

Lara freute sich. Sie mochte es, wenn ihr Mann ein bisschen Feuer hatte.

11

Die Sonne bewegte sich langsam auf das westliche Ende der Main Street zu und zog ihre Schatten in die Länge, als sie in Richtung Theater gingen. Trotzdem war es nach wie vor heiß, und noch ehe sie die knapp fünfhundert Meter zurückgelegt hatten, die sie von ihrem Ziel trennten, klebte ihnen die Kleidung am Körper.

Lara ging als Letzte und betrachtete ihre Familie von hinten. Die zierliche Bella und der lange Olly zankten sich wegen irgendetwas. Ganz vorn hüpfte Jack an der Hand seines Vaters daher und redete ohne Punkt und Komma. Am Tonfall von Marcus' Einwürfen – »Im Ernst?« und »Na, das ist ja toll« – erkannte sie, dass kein Wort von dem, was sein Sohn ihm erzählte, bei ihm ankam.

Einen Moment lang sah Lara die anderen, als wäre sie selbst gar nicht da – als befände sich ein Teil von ihr noch immer irgendwo hoch über dem Atlantik und wäre noch nicht ganz angekommen. Sie musterte jeden Einzelnen und dachte bei sich, dass sie sehr gut ohne sie auskamen. Das war ein beruhigender Gedanke.

Sie blieb stehen, streckte die Arme und gähnte, wobei sie Augen und Mund so weit aufriss, wie sie nur konnte, und die warme, nach Bäumen duftende Luft trank, als wäre sie Medizin, die sie wieder heil machen würde.

»Machst du Pause?« Marcus drehte sich um.

»Ich lasse bloß alles auf mich wirken«, antwortete sie.

»Du hättest dich heute Nachmittag wirklich hinlegen sollen«, sagte er. »Du warst den ganzen Tag in Aktion.«

»Seht mal, die Bücherei«, rief Lara, als sie sich dem weißen Gebäude mit dorischen Säulen näherten.

»Wow«, sagte Bella. »Die *Bücherei*.«

»Das ist wirklich die niederste Form von Witz«, warf Marcus ein.

Lara stieg die steinernen Stufen zum Eingang hoch und wollte die Tür öffnen, die jedoch verschlossen war. Auf der Veranda stand ein Aufsteller mit einem dilettantisch gestalteten Poster. Sollten sie jemals beschließen, im typographisch verarmten Trout Island zu bleiben, würde an Kunden kein Mangel herrschen, dachte sie. Auf dem Poster war das sommerliche Veranstaltungsprogramm der Bücherei abgedruckt. Sie ging dichter heran, um die winzige Schnörkelschrift zu entziffern.

»Es gibt hier jeden Donnerstag eine Aufführung für Kinder«, rief sie den anderen zu, die vor den Stufen auf dem Gehweg stehen geblieben waren. »Diese Woche spielen sie *Füchschen Popüchschen und Hühnchen Popünchen*. Da gehen wir hin, Jacko.«

Jack jubelte.

»Ich glaube, das wird ihm besser gefallen als das, was er heute Abend zu sehen kriegt«, sagte Bella, als Lara wieder zu ihnen auf den Gehweg kam.

»Unsinn, es wird fantastisch«, widersprach Marcus, als sie in die Straße einbogen, in der das Theater lag. »Und seht nur: Der ganze Ort ist auf den Beinen!«

Tatsächlich, die First Street war voller Autos. Menschen

tummelten sich in Grüppchen auf dem Rasen vor dem Theater. Einige hatten sich, für die Tageszeit nicht ganz passend, herausstaffiert, als wollten sie in die Oper: die Frauen in langen Röcken und Blusen, die Männer in glänzenden Anzügen. Andere waren legerer gekleidet und trugen das, was in Warenhäusern gemeinhin unter »Freizeitkleidung« firmierte.

Den Rasen zu betreten, in den bläulichen Schatten des Theatergebäudes einzutauchen, war wie auf eine Gartenparty zu kommen. Überall um sie herum lachten Menschen, begrüßten sich, verteilten Küsschen und schüttelten Hände. Hinter zwei Tischen standen mehrere ältere Frauen und boten Backwaren an, die reißenden Absatz fanden: Brownies, große Stücke Kirschpie und etwas, was wie Karottenkuchen aussah. Lara fragte sich, wie man bei der Hitze ein großes Stück Kuchen essen sollte.

»Jetzt könnte ich sterben für ein Bier«, verkündete Marcus und lotste sie alle auf die Veranda hinauf und bis zu deren Ende, wo ein alter Mann mit einem grünen Sonnenvisier auf dem Kopf Dosen aus einer Kühlbox von der Größe eines Sargs verkaufte. Doch als Marcus ihn nach einem Bier fragte, lachte der Mann und entblößte dabei unfassbar weiße gerade Zähne.

»Ha, verdammt, lassen Sie das bloß Martha nicht hören«, sagte er und zeigte auf die größere der beiden Kuchendamen. »In Trout Island sind wir seit fast hundert Jahren trocken.«

»Trocken?«

»Kein Verkauf von Alkohol erlaubt, Sir.«

»Aber ich bin mir ganz sicher, dass es im Laden Bier gab«, entgegnete Bella.

»Nun ja, stimmt. Das wurde letzten Sommer durchgesetzt«, sagte der alte Mann und kratzte sich am Ärmel seines zitronengelben Polyesterhemds. »Aber Martha will davon nichts wissen. Sie sagt, deswegen hatten wir letztes Jahr den ganzen Ärger. Wegen dem Bier.«

»Ärger?«, fragte Olly.

»Mit den jungen Leuten«, erwiderte der Alte. »Irgendein Unfug mit einem Gewehr, Unfall bei der Jagd, Sie wissen, was ich meine. Aber Sie sind nicht von hier, oder? Wenn ich mir Ihren Akzent so anhöre.«

»Wir sind aus England«, erklärte Lara.

»Wirklich? Also, da kennen Sie nicht zufällig einen Kerl namens John Whitely, was? Lebt in London.«

»Die Familie Wayland! Meine Lieben!« James kam über die Veranda auf sie zugeeilt und legte Bella und Olly je eine Hand auf die Schulter. »Also, seid ihr Jüngeren damit einverstanden, dass ich eure Mutter und euren Vater nach drinnen entführe? Ich muss kurz mit ihnen sprechen. Hiram, bist du so freundlich und gibst jedem der drei hier eine Dose von ihrem Lieblingsgetränk? Das geht aufs Haus, ihr Süßen.«

»Zahlst du es uns auch zurück?«, fragte der alte Mann.

»Selbstverständlich. Am Ende des Abends.«

»Vergiss es aber nicht. Martha kann es nicht leiden, wenn die Kasse nicht stimmt. So.« Er wandte sich den jungen Waylands zu. »Was darf's denn sein?«

James legte einen Arm um Lara, den anderen um Marcus und schob sie auf den Theatereingang zu.

»Drinnen habe ich einen ganz vorzüglichen Prosecco kalt gestellt«, raunte er, sobald sie sich außerhalb der Hörweite der Erfrischungsleute befanden. »Schmuggelware.«

Er ließ sie ins Foyer eintreten, das noch nicht fürs Publikum geöffnet war, und sofort spürte Lara die angenehm klimatisierte Luft.

»Es riecht so gut hier drin«, stellte sie fest.

»Bienenwachs«, sagte James. »Unser fantastisches ehrenamtliches Vorderhausteam sorgt vor jeder Premiere dafür, dass die Holztäfelung makellos poliert ist. Auf solche Dinge legt man in Trout Island Wert.« Er setzte sich an den Tisch neben dem Eingang, atmete aus und lehnte sich zurück, wobei er sich mit dicken Fingern durchs lange schüttere Haar fuhr. Im Sitzen sah er auf einmal sehr erschöpft aus.

»Wie läuft es denn?«, erkundigte sich Marcus.

»Frag mich nicht. Kann sein, dass wir es heute Abend über die Bühne kriegen, aber wenn, dann nur mit Ach und Krach. Ehrlich gesagt« – er senkte die Stimme –, »und ihr müsst schwören, dass ihr es niemandem weitersagt: Nach dem Kampf, den ich mit Bettys Skript geführt habe, freue ich mich schon sehr darauf, an Sir Williams schönen Versen zu arbeiten.«

»Aber ihr habt ein großes Publikum«, sagte Lara und lehnte sich gegen das glatte, kühle Holz.

»O ja. Es ist uns ausgesprochen treu und in der Regel auch recht dankbar. Nicht, dass wir viel Konkurrenz hätten. Wir sind das einzige Theater im Umkreis von vierzig Meilen. Für einige der Leute hier sind wir sogar das erste Theater, in das sie überhaupt je einen Fuß gesetzt haben. Und für viele werden wir wohl auch das letzte sein.«

»Was ist mit den Aufführungen in der Bücherei?«, fragte Lara.

»Also, Liebes, die würde ich wohl kaum als *Theater* bezeichnen.« James klimperte mit den Wimpern. »Was ist, Marcus? So wortkarg?«

»Du hattest was von Prosecco gesagt?«, erinnerte Marcus ihn mit einem erzwungenen Lächeln.

»Oh, bitte verzeiht. Ich habe momentan ein Gedächtnis wie ein Sieb.« James stand auf und schwebte zum anderen Ende des Foyers, wo er einen Schrank öffnete, in dem sich eine Miniküche verbarg. Er holte eine kalte Flasche aus dem Kühlschrank, ließ den Korken knallen und goss drei Sektflöten mit schäumendem, strohgoldenem Prosecco voll. Während er damit beschäftigt war, warf Lara unauffällig einen Blick auf Marcus. Er sah aus, als hätte er am liebsten die Flucht ergriffen. Sie hoffte um seinetwillen, dass die Vorstellung an diesem Abend ein Erfolg werden würde.

»So, bitte sehr.« James reichte die von der Kälte beschlagenen Gläser herum.

Lara spürte, wie die leicht nach Biskuit schmeckende Flüssigkeit ihr die Kehle hinunterperlte. Hoffentlich würde sie das nach dem nachmittäglichen Glas Rotwein wieder in Schwung bringen.

»Wunderbar«, sagte sie.

Unterhalb der geschwungenen gebohnerten Treppe wurde eine Tür aufgestoßen, und eine annähernd zwei Meter große, in schwarze Spitze gehüllte Gestalt mit toupierten Haaren und leuchtend karmesinroten Lippen, die aufgeregt ein Spiral-Kleid aus mit Stäbchen verstärktem schwarzem Satin schwenkte, zerstörte die friedliche Ruhe des Foyers vor dem Einlass.

»Betty, Darling. Prosecco?«, säuselte James.

»Kannst du diese gottvermaledeite Schlampe wieder zur Vernunft bringen?« Betty schleuderte das Satinkleid von sich. Es landete vor James' Füßen und wirbelte eine Wolke Staubkörnchen auf, die in den hereinfallenden Abendsonnenstrahlen tanzten. Bettys Stimme war weich und sonor und hatte einen Südstaateneinschlag, eine Blanche-Dubois-Intonation, die perfekt zur Schlafzimmereinrichtung im schmuddeligen zweiten Zuhause der Familie Wayland gepasst hätte.

»Nicht schon wieder.« James seufzte. »Ich dachte, das hätten wir geklärt.«

Betty nahm Lara und Marcus mit gespitzten Lippen und einer leichten Neigung des Kopfes zur Kenntnis. »Hi. Ich bin Betty. Ihr müsst Marcus und Lara sein. Ich bin entzückt, eure Bekanntschaft zu machen.« Sie nickte, dann wandte sie sich wieder James zu. »Madame behauptet, sie könne in dem Kleid nicht singen. Behauptet, sie bekäme keine *Luft*. Ich habe ihr gesagt, das sei alles eine Frage der Kontrolle. Das ist exakt dieselbe Art von Kleid, die ich in *Marguerite* im Cavern Club Theatre in Silverlake anhatte. Und ich habe darin acht Monate lang sechs Abendvorstellungen plus zwei Nachmittagsvorstellungen pro Woche gesungen. Es liegt nur daran, dass sie so unglaublich *fett* geworden ist, seit ich bei ihr Maß genommen habe, und jetzt ist das verdammte Ding zu eng.« Betty bückte sich, hob das Kleid auf und hielt es sich vor den strichdünnen Körper. »Außerdem gibt es gar keine Alternative. Sie muss es tragen. Ach, James, mein Süßer, würdest du zu ihr gehen und ihr das sagen? Mir geht ihr Theater so was von auf die Möpse.«

James blies die Backen auf, nahm Betty das Kleid ab und verschwand durch die Tür unter der Treppe.

»Und jetzt hat er auch noch angefangen. Sagt, seine Schuhe würden drücken. Ich geb's auf mit den beiden«, grummelte Betty und folgte James zur Treppe. »James, Täubchen, ich sage dir, das ist das letzte Mal, dass ich mit so einer Horde von –«

Glücklicherweise schnitt die hinter ihr ins Schloss fallende Tür Bettys letzte Worte ab. Lara und Marcus blieben allein im Foyer zurück. Einen Moment lang war nichts zu hören bis auf das leise mechanische Klicken des sich drehenden Deckenventilators, der für eine kühle Brise sorgte, von der Lara auf den Armen eine angenehme Gänsehaut bekam.

»Noch Prosecco?«, fragte Marcus und schenkte ihnen beiden die Gläser wieder voll.

»Ganz schön dreist«, lautete Laras Kommentar. »Das also ist Betty.«

»Ja.«

»Formidabel.«

»In der Tat. Das Musical ist eigentlich ihre Lebensgeschichte, mit ein paar Ausschmückungen.«

»Ich glaube nicht, dass sie allzu viele Ausschmückungen braucht.« Auf einmal kam sich Lara in ihrem figurumschmeichelnden Boden-Kleid furchtbar gewöhnlich vor. Wie ein Gänseblümchen neben einer Orchidee. Sie trank einen Schluck von ihrem Prosecco und stieg dann langsam die geschwungene Treppe hoch, um die gerahmten Plakate vergangener Produktionen der Trout Island Theatre Company, mit denen die Wände geschmückt waren, zu betrachten.

»Die sind wirklich ganz schön hässlich«, raunte sie Marcus zu, der sich zu ihr gesellt hatte. Die Plakate waren alle in demselben Stil gehalten: wirklichkeitsgetreue, steife Fotos, die den Stückinhalt wiedergaben. *Hamlet* zeigte einen Mann, der einen Totenschädel in der Hand hielt, *Hedda Gabler* eine Frau mit einer Pistole. Die Typographie war – nicht weiter überraschend – ein einziges Durcheinander. Auf einem der Plakate zählte Lara ganze sieben Schrifttypen, einschließlich der abscheulichen Comic Sans.

»Bestimmt hat sich jemand viel Mühe damit gegeben«, wandte Marcus ein, um eine positive Einstellung bemüht.

»Und das Repertoire ist auf jeden Fall sehr anspruchsvoll. Meinst du, ich sollte beim Design meine Hilfe anbieten?«, fragte Lara.

»Findest du denn, dass es nötig ist?«, fragte Marcus zurück und verzog das Gesicht.

Sie sah ihn aufmunternd an. »*Macbeth* wird großartig«, meinte sie.

»Ja, ja. Natürlich.«

»Kann ich Ihnen helfen?« Eine Stimme aus dem Foyer unter ihnen ließ sie beide zusammenfahren. Sie drehten sich um und sahen eine rundliche junge Frau hinter dem Kassentisch stehen. Sie hatte lange strohblonde Haare, die ihr bis zum beachtlichen Hinterteil reichten. »Eigentlich«, sagte sie und pappte sich ein steifes Lächeln ins Mopsgesicht, »dürften Sie noch gar nicht hier drin sein.«

»Oh, James hat uns reingelassen«, erwiderte Marcus und stieg die Treppe wieder hinunter.

»Ah! Dann sind Sie bestimmt Marcus Wayland«, sagte die Frau. »Das hört man gleich an Ihrem Akzent. Willkommen in Trout Island.« Sie wischte sich die Hand an ihrer bis kurz vor dem Zerreißen gespannten Jeans ab und streckte sie Marcus hin. Lara fand, dass sie so aussah, als müsse sie sich zusammennehmen, um nicht zu knicksen. »Ich bin Alyssa Smith. Vorderhausleitung.«

»Sehr angenehm.« Marcus strahlte. »Das hier ist meine Frau Lara.«

»Freut mich.« Alyssa nickte in Laras Richtung. »Sie müssen mich jetzt entschuldigen. Ich mache in ein paar Minuten auf und muss noch die Kartenausgabe organisieren.« Sie deutete auf ihre Proseccogläser. »Sie können gerne hierbleiben, bis Sie ausgetrunken haben. Wir müssen ein bisschen diskret sein … Ich weiß, James findet es total lächerlich.« Sie verdrehte die Augen. »Aber wir haben hier heute Abend einige Damen, die in Bezug auf Alkohol eine sehr klare Meinung haben.«

»Wir sind ihnen schon begegnet«, sagte Marcus.

»Ich stehe ja so auf Ihren Akzent. Ich werde Sie so lange nerven, bis ich ihn von Ihnen gelernt habe!«, erklärte Alyssa.

Lara und Marcus stellten sich an die Seite und tranken ihren Prosecco, während Alyssa zwei lange, verworrene Nachrichten abhörte, die jemand zwecks Kartenreservierung auf dem Anrufbeantworter hinterlassen hatte. Keiner der Anrufer nannte seinen Nachnamen. Sie schienen davon auszugehen, dass Alyssa schon wissen würde, wer Kenny und Lara und Marsha und Hank waren, und so verhielt es sich auch. Pflichtbewusst notierte sie den Inhalt der Nachrichten mit einem violetten Fineliner, wobei sie sich beim Schreiben auf die Zungenspitze biss. Dann zog sie eine Schublade des Schreibtischs auf und holte eine metallene Geldkassette heraus. Sie öffnete sie mit einem Schlüssel von einem riesigen Schlüsselring aus Draht, der an ihrem ansonsten nutzlosen Gürtel hing. In der Kassette lag ein Stapel grüner Pappkärtchen.

»Was ist denn, wenn Sie mehr Reservierungen als Tickets haben?«, wollte Lara wissen.

»Dann sagen wir den Betreffenden einfach, sie sollen am nächsten Tag wiederkommen. Bis auf einige Wochenendurlauber ist es den meisten egal. Hier gibt's nicht viel anderes zu tun. So, und jetzt entschuldigen Sie mich bitte. Und Gläser weg, wenn ich bitten darf.« Alyssa kam um den Tisch herumgewatschelt und sperrte die Tür auf. Dahinter wartete eine Schlange erwartungsvoll lächelnder, größtenteils weißhaariger Zuschauer.

Olly stand im hinteren Teil der Schlange und überragte die vor ihm stehenden Damen.

»Mum«, rief er, als er sich durch die Tür drängte. »Scheiße, wo wart ihr denn die ganze Zeit?«

Eine der Damen drehte sich um und schnalzte angesichts seiner Ausdrucksweise und seines Benehmens missbilligend mit der Zunge.

Wenn die nur wüsste, dachte Lara.

»Wir mussten die ganze Zeit hier draußen mit Jack rumstehen, und dann ist ihm ein Unglück passiert«, sagte Bella, die zusammen mit ihrem kleinen Bruder hinter einem älteren Mann mit Cowboyhut hervorschaute.

»Oh, das arme Würmchen«, sagte eine Frau mit Oberarmen so schlaff wie Pudding, als Bella ihn durch die Schlange nach vorn reichte.

»Es ist ganz flüssig, Mum.« Jack hielt sich den Popo.

»Du Armer.« Lara fasste ihn an der Hand und nahm ihn mit zum Wickeltisch auf der Toilette. Jack hatte einen empfindlichen Magen, und schon die kleinste Veränderung in seiner Ernährung, sogar im Trinkwasser, konnte Folgen haben. Zum Glück hatte seine Unterhose das Gröbste aufgefangen, also zog Lara sie ihm kurzerhand aus und wischte ihn so gut es ging sauber.

»Die hier werfe ich weg.« Sie knüllte die Unterhose zusammen. »Du kannst ohne gehen.«

»Cool«, sagte Jack.

Sie wickelte die verdreckte Unterhose in mehrere Papierhandtücher ein und kehrte ins Foyer zurück.

»Entschuldigen Sie, Alyssa.« Lara deutete auf das übelriechende Bündel, das sie unauffällig in der Hand hielt. »Wo kann ich das entsorgen?«

Alyssa rümpfte die Nase. »Hinter dem Haus steht eine Mülltonne.« Sie wies Lara die Richtung. »Aber schließen Sie sie gut, sonst kommen die Waschbären.«

Lara ließ Jack in Ollys und Bellas Obhut, bevor sie nach draußen ging und das Gebäude umrundete. Hinter dem großen Müllcontainer sah sie zwei Schauspieler, einen Mann und eine Frau, die aneinandergelehnt auf einer alten Couch neben dem Bühneneingang saßen und rauchten. Lara duckte sich ein wenig, um nicht entdeckt zu werden.

»Ist mir doch kackegal«, sagte die Frau. »Ich hab meinem Agenten gesagt, ich komme nie wieder hierher, selbst wenn sie zur Abwechslung mal anständig zahlen.«

»Ich weiß, Baby, ich weiß. Aber jetzt, wo wir schon mal hier sind, müssen wir auch unser Bestes geben. Alles andere wäre unprofessionell.«

»Was bildet die sich ein, mir zu sagen, ich wäre fett geworden? Bin ich fett geworden, Brian?«

»June, du weißt, dass du nicht fett bist. Du hast einen wunderschönen Körper. Du weißt, wie sehr ich deinen wunderschönen Körper liebe.«

»Oh, Brian.« June blies den Rauch aus und beugte sich zu dem Mann, nahm seinen Kopf in die Hände und zog sein Gesicht zu sich herab. Ihre Lippen trafen sich, und

Brians Hand fand ihren Weg in Junes Bademantel, wo sie die größte, rundeste und prallste Brust freilegte, die Lara je gesehen hatte. Er rollte ihre Brustwarze zwischen Daumen und Zeigefinger hin und her, als versuche er, einhändig eine Zigarre zu drehen.

Ein großer, gutaussehender Junge tauchte im Bühneneingang auf und hustete hinter vorgehaltener Faust, um auf sich aufmerksam zu machen. Die beiden lösten sich voneinander und blickten zu ihm hoch. Brians Hand ruhte nach wie vor fest auf Junes nackter Brust.

»Ja, Sean?«, fragte June, zog an ihrer Zigarette und sah ihn an.

»June, Brian, ich wollte euch nur Bescheid sagen, dass jetzt Einlass ist. Noch fünfzehn Minuten bis zum Vorstellungsbeginn. Wahrscheinlich habt ihr die Durchsage nicht gehört.«

»Ich glaube, es ist für den Inspizienten so üblich, uns mit Miss Turpin und Mr Weinberg anzusprechen«, sagte June und blähte die Nüstern, »um uns aufzurufen.«

»Ihr zwei bewegt eure Ärsche jetzt sofort hier rein und zieht euch um.« Betty war hinter Sean aufgetaucht und schob ihn zur Seite. »Ich habe Ihr Kleid für heute Abend etwas ausgelassen, *Miss* Turpin, es gibt also keinerlei Ausreden für schiefe Töne. Und *Mr* Weinberg, ich wäre Ihnen wirklich außerordentlich dankbar, wenn Sie Ihre Hand von Miss Turpins Vorbau nehmen und – äh – es unterlassen könnten, meinen jungen, unschuldigen Assistenten zu verderben.«

»Nichts, was er nicht schon gesehen hätte.« Ein weiterer Schauspieler – dieser Anfang dreißig und ganz italienischer Gigolo – spazierte an Sean vorbei und zauste ihm die Haare.

Dann warf er sich auf die Couch, wobei er fast auf Junes Schoß gelandet wäre, und steckte sich ebenfalls eine Zigarette an.

»Bitte, meine Damen«, rief Betty. »Wollen wir heute auch noch ein bisschen Theater spielen, oder soll bloß geraucht werden?«

»Dürfen wir uns das wirklich aussuchen?« Der Italiener lehnte sich zurück und atmete mit zusammengekniffenen Augen aus.

Betty seufzte tief und schüttelte den Kopf. »Ich erwarte, dass ihr alle beim Fünfminutenaufruf Gewehr bei Fuß steht. In Kostümen.«

Sie machte kehrt und verschwand im Theater.

»Du hast es ihm gesteckt, Tony«, sagte Brian, der endlich die Hand von Junes Brust nahm.

»Arschloch«, lautete Tonys Erwiderung an Brian. Dann nahm er einen letzten Zug von seiner Zigarette, trat sie aus und ging wieder hinein.

»Komm, Schatz«, bat June. Sie stand auf und zog ihren Bademantel zurecht, wobei es ihr gelang, sich dem jungen Inspizienten noch einmal in ihrer ganzen Pracht zu zeigen. Lara fand, dass es so aussah, als habe sie es mit Absicht getan, trotzdem blieb der junge Mann erstaunlich gelassen.

Er sah dem Pärchen hinterher, dann ging er rasch um das Sofa herum und hob die leeren Getränkedosen, Zigarettenkippen und Plastikbecher auf, die die Schauspieler hatten liegen lassen. Lara hatte das Gefühl, schon viel zu lange hinter dem Container gehockt zu haben, also schob sie den Deckel auf und warf ihr Bündel hinein. Es landete mit einem gedämpften Rascheln.

»Oh, hi.« Sean sah zu ihr herüber.

»Hallo«, grüßte Lara. »Tut mir leid, ich wollte nicht –«

»Kein Problem. Sie müssen Bellas Mutter sein.«

»Stimmt. Woher weißt du –«

»Ich hab sie heute im Laden getroffen. Sie sehen ihr ziemlich ähnlich.«

»Das nehme ich als Kompliment.« Lara strich sich die Haare glatt. Aha! Das also war der große Junge. Er hatte die blauesten Augen, die sie je gesehen hatte, und ein Lächeln, das das Herz jedes jungen Mädchens zum Schmelzen bringen musste. Sie konnte nur hoffen, dass Bella einen kühlen Kopf behielt. »Du hast es ja nicht leicht, was?« Sie deutete zum Bühneneingang.

»Das kann man laut sagen. June und Brian sind ein echter Alptraum. Ich bin froh, bald mit einem weniger durchgedrehten Cast zu arbeiten.«

»Die beiden sind im Shakespearestück nicht dabei?«

»Nein, Gott sei Dank. Die machen nur Musical.«

Lara war insgeheim erleichtert für Marcus. »Machst du bei *Macbeth* auch die Inspizienz?«

»Ein bisschen, aber ich spiele auch mit. Bloß Ross und den Arzt, nichts Weltbewegendes, aber immerhin kann ich so ein bisschen Erfahrung sammeln.«

»Dann willst du auch Schauspieler werden?« Lara kam sich vor, als verhöre sie einen potentiellen Schwiegersohn. Ein Schauspieler war nicht gerade das, was sie sich für ihre Tochter erhoffte.

»Genau. Im Herbst gehe ich auf die Juilliard. Endlich weg aus Trout Island.« Er beugte sich an Lara vorbei und warf den aufgesammelten Müll in den Container auf Jacks Unterhose.

Er ist wirklich sehr gut aussehend, dachte Lara.

»Sean? Wo ist mein Sean?« Betty kam aus dem Bühneneingang geeilt. »Oh, du bist bei der kleinen *Mamacita*. Hallo, Liebes.« Sie ging zu Lara und gab ihr einen Kuss auf die Wange, als wären sie beste Freundinnen. »Na, für *euch* haben wir später aber noch eine Überraschung.«

»Ist mir zu Ohren gekommen«, sagte Lara.

»Und, hast du schon eine Ahnung, was es sein könnte?«

»Nicht die geringste.«

»Von mir erfährst du nichts, Schatz.« Betty legte einen manikürten Finger an die Lippen. »Und jetzt komm, Sean, mein Liebling, die Vorstellung spielt sich nicht von allein, hab ich recht? Wir *brauchen* dich.« Sie legte ihm den Arm um die Schultern und führte ihn nach drinnen.

Auf ihrem Weg zurück ins Foyer beschloss Lara, Marcus nichts von dem zu sagen, was sie mit angehört hatte. Immerhin hatte der Zwischenfall gezeigt, dass Betty Stil und Köpfchen besaß, vielleicht hatten sie und James also tatsächlich ein ernstzunehmendes Stück auf die Bühne gebracht.

Wie sich herausstellte, war das nicht der Fall.

Set Me On Fire! hielt wenig positive Überraschungen bereit. Das Stück war die vorhersehbare Vom-Tellerwäscher-zum-Millionär-Geschichte einer jungen Südstaatenschönheit, die sich – teils dank ihrer wilden Entschlossenheit, teils aufgrund einer Begegnung mit einem Engel, der ihr großen Ruhm prophezeite – bis ganz nach oben kämpfte. Dabei ließ sie sich weder von brutalen Liebhabern, skrupellosen Managern noch vom pöbelnden Publikum einer Provinzkneipe aufhalten. Lara war sich sicher, dass Bettys wahre Biographie wesentlich interessanter war, als das nichtssagende Sing-und-Tanz-Spektakel vermuten ließ, nicht zuletzt da sie, anders als ihre Figur im Stück, nicht wirklich eine Frau war.

Als Pearl, Bettys Bühnen-Alter-Ego, war June Turpin zu Beginn des Stücks, als sie eigentlich sechzehn hätte sein sollen, mindestens dreißig Jahre zu alt. Ihr Kostüm in Form eines schlackernden Lumpenkleids mit Zöpfen brachte ihr einen lauten Lacher von Olly ein, den sie, dem flüchtigen Dolchblick nach zu urteilen, den sie ihm zuwarf, eindeutig gehört hatte.

Das restliche Publikum allerdings war von *Set Me On Fire!* begeistert. Die Tanzeinlagen waren nicht die schlechtesten, musste Lara zugeben, und fast jede Nummer bekam stehende Ovationen.

Das Klatschen war das Einzige, was Jack Spaß machte, und Lara hatte alle Hände voll damit zu tun, während der übrigen Zeit dafür zu sorgen, dass er nicht störte. Sie war geübt darin, mit kleinen Kindern ins Theater zu gehen, und hatte vorsorglich drei Karamelllutscher eingesteckt. Auf diese Weise war er beschäftigt oder zumindest ruhig – ganz im Gegensatz zu seinem großen Bruder, der einfach nicht stillsitzen konnte.

»Würdest du bitte aufhören, so rumzuzappeln?«, zischte Marcus, der sich über Lara hinwegbeugte und Olly aufs Knie klopfte.

Als die Saallichter zur wohlverdienten Pause angingen, warf Lara einen Seitenblick auf Marcus. Er hatte große Mühe, an der Illusion festzuhalten, dass er durch dieses Theater groß rauskommen würde.

»Du meine Güte«, sagte eine Frau mit einem adretten glänzenden weißen Bob zu ihrem Begleiter, als sie sich aus ihrer Sitzreihe zwängte und mit dem Programm Luft zufächelte. »War das nicht einmalig?«

Von ihren Plätzen im vorderen Bereich des Saals aus ließ Lara den Blick über die anderen Zuschauer schweifen, als diese das Theater verließen. Abgesehen von einigen Teenagern, die gegen ihren Willen hergeschleppt worden waren und eine Aufsässigkeit ausstrahlten, die noch größer war als die von Olly, gab es kaum jemanden unter sechzig.

Die Waylands waren die Einzigen, die noch saßen. Verhältnismäßig jung, britisch und in den vom Koffer zerknitterten Kleidern wirkten sie ein wenig fehl am Platz. Als die letzte alte Dame Richtung Ausgang schlurfte – zweifellos mit Kurs auf den Kuchenstand –, spürte Lara ein Prickeln im Nacken, als stünde jemand direkt hinter ihr.

Sie drehte sich auf ihrem Sitz und schaute sich im Zuschauerraum um. Die Reihen nagelneuer roter Plüschsitze waren hochgeklappt und zeigten ihre blanken Unterseiten. Dann nahm sie eine Bewegung wahr, und sie sah die schmale Galerie ganz hinten im Saal. Von verschnörkelten Eisenpfeilern gestützt, verlief sie über die gesamte Breite des Raums. Von ihrem Platz aus konnte sie nicht viel erkennen, aber als sie nach oben blickte, sah sie die Silhouette eines großen Mannes, der durch einen sich hinter ihm befindenden Scheinwerfer angestrahlt wurde. Sie konnte es nicht mit Sicherheit sagen, hatte aber das Gefühl, dass sein Blick auf ihr ruhte. Kaum hatte sie ihn bemerkt, als er zurück in den Schatten trat und verschwand.

»Hast du das gesehen?«, fragte sie Marcus, der endlich aufgestanden war.

»Was?«

»Da war ein Mann …« Sie zeigte auf die Galerie.

Marcus folgte ihrem Blick. »Wahrscheinlich der Beleuchter.«

»Wahrscheinlich.«

»Oder deine Fantasie geht mit dir durch. Wäre ja nicht das erste Mal. Also, wer will ein Stück Kuchen?«, fragte Marcus.

Auf dem Weg nach draußen zum Kuchenstand schaute Lara erneut zur Galerie hoch, aber es war niemand dort. Vielleicht hatte Marcus recht. Selbst mit Kontaktlinsen war die Sehkraft ihrer computergeschädigten Augen bei schwachem Licht nicht die beste. Mehr als einmal war es schon vorgekommen, dass sie in einer schummrigen Theaterkneipe Wildfremde gegrüßt hatte.

Draußen auf dem Rasen hatte der erste Akt eines prächtigen goldenen Sonnenuntergangs begonnen, und die stille Luft war erfüllt von Insekten, die sich unter den Zuschauern nach einem blutigen Imbiss umtaten.

»Sieh mal, wie schwarz die Bäume sind.« Bella zeigte auf die Umrisse der Ahornbäume auf dem Hügel hinter dem Ort. »Da oben wäre ich jetzt nicht gerne.«

»Bllllairrrr Witch.« Olly tauchte hinter ihr auf.

»Verpiss dich!« Bella stieß ihn von sich.

»Es ist wirklich eine andere Welt«, sagte Lara, die Jack mit einem Stück Kuchen fütterte und zu verhindern versuchte, dass er seine chinesische Jacke vollkleckerte. Die »Kirsch«-füllung war zu rot, als dass man darauf hoffen durfte, etwaige Flecken würden sich wieder entfernen lassen.

»Also, Familie Wayland, wie hat euch unsere kleine Show gefallen?« James kam auf sie zugetrippelt und legte die Arme um Bella und Olly. Marcus warf Olly einen diskreten, aber strengen Blick zu.

»Super«, antwortete Olly, ohne mit der Wimper zu zucken.

»Wunderschöne Kostüme«, fand Bella. »Stimmt's, Mum?«

»Wer hat sie genäht?«, wollte Lara wissen.

»Betty. Betty ist ein Genie.« James strahlte, bester Stimmung durch das verschwenderische Lob, mit dem die übrigen Zuschauer ihn überhäuft hatten. »Sie macht alles: das Skript, die musikalische Leitung, die Kostüme, das Bühnenbild.«

»Und warum tritt sie nicht mehr auf?«, wollte Olly wissen, und Lara wusste nicht, ob er bloß höflich war oder im Gegenteil besonders gerissen und unverschämt.

»Lampenfieber«, flüsterte James. »Es gab da einen kleinen Zusammenbruch. Aber wir sprechen nicht darüber.«

»Wie schade«, sagte Lara und dachte einen Moment lang an ihr eigenes verschenktes Potenzial – von der Starschauspielerin des zwölften Jahrgangs zur Mutter und Hausfrau in nur etwas mehr als einem Jahr. Was hätte aus ihr werden können, wenn ihr das Leben nicht dazwischengekommen wäre?

»Wie auch immer, *avanti*!« James klatschte in die Hände. »Meine Damen und Herren, bitte essen Sie jetzt Ihren Kuchen auf. Die Vorstellung geht in fünf Minuten weiter. Ich möchte nicht, dass auch nur ein Krümel übrigbleibt.«

Leises Gelächter schwappte durch die Menge, dann machten sich alle über die Reste auf ihren Tellern her. Eine rotgesichtige Alyssa tauchte neben James auf.

»Äh, James, könnte ich dich bitte kurz sprechen?«, kiekste sie. »Im Foyer.« Sie drehte sich um und dackelte zurück ins Gebäude.

»Ich komme schon, Alyssa, Liebchen. Huch. Sieht so aus, als bekäme ich Schelte von der Dame des Hauses«, wisperte James Lara und Marcus zu. »Sie mag meine spontanen Ansagen nicht besonders. Findet, das sei ihre Aufgabe. Gott, sie ist so *streng*.«

»Der ist aber gut drauf heute Abend«, meinte Olly, als sie ihn über den Rasen davoneilen sahen.

»Den Leuten scheint es jedenfalls zu gefallen«, sagte Marcus und stürzte den letzten Schluck aus seiner Limonadendose hinunter. »Gott, das Zeug ist ja ekelhaft. Root Beer – ich möchte mal wissen, aus was für ›Wurzeln‹ sie das herstellen.«

»Kommt, lasst uns wieder reingehen«, schlug Lara vor und nahm Jack auf den Arm, der an ihre Beine gelehnt dastand und kurz vor dem Einschlafen war.

Der folgende Akt behandelte die glücklichere zweite Hälfte der Lebensgeschichte von Bettys Alter Ego. Sie fand die Liebe ihres Lebens – James, vermutlich –, reüssierte am Broadway und wurde von Fremden auf der Straße um Autogramme gebeten. Im Finale schließlich kam die in Pailletten gehüllte June Turpin auf einem glitzernden Sperrholzmond hereingeschwebt. Gestützt wurde sie – das hatte Lara dem Programmheft entnommen – von einem Trupp der Freiwilligen Feuerwehr von Trout Island in voller Uniform.

»Was, wenn während der letzten Szene irgendwo ein Feuer ausbricht?«, fragte sie Marcus flüsternd.

Dann öffnete June Turpin den Mund, um den Finalsong zu singen. Zu diesem musikalischen Thema hatte die ganze bisherige Musik hingeführt.

You! You set me on fire,
Couldn't get any higher,
Don't know no one flyer,
Now sir, be my sire …

Der Text in Kombination mit der schwankenden Schauspielerin, deren Gleichgewicht durch den schaukelnden Mond noch mehr in Gefahr geriet, löste bei Olly einen erstickten Lachkrampf aus. Glücklicherweise war die Musik, die aus den zwei Lautsprechern vor der Bühne dröhnte, dermaßen laut, dass nur Lara es mitbekam.

Nachdem der Vorhang gefallen war, kamen alle Mitwirkenden auf die kleine Bühne und verbeugten sich, begleitet von donnerndem Applaus. Um die Waylands herum erhoben sich die Zuschauer von ihren Plätzen und riefen: »Bravo!«

»Aufstehen«, zischte Marcus und erhob sich.

»Spinnst du?«, sagte Olly.

»Du stehst jetzt auf, oder du bekommst nie wieder Taschengeld«, sagte Marcus.

Die gesamte Familie erhob sich, sogar Lara, die den schwitzenden, schlafenden Jack auf dem Arm trug.

»Bravo!«, rief Marcus und klatschte mit hoch über dem Kopf erhobenen Händen. »Zugabe!«

»Lieber Gott, bitte nicht«, murmelte Olly.

Betty kam auf die Bühne getänzelt, und der Applaus schwoll zur doppelten Lautstärke an, als sie in einen tiefen Knicks sank. Lara fragte sich, wie es sein konnte, dass ein dermaßen sittenstrenges Publikum einen Paradiesvogel wie sie so vergötterte. Vielleicht war ein Hauch des vielzitierten New Yorker Liberalismus bis hierher vorgedrungen. Oder aber die Leute glaubten, dass die glamouröse Frau Betty echt war. Und wieso auch nicht? Betty und James glaubten daran, und war das nicht die Quintessenz des amerikanischen Traums: dass man der sein konnte, der man sein wollte, und das tun, was einem beliebte?

Wenn es dieser Traum doch nur in den frühen Neunzigern nach Stratford-upon-Avon geschafft hätte, dachte Lara.

Sie sah, wie Bella rot wurde, als der junge Mann, Sean, auf die Bühne kam, um Betty einen gigantischen Strauß roter Rosen zu überreichen. Sean trat zurück, und Lara war sich ganz sicher, dass er dabei ihrer Tochter einen Blick zuwarf. Dann zeigte Betty zur linken Bühnenseite, und James kam gemessenen Schrittes und mit ausgebreiteten Armen auf die Bühne. Er beugte sich zu Betty und gab ihr einen Kuss, und sie beide strahlten ins Publikum. Der Applaus ebbte ganz allmählich ab.

»Meine Damen und Herren, Jungen und Mädchen«, sagte James. »Das Trout Island Theatre möchte Ihnen für Ihr Kommen danken. Wie Sie wissen, sind die Fördergelder, die unser wundervolles Gemeindetheater für die zahlreichen Darbietungen erhält, die wir für Sie und Ihre Nachbarn auf die Bühne bringen, lächerlich gering. Wir hoffen sehr, dass Ihnen die Aufführung gefallen hat. Und falls dem so ist, dann hoffen wir, dass Sie Ihren Freunden davon erzählen werden. Außerdem möchte ich noch ankündigen, dass in drei Wochen unsere Produktion von William Shakespeares schottischem Stück Premiere haben wird. Unser Star Marcus Wayland ist heute Abend hier, er ist den weiten Weg aus England gekommen. Marcus, steh auf.«

Marcus erhob sich, wandte sich um und verbeugte sich so würdevoll, wie er es vermochte. Wieder applaudierten die Zuschauer, dann gebot James Schweigen, damit er fortfahren konnte.

»Wie Sie wissen, verlangen wir keinen Eintritt, aber wenn Ihnen die Vorstellung gefallen hat, dann greifen Sie bitte in Ihre Taschen, und geben Sie unseren Schauspielern, was Sie entbehren können. Sie werden dort hinten mit Hüten bereitstehen und Ihre Spenden dankend entgegennehmen. Kein Betrag ist zu klein, und ...«, und er machte eine Pause, in der das Publikum Gelegenheit bekam, sein Lächeln zu erwidern, »kein Betrag kann *jemals* zu groß sein.«

Erneut wurde Beifall geklatscht, als die Schauspieler von der Bühne sprangen, an den hinteren Türen Aufstellung bezogen und den Zuschauern ihre Hüte hinhielten, damit diese Ein-Dollar-Scheine, Zwanziger, Fünfziger und sogar Schecks über größere Summen hineinwerfen konnten.

»Wie entwürdigend«, sagte Olly leise.

»Das ist eine althergebrachte Tradition«, erwiderte Marcus laut. »Ich finde es großartig.« Dann wurde er von einer Gruppe Damen umringt, die ihn alle kennenlernen wollten, um zu erfahren, ob er aus London war und sie ihn aus irgendwelchen Filmen kannten.

Er war in seinem Element.

Lara schlenderte mit den Kindern nach draußen. Sie hoffte, ein oder zwei Gläser Wein auf der Party würden sie etwas munterer machen, trotzdem fiel es ihr schwer, Begeisterung für den bevorstehenden Abend aufzubringen. Daran konnte auch der Gedanke an die Überraschung – wahrscheinlich irgendetwas Schrilles und Peinliches, ein typisch englisches Gericht oder ein untragbarer Hut, den Betty gebastelt hatte – nichts ändern.

»Ich muss mich setzen«, sagte sie zu Bella und Olly.

Also ließen sich Mutter und Kinder der Familie Wayland auf der Rollstuhlrampe neben dem Theatereingang nieder und warteten darauf, dass sich ihr Ehemann und Vater wieder zu ihnen gesellte. Sie sahen zu, wie erst die Zuschauer gingen und danach, in aufgekratzten Grüppchen, die Schauspieler. Sie warteten fast vierzig Minuten.

12

Das Farmhaus von James und Betty lag einige Meilen außerhalb des Ortes. James hatte behauptet, der Routenplaner auf Google tauge nichts, und sie mit einer eigens in seinem unnachahmlichen Stil verfassten Wegbeschreibung ausgestattet.

Beim ersten Mal fuhren sie an der richtigen Abzweigung vorbei bis zu einem von einem rostigen Damm umgebenen Staubecken, dessen gigantische Ausmaße in keinem Verhältnis zu der es umgebenden Landschaft standen. Spätestens jetzt – James hätte einen solchen Orientierungspunkt in seinem mit unzähligen Randbemerkungen versehenen Text zweifellos erwähnt – wurde ihnen klar, dass sie zu weit gefahren waren, also drehten sie wieder um. Aus der entgegengesetzten Richtung kommend, war die Abzweigung nicht zu übersehen. Sie fanden die richtige Straße und bogen, wie beschrieben, auf einen unbefestigten, langsam ansteigenden Weg ein. Sie kamen an wenigen Häusern vorbei, größtenteils jedoch waren sie von Bäumen und Sträuchern umgeben.

Ein Reh sprang vor dem Wagen über die staubige Straße. Marcus bremste ab.

»Wo eins ist, ist meistens auch …« Noch während er sprach, huschte ein zweites, kleineres Reh vorüber. »… ein zweites.«

»Mir kommt's so vor, als würden wir in den tiefen dunklen Wald fahren«, sagte Bella. »Ich weiß nicht, ob mir das gefällt.«

»Unsinn«, entgegnete Marcus. »Das hier ist eben die Natur, an Klaue roh und Zahn.«

»Rot«, meldete sich Olly von hinten.

»Was?«, sagte Marcus.

»Es heißt ›Natur, an Klaue *rot* und Zahn‹. Tennyson.«

»Also, Leute, da geht's mir doch gleich schon *viel* besser«, stellte Bella fest, die mit zusammengekniffenen Augen aus dem Fenster starrte.

»Hier irgendwo muss es sein, gleich hinter dem gelben Pfosten, auf der Lichtung«, sagte Lara.

»Du meinst, wo die ganzen Autos stehen. Wegen der Party?«, fragte Olly.

»Mein lieber Mann, ihr zwei sprüht ja heute geradezu vor Sarkasmus«, erwiderte Marcus.

Sie hielten am hinteren Ende der Reihe aus etwa zwanzig Autos, die in ihrer Vielfalt – vom zerbeulten roten Pickup bis hin zum nagelneuen Porsche Carrera – ein Zeugnis von den erheblichen finanziellen Statusunterschieden innerhalb der Schauspielzunft ablegten.

»Nicht schlecht«, meinte Olly, als sie am Porsche vorbeigingen.

Sie bogen in die Einfahrt ein und fanden sich vor einem der schönsten Häuser wieder, die Lara je gesehen hatte. Von der Straße aus war es nicht einmal zu erahnen. Es war im neoklassizistischen Stil gebaut wie die meisten Häuser im Ort, aber im Gegensatz zu ihnen war es liebevoll gepflegt und in einem ausgezeichneten Zustand. Es war in einem zarten Puderblau gestrichen, mit cremeweißen Fensterrahmen und Laibungen. Eine breite Veranda lief um den sichtbaren Teil des Hauses herum, und im Licht der untergehenden Sonne sah es so aus, als würde das Haus über der riesigen Wiese, die sich davor ausbreitete, schweben. Am atemberaubendsten jedoch war die Lage auf einer kleinen Erhebung, deren mit Gras bewachsene Fläche, von Blumen- und Gemüsebeeten unterbrochen, sanft zu einem Teich hin abfiel. Dahinter begann der Wald. Am äußersten Ende des Gartens stand eine verfallene Scheune, die sich zur Seite neigte, als könne sie jeden Augenblick einstürzen.

»Da geht niemand rein, verstanden?«, mahnte Lara.

»Nicht mal zehn Pferde würden mich dazu kriegen«, sagte Olly.

Es war ziemlich voll. Gäste standen in der Nähe einer Feuergrube zusammen oder hatten sich am Boden auf Decken niedergelassen, tranken Wein und unterhielten sich. Der Klang von Gelächter und der Duft von auf Holzkohle gegrilltem Fleisch erreichten sie selbst aus über dreißig Metern Entfernung, als sie durch den Vorgarten gingen.

»Wie sind die alle so schnell hierhergekommen?«, wunderte sich Marcus.

»Du warst Ewigkeiten weg, Dad«, sagte Olly. »Wir dachten schon, die alten Schätzchen hätten dich aufgefressen.«

»Man muss sie umgarnen.« Marcus zwinkerte.

»DIE WAYLANDS!« James löste sich aus einer Gruppe. Auch an diesem Abend war er wieder in fließendes Weiß gekleidet und sah aus wie ein gewaltiges Segel. Die Gespräche verstummten, und alle wandten sich ihnen zu. Dann brandeten lauter Willkommensjubel und Applaus auf.

»Scheiß Amis«, brummte Olly.

»Scheiß Theaterfritzen, meinst du wohl«, sagte Bella. Sie

ließ den Blick durch die Menge schweifen. Wahrscheinlich, vermutete Lara, hielt sie Ausschau nach diesem Jungen, Sean.

»Seid still, ihr beiden«, bat Marcus sie. Er setzte sein offizielles Lächeln auf und steuerte seine Familie auf James und das Zentrum des Trubels zu.

»Meine Lieben.« James erdrückte Marcus in einer bärenstarken Umarmung und ging mit ihnen zusammen weiter in Richtung Haus. »Was in Gottes Namen hat euch so lange aufgehalten?«

»Dad musste erst noch ein Bad in der Menge nehmen«, erklärte Olly.

»Und wir haben uns verfahren«, ergänzte Lara. »Es ist wirklich schön hier.« Sie näherten sich der Feuerstelle, einem Erdloch von der Größe eines Sarges, voll mit weißglühenden Kohlen, über denen auf einem eisernen Rost Fisch und Fleisch brieten.

»Nicht wahr?«, sagte James. »Betty hat sie letztes Jahr ausgehoben. Wie viele Partys wir schon um diese Feuergrube herum gefeiert haben! Im Angebot sind Jakobsmuscheln, Shrimps, Buffalo Wings, Burger und Würstchen. Und der Mais steht hoch, deswegen gibt es auch noch die lokale Spezialität der Saison.« Er deutete auf einen Zuber mit Wasser, in dem ganze, ungeschälte Kolben Zuckermais schwammen. »Wenn man sie einweicht, verbrennen sie nicht. Aber du liebe Zeit, wo habe ich nur meinen Kopf? Da mache ich euch zuerst mit dem Essen bekannt statt mit den Gästen! Kennt ihr schon June und Brian, die zwei fantastischen Stars unseres Musicals? Und das sind Frank, Josh, Shelley, Dana, Nicholas, Dave, Dave und Dave, Sarah, Anne, Tony, Ed, Tot, Peter, Martha, Sylvester, Madonna –

nein, nicht *die* Madonna. Und Nancy, Darius, Oleanna, Jose, Sol, Johnny, Helene, Janette und Brianna; dann haben wir noch Cara, Stacey, Tipper, Madison, Megan, Taylor und Selina.«

»Ich weiß nicht, ob ich mir all eure Namen auf Anhieb merken kann, aber ich freue mich, euch kennenzulernen«, sagte Marcus.

»Hi!«, riefen alle im Chor zurück und hielten ihre Gläser hoch.

»Weitermachen«, befahl James und führte die Familie Wayland auf die Veranda zu. »Größtenteils sind es Darsteller aus dem Musical. Einige von ihnen spielen auch im schottischen Stück mit, aber das eigentliche Ensemble kommt erst in ein oder zwei Tagen an. Wir durchmischen gerne alles ein bisschen.«

»Wo ist denn Betty?«, erkundigte sich Lara.

»Oh, die ist drinnen und kümmert sich mit Trudi zusammen um die Salate. Nun denn, Familie Wayland«, sagte James. »Seid ihr bereit für eure Überraschung? Ich halte es nämlich nicht länger aus.« Er öffnete die Fliegengittertür zur Küche, in deren Mitte ein mit zahlreichen Salatschüsseln und Brotkörben beladener Tisch stand. Betty war über die Spüle gebeugt und schnitt eine Wassermelone in Scheiben. Sie hatte ein langes Halterneck-Kleid aus Lurex an, das Bianca Jagger im Studio 54 hätte tragen können, und darüber eine Fünfziger-Jahre-Blümchenschürze.

»Ihr Lieben.« Sie legte das Messer weg und nahm die Schürze ab, bevor sie jeden Einzelnen, einschließlich des ziemlich steifen Olly, umarmte und küsste. »Dann ist es also so weit?«, fragte sie James.

»Es ist so weit«, bestätigte James.

»Trudi, Schatz, wir bräuchten dann jetzt den Champagner«, sagte Betty, und erst jetzt bemerkte Lara die Frau, die auf der anderen Seite des Tischs stand. Sie hatte dunkle Haare, eine kompakte Statur und eine lange Narbe im Gesicht, als hätte ihr jemand die rechte Wange vom Mundwinkel bis zum Ohr aufgeschlitzt. Trudi nickte einen stummen Gruß in Richtung der Waylands, legte das Besteck hin, das sie gerade in eine Serviette eingewickelt hatte, und trat zum begehbaren Kühlschrank, aus dem sie ein Silbertablett mit einer Flasche Dom Pérignon, schlanken hohen Champagnergläsern und vier Dosen Cola light hervorholte.

»Danke, Trudi, mein Schatz.« Betty nahm ihr das Tablett ab. »Könntest du noch kurz das Besteck zu Ende einwickeln, meine Gute?«

»Werde ich nicht im Salon gebraucht?«, fragte Trudi. Akzent und Timbre waren fast identisch mit Bettys.

»Wir kommen schon zurecht, danke, Liebes«, sagte Betty.

Nach kurzem Zögern nickte Trudi und kehrte an ihre Arbeit zurück. Sie hatte merkwürdige Augen, fiel Lara auf. Wie eine Eidechse.

»Also, Familie Wayland. Seid ihr bereit?«, fragte Betty. »Dann, *Mesdames et Messieurs,* bitte hier entlang.«

Sie führte sie durch einen kühlen, widerhallenden Flur bis zu einer Flügeltür, die James, der ein Stück vorauslief, mit dramatischem Schwung aufstieß. Dahinter kam ein riesiges Wohnzimmer zum Vorschein. Die Jalousien waren vor der untergehenden Sonne heruntergelassen, aber im Licht des fast über die gesamte Breite einer Wand gehenden Aquariums konnte Lara die Silhouette eines Mannes erkennen, der hinten im Raum mit übereinandergeschlagenen Beinen in einem Sessel saß. Betty stellte das Tablett auf einem Tisch ab, und James schloss die Türen hinter ihnen.

»Hallo, Marcus. Hallo, Lara.«

Prompt stülpte sich Laras Magen um und machte einen Satz hoch hinauf in ihren Hals. Sie musste nicht abwarten, bis der Mann aufgestanden war und sich zu seiner vollen Größe aufgerichtet hatte. Sie musste nicht abwarten, bis er ins Licht trat. Sie musste nicht erst die noch immer messerscharfen Wangenknochen oder die tiefliegenden Augen sehen, deren Blick von irgendwo weit her zu kommen schien, und auch nicht die dunklen Locken, die sie umrahmten.

Sie erkannte ihn sofort.

Bella schnappte nach Luft.

»Da leck mich doch einer«, hauchte Olly.

»Stephen Molloy!«, dröhnte Marcus in die angespannte Stille hinein. »Was zum Teufel machst du denn hier?«

»Schh. Schhh!« James huschte umher und knipste ein paar Lampen an. »Es sollen schließlich nicht *alle* wissen, dass er hier ist.«

Lara atmete langsam ein und aus, damit ihr Herzschlag sich beruhigte. Ihr Läufertrick. Immerhin verschaffte Marcus ihr ein bisschen Zeit, indem er beide Arme um Stephen Molloy schlang und ihn fest drückte. Sein Gesicht lag an Stephens Brust, so klein war er im Vergleich zu diesem.

»Da leck mich doch einer«, wiederholte Olly. »Ist das echt Stephen Molloy?«

»Ja«, sagte Lara mit leiser Stimme.

»Der, den Dad kennt?«

»Welcher denn sonst, Blödmann?«, erwiderte Bella, deren Augen so groß waren wie Untertassen.

Stephen Molloy hing nach wie vor in Marcus' Umarmung fest, doch sein Blick lag auf Lara. Sie musste ihre Knie zwingen, nicht unter ihr nachzugeben. Das Zimmer, von dem sie anfangs gedacht hatte, es hätte eine Klimaanlage, war mit einem Mal unerträglich heiß.

»Lara.« Nachdem Marcus ihn endlich losgelassen hatte, kam Stephen auf sie zu und ergriff ihre Hand. »Es ist lange her.« Seine Berührung war für sie wie Nachhausekommen.

»Ich weiß ja, dass Stephen und Marcus sich seit Ewigkeiten kennen«, sagte James zu Lara. Er legte den Arm um sie und hüllte sie in eine Wolke Halston for Men. »Aber wenn mich nicht alles täuscht, dann seid ihr euch seinerzeit auch begegnet, stimmt's?«

»Ja, wir kannten uns«, bestätigte sie, froh über die Gelegenheit, den Blickkontakt mit Stephen abbrechen zu können.

»Aber verdammt lange her, was?«, fuhr James fort. »Natürlich habt ihr Stephen in der Zwischenzeit gesehen, das haben wir ja alle. Aber er hat kein Lebenszeichen von den Waylands bekommen, seit ... Wie lange?«

»Das müssen jetzt siebzehn Jahre sein.« Marcus legte Stephen eine Hand auf die Schulter und musterte dessen Gesicht.

»Dann kennst du die Kinder ja noch gar nicht, stimmt's?«, fragte James. »Lass mich dich mit den drei zauberhaften Sprösslingen der Familie Wayland bekannt machen: Bella, Olly und der kleine Jack.«

»Ihr müsst die Zwillinge sein.« Stephen schüttelte erst Bella, dann einem ungewohnt schweigsamen und ehrfürchtigen Olly die Hand. »Ich glaube, als ich eure Eltern das letzte Mal gesehen habe, hatten sie gerade die freudige

Nachricht bekommen, dass ihr unterwegs seid. Aber von dem kleinen Kerl hier wusste ich noch nichts.« Er streckte auch Jack die Hand hin.

Im Gegensatz zu James hatte sich Stephens Stimme einen gewissen britischen Einschlag bewahrt. Vor allem in den Vokalen war sein Manchester-Dialekt noch stark herauszuhören. Das überraschte Lara. Die letzten Jahre hatte sie ihn ausschließlich in amerikanischen Filmen gesehen und war davon ausgegangen, dass seine Leinwandstimme mit seiner privaten identisch war. Sie fragte sich, ob der Rest von ihm sich gegenüber früher auch so wenig verändert hatte.

»Unser glücklicher Betriebsunfall«, sagte Marcus und strubbelte Jack durchs Haar. Lara wünschte, er würde den Mund halten. »Mensch, es ist wirklich toll, dich zu sehen. Wie klein doch die Welt ist.«

Es war eigenartig, wie sehr sich Marcus über das Wiedersehen mit Stephen zu freuen schien. Er hatte dessen kometenhaften Aufstieg auf fast schon obsessive Weise mitverfolgt und immer wieder spitze Bemerkungen darüber gemacht, dass Stephen offenbar die richtigen Leute bumse oder die Iren eben immer Schwein hätten. Einmal hatte Lara sogar gehört, wie er in Gegenwart seiner Schauspielerkollegen, während sie sich eines Nachmittags gemeinsam einen von Stephens frühen Filmen im Fernsehen anschauten, geprahlt hatte, er selbst habe mehr Talent im kleinen Finger als Stephen Molloy in seinem ganzen Körper.

Lüge, war es Lara, die in ihrer Arbeitsecke vor dem Apple gesessen hatte, durch den Kopf geschossen.

»Ich habe ein Haus hier in der Nähe«, erklärte Stephen. »Eine Art geheimen Unterschlupf. Ich kenne James und

Betty aus L. A., und ich unterstütze das Theater ein bisschen.«

»Ein bisschen!«, rief Betty, klemmte sich die Champagnerflasche zwischen die Oberschenkel und zog den Korken. »Es ist ein bisschen mehr als ein bisschen.«

»Und als James mir gesagt hat, dass du seinen Thane spielst – na ja …«

»Hier, Stephen, das ist für dich.« James reichte ihm eine der Coladosen. »Für die Kinder habe ich auch welche. Oder dürfen die Zwillinge ein Schlückchen Blubberwasser?«

»Klar dürfen sie das«, sagte Olly.

»Es ist so schön, euch alle zu sehen«, verkündete Stephen. Aus seinem Gesicht strahlte aufrichtige Freude – etwas, was man in seinen Filmen eher selten sah, da er normalerweise als der düstere, verschlossene Held besetzt wurde.

»Auf alte Freunde!« Betty erhob ihr Glas.

»Auf alte Freunde«, wiederholten die Waylands und tippten ihre Gläser gegen Stephens Coladose.

»Was für ein Zufall«, sagte Marcus.

»Tja, wie du sagtest, die Welt ist klein«, erwiderte Stephen.

Sie tranken, dann sahen sie sich an und wussten nicht recht, was sie sagen sollten. Jack wurde es allmählich langweilig, also zog er los, um sich das Aquarium aus der Nähe anzusehen.

»Also dann«, sagte Stephen lächelnd und brach das Schweigen. Er hatte etwas an sich, dass einem unwillkürlich der Atem stockte. Vielleicht ist das der Ruhm, dachte Lara, doch dann erinnerte sie sich daran, dass er schon damals in Stratford dieselbe Wirkung auf andere Menschen gehabt hatte. Auf sie wenigstens.

»Ich fürchte, ich muss zurück und das Essen für meine Gäste vorbereiten«, sagte Betty. »James, könntest du mir dabei behilflich sein?«

»Aber –«

»Hase.«

James fügte sich und folgte seiner Lebensgefährtin hinaus. Erneut senkte sich Schweigen über den Raum, ein auffallender Gegensatz zu dem Geplauder und Gemurmel der Gäste draußen im Garten. Jemand schlug Akkorde auf einer Gitarre an, und eine Frau sang eine improvisierte Melodie dazu. Stephen nippte an seiner Cola light und sah sie alle der Reihe nach an. Doch sein Blick kehrte immer wieder zu Lara zurück. Ihr fiel auf, dass er auf den Fußballen stand und wippte, wie ein Rennpferd kurz vor dem Start.

»Sollen wir auch nach draußen gehen?«, fragte Marcus an Stephen gewandt. Lara wusste, dass er, neben anderen Gründen, dringend eine Zigarette brauchte.

»Ich denke nicht«, antwortete Stephen mit einem Lächeln. »Ich halte mich lieber bedeckt.«

»Was meinst du damit?«, fragte Lara und sah zu ihm auf. Dabei stellte sie fest, dass sie den Kopf genauso weit in den Nacken legen musste, wie wenn sie mit Olly sprach.

»Na ja, es ist so: Außer James, Betty und Trudi – und jetzt euch – weiß niemand, dass ich hier bin. Ich bin gewissermaßen inkognito unterwegs.«

»Na klar.« Olly zeigte mit dem Finger auf Stephen. »Sie hatten doch diesen Zusammenbruch und sind dann untergetaucht.«

»Olly«, zischte Bella. »Total uncool.«

Stephen schmunzelte, dann blickte er zu Boden. »Ja, so

ähnlich war es. Aber du solltest nicht alles glauben, was du in der Zeitung liest.«

»Da war diese Stalkerin«, sagte Olly in einem Tonfall, als hätte er ein Tor geschossen. Stephen hob den Kopf und lächelte ihn direkt an.

»Stimmt. Gutes Gedächtnis.«

»Olly, Kumpel, das reicht jetzt«, ermahnte ihn Marcus.

»Nein, nein, ist schon in Ordnung. Besser, ihr wisst, weshalb meine Anwesenheit hier ein Geheimnis bleiben muss. Nicht mal mein Agent weiß, dass ich hier bin. In L. A. stand ich zu sehr im Fokus unerwünschter – und ziemlich unerfreulicher – Aufmerksamkeit, deswegen habe ich mir eine Auszeit genommen, bis sich die Dinge wieder etwas beruhigt haben. Ich musste dringend raus da, also haben James und Betty mir freundlicherweise angeboten, hierherzukommen. Mir ist klar, dass es nicht einfach ist, darüber Stillschweigen zu bewahren«, fuhr er fort. »Vor allem für euch zwei«, erklärte er an Bella und Olly gewandt. »Aber ich kenne eure Eltern von früher, und Freundschaften wie diese sind für mich inzwischen sehr selten geworden. Deshalb wollte ich unbedingt nach der Vorstellung vorbeikommen und euch hallo sagen. Aber gleichzeitig muss ich euch bitten, niemandem gegenüber zu erwähnen, dass ich hier bin. Wenn ihr das schafft, können wir diesen Sommer viel Spaß zusammen haben. Ich habe ein sehr schönes Haus mitten im Wald, mit einem Schwimmteich. Das wird euch gefallen. Aber wenn ihr mich verratet, nun ja – dann könnte das ziemlich unangenehm für mich werden. Deshalb muss ich sicher sein, dass ihr mein Geheimnis für euch behalten könnt.«

Lara sah ihren zwei älteren Kindern an, dass ihnen klar

war, wie viel Stephen ihnen mit dieser Bitte abverlangte. Um ihretwillen wäre es ihr lieber gewesen, es hätte im Vorfeld Gelegenheit gegeben abzuwägen, ob die beiden der Sache überhaupt gewachsen wären. Stattdessen waren sie nun einfach damit konfrontiert worden. Es gab kein Zurück mehr, und es blieb nur zu hoffen, dass sie reif genug waren, mit der Situation umzugehen.

»Klar, Mann.« Olly hielt Stephen die Hand hin, damit er einschlug. Bella nickte, die Augen noch immer weit aufgerissen. Seit Stephen sich zu erkennen gegeben hatte, hatte sie nicht ein einziges Mal geblinzelt.

»Na, dann ist ja alles geregelt«, sagte Stephen. »Hört mal, ich will euch nicht aufhalten – die anderen fragen sich bestimmt schon, wo ihr abgeblieben seid.« Mit einem Kopfnicken deutete er in Richtung Garten. »Ich wollte nur kurz vorbeischauen und hallo sagen – der Champagner und das Drumherum waren James' und Bettys Idee. Die beiden sind so sentimental. Aber bitte kommt doch am Montag zum Abendessen zu mir. Ich würde mich über ein bisschen Gesellschaft freuen. Ich maile euch die Wegbeschreibung.«

»Liebend gern«, sagte Marcus. »Aber du kannst Lara auch einfach deine Adresse geben, sie googelt sie dann.« Er hatte bereits seinen Tabakbeutel gezückt und drehte an einer Zigarette.

»Meine Adresse kann man nicht googeln«, erwiderte Stephen und trank seine Coladose aus. »Wie gesagt, ich fliege unter dem Radar.«

»Wow«, sagte Bella. »Ich dachte, man kann *alles* googeln.«

»Man braucht ein bisschen Arbeit, aber nichts ist unmöglich«, sagte Stephen. »Jedenfalls war es schön, euch alle wiedergesehen zu haben. Lara, magst du mir deine E-Mail-Adresse geben?«

»Sicher«, antwortete Lara. »Geht doch schon mal vor, ich komme gleich nach. Jack, geh mit Daddy mit.«

»Aber ich hab mir die Fische noch nicht zu Ende angeguckt«, rief Jack vom Aquarium herüber.

»Ist es okay, wenn der Kleine hierbleibt?«, fragte Marcus, die Zigarette zwischen den Lippen.

Lara nickte.

Froh, dass er entlassen worden war, ging Marcus mit Bella und Olly nach draußen. Die Flügeltür fiel mit einem Knall hinter ihnen ins Schloss.

»Hast du einen Stift?« Lara sah zu Stephen auf.

»Eine tolle Familie«, stellte Stephen fest.

»Danke.«

»Ich selbst habe keine Kinder.«

»Nein. Das weiß ich.«

»Ja. Ich bin mehr oder weniger öffentliches Eigentum.«

»Aber dein Leben muss doch unglaublich aufregend sein.«

»Ich habe viel erlebt. Aber unterm Strich ist es auch nur ein Job. Gut bezahlt und abwechslungsreich, aber nichtsdestotrotz ein Job. Und zwar einer, der dein ganzes Leben auffrisst.«

»Ja.« Lara hielt seinem Blick stand.

»Ich beneide Marcus.«

»Wirklich?« Das Dämmerlicht im Zimmer verbarg die Röte, die plötzlich auf ihren Wangen brannte.

»Ich habe es gut, das ist mir bewusst. Ich besitze ein Haus hier, eins in L. A. – es ist wunderschön, oben in den Hügeln gelegen, du müsstest es mal sehen. Dann noch ein Stadthaus in Manhattan und ein Haus in meiner alten Heimat, in der Nähe von Manchester. Aber in keinem von ihnen fühle ich mich daheim. Das Haus in England gehört mir seit dreizehn Jahren. Ich habe es mir von meiner ersten größeren Gage gekauft, ich hatte diese Idee, dass ich so den Kontakt zu meinen Wurzeln nicht verlieren würde. Alles in allem habe ich vielleicht dreißig Tage dort verbracht. Es stehen immer noch Umzugskisten herum, die ausgepackt werden müssen. Vor zwei Jahren habe ich ein paar Handwerker kommen lassen, um die Inneneinrichtung zu machen – sie haben bloß den Flur gestrichen, mehr nicht. Sie dachten, ich wäre gerade erst eingezogen. Und jetzt verkrieche ich mich hier ganz allein am Ende der Welt. Warum sollte ich Marcus nicht beneiden?«

Stephen machte einen Schritt auf sie zu, nahm ihre Hand und lächelte. Seine Finger waren kühl und trocken. Sie wusste, ohne hinzusehen, dass sie noch immer genauso lang und schlank waren wie früher.

»Soll ich dir was sagen?«, fragte er.

»Nur zu.« Sie versuchte zu ignorieren, wie gut sich seine Hand in ihrer anfühlte.

Er schluckte und sah ihr in die Augen. »Du bist das große *Was wäre wenn* in meinem Leben, Lara. Kein Tag vergeht, an dem ich mich nicht frage, was hätte passieren können, wenn wir … wenn ich nicht weggegangen wäre.«

Lara hörte ihm in wachsender Bestürzung zu. Er sprach genau die Gedanken aus, die sie all die Jahre lang in den hintersten Winkel ihres Bewusstseins verbannt hatte.

»Dann hättest du eben nicht gehen dürfen«, entgegnete sie.

Jack kam durchs Zimmer auf sie zugelaufen und zog sie am Arm. »Mummy, guck mal, da unten am Grund schwimmt ein ganz dicker, hässlicher Fisch!«

13

Bella stand auf der Veranda. Ihr war noch immer ganz schwindlig bei der Erinnerung daran, Stephen Molloy so nah gewesen zu sein.

Durch die Arbeit ihres Vaters hatte sie bereits einige Schauspieler kennengelernt, die ein bisschen berühmt waren: Einmal waren zwei Darsteller aus *EastEnders* zum Abendessen da gewesen – vom Auftritt ihres Vaters in der Serie hatte sie nichts mitbekommen, damals war sie noch zu jung gewesen. Dann waren da noch dieser Typ aus der Ofenreiniger-Werbung und ein Theaterschauspieler, den sie zwar noch nie auf der Bühne gesehen hatte, dessen Name aber von Zeit zu Zeit im Feuilleton des *Guardian* auftauchte und den man hin und wieder im Radio hören konnte.

Aber Stephen Molloy – das war eine ganz andere Liga. Er war ein Megastar und absoluter Kassenmagnet. Trotz seines Rufs, sich mit jeder neuen Rolle komplett verwandeln zu können, wurde er überall auf der Welt wiedererkannt. Heerscharen von Fans lagen ihm zu Füßen. Und natürlich wusste Bella – wie jeder andere auch – über die Sache mit der Stalkerin Bescheid. Darüber war in der *Heat,* der *Grazia* und in den Showbiz-Seiten der *Daily Mail,* die sie oft schlechten Gewissens las, wenn sie eigentlich Hausaufgaben machen sollte, ausführlich berichtet worden.

Sie wusste auch, dass Stephen und ihr Vater sich früher gekannt hatten; Marcus hatte von ihm immer als »der, der es geschafft hat« gesprochen oder als »Molloy, die glückliche Drecksau«. Aber nie im Leben hätte sie damit gerechnet, ihm einmal persönlich gegenüberzustehen.

Das Schlimmste daran war, dass sie es für sich behalten musste. Was hatte man davon, einen Filmstar zu treffen, wenn man es danach nicht herumerzählen durfte?

Ihr Vater stand auf der anderen Seite des Rasens, rauchte und unterhielt sich mit irgendwelchen Schauspielern. Sie konnte sein Gelächter über die Stimmen der anderen hinweg hören. Olly hatte sich verkrümelt – vermutlich auf der Suche nach Bier und einem Versteck, wo er sich heimlich eine Zigarette genehmigen konnte. Also stand sie ganz allein da, trank ihren Champagner und genoss das Gefühl, das er in ihrem Kopf auslöste, so als würden die Bläschen direkt in ihrem Gehirn prickeln. Während sie unter den Gästen nach einem ganz bestimmten Gesicht Ausschau hielt, versuchte sie, sich daran zu erinnern, was sie sonst noch über Stephen Molloy wusste. War da nicht dieses Gerücht, er sei schwul? Auf Fotos sah man ihn oft mit irgendeiner Schauspielerin am Arm, aber er hatte nie eine feste Beziehung gehabt, was, so wurde gemunkelt, damit zu tun hatte, dass er in Wahrheit auf Männer stand. Vielleicht stimmte es ja auch, und er kam deshalb so gut mit James und Betty aus.

Plötzlich spürte sie eine Berührung an der Schulter. Sie fuhr herum, und Stephen Molloy war vergessen.

»Hi«, sagte Sean. »Ich dachte schon, du kommst nicht mehr.«

Sie sah zu ihm auf und schob sich ein abstehendes Haar hinters Ohr. Sie traute sich nicht, Sean in die Augen zu schauen, also sah sie wieder nach unten und strich ihr Kleid glatt. Sie fragte sich, ob sie das richtige Outfit angezogen hatte. Das kurze geblümte Baumwollhängerchen war das einzige halbwegs schicke Kleidungsstück, in dem sie es bei der Affenhitze aushielt. Aber sie sah viel zu jung darin aus. Sie warf einen Blick zu den anderen Gästen auf dem Rasen, der mittlerweile von zwischen den Bäumen gespannten Lichterketten mit Tausenden von Glühbirnen erhellt wurde. Die Kleidungsstile der Leute waren ganz unterschiedlich. Einige Frauen trugen Vintage-Sommerkleider, andere lange, fließende Gewänder. Einige waren in Jeans und Tunika gekommen. Aber alle sahen sie so aus, als wüssten sie, was sie taten – ganz im Gegensatz zu Bella.

»Möchtest du noch was trinken?«, fragte Sean mit dem Mund ganz dicht an ihrem Ohr.

»Okay.«

Er führte sie die Verandastufen hinunter ins Getümmel.

»Was riecht denn hier so?«, fragte Bella, als ihr ein zitroniger Duft aus der Menge entgegenwehte.

»Citronella. Ohne das hält man es hier nicht aus. Es wehrt die Insekten ab. Möchtest du?« Sean reichte ihr ein kleines Fläschchen aus seiner hinteren Hosentasche. »Du musst es auf deine Pulspunkte tupfen.« Sie blieben stehen, und er sah zu, wie sie sich das Öl in die Kniekehlen, an die Innenseite der Handgelenke und in die kleine Kuhle an ihrem Hals tupfte. »Jetzt bist du unverwundbar. Komm, wir holen uns was zu trinken.«

Er führte sie zur anderen Seite der Feuergrube, wo ein großer runder Holztisch aufgebaut war, auf dem zwei alte Zinkwannen, gefüllt mit Eis, Bier- und Weißweinflaschen, standen.

»Ich nehme ein Bier«, sagte Bella.

Sean zog eine Flasche heraus, öffnete den Kronkorken und reichte sie ihr.

Sie suchten sich eine freie Patchworkdecke am Rande der Menge. Sean setzte sich so neben sie, dass ihre Oberarme sich berührten. Bella hatte die Arme um die angezogenen Knie geschlungen und hoffte, dass das Citronella den leichten Schweißgeruch überdeckte, den sie an sich gerochen hatte. Sie hätte ihm so gern von Stephen Molloy erzählt, und das nicht nur, weil sie einen Knoten in der Zunge hatte und sie so wenigstens ein Gesprächsthema gehabt hätten. Aber das ging natürlich nicht.

»Ich war noch nie in England«, sagte Sean. »Wie ist es da so?«

»Eng. Voll.«

»Ich war überhaupt noch nie im Ausland, außer in Kanada«, fuhr er fort. »Wo wohnst du denn? In London?«

»Brighton. Am Meer. Von London aus gerade runter.«

»Zeig's mir«, bat er und langte in seine Tasche. Er zog sein iPhone hervor und rückte noch näher an sie heran, damit sie das Display sehen konnte.

»Hast du hier Netz?«

»Nee. Hier gibt's meilenweit keinen Empfang. Ich hab mich in James' und Bettys WLAN eingeklinkt.«

»Da wohnen wir.« Sie zeigte ihm ihr Haus auf Google SatelliteView. Es lag mitten zwischen unzähligen Straßen voller Reihenhäuser, die sich in dünnen Linien vom Meer aus bis zur weiten, offenen Fläche der Downs hinaufzogen. Sean strich mit der Fingerspitze über den Bildschirm, um näher heranzuzoomen.

»Ihr wohnt ja direkt am Meer«, stellte er fest. Sie waren sich jetzt so nahe, dass ihre Wangen sich praktisch berührten. Bella spürte das Kitzeln seiner langen Wimpern, und tief in ihrem Innern war ein Schwindelgefühl, als würde sich dort ein Loch auftun, in das sie sich hineinfallen ließ. Trotzdem versuchte sie weiterzureden, als wäre es die normalste Sache von der Welt.

»Wenn es noch dasselbe Bild ist, dann kannst du hinten im Garten sogar unsere Wäsche auf der Leine sehen.«

»Lustig.« Sean legte den Arm um sie, damit sie noch näher ans Display herankam. Bella hob den Kopf. Es standen Leute direkt in ihrer Nähe, aber niemand schaute zu ihnen hin.

»Und das ist unser Auto, da auf der Straße.« Sie lehnte sich nach hinten und trank einen Schluck Bier. Ihr Zuhause und alles, was sie damit verband, kamen ihr so weit weg vor. Erst recht, wenn man es nur als winziges Satellitenfoto auf einem Bildschirm sah. Bei diesem Gedanken fühlte sie sich plötzlich unglaublich befreit. Wenn Olly nicht gewesen wäre …

Auch Sean lehnte sich zurück, so dass sie einander wieder ganz nahe waren. Als er sich bewegte, erhaschte Bella seinen Duft, eine Mischung aus Seife, Schwimmbad und noch irgendetwas anderem, so ähnlich wie frischer Schweiß, aber kein bisschen unangenehm.

»Soll ich dich rumführen?«, fragte er. »Das Grundstück von James und Betty ist ziemlich cool.«

Er sprang auf und streckte ihr die Hand hin, um ihr hochzuhelfen. Er hielt sie fest, als sie über den Rasen schlenderten, vorbei an acht kleinen, schachbrettartig angelegten Gemüse- und Blumenbeeten. Chinesische Laternen auf Stäben tanzten im Wind und beleuchteten einen Pfad zwischen den Beeten. Als sie im Vorübergehen die Pflanzen streiften, stieg der vertraute Geruch von Basilikum in die Luft, nur um im nächsten Moment von der schweren Süße pinkfarbener und roter Rosen abgelöst zu werden. Das Stimmengewirr der Partygäste wurde im gleichen Maße leiser, wie die Liebesgesänge der Grillen auf der Wiese vor ihnen lauter wurden.

Die Laternen führten bis hinunter zu einem großen Teich und um dessen Ufer herum. Das Wasser schien im Licht des frühen Abends zu brodeln. Auf der gegenüberliegenden Seite stand eine überdachte Bank, die aus der aufrecht in der Erde stehenden Hälfte eines hölzernen Ruderboots gebaut worden war. Bella schaute zum Höhenzug jenseits des Gartens hinüber. Die Umrisse der Hügel wurden von einem sanften orangefarbenen Licht erhellt, die letzte Handlung der Sonne an diesem Tag. Der Mond stand bereits hinter dem Haus, und die drei Lichtquellen – die untergehende Sonne, der Mond und die Laternen – hoben die Umrisse der Dinge schärfer hervor und ließen sie wirklicher als wirklich erscheinen, so ähnlich wie auf dem Salvador-Dalí-Poster, das sie zu Hause mit Patafix an die Wand ihres Zimmers geklebt hatte.

»Das Licht ist wunderschön«, sagte sie.

»Wunderschön.« Sean blieb stehen und sah sie an.

Dann zuckte Bella zusammen, als vom Teich her plötzlich ein merkwürdiger Laut erscholl, so als würde ein Geist auf alten Dielenbrettern herumspringen. Der Lärm wurde lauter und lauter, und weitere, ganz ähnliche Geräusche gesellten sich dazu, bis schließlich die Grillen nicht mehr zu hören waren. Es klang, als stürzte die alte Scheune in sich zusammen.

»O mein Gott, was ist das denn?«, rief sie und drehte sich, die Hände auf den Ohren, zu ihm um.

»Das sind bloß Ochsenfrösche.« Sean lachte. »Komm, wir können sie uns anschauen.«

Vorsichtig gingen sie bis ans Ufer des Teichs.

»Da, siehst du?«, flüsterte er, hockte sich hin und zeigte auf etwas.

Bella reckte sich vor, und sobald ihre Augen sich an das Graugrünbraun des Wassers gewöhnt hatten, entdeckte sie einen Frosch, dann noch einen und noch einen. Einige saßen auf Seerosenblättern oder Steinen, von anderen waren nur die Köpfe zu sehen, die mit ihren aufgeblähten Schallblasen aus dem Wasser ragten.

»Ein Froschchor«, sagte sie.

Sie sahen sich an, und diesmal hielt Bella Seans Blick stand. Seit einer halben Stunde war ihr Inneres kurz davor, sich nach außen zu krempeln, und jetzt war es tatsächlich so weit. Sie konnte nicht atmen. In dem seltsamen Licht hatte seine Iris die Farbe von Vergissmeinnicht mit dunklen Sprenkeln, die sie immer stärker in ihren Bann zogen, bis sie das Gefühl hatte, hypnotisiert zu sein, wie das Kaninchen vor der Schlange. Er kam ihr näher und näher, und sie schloss die Augen.

»Sean, alter Kumpel! Mach nichts, was ich nicht auch machen würde!«

Sie fuhren auseinander und sahen zur Bootsbank am anderen Ufer des Teichs hinüber, wo die Stimme hergekommen war. Im Schein einer beim Anzünden aufglimmenden Zigarettenspitze konnte Bella einen Mann erkennen. Er sah aus wie ein Italiener, und sie schätzte, dass er ziemlich alt sein musste, auf jeden Fall über dreißig. Sie erkannte ihn als einen der Darsteller aus dem Musical wieder.

»Hey, Tony, du Wichser, was soll das? Spionierst du mir nach oder was?«, rief Sean zurück. Er klang wie eine vollkommen andere Person.

»Immer locker bleiben, Mann.« Tony streckte die Beine aus, so dass sie unter der Überdachung des Boots hervorragten. »Macht ihr Kids einfach euer Ding. Beachtet mich gar nicht weiter.« Er verschränkte die Arme vor der Brust, zog an seiner Zigarette und lachte leise. Der Geruch von Marihuana wehte zu ihnen herüber.

»Arschloch«, knurrte Sean halblaut. »Komm, Bella.« Er nahm sie an der Hand und ging mit ihr zusammen vom Teich weg, zurück den Hang hinauf.

»Nimmst du sie mit ins Maisfeld, Junge?«, rief Tony ihnen hinterher. »Für eine kleine Nummer im Stroh?« Eine Salve Marihuana-geschwängerten Gelächters verfolgte sie.

»Wer war das?«, fragte Bella, sobald sie außer Hörweite waren.

»Tony Marconi«, erwiderte Sean. »Wichser.«

»Hat der nicht bei den *Sopranos* mitgemacht?«

»Genau. Wichser.«

»Ganz ruhig.« Bella lächelte ihn an.

»Sorry. Aber er behandelt mich wie den letzten Trottel, nur weil ich von hier bin und nicht aus New York City.«

»Nicht besonders nett von ihm.«

»Nein.«

»Ich finde nicht, dass du ein Trottel bist«, sagte sie.

Sie waren am geöffneten Tor der verfallenen Scheune angelangt. Mondstrahlen durchschnitten kreuz und quer die Dunkelheit im Innern. Sie fielen durch die breiten Ritzen in den Holzwänden herein und ließen die Umrisse von Stapeln aus uralten, vor langer Zeit ausgemusterten Landwirtschaftsmaschinen erkennen. Der Anblick wirkte irgendwie unecht, und Bella musste an das Bühnenbild eines der Stücke ihres Vaters denken, das sie sich hatte anschauen müssen. *Der Kirschgarten,* genau, so hatte es geheißen. Ein schwacher, aber deutlich wahrnehmbarer Tiergeruch stieg von den alten Strohresten auf, die in den verwitterten Stallboxen an der Seite der Scheune lagen. Bestimmt reichte ein scharfer Windstoß, um alles zum Einsturz zu bringen.

»Komm«, bat Sean und betrat die Scheune.

»Ist es da drin auch sicher?«, fragte Bella, die daran dachte, was ihre Mutter gesagt hatte.

»Klar. Ich war schon oft hier drinnen.«

Wider besseres Wissen folgte Bella ihm in die gefährliche Kulisse hinein. Sean zog sie weg vom Türrahmen, tiefer ins Innere. Dann nahm er sie in die Arme und beugte sich zu ihr herab. Endlich küssten sie sich.

Bella spürte, wie sich alles drehte, als sie die Augen schloss. Die Aufregung, die seit der Begegnung mit Sean am Vormittag in ihr geschwelt hatte, entlud sich endlich, bis sie irgendwann gar nicht mehr wusste, wo sie aufhörte und er anfing.

Sean hatte die Arme um sie geschlungen, und seine Hände wanderten unter dem kurzen Kleid ihren Rücken hinauf; seine Haut war an ihrer. Sie wollte, dass er sie hochhob und mit sich forttrug, wohin auch immer. Sie spürte, wie hart er war, als sie sich aneinanderpressten.

»Bella, was soll der Scheiß?«

Sie fuhren auseinander, als sei die magnetische Polung,

die sie zusammengehalten hatte, plötzlich umgekehrt worden.

Im Tor der Scheune stand Olly. Er schwankte leicht, und seine Lippen zuckten. Er sah aus, als stünde er ganz kurz vor der Explosion.

»Mum hat gesagt, ich soll dich holen, weil das Essen fertig ist, und dann finde ich dich hier drin. Was machst du da, verdammte Scheiße noch mal?« Er funkelte Sean an.

»Alles locker, Mann.« Sean hob die Hände.

»Nichts ist ›locker‹, ›Mann‹.« Olly trat auf Sean zu und kam ihm mit seinem Gesicht ganz nahe. Er hatte einen seltsamen Ausdruck in den Augen, als wäre er besessen. Bella sah diesen Ausdruck nicht zum ersten Mal, und er behagte ihr gar nicht.

»Olly, das ist Sean«, sagte sie. »Er ist –«

»Jemand, den du offenbar schon ziemlich gut kennst«, unterbrach Olly sie. »Los, raus hier, Bella.«

»Du bist nicht mein Aufpasser.«

»Mum hat gesagt, wir sollen hier nicht reingehen.«

»Als ob es dich interessieren würde, was Mum sagt.«

»Das werde ich Jonny erzählen.« Olly machte einen Schritt auf sie zu, um sie am Arm zu packen. Die Sehnen an seinem Hals traten hervor, als er nach ihr griff.

»Verpiss dich.« Bella schlug ihn beiseite. »Und ich glaube nicht, dass Jonny derjenige ist, der damit ein Problem hat, stimmt's, Olly?«

Erneut wollte Olly nach seiner Schwester greifen.

»Lass sie in Ruhe«, forderte Sean ihn auf und stellte sich zwischen sie.

»Hör zu, Kumpel, du hältst dich da mal sauber raus.« Olly stieß ihn mit beiden Händen zur Seite.

»Olly, lass das!«, rief Bella und lief zu Sean, der auf den staubigen Boden gefallen war.

»Bella! Olly!«, rief Marcus von irgendwoher. »Es gibt was zu futtern!«

Bella drehte sich zu Olly um. »Der rastet aus, wenn er uns hier findet.«

»Dann komm«, sagte Olly. Er zog seine Schwester von Sean weg, der sich wieder aufgerappelt hatte und sich Stroh und Dreck von den Kleidern klopfte. Olly war jünger und nicht so kräftig gebaut wie Sean, aber dafür größer. Das und seine wütende Eifersucht verliehen ihm einen deutlichen Vorteil. Er stach dem älteren Jungen mit dem Finger vor die Brust. »Und hey, du, ›Mann‹. Wenn ich dich noch einmal dabei erwische, wie du meine Schwester befummelst, dann wirst du's bereuen.«

»Olly! Bella!«, rief Marcus erneut.

»Ach ja?«, sagte Sean.

»O ja.« Olly gab Sean noch einen letzten Schubs und ging dann zum Tor der Scheune. Seine Kiefer zuckten noch immer. »Bella?«

Bella zögerte. Sie wollte nicht mit ihrem Bruder mitgehen, aber ihr blieb nichts anderes übrig.

Nur weil sie sich das eine Mal nahegekommen waren – zu nahe –, glaubte Olly jetzt, dass sie sein Eigentum war, und sie hatte keine Ahnung, wie sie sich jemals von ihm befreien sollte. Er wollte einfach nicht begreifen, dass das, was sie getan hatten, falsch war. Dass sie damit sämtliche Grenzen überschritten hatten – falls Olly überhaupt Grenzen kannte, was sie bezweifelte. Er weigerte sich einzusehen, dass er sie, wenn sie halbwegs normal weiterleben wollten, in Frieden lassen musste. Zwei Jahre lang hatte sie zugelassen, dass er Jonny benutzte, um sie gegen andere Jungs abzuschirmen, und langsam reichte es ihr.

Und obwohl sie sich meistens gegen ihn zu wehren wusste, hatte er, wenn er so war wie jetzt, etwas an sich, was ihr wirklich Angst machte. Sein Wille war derart stark, dass sie fürchtete, er würde vor nichts zurückschrecken, um das zu bekommen, was er haben wollte.

»Komm schon, Bella«, hatte er damals zu ihr gesagt, als sie jünger gewesen waren. »Nur das eine Mal.« Sie hatte keine Chance gehabt. Und es war auch nicht bei dem einen Mal geblieben.

Und jetzt war er zu allem Überfluss auch noch total high. Das machte die Situation noch schwieriger.

Sie wollte bei Sean bleiben, musste aber aus der Scheune verschwinden und zu ihrem Vater gehen, weil der nach ihr rief. Aber vor allem hatte sie Angst: Sie musste Abstand zwischen Olly und diesen Jungen bringen, den sie gerade geküsst und in den sie sich mit ziemlicher Wahrscheinlichkeit verliebt hatte.

Ihre Entscheidung war getroffen. Sie folgte ihrem Bruder. Als sie neben Olly in den Toreingang der Scheune trat, drehte sie sich noch ein letztes Mal um, und Sean lächelte sie an.

»Wir sehen uns«, rief er, und sie seufzte vor Erleichterung. Er war ein Kämpfer.

»Nicht wenn ich dich zuerst erwische, Kumpel«, sagte Olly, zeigte drohend mit dem Finger auf ihn und zog Bella mit sich davon.

»Du bist so ein Arschloch, Olly.« Sie versuchte, sich von ihm loszumachen, als sie über den Rasen liefen.

»Das sag ich Dad«, drohte Olly.

»Machst du nicht. Wenn doch, dann gibt es nämlich noch eine ganze Menge mehr, was ich über dich sagen könnte. Angefangen damit, dass du Gras geraucht und Bier getrunken hast, als du eigentlich mit mir zusammen auf Jack hättest aufpassen sollen. Und das ist noch längst nicht alles.«

»Fick dich«, erwiderte Olly.

»Herrgott noch mal«, sagte Bella und stapfte davon, um zu ihrem Vater zu gehen, der schon wieder nach ihnen rief.

14

Die Fische waren in ihrem glitzernden Aquarium hin und her geschwommen. Was zwischen den beiden Erwachsenen hinter der Scheibe vorging, hatte sie nicht gekümmert. Der Kleine hatte währenddessen munter drauflosgeplappert und seiner Mutter den Vornamen jedes einzelnen Aquariumbewohners aufgezählt.

»Ich habe Betty versprochen, dass ich verschwunden bin, bevor das Essen serviert wird«, hatte Stephen gesagt und sich losgemacht, um etwas auf eine kleine gelbe Karte zu kritzeln, die er aus seiner Brusttasche gezogen hatte. »Hier ist meine E-Mail-Adresse. Schick mir deine.« Er hatte Lara die Karte gereicht und sich dann zu ihr gebeugt.

Es war nur ein flüchtiger Kuss gewesen, aber auf die Lippen.

Und als Lara nun in der Küche stand und Kräuter hackte, nachdem Betty sie dazu verdonnert hatte, ihr bei den allerletzten Vorbereitungen fürs Essen zur Hand zu gehen, spürte sie ihn immer noch. Sie hatte Mühe, sich auf das zu konzentrieren, was Betty ihr gerade erzählte.

»Als wir es gekauft haben, war es im gleichen Zustand wie die Scheune.« Lara vermutete, dass sie vom Farmhaus sprach. »Aber in einem *lange* zurückliegenden Leben war ich mal Schreiner, ich kann also gut mit Holz umgehen.« Während sie dies sagte, prügelte Betty mit einem hölzernen Kochlöffel auf einen halben Granatapfel ein, so dass die Kerne herausflogen und der rosafarbene Saft über einen Couscoussalat spritzte, der auf einer grünen Platte angerichtet war.

»Wir haben auch eine Wohnung in der Stadt, unten im East Village, aber im Sommer halten wir uns dort nie auf. Im August ist es grauenhaft. Aber die Winter hier oben sind sehr hart. Der Schnee reicht bis hoch über die Veranda. Manchmal ist es einfach schön, die Wärme anderer Menschen zu spüren, die Güte von Fremden. In der Lage zu sein, einmal um den Block in eine nette Bar zu gehen oder sich was im Theater anzuschauen.«

»Das heißt, im Winter ist das Theater geschlossen?«

»O ja. In der kalten Jahreszeit macht hier kaum jemand einen Schritt vor die Tür, es sei denn, es ist absolut unumgänglich. Alle hocken zu Hause, bis ihnen irgendwann die Decke auf den Kopf fällt. Außer trinken machen die Leute nicht viel.«

»So ein Wetter kann ich mir hier gar nicht vorstellen. Mir kommt es ganz und gar unmöglich vor, dass es irgendwann einmal nicht drückend heiß sein könnte.«

»Glaub mir, Schwester: Hier kann man sich die Eier abfrieren. Stimmt's, oder hab ich recht, Trudi?«

Trudi nickte von ihrem Platz an der Spüle aus, wo sie sich gerade einem Stapel Abwasch widmete.

»Kommen Sie hier aus der Gegend?«, erkundigte sich Lara bei Trudi. Der Dienstbotenstatus, den Betty der Frau zuwies, war ihr irgendwie unangenehm.

»Sie hat eine Wohnung unten im Ort«, antwortete Betty. »Ohne Trudi würde der gesamte Theaterbetrieb zum Erliegen kommen. Sie macht hier im Haus praktisch alles für

James und mich. Und«, Bettys Stimme senkte sich zu einem Flüstern, »hin und wieder borgen wir sie auch an Mr Molloy aus.«

»Obwohl der nie will, dass ich ihm im Haushalt helfe.« Trudi drehte sich zu Lara um. Sie lächelte, und auf einmal kam Leben in ihr unbewegtes Gesicht. »Das macht er lieber selbst. Ich darf nur Besorgungen für ihn erledigen.« Mit Nägeln, die so abgebissen waren, dass es Lara bei dem Anblick schauderte, steckte sie sich eine fettige Strähne ihrer dunklen Haare hinters Ohr.

»Betty, kommst du irgendwann noch mal raus und gesellst dich zu uns?«, wollte James wissen, der in die Küche gerauscht kam. »Das Grillgut ist fertig. Wir warten nur noch auf dich.«

Betty hörte auf, den Granatapfel zu bearbeiten, und sah James von der Seite an. »Männer«, sagte sie. »Alles, woran ihr denkt, ist essen. Was ihr nicht begreift, ist, dass es nicht nur ein Fest für den Gaumen sein muss, sondern auch für die Augen. Wir kommen sofort, gib uns noch eine Minute.«

»Kann ich wenigstens Trudi haben? Ich brauche Hilfe beim Fleisch.«

Trudi sah zu Betty, die durch ein Nicken ihre Zustimmung signalisierte. Trudi wischte sich die Hände an einem Geschirrtuch ab und eilte hinter James her.

»Was für ein sonderbarer Charakter«, stellte Lara fest.

»Sie hatte ein bewegtes Leben«, sagte Betty. »Sie war früher mal Burlesque-Tänzerin, kannst du dir das vorstellen?«

Nein, das konnte Lara nicht. Mussten Burlesque-Tänzerinnen nicht Glamour ausstrahlen? Trudi war alles, nur nicht glamourös.

»Sie hat schlimme Zeiten durchgemacht, das arme Ding«, fuhr Betty fort, wusch sich die Hände und ging zum Kühlschrank. »Ist mit dem Gesetz in Konflikt gekommen und so weiter. Es hätte auch mich erwischen können …« Sie langte in den Kühlschrank und suchte dort nach etwas. »Du meine Güte, eine halbvolle Flasche Champagner.« Sie zwinkerte Lara zu. »Möchtest du vielleicht ein Glas, um dich ein bisschen aufzupeppen?«

»Sieht man mir an, dass ich das nötig habe?« Lara wischte sich die letzten Stückchen Basilikum von den Händen, bevor sie die Fingerspitzen ans Gesicht hob, um den Duft einzuatmen.

»Ach, Schätzchen.« Betty reichte ihr ein randvoll gefülltes Glas. »Das Wiedersehen mit ihm hat dich ganz schön aus der Bahn geworfen, nicht wahr?«

Lara sah sie scharf an.

»Sagen wir mal so, Schätzchen«, fügte Betty, die den Blick registriert hatte, hinzu. »Ich weiß, dass er sich sehr darauf gefreut hat, dich nach all der Zeit wiederzusehen.«

»Hat er das?«, fragte Lara.

»Und wie«, bekräftigte Betty und stürzte ihren Champagner hinunter. »Stephen und ich stehen uns sehr nahe. Er ist für mich wie ein Sohn. Aber mach dir keine Sorgen, ich habe kein Sterbenswörtchen verraten. Nicht mal James weiß davon. Wenn jemand Diskretion zu schätzen weiß, dann ich. Tratsch kann so viel kaputtmachen, findest du nicht? Das einzig Wichtige im Leben, mein Täubchen, ist die Liebe.« Sie legte eine Hand auf Laras Schulter.

Der Champagner in Laras Mund schmeckte sauer, als sie ihn hinunterschluckte.

»So.« Betty klatschte in die Hände. »Wo steckt denn eigentlich dein süßer kleiner Fratz?«

»Immer noch hinten und schaut sich die Fische an. Er kann gar nicht genug von ihnen bekommen.«

»Warum holst du ihn nicht, dann können wir gemeinsam nach draußen zu den anderen gehen.«

Lara gehorchte. Mit ihrer mütterlich bestimmenden Art hatte Betty sie förmlich überrollt. So war noch nie jemand zu ihr gewesen. Bestimmt nicht die ewig betrunkene Ansammlung zerplatzter Lebensträume, die sich ihre leibliche Mutter schimpfte.

Das Essen wurde bald darauf serviert, und Lara brachte eine einzige Jakobsmuschel herunter. Ihr Appetit schien sie verlassen zu haben.

Sie war es gewohnt, die Abende zu Hause mit ihren Kindern zu verbringen, und machte sich nicht viel aus Partys. Das galt erst recht für Partys voller Fremder. Außerdem war sie zu sehr mit ihren eigenen Gedanken beschäftigt, um zu versuchen, mit anderen ins Gespräch zu kommen. Sie hätte sich bemühen sollen, das wusste sie. Schließlich musste sie das Image der Waylands, den Mythos ihrer glücklichen, perfekten britischen Familie pflegen – und sei es nur, damit sie selbst wieder ein bisschen mehr daran glaubte.

Aber sie brachte es einfach nicht fertig. Stephen wiederzusehen war, als hätte jemand einen Stock zwischen die Speichen ihres Fahrrads geworfen. All die Jahre, die seitdem vergangen waren, die Leben, die sie getrennt voneinander gelebt hatten, waren wie zwei sich gabelnde Wege, von denen sie niemals geglaubt hätte, dass sie sich eines Tages wieder kreuzen würden. Doch genau das hatten sie nun getan.

Sie waren nicht so weit voneinander entfernt gewesen wie vermutet.

Glücklicherweise war Jack auf ihrem Schoß eingeschlafen, so dass sie an den Schaukelstuhl auf der Veranda gefesselt war und eine ausgezeichnete Entschuldigung hatte, sich nicht ins Getümmel stürzen zu müssen. Stattdessen saß sie einfach da und beobachtete ihre Familie. Wie in letzter Zeit so oft, schienen Bella und Olly sich wegen irgendetwas in die Haare geraten zu sein. Während Bella in einer Hängematte lag und schmollte, mischte sich ihr Bruder unter die Gäste, ganz wie Marcus es immer tat. Er fing Gespräche mit den jüngeren Schauspielern an, klopfte hin und wieder jemandem auf die Schulter und schlenderte dann zur nächsten Gruppe weiter. Selbst nach seinen eigenen Maßstäben zu urteilen, war er an diesem Abend erstaunlich aufgeräumt. Sie sah ihn zu zwei jungen Männern mit einer Gitarre hinübergehen, und es dauerte nicht lange, da spielte er selbst, während die anderen ihm zuschauten und anerkennend nickten. Von Zeit zu Zeit jedoch kam er an Bella vorbei, beugte sich über sie und flüsterte ihr ein paar Worte ins Ohr. Ihrer Miene nach zu urteilen gefiel ihr nicht, was er sagte.

Lara hielt Ausschau nach diesem netten Jungen, Sean, und erspähte ihn schließlich, ins Gespräch mit James vertieft. Ihr fiel auf, dass er immer wieder zu ihrer Tochter herübersah, und einmal trafen sich dabei ihre Blicke. Sie hoffte, dass Olly mit seiner unsinnigen Loyalität diesem rückgratlosen Schwächling Jonny gegenüber ihr nicht dazwischenfunkte. Falls doch, wäre Lara enttäuscht, dass Bella es einfach klaglos hinnahm. Sie wünschte sich, ihre Tochter wäre nicht ganz so passiv und würde öfter die Zähne zeigen.

Passivität war bei einem jungen Mädchen der sichere Weg in die Katastrophe. Wenn irgendjemand das wusste, dann Lara Wayland.

15

Findest du, dass du fahren solltest?«, fragte Lara, als Marcus über den Rasen vor dem Haus torkelte und sich lallend von seinen neuen Freunden verabschiedete.

»Mir geht's gut«, behauptete er.

Lara war anderer Meinung, aber da sie selbst kaum noch geradeaus laufen konnte, blieb ihnen wohl keine andere Möglichkeit.

Die Party war noch in vollem Gange. Unter Bettys Aufsicht hatten zwei der jüngeren Schauspieler Lautsprecherboxen auf der Veranda aufgestellt, und jetzt tanzten die Leute zu den Rolling Stones, und ihre langen Schatten wirbelten und drehten sich im Mondlicht. Bei den Waylands allerdings, deren innere Uhren nach wie vor auf britischer Zeit liefen, hatte irgendwann die Müdigkeit eingesetzt, und nun wankten sie auf ihr Auto zu, während sich die übrigen Gäste verrenkten und johlten wie ein Rasen voller Mick Jaggers.

Sie erreichten den Weg, wo sie den Wagen abgestellt hatten. Hier dämpften Büsche den Partylärm und ließen sie in die von Insekten schnarrende Nacht eintauchen.

»Seht mal!« Bella zeigte nach oben. Der Himmel war von einem samtigen Marineblau, und die Sterne funkelten wie Pailletten vor dem dunklen Hintergrund.

»Seht mal!«, sagte auch Olly, und die ganze Familie hielt

den Atem an, als sich ein kleiner Lichtstreif quer über den Himmel bewegte.

»Ein Meteorit«, erklärte Lara.

»Ich würde sagen, das ist eine Sternschnuppe«, widersprach Olly.

»Ist das nicht dasselbe?«

»O nein, das sind zwei völlig verschiedene Dinge. Würde ich sagen.«

»Du laberst nur Mist«, erwiderte Bella. »Das ist genau das Gleiche.«

»Ist es nicht.«

»Leck mich doch«, seufzte Bella.

»Könnte jemand mal den Wagen aufschließen?«, bat Lara. Sie trug den schlafenden Jack, und allmählich taten ihr die Arme weh.

»Eine Sekunde«, sagte Marcus. »Haltet nur mal alle kurz inne und atmet tief ein. Haben eure Lungen jemals eine sauberere Luft geatmet? Seid ihr nicht froh, dass ich mit euch hierhergekommen bin?« Er legte Lara den Arm um die Schultern. »Ist das nicht wie im Traum?«

Doch Lara hatte das Gefühl, als wäre sie nur halb anwesend.

»Dann lasst uns fahren.« Marcus ließ den Wagenschlüssel um seinen Finger kreisen. »Zurück in unseren Palast aus Staub.«

Er startete den Motor und ließ sämtliche Fensterscheiben herunter. »Um diese Zeit sind vielleicht einige interessante Tiere unterwegs«, vermutete er. Dann, nach mehreren hundert Metern langsamer Fahrt, schaltete er die Scheinwerfer aus.

»Marcus, mach sie wieder an!«, forderte Lara ihn auf.

»Warum? Ist ja nicht so, als ob hier viel Verkehr wäre«, entgegnete er lachend. »Das wollte ich immer schon mal machen.«

»Wir landen noch im Graben«, sagte Lara.

»Hör auf damit, Dad«, bat Bella.

»Weiter so, Daddy-o!« Olly löste seinen Sicherheitsgurt und reckte den Kopf aus dem geöffneten Fenster.

»Olly, setz dich wieder hin. Das ist wirklich gefährlich, Marcus.«

»Sei doch nicht so langweilig, Lara«, sagte er. »Genieß das Leben.« Dann steckte auch er den Kopf zum Fenster hinaus und ließ einen lauten Jubelschrei los.

Lara krallte sich in die Ränder ihres Sitzes. Die Dunkelheit schlug über ihnen zusammen wie Wasser. Sie hätten unbemerkt über den Rand einer Klippe fahren können, so finster war es. Der teure Motor machte fast kein Geräusch, so dass man nichts hörte als die über Kies und Steine knirschenden Reifen, und im Widerschein vom Armaturenbrett sah Marcus' verzücktes Gesicht aus wie eine unheimliche Fratze.

Dann bewegte sich plötzlich etwas vor ihnen auf der Straße, und alle starrten nach vorn. In Mannshöhe leuchteten ihnen zwei knopfgroße Punkte wie Sterne entgegen.

»Scheiße, was ist das?«, schrie Olly.

Erschrocken machte Marcus die Scheinwerfer wieder an, und sie sahen die Hinterteile eines Rehs und seines Kitzes, die im Unterholz verschwanden.

»Das war bloß ein Reh, Olly«, gab Marcus mit übertriebener Ruhe zu, obwohl nicht zu übersehen war, dass auch er einen gehörigen Schrecken bekommen hatte.

»Seht mal – *damit* hätten wir zusammenstoßen können«,

sagte Lara und deutete auf ein Auto, das knapp zehn Meter vor ihnen am Straßenrand parkte. Wären sie im Dunkeln weitergefahren, hätten sie es gerammt.

»Scheiße«, zischte Marcus.

»Warum hörst du nie auf das, was ich sage?«, fragte Lara.

»Weil ich ein böser, böser Bube bin, Lara. Darum.«

Das Auto schien zu keinem Haus zu gehören – auf diesem Stück des Wegs wohnte niemand, und von James' und Bettys Farmhaus war es zu weit entfernt, als dass es von einem der Partygäste hätte stammen können. Als sie langsam daran vorbeirollten, konnten sie sehen, dass die Scheibe auf der Fahrerseite heruntergelassen war.

»Mein Gott, da sitzt ja jemand drin«, stellte Lara fest. Sie konnte die Gesichtszüge der Person nicht erkennen, aber allem Anschein nach handelte es sich um eine Frau. Sie schien sie durch ihre dunklen Brillengläser zu beobachten. »Entschuldigung«, rief Lara, die sich ein Stück aus dem Fenster gebeugt hatte. »Mein Mann ist ein Idiot.«

Die Frau reagierte nicht.

»Sie hat dich nicht gehört, Mum«, sagte Bella.

»Grusel.« Olly schüttelte sich.

»Sehen wir zu, dass wir hier wegkommen.« Marcus trat aufs Gas und fuhr, so schnell es der steinige Weg erlaubte, in Richtung Hauptstraße.

»Was war denn das für eine Nummer?«, fragte Olly.

»Vielleicht war es eine Ehefrau, die Streit mit ihrem Mann hatte«, spekulierte Lara.

»Oder eine Hexe, die irgendwelche Zaubersprüche aufgesagt hat.«

»Meinst du, ihr geht's gut?«, fragte Bella und sah sich nach hinten um.

»Willst du zurückgehen und nachschauen?«, fragte Olly zurück.

Marcus lenkte den großen Wagen in die asphaltierte Einfahrt ihrer Übergangsbehausung und fuhr ums Haus herum nach hinten.

»O mein Gott«, sagte Bella, als sie die Autotüren aufstießen. Ein Stoß stickiger Nachtluft wehte ihnen entgegen und brachte den strengen, gummiartigen Geruch mit, der in jedem Winkel des Hauses zu hängen schien. Nur war er viel stärker als sonst.

»Den Gestank kann man ja fast sehen«, bemerkte Olly und schnitt eine Grimasse.

»Ich glaube, er kommt von da drüben.« Bella deutete zur Straße.

Vorsichtig ging Marcus über die Einfahrt zurück, um nachzusehen.

»Auch das noch«, rief er.

»Was ist denn?« Bella hielt sich die Hände vors Gesicht.

»Kommt und seht selbst.«

Lara ließ den schlafenden Jack im Auto, dann pirschte sie zusammen mit den Zwillingen wie Soldaten auf einem Manöver in Richtung Straße.

»Igitt!« Bella hielt sich die Nase zu.

»Was ist schwarz, weiß und rot?«, sagte Olly, als sie sich bückten, um den zermalmten Kadaver eines überfahrenen Stinktiers zu betrachten.

»Das ist also der Grund, weshalb es hier überall so riecht«, sagte Lara. »Der Gestank wird bestimmt tagelang nicht weggehen. Können wir das nicht schnell entsorgen?«

»Und wo sollen wir es hintun?«, fragte Marcus.

»Außerdem würde Dad dann ja auch stinken«, wandte Bella ein.

»Wer sagt denn, dass ich es machen würde?«

»Vielleicht wissen ja die Nachbarn Rat«, warf Lara ein.

»Dafür ist es jetzt schon zu spät. Wir lassen es erst mal liegen, und falls es morgen früh immer noch da ist, fragen wir in der Nachbarschaft herum«, schlug Marcus vor.

»Du hast leicht reden«, erwiderte Olly. »Euer Schlafzimmer geht nach hinten raus. Was ist mit mir und Bella? Wenn wir das Fenster aufmachen, ersticken wir. Und wenn wir das Fenster *nicht* aufmachen, ersticken wir auch. Stimmt's, Bell?«

Bella knurrte etwas und wandte den Blick ab.

»Dann schaltet euren Ventilator ein«, riet Lara. Alle Schlafzimmer waren mit geräuschintensiven Tischventilatoren ausgestattet, die die einzigen halbwegs neuen Gegenstände im Haus zu sein schienen.

»Die ganze Nacht?«, fragte Bella.

»Nein, nur bis wir eingeschlafen sind, dann machen wir ihn wieder aus«, sagte Olly.

»Blödmann.«

In dem Moment stieß Jack, der außer Sichtweite im Auto saß, einen Schrei aus.

Lara stürzte zurück hinters Haus. Seltsamerweise stand die Autotür offen. Sie war sich hundertprozentig sicher, sie geschlossen zu haben.

»Jacky, was ist denn los?« Sie lief um den Wagen herum, um seinen Sicherheitsgurt zu lösen. Sie nahm ihn auf den Arm, und er vergrub das Gesicht an ihrer Schulter.

»Da war eine böse Frau«, sagte er, gedämpft von ihrem Ärmel.

»Was für eine böse Frau?«

»Eine böse Frau«, schluchzte er und hob den Kopf, damit seine Mutter auch jede einzelne Silbe verstand. Lara sah sich um.

»Aber schau doch, Jack. Hier ist niemand. Es ist alles ruhig. Hier ist keine böse Frau. Du hast bestimmt nur geträumt.«

»Armer kleiner Jacko.« Marcus trat neben sie und strich ihm über den Kopf. »Hattest du einen Alptraum? Na kommt, lasst uns reingehen.«

Olly betrat als Erster das Haus. Als er die Neonröhre in der Küche anknipste, sprang etwas vom Tisch auf den Fußboden, stieß gegen den Küchentresen und flüchtete sich dann unter den Tisch. Bella schrie auf.

»Was um alles in der Welt war das?«, fragte Marcus.

»Wer hat die Frühstücksflocken draußen stehen lassen?«, wollte Lara wissen. Die Packung mit den Reese's Puffs war umgekippt, und was auch immer es war, was vor ihnen die Flucht ergriffen hatte, es hatte die Erdnussbutter-Puffmais-Bällchen in der ganzen Küche verteilt.

»Schaut mal, ein Eichhörnchen«, rief Bella, die unter den Tisch spähte.

»Das ist doch kein Eichhörnchen«, widersprach Olly und beugte sich ebenfalls hinunter.

»Es ist doch keine Ratte, oder?« Marcus hielt gebührenden Abstand. Ratten waren ihm nicht geheuer, seit er als Kind einmal beim Schwimmen in einem Bach mit einer zusammengestoßen war.

»Pass auf, bring du Jack nach oben. Und mach die Flurtür zu«, bat Lara Marcus. »Wir kümmern uns darum.« Sie übergab den wimmernden Jungen seinem Vater.

»Aha, tun wir das?«, sagte Olly. Dennoch konnte sie den Anflug eines triumphierenden Lächelns in seinem Gesicht erkennen. Er bewies Mut, während sein Vater den Schwanz einkniff.

»Ich will Cyrilbär«, bettelte Jack und zeigte nach draußen zum Auto.

»Mummy bringt ihn dir nachher hoch – nicht wahr, Mummy?«, sagte Marcus, der es gar nicht erwarten konnte, endlich nach oben zu verschwinden.

»Versprochen.« Lara küsste Jack aufs Haar. »Nacht, mein Schatz.«

Die drei übriggebliebenen Familienmitglieder ließen sich auf alle viere nieder und kreisten das kleine Tier ein, um es genauer in Augenschein zu nehmen. Kurz darauf brach Lara in Gelächter aus.

»Was ist denn, Mum? Was?«, fragte Bella.

»Falls meine Zeichentrickfilm-Erfahrung mich nicht täuscht, ist unsere ›Ratte‹ ein Streifenhörnchen. Seht nur!«

Der kleine Nager sah sie der Reihe nach mit seinen blanken Äuglein an. Er knabberte an den letzten Resten seines Frühstücksflocken-Festmahls, wobei seine prallgefüllten Backen sich hin- und herbewegten, als hätte er winzige Ballons unter dem braunen Fell. Die Haare der drei Streifen auf seinem Rücken stellten sich auf, und er reckte sich in die Höhe, um sich so groß wie möglich zu machen. Dann plusterte er in etwas dürftiger Nachahmung eines Eichhörnchens den langen, dünnen, gestreiften Schwanz auf.

»Na, Alvin?«, sagte Olly.

»Reh, Stinktier, Streifenhörnchen. Als wären wir am Set von *Bambi*«, sagte Lara. »Seid vorsichtig, ich weiß nicht, ob die beißen.«

»So gefährlich kann er ja wohl nicht sein. Der ist winzig«, erklärte Bella.

»Denk an Dad, den Bach und die Ratte.« Olly lachte hämisch. »Wir könnten uns einen Knacks fürs Leben holen.«

»Also gut, wir locken ihn mit Reese's Puffs unterm Tisch hervor«, beschloss Lara. »Ihr zwei bleibt am Boden und passt auf, dass er nicht unter dem Herd verschwindet.« Sie erhob sich und legte eine Spur aus Frühstücksflocken bis zur Hintertür. Dort hakte sie die Fliegengittertür aus, damit das Streifenhörnchen freie Bahn hatte. Das jedoch blieb sitzen, wo es war, und ließ sich auch durch Bellas und Ollys Anwesenheit nicht dazu bewegen, seinen Platz zu verlassen.

»Ich glaube, es ist satt«, verkündete Bella, setzte sich in die Hocke und sah zu ihrer Mutter auf.

»Pass auf! Schwachkopf!«, rief Olly, als das kleine Tier die Gelegenheit zur Flucht nutzte. Es kam unter dem Tisch hervorgeflitzt und nahm Kurs auf den Herd. Olly hechtete quer über den Küchenboden wie ein Torwart, um ihm zuvorzukommen. Er warf sich quer vor die Lücke zwischen Herdunterseite und Fußboden und versperrte dem Tier so den Weg.

»Würg.« Er schüttelte sich, als das Streifenhörnchen in ihn hineinrannte, bevor es die Richtung wechselte und Lara und Bella es quer über das ausgetretene Linoleum der Küche in Richtung Hintertür scheuchten. Dabei rutschte es auf den runden Reese's Puffs aus und schoss sie überall in der Küche herum wie Kugeln aus einem geplatzten Kugellager.

»Husch!«, rief Lara und knallte die Tür hinter ihm zu.

Als sie sich danach wieder umdrehte, standen ihre zwei Ältesten vor ihr und sahen sie mit vor Triumph blitzenden Augen an.

»Mann, der Fußboden sieht echt übel aus.« Olly wischte sich Krümel von den Ärmeln.

Er hatte recht. Es sah aus, als wäre ein tanzender, Frühstücksflocken streuender Derwisch durch die Küche gefegt.

»Am besten, wir räumen sofort auf«, schlug Lara vor. »Sonst haben wir bald einen ganzen Zoo hier drin.«

»Was ich nicht kapiere«, sagte Bella, als sie sich, von ihrer Mutter mit Handfeger und Kehrblech ausgestattet, ans Werk machte, »ist, wie das Zeug aus dem Schrank auf die Arbeitsplatte gekommen ist. Ich weiß nämlich ganz genau, dass wir nichts haben stehen lassen, als wir nach dem Mittagessen aufgeräumt haben.«

»Ich weiß. Ich war tief beeindruckt«, erwiderte Lara. »Vielleicht hat Daddy es rausgestellt.« Undenkbar war das nicht. Marcus war bekannt dafür, dass er Lebensmittel aus dem Schrank nahm, um ein bisschen zu naschen, und sie hinterher nicht wieder zurückstellte.

»Und was *ich* nicht kapiere«, warf Olly ein, »ist, wie dieses kleine putzige Streifenhörnchen überhaupt ins Haus kommen konnte. Ich meine, hat es die Haustür aufgemacht, ist auf den Tresen geklettert und hat sich die Packung aus dem Schrank geholt?«

»Es muss irgendwo ein Loch geben«, vermutete Lara. »Vielleicht unter dem Haus. Ist euch aufgefallen, dass es auf einer Art Steinmauer steht? Wir sehen morgen mal nach. Gut. Das war es dann mit dem Fußboden. Schlafenszeit.«

»Gott sei Dank.« Olly verschwand sofort nach oben.

Bella schlang sich die Arme um den Körper. »Ich will heute Nacht nicht hier schlafen.«

Lara konnte den Wunsch ihrer Tochter nachvollziehen. Aber sie war nach dem ereignisreichen Abend so erschöpft, dass sie das Gefühl hatte, sie würde ohnmächtig zusammenbrechen, wenn sie nicht bald ins Bett käme. Um Bella zu beruhigen, ging sie mit ihr durchs Haus und klemmte Stühle unter beide Eingangstüren.

»Morgen bitte ich James, mir die Schlüssel zu geben oder Riegel anzubringen«, sagte sie, als sie Bella in ihrem Bett zudeckte. »Und wir putzen das Haus von oben bis unten, schrubben die ganzen düsteren Stellen einfach weg. Hast du Lust, mir zu helfen?«

»Auf jeden Fall«, sagte Bella. In ihrem Bett sah sie so klein aus, als wäre sie wieder sechs Jahre alt. Lara schaltete den Ventilator ein, und es kam Bewegung in die Luft im Raum.

»Ist alles in Ordnung, Bell?«, fragte Lara. »Zwischen dir und Olly?«

»Er benimmt sich bloß unmöglich, das ist alles«, seufzte Bella.

»Was ist mit diesem Jungen? Hast du ihn heute Abend gesehen?«

»Was für ein Junge?«, sagte Bella rasch, und Lara fiel siedend heiß ein, dass sie ja eigentlich gar nichts von ihm wissen durfte.

»Tut mir leid. Ich bin ein bisschen durch den Wind. Zu viel Alkohol.«

»Es gibt keinen Jungen«, entgegnete Bella und drehte ihrer Mutter den Rücken zu. Sie war entlassen.

»Ich lasse deine Tür auf und das Licht im Flur an. Dann ist es so, als würden wir im selben Zimmer schlafen.«

Als Nächstes schlich Lara auf Zehenspitzen in Ollys Zimmer, um nachzusehen, ob dort alles in Ordnung war. Olly schlief bereits tief und fest. Er lag auf dem Rücken, seine großen Füße schauten unter der Decke hervor, die schmale Brust war in der Nachtluft entblößt. Der Ventilator war eingeschaltet, und sie konnte dort, wo der Luftzug ihn streifte, eine leichte Gänsehaut sehen. Wie grundverschieden er und Bella doch waren, und wie stolz sie auf beide war. Zusammen machten sie zwei Drittel der größten Leistung aus, die sie je in ihrem Leben vollbracht hatte.

Sie war gerade auf dem Weg in ihr eigenes Zimmer, als ihr das Versprechen wieder einfiel, das sie Jack gegeben hatte. Fluchend ging sie nach unten, rückte den Stuhl unter der Klinke der Hintertür zur Seite und ging über den Hof zum Auto. Nach zehnminütigem Suchen musste sie sich geschlagen geben. Cyrilbär war nicht da. Jack musste ihn auf der Party vergessen haben.

Auf dem Weg zurück durch die Küche fiel ihr Blick auf die blaue Vase mit den Rosen. Sie ging hin und atmete tief ihren Duft ein, der ihr in der stillen, heißen Nachtluft noch intensiver vorkam. Dann stutzte sie. Waren da nicht mehr Blumen als vorher – ziemlich viele sogar? Sie schüttelte den Kopf und versuchte, klar zu denken. Seit ihrer Ankunft in Trout Island hatte sie schon so viel Sonderbares erlebt.

Nein. Ihr Verstand spielte ihr einen Streich.

Sie konnte kaum noch die Augen offenhalten und ging nach oben ins Schlafzimmer. Marcus schnarchte bereits, und Jack hatte sich in dem kleinen Nest zusammengerollt, das sie ihm auf einer Matratze auf dem Boden bereitet hatte. Obwohl er schlief, war ihm eindeutig zu warm, also nahm sie zwei der drei Decken, die Marcus über ihn gebreitet hatte, wieder weg. Dabei dachte sie daran, dass sie sich morgen mit dem Nachspiel des verlorengegangenen Teddybären würde auseinandersetzen müssen. Sie stieg aus ihren

Kleidern und schlüpfte in Unterwäsche neben ihrem Mann ins Bett.

Sie legte sich hin und versuchte einzuschlafen, doch die Ereignisse des Abends ließen sie nicht los. Hinter ihren geschlossenen Lidern entfaltete sich eins nach dem anderen in umgekehrter Reihenfolge wie die Häute einer Zwiebel. Zuerst die Tiere, dann die Frau im Auto – bis sie beim innersten Kern angekommen war, der alles andere bestimmte.

Stephen Molloy, wie er ihr in die Augen sah und sagte, sie sei das größte *Was wäre wenn* seines Lebens.

Und dann der Kuss.

Was um alles in der Welt sollte sie bloß tun?

16

Bellas Nacht war durchsetzt von Träumen, in denen riesige Streifenhörnchen in dunklen Ecken lauerten, während sie mit Sean nach einem Dachboden suchte, wo sie sich ungestört küssen konnten. Kurz bevor sie wach wurde, tauchte das heimtückische Gesicht der Frau aus dem Wagen vor ihr auf. Sie öffnete den Mund und stieß Bella in mehreren abgehackten Schreien ihren übelriechenden Atem ins Gesicht.

Bella wollte mit einem Satz aus dem Bett springen, wurde aber von ihren Bettlaken festgehalten, die sich während der unruhigen Nacht um ihren Körper gewickelt hatten. In Wirklichkeit war das Geräusch, das sie aus dem Schlaf geschreckt hatte, ihr Ventilator, der sich auf seinem weißen Plastikfuß drehte und nach einer strapaziösen Nacht ins Keuchen gekommen war.

Sie wischte sich übers Gesicht und rieb sich dabei schwitzigen Staub in die Haut. Sie war froh, dass sie heute dieses grässliche Haus saubermachen würden. Der Gedanke daran half ihr auch, mit dem dumpfen Gefühl klarzukommen, das sich nach dem, was letzten Abend zwischen Sean und Olly passiert war, in ihr breitgemacht hatte.

Sie schob die Füße in ihre Flipflops, schlurfte durchs Zimmer und schob das Fenster hoch, um die nach Gras duftende Morgenluft ins miefige Zimmer zu lassen. Es war ein letzter Hauch Stinktier zu riechen, aber Bella konnte sehen, dass jemand – oder etwas, vielleicht ein Bär oder ein Wolf – den Kadaver in der Nacht entfernt hatte. Jetzt war nur noch eine blutige Schmierspur auf dem Asphalt übrig.

Sie schaute auf die leere Straße und fragte sich, wie ein derart toter Ort jemanden wie Sean hervorbringen konnte. Aber irgendwas bewegte sich da draußen. Ein Lebenszeichen. Jemand kam aufs Haus zugelaufen. Sie presste die Nase gegen das Fliegengitter.

Es war nur ihre Mutter, in Radlerhosen und einem zu engen Tanktop, die schwitzend und schnaufend den Gehsteig entlangtrabte. Sie schien ein Selbstgespräch zu führen, aber vielleicht redete sie auch mit dem abartig großen schwarzen Hund, der neben ihr hertrottete. Bella versuchte, sich nicht für die wogenden Brüste und wackelnden Schenkel ihrer Mutter oder für ihr hochrotes, von schweißnassen Haarsträhnen verklebtes Gesicht zu schämen. Trotzdem war sie froh, dass niemand in der Nähe war, der sie so sehen konnte. Es sei denn, in der Straße wimmelte es von Leuten, die sich wie sie die Nasen an ihren Fliegengittern platt drückten.

Bella warf sich den Bademantel über und ging nach unten. Alle anderen schliefen noch, sogar Jack. Ein Glück. Als einzige Frühaufsteherin der Familie würde sie ihn unweigerlich am Hals haben, wenn ihre Mutter im Morgengrauen ihre Joggingrunde drehen wollte.

»Hi.« Japsend und schweißtriefend kam ihre Mutter zur Hintertür hereingeplatzt.

»Du warst laufen.«

»Gut kombiniert, Sherlock.« Sie machte einen Ausfallschritt nach vorn und beugte den Oberkörper, um die hinteren Oberschenkelmuskeln zu dehnen.

»Was ist denn das für ein Hund?«

»Ach, das ist mein neuer Freund. Er hat beim Laufen ein Auge auf mich. Hast du Lust auf eine Tasse Tee?«

»Ich mach schon.« Bella schnappte sich einen Topf. »Wo bist du denn langgelaufen?«

»Bis zum Ortsende und dann unten am Fluss um den Schulsportplatz herum.« Lara stand jetzt mit geschlossenen Beinen vornübergebeugt, das Gesicht an den Knien. »Oh«, machte sie und richtete sich auf. Ihr Gesicht war noch röter als vorher. »Wusstest du übrigens, dass es da unten ein Schwimmbad gibt?«

»Nein!« Bellas Neugier war geweckt. Sie schwamm für ihr Leben gern, und es war so heiß hier.

»Wie es scheint, ist es umsonst, und es hat den ganzen Tag geöffnet«, fuhr Lara fort. »Zumindest hat mir das ein netter junger Mann namens Sean gesagt, der dort arbeitet.«

»Oh.« Bella musterte ihre Mutter. Also wusste sie tatsächlich Bescheid. Der Verdacht war ihr gestern Abend schon gekommen.

»Er war noch dabei, alles vorzubereiten, aber es macht um acht Uhr auf, falls du noch kurz schwimmen gehen möchtest, bevor wir hier loslegen. Aber wirklich nur kurz, weil ich nämlich deine Hilfe brauche.«

»Ja, vielleicht mach ich das.« Bella wusste nicht, ob sie sich freuen sollte, dass es einen Pool gab und dass Sean dort arbeitete, oder sich ärgern, weil ihre Mutter nicht nur über ihn Bescheid wusste, sondern sich auch noch mit ihm unterhalten hatte, während sie nichts am Leib trug als schweißgetränkte Sportsachen.

»Aber trink erst noch eine Tasse Tee und iss was«, sagte Lara. »Dann hab ich ein bisschen Gesellschaft.«

Um halb acht hüpfte Bella den buckligen Gehweg entlang in Richtung Schule. Sie hatte sich den Bikini unter Shorts und T-Shirt gezogen und die dunkelrote Sporttasche mit dem Handtuch darin über die Schulter geschwungen. Am Spielplatz angekommen, ließ sie den Blick über die Anhöhe schweifen, auf der er lag. Ein staubiger Trampelpfad führte nach unten zum Baseball- und Fußballplatz. Ihre Mutter musste wohl gemeint haben, dass der Pool dort unten war, also lief Bella den Abhang hinunter. Als sie um eine Kurve kam, stieg ihr bereits ein Hauch von Chlor in die Nase – ein Geruch, der stets Vorfreude auf das blaue Nass in ihr weckte und Lust auf heiße Schokolade aus dem Automaten, die ihre Mutter ihr jedes Mal nach ihren regelmäßigen gemeinsamen Besuchen im Prince-Regent-Bad von Brighton spendierte.

Ganz unten, hinter einem leeren Parkplatz und von einem zwei Meter hohen Maschendrahtzaun umgeben, war das unberührte blaue Rechteck eines Schwimmbeckens auszumachen. An einer Seite des Beckens stand ein kleines Ziegelhäuschen mit drei Türen, auf der anderen gab es einen Sandkasten, ein paar Picknicktische und einige weiße Plastikstühle.

Es schien niemand da zu sein. Das einzige Geräusch, das Bella bei dem Lärm der Grillen, die im Morgensonnenschein ihre Beine aneinanderrieben, hören konnte, war die Beckenpumpe, deren Summen in dem kleinen Talkessel widerhallte.

Sie lief am Zaun entlang und fand das Tor, das jedoch verschlossen war. Auf einem Schild daneben stand, die Öffnungszeiten seien »Mai bis August, Mo bis So, 8.00 h bis 18.00 h, außer bei Gewitter«. Darunter folgte eine lange Liste mit Dingen, die verboten waren. Dazu gehörten das Springen vom Beckenrand, der Genuss von Alkohol, Rennen, Herumtollen oder wildes Spielen, der Verzehr von Lebensmitteln oder Getränken im Beckenbereich oder das Mitbringen von Glas- oder zerbrechlichen Plastikflaschen. Weiterhin wies das Schild die Besucher an, weder allein noch bei weniger als drei Wochen zurückliegendem Durchfall noch bei Gewitter ins Wasser zu gehen und sich vor dem Baden unter der Dusche gründlich zu reinigen. Bella fragte sich, ob man sie einlassen würde, da sie ja ganz offensichtlich allein war.

Der Anblick des Wassers, so nah und trotzdem unerreichbar, machte sie fast wahnsinnig. Selbst zu dieser frühen Stunde war die Hitze bereits unerträglich. Das Blau des Himmels war so satt, dass man es fast hören konnte, und hinten an den Beinen lief ihr schon der Schweiß herunter.

»Hallo!«, rief sie durch den Zaun. »Hallo?«

In dem Häuschen ging eine Tür auf, und ihr Herz machte einen Satz, als der Blick von Seans blauen Augen sie traf. Er trug weite Schwimmshorts und sonst nichts. Ihr fiel sofort auf, wie fest und glatt seine gebräunte Brust war.

»Du bist gekommen«, stellte er fest.

»Ja.« Sie strahlte ihn durch den Maschendraht an.

»Und kein Bruder?«

»Der schläft noch. In den Ferien wacht Olly nie vor elf auf.«

»Komm rein.« Er öffnete das große alte Vorhängeschloss, mit dem das Tor gesichert war. »Morgens ganz früh ist es meistens noch ziemlich ruhig. So gegen neun kommen dann die Mütter mit ihren kleinen Kindern.«

»Das ist so toll«, sagte Bella mit Blick aufs Wasser. Mehr fiel ihr nicht ein. »Und es ist echt umsonst?«

»Alle Ortschaften hier in der Gegend haben ein eigenes Schwimmbad. Die Schüler von der Highschool kümmern sich im Sommer darum.«

»Was ist das da?« Sie zeigte auf das Ziegelhäuschen.

»Umkleide. Sich am Pool umzuziehen ist bei uns nicht erlaubt.«

»So viele Vorschriften.«

»Ach, eigentlich sind wir ganz entspannt. Die Schilder sind bloß dazu da, damit uns niemand verklagen kann.«

»Welche soll ich nehmen?«, fragte Bella.

»Was meinst du?«

»Welche Umkleide?«

»Also, Damen sind da drüben, aber nimm ruhig die für die Bademeister. Gewissermaßen als Freundin des Hauses. Da hast du mehr Platz und deine Ruhe. Mein Kollege Bobby kommt später. Der hat noch einen Termin beim Kieferorthopäden.«

»Meinst du wirklich, das ist okay?«, hakte Bella nach.

»Klar. Geh nur rein.« Er hielt ihr die mittlere Tür auf. »Ich muss jetzt das Wasser abschöpfen.«

Sobald sich Bellas Augen an das Dämmerlicht im Bademeisterhäuschen gewöhnt hatten, erkannte sie einen Schreibtisch mit Stuhl und jede Menge Rettungsausrüstung an der Wand. Auf einer Seite befand sich eine Duschkabine, auf der anderen eine Reihe von Haken, an denen ein Rucksack und ein paar Kleider hingen, wahrscheinlich von Sean.

Bella ging hin und vergrub ihr Gesicht in seiner Jeans. Sie konnte seinen Duft riechen und den würzigen Geruch vom Feuer am Abend zuvor. Mit geschlossenen Augen spürte sie, wie sich ein Kribbeln in ihrem Körper bis zu den Fingerspitzen ausbreitete.

Sie zog ihre Shorts und das T-Shirt aus und zupfte ihren Bikini zurecht. Dann nahm sie ihr Handtuch aus der Sporttasche, stopfte stattdessen ihre Kleider hinein und hängte die Tasche an einen Haken – direkt neben Seans Sachen, als wolle sie damit ihren Anspruch auf ihn geltend machen.

»Vor dem Baden gründlich unter der Dusche reinigen«, zitierte sie die Regel, die sie auf dem Schild am Tor gelesen hatte. Sie streckte den Arm in die Duschkabine und drehte den Hahn auf. Das Wasser, das herausgeschossen kam, war eiskalt, und sie schnappte nach Luft, als es ihren Arm traf, aber mit der Zeit wurde es wärmer, und sie trat unter die Dusche, wo das Wasser auf sie niederprasselte und ihr den Schweiß vom kurzen Fußmarsch durch den Ort vom Körper wusch.

Als sie sich das Wasser aus den Augen rieb, sah sie Sean vor sich stehen und sie betrachten. Sie nickte ihm lächelnd zu, und er kam zu ihr unter die Dusche, zog sie zu sich heran, schlang ihr die Arme um den Körper und presste sich an sie.

»Also, wo waren wir gestern Abend stehengeblieben?«, murmelte er, bevor er sich zu ihr beugte und sie küsste. Bella keuchte, als seine Hand nach oben unter ihr Bikinioberteil wanderte.

»Ist das okay?«, fragte er.

»Mach weiter«, sagte sie und zog ihn noch näher; seine Erektion drückte sich heiß gegen ihren Bauch. Ihr war, als würden sie sich im Wasser der Dusche gemeinsam auflösen. Ihre Hände schoben sich unter den Bund seiner Badehose und zogen sie nach unten, so dass sie ihn nackt an ihrem Körper spürte. Er half ihr dabei, ihr Bikinihöschen loszuwerden.

»Hast du die Tür abgeschlossen?«, fragte sie.

»Und das Tor«, sagte er.

Er hob sie hoch und stützte sie gegen die Wand. Sie schlang die Beine um ihn und nahm ihn in sich auf. Seine Berührung, innen und außen, sollte den Rest der Scham ausradieren, die sie nach dem, was Olly und sie damals gemacht hatten und was seitdem kein anderer, nicht mal Jonny, mit ihr gemacht hatte, noch immer empfand.

Wird auch verdammt noch mal Zeit, dachte sie.

Bobby kam, als sie gerade das Bademeisterhäuschen verließen. Er wirkte nicht gerade erfreut, dass der Pool noch geschlossen war und sich vor dem Tor bereits eine kleine Schlange Mütter mit Kleinkindern in Sonnenhüten gebildet hatte. Er ließ die Badegäste herein und begrüßte lächelnd jeden Einzelnen mit Namen, bevor er zu Sean und Bella marschiert kam.

»McLoughlin, du Schwuchtel, was ziehst du denn hier für einen Scheiß ab?«, sagte er. Seine nach dem Besuch beim Kieferorthopäden vom Novocain gelähmte Lippe hing an der rechten Seite etwas herunter.

»Hi, Bobby.« Sean lächelte. »Das ist Bella. Sie ist aus England.«

»Hi«, grüßte Bella.

»Hallo«, sagte Bobby, ohne sie anzusehen.

»Wie war's beim Kieferorthopäden?«, erkundigte sich Sean.

»Ich könnte kotzen«, lautete Bobbys Antwort. »Er hat mir dieses Scheißding hier verpasst, seht euch das mal an.« Er bleckte die Zähne und gab den Blick auf einen Haufen Eisenzeug frei, der für seinen kleinen Mund viel zu groß schien. Als hätte jemand versucht, die George-Washington-Brücke in einen Granatapfel zu quetschen. »Wie soll ich damit noch Muschis abgreifen, McLoughlin?«

»Ich entschuldige mich für meinen Kollegen«, sagte Sean zu Bella.

»Sehen wir zu, dass wir den Laden zum Laufen kriegen.« Bobby schlurfte zum Bademeisterhäuschen.

»Sorry, Bella, ich muss jetzt arbeiten.« Sean berührte sie am Arm. Als er die Hand wegzog, streifte er ihre Brust.

»Ich glaub, ich bleib noch ein bisschen. Schwimme eine Runde oder so.«

»Nichts wäre mir lieber.«

Bobby tauchte aus dem Häuschen auf und nahm seinen Platz am flachen Ende des Schwimmbeckens gegenüber von Sean ein. Bella sprang kopfüber ins kühle blaue Wasser. Als sie wieder an die Oberfläche kam, blies Bobby in seine Trillerpfeife.

»Nicht vom Beckenrand springen«, wies er sie zurecht, als wäre er von der Dummheit der Leute, die es wagten, in seinem Pool zu schwimmen, unsagbar gelangweilt.

Bella schwamm ein paar Bahnen und genoss es, wie das Wasser ihren Körper umschmeichelte. Dann kletterte sie aus dem Becken und strich sich die Haare zurück, so dass sie ihr eng am Kopf lagen. Sie sah zu Sean hinüber. Er war ganz damit beschäftigt, die Kinder zu beaufsichtigen, die sich im Schwimmbecken tummelten wie Maden in einer Büchse.

Er hob den Kopf, und ihre Blicke trafen sich eine Sekunde lang. Bella lächelte, und er lächelte zurück. So fühlt sich vielleicht Liebe an, dachte sie.

»McLoughlin! Augen geradeaus!«, rief Bobby von seinem Sitz gegenüber. Seine hohe Stimme schallte über das

Gelächter der Kinder hinweg, die nach Vierteldollarstücken tauchten, die ihre sonnenbadenden Mütter für sie ins Wasser warfen. Sean zuckte entschuldigend mit den Schultern und konzentrierte sich wieder auf das Schwimmbecken.

Bella ging ins Bademeisterhäuschen, um ihre Tasche zu holen. Sie breitete ihr Handtuch auf dem stoppeligen Gras neben dem Becken aus und streckte sich in der Sonne wie eine Katze, die die Sahne, den frühen Vogel und den Wurm ergattert hatte. Ihr Körper fühlte sich anders an. Sie fragte sich, ob man ihr etwas ansah. Hoffentlich nicht; sie wollte gar nicht daran denken, was Olly sagen – oder tun – würde, wenn er herausfand, was sie gemacht hatte.

Sie holte ihr Buch aus der Tasche. *Sturmhöhe.* Neben ihren Plänen für das Foto-Essay – die sie selbst torpedierte, indem sie ständig ihre Kamera vergaß – hatte sie sich vorgenommen, während des Sommers schon mal mit der Lektüreliste fürs nächste Schuljahr anzufangen. Von diesem Roman erhoffte sie sich allerdings nicht allzu viel. Sie bevorzugte zeitgenössische amerikanische Autoren.

Außerdem fiel es ihr höllisch schwer, sich zu konzentrieren. Sie schützte die Augen mit der Hand vor der grellen Sonne, und als sie Sean hoch oben auf seinem Bademeisterstuhl sitzen sah, musste sie sich zusammenreißen, um nicht zu ihm hinzugehen, ihn von da oben runterzuholen und direkt wieder unter die Dusche zu zerren.

War es richtig gewesen, es so bald nach dem Kennenlernen zu machen? Was Sex anging, hatte Bella schon lange keine klare Vorstellung mehr – seit damals, als sie und Olly sich bei einem Campingausflug ein Zelt geteilt hatten. Lara war zu sehr mit Jack beschäftigt gewesen, der damals noch ein Baby gewesen war, und hatte gar nicht gemerkt, dass nebenan etwas Seltsames vor sich ging. Aber sie sah ohnehin immer nur das, was sie sehen wollte.

»Olly und Bella sind ein Herz und eine Seele«, sagte sie immer stolz zu ihren Freunden und schwärmte ihnen dann von ihrer »ganz besonderen Beziehung« vor.

Aber Bella hatte sich geekelt und geschämt. Sie hatte gewusst, dass das, was sie getan hatten, falsch war. Dies hier allerdings – das mit Sean, wie überstürzt es objektiv gesehen auch vielleicht gewesen war – hatte sich absolut richtig angefühlt.

Sie wandte sich wieder ihrem Roman zu, aber die Worte verschwammen vor ihren Augen. Ihre Hand blätterte die Seite um, aber in Gedanken war sie nicht bei Lockwood und dessen erster Begegnung mit seinem Vermieter in der windgepeitschten kargen Landschaft Yorkshires. Sie lag an einem Pool in New York, und es war 2011. Wie um alles in der Welt sollte sie zu so einer uralten Geschichte überhaupt einen Bezugspunkt finden? Und sie konnte sich einfach nicht helfen: Schon wieder musste sie den Kopf heben und Sean anschauen. Seine dunklen Locken, die sie mit ihren Fingern zerwühlt, an denen sie sich festgehalten hatte …

»Bella! Da bist du! Mum schiebt die totale Krise.«

Olly, der Idiot. Er hatte Bella durch den Zaun erspäht und brüllte jetzt quer übers Schwimmbecken. Sein Akzent und aufgebrachter Tonfall sorgten dafür, dass sich alle nach ihm umdrehten. Als Bella den Kopf hob, sah sie, wie einige Mütter – die Gesichtshaut wie blank gescheuert, ohne ein Fitzelchen Make-up und offenbar früh verspießt – sich vielsagende Blicke zuwarfen und mit der Zunge schnalzten, während Olly mit Jack im Schlepptau um den Pool herum auf sie zukam.

»Ich will schwimmen, ich will schwimmen, ich will schwimmen!«, rief Jack, zog an Ollys Hand und beugte sich gefährlich weit über den Beckenrand.

»Halt die Fresse, Jack«, blaffte Olly und sorgte damit für ein entsetztes Atemholen aller Badegäste.

Bobby stieß in seine Pfeife und zeigte mit dem Finger auf Olly. »Keine unflätige Sprache.«

»Immer locker, Alter«, erwiderte Olly.

»Olly, sei still«, zischte Bella.

»Oh, sieh mal einer an.« Olly hatte Sean entdeckt, der ihn von seinem Platz am Nichtschwimmerbereich aus kühl musterte. »Hier treibt sich also der Loverboy rum. Hätte ich mir ja denken können.«

»Lass es gut sein«, bat Bella halblaut. Wenn sie eins nicht wollte, dann dass Olly eine Szene machte.

»Und Bella in ihrem Itsy-Bitsy-Bikini.« Olly beugte sich über seine Schwester, zog am Träger ihres Bikinioberteils und ließ ihn zurückschnappen.

»Hör auf damit!«

»Mum kocht vor Wut. Du hast gesagt, du gehst nur kurz schwimmen, das ist jetzt schon Stunden her.«

»Mist.« Sie hatte komplett vergessen, was sie ihrer Mutter versprochen hatte. So komplett, dass sie darüber regelrecht erschrocken war.

»Ist ja auch scheißegal, jedenfalls hat sie gesagt, dass du den Vormittag jetzt genauso gut vergessen kannst. Aber wehe, du bist heute Nachmittag nicht zu Hause, um ihr beim Putzen zu helfen. Und du musst auf den Zwerg hier aufpassen, damit sie bis dahin noch was geschafft kriegt. Er nervt gerade ziemlich rum, weil wir Cyrilbär nicht finden können.«

»Warum kannst du dich denn nicht um ihn kümmern?«

»Weil ich zu tun hab. Ich bin mit Leuten verabredet. Außerdem hab ich schon den ganzen Morgen auf ihn aufgepasst.«

Bella glaubte ihm kein Wort. Olly sah aus, als sei er erst vor einer Minute aus dem Bett gefallen: ungekämmt, ungewaschen und mit Flaum am Kinn.

Olly übergab Jack an Bella, die sich aufsetzte und ihren kleinen Bruder zwischen den Knien festhielt, damit er ihr nicht entwischte und zum Wasser lief.

»Sie sagt, du sollst ihn nicht alleine in den Pool lassen, ihn vorher und nachher mit Sonnenschutz eincremen, und er darf nicht ohne Schwimmflügel ins Wasser. Hier ist alles drin, was du brauchst. Und noch was zu essen, das sollst du ihm so ungefähr in einer Stunde geben.« Olly warf Bella eine Tasche hin. »Sie hat gesagt, wir sollen uns mit ihnen um eins zum Mittagessen im Diner treffen. Die Schwuchteln und Homos kommen auch alle. Man sieht sich.«

Er drehte sich um und ging, wobei er Seans Rücken den ausgestreckten Mittelfinger zeigte, als er hinter seinem Stuhl vorbeiging. Wäre die wogende Masse von Kleinkindern im Wasser nicht gewesen, dann hätte er ihn wahrscheinlich reingestoßen. Aber so wahnsinnig war nicht mal Olly.

»Ich will schwimmen«, verkündete Jack und versuchte, sich zwischen Bellas Beinen durchzuschlängeln.

»Schon gut. Warte kurz.« Bella blies die Schwimmflügel auf und zog sie ihm über die Arme. Dann nahm sie ihn bei der Hand – sie mochte es, wie er seinen Zeigefinger in ihre Faust legte – und ging mit ihm zum Nichtschwimmerbereich, damit er ein bisschen planschen konnte.

»Nur offiziell zugelassene Schwimmhilfen!« Bobby stieß in seine Trillerpfeife und kletterte von seinem Stuhl herunter, um Bella davon abzuhalten, ihren kleinen Bruder mit seinen gefährlichen englischen Schwimmflügeln ins knietiefe Wasser zu lassen.

Plan durchkreuzt, dachte Bella. Typisch.

17

Übermorgen müssen wir das Auto zurückbringen«, sagte Lara.

»Wir können es uns nicht leisten, es länger zu behalten«, entgegnete Marcus.

Lara blickte zum hölzernen Deckenventilator empor, der sich drehte und drehte und die nach durchwachsenem Speck riechende Luft im Trout Island Diner quirlte.

»Aber wie sollen wir ohne Auto zurechtkommen?«

»Irgendwas wird sich schon ergeben.«

Es war Viertel nach eins, und die Kinder hatten sich immer noch nicht blicken lassen. Lara versuchte, sich zu entspannen. Es kam selten genug vor, dass sie mit Marcus allein war. Doch als sie nun bei zwei Bechern des in ihren Augen scheußlichsten Filterkaffees, den sie je probiert hatte, zusammensaßen, fiel es ihr schwer, ein Gesprächsthema zu finden.

»Der ist ungenießbar«, sagte sie zu Marcus.

»Schhh.«

»Ist Amerika nicht angeblich die Heimat des guten Kaffees?«

Das Diner war mit klobigen Kieferntischen und ebensolchen Stühlen eingerichtet. An der Längsseite gab es vinylgepolsterte Sitznischen, und in einer von diesen waren Lara und Marcus platziert worden. Ganz in der Nähe saß ein älterer Mann vor einem Glas Limonade. Bei ihrem Eintreten hatte er aufgeschaut und ihnen zugenickt, sich zwischenzeitlich aber wieder in seinen Traktor-Katalog vertieft. Außer ihm gab es lediglich zwei weitere Gäste: einen jungen Mann in Jeanshose und Jeanshemd, der zusammengesunken auf einem Barhocker am Tresen saß, und eine breite Frau undefinierbaren Alters, die von Kopf bis Fuß in diverse Schattierungen von Braun gekleidet war, einschließlich einer ockerfarbenen Schirmmütze. Sie saß hinten an der Wand und drehte ihnen den krummen Rücken zu.

»Sie müssen die Leute aus England sein«, sagte die Kellnerin, während sie ihnen zwei laminierte Speisekarten reichte.

»Stimmt.« Marcus beugte sich vor, knipste sein Lächeln an und streckte ihr die Hand hin. »Marcus Wayland, freut mich, Ihre Bekanntschaft zu machen. Und das ist meine Frau Lara.«

»Na, hallo! Ich bin Leanne«, stellte die Frau sich vor und tätschelte sich die verfilzten blonden Locken. »Die anderen müssten jeden Moment eintrudeln.« Damit eilte sie an ihren Platz hinter dem Tresen zurück, um dort weiter Tassen mit einem porentief reinen Geschirrtuch zu trocknen.

Marcus und James hatten vereinbart, dass die Familie gemeinsam mit der Besetzung von *Set Me On Fire!* zu Mittag essen würde. In den Verträgen mit der Trout Island Theatre Company war festgelegt, dass die Schauspieler als Ausgleich für die niedrige Gage täglich eine Mahlzeit im Diner einnehmen durften, für deren Kosten dann das Theater aufkam.

Lara überflog die Karte, die außer gesottenem Fleisch, Weißmehlprodukten und Zucker nicht viel zu bieten hatte.

»Hier gibt es nichts, was ich wirklich essen möchte«, erklärte sie. Nach dem Schock des gestrigen Abends hatte sie sowieso keinen Appetit. Nicht einmal das Joggen hatte geholfen, ihre Nerven zu beruhigen oder sie hungrig zu machen.

»Ach, komm«, sagte Marcus. »Man muss mit den Wölfen heulen.«

»Heulen ist ein gutes Stichwort. Was bitte soll das sein: Biscuits? Mit Bratensoße? Klingt ja widerlich.«

Zugegeben, Lara hatte miserable Laune. Sie war wütend auf Bella, weil diese am Morgen nicht vom Schwimmen zurückgekommen war; auf Olly, weil der sich erst nach zehn Uhr vormittags zum Aufstehen bequemt hatte; und auf Marcus, weil der herumsaß und Text lernte, obwohl er doch der Erste gewesen war, der ihr darin zugestimmt hatte, dass ein gründlicher Hausputz vonnöten sei. Und dieser Familienhölle gegenüber stand nun Stephens *Was wäre wenn*. Seine Worte hatten in ihr die Ahnung von einem anderen Leben geweckt – ein Leben, das sie hätte haben können, wenn die Vereinigung und Teilung zweier Zellen nicht gewesen wäre.

Sie hatte versucht, ihren Frust durch Hausarbeit abzureagieren. Mittlerweile war die Küche sauber genug für die Verarbeitung von Lebensmitteln, sie hatte den Holzfußboden sowie die untapezierten Wände im riesigen verstaubten Wohnzimmer abgewischt, und dem im Perserteppichmuster bemalten Tschechow'schen Fußbodenbelag war über dem Verandageländer sämtlicher Dreck aus den Fasern geprügelt worden.

Sie hatte gerade im Wohnzimmer gekniet und war dabei gewesen, ihn aufzurollen, um ihn nach draußen zu schleppen, als Marcus, das Skript lässig unter den Arm geklemmt, von der Schaukel auf der Veranda ins Haus geschlendert gekommen war, um sich ein Glas Wasser zu holen.

»Übertreibst du es nicht ein bisschen?«, hatte er sie gefragt.

Aber unterschwellig hatte Stephen Molloy ihren Tag bestimmt, und er tat es noch immer. Bislang hatte sie das Gefühl gehabt, er hätte bei seinem überstürzten Fortgang damals ein Stück von ihr mitgenommen. Jetzt jedoch wurde ihr klar, dass ein Teil von ihr danach schlichtweg eingeschlafen war und all die Zeit über geschlafen hatte. Dieser Teil war jetzt wieder erwacht, und zwar nicht ganz allmählich, so wie eine Prinzessin aus einem langen Schlummer, sondern abrupt und brutal wie von dem Schlag, den ein Neugeborenes bekam, kaum dass man es mit bläulicher Haut aus dem Leib seiner Mutter gezogen hatte.

Und nun war alles von diesem plötzlichen Erwachen gefärbt.

Zum Beispiel erkannte sie jetzt, dass der Grund, weshalb sie in der letzten Zeit nicht von Marcus hatte berührt werden wollen, der war, dass sie seine feige Visage einfach nicht mehr ertragen konnte. Seine Reaktion auf ihre jüngste Schwangerschaft – er hatte sich die Haare gerauft und gejammert und war nicht einmal auf die Idee gekommen, dass sie das Baby vielleicht behalten wollte – hatte dazu geführt, dass sie ihn nicht mehr als Mann betrachtete, sondern als ein weiteres Kind, für das sie die Verantwortung trug. Und mit einem Kind konnte sie keinen Sex haben. Das war in jeder Hinsicht absolut undenkbar.

Die Blutungen hatten ihr eine gute Ausrede geboten. Jede Nacht war sie in ihrer Rüstung aus Unterwäsche, Vlieseinlagen und langem T-Shirt neben ihn ins Bett geschlüpft. Und obwohl die Blutungen mittlerweile zurückgegangen waren, hatte sie gehofft, den Schein noch ein oder zwei Wochen aufrechterhalten zu können.

Aber jetzt, im gleißenden Licht von Stephens *Was wäre wenn,* konnte sie sich nicht vorstellen, wie sie es über sich bringen sollte, Marcus überhaupt jemals wieder anzufassen.

Sie musterte ihn über den Tisch hinweg beim Studieren der Speisekarte. Zwischen den Sommersprossen und kupfernen Bartstoppeln war die Haut in seinem Gesicht bereits vom Sonnenbrand gerötet. Was früher an ihm selbstbewusst und attraktiv gewirkt hatte, war zu einer paranoiden Eitelkeit verkommen. Sie erinnerte sich noch gut daran, wie er um sie geworben hatte – sie war so jung gewesen und er scheinbar so weltgewandt und erfahren. Sie hatte so fest daran geglaubt, dass er ihr die Welt in ihrer ganzen Pracht zu Füßen legen würde, dass sie sich ihm völlig ausgeliefert hatte.

Wie sie ihn vergöttert hatte. Seine Haare hatten in ihren Augen ausgesehen wie Feuer. Nach vier Monaten war er vor ihr auf die Knie gefallen und hatte ihr einen Heiratsantrag gemacht. Und sie hatte ja gesagt. Ohne zu zögern, vollkommen überwältigt von der Romantik des Augenblicks. Die Hochzeit hatte keine vier Wochen später stattgefunden.

Inzwischen war Lara längst klar, dass sie sich die Frage hätte stellen müssen, wieso Marcus, ein einunddreißigjähriger Mann, nicht ein wenig mehr Verstand bewiesen hatte.

Erst auf ihrer kleinen, beinahe heimlichen standesamtlichen Trauung – Lara hatte ihre Eltern nicht eingeladen, da sie nach ihrem ersten und einzigen Treffen mit Marcus mehrfach unmissverständlich angedeutet hatten, dass er zu alt und nicht gut genug für sie sei – war die Wahrheit ans Licht gekommen.

Sein alter Schulfreund Rufus war Trauzeuge. Lara sah ihn zum ersten Mal. Während Marcus' Privatschul-Manierismen mit der Zeit einem allgemeinen Schauspieler-Habitus gewichen waren, hatte sich Rufus, der in London als Anwalt arbeitete, die kernige Ausgelassenheit, die ihm in Stowe anerzogen worden war, bis aufs letzte bisschen bewahrt.

»Ich freue mich so für euch beide«, verkündete er hinterher auf dem bescheidenen Empfang im Dirty Duck, als er Lara beschwipst einen Kuss auf die Wange drückte. »Ich dachte schon, nach Sophie wäre er zum ewigen Junggesellendasein verdammt.«

»Sophie?«

»Du weißt nichts von Sophie? Ups«, sagte er, warf eine Erdnuss in die Luft und fing sie mit den Zähnen wieder auf. »Da fragst du mal besser Marcus. Ich und mein loses Mundwerk.«

»Wer ist Sophie?«, fragte sie, als sie später am Abend in Marcus' Wohnung nebeneinander im Bett lagen. Für Flitterwochen fehlten ihnen das Geld und die Zeit, da Marcus am laufenden Band Vorstellungen hatte.

Er fuhr buchstäblich zusammen.

»Wer hat dir von Sophie erzählt?«

»Rufus.«

»Das Arschloch.«

»Er hat es nicht absichtlich gemacht, es ist ihm nur so rausgerutscht.«

»Wer's glaubt.«

»Und? Wer ist sie?«

Widerwillig erzählte Marcus ihr von der Frau, mit der er seit der Schauspielschule zusammen gewesen war und die ihn kaum acht Monate zuvor für einen Jüngeren, einen Kollegen aus dem Stück, in dem sie gerade spielte, verlassen hatte.

»Ich war total am Boden«, gestand Marcus mitleidheischend. »Ich habe sogar drüber nachgedacht, Schluss zu machen. Aber –«, fügte er hastig hinzu, »letzten Endes hatte es ja auch sein Gutes, denn wenn sie nicht mit diesem kleinen, affigen Möchtegern abgehauen wäre, hätte ich dich nie kennengelernt, und wir wären jetzt nicht zusammen.«

Vielleicht war Lara mit ihren neunzehn Jahren noch ein wenig grün hinter den Ohren. Nichtsdestotrotz wusste sie genau, wie die Dinge standen, und sie hätte sich am liebsten in den Hintern gebissen, weil sie so dumm und naiv gewesen war. Im Laufe der darauffolgenden Wochen versuchte sie, sich davon zu überzeugen, dass Marcus sich wirklich Hals über Kopf in sie verliebt hatte, konnte jedoch den Verdacht nicht abschütteln, dass er sie nur geheiratet hatte, um Sophie zu zeigen, dass sie ihm egal war und dass auch er sich eine Jüngere an Land ziehen konnte. Lara war lediglich sein Notnagel.

Und ausgerechnet an diesem Tiefpunkt war der junge Stephen Molloy nach Stratford gekommen, um genau wie Marcus in den niederen Rängen der Royal Shakespeare Company als Schauspieler anzufangen.

»Ah, da sind sie ja«, stellte Marcus gerade fest und schaute von seiner Speisekarte auf, als der Summer an der Tür ertönte und Bella von Jack ins Diner geschleift wurde. Olly folgte den beiden. Ihren Mienen nach zu urteilen, hatten sich die Zwillinge schon wieder gestritten.

»Um Himmels willen, wo habt ihr denn gesteckt?«, fragte Lara, während sie zur Seite rutschte, um ihnen Platz zu machen.

»Ich bin los, um Olly zu suchen –«, begann Bella, aber ihr Bruder fiel ihr ins Wort.

»Loverboy war am Pool«, sagte er und setzte sich neben Marcus. »Sie konnte sich nicht losreißen.«

»Das ist so was von gelogen«, protestierte Bella.

»Freund in Sicht?« Marcus lächelte zu ihr auf. »Pass nur auf, dass du nicht in die Fußstapfen deiner Mutter trittst, sonst bleibst du noch auf jemandem sitzen, so wie sie auf mir sitzengeblieben ist.«

Bella sagte nichts und setzte sich ans gegenüberliegende Tischende von Olly.

»Er hat zu viel Sonne abbekommen«, sagte Lara mit einem Blick auf Jacks glühende Wangen.

»Ich hab ihn gleich eingecremt, nachdem wir aus dem Wasser gekommen sind«, erwiderte Bella. »Olly hätte ihn eincremen sollen, bevor er mit ihm nach draußen gegangen ist.«

»Mein Gott«, sagte Olly.

»Na, hallo, alle zusammen«, rief Leanne, die Kellnerin, als sie mit einer Kanne voller Eiswasser und drei weiteren Speisekarten an den Tisch kam. »Schön, die ganze Familie kennenzulernen. Wie geht's, wie steht's?« Sie füllte ihnen die Gläser.

Bella und Olly saßen bloß da und stierten schweigend auf das rot karierte Plastiktischtuch. Ollys Finger trommelten auf der Tischplatte herum.

»Lass das!«, befahl Marcus.

»Ihnen geht es gut«, sagte Lara zu Leanne, weil sie das

Gefühl hatte, sich für ihre launischen Sprösslinge entschuldigen zu müssen.

»Prima! Ich bin gleich bei Ihnen und nehme Ihre Bestellungen auf, bevor die anderen kommen und es in der Küche hektisch wird. Pfeifen Sie einfach, wenn Sie so weit sind.«

»Mum, er hat mir Jack einfach aufs Auge gedrückt und ist dann abgehauen«, beschwerte sich Bella, sobald sie wieder allein waren.

»Ach, Olly«, sagte Lara.

»Ich hab mit meinen Homies abgehangen«, sagte Olly.

»Pardon?«, fragte Marcus in übertrieben britischer Aussprache.

»Mit meinen Kumpels«, erklärte Olly.

»Du meinst, mit deinen Dorfdeppen«, fügte Bella hinzu. »Die sehen aus wie ein Haufen Hillbillys.«

»Sprich leise, Bella.« Lara sah sich um. »Nimm Rücksicht auf kulturelle Unterschiede.«

»Blabla«, sagte Bella.

»Also, was wollt ihr essen?« Marcus klatschte in die Hände. »Blaubeerpancakes mit Speck und Ahornsirup? Pizzaburger und Home Fries?«

Zu Forschungszwecken bestellte jeder etwas anderes von der Karte. Leanne war gerade mit ihren Tellern auf dem Weg zu ihnen, als die Tür aufgerissen wurde. Mit einem Mal war der Raum erfüllt vom aufgedrehten Geschnatter der Schauspieler, die soeben aus ihrer morgendlichen Gesangsprobe entlassen worden waren.

»Ich kann nicht glauben, dass James den Hänger nicht bemerkt hat«, sagte jemand.

»Eher würde ich mir *Nadeln* in die Augen stechen«, kreischte ein anderer.

»Jetzt passt auf«, sagte Marcus. Dann erhob er sich und ging durch den Raum zu James, der in seiner Vintage-Frackjacke aus rosenrotem Satin über der herkömmlichen weißen Leinenkleidung einen prächtigen Anblick bot. Unter dem Arm trug er eine mit Zetteln und Büchern vollgestopfte braune Ledertasche.

»James, mein Freund«, rief Marcus. »Wie war die Probe?«

»Theatergelaberalarm«, murmelte Olly, als Leanne fünf vollbeladene Teller auf ihrem Tisch abstellte.

»Vielen Dank«, sagte Lara.

»Gern geschehen«, antwortete Leanne und warf einen strengen Blick auf die Zwillinge, die, so viel war klar, an diesem Tag auf gutes Benehmen keinen Wert legten. Auf ihrem Weg zurück in die Küche wurde sie von den Schauspielern mit der Art von Vertrautheit begrüßt, die Touristen gern Einheimischen gegenüber an den Tag legen.

»Da ist ja überhaupt nichts Grünes dabei«, bemerkte Bella mit einem Blick auf das Essen.

»Das sind also Biscuits. So eine Art herzhafte Scones«, stellte Lara fest und stupste die lockeren weißen Gebäckteile auf Ollys Teller mit der Gabel an.

»Ich *hoffe* mal, dass die herzhaft sind, bei der Menge an Hühnchen, die es dazu gibt«, erwiderte er.

»Denen habe ich aber Feuer unterm Arsch gemacht«, sagte James zu niemand Bestimmtem. Er ließ sich in der Sitznische nebenan nieder, und die Schauspieler verteilten sich auf die übrigen Plätze. »Familie Wayland, habt ihr gestern Abend eigentlich Tony Marconi kennengelernt? Er ist dein Banquo, Marcus, und er spielt Heavy Dan im Musical.«

»Aha, Marcus, das ist also deine Tochter?« Tony gab

Bella die Hand. »Wir sind uns gestern Abend schon begegnet, weißt du noch? Unten am Teich?«

Bella wurde rot und sah weg.

»Und habe ich dich nicht auch heute Morgen am Pool gesehen, während ich meine fünfzig Bahnen geschwommen bin?«, fragte er augenzwinkernd. »Wie du mit unserem Mann für alles zusammengesessen bist?«

»Und ob.« Olly lehnte sich mit eisiger Miene zurück und sah zu, wie seine Schwester sich wand.

James reckte den Arm und winkte. »Leanne, Liebchen, meinst du, ich könnte einen Kaffee bekommen? Danke, mein Täubchen.«

Lara glaubte zu sehen, wie der Mann in Jeans am Tresen beim Klang von James' übertrieben näselndem Tonfall die Schultern anspannte.

»Ach, du liebe Zeit, meine Süße, was in Dreiteufelsnamen ist denn *das*?«, rief Betty aus, als sie sich neben Lara quetschte und auf deren Teller deutete. An diesem Tag trug sie eine Kombination aus Holzfällerhemd und weiten Levi's, dazu Dreitagebart, toupierte Haare und ein komplettes Make-up. Sie sah aus wie Jane Russell auf Testosteron.

»Angeblich Makkaronisalat«, antwortete Lara. »Aber es sieht eher aus wie ein Teller geronnene Mayonnaise.«

»Herzlich willkommen, Trout Island Fünf«, rief Tony Marconi von seinem Platz inmitten einer Gruppe überschäumender Jungschauspieler.

»Trout Island Fünf?«, fragte Lara.

»So viele Pfunde nimmt ein Schauspieler zu, wenn er für uns arbeitet«, erklärte Betty. »Wir zahlen unsere Gage in Kalorien.«

»Du weißt nicht zufällig, ob wir gestern Abend Jacks Teddybär bei euch vergessen haben?«, erkundigte sich Lara bei ihr.

»Da bin ich überfragt. Als wir heute Morgen losgefahren sind, sah es bei uns aus, als wäre eine Bombe eingeschlagen«, berichtete Betty. »Aber ich werde Trudi bitten, danach Ausschau zu halten – sie wirbelt heute den ganzen Tag im Haus herum.«

»Können wir die Vorstellung heute Abend nicht ausfallen lassen? Mein Kopf«, sagte ein Junge mit verstrubbelten Haaren neben Tony, dessen schwere Lider über blutunterlaufenen Augen auf halbmast hingen.

»Das Theater ist der beste Arzt, Hase«, erwiderte James. »Du wirst phänomenal sein. Danke, Leanne, vielen Dank, meine Süße«, sagte er, als Leanne herumging und Eiswasser einschenkte.

»Ihr habt alle gestern Abend viel zu viel getrunken, Kinder«, meinte Betty. »Ihr müsst ein bisschen mehr Zurückhaltung an den Tag legen. Ein bisschen mehr Selbstdisziplin.«

»Du hast gut reden«, mischte sich ein großes, schlankes Mädchen ein, das aussah wie die junge Natalie Wood.

»Wie bitte habe ich das zu verstehen?« Betty setzte sich kerzengerade hin und nippte an ihrem Wasser.

»Du hast schließlich all die Jahre Zeit gehabt, die Sau rauszulassen«, sagte das Mädchen.

»All die Jahre? All die Jahre? Was soll das denn heißen?«, fragte Betty. »Ihr wisst doch gar nicht, wovon ihr redet, ihr Unschuldslämmer. Mein kleiner Finger hat härter gearbeitet als alle eure Körper zusammengenommen. Disziplin ist mein zweiter Vorname, Schwester.«

Olly konnte ein Kichern nicht unterdrücken, und Bettys Nasenflügel blähten sich. Es war schwer zu sagen, ob ihre Ansage als schlüpfriger Witz oder als ernsthafte Schelte gemeint gewesen war. Lara verstand Theaterleute nicht besonders gut, der ganze Lärm und das Trara überforderten sie. Sie wünschte, sie wäre in ihrem verstaubten Haus, wo sie in Ruhe ihren Tagträumen nachhängen und Ordnung schaffen konnte.

»Meine Damen, vertragen wir uns doch bitte«, mahnte James. Dann stand er auf und richtete das Wort an die Gruppe. »Wissen alle, was sie bestellen wollen? Darf ich euch daran erinnern, dass ihr in exakt sechs Stunden wieder auf der Bühne steht? Ich bitte die Tänzer, sich *tunlichst* nicht zu überfressen!«

Leanne bekam Verstärkung von einer zweiten Frau, die aus der Küchentür trat und sich die riesigen Hände an ihrer Schürze abwischte. Die beiden gingen von Tisch zu Tisch, um die Bestellungen aufzunehmen. Die zweite Frau bewegte sich mit schlurfenden Schritten, die grauen Kniestrümpfe waren ihr bis auf die bläulich aufgedunsenen Knöchel heruntergerutscht, und strähnige, halb ergraute, zum Pferdeschwanz gebundene Haare gaben den Blick auf die fahle Haut ihres Halses frei. Lara war von vorneherein nicht nach Essen zumute gewesen, aber bei dem Gedanken daran, dass diese Frau womöglich die Köchin war, verging ihr der Appetit auf ihren Makkaronisalat vollends.

»Olly, Junge, reißt du dich bitte zusammen?«, fauchte Marcus und beugte sich zu seinem demonstrativ gelangweilten, ungeduldig wirkenden Sohn. An seiner Stirn schwoll eine kleine Ader, und wieder einmal fühlte sich Lara bei Marcus' Anblick an dessen Vater erinnert, der genauso rothaarig und von ähnlicher Statur war. Gegenüber Freunden pflegte sie oft zu scherzen, dass er und Marcus sich so ähnlich seien, dass sie genau wisse, was sie im Alter von ihrem Mann zu erwarten habe. Diesem Scherz folgte allerdings immer ein stummes Gebet, dass sie selbst nicht so enden möge wie Marcus' Mutter: ein farbloses, verhuschtes Mäuschen, dünn wie ein Blatt Papier, das sich von ihrem herrischen Ehemann herumschubsen ließ.

Aber natürlich würde sie nicht so enden wie Moira Wayland. In ihren Adern floss kein Tropfen von deren wässrigem Blut. Allerdings gab ihre eigene Mutter ein noch schlechteres Vorbild für ihr zukünftiges Selbst ab. Die Erkenntnis, dass sie in der Lage war, ihr Leben selbst in die Hand zu nehmen, unabhängig von den Zwängen ihres Erbguts oder den Erwartungen anderer, war Lara erst vor kurzem gekommen.

»Wie gefällt euch unser kleines Nest?«, wollte Betty von ihr wissen.

»Es ist sehr hübsch hier. Die Hitze ist ein bisschen anstrengend.«

»Es wird bald ein Gewitter geben. Im August herrscht hier ein Wetter wie in *Der Sturm*. Es wird so heiß, dass man es kaum noch aushalten kann. Dann kommt irgendwann der Regen mit Blitz und Donner, und man kann endlich wieder *atmen*. Bis das Ganze wieder von vorne losgeht.«

»So mag er fallen«, sagte Lara.

»Nicht schlecht, Lara, Schatz«, sagte Betty mit einem Augenzwinkern. »Aber übertreib es nicht mit Zitaten aus unserem schottischen Stück. Das bringt Unglück. Also, wie ist eure Unterkunft?«

»Ganz in Ordnung«, sagte Lara. »Ein bisschen staubig,

aber wir sind gerade dabei, alles gründlich sauberzumachen.«

»Oh«, machte Betty mit einer Spur Enttäuschung in der Stimme. »Wir haben doch vor ein paar Wochen extra zwei Leute damit beauftragt, das Haus zu putzen.«

»Wahrscheinlich setzt sich in einem leerstehenden Haus der Staub einfach schneller ab«, sagte Lara. »Aber eins wollte ich noch fragen: Dürfte ich wohl den Teppich im Flur rausreißen?«

»Teppich?« Betty runzelte die Stirn.

»Den mit dem Fleck? Ich würde ihn gerne wegwerfen.«

»Ich kann mich an keinen Teppich erinnern, Schatz«, gab Betty zu. »Aber die letzten drei Monate war ich so mit *Set Me On Fire!* beschäftigt, dass ich kaum etwas anderes wahrgenommen habe. Sicher, wenn er Flecken hat, reiß ihn raus, nur zu.« Sie wedelte mit den Fingern in der Luft herum. »Der Besitzer hat gesagt, wir können mit dem Haus machen, was wir wollen.«

»Danke«, sagte Lara. »Und«, sie zögerte einen Moment, »danke für die Blumen. Die sind wunderschön.«

»Blumen?« Betty hob eine perfekt geformte Augenbraue. »Nicht von mir, meine Liebe.«

Lara runzelte die Stirn und wunderte sich.

»Olly, wie hat dir denn unser Musical gefallen?« James stellte einen Ellbogen auf den Tisch, stützte das Kinn in die Hand und rückte Olly auf die Pelle.

»Äh …«, brummte Olly.

»Er fand es großartig!«, sagte Marcus überschwänglich. »Stimmt's, Junge?«

Olly murmelte seine Zustimmung.

»Und normalerweise *hasst* er Theater«, fuhr Marcus fort.

Ollys Lippen formten lautlos das Wort »Dünnschiss«. Lara hoffte, dass sie die Einzige war, die es gesehen hatte.

»Wie fühlst du dich nach der kleinen Überraschung gestern Abend?«, wollte Betty von ihr wissen, sobald das restliche Essen da war und Marcus und James sich in ein lebhaftes Gespräch über verschiedene Regie-Ideen für *Macbeth* vertieft hatten.

»Gut«, sagte Lara. Selbst wenn sie Betty vertraut hätte – und sie wusste nicht genau, ob sie das konnte –, im Moment wollte sie noch nicht darüber reden. Denn dadurch würde sie der ganzen Sache Realität zusprechen, und dazu war sie noch nicht bereit.

»Wann seid ihr noch gleich bei ihm zum Abendessen eingeladen?«

»Heute Abend«, antwortete Lara und fragte sich erneut, wie viel Betty wusste.

»Es ist so schön, alte Freunde wieder zusammenzuführen.« Betty presste die Hände ans Herz.

»Natürlich sind sich June und Brian viel zu vornehm dazu, sich herabzulassen, mit uns ins Diner zu kommen«, ließ Tony am Nebentisch verlauten.

»Wenn ich Sie bitten darf, dieses zersetzende Gerede zu unterlassen, vielen Dank, Mr Marconi.« Betty drohte ihm mit einer rot lackierten Kralle.

»Ich meine ja nur, Betty. Teamgeist sieht anders aus.« Tony senkte den Blick, um seinen tätowierten Bizeps zu bewundern.

»Im Ernst, Hase. Kann man es ihnen verübeln, wenn du zum Mittagessen nichts anderes anzuziehen findest als ein Unterhemd?«

»Miau«, machte der Junge mit den Strubbelhaaren.

»June und Brian tragen diese Inszenierung. Sie brauchen in den Pausen ihre Ruhe«, erklärte Betty mit hochgezogener Braue.

»Und wozu sie die brauchen, das wissen wir ja alle.« Tony zwinkerte Bella ein weiteres Mal zu, woraufhin diese rot wurde.

»Oh, oh, ohhh …« Das Natalie-Wood-Double gab eine langgezogene, opernartige Imitation eines Orgasmus zum Besten.

»Das reicht jetzt, junge Nancy«, sagte Betty. »Wenn es gut genug für Dame Nellie Melba war, dann ist es mit Sicherheit auch gut genug für unsere June.«

»Wer ist Dame Nellie Melba?«, wollte Olly wissen. Selbst wenn er sich an dem Geplänkel hätte beteiligen wollen, wäre er auf verlorenem Posten gewesen. Er verstand kaum ein Wort.

»Erzähle ich dir später«, sagte Lara.

»Sind Sie alle fertig?« Leanne räumte die Teller der Waylands ab. »Hat Ihnen der Makkaronisalat nicht geschmeckt?«

»Er war sehr lecker«, log Lara. »Ich hatte bloß keinen großen Hunger.« Ihr fiel auf, dass auch Olly sein Essen kaum angerührt hatte, was wirklich verwunderlich war. Die Hitze musste ihm auf den Appetit geschlagen sein.

»Das macht doch nichts, meine Liebe«, sagte Leanne. »Also. Kann ich Ihnen noch einen Nachtisch bringen? Wir haben Apfel-, Kirsch- oder Blaubeerpie, wahlweise mit oder ohne Schlagsahne oder Eiscreme. Erdbeer, Schokolade oder Vanille.«

»Trout Island, gib mir fünf!« Tony hob den Arm, und Olly schlug ein.

»Kein Dessert fürs Ensemble!« James erhob sich und

klatschte in die Hände. »Ihr habt genau noch zehn Minuten, meine Damen und Herren, bevor es zurück ins Theater geht. Zu Schande oder Ruhm!«

Die Frau mit der ockerfarbenen Schirmmütze ganz hinten stand auf und ging zum Tresen, wo sie ihre Rechnung bezahlte. Lara erhaschte nur einen kurzen Blick auf ihr Gesicht, als sie sich zum Gehen wandte – es wurde größtenteils von der Mütze, einer riesigen Schildpattsonnenbrille und einem braun-türkis gewürfelten Seidentuch verborgen.

»Wer ist das?«, wandte sie sich flüsternd an Betty, als die Frau zur Tür ging.

»Keine Ahnung. Ich sehe sie zum ersten Mal.«

Und doch meinte Lara die Andeutung eines Runzelns auf Bettys Make-up-verkleisterter Stirn wahrzunehmen, während sie der Frau hinterherschaute, bis die gläserne Tür des Diners hinter ihr ins Schloss gefallen war.

18

Nach dem üppigen Mittagessen legte Marcus Jack zum Schlafen hin. Mit ein wenig Überredung gelang es Lara, Olly und Bella zur Hilfe beim Hausputz zu bewegen. Am frühen Nachmittag war jede Oberfläche im Erdgeschoss gründlich gewischt und der Flurteppich entfernt worden.

»Stellt euch nur mal die ganzen abgestorbenen Hautschuppen vor, die da drinhängen«, sagte Bella, als sie ihn hochhoben und dabei eine stinkende Staubwolke freisetzten.

»Und die Hundekacke, die da reingetreten wurde«, ergänzte Olly.

»Und die Babypisse.«

»Vielen Dank, Kinder«, sagte Lara, die gerade versuchte, den festklebenden fleckigen Mittelteil vom Boden abzukratzen. Ein fäkaler Geruch stieg von dem Fleck auf. Irgendwann wurde er so schlimm, dass sie würgen musste. Hustend stürzte sie nach draußen auf die Veranda.

»Frauen sind ja so sensible Geschöpfe«, stellte Olly fest und machte dort weiter, wo seine Mutter aufgehört hatte. Nun, da es etwas Ekliges zu tun gab, schien sich seine Laune deutlich gebessert zu haben.

»Wascht euch hinterher auf jeden Fall gründlich die Hände.« Lara hielt sich ein Stück Küchenkrepp vor die Nase, als sie zurückkam, um die Entfernung des Teppichs zu überwachen.

»Mann, ich frag mich, was das für ein Fleck war«, sagte Bella naserümpfend.

»Das möchte ich gar nicht wissen«, gab Lara zurück.

»Ich wette, hier wurde jemand ermordet«, sagte Olly.

»Hör auf«, bat Bella.

»Nee, ist doch klar. Blut wird ganz dunkel, wenn es trocknet.«

»Mum, sag ihm, er soll aufhören.«

»Oll, hör bitte auf damit. Du machst deiner Schwester Angst.«

»Die Arme«, sagte Olly.

Die Zwillinge halfen Lara dabei, den stinkenden Teppich in den Garten zu tragen, wo sie ihn in die hinterste Ecke warfen. Damit die beiden sich nicht ins Gehege kamen, teilte sie Bella danach das Badezimmer und Olly den Flur im ersten Stock zum Putzen zu. Dann ließ sie sich auf alle viere nieder und schrubbte den vom Teppich befreiten Fußboden mit Bleiche, bis ihr von den Dämpfen schwindlig wurde. Während der Arbeit fragte sie sich, ob Olly mit seiner Vermutung über den Ursprung des Flecks nicht vielleicht recht hatte. Sie hatte vom ersten Moment an das Gefühl gehabt, dass etwas mit dem Flur nicht stimmte. Wenn sie ihn durchqueren musste, beeilte sie sich immer besonders, und dabei standen ihr jedes Mal die Nackenhaare zu Berge. Es kostete sie erhebliche Überwindung, lange genug im Flur zu bleiben, um ihn zu putzen. Der schwarze Belag, der alles bedeckt hatte, schwamm jetzt in ihrem Eimer und machte das Wasser ölig. Sie hoffte, dass die Atmosphäre im Haus nun etwas leichter werden würde.

Aufgrund der Nachmittagshitze war der Fußboden innerhalb von kürzester Zeit getrocknet. Bei offener Haustür

– sie hatten sie nach dem Heraustragen des Teppichs nicht wieder geschlossen – und im gesprenkelten Sonnenlicht, das durch den üppigen Baldachin der Bäume im Vorgarten hereinfiel, sah der Flur beinahe frisch aus, wie in einer Werbeanzeige für neuenglische Lebensart.

Doch dann zerplatzte diese Illusion jäh durch das Geräusch eines Wischmopps, der im ersten Stock auf den Dielenboden geschleudert wurde. Lara hörte Bellas wutentbranntes »Lass mich einfach in Ruhe!«, gefolgt von ihren Schritten im Flur und dem Zuknallen ihrer Zimmertür.

»Was ist da oben los?« Lara stieg die Treppe bis zur Hälfte hinauf.

Olly kam mit einem nassen Lappen in der Hand aus dem Bad gestürmt.

»Sie ist so eine Scheiß…« Er hielt inne und suchte nach dem passenden Wort, während seine Hände sich immer wieder zu Fäusten ballten. In seinen Augenwinkeln blitzten Tränen.

»Ich halte das langsam nicht mehr aus«, rief Lara. »Seid ihr fertig da oben?«

»So ziemlich«, sagte Olly, warf wütende Blicke auf Bellas Tür und wischte sich mit dem Arm die Nase.

Lara stützte sich auf dem Geländer ab und sah zu ihrem erbosten Sohn auf. Was um alles in der Welt war mit den beiden los? In den vergangenen zwei Jahren war ihr Verhältnis zusehends angespannter geworden, und seit ihrer Ankunft in Trout Island schien es einen Quantensprung zum Schlimmeren gemacht zu haben. Das war ja fast schon offener Krieg.

Wenn sie an Bella und Olly dachte, hatte sie ein ganz anderes Bild im Kopf als dieses wütende doppelköpfige Ungeheuer. Ein Bild, auf dem sie sechs Jahre alt waren, Hand in Hand auf irgendeinem Campingplatz im knietiefen Gras standen und in Erwartung einer lustigen Spielidee zu ihrer Mutter emporschauten. Damals waren sie unzertrennlich gewesen. Was war passiert? Sie fragte sich, ob Jacks Geburt und die damit einhergehende Verlagerung ihrer Aufmerksamkeit damit zu tun hatten. Etwas beruhigender hingegen war der Gedanke, dass solche Spannungen eine natürliche Begleiterscheinung des Erwachsenwerdens waren – die Geschwister lebten sich allmählich auseinander, und jeder ging seine eigenen Wege. Aber es brachte so viel Unruhe ins Haus; sie wünschte, es würde auch anders gehen.

»Ach, lass gut sein. Leg die Putzsachen weg«, sagte sie zu Olly. »Du bist entlassen.«

Olly hob Eimer und Mopp auf und stapfte die Treppe herunter. Als er an Lara vorbeikam, legte sie ihm eine Hand auf den Arm.

»Was ist denn, Oll? Was ist los?«

»Nichts.« Er schüttelte sie ab.

Sie folgte ihm bis in die Küche.

»Komm schon. Ich bin doch nicht blind. Was ist zwischen dir und Bella?«

»Sie benimmt sich wie eine Schlampe«, knurrte Olly und kippte das Schmutzwasser aus seinem Eimer mit zu viel Schwung in die Spüle, so dass es überschwappte und sein T-Shirt durchnässte. »Scheißwichsfickpisse.«

»Weil sie sich für einen Jungen interessiert?«, fragte Lara.

»Du hast ja keine Ahnung, was da läuft.«

»Ach, komm schon, Oll. Sei nicht so hart zu ihr. Hör mal.« Sie nahm ein Geschirrtuch und ging in die Knie, um die Wasserpfütze zu Ollys Füßen aufzuwischen. »Wenn du das aus irgendeinem absurden Loyalitätsgefühl Jonny gegenüber machst, dann verschwendest du nur deine Energie. Das wäre sowieso nicht ewig so weitergegangen. Sie waren viel zu jung. Glaub mir, es ist besser, sich möglichst viel Freiraum zu bewahren, bis man wesentlich älter ist.«

»Du weißt genau, dass das totaler Schwachsinn ist.« Olly blickte mit zusammengekniffenen Augen auf sie herab. »Als du Dad kennengelernt hast, warst du doch gar nicht viel älter als Bella jetzt. Du willst ja wohl nicht sagen, dass das ein Fehler war, oder?«

Lara stand auf, schob die Unterlippe vor und blies sich ein wenig dringend benötigte Luft ins verschwitzte Gesicht. »Nein, aber …«

»Außerdem geht es gar nicht um Jonny.« Olly stellte den Eimer auf den Fußboden und versetzte ihm einen Tritt. »Dieser Sean ist ein mieser Typ.« Er spuckte den Namen förmlich aus. »Der hat es nur auf eins abgesehen.«

Lara musste lachen. »Ach, Olly. Ich wusste gar nicht, dass du so *prüde* bist. Meinst du nicht, Bella kann auf sich selbst aufpassen?«

»Nein. Meine ich nicht.« Olly sah ihr direkt in die Augen.

»Bist du nicht ein klein wenig sexistisch?«

»Ich weiß doch, wie sie drauf ist.«

»Hah!« Lara und Olly drehten sich um und sahen eine entrüstete Bella mit verschränkten Armen im Küchendurchgang stehen.

»Kacke.« Olly fuhr sich mit den Händen durch die Haare und zog dabei die Haut seines Gesichts nach hinten, bis sie aussah wie eine enganliegende Maske.

»Lass mich in Ruhe, Olly. Lass mich einfach nur in

Ruhe«, sagte Bella leise – fast, dachte Lara, als hätte sie Mitleid mit ihrem Bruder.

»Scheiße, vielleicht mach ich das sogar. Dann wirst du ja sehen, was du davon hast«, gab Olly zurück. Dann stürmte er aus der Küche, wobei er Bella mit voller Absicht anrempelte, warf die Haustür hinter sich zu, dass das Fliegengitter krachte, und floh hinaus auf die Straße.

»Aber um fünf bist du wieder hier!«, rief Lara ihm noch hinterher.

In der darauffolgenden Stille schien das Haus einen Seufzer der Erleichterung auszustoßen.

»Mistkerl«, sagte Bella und rieb sich den Arm, wo Olly mit ihr zusammengestoßen war.

»Er hat eine ganz schöne Wut.«

»Wem sagst du das.«

»Pass einfach auf, dass du ihn nicht zu sehr provozierst, Bella, okay? Sei nett zu ihm.«

»Ich geh schwimmen«, verkündete Bella, ohne ihre Mutter anzusehen. Dann rannte sie nach oben.

»Aber denk dran, um fünf musst du wieder hier sein. Wir sind bei Stephen eingeladen.«

Lara stand auf der vorderen Veranda und sah ihrer Tochter nach, wie die mit ihrer Schwimmtasche über der Schulter auf der Main Street davonging. Ohne Olly wirkte sie ausgelassen, regelrecht befreit. Einzelne Sonnenstrahlen fielen durch die Lücken im Blätterbaldachin auf sie herab und schmückten sie mit glitzernden Reflexen.

Die Glückliche, dachte Lara. So jung zu sein und das ganze Leben noch vor sich zu haben. Und wie um das, was sie zu Olly gesagt hatte, Lügen zu strafen, ermahnte eine leise Stimme tief in ihrem Innern Bella, vorsichtig zu sein, nicht den Kopf zu verlieren und nicht dieselben Fehler zu machen wie ihre Mutter.

Aber war nicht die Schwangerschaft mit Bella und Olly einer dieser besagten Fehler gewesen – weil sie sie an Marcus gekettet und Stephen gezwungen hatte, das einzig Richtige zu tun und sich aus ihrem Leben zu verabschieden? Und trotzdem würde, wenn sie die Chance dazu bekäme, nichts auf der Welt sie dazu bringen, sie einfach wegmachen zu lassen wie ihr armes letztes Baby. Das Leben war so kompliziert. Und sie befürchtete, dass der bevorstehende Sommer, ganz entgegen ihrer anfänglichen Hoffnung, es kein bisschen einfacher machen würde.

Lara nahm abermals den Lappen und begann, die Holzverkleidung unter der Treppe im Flur abzuwischen. Als sie mit dem Fingernagel den Dreck aus den Ritzen kratzte, fiel ihr auf, dass eine der Ritzen breiter war als die anderen. Sie holte sich ein Messer aus der Küche und schob die Klinge in den Spalt. Innerhalb weniger Minuten hatte sie eine Tür aufgezwängt, die, wie sie nun sah, zu einem unter der Treppe liegenden Verschlag gehörte.

Sie zog die Tür vollständig auf und tastete im Innern nach einem Lichtschalter. Als sie ihn gefunden hatte, legte sie ihn nach oben um – genau andersherum als in Europa. Noch einer dieser kleinen, aber feinen Unterschiede, die ihr das Gefühl gaben, als lebe sie in einer Welt hinter dem Spiegel.

Im Schein einer nackten Glühbirne war eine grob gezimmerte Holztreppe auszumachen, die hinunter in die Dunkelheit führte. Lara war überrascht. Am Vormittag hatte sie unter dem Haus nachgeschaut, um herauszufinden, wie das Streifenhörnchen hineingelangt sein könnte. Weder im Boden noch in dem etwa einen Meter hohen, unverputzten Mauersockel, auf dem das Haus stand, waren Risse oder Löcher zu sehen gewesen. Nun allerdings musste sie feststellen, dass es unter dem mittleren Teil des Hauses offenbar eine Art Keller gab.

Mit der rechten Hand an der steinernen Wand Halt suchend, wagte sie sich vorsichtig die Treppe hinunter. Eine nach der Hitze des Nachmittags angenehme Kühle empfing sie und lockte sie immer weiter in die Tiefe. Doch schon bald gesellte sich zum erdigen Pilzgeruch des Kellers eine süßliche, schwere Note. Lara hatte sie schon einmal gerochen, und zwar im Wohnzimmer, das sich genau über ihr befand. Als sie am Fuß der Treppe die Wand abtastete, fand sie einen weiteren Lichtschalter und betätigte ihn.

Der Keller mit seinem Boden aus festgestampfter Erde war ungefähr so groß wie eine Doppelgarage. Als Decke dienten die Dielenbretter im Erdgeschoss, die Wände waren aus demselben rauen Stein gemauert wie die Kamineinfassung im Wohnzimmer. In der Mitte des Raums stand auf einem schmutzigen Teppich ein alter, abgewetzter Sessel, daneben ein niedriger Tisch mit einem benutzten Glas nebst Teller. Als Lara zum Tisch trat, um ihn sich näher anzuschauen, fand sie uralte Krümel auf dem Teller und fettige Fingerabdrücke am Glas, an dessen Boden sich rötliche Kristalle abgelagert hatten, als wäre ein Getränk stehen gelassen worden und langsam in der abgestandenen Luft verdunstet. An der hinteren Wand stand ein kleines Bett mit löchrigen Decken. Es sah aus, als sei gerade erst jemand daraus aufgestanden. Ins Mauerwerk waren mehrere Haken geschlagen, an denen Werkzeuge hingen: eine Schaufel, eine rostige

Säge, mehrere Hämmer sowie eine große Axt. An einem in die Wand eingelassenen Eisenring waren zwei Ketten befestigt, die sich über den Boden bis zum Bett schlängelten. An den Kettenenden hing etwas, das wie Hand- und Fußfesseln aussah. Der ganze Keller stank nach Grab.

Auf Laras Armen breitete sich eine Gänsehaut aus. Sie fuhr herum und wollte zurück nach oben fliehen, stieß dabei aber mit der Schulter gegen ein niedriges Regal, das sie zuvor nicht gesehen hatte. Ein Einmachglas fiel herunter, zersprang auf dem Boden und bespritzte ihre Beine mit gräulichem essigsaurem Gurkenwasser.

Der plötzliche Knall und die Nässe schnürten ihr die Kehle zu, und wie im Flug trugen ihre Beine sie die Treppe hinauf. Schneller, als sie je für möglich gehalten hätte, stürzte sie aus dem Verschlag und in Richtung Haustür.

»Was ist denn hier los?« Marcus stand auf dem Treppenabsatz im ersten Stock, noch ganz zerzaust vom Schlaf. Der Eingriff seiner Boxershorts klaffte obszön auseinander.

»Da unten ist ein ganz furchtbarer Keller«, sagte Lara, ließ sich gegen die Wand sinken und versuchte zu atmen.

»Ein ganz furchtbarer Keller?« Schmunzelnd kam Marcus die Treppe heruntergepoltert und spähte durch die Tür. Ein säuerlicher Geruch hatte sich mit dem Friedhofsgestank vermischt und schwebte die Kellertreppe herauf.

»Du liebe Zeit. Das ist ja wie bei *The Evil Dead*«, stellte Marcus fest. »Du bist doch nicht etwa da runtergestiegen, oder?«

Lara nickte. »Leider.« Sie erzählte ihm von den Werkzeugen, den Haken, dem Bett und dem Stuhl.

»Ich sag dir was.« Marcus drückte die Kellertür fest zu. »Ich besorge mir einen Hammer und Nägel aus dem Theater, und wir nageln die Tür zu, dann kommt niemand mehr rein. Oder raus …« Er flatterte mit den Händen in der Luft herum wie ein Vincent-Price-Vampir.

»Nicht.« Lara erschauerte.

»Im Ernst, Lara. Mach dir keinen Kopf. Das ist nur ein Keller mit einem Haufen Gerümpel. Na komm, altes Haus. Wir sollten Jackys Mittagsschlaf ausnutzen und zusammen auf der Veranda eine Tasse Tee trinken. Geh schon mal vor und setz dich, ich bringe den Tee dann raus.«

Vielleicht war es ein Zeichen dafür, dass sie schon zu lange verheiratet waren, dass ihr allererster Gedanke angesichts einer ungestörten halben Stunde war, es sich mit einer schönen Tasse Tee gemütlich zu machen, aber nach ihrem anstrengenden Tag freute sich Lara über die unerwartet nette Geste.

Sie ging auf die Veranda hinaus und ließ sich auf der quietschenden alten Hollywoodschaukel nieder. Ihr war, als hätte sich der Dreck, den sie aus dem Haus entfernt hatte, unter ihrer Haut eingelagert wie eine Tätowierung, die jetzt ihr Blut vergiftete. Statt zu Stephen zum Abendessen zu fahren, hätte sie lieber einen gemütlichen Abend zu Hause verbracht, mit den Kindern auf dem Sofa gesessen, eine DVD angeschaut und den Tag unter Zuhilfenahme von Rotwein aus ihrem Gedächtnis gelöscht.

Sie ließ den Kopf nach vorn fallen und drehte ihn sanft hin und her, um die Verspannung zu lösen, die sie vom vielen Schrubben in gebückter Haltung bekommen hatte.

In Wahrheit wollte sie nur nicht mit dem konfrontiert werden, was in ihrem Kopf vorging. So war sie nun mal gestrickt, und das wusste sie auch. Morgens joggen und abends nach zu viel Wein todmüde ins Bett fallen – das war ihre Art, existenziellen Fragen aus dem Weg zu gehen. Sie bevorzugte ein ruhiges Leben.

Doch nach dem Wiedersehen mit Stephen war nichts mehr so einfach. Sie hatte in der Mitte eines sicheren, wenngleich ausgetretenen Rasens gestanden, und nun befand sie sich plötzlich am Rand eines schwindelerregenden Abgrunds und musste mit aller Macht gegen den Drang ankämpfen, in die Tiefe zu springen. Heute Abend nicht zu Stephen zu fahren wäre gleichbedeutend mit einem vorsichtigen Schritt rückwärts.

Die letzten vierundzwanzig Stunden waren, das erkannte sie nun, von einem Gefühl der Beklemmung und Unruhe geprägt gewesen, als hätte sich unter ihrem Solarplexus ein Tier eingenistet, das nun wie ein Fötus seine Glieder zu strecken versuchte.

Sie stieß sich auf der Schaukel kräftig mit den Füßen ab, um das Bild aus ihrem Kopf zu verscheuchen.

Wenn Marcus seinen Willen nicht bekommen hätte, wäre sie in der achtzehnten Woche gewesen. Zum ersten Mal empfand sie Erleichterung, dass es so gekommen war. Aber es war eine denkbar knappe Entscheidung gewesen. Am Tag des Eingriffs hatte sie in dem kleinen Park gegenüber der Klinik gesessen, einzeln die Blütenblätter von einer Rose abgezupft, die sie von ihrem stacheligen Stängel gezogen hatte, sie zwischen den Fingern zerrieben und den süßen Duft eingeatmet, der sie an das Parfüm erinnerte, das sie als Kind mit Wasser in einer blauen Plastikflasche angesetzt hatte.

»Ich glaube, noch ein Kind, das schaffe ich nicht«, hatte Marcus neben ihr gesagt.

Geschafft hatte er die anderen drei ja auch nicht. Sie hatten sein Leben nicht im Geringsten eingeschränkt. Trotzdem war er schon bei Jack mit genau demselben Argument gekommen. Für ihn war es praktisch, seinen mangelnden beruflichen Erfolg auf die Tatsache zu schieben, dass er so früh Kinder bekommen hatte. Dabei vergaß er gern, dass er bei der Geburt der Zwillinge bereits zweiunddreißig, also kaum ein Teenie-Vater, gewesen war.

Aber es war eine gute Ausrede.

»Du warst nach Jack gerade erst wieder richtig in Gang gekommen«, fuhr er fort und hielt ihre Hand fest, die dabei war, die Rosenblätter in winzige Stücke zu reißen. »Mit deiner Arbeit. Deinem Körper.«

»Aber ich hasse meine Arbeit«, sagte Lara.

»Das sagst du doch nur so.« Er tätschelte ihr das Knie, und sie hätte ihm am liebsten den Kopf abgeschlagen.

Was ihren Körper anging, hatte er nicht ganz unrecht. Nach den Zwillingen hatte sie ihre Figur, in die sie erst kurz zuvor hineingewachsen war, innerhalb kürzester Zeit zurückerlangt. Zum Glück, denn am Tag nach der Entbindung hatte Marcus für sechs Wochen nach Manchester gemusst, von wo er jeden Samstagabend müde, reizbar und mit einem Sack voller Schmutzwäsche nach Hause zurückgekehrt war, um am Montagmittag gleich wieder zu verschwinden.

Nach Jack war es ganz anders gewesen. Selbst mit ihren einunddreißig Jahren war sie eine der Jüngsten im Geburtsvorbereitungskurs in Brighton gewesen. Trotzdem hatte es harte Arbeit gekostet, ihre Bauchmuskeln wiederzuentdecken und die Fettschicht loszuwerden, die sie sich durch ihren Heißhunger auf Dosenpfirsiche in süßem Sirup mit Kondensmilch angefuttert hatte.

Damals hatte sie mit dem Joggen angefangen. Sie hatte sich ein Programm zur körperlichen Runderneuerung auferlegt, das in seiner absoluten Fixierung auf Körperfett versus Muskelmasse und Body-Mass-Index-Berechnungen für andere ungelöste Probleme in ihrem Leben keinen Platz mehr ließ.

Sie hatte eisern trainiert und ein halbes Jahr gebraucht, um wieder auf ihr Gewicht von vor der Geburt zu kommen. Die schlaffe Haut am Bauch und an den Brüsten allerdings war geblieben, durchzogen von einem Netz aus silbrigen Schwangerschaftsstreifen. In Kleidern sah sie ganz passabel aus, und Marcus schaute selten genauer hin, wenn sie sich vor dem Zubettgehen bis auf die Unterwäsche auszog, daher wusste er es nicht besser.

Aber als sie an jenem Tag im Park saß und den an ihren Fingern haftenden Rosenduft einatmete, machte Marcus' Argument über den Zustand ihres Körpers nur wenig Eindruck auf sie. Die beginnende Schwangerschaft hatte ihren hart erkämpften Muskeltonus bereits weggeschmolzen. Von dem Moment an, als das unselige Spermium auf die glücklose Eizelle getroffen war, hatte sie gegessen, als wolle sie an einer Fernsehdokumentation über Menschen teilnehmen, die die Hilfe von Kränen benötigten, um aus dem Bett aufzustehen. Ganze Weißbrotlaibe und in Plastik eingeschweißte Kuchen, die für eine Familie gedacht waren, fanden den Weg in ihren Magen. Ihr enorm gesteigerter Appetit war es auch gewesen – eher als eine ausbleibende Periode in ihrem ohnehin unregelmäßigen Zyklus –, der sie dazu veranlasst hatte, in die Apotheke zu gehen und sich einen Schwangerschaftstest zu kaufen. Die rosafarbene Linie, die Sekunden nach dem Kontakt mit ihrem hormongeschwängerten Urin im Sichtfenster des Plastikstäbchens erschienen war, hatte wenig dazu beigetragen, ihren Appetit zu zügeln. Im Gegenteil, sie hatte ihre Kalorienzufuhr noch verdoppelt und sogar auf der Arbeit angerufen und Lügenmärchen von einer angeblichen Grippe erzählt, um in Ruhe zu Hause auf der Couch liegen und essen zu können und dabei zuzusehen, wie sich die Gäste in der *Jeremy Kyle Show* gegenseitig zerfleischten.

Damals hatte sie mit dem Gedanken gespielt, es Marcus erst zu sagen, wenn es schon zu spät war. Aber als er an jenem Wochenende nach Hause gekommen war – er hatte eine kleine Rolle in einem Ayckbourn-Stück in Southampton gehabt –, war ihm, das musste sie ihm zugutehalten, die Veränderung sofort aufgefallen. Vielleicht hatte es auch an der Anzahl Mr-Kipling-Törtchen-Verpackungen im Recyclingmüll gelegen. Was auch immer der Grund war, sie war aufgeflogen. Und genauso kam sie sich auch vor: als läge die Schuld, dass sie schwanger geworden war, allein bei ihr. Dabei war er derjenige, der sich weigerte, Kondome zu benutzen, und stattdessen auf die unzuverlässige Methode des Coitus interruptus schwor. Wahrscheinlich hätte sie die Pille nehmen oder zu irgendeiner anderen Form der Verhütung greifen sollen. Aber Erstere war ihr zu unnatürlich und kam ihr, gemessen an den wenigen Gelegenheiten, zu denen überhaupt Verhütung benötigt wurde, übertrieben vor. Und mit Letzterer hatte sie keinerlei Erfahrung. Kontrolle war für sie zeit ihres Lebens ein eher abstraktes Konzept gewesen.

Es begann mit einem Monat inneren Ringens, hin- und hergerissen zwischen drei Polen: ihrem Mann, ihrem Gewissen und ihrem Körper. Und es endete im Park vor der

Klinik, mit Marcus' verzweifelten Beschwörungen einer strahlenden Zukunft, in der sie jede Menge Freiräume hatte und Jack ganztags in die Schule ging, gesund und glücklich war und alle Vorteile genoss, die es mit sich brachte, wenn die einzigen Geschwister wesentlich älter waren und er die Aufmerksamkeit seiner Eltern nicht mit einem weiteren, jüngeren Geschwisterkind teilen musste.

Schon während er sprach und dabei ihre Hand streichelte, wusste sie, dass seine Motive in Wahrheit komplett selbstsüchtig waren. Er wollte nicht noch stärker gebunden sein. Er wollte sich als Ernährer der Familie nicht noch unzulänglicher fühlen.

Letzten Endes hatte sie sich von ihm in die Klinik begleiten lassen, wo man ihre Daten aufnahm, sie in ein blaues, hinten offenes OP-Hemd steckte, ihr etwas zur Beruhigung gab und sie in ein Wartezimmer zu lauter Frauen setzte, die nicht einmal mehr in der Lage waren, ihre eigene Anwesenheit, geschweige denn die der anderen, wahrzunehmen. Als sie an der Reihe war, wurde sie in den Vorbereitungsraum gebracht, wo man sie auf eine Trage legte und ihr intravenös ein Narkosemittel verabreichte. Ihre nächste Erinnerung war, wie sie, mit ausgetrocknetem Mund und einer Vlieseinlage zwischen den Beinen, von einer freundlichen, aber resoluten Schwester sanft wachgerüttelt wurde und in unkontrolliertes Schluchzen ausbrach.

Und als sie nach dem Eingriff nach Hause gekommen war, schweigsam und am ganzen Körper zitternd, hatte ihr Heißhunger kein bisschen nachgelassen. Ganz im Gegenteil.

Und jetzt saß sie auf der Veranda und fragte sich, ob die rostige Hollywoodschaukel den zusätzlichen zehn Kilo

Gewicht, die sie mit sich herumschleppte, überhaupt gewachsen war.

Aber das Joggen würde helfen, und das Gute am Wiedersehen mit Stephen war, dass sie seitdem fast keinen Bissen heruntergebracht hatte.

Erneut war da dieses Gefühl von Erleichterung, vermischt mit Scham: Wie wäre es gewesen, Stephen nach all den Jahren gegenüberzutreten und schon wieder schwanger zu sein?

»Hier kommt der Tee«, verkündete Marcus, als er mit zwei Bechern auf die Veranda trat. »Rutsch rüber.«

Sie machte Platz für ihn auf der Schaukel. Sein Dior-Aftershave – das er eher aus kosmetischen denn aus funktionellen Gründen auflegte, da er sich einen Bart wachsen ließ – kitzelte ihr in der Nase.

»Jemand hat im Bad ganz fantastische Arbeit geleistet. Ich fühle mich allen Ernstes sauberer, nachdem ich die Dusche benutzt habe.«

»Gut.« Lara probierte von ihrem Tee. Er schmeckte scheußlich. Lipton's war die einzige halbwegs erschwingliche Marke im Supermarkt gewesen – eine winzige Schachtel PG Tips hatte über fünf Dollar gekostet –, aber der Aufguss war grau und dünn.

»Ist es für dich in Ordnung, dass wir heute Abend zu Stephen fahren?«, fragte sie. Das Nachdenken über die Abtreibung hatte ihren Ärger auf Marcus neu angefacht, und sie verspürte den Drang, sich auf dünnes Eis hinauszuwagen.

»Ich freue mich darauf.«

»Du bist ja immer ein bisschen komisch, wenn er im Fernsehen kommt.«

»Schauspielerstolz. Man muss so tun, als würde man kommerziellen Erfolg verachten, das gehört irgendwie dazu. Nein, er und ich, wir kennen uns schon so lange.«

»Ich weiß«, sagte Lara.

»Und dass wir nicht in Kontakt geblieben sind, liegt genauso sehr an ihm wie an mir.« Marcus schob sich eine Haarsträhne hinters Ohr.

Lara nickte.

»Ich bin wirklich gespannt zu hören, was er die letzten Jahre über so getrieben hat«, fuhr Marcus fort. »Wir haben einiges nachzuholen. Und vielleicht interessiert er sich ja sogar auch für das, was ich gemacht habe.«

»Oh, sieh mal. Da ist Hund«, sagte Lara. Die große schwarze Dogge kam über den Rasen getrottet, setzte sich am Fuß der Verandatreppe nieder und blickte hechelnd zu ihnen empor.

»Hund?« Marcus legte sich eine Hand über Mund und Nase.

»Ich habe mich beim Joggen mit ihm angefreundet.«

»Lass ihn aber nicht hier hochkommen.«

»Keine Sorge«, versprach Lara. Marcus hatte eine starke Allergie gegen Hunde. »Aber er sieht so aus, als hätte er Durst – stimmt's, Junge? Bleib da.« Sie hielt mahnend einen Zeigefinger in die Luft, bevor sie aufstand und ins Haus ging.

»Ermuntere ihn nicht auch noch«, sagte Marcus, aber Lara beschloss, es zu überhören.

In der Küche beugte sie sich über die Spüle und hielt den Kopf unter den Strahl überraschend eisigen Wassers in der Hoffnung, es würde vielleicht bis in ihre Gedanken vordringen und das Gift aus ihnen herauswaschen.

Dann schüttelte sie den Kopf, wie Hund es vielleicht nach einem Bad im Fluss tun würde, suchte eine Schüssel und füllte sie mit Wasser.

Auf dem Weg zurück nach draußen blieb sie im Flur stehen und betrachtete im Schutz des Fliegengitters die Szene auf der Veranda.

Hund hatte sich vor Marcus aufgebaut. Dieser hatte sich nach hinten gelehnt, soweit es ging. Die Angst hielt ihn auf der Schaukel fest. Er konnte nicht vor und nicht zurück.

Hund hatte den Blick unverwandt auf ihn gerichtet und schien ihm eine Botschaft übermitteln zu wollen. Lara las sie ganz deutlich.

»Du bist an allem schuld.«

Hätte Marcus doch bloß die Augen geöffnet und die Wahrheit erkannt, die man ihm zeigte. Aber dafür, dachte Lara, ist es jetzt vielleicht so oder so zu spät.

Sie stellte dem dankbaren Tier die mit Wasser gefüllte Schüssel hin und brach den Bann.

19

Das also ist Liebe, dachte Bella, als sie den staubigen Pfad zum Pool hinunterlief. Dieses Gefühl tief unten in der Magengrube wie Hunger, aber trotzdem bekam man keinen Bissen herunter; dieses Kribbeln in den Fingerspitzen. Nicht mal Ollys widerliche Andeutungen – die zugegebenermaßen gar nicht so weit von der Wahrheit entfernt waren – oder die unverhohlenen Drohungen, die er gegen sie ausgestoßen hatte, während sie im Bad beim Putzen gewesen war, konnten das Wunder kaputtmachen.

Manchmal wünschte sie sich, dass es Olly nicht gäbe. Ohne ihn wäre ihr Leben viel einfacher.

Als sie beim Pool ankam, war Sean nicht da. Wahrscheinlich war seine Schicht schon vorbei. Sie schwamm zehn Bahnen und hielt dabei die Augen offen, für den Fall, dass er doch noch auftauchte, dann streckte sie sich auf ihrem Handtuch aus und genoss das Gefühl, wie die Sonne jeden freiliegenden Nerv ihres Körpers wärmte.

Statt Bobby und Sean saßen jetzt zwei Mädchen mit Bronzehaut oben auf den Bademeisterstühlen. Sie kauten gelangweilt Kaugummi, und Bella war sich ganz sicher, dass sie spöttisch auf sie herabschauten. Was hatte sie in ihrer blassen englischen Winzigkeit im Vergleich zu solchen Mädchen schon zu bieten?

Wahrscheinlich hatte Sean einfach nur jemanden zum

Vögeln gesucht, nichts weiter. Und jetzt, nachdem er bekommen hatte, was er wollte, würde er ihr die kalte Schulter zeigen.

Sie gab sich Mühe, ihre düsteren Gedanken zu glauben, als einen Panzer gegen Zurückweisung, aber irgendwie spürte sie, dass sie sich irrte. Sie kniff fest die Augen zusammen und versuchte, sich in den roten und lilafarbenen Formen zu verlieren, die hinter ihren geschlossenen Lidern auftauchten. Plötzlich fiel ein Schatten über sie, und ein Schwall kaltes Wasser spritzte ihr auf den Bauch. Voller Hoffnung öffnete sie die Augen, aber es war nicht Sean.

»Olly, Mann, so ein Mist!« Sie wischte sich das Wasser vom Körper, das Olly, wie sie jetzt sah, aus den Haaren getropft war, während er klatschnass und grinsend über ihr stand.

»Nicht eindösen«, sagte Olly. »Sonst verpasst du noch deinen Loverboy.«

Aha!, dachte Bella. Olly hatte sich also wieder eingekriegt, und dazustehen, sie vollzutropfen und Sean auf eine Art Witz zu reduzieren war seine Version einer Entschuldigung. Das war so typisch für ihn. Seine Laune konnte sich von einem Moment zum nächsten um hundertachtzig Grad drehen. Sie hatte oft den Eindruck, dass er vollkommen verstrahlt war.

»Komm, wir tauchen nach Münzen«, schlug er vor. Noch immer stand er über sie gebeugt, eine Hand in die Hüfte gestützt.

»Geh mir aus der Sonne«, forderte sie ihn auf, ohne sich zu bewegen. Ihr fiel auf, dass die Bademeister-Mädchen hinter ihnen ihren Bruder heimlich musterten. Sie hatten die perfekt gezupften Augenbrauen hochgezogen, ihre Mienen waren kühl und betont unbeeindruckt.

»Bei denen kannst du jedenfalls nicht landen, falls du dich das gefragt hast.« Sie deutete mit dem Kopf in Richtung der Mädchen. Sie musste die Augen vor der Sonne abschirmen, die ihr plötzlich ins Gesicht fiel, als ihr Bruder sich wegdrehte und zu den Mädchen hinübersah, die sich mittlerweile wieder dem Schwimmbecken zugewandt hatten.

»Bin sowieso nicht interessiert«, erwiderte Olly. Dann zuckte ein winziges Lächeln über seine Lippen. »Jetzt komm schon, Bell. Spiel mit mir.«

»Muss das sein?«, sagte sie und stand auf.

Nachdem sie eine Stunde lang nach Münzen getaucht waren, fanden sie, dass es Zeit war, nach Hause zu gehen. Sie hatten sich wieder vertragen. Als sie jedoch am Ende des steilen Pfads angelangt waren, der vom Pool zum Spielplatz führte, entdeckte Olly seine Freunde, die auf der Motorhaube eines verbeulten türkisfarbenen Cabrios saßen und irgendwas rauchten.

»Yo, Homies«, rief er und hob die Hand zum Gruß.

»Geht das wieder los«, stöhnte Bella.

Sie überließ ihren Bruder seinen Freunden – mit denen er zweifellos irgendeinen Blödsinn anstellen würde – und überquerte den Rasen vor dem Theater. Ihre Haut kribbelte von der Sonne, und Schwimmbadwasser gluckerte in ihren Ohren, so dass sie zuerst gar nichts hörte, als Sean nach ihr rief. Als er ihr hinterhergerannt kam und ihr von hinten auf die Schulter tippte, zuckte sie vor Schreck zusammen. Weil sie dachte, es sei Olly, wirbelte sie herum und war drauf und dran, ihn zu boxen.

»Immer mit der Ruhe«, sagte er und lächelte sie an. Er

war groß und wunderschön und in jeder Hinsicht vollkommen. »Ich hab dich vorbeigehen sehen. Leider hab ich jetzt keine Zeit, ich muss das Bühnenbild für die Vorstellung aufbauen, ich wollte bloß hallo sagen.« Er legte ihr eine Hand auf den Arm, und sie überraschte sich selbst, indem sie die Finger in seine dunklen Locken wühlte und ihn zu sich herabzog, um ihn zu küssen.

»Die Wände hier haben Augen.« Er zog sie hinter einen Baum. »Ist dein Bruder in der Nähe?«

»Der raucht Gras auf dem Spielplatz.«

»Passt sich den Gebräuchen der Einheimischen an, was? Na, du? Das war schön heute Morgen, oder?« Er trat näher zu ihr und strich ihr übers Haar. »Du bist echt toll, weißt du das?«

»Ich wette, das sagst du den anderen Mädchen auch.«

»Es gibt keine anderen Mädchen«, antwortete Sean. Er küsste sie auf den Hals, dann kam er mit den Lippen ganz dicht an ihr Ohr. »Ich glaub, ich hab mich verliebt«, flüsterte er, und Bella erschauerte, weil sie seinen Atem so nah spürte und weil der Augenblick so berauschend war.

»Sean! Beweg deinen Hintern auf der Stelle wieder hier rein!« James stand im Eingang zum Theater. In einer Hand hielt er eine große Discokugel, in der anderen ein Seil. Er konnte sie nicht sehen.

»Ich muss los. Hast du morgen früh Zeit?«

»Ja.« Bella nickte.

»Dann treffen wir uns am Ortsende beim Mais- und Blumenstand, so gegen zehn«, schlug er vor und deutete die Main Street hinunter. »Ich fahr mit dir zum Teich von meinem Cousin. Da können wir schwimmen gehen.«

»Super«, sagte sie.

»SEAN!«, trompetete James. »Ich brauche dich GESTERN!«

»Ich muss los. Bis dann.« Sean beugte sich zu ihr und gab ihr einen Kuss auf die Nasenspitze, dann rannte er zurück zum Theater. Bella drückte sich gegen den Baumstamm. Die raue Borke schabte an ihren Fingern und an jeder Faser ihres Rückens. Dann lehnte sie sich um den Stamm herum und sah Seans breite Schultern und seine wunderschönen schlanken Hüften, als er die Treppen zu James hochsprang, der die Discokugel abgelegt hatte und ihm schulmeisterlich mit dem Finger drohte.

Er glaubte, er hätte sich verliebt, hatte er gesagt.

Sie hatte recht gehabt.

Aber was um alles in der Welt sollte sie bloß wegen Olly machen?

20

»Wie abgelegen kann man eigentlich wohnen?«, meldete sich Olly vom Rücksitz und lehnte sich seitlich gegen das Wagenfenster. Sie hatten Trout Island vor einer guten halben Stunde hinter sich gelassen und befanden sich inmitten bewaldeter Natur.

»Es ist wirklich ziemlich weit draußen«, stellte Marcus fest, der den Wagen über staubige Straßen lenkte. »Hör auf, gegen meinen Sitz zu treten, Sohnemann, okay?«

»Blabla«, entgegnete Olly und verlagerte den imaginären Trommelrhythmus, der sein Nervensystem anzutreiben schien, in seine Finger.

»Seid ihr sicher, dass wir hier richtig sind?« Bella sah von dem Bilderbuch auf, aus dem sie Jack gerade zur Ablenkung vorlas. Seit Olly ihn an den verschollenen Cyrilbär erinnert hatte, musste jeden Moment mit einem Weinkrampf gerechnet werden.

»Hundertprozentig sicher«, antwortete Lara. Sie hatte ihren Laptop auf den Knien und studierte die wunderschöne handgezeichnete Karte, die Stephen ihr gemailt hatte. Die Methode war nicht ideal, aber sie hatten keinen Drucker im Haus. Sie achtete darauf, dass die obere Hälfte der E-Mail sich außerhalb des Bildschirmausschnitts befand, denn in die Betreffzeile der E-Mail hatte Stephen *Für Lara – der Weg zu mir* geschrieben.

Die unbefestigte Straße führte sie in den Wald hinein. Von Zeit zu Zeit kamen sie an Briefkästen vorbei. Wie Wachtposten standen sie vor Zufahrtswegen, die im Dickicht der Bäume verschwanden und zu Häusern gehörten, auf deren Existenz allein die Namen auf den selbstgebastelten Schildern Hinweise gaben: »Die Walters!« oder »O'Malleyville«. Olly machte die anderen auf die unzähligen kleinen Löcher in einigen der Briefkästen aufmerksam, die wie Einschusslöcher aussahen.

Die Wildblumen, die überall üppig wucherten, bogen sich unter der Last ihrer spätsommerlichen Fülle. Lara erkannte Goldrute, die sie auch zu Hause in ihrem Garten hatten. Hier allerdings wuchs sie wild und war ähnlich weit verbreitet wie in England die wilde Möhre. Auch die glaubte sie, entdeckt zu haben, allerdings konnte es ebenso gut Wasserschierling sein. Das viele Grün gab Lara das Gefühl zu ersticken, und sie fragte sich, wie es wohl für Stephen sein mochte, einsam inmitten der rauen Natur zu leben. Sie bekam schon in ihrem Haus im Ort Beklemmungen. Hier draußen zu wohnen mit nichts als wilden Tieren und schießwütigen Hinterwäldlern als Gesellschaft wäre für sie regelrecht ein Alptraum. Sie würde nachts kein Auge zutun.

Dann, wie von einer unsichtbaren Hand gelenkt, kamen sie unter dem Baldachin des Waldes hervor auf eine mit Gras bewachsene Anhöhe, auf der eine prächtige rote Scheune neben einem großen weißen Farmhaus stand. Auf der Veranda des Hauses waren zwei gemütliche Adirondack-Stühle mit Blick auf einen großen und kristallklaren Teich ausgerichtet. Der Teich hatte einen Steg, an dem ein kleines Ruderboot festgemacht war.

»Mir war gar nicht klar, wie hoch oben wir sind«, sagte

Lara. Trout Island, das sie unten im Tal ausmachen konnte, wirkte klein wie ein Dorf aus Puppenhäusern. Hinter den Häuserflecken erhob sich eine Hügelkette und verschwamm in der Ferne zu bläulichem Nebel. Hier oben zu leben, in diesem Haus, neben diesem Teich und dieser Scheune, das konnte sich Lara vielleicht sogar vorstellen. Hier oben schien ihr alles möglich.

»Ist es das?«, wollte Olly wissen.

»Sohn. Bein. Sitz«, sagte Marcus.

»Runterkommen«, erwiderte Olly und verlagerte sein Trommeln erneut an die Fensterscheibe.

»Er hat Hummeln im Hintern«, kicherte Jack.

Lara konsultierte ein weiteres Mal die Karte. Die Lichtung war darauf deutlich markiert, Stephen hatte sogar die Umrisse des Hauses, der Scheune und des Teichs eingezeichnet und farbig ausgemalt. Doch ihre Fahrt war noch nicht zu Ende.

»Es ist ein paar Meilen weiter unten.« Lara deutete auf einen Weg, der am Teich vorbeiführte und danach erneut vom belaubten Gewölbe des Waldes verschluckt wurde.

»Über den Berg rüber«, sagte Bella.

»Heute Abend rühre ich besser keinen Tropfen an«, ließ Marcus verlauten. »Sonst finden wir nie zurück nach Hause.«

»Ich kann ja auch fahren«, bot Lara an.

»Nein, nein. Du entspannst dich und genießt den Abend.«

Nach einer längeren Schlitterpartie über Kiesel und loses Geröll gelangten sie an einen eingezäunten Zufahrtsweg. Er war durch ein Tor versperrt, an dem kein Name stand.

»Das ist es«, verkündete Lara. Marcus stellte den Motor

ab, und sie betrachteten Zaun und Tor, die beide mit Stacheldraht gekrönt waren. »Das ist Stephens Grundstück.«

»Fort Knox«, stellte Olly fest und pfiff durch die Zähne.

»Aber wir haben den Zugangscode«, sagte Lara. Sie stieg mitsamt dem Laptop aus dem Wagen und entdeckte das Tastaturfeld, das neben dem Tor in einen kleinen Metallkasten eingelassen war. Schon jetzt brach ihr der Schweiß aus. Sie tippte die Zahlen ein, die Stephen auf der Karte notiert hatte – »der Code für heute« hatte er danebengeschrieben –, und das Tor schwang langsam auf. Marcus fuhr hindurch, und nachdem auch Lara das Tor passiert hatte, schloss es sich wieder.

»So, jetzt fahr einfach weiter geradeaus. Nach ungefähr einer halben Meile kommt eine Gabelung, da hältst du dich links«, erklärte Lara, nachdem sie wieder eingestiegen war. Schotter knirschte unter den Reifen des Chevy. Der Weg führte steil bergab an einer wilden Wiese und einem zugewachsenen Teich voller Röhricht und Seerosen vorbei – hier gab es kein malerisches Ruderboot und keinen Anlegesteg. Der linke Abzweig führte sie in einen Bestand aus hohen, breitblättrigen Eichen.

»Wo ist denn jetzt das verdammte Haus?«, fragte Olly. Er hatte seine Fensterscheibe heruntergelassen. Staub und Hitze strömten ins Wageninnere, als er den Kopf nach draußen reckte, um durch die Bäume zu spähen.

»Da!« Lara zeigte mit dem Finger nach vorn. Mitten im Wald, wo man den dichtesten Bewuchs erwartet hätte, stand auf einer Lichtung ein großes Haus. Sie hatten es nicht sofort gesehen, da seine Fassade aus dunklem Eichenholz es tarnte. Das Haus war langgestreckt und elegant und in einem minimalistischen Stil gehalten, der von Geld und gutem Geschmack zeugte. Um das Haus herum lief eine Veranda aus unbehandeltem Holz.

Marcus lenkte den holpernden Wagen neben eine geschlossene Garage, an der zwei zu Schneeschuhen umfunktionierte Tennisschläger hingen. Er schaltete den Motor aus, und sie alle saßen einen Moment lang da und genossen die Stille nach der unruhigen Fahrt. Dann öffnete sich die Tür auf der Veranda, und Stephen trat ins Freie. Groß, schlank und langbeinig stand er oben an der kleinen Treppe. Er hatte die Hände in die Taschen seines Leinensakkos vergraben und lächelte ihnen entgegen.

Lara schwang ihre schmerzenden Beine aus dem Auto. Das lange Stillsitzen nach ihrem morgendlichen Lauf hatte sie steif gemacht. Sie streckte sich und nahm Jack von Bella entgegen, die ihm aus seinem Kindersitz geholfen hatte. Dann gingen sie über das harte Gras zum Haus, wo Stephen sie erwartete.

»Willkommen.« Er beugte sich herunter, um Marcus und Olly die Hand zu schütteln, als sie die Stufen hochstiegen, dann küsste er Bella und Lara auf die Wangen. Er ist perfekt, dachte Lara. Niemand hätte jemals Verdacht geschöpft. Er roch nach Leder und Pfeffer, genau wie in ihrer Erinnerung.

»Hallo, kleiner Jack.« Er strich dem Jungen über die Wange wie ein Vater. »Kommt rein. Kompliment, dass ihr mich gefunden habt.«

»Du wohnst ziemlich abgelegen«, sagte Marcus.

»Glaub mir, das ist volle Absicht.«

Stephen führte sie in einen großen, offenen Raum mit hoher Holzdecke. Was Lara zuallererst auffiel, war die angenehme Kühle. Anders als ihr Haus in Trout Island verfügte dieses über eine funktionierende Klimaanlage, und zusätzliche Ventilatoren verteilten die gekühlte Luft gleichmäßig im Innern. Eine Profiküche nahm den vorderen Teil des Raums ein. Über die Länge der hinteren Wand zog sich ein Regal voller schwerer Töpfe, und Lara zählte zwanzig verschiedene Messer, allesamt mit schwarzen Griffen, die an einer riesigen Magnetleiste hingen. Aus dem Ofen roch es köstlich – nach Fleisch und Wein und Knoblauch –, aber sämtliche Oberflächen waren blitzsauber. Das einzige Anzeichen kulinarischer Aktivität war ein Stapel gespültes Geschirr neben der riesigen Doppelspüle. Stephen war also ein Koch, und ein ordnungsliebender dazu – es sei denn, er hatte Personal. Doch dann erinnerte sich Lara, wie die merkwürdige Trudi behauptet hatte, sie dürfe ihm nie im Haushalt helfen, weil er alles lieber selber mache. Sie fragte sich, wie die Küche aussehen würde, wenn Marcus allein lebte.

Im Essbereich stand ein langer Tisch aus dunkler Eiche; ein großer schwarzer Holzofen und zwei ausladende Sofas dominierten den Wohnbereich des Raums. Elegant verschlissene Perserteppiche lagen auf dem dunklen Holzboden, und Bücherregale säumten sämtliche Wände. In den wenigen freien Wandflächen dazwischen hingen moderne Gemälde. Bella und Olly sahen sich im Raum um wie zwei Kleinkinder in einem Zimmer voller neuer Spielsachen.

»Ist das ein Pollock?«, fragte Bella und ging zu einem länglichen Bild voller Farbspritzer.

»M-hm. Und das da ist ein Kline.« Stephen zeigte zu einem Block aus Schwarz und Weiß.

»Alice Neel«, rief Bella und ging weiter zum Gemälde

einer schwangeren Frau, die auf einem Bett lag. »Ich liebe Alice Neel«, erklärte sie Stephen. »Ich war mit meiner Klasse in der Ausstellung in Whitechapel.«

»Normalerweise bin ich eher ein Freund des abstrakten Expressionismus«, sagte Stephen. »Aber irgendwas an ihr fasziniert mich …«

»Was ist denn das?«, fragte Olly und drückte sich die Nase an einer in die Wand eingelassenen gläsernen Vitrine platt. Darin saßen verschiedene ausgestopfte Vögel in kleinen Dioramen, die, so vermutete Lara, ihrem natürlichen Lebensraum nachempfunden waren. Sie gesellte sich zu ihrem Sohn und schaute mit ihm durchs Glas. Da waren ein leuchtend blauer Vogel, wie sie ihn beim Joggen gesehen hatte, und ein Kolibri mitten im Flug, der über der Nachbildung einer Blume schwebte.

»Taxidermie«, erklärte Stephen. »Solche Vögel kann man hier in jedem Antikladen bekommen.«

»Cool«, sagte Olly, schob sich einen Streifen Kaugummi in den Mund und begann, wie ein Wilder zu kauen. Lara sah, wie Marcus sich versteifte. Was Kaugummi anging, gab es bei ihm klare Regeln.

»Das ist meiner.« Stephen zeigte auf den blauen Vogel. »Er wurde überfahren. Ich habe ihn eines Tages auf dem Weg zum Haus gefunden und mich selbst an der Präparation versucht. Könnte besser sein. Möchte jemand etwas zu trinken?«

»Ja, gern«, sagte Lara. Das Haus hatte sie ganz schwindlig gemacht vor Staunen. Zwar passte der Mann, der unsichtbare Krümel vom Küchentresen wischte, sowohl zum Stephen Molloy, den sie einst geliebt hatte, als auch zum berühmten Hollywoodschauspieler. Vieles andere jedoch

– die Kunst, das Kochen, die vielen Bücher – hatte sie vollkommen überrascht. All diese Vorlieben und Gewohnheiten hatte er sich erst nach ihrer Trennung zugelegt. Da sie ihn ständig in den Medien gesehen hatte, war sie fälschlicherweise davon ausgegangen, er sei noch genau derselbe Mensch wie früher.

»Was ist die Droge deiner Wahl?«, wollte Stephen von ihr wissen.

»Hast du Rotwein da?«, fragte Lara und hockte sich auf die Rückenlehne eines der Sofas.

»Für mich auch«, bat Marcus.

»Kinder, schaut mal im Kühlschrank nach und sucht euch was aus«, sagte er zu Bella und Olly. »Es gibt Limo oder Saft. Und könnt ihr mir bei der Gelegenheit vielleicht eine Bio-Cola mitbringen?«

»Du trinkst nicht?«, fragte Lara. Auch das war neu.

»Ich mache mir nichts aus Alkohol«, erwiderte Stephen. »Oder vielmehr: Ich mache mir zu viel aus ihm. Es war ziemlich schwer, ihn loszuwerden.«

»Stört es dich nicht, wenn wir trinken?«

»Überhaupt nicht. Es ist ein bisschen wie Passivrauchen – ein Vergnügen zweiten Grades für den Abstinenzler.« Er goss zwei große Gläser Rotwein ein und reichte sie Marcus und Lara. »Probiert den mal. Francis Ford Coppola hat ihn gekeltert. Natürlich nicht eigenhändig. Man hat mir gesagt, dass er sehr gut sein soll.« Lara spürte, wie sein Knöchel ihren streifte, als er ihr das Glas gab. »Riechen tut er schon mal ganz fantastisch.«

»Nur eins«, sagte Marcus. »Dann höre ich auf.«

Stephen nahm ein Tablett mit mehreren Schüsseln voller Oliven und Chips. Dann führte er sie durch eine Fliegengittertür, die hinter ihnen mit einem Pistolenknall ins Schloss fiel, so dass Lara zusammenfuhr, nach draußen auf die Veranda. Bella, Olly und Jack folgten, und sie alle setzten sich an einen verwitterten Holztisch. Lara fiel auf, wie sich die geschwungene Lehne ihres Stuhls an ihren Rücken schmiegte. Sie passten perfekt zusammen.

Jack machte sich von Bella los und kletterte auf den Schoß seiner Mutter. Er kuschelte sich an sie und begann, sich eine ihrer Haarsträhnen um den Finger zu wickeln. In der drückenden Hitze des späten Nachmittags konnte Lara seinen klebrigen kleinen Körper nur schwer ertragen, aber sie hatte auch nicht das Herz, ihn abzuweisen. Sie sah zu den Bäumen hinüber, die Stephens Rasen säumten. Ihre Zweige waren ganz still, kein Zittern oder Flattern der Blätter war zu sehen. Die Luft hatte eine schmutziggelbe Farbe, und das elektrische Sirren der Zikaden bohrte sich ihr tief in den Schädel. Als sie den Blick senkte, bemerkte sie eine kleine schwarze Fliege, die ihr den Arm hochkrabbelte.

»Es liegt ein Gewitter in der Luft«, sagte Stephen. »Das Wetter hier ist ein beeindruckendes Schauspiel.«

»Au!« Olly schlug sich auf die Wade. »Der kleine Scheißer hat mich gestochen. Aua! Schon wieder.«

»Heulsuse«, sagte Bella.

»Gnitzen«, erklärte Stephen und öffnete eine kleine Schublade im Tisch. »Man sieht sie fast gar nicht, aber ihr Stich ist ziemlich schmerzhaft. Hier.« Er warf Olly ein Fläschchen zu. »Sprüh dich damit ein und gib es dann weiter. Das hält die Insekten ab.«

Einer nach dem anderen hüllte sich in Citronella-Dunst.

»Was für ein irres Haus«, sagte Marcus. »Wie bist du darauf gestoßen?«

»Ich habe es gebaut«, antwortete Stephen beiläufig und reichte die Schale mit den Oliven herum. »Natürlich nicht eigenhändig. Ich habe den Wald gekauft, die Lichtung roden und das Haus aus den abgeholzten Bäumen bauen lassen. Die Steine – für den Kamin und den Mittelteil des Hauses – stammen aus einem kleinen Steinbruch, der auf meinem Land liegt.«

»Das klingt so ganzheitlich und elementar. So nachhaltig«, sagte Marcus und beugte sich ein wenig zu eifrig nach vorn.

Lara hatte derweil mit Jack zu kämpfen, weil dieser an ihrer Hand zog, in der sie das Weinglas hielt. Sie konnte nur hoffen, dass Marcus' Schwärmerei nicht den ganzen Abend lang andauern würde. Er wollte unbedingt unter Beweis stellen, dass er kein Problem mit Stephens Erfolg hatte, und dabei konnte es leicht passieren, dass er übers Ziel hinausschoss. Er war nicht besonders gut darin, das rechte Maß zu finden.

»Klingt ganz so, oder?«, sagte Stephen. »Aber als ich zwischendurch hergefahren bin, um mir die Bauarbeiten anzusehen, sah es hier aus wie in einer Reportage über die Abholzung des Regenwalds. Es mussten überall Gräben zwischen den Bäumen hindurch gezogen werden, damit das Wasser vom Brunnen hergeleitet und der Abwassertank eingebaut werden konnte. Und ich wollte auch die Elektroanschlüsse unterirdisch verlegt haben, also mussten sie dafür auch noch die Erde aufreißen.«

»Willst du auf Dauer hier wohnen bleiben?«, erkundigte sich Lara. Jack hatte angefangen, seinen Kopf an ihr zu reiben, und verteilte Rotz überall auf ihrem grünen Leinentop.

»Wenigstens bis zum nächsten Sommer, vielleicht auch

länger«, antwortete Stephen. Zum ersten Mal seit ihrer Ankunft sah er ihr direkt in die Augen.

»Was ist denn mit deinen Filmen?«, mischte sich Olly ins Gespräch.

»Die können warten«, sagte Stephen. »Es gibt Wichtigeres.«

»Stalkerinnen aus dem Weg zu gehen, zum Beispiel«, warf Olly ein.

»Könnte man so sagen.«

»Ach, Jack!«, rief Lara. Ihrem kleinen Sohn war es endlich gelungen, ihr Glas zum Überschwappen zu bringen, so dass die Schleimspur vorn an ihrem Oberteil nun durch Rotwein ergänzt wurde.

»Ich hole dir was«, bot Stephen an. Er stand auf und verschwand im Haus.

»Ich glaube nicht, dass er über die Stalkerin reden will, Kumpel«, sagte Marcus zu Olly, sobald Stephen außer Hörweite war.

»Ich treibe nur höfliche Konversation.«

»Verkneif's dir einfach, verstanden?«, wies Marcus ihn zurecht. »Und spuck den Scheißkaugummi aus.«

Stephen kam mit einem feuchten Stück Küchenkrepp zurück. Er reichte es Lara, und erneut berührten sich ganz kurz ihre Hände.

»Trudi meinte, sie hilft dir hier ein bisschen aus?«, sagte Lara, um sich wieder zu erden.

»Trudi?«, fragte Marcus.

»Du weißt schon, die Frau, die auf James' und Bettys Party das Fleisch serviert hat«, fügte Olly hinzu. Um dem Gedächtnis seines Vaters auf die Sprünge zu helfen, zog er Trudis Narbe vom Mund bis zum Ohr nach.

»Oh, ja. Autsch«, sagte Marcus.

»Die sieht echt finster aus.«

»Olly«, mahnte Marcus.

»Sie hatte kein leichtes Leben«, sagte Stephen. »Sie war Tänzerin, dann hat sie irgendwann angefangen, Drogen zu nehmen, und von da an ging es immer weiter bergab. Sie hat fünf Jahre gesessen.«

»Wofür?«

»Betrug, wenn mich nicht alles täuscht. Wie auch immer, sie hat im Gefängnis zu Gott gefunden, fünfundzwanzig Kilo zugelegt, und als sie wieder auf freien Fuß kam, hat Betty sie unter ihre Fittiche genommen. Die beiden sind früher zusammen in einem Kabarett im West Village aufgetreten, und sie stammen aus derselben Gegend von Tennessee. Betty hat Trudi mit nach Trout Island gebracht, als eins ihrer Wohltätigkeitsprojekte. Als ich dann herkam, konnte Betty sich nicht vorstellen, wie ich ganz allein zurechtkommen wollte, deshalb hat sie Trudi in mein Geheimnis eingeweiht und sie hoch und heilig schwören lassen, nichts zu verraten. Sie borgt sie mir aus, wann immer ich Hilfe brauche. Ich brauche keine Hilfe, aber hin und wieder lasse ich sie irgendwelche Besorgungen machen, damit alle zufrieden sind.«

»Mummy, mir ist langweilig«, meldete sich Jack und stieß den Kopf gegen Laras Brust.

»Jack, das ist sehr unhöflich! Stephen, ich entschuldige mich für meinen sehr, sehr unhöflichen Sohn«, sagte Lara.

»Söhne«, korrigierte Marcus und warf Olly einen strengen Blick zu.

»Na ja, es ist ja auch ziemlich öde, die ganze Zeit über den Erwachsenen beim Reden zuzuhören. Möchtet ihr zwei vielleicht gerne mit Jack nach hinten gehen?«, fragte Stephen Olly und Bella. Er deutete zu einer Wiese an der Seite des Hauses. »Vielleicht entdeckt ihr ein paar Schlangen.«

»Igitt«, sagte Bella. »Nein, danke.«

»Schlangen!«, rief Jack und sprang von Laras Schoß. »Komm, Lolly.« Er nahm die Hand seines großen Bruders und zog daran.

»Nehmt einen Stock mit«, riet Stephen ihnen. »An der Wand neben der Hintertür stehen ein paar.«

»Na, komm schon, du Kümmerliese«, forderte Olly seine Schwester auf.

»Mann. Also gut«, seufzte Bella. Sie stand auf und folgte ihren Brüdern. »Aber ohne Stock läuft bei mir gar nichts.«

Die drei Erwachsenen sahen den Kindern dabei zu, wie sie durchs hohe Gras pirschten, wobei sie jeden Schritt mit allergrößter Vorsicht machten und angestrengt nach unten auf ihre Füße sahen, für den Fall, dass ihnen tatsächlich eine Schlange begegnen sollte.

»Tolle Kinder«, sagte Stephen, während er Marcus und Lara Wein nachschenkte.

»Du hast keine Ahnung, wie anstrengend die sein können«, entgegnete Marcus.

»Ich beneide dich.«

Lara, die an ihrem Oberteil herumwischte, sah auf, aber Stephens Gesichtsausdruck war vollkommen neutral.

»Du warst doch der Glückspilz von uns beiden«, widersprach Marcus.

»Nein, das glaube ich nicht.« Stephen wandte sich an Lara. »Wir sollten das Oberteil wirklich einweichen. Sonst bekommst du den Fleck nie wieder raus.«

»Es geht schon, ehrlich. Mach dir bitte keine Umstände.«

»Nein, ich suche ein Hemd für dich zum Anziehen raus, und wir probieren es mit Fleckenentferner. Das ist ein wunderschönes Top, es wäre zu schade, wenn du es wegwerfen müsstest.« Er sah Lara nur eine Sekunde lang an, dann erhob er sich. »Bin sofort wieder da.«

»Er ist einfach klasse. Scheut keine Mühe«, sagte Marcus, nachdem Stephen ins Haus gegangen war.

»Ja, er ist sehr nett.« Lara senkte den Kopf und rieb sich den Nacken, wo sich am Haaransatz der Schweiß gesammelt hatte.

»Allerdings wäre ich jetzt lieber drinnen, wo es kühl ist«, sagte Marcus.

Sie saßen schweigend in der drückenden Hitze und nippten am warmen Rotwein. Irgendwo in der Ferne hörte Lara Donner grollen. Ein Ziehen in den Schläfen verriet ihr, dass das Gewitter fast über ihnen war.

»So, bitte sehr«, sagte Stephen, als er durch die Fliegengittertür nach draußen trat und sie hinter sich zufallen ließ. »Die Ärmel kannst du ja hochkrempeln. Ich hoffe, es geht einigermaßen.« Er reichte ihr ein Männerhemd von Prada mit einem dezenten geometrischen Muster. »Es müsste zu deiner Hose passen. Sieh mal, der Farbton hier«, er deutete auf die Hintergrundfarbe des Hemds, ein dunkles Olivgrün, »ist genau der gleiche. Wenn du dich umgezogen hast, kannst du mir dein Oberteil geben, dann mache ich ein bisschen Vanish drauf.«

Lara nahm das Hemd von ihm entgegen. Nicht nur seine Fürsorge verblüffte sie, sondern auch, dass er sich gemerkt hatte, was für Farben sie trug, und sich Gedanken über die Auswahl eines passenden Hemds gemacht hatte.

»Du kannst zum Umziehen in mein Schlafzimmer gehen«, schlug er vor. »Einfach die Treppe hoch und das erste Zimmer rechts.«

Sie ging ins Haus, und wieder knallte die verfluchte Fliegengittertür hinter ihr zu, so dass es ihr vor Schreck in den Wangen kribbelte. Der Deckenventilator drehte sich und sorgte im Innern des Hauses für Kühle, und was auch immer im Ofen schmorte, duftete nach Nachhausekommen. Stephen hatte wirklich ein Gespür für solche Dinge. Sein Haus war gemütlich und aufgeräumt. Und dass ein Mann mit einer Flasche Vanish umgehen konnte – allein schon, dass er eine besaß –, brachte sie zum Staunen. Hätte sie es nicht besser gewusst, dann hätte sie glatt auf die Idee kommen können, dass an den Gerüchten über Stephen Molloys angebliche Homosexualität, die gelegentlich durch einschlägige Klatschblätter geisterten, wie sie im Wartezimmer ihres Zahnarztes auslagen, tatsächlich etwas dran war. Stattdessen war er ein erfreuliches – wenngleich seltenes – Beispiel dafür, dass auch ein heterosexueller Mann in Haushaltsdingen bewandert sein konnte.

Was wäre wenn, hatte er gesagt.

Verrannte sie sich da nicht in etwas? Aber was, überlegte sie, während sie die quadratische Wendeltreppe aus dunklem, blankpoliertem Holz hinaufstieg, die in der Mitte des großen Raums nach oben führte – was, wenn sie damals nicht festgestellt hätte, dass sie von Marcus schwanger war? Was, wenn es die Zwillinge nie gegeben hätte?

Sie blieb auf dem mittleren Treppenabsatz stehen, hielt sich Stephens Hemd ans Gesicht, schloss die Augen und atmete seinen Duft ein. Er war die Liebe ihres Lebens gewesen. Sie hatte es damals gewusst, und mittlerweile war ihr aufgegangen, dass sie es immer noch wusste.

Aber vielleicht wäre es ja ganz anders gekommen, wenn sie sich nicht getrennt hätten. Ihr fiel eine Anekdote über Hillary Clinton aus der Zeit vor Monica Lewinsky ein, wie sie zufällig an einer Tankstelle vorbeigekommen war, an der ein Exfreund von ihr arbeitete. »Stell dir mal vor«, hatte der Exfreund gesagt, »wenn du mich geheiratet hättest, dann wärst du jetzt die Frau eines Tankstellenwärters.«

»Wenn ich dich geheiratet hätte«, hatte Hillary ihn korrigiert, »dann wärst du jetzt Präsident der Vereinigten Staaten.«

Lara wäre vermutlich eine umgekehrte Hillary Clinton gewesen. Sie hätte Stephens Aufstieg behindert, und Marcus wäre zum Star geworden. Trotzdem – vielleicht wären so alle glücklicher gewesen?

Sie stieg die restlichen Stufen hinauf und fand Stephens Schlafzimmer. Es roch so stark nach ihm, dass sie erneut die Augen schloss und tief einatmete. Ein großes Kingsize-Bett, mit glattem, frischem Damast faltenfrei bezogen, stand mittig an der hinteren Wand. Auf dem Nachttisch daneben lag ein Stapel Bücher, größtenteils Romane: Roth, Bellow, Updike.

Lara entledigte sich ihres rotz- und weinfleckigen Oberteils. Eigentlich hatte sie vorgehabt, sich nur rasch umzuziehen und danach gleich wieder nach unten zu gehen. Aber sie musste zur Toilette, und ans Schlafzimmer grenzte ein Bad, das so blitzblank aussah wie in einem Fünfsternehotel. Die Toilettenartikel auf den Regalen – Aftershave, Rasierseife, Rasierer, Zahnpasta – waren alle im gleichen Abstand zueinander platziert und mit ihrer besten Seite nach vorn ausgerichtet. Zwei Handtücher hingen sauber gefaltet über einem Heizkörper, die restlichen lagen aufgerollt in einer in die Kalksteinwand eingelassenen, holzverkleideten Nische. Ihre im Uhrzeigersinn eingedrehten Vorderseiten sahen aus wie ein Nest flauschiger Ammoniten. Lara staunte über den Mann, der so lebte.

Während sie auf der Toilette saß und ihre Blase leerte, fiel ihr eine Reihe von Pillenröhrchen ins Auge, die oben auf dem von Strahlern umrahmten Spiegel über dem Waschbecken standen. Als sie fertig war, kletterte sie auf den Toilettendeckel und betrachtete sie.

Zwischen Vitaminen und pflanzlichen Nahrungsergänzungsmitteln fand sie auch ein Plastikröhrchen mit Xanax, eine Durchdrückpackung Valium sowie ein Fläschchen Prozac. Als sie es schüttelte, stellte sie fest, dass es halb leer war. In Amerika war das vermutlich nichts Besonderes. Nicht mal für einen Briten. Sie stieg von der Toilette herunter. Der Arme, dachte sie. Ganz allein wohnte er hier draußen, mit nichts als seiner Kunst und seinen Büchern und seinen Pillen.

Sie warf einen Blick in den Spiegel, zog sich den BH aus und wusch sich die Achseln mit Stephens Seife. Sie trocknete sie an seinem Handtuch ab und benutzte sein Deodorant. Denn sie wollte nicht in sein wunderschönes Hemd schwitzen. Danach stellte sie alles wieder genau so hin, wie sie es vorgefunden hatte.

Sie ging zurück ins Schlafzimmer und knöpfte sich das kühle Oberhemd zu. Natürlich war es ihr zu groß, allerdings nur ein bisschen. Stephen war hochgewachsen, aber schlank, und sie hatte, anders als zu den wenigen Gelegenheiten, wenn sie etwas von Marcus getragen hatte, nicht das Gefühl, in seinen Kleidern zu ertrinken. Sie konnte sich noch an einen Vorfall in Cambridge erinnern, als sie betrunken aus einem Kahn gefallen war. Sie hatte ein weißes Kleid angehabt, das durch die Nässe durchsichtig geworden war. Nach etwas gutem Zureden hatte Marcus sein Hemd ausgezogen, damit sie ihre Blöße bedecken konnte, und sich zum Dank dafür einen schlimmen Sonnenbrand geholt. In dem Hemd hatte sie sich damals besonders verloren gefühlt.

Sie betrachtete sich in dem mannshohen Spiegel an Stephens Schlafzimmerwand. Er hatte recht gehabt, die Farbe passte perfekt zu ihrer olivgrünen Leinenhose. Sie krempelte die Ärmel hoch und öffnete am Hals noch einen weiteren Knopf.

Sie nahm ihr schmutziges Oberteil und wandte sich zur Schlafzimmertür, doch etwas hielt sie zurück. Ohne es zu wollen, setzte sie sich auf die Seite des Betts, von der sie wusste, dass er dort schlief, und zog die Schublade seines Nachttischchens auf.

Eine Sekunde lang hörte ihr Herz auf zu schlagen. Ganz oben in der Schublade lag ein Foto. Den Bob noch im ursprünglichen, ungefärbten Schwarz, die Haut frei von Falten, den schlanken Arm um einen strahlenden Stephen gelegt, lächelte ihr ihr neunzehnjähriges Selbst entgegen. Sie nahm das Foto in die Hand und betrachtete es genauer. Sie trug das rote Crêpekleid mit den Blumen und den kleinen Puffärmeln, das sie in jenem Sommer so oft angehabt hatte. Der Haltung ihres anderen Arms nach zu urteilen, musste sie das Foto von sich und ihrem Liebhaber selbst aufgenommen haben. Hinter ihnen zeichneten die wogenden Wipfel eines uralten Waldes eine Trennlinie zwischen blauem Himmel und grüner Wiese.

Sie erinnerte sich an den Tag, als wäre es gestern gewesen.

Marcus war schon frühmorgens zur Probe gegangen und musste gleich im Anschluss in der Abendvorstellung von *Heinrich IV., erster Teil* auftreten. Da Stephen im *Heinrich* nicht mitspielte, hatte er den Abend frei, und eine Probe war für ihn auch nicht angesetzt. Also hatten sie die Gelegenheit genutzt, sich ein Auto gemietet und waren nach Süden gefahren, zu den sanft gewellten, mit Gras bewachsenen Hügeln von Dover's Hill in der Nähe von Chipping Camden. Dort aßen sie Erdbeeren und tranken Sekt, bevor sie sich davonstahlen, um sich zwischen den Eichen, die seit normannischer Zeit über das Land wachten, ein Nest zu bauen. Dort, auf einem von eisenzeitlichem Erzabbau zerklüfteten Hügel mitten in Gloucestershire, liebten sie sich zum ersten Mal richtig.

Danach lagen sie eng umschlungen und schmiedeten Pläne für ihre Zukunft. Lara würde Marcus sagen, dass es vorbei war; sie würden Stratford verlassen und nach London ziehen. Sie würde die Schauspielschule besuchen, während Stephen arbeiten ging und Geld verdiente. Danach würden sie beide Schauspieler werden und in einem Haus in Camden wohnen, das eine separate Eingangstür und einen langen persischen Läufer im Flur hatte.

Es war aus mehreren Gründen ein ganz besonderer Tag, aber vor allem, weil sie sich zum ersten Mal seit Beginn ihrer kurzen und intensiven Affäre nicht verstellen mussten – zumindest nicht, nachdem sie die Stadtgrenzen von Stratford-upon-Avon hinter sich gelassen hatten. Obwohl Liebschaften im inzestuösen Theatermilieu an der Tagesordnung waren, fanden sie meistens zwischen Schauspielern statt, deren Partner in anderen Städten lebten. Für Lara, eine Kellnerin, die zur Frau eines Schauspielers der Royal Shakespeare Company aufgestiegen war, wäre es undenkbar gewesen, sich in aller Öffentlichkeit mit einem anderen Mann zu zeigen. Folglich hatte sie ihre Liaison mit Stephen geheim halten müssen.

Es war wahnsinnig – darüber war sie sich schon damals im Klaren gewesen –, aber es hatte so kommen müssen. Wäre sie älter gewesen und ihre Ehe stabiler, hätte sie nicht kurz zuvor erfahren, dass Marcus sie nur als Trostpflaster geheiratet hatte – dann wäre sie vielleicht eher in der Lage gewesen, Stephen zu widerstehen. Aber von dem Moment an, als er damals in die Bar gekommen war und sie angesehen hatte, hatte sie gewusst, dass er für sie bestimmt war.

Wenn sie sich doch nur ein Jahr früher getroffen hätten. Wenn sie doch nur nicht so überstürzt geheiratet hätte. Sie betrachtete das Foto. Sie durfte nicht vergessen, dass bereits zu jenem Zeitpunkt die Zwillinge in ihrem Bauch zu wachsen begonnen hatten. Sie waren schon in ihr gewesen, als sie Stephen zum ersten Mal gesehen hatte. Das Datum war eindeutig. Diesen Punkt hatte sie immer und immer wieder in ihrem Kopf gewälzt.

Heiraten in Eile bereut man in Weile – traf das auch auf sie und Marcus zu? So schlimm war es doch nicht gewesen, oder? Das Schrecklichste war die Trauer, nachdem Stephen fortgegangen war.

Sie war ins Garrick Inn gestolpert gekommen, ihr war schwindlig und übel gewesen, und sie hatte Angst davor gehabt, wie das Gespräch laufen würde. Der Arzt hatte ihr versichert, dass sie in der zehnten Woche sei. Mit Stephen war sie erst seit acht Wochen zusammen, also war klar, dass das Baby – zu diesem Zeitpunkt wusste sie noch nicht, dass es Zwillinge werden würden – von Marcus sein musste. Sie setzte sich auf den Stuhl neben Stephen im verrauchten Hinterzimmer. Er griff unter dem Tisch nach ihrer Hand.

»Du siehst heute so wunderschön aus«, sagte er. »Noch schöner als sonst.«

Sie schloss die Augen, ließ den Kopf hängen und atmete tief ein. Dann sah sie ihm in die Augen und teilte ihm mit, was in ihrem Kopf und in ihrem Bauch vorging.

Das Blut wich ihm aus dem Gesicht.

»Bist du sicher?«, fragte er, nachdem scheinbar ein ganzes Leben verstrichen war.

»Ja.«

»Was den Zeitpunkt angeht?«

»Ja.« Dicke Tränen liefen ihr über die vom ersten Trimester geröteten Wangen. Sie hatte nicht gewagt, sich vorzustellen, was bei diesem Treffen passieren könnte.

»Aber ich könnte doch so tun, als wäre es von mir«, sagte er. Erneut nahm er ihre Hand, diesmal auf der Tischplatte, nicht darunter. »Niemand braucht etwas davon zu erfahren.«

Draußen – sie wusste nicht, weshalb sie sich noch so deutlich an diese Einzelheit erinnern konnte – rasten mehrere Fahrzeuge mit Martinshorn vorbei. Sie ließen die Gäste in ihren Bewegungen innehalten, brachten sämtliche Gespräche zum Verstummen und erfüllten den Raum mit flackerndem blauen Discolicht.

Aber was, wenn es Marcus ähnlich sieht?, dachte sie. Der stämmige Körperbau und die roten Haare zogen sich durch seine ganze Familie. Wie um Himmels willen wollte Stephen – groß, schlank, dunkel – jemals eine kleine Marcus-Kopie als sein leibliches Kind ausgeben?

»Ich muss es ihm sagen«, erklärte sie in die Stille nach

dem Sirenengeheul hinein. »Sonst würde ich es mir niemals verzeihen.«

Stephen seufzte, als begriffe auch er die Ausweglosigkeit ihrer Situation, dann vergrub er das Gesicht in den Händen. Lara saß da und sah ihn an und kam sich vor wie eine Hochseilartistin ohne Netz. Als er schließlich wieder aufblickte, glitzerten in seinen Augen Tränen.

»Aber dann bist du auf ewig an ihn gebunden, und ich stehe nur im Weg«, sagte er.

»Es könnte klappen ...«, antwortete sie und spielte mit ihrem Bierdeckel, den sie in dünne, sich ringelnde Streifen gerissen hatte.

Die Bar schien sich um sie herum zusammenzuziehen; der dumpfe, scharfe Geruch von Nikotin verfing sich in ihrer Kehle, und ihr wurde schlecht.

»Ich kann das nicht machen«, sagte er schließlich. »Ich kann nicht deine Familie auseinanderreißen, jetzt, wo auch noch ein Baby im Spiel ist.«

»Nein –«, flehte sie und griff erneut nach seiner Hand.

»Ich werde von der Bildfläche verschwinden. Ich verschwinde, und du wirst mich nie wiedersehen.«

An jenem Abend trank sie gegen jede Vernunft zwei große Guinness und er mehr Gläser Abbot, als sie zählen konnte. Danach gingen sie am Fluss entlang, fort vom Theater, um die Zeit bis zum Ende der Vorstellung totzuschlagen. Lara hatte sich mit Marcus verabredet. Sie wollte sich mit ihm nach dem Gespräch mit Stephen treffen, um ihm, sie wusste auch nicht, was, zu sagen.

Als sie die Shakespeare's Church erreichten, blieb Stephen stehen und zog sie für einen erbärmlichen, tränenreichen Abschiedsfick ins Gebüsch. Hinterher stand sie auf, klopfte sich vertrocknete Blätter und Zweige von ihrem braunen Cordrock – ein weiteres Mal war sie geradezu schockiert von der Detailgenauigkeit ihrer Erinnerung – und machte Stephen bittere Vorwürfe. Sie bezichtigte ihn als Feigling, verlangte von ihm, er solle bleiben und um sie kämpfen und sie weiter lieben. Wie um alles in der Welt könne er all das, was zwischen ihnen war, einfach wegwerfen?

»Wir gehören zusammen«, beharrte sie.

»Ich bin fort, Lara«, sagte er. Er hielt ihr die Handflächen entgegen und blickte zu Boden. Dann beugte er sich zu ihr und küsste sie ein allerletztes Mal, bevor er in der Dunkelheit verschwand. Sie blieb allein zurück, in mehr als einem Wortsinn aufs Kreuz gelegt und mit dem Gefühl, als hätte man ihr ohne Narkose ein Glied abgetrennt.

Wenn er sein Versprechen, dass sie ihn nie wiedersehen würde, doch nur gehalten hätte. Aber nachdem sein hervorragender Agent ihn unter dem Vorwand »psychischer Gründe« aus seinem Vertrag mit der Royal Shakespeare Company erlöst hatte, besorgte er ihm eine Rolle in einem verschrobenen No-Budget-Thriller mit Schauplatz auf den Shetlandinseln. Der Film wurde der Überraschungserfolg des Jahres, gewann einen wichtigen Preis beim Sundance Festival und markierte in Europa die Geburtsstunde des Phänomens Stephen Molloy, so dass sie ihn fortan ständig und überall sehen musste.

Doch die Zeit verging, und eine gewisse Heilung setzte ein. Sie kam ein wenig zur Vernunft. Die Zwillinge, die sie eine ganz neue Form der Liebe gelehrt hatten, hielten sie auf Trab. Sie kam zu dem Schluss, dass man manchmal gewinnt und manchmal eben verliert. Sie kämpfte mit den widerstreitenden Gefühlen von Verzückung und Frust, die sie abwechselnd für ihre Kinder empfand, und war in der Regel zu beschäftigt, um seine in aller Öffentlichkeit stattfindende Karriere zu verfolgen. Und es gelang ihr, sich davon zu überzeugen, dass Stephen mit seinem aufregenden und glanzvollen Leben sie ohnehin längst vergessen hatte.

Doch durch sein Geständnis auf der Party, und nun durch dieses Foto, war ihr klargeworden, dass die Trennung damals für ihn schmerzhafter gewesen sein musste, als sie geglaubt hatte. Sie fragte sich, ob er das Foto wohl seit ihrem Abschied in Stratford bei sich trug. Oder hatte er es bloß aus einer längst vergessenen Kiste irgendwo ganz hinten auf dem Dachboden hervorgekramt, nachdem ihm zu Ohren gekommen war, dass sie sich zufällig in derselben Stadt aufhielt?

Sie betrachtete das Foto ihres jüngeren Ichs und überlegte, was sie ihm sagen würde, wenn sie die Gelegenheit dazu hätte. War es so schrecklich gewesen, bei Marcus zu bleiben? Die Gefühle für ihren Ehemann waren mal stärker, mal schwächer, aber war das nicht ganz normal? Manchmal glaubte sie aufrichtig, dass sie ihn liebte. Und ein anderes Mal erwischte sie sich dabei, wie sie in Tagträumen ausgeklügelte Fluchtszenarien entwarf, deren Detailliertheit ihr Angst machte. Sie würde ihr Konto leer räumen und untertauchen. Sich neu erfinden und irgendwo einen Job als Verkäuferin annehmen, um die Miete für ein kleines Apartment zu bezahlen. Oder sie würde eine Affäre mit einem x-beliebigen Mann anfangen und es so einrichten, dass Marcus sie erwischte. Auf diese Weise würde sie ihm den Schwarzen Peter zuschieben, sich von ihr zu trennen. Gelegentlich ertappte sie sich sogar dabei, wie sie sich im Bus auf dem Weg zur Arbeit nach geeigneten Kandidaten umsah.

Der da würde gehen, dachte sie dann. Manchmal fragte sie sich, wie es wäre, wenn Marcus überraschend stürbe – an einem Herzinfarkt vielleicht oder durch ein vom Himmel stürzendes Flugzeug. Würde sie um ihn trauern? Wäre sie erleichtert?

Sie zog Stephens Nachttischschublade noch ein Stückchen weiter auf und wollte das Foto zurücklegen. Doch ihre Hand erstarrte mitten in der Bewegung, als sie sah, was unter einem Stapel gebügelter Leinentaschentücher hervorschaute: der Griff eines Revolvers.

Lara schob die Taschentücher zur Seite und beugte sich über die Waffe, um sie zu betrachten. Es war die Erste, die sie je aus der Nähe sah. Warum hatte Stephen eine Waffe, noch dazu neben seinem Bett? Vielleicht war das nichts Ungewöhnliches in Amerika, vor allem bei Leuten, die so abgelegen wohnten, dass kein Nachbar ihre Schreie hören konnte, oder bei denen das nächste Polizeirevier so weit entfernt war, dass ein Eindringling, so er darauf aus war, ihnen ein Leid anzutun, bereits kurzen Prozess gemacht hätte, lange bevor die Polizei eintraf.

Sie berührte den Revolver mit der Fingerspitze und erschauerte, während sie gleichzeitig das Bild aus ihrem Kopf zu verdrängen versuchte, wie Marcus sich zitternd vor dem Lauf duckte, wie er beim Krachen des Schusses zusammenfuhr …

Aber dies hier war das beschauliche Trout Island, wo niemand seine Haustür abschloss, nicht die Innenstadt von Detroit oder Chicago. Bestimmt brauchte man hier doch keine Waffe.

»Lara?«, rief Marcus die Treppe hoch. »Alles in Ordnung da oben?«

Die plötzliche Störung durch die Stimme ihres Mannes ließ sie aufschrecken. Sie schob den Taschentuchstapel zurück an seinen Platz, legte das Foto wieder genau so hin, wie sie es vorgefunden hatte, schloss die Schublade und nahm ihr fleckiges Oberteil, um wieder nach unten zu gehen. Sie hatte das Gefühl, als hätte sie die Büchse der Pandora geöffnet.

»Du liebe Zeit, ich dachte schon, ein wildes Tier hätte dich gefressen, oder so«, sagte Marcus, als sie auf der Treppe um die Ecke kam. Er stand im Flur, ein volles Glas Rotwein in der Hand.

»Das geht schon«, erklärte er, weil er sah, wie sie sein Glas beäugte. »Das Essen absorbiert den Alkohol.«

»Wo sind denn alle hin?«

»Stephen ist los, um den Kindern zu helfen. Sie haben sich beschwert, dass sie keine Schlangen finden konnten.«

»Sind sie denn sicher?«, fragte Lara. »Ist es ratsam, aktiv nach Schlangen zu suchen?«

»Er meinte, es gebe nur eine giftige Schlangenart hier in der Gegend, und auch deren Biss sei nicht tödlich. Mokassinschlange oder so ähnlich. Komm. Er hat dir noch was zu trinken eingegossen – da drüben, auf dem Tresen.«

Lara nahm ihren Wein und folgte Marcus auf die hintere Veranda. Nach der Düsternis im Haus musste sie im Sonnenlicht blinzeln. Der Garten hinter dem Haus bestand aus einer wilden, mit Büschen bewachsenen Wiese. Dahinter stand ein Hühnerhaus, an dessen Wand Holzscheite sauber zu einem Stoß aufgeschichtet waren. Stephen und Olly hockten neben dem Holzstoß und stocherten mit einem Stock darin herum. Bella hielt Abstand und hatte Jack fest an der Hand.

Lara fiel auf, dass Stephen dieselbe Körperhaltung hatte wie ihr Sohn. Spiegeln – war das nicht die Bezeichnung dafür? Der Versuch, jemanden für sich einzunehmen, indem man seine Gesten nachahmte. Und es schien zu funktionieren. Für gewöhnlich war Olly bei Erwachsenen wortkarg und abweisend, aber mit Stephen redete er, als wären sie beste Freunde. Vielleicht hing es auch eher damit zusammen, dass Stephen es als berühmter Filmstar leichter hatte als die meisten anderen Menschen, die Gunst ihres Sohnes zu erringen.

»Sie ist da reingekrochen, Mum.« Bella verzog das Gesicht. »Sie ist ungefähr einen Meter lang und echt eklig …«

»Die ist vollkommen ungefährlich«, versicherte Olly.

»Da!« Stephen trat vom Holzstoß zurück und präsentierte ihnen die Schlange auf dem Ende seines Stocks. Sie hatte sich um den Stock gewickelt und stieß aufgebracht mit dem Kopf hin und her, als suche sie nach dem, der sie aus ihrem kühlen Versteck gezerrt hatte. Sie war mindestens so lang, wie Bella geschätzt hatte. Als sie sich entrollte und vom Stock ins Gras glitt, taten alle einen Satz zurück.

»Woah!«, machte Olly. Und dann bückten er und Stephen sich, um zuzusehen, wie die Schlange einer Schnur aus Quecksilber gleich über die Wiese zu einem Baum floh.

»Steht dir gut«, sagte Stephen zu Lara, als er sich aufrichtete. Seine Hand lag auf Ollys Schulter.

»Was?«

»Das Hemd. Die Farbe passt wirklich ausgezeichnet zu dir.«

»Wie groß ist dein Grundstück denn insgesamt?«, fragte Marcus und sah sich um. Die Wiese war ungefähr so groß wie ein Fußballplatz und auf allen Seiten von dichtem Wald umgeben. Einige Wege, breit genug für geländegängige Fahrzeuge, verschwanden zwischen den Bäumen in der Dunkelheit.

»Gut zweitausend Hektar«, erwiderte Stephen. »Größtenteils Wald, aber wenn man dort weitergeht«, er zeigte auf einen Weg zu ihrer Rechten, »kommt man zu einem Teich, in dem man fantastisch schwimmen und angeln kann. Irgendwann können wir mal in meinem Wrangler hinfahren. Oder wir laufen. Es ist ungefähr eine Meile.«

»Da würde ich sehr gerne mal hingehen«, sagte Lara, »und schwimmen.«

»Dann ist es abgemacht«, versprach Stephen.

Ein Rascheln zwischen den Bäumen hinter ihnen ließ sie erschrecken. Lara sah nackte Angst über Stephens Gesicht zucken, als er herumfuhr, um zu sehen, was das Geräusch verursacht hatte.

»Schau mal, Jack, noch ein Reh!«, rief Bella und zeigte auf den weißen Bauch des Tieres, das sich langsam entfernte. »Mit einem Babyreh.«

»Das heißt Kitz«, verbesserte Olly.

»Babyreh«, beharrte Jack fest.

»Okay. Nur ein Reh«, sagte Stephen, an niemand Bestimmtes gerichtet. Außer Lara schien keiner die Erleichterung wahrzunehmen, die aus seinen Worten sprach. Dann drehte er sich lächelnd zu Marcus um. »Noch Wein?«

Als sie sich endlich zum Abendessen hingesetzt hatten, war die Sonne bereits hinter den bewaldeten Hügeln verschwunden und hatte eine spinnwebfeine Dunkelheit im Haus hinterlassen. Stephen schaltete gedämpftes Licht ein und zündete auf dem Tisch Kerzen an. Dann öffnete er die

Fenster, damit die Luft, die sich durch das heraufziehende Gewitter abgekühlt hatte, durch den Raum wehen konnte. Sie brachte den harzigen Geruch erhitzter Baumstämme mit, und Lara fühlte sich in dem hohen Raum wie in einer Kathedrale, nachdem das Weihrauchfass geschwenkt worden war. Der niedrige Luftdruck allerdings machte sie benommen, als wäre sie kurz davor zu implodieren.

Stephen servierte das Gulasch. Das Rotwild dafür habe er selbst geschossen und präpariert, sagte er. Vielleicht erklärt das die Pistole, dachte Lara. Aber benutzte man zum Jagen nicht normalerweise ein Gewehr? Als die Teller herumgereicht wurden, flackerte das Licht im Haus, und von draußen hörten sie nicht allzu weit entfernt ein tiefes Grummeln, das die Gläser auf dem Tisch erzittern ließ.

»Jetzt dauert es nicht mehr lange«, sagte Stephen.

»Wie ist es, wenn man so berühmt ist?«, wollte Olly wissen, als er sich über sein Gulasch hermachte.

»Olly«, mahnte Marcus und ließ sich von Stephen sein Glas auffüllen.

»Nein, das ist eine gute Frage, Olly.« Stephen setzte sich und stützte die Ellbogen auf den Tisch. »Es ist nichts, was ich jemals gewollt oder gar geplant hätte. Es ist einfach so passiert. Als Schauspieler sagt man normalerweise nicht nein, wenn man einen Job angeboten bekommt. Man hat nie wirklich die Kontrolle darüber. Meine Arbeit hat mich eben in diese Richtung geführt. Natürlich habe ich gutes Geld damit verdient, und ich kann mir jede nur erdenkliche Bequemlichkeit leisten, aber dafür habe ich auch einen hohen Preis bezahlt. Ihr könnt viele Sachen tun, die für mich inzwischen unvorstellbar sind. Ich kann zum Beispiel nicht einfach einkaufen oder spazieren gehen oder in ein

Flugzeug steigen. Es ist ein goldener Käfig, wenn man so will.«

»Das stimmt. Um deine Art von Berühmtheit habe ich dich nie beneidet«, pflichtete Marcus ihm bei und spuckte dabei ein Stückchen halbzerkautes Reh auf den Tisch.

Lügner, dachte Lara. Berühmt zu sein wie Stephen Molloy war genau das, wonach Marcus sich sein ganzes Berufsleben lang verzehrt hatte. Er hatte Schauer der Erregung verspürt, wann immer ihn die Leute nach seiner Rolle in *EastEnders* auf der Straße angehalten hatten. Er konnte sich nichts Schöneres vorstellen, als dass in aller Öffentlichkeit auf ihn gezeigt wurde.

»Ich bin viel glücklicher als freischaffender Theaterschauspieler«, fuhr Marcus fort und schaufelte sich noch eine Gabel voll Gulasch in den Mund. Er lallte bereits ein wenig und zog die Wörter beim Sprechen zusammen, so wie immer, wenn er auf den Zustand ausgelassener Trunkenheit hinsteuerte, der für ihn typisch war. Lara fluchte im Stillen. Sie hätte es besser wissen müssen und nicht davon ausgehen dürfen, dass er sich verantwortungsbewusst verhalten würde. Sie selbst hatte definitiv auch zu viel getrunken, um noch Auto fahren zu können. Jetzt saßen sie hier, und keiner von ihnen war in der Lage, dafür zu sorgen, dass ihre Familie für die Nacht sicher nach Hause und ins Bett kam. Und zu allem Überfluss zog auch noch ein Gewitter auf.

»Hört mal«, sagte Stephen, der ihre Gedanken gelesen zu haben schien. »Wenn ihr wollt, könnt ihr auch gerne über Nacht hierbleiben. Dann können wir uns einen gemütlichen Abend machen. Ich habe vier Gästezimmer, und die Betten sind gemacht. Von hier aus nach Trout Island zurückzufinden ist am helllichten Tag schon schwierig genug.

Im Dunkeln und noch dazu bei Gewitter – es soll übrigens die ganze Nacht andauern, hat der Wetterbericht gesagt – werdet ihr am Berg endlos im Kreis herumfahren. Ganz zu schweigen von der Gefahr durch umstürzende Bäume.« Er stand auf und holte erneut die Weinflasche.

»Ich weiß nicht recht –«, begann Lara.

»Das wär cool!«, rief Olly.

»Aber –«, sagte Bella.

»Danke, Mann.« Marcus legte den Arm um Stephen, während dieser ihm nachschenkte. »Wenn ich ganz ehrlich sein soll, habe ich schon ein bisschen zu viel intus. Und die Probe fängt erst um zwei an.«

»Ich muss morgen aber um zehn zurück sein«, zischte Bella ihrer Mutter zu.

Stephen schenkte Marcus ein Lächeln. »Keine Ursache. Es ist einfach so schön, euch wiederzusehen. Es kann ziemlich einsam werden, wenn man sich hier draußen versteckt.«

»Wieso denn?«, fragte Lara ihre Tochter.

»Ich bin mit jemandem verabredet …«

»Lara? Was meinst du dazu?«

»Wir sind rechtzeitig zurück, versprochen«, beruhigte Lara ihre Tochter. Sie dachte an die dunklen, unbefestigten Straßen zwischen hier und ihrem verstaubten, stinkenden Haus im Ort und war erleichtert, dass sie bleiben konnten. Sie wusste, dass es ein Spiel mit dem Feuer war, bei Stephen zu übernachten, weil sie sich unmittelbar der Versuchung aussetzte. Aber was konnte schon passieren, wenn ihre ganze Familie dabei war?

»Vielen Dank, Stephen«, sagte sie.

»Gut. Dann ist das also geklärt. Möchte noch jemand Nachschlag?«

»Ja, bitte«, sagte Marcus. »Das ist köstlich.«

»Und ihr habt dieses Jahr eure ersten Prüfungen gemacht?«, wandte Stephen sich an die Zwillinge, nachdem er Marcus aufgetan hatte.

»M-hm. Gerade fertig geworden«, antwortete Bella.

»Und was kommt als Nächstes?«

»Also, ich will aufs College gehen. Kunst, Textildesign und Fotografie.«

»Seht gut«, lobte er.

»Unsere Bella ist eine richtige kleine Künstlerin«, warf Marcus ein.

»Und was ist mit dir?«, wandte Stephen sich an Olly.

»Ich dachte an Geschichte, Politik und Volkswirtschaft.«

»Also eher akademisch orientiert?«, sagte Stephen.

»Ein Oxbridge-Kandidat, hat man ihm gesagt, *wenn* er sich anstrengt«, erklärte Marcus und machte sich unter großer Sudelei über seine zweite Portion her. Um seinen Teller herum entstand ein Kranz rotbrauner Soßenflecke.

»Na, dann sag mir doch mal, wie du zu dem von der Regierung beschlossenen Sparprogramm stehst«, forderte Stephen Olly auf.

Stephen redete weiter und lockte die Kinder aus der Reserve. Sogar Jack wurde über seine Lieblings-Fernsehfiguren befragt und war ganz begeistert, als Stephen ihm verriet, dass er die Stimme eines Zeichentrick-Roboters war, den Jack besonders gern mochte.

»Wenn ihr mich in L. A. besuchen kommt, kann ich euch auf eine Tour durch die Studios mitnehmen, wo die Serie produziert wird«, schlug er vor, woraufhin Jack vor Freude in die Hände klatschte.

Lara konnte sich nicht erinnern, dass ihre Kinder bei

Tisch jemals so viel geredet hätten. Leute ohne Kinder wussten in aller Regel nicht, wie sie mit jemandem sprechen sollten, der jünger war als zwanzig, und Leute mit Kindern waren heilfroh, Erwachsenengespräche führen zu können, und ignorierten Bella, Olly und Jack. Diese saßen dann meistens schweigend am Tisch, aßen und machten sich bei der erstbesten Gelegenheit aus dem Staub. Nicht so bei Stephen.

Der Nachtisch bestand aus Pfirsichen und Blaubeeren mit Sirup von Stephens eigenen Ahornbäumen. Er hatte Olly und Bella so ganz und gar für sich eingenommen, dass sie ihm sogar ungefragt beim Abräumen halfen. Dann setzten sich alle wieder hin, während Stephen Kaffee kochte – er mahlte die Bohnen von Hand und benutzte eine Cafetiere – und eine Flasche Portwein auf den Tisch stellte.

»Kann ich auch welchen, Mum?«, fragte Olly, lehnte sich auf seinem Stuhl zurück und verschränkte die Hände hinter dem Kopf.

»Klar, Junge.« Marcus goss ihm ein Glas ein.

»Möchtest du auch welchen, Bella?«, fragte Stephen.

»Ja, gerne.«

Stephen stand auf und brachte ihr die Flasche. Als er sich an Lara vorbeibeugte, um Bella einzuschenken, streifte sein Hemd ihre Wange, und für einen Moment lang verschwamm die Kerzenflamme vor ihren Augen.

Ein Blitz erhellte die Fenster. Sekunden später folgte ein ohrenbetäubender Donnerschlag.

»Es ist fast über uns«, sagte Stephen. »Ich hole noch ein paar mehr Kerzen. Gewitter bedeutet normalerweise Stromausfall.«

»Im Ernst? Wir sind im reichsten Land der Welt. Ich dachte, so was hätten die hier im Griff«, war Olly erstaunt.

»Die Infrastruktur ist eine Katastrophe«, sagte Stephen. »Jedes Mal, wenn es Gewitter gibt, ist der Strom weg. Die Straßen sind ein Alptraum. Seid ihr schon mal durch Manhattan gefahren? In Kinshasa gibt es bessere Straßen. Glaubt mir, ich weiß, wovon ich rede, ich bin selbst da gewesen. Vor ungefähr sechs Jahren gab es hier heftige Überschwemmungen, und die Brücken wurden immer noch nicht instand gesetzt. In der Zwischenzeit sind die Flüsse erneut über die Ufer getreten, und niemand hat irgendwelche Maßnahmen ergriffen, damit es erst gar nicht so weit kommt.«

»Ich muss auch sagen, dass ich ziemlich geschockt war, wie heruntergekommen es in Trout Island aussieht«, sagte Lara und ließ sich den warmen Portwein die Kehle hinabgleiten. »Ich dachte, Amerika wäre vor so was viel besser geschützt.«

»Das ist der fortschreitende Zusammenbruch des Kapitalismus«, meinte Stephen.

»Ich vergaß«, sagte Marcus lachend. »Du warst früher ein verkappter Trotzkist.«

»Die Leute sind weggezogen und haben ihre Häuser einfach aufgegeben«, fuhr Stephen fort. »Viele können sich nicht leisten, sie zu unterhalten, sie können ihre Hypotheken nicht bezahlen, und verkaufen können sie sie auch nicht. Jetzt gehören sie den Banken, niemand will sie haben, und sie zerfallen langsam. Schaut euch doch nur Detroit an – in großen Teilen der Innenstadt kehren die Leute wieder zur ländlichen Lebensweise zurück. Sie bauen in den leeren Höfen ihr eigenes Obst und Gemüse an, weil sie es sich nicht mehr leisten können, einkaufen zu gehen. Wenn man krank wird, kann das Rechnungen von mehreren Millionen Dollar bedeuten, und die Versicherung weigert sich, die Police zu verlängern. Wenn man jung und arm ist, sind die besten Karriereaussichten, auf die man hoffen kann, sich in Afghanistan erschießen zu lassen. Jetzt suchen sie hier nach Gasvorkommen, und für den Abbau werden Chemikalien benötigt, die ins Grundwasser sickern und die Menschen krank machen. Auf der einen Seite stehen die persönlichen Interessen der Mächtigen, auf der anderen die kaum hörbare Stimme des Volkes. So sieht es hier aus. Willkommen in Amerika.«

»Wow. Wenn du es so scheiße findest, warum lebst du dann hier?«, fragte Olly.

»Olly!«, rief Marcus.

»Nein, er hat recht«, sagte Stephen. »Das frage ich mich auch oft. Abgesehen davon, dass ich hier arbeite, ist dieses Land, ob es mir nun gefällt oder nicht, der einzige Ort, den ich als Heimat bezeichnen würde, seit ich mit sechzehn bei meiner Mum in Manchester ausgezogen bin. Sie ist inzwischen gestorben, und ich habe keine Geschwister, keine Cousins, niemanden. Wenn ich irgendwo hingehöre, dann hierher.«

»Und warum tust du dann nicht was? Du hast doch so viel Geld«, sagte Olly, dadurch ermutigt, dass Stephen mit ihm auf Augenhöhe redete.

»Im Moment geht es mir um mein eigenes Überleben«, erwiderte Stephen und sah ihn ruhig an. »Egal, was für Überzeugungen man hat, manchmal muss man sich zuallererst um sich selbst kümmern.« Dann blickte er auf seine Hände, und Lara fiel auf, wie schön er war. Das Kerzenlicht beleuchtete die Kontur seiner Wangenknochen und brachte gemeinsam mit seinen Worten seine innere Landschaft zum Vorschein.

Erneut blitzte es, und sofort darauf war der Donner zu hören. Er klang wie ein schlechter Soundeffekt. Es wurde still im Raum. Lara spürte, wie der Schweiß auf ihrem Rücken juckte. Einer nach dem anderen hob wie in Zeitlupe sein Glas an den Mund.

Und dann setzte urplötzlich der erlösende Regen ein. Er trommelte aufs Dach und gegen die Fensterscheiben und floss in Strömen, so als hätte jemand tausend Wasserhähne über dem Haus aufgedreht. Jäh zuckte ein greller Blitz auf, zeitgleich mit einem dröhnenden Donnerschlag.

Stephen stand auf, um die Fenster zu schließen, damit es nicht ins Haus regnete.

Dann ging das Licht aus.

21

Nachdem sie Jack ins Bett gebracht hatte, schaute Lara noch bei den Zwillingen vorbei, die von Stephen jeweils mit einem eigenen Zimmer und der passenden Bettlektüre ausgestattet worden waren: für Olly war es ein Buch mit Gedichten von Byron, für Bella eine Monographie über Alice Neel. Dann ging sie nach unten auf die überdachte Veranda hinter dem Haus, wo Stephen im Schein einer Öllampe saß und in die Nacht hinausblickte. Um sie herum tobte unvermindert das Gewitter. Der Regen drückte das Gras nieder, sammelte sich in Löchern und verwandelte sie in Pfützen, die langsam zu Teichen wurden. Marcus, der den Portwein und dazu noch eine halbe Flasche Maker's Mark ausgetrunken hatte, war auf dem Sofa eingeschlafen, und sein Schnarchen wetteiferte mit dem Donner darin, Lara den letzten Nerv zu rauben.

»Wer hätte gedacht, dass der alte Himmel noch so viel Wasser in sich hat«, sagte Lara, als sie sich in einem gewissen Abstand von Stephen auf der einzigen Sitzgelegenheit, einer gepolsterten Schaukel, niederließ.

Stephen lächelte und sah in den trüben Himmel. »Ich wünschte, es wäre ein wunderschöner Abend«, sagte er. »Bei klarem Wetter ist es paradiesisch hier. Wir hätten ein Lagerfeuer machen können. Und es ist die Jahreszeit für Sternschnuppen, obwohl man für den besten Blick vorne auf dem offenen Feld stehen müsste. Einmal habe ich eine quer über den Himmel schießen sehen. Ich schwöre dir, sie ist gelandet. Ich schwöre dir, ich habe einen Knall gehört und einen Blitz gesehen. Aber manchmal kann einem die Wahrnehmung auch Streiche spielen.« Er verstummte plötzlich und drehte sich zu ihr um. »Sag mir, dass du glücklich bist.«

»Was?«, fragte Lara.

»Sag mir, dass du mit ihm glücklich bist.«

»Natürlich bin ich das«, antwortete sie und rutschte auf ihrem Platz hin und her. »Natürlich bin ich glücklich.«

»Ich muss das hören.« Er versuchte, ihr in die Augen zu sehen. Lara jedoch hielt den Blick eisern auf die Regenschlieren geheftet, die im Schein der Öllampe aussahen wie zerschlitzte Seide, die sich im Wind bläht. »Ich muss das hören, denn wenn du nicht glücklich bist, was war unser Opfer dann wert?«

»Ich liebe meine Kinder.« Sie schlang sich die Arme um den Leib. Trotz der Kühle, die der Regen in der Luft versprüht hatte, war ihr wieder heiß. Sie wollte davonlaufen, in den sturmgepeitschten Wald.

»Und liebst du ihn auch?«

Sie umklammerte ihre Beine fester und schloss die Augen. Sie wollte das nicht hören. Trotz allem, was geschehen war, hatte sie sich nie gestattet, es laut auszusprechen.

»Was passiert ist, war nicht fair«, sagte er irgendwann. »Wir waren zu schwach. Zu sehr in Konventionen gefangen. Ich dachte, ich würde mich ehrenhaft verhalten. Aber wenn ich mutiger gewesen wäre, dann hätte ich um dich gekämpft. Pistolen im Morgengrauen. Bella und Olly – sie hätten meine Kinder sein können, weißt du?«

Laras Kopf fuhr in die Höhe.

»Ich hätte sie als meine eigenen ausgeben können. Und sie hätten es nie erfahren.«

»Hör auf damit«, flehte Lara. »Das liegt alles in der Vergangenheit. Wir können jetzt nichts mehr daran ändern.«

Er griff nach ihrer Hand.

»Ich muss jetzt reingehen.« Lara erhob sich. Auf einmal hatte sie das Gefühl, Marcus beschützen zu müssen. Er hatte so viel zu verlieren, und deshalb tat er ihr leid. Sie musste jetzt ins Haus gehen und ihn aufwecken, ihn nach oben bringen und sich neben ihn ins Bett legen, vollständig bekleidet und mit den Händen auf den Ohren.

»Geh nicht«, bat Stephen. Er stand auf und streckte erneut die Hand nach ihr aus. Er bekam ihren Arm zu fassen und drehte sie zu sich herum. Er war viel größer als sie, fast dreißig Zentimeter, und sie hätte sich nicht gegen ihn wehren können, selbst wenn sie es gewollt hätte. Sie sah zu ihm auf, als er ihre Hände nahm.

Und da geschah es. Der Teil von ihm, der sich vor langer Zeit so fest in ihrer DNA verankert hatte, begann zu schwingen, als hätte sie nie etwas anderes gekannt. Sie spürte seinen Herzschlag in seinen Handflächen, hörte seinen Atem, als wäre es ihr eigener.

Wäre der Knall der Flasche Maker's Mark nicht gewesen, die Marcus mit dem Fuß umstieß, als er sich auf dem Sofa herumwälzte – wer weiß, wie weit sie noch gegangen wären. Doch das Geräusch ließ sie auseinanderfahren. Verstört gingen sie hinein, um sich um die Scherben, den Whisky und um Marcus zu kümmern, der zwischenzeitlich benommen und triefäugig aufgewacht war. Inzwischen hatte Lara sich wieder so weit unter Kontrolle, dass es ihr gelang, Stephen die Hand an die Wange zu legen und den Kopf zu schütteln, als sie ihm eine gute Nacht zuflüsterte. Er gab ihr die Öllampe und wies ihr die Richtung zum Schlafzimmer, das sie mit ihrem Mann teilen würde.

»Es tut mir leid«, raunte er und beugte sich dicht zu ihr, um ihr zu helfen, als sie sich Marcus' Arm um die Schultern legte, damit sie ihn auf dem Weg nach oben stützen konnte. »Das war wahnsinnig.«

Lara stellte die Lampe auf den Tisch neben dem Bett, dann rollte sie Marcus zwischen die Laken und ging nach nebenan ins kleine Bad, wo sie Schuhe und Hose abstreifte, sich mit kaltem Wasser das Gesicht wusch und ihre Kontaktlinsen herausnahm, wobei sie es so gut wie möglich vermied, sich selbst anzuschauen.

Sie war aufgewühlt, fühlte sich krank, war erregt – so wie früher, als ihre Eltern sie gezwungen hatten, am Wochenende zur Reitstunde zu gehen. Ihre Angst vor Pferden – sie waren so riesig und sie selbst im Vergleich dazu geradezu zwergenhaft – und die Gefahr, dass etwas wirklich Schlimmes passieren könnte, hatten dazu geführt, dass sie jeden Samstagmorgen auf der Kloschüssel saß, die Reithosen bis zu den Knöcheln heruntergezogen, und nicht wusste, ob sie ihren Darm leeren oder sich übergeben sollte. Inzwischen wusste sie, dass diese Gefühle für ein junges Mädchen wie sie, in dessen Vorstellungswelt Sex nichts weiter war als eine abstrakte und leicht eklige Erwachsenenangelegenheit, ein Vorgeschmack auf Begierde gewesen waren.

Sie trat ans Schlafzimmerfenster, um die Vorhänge zu schließen, blieb dann aber vor der Scheibe stehen, weil sie glaubte, mit ihren kurzsichtigen Augen eine Gestalt in der

Dunkelheit ausgemacht zu haben. Winzige Wassertröpfchen drangen durchs Fliegengitter und kühlten ihre brennende Haut. Sie öffnete das Gitter, um besser sehen zu können, aber alles, was sie erkennen konnte, war ein samtenes Blau, in dem sich Bäume, Tiere und Gott weiß was noch verbargen. Sie wollte ihren Platz am Fenster gerade verlassen, als urplötzlich ein gezackter Blitz in den Rasen fuhr und den Garten erhellte. Als Lara zurückzuckte – sie hatte gehört, dass Blitze auch in Häuser einschlagen konnten –, erkannten ihre Augen verschwommen die Gestalt einer Frau, die im Regen am Waldrand stand. Sekundenbruchteile später, als der Donnerschlag kam und ihr Trommelfell zum Beben brachte, war alles wieder in Dunkelheit getaucht.

Lara rieb sich die Augen. Der Abdruck der Gestalt haftete noch auf ihrer Netzhaut. Sie kniff die Augen zusammen und ging ganz dicht an das Fliegengitter heran, als könne sie sich so zwingen, schärfer zu sehen. Doch sie konnte nichts erkennen. Keine Bewegung in der Tintenschwärze, kein Geräusch bis auf das Prasseln des Regens auf dem Dach über ihr, und es kamen auch keine Blitze mehr, um ihren Eindruck entweder Lügen zu strafen oder ihr die Möglichkeit zu geben, sich zu vergewissern, dass sie sich nicht getäuscht hatte.

Sie zog die Vorhänge zu und ging auf ihre Seite des riesigen Betts. Es war dumm, ihren Augen zu trauen. Rein logisch betrachtet, konnte niemand dort draußen sein, mitten im Wald und bei solch einem Wetter; ohne Kontaktlinsen konnte sie kaum drei Meter weit sehen. Das, der Sturm, der grelle Blitz und ihr aufgewühlter Gemütszustand mussten dazu geführt haben, dass sie Dinge sah, die gar nicht da waren.

Lächerlich. Überhaupt, was für ein lächerlicher Abend.

Sie blies die Lampe aus und schlüpfte zwischen die Laken. Sie blieb am äußersten Bettrand liegen, schlang sich die Arme um den Körper und vergrub sich in Stephens Hemd, das sie immer noch trug. Sie hörte Marcus schnarchen. Er lag zwei Meter von ihr entfernt auf dem Rücken, und seine roten Locken umrahmten sein Gesicht auf dem Kissen wie die Mähne eines betäubten Löwen.

Was nun?, dachte sie. Was nun?

Sie hatte nicht die blasseste Ahnung. Das Einzige, was sie mit Sicherheit wusste, war, dass der Dschinn, als wäre er in der zerschlagenen Whiskyflasche eingesperrt gewesen, jetzt frei war und dort draußen mit dem Donner und den Blitzen wütete, und dass sie nicht darauf hoffen konnte, er würde sich freiwillig wieder in Gefangenschaft begeben.

22

Bella hatte es Alice Neel zu verdanken, dass sie von deformierten Frauen träumte, die sich Babys über die faltigen Schultern warfen, und von Zwillingen mit Speckrollen wie Luftballons, die sich auf einem zerknitterten Bettüberwurf wälzten. Immer wieder rissen die grellen Blitze sie halb aus dem Schlaf, und ein unablässiges Grunzen und Scharren draußen unter ihrem Fenster bescherte ihr eine schlaflose Stunde, während der sie mit der Bettdecke über dem Kopf dalag und sich einzureden versuchte, dass es nur ein Tier aus dem Wald war, kein Psychopath, der gerade die Hauswand zu ihrem Zimmer hochkletterte.

Die Krönung ihrer lausigen Nacht war, dass sie um fünf Uhr früh aufwachte. Sie lag im wässrigen Morgenlicht und fand keinen Schlaf mehr, weil sie Angst hatte, nicht rechtzeitig für ihre Verabredung mit Sean nach Trout Island zu kommen. Sie wusste nicht mehr genau, ob es während dieses frühmorgendlichen Dösens war oder vorher, dass sie auf dem Flur vor ihrem Zimmer Schritte hörte.

Um acht lockten köstliche Düfte sie schließlich aus dem Bett und nach unten in die Küche, wo Stephen mit dem Rücken zu ihr in Joggingshorts und engem T-Shirt am Herd stand.

»Morgen«, grüßte sie. Stephen zuckte zusammen.

»Entschuldige«, sagte er. »Du hast mich erschreckt.«

»Riecht gut.«

»In der Kanne ist Tee.« Er deutete zur Kücheninsel, wo eine große, bauchige Teekanne mit einem gestrickten Teekannenwärmer stand. »Ich habe nie diese amerikanische Angewohnheit übernommen, den Tag mit Kaffee zu beginnen. Ich brauche immer zuerst meine PG Tips.«

»Danke.« Bella goss sich Tee in einen der handgetöpferten Becher, die er bereitgestellt hatte.

»Du bist die Erste«, sagte Stephen und wandte sich wieder seiner Bratpfanne zu, in der, wie Bella nun sah, dicke Pfannkuchen lagen. »Nach mir natürlich. Ich gehe gerne ganz früh joggen, bevor es zu heiß wird.«

»Mum joggt auch.«

»Wirklich? Das ist neu.«

Einen Augenblick lang konnte Bella gar nicht glauben, dass sie hier in Stephen Molloys Küche stand, während er Frühstück machte. Obwohl er alt genug war, um ihr Vater zu sein, schwärmten sie und ihre Freundinnen alle für ihn. Anders als ihr Vater achtete er auf sein Äußeres. Er hatte nicht mal den Ansatz eines Bierbauchs wie viele andere Männer in seinem Alter, und seine Schultern waren so muskulös wie die von Sean.

Aber andererseits war es ja auch sein Job, sich fit zu halten. Im Gegensatz dazu war ihr Vater eher ein Charakterdarsteller, deswegen waren Äußerlichkeiten bei ihm nicht so wichtig. Und nur mal angenommen, Marcus wäre so gut aussehend wie Stephen – wäre es nicht, gelinde gesagt, ziemlich peinlich, wenn all ihre Freundinnen auf ihren Dad stehen würden? Nein, sie war froh, dass sie so einen angenehm durchschnittlichen Vater hatte.

»Hast du in der Nacht das Stachelschwein gehört?«, erkundigte sich Stephen. »Es kommt immer und nagt am Verandapfosten genau unter deinem Fenster. Veranstaltet einen Riesenkrach.«

»Das war es also«, sagte Bella. »Ich dachte, Stachelschweine gibt's nur in Afrika.«

»Ja. Tut mir leid, ich habe vergessen, dich vorzuwarnen.«

Bella kletterte auf einen der Barhocker an der Kücheninsel. »Das Essen riecht super.«

»Ich dachte, ich mache euch allen ein großes amerikanisches Frühstück.« Stephen hielt inne und lächelte sie an. »Gott, du bist wie deine Mutter.«

»Hab ich schon öfter gehört«, erwiderte Bella und fühlte sich ein bisschen verlegen. »Kanntet ihr euch früher gut?«

»Ja.« Er wandte sich wieder dem Herd zu, nahm die Pfannkuchen aus der Pfanne und goss neuen Teig hinein. »Ich habe sie kennengelernt, als sie mit Marcus gerade frisch verheiratet war. Sieh mal.« Er streute eine Handvoll Blaubeeren auf die Teigkleckse. »Frische Eier, heute Morgen gelegt, daraus macht man die besten Pfannkuchen; ein paar Beeren für die süßherbe Note. Ich habe sie vorhin auf der Lichtung hinter dem Hügel gepflückt.« Er deutete mit dem Pfannenwender aus dem Fenster. »Auf Ahornholz geräucherter durchwachsener Speck, knusprig gebraten, wie es sich gehört, und das Ganze garniert mit einem Klecks schaumig gerührter Butter und meinem Ahornsirup.«

»Wow«, sagte sie. »Wenn ich die ganze Zeit so was esse, bin ich so breit wie ein Haus, wenn wir abreisen.«

»Das wage ich doch stark zu bezweifeln«, gab er zurück und musterte sie von oben bis unten.

»Morgen.« Bellas Mutter erschien auf dem mittleren Treppenabsatz. Sie sah alt aus an diesem Morgen – ihre Augen waren blutunterlaufen und verquollen, und ihre Stimme klang kratzig. Kater, mutmaßte Bella. Ihre Eltern hatten sich am Abend ordentlich was in den Kragen gegossen.

»Oh, hi.« Stephen sah lächelnd zu ihr auf, und eine Sekunde lang fragte sich Bella, ob er früher vielleicht auf ihre Mutter gestanden hatte. Aber sie verwarf die Idee sofort wieder. Ihre Eltern waren damals schon verheiratet gewesen. Das hatte er eben selbst gesagt.

»Haben wir wieder Strom?«, fragte Lara.

»Alles wieder in Ordnung«, sagte Stephen. »Gibt es ein Lebenszeichen von den anderen?«

»Ich muss um zehn zurück sein, nicht vergessen«, erinnerte Bella ihre Mutter.

»Jack ist wach, er ist bei seinem Vater im Schlafzimmer. Das heißt, es fehlt nur noch Olly.«

»Nimm dir einen Tee, Lara. Er ist noch ziemlich frisch«, sagte Stephen.

Lara goss sich einen Becher ein und ging zum geöffneten Fenster im Essbereich, wo sie tief einatmete. »Es ist so frisch draußen nach dem Regen. Und nicht mehr ganz so warm, oder bilde ich mir das nur ein?«

»Es wird sich schnell genug wieder aufheizen«, erklärte Stephen.

Lara drehte sich um und schenkte Bella ein heiteres Lächeln. »Wie wäre es, wenn ich hochgehe und Olly wecke, und danach können wir zwei draußen einen kleinen Spaziergang machen. Ein bisschen frische Luft schnappen.«

»Okay.« Bella zuckte mit den Schultern. Ihre Mutter schien Mühe zu haben, auch nur einen Moment still zu stehen.

»Sag den dreien oben, dass es in einer halben Stunde Frühstück gibt«, bat Stephen, als Lara die Treppe hinaufging. »Ich muss noch mehr Pfannkuchen backen, aber im Ofen halten sie sich gut warm.«

Bella sah ihm bei der Arbeit zu. »Wird es dir gar nicht einsam hier draußen?«

»Manchmal schon«, gestand er. »Aber nach L. A. ist das eine ganz willkommene Abwechslung.«

»Aber da drüben muss es doch toll sein.«

»Glaub mir, Bella. Es ist der reinste Wahnsinn.« Er lächelte sie an. »Im guten wie im schlechten Sinne. Ständig steht man im Rampenlicht, und alle wollen etwas von einem.«

»Also, mir würde das ganz gut gefallen.«

»Nein. Glaub mir.«

Bella musterte ihn. Sie wollte ihm noch mehr Fragen zu seinem Leben in L. A. stellen – wen er kannte, was er machte, wo er hinging. Und sie brannte darauf, Einzelheiten über seinen Zusammenbruch und die Sache mit der Stalkerin zu erfahren. Aber die Themen waren ihr zu persönlich. Sie war nicht wie Olly.

»Allerdings«, fuhr Stephen fort, »freue ich mich unheimlich, dass ihr den Sommer über hier seid. Es wird toll, mit euch und eurer Mum einfach mal ganz normale Sachen zu unternehmen. Hier gibt es jede Menge zu tun, wenn man sich ein bisschen auskennt. Ich kann euch die Gegend zeigen.«

»Klingt gut«, sagte Bella. Sich von einem Filmstar die Gegend zeigen zu lassen wäre wirklich toll. Allerdings fragte sie sich, wie er das bewerkstelligen wollte, ohne dabei seine Tarnung aufzugeben.

»Das war ein hartes Stück Arbeit«, verkündete Lara, als

sie wieder nach unten kam. »Als müsste man jemanden von den Toten aufwecken. Komm, Bell.« Sie hakte sich bei ihrer Tochter unter. »Geh mit mir nach draußen.«

»Bis später«, sagte Stephen, als sie zur Hintertür hinaustraten.

»Du musst mich führen«, sagte Lara. »Ich war nicht auf eine Übernachtung eingestellt, deswegen habe ich weder meine Brille noch ein frisches Paar Kontaktlinsen mit.«

Die Sonne hatte das feuchte Grün bereits erwärmt und hüllte alles in einen feinen Nebel. Wie in der Dampfsauna im Prince-Regent-Bad, fand Bella. Der schwere Geruch nasser Erde lag in der Luft, und die Insekten begannen ihr Konzert für den neuen Tag.

»Das Gras ist so hart«, stellte Lara fest. »Ganz anders als das moosige Gras bei uns.«

Sie schlenderten zum Gemüsebeet in einem von der Sonne beschienenen Flecken am Rande des Rasens.

»Schau dir mal die Zucchini an.« Bella bückte sich und schob eine gesprenkelte Frucht beiseite, die von einem haarigen Blatt halb verdeckt wurde. An ihrem Ende saß eine eben verwelkte gelbe Blüte. »Da sind ja Tausende.«

»Das nenne ich Überfluss«, sagte Lara. »Und sieh mal, da – sind das Basilikum und Tomaten? Wir sollten uns wirklich um einen Schrebergarten bemühen, wenn wir wieder zurück sind.«

»Aber erwarte nicht, dass ich dir helfe«, verkündete Bella. »Ich mach mich nicht gerne dreckig.«

»Aber es ist doch eine schöne Vorstellung, findest du nicht? Selbst etwas anzubauen?«

Bella sah ihre Mutter an und bemerkte, dass ihr eine Träne auf der Wange glitzerte. »Alles klar bei dir?«

»Ja, ja. Bloß die Hormone.« Lara zupfte ein Basilikumblatt ab und rollte es zwischen ihren Fingern, bevor sie es sich unter die Nase hielt. »Was hast du denn so Wichtiges vor, dass wir um zehn zurück sein müssen?«

»Ich treffe mich mit jemandem.«

»Mit diesem netten Jungen von der Party?«, fragte Lara, als sie über den Rasen zu einer Gartenbank weiterschlenderten, vor der eine Feuerschüssel stand.

»Ja.«

»Und wo wollt ihr hin?«

»Schwimmen.«

»Wo denn?«

»Bei seinem Cousin.«

»Wie schön.« Lara ließ sich auf der Bank nieder. »Ist das weit weg?«

»Keine Ahnung.« Bella setzte sich neben sie.

»Fahrt ihr mit dem Auto?«

»Kann schon sein.«

»Dann sag ihm, er soll vorsichtig fahren. Und wenn er etwas trinkt, steigst du nicht bei ihm ein.«

»Mum …«

»Ich meine es ernst. Du bist eine kostbare Fracht.«

Das sagte sie immer.

»Und –«, fuhr Lara fort.

»Und, was?« Langsam hatte Bella genug.

»Und er soll gut auf dich aufpassen. Und mach keine Dummheiten.«

»Ich kann selbst auf mich aufpassen, Mum.«

»Natürlich kannst du das. Ich habe in deinem Alter genauso gedacht. Trotzdem war ich durchaus in der Lage, Fehler zu machen. Und ich habe welche gemacht, glaub mir.«

Bella stand auf, hob einen Stock auf und stocherte damit in der Asche der Feuerschüssel herum. Sie war noch feucht vom Regen und roch wie eine verkohlte Hausruine, die von den Schläuchen der Feuerwehrleute durchtränkt worden war.

»Lass dir einfach nicht den Kopf verdrehen, Bell, okay?«

»Komm, wir gehen wieder rein.« Bella schleuderte den Stock in den Nebel. Er wirbelte durch die Luft und landete schließlich mit einem Peitschenknall im Gras bei den Bäumen.

»Ich bleibe noch ein bisschen hier draußen«, sagte Lara. »Ruf mich, wenn das Essen fertig ist. Und hilf Stephen beim Tischdecken oder so, ja?«

»Das musst du mir nicht erst sagen, Übermutter.«

»Ich weiß.«

Bella ließ ihre Mutter auf der Bank zurück. Sie saß vornübergebeugt, zog das Hemd, das Stephen ihr geliehen hatte, um sich, als fröre sie, und blickte auf die Stelle, wo das Feuer gewesen wäre, wenn es gebrannt hätte. Sie war irgendwie komisch heute Morgen. So pingelig. Es ging Bella auf den Geist, dass sie sie nicht einfach in Ruhe lassen konnte. Sie war fast siebzehn, verdammt noch mal. Wenn sie jetzt nicht in der Lage war, auf sich selbst aufzupassen, würde sie es nie sein.

Sie ging zurück ins Haus, um dem Filmstar dabei zu helfen, den Tisch zu decken und sein Frühstück aus Pfannkuchen und Speck zu servieren.

23

Um halb zehn war die Familie Wayland wieder bei ihrem Haus in Trout Island angelangt, wo Hund sie auf dem Rasen erwartete. Marcus nahm Jack an der Hand und machte einen großen Bogen um das Tier und seine Allergene. Als Lara die Haustür öffnete, wehte ihr süßlich faulige Luft entgegen. Sie war so warm, als hätte man eine Ofentür aufgemacht. Der Gestank im Haus schien schlimmer denn je.

Mit Ausnahme von Bella, die nach oben rannte, um sich umzuziehen, waren alle Familienmitglieder aus dem einen oder anderen Grund ziemlich niedergeschlagen. Olly schnappte sich seine Gitarre und ließ sich im stickigen Wohnzimmer auf die Couch fallen, wo er einen traurigen Beirut-Song anstimmte. Jack trottete kraftlos herum und klagte über die Hitze.

»Ich geh zur Tankstelle und hole ein paar Cola light«, verkündete Marcus und nahm sich einen Zehndollarschein aus Laras Geldbeutel. Seine Lieblingskur gegen einen Kater bestand aus zwei Ibuprofen, die er mit einem Schluck des »scheißefarbenen Nektars«, wie er es nannte, herunterspülte.

Lara streifte die Clogs von den Füßen, setzte sich frische Kontaktlinsen ein, gab Jack seine Malbücher und ging dann in die Küche, um für Hund eine Schüssel Wasser zu holen.

Sie wollte gerade barfuß über den Fußboden laufen, als sie sah, dass er mit Glassplittern und Rotweinspritzern bedeckt war. Marcus musste sich gestern vor der Abfahrt ein Glas eingegossen haben – womöglich, um sich Mut anzutrinken? –, dann hatte er es halb voll stehen lassen, und irgendwie war es heruntergefallen. Und jetzt musste sie sauren Wein, Glassplitter und eine Ameisenstraße beseitigen. Auf Zehenspitzen umrundete sie die Sauerei und holte Kehrblech und Handfeger.

Als sie in die Hocke ging, um die letzten Scherben aufzufegen, tauchte Bella im Durchgang zur Küche auf. In ihrem gestreiften Trägerkleid aus Jersey und Flipflops sah sie so hübsch aus, dass es Lara ein wenig eng in der Kehle wurde. Sie hatte sich die Kameratasche über die Schulter gehängt und die Sonnenbrille oben auf den Kopf geschoben, so dass sie ihr das Haar aus dem Gesicht hielt.

Lara stand auf und drückte ihre Tochter. Sie musste sich ein bisschen strecken, um sie zu umarmen. Es war ein komisches Gefühl, als würde sich das Blatt wenden.

»Pass auf dich auf, Bell«, bat sie.

»Seufz«, machte Bella und verdrehte die Augen.

»Ich meine damit nur, du sollst deinen Kopf und dein Herz nicht verlieren. Dich vorsehen.«

»Ich gehe schwimmen, Mutter. In einem Teich. Es sind keine Waffen im Spiel.«

»Du weißt, was ich meine.«

»Gott, Mum. Lass es doch einfach mal gut sein«, sagte Bella, klang dabei aber so gutmütig, dass Lara das Gefühl hatte, ihr gefahrlos einen Kuss auf die Wange geben zu können. »Zum Abendessen bin ich wieder da.« Bella wischte sich die Stelle ab, wo Laras Lippen sie berührt hatten. Lara trat in den Durchgang, um ihr nachzusehen, als sie durchs Wohnzimmer ging. Ihr kurzes Kleid schwang hin und her und gab den Blick auf ihre perfekt geformten Beine frei.

»Sei vorsichtig, Bella«, sagte Olly in der tiefen Flüsterstimme, mit der er immer dann sprach, wenn er mütterliche Besorgnis nachahmen wollte. Dann legte er die flache Hand über die Gitarrensaiten und warf ihr einen Blick zu, der ganz und gar nicht mütterlich war.

»Halt die *Fresse,* Olly«, blaffte Bella zurück. Dann schlüpfte sie zur Tür hinaus und war fort.

»Ich neige ja dazu, ihr zuzustimmen«, sagte Lara.

»Gott noch mal«, erwiderte Olly und beugte sich wieder über seine Gitarre, um einen weniger ruhigen Song zu spielen.

Es war ein Beweis für Jacks hohe Konzentration beim Malen oder aber dafür, dass solche Szenen für ihn mittlerweile zum Alltag gehörten, dass er während des gesamten Wortwechsels nicht mit der Wimper zuckte.

Während Lara nun endlich die Wasserschüssel für den armen geduldigen Hund fertig machte, überlegte sie, dass sie vielleicht doch noch einen Versuch unternehmen sollte, mit Olly zu reden. Sie trug die gefüllte Schüssel gerade durchs Wohnzimmer, als Hunds wütendes Gebell sie zusammenfahren ließ. Wasser schwappte über Stephens Hemd, das sie nach wie vor nicht ausgezogen hatte. Ihr Leinenoberteil hatte sie bei ihm gelassen, und sie fragte sich, ob es immer noch in Vanish einweichte. Falls ja, dann war mittlerweile bestimmt auch das letzte bisschen Farbe herausgesogen.

»Kannst du mal nachsehen, was da los ist?«, bat sie Olly,

bevor sie zurück in die Küche ging, um das Hemd auszuwringen.

»Scheiße, Mann.« Olly warf seine Gitarre hin, fuhr in die Höhe und ging zur Tür. »Alter«, hörte Lara ihn kurz darauf in gänzlich verändertem Tonfall sagen. Auf die Begrüßung folgte das Aufeinanderklatschen junger Männerhände. Als sie ins Wohnzimmer zurückkam, spähte sie in den Flur. Im Türrahmen standen krumm zwei Gestalten mit Baseballkappen und auf halbmast sitzenden Hosen.

»Was geht ab, Mann?«, fragte einer von ihnen.

Olly warf einen Blick über die Schulter zurück und wandte sich dann wieder seinen Besuchern zu. Ihre Stimmen senkten sich zu einem leisen Gemurmel, als er sich gegen den Türrahmen lehnte und irgendetwas mit ihnen besprach. Lara spitzte die Ohren, konnte aber nicht hören, was sie sagten.

»Wartet kurz«, sagte Olly schließlich und kam zurück ins Wohnzimmer. Lara huschte in die Küche. Sie wollte nicht, dass er dachte, sie hätte ihn belauscht.

»Hey, Mum.« Ollys Stimme hatte einen merkwürdigen Einschlag – schon jetzt hörte man einen leichten amerikanischen Akzent. »Ich zieh mit den Jungs los. Cool?«

»Äh, okay. Cool.« Sie ging in den Flur, damit er ihr die »Jungs« vorstellte, aber noch ehe sie dort ankam, war Olly seinen neuen Freunden bereits auf die Veranda gefolgt und hatte die Tür so heftig hinter sich zugeknallt, dass die farbverklebten Fensterrahmen wackelten und der Modergestank des Hauses sie anwehte.

Sie sah zu, wie die drei über die Main Street davonschlenderten, bevor sie Hund endlich sein Wasser gab. Danach ging sie zurück ins Wohnzimmer, ließ sich auf die

Couch fallen und schloss die Augen. Wenigstens hatten sie beide hier schon Freunde gefunden, dachte sie. Immerhin. Dann wanderten ihre Gedanken von ihren Kindern zu dem, was sich am Abend zuvor zwischen ihr und Stephen abgespielt hatte, und ihr lief ein Schauer über den Rücken. Sie musste es vergessen. Sie hatte ihn abgewiesen, und er hatte sich entschuldigt. Ende der Geschichte.

Es war einfach nicht fair, dass sie und Stephen sich hier wiedergefunden hatten. Von allen Streichen, die das Schicksal ihr hätte spielen können, war das der hinterhältigste.

Ein Schatten fiel über sie.

»Cola?«

Sie machte die Augen auf und sah Marcus vor sich stehen, der ihr eine eisgekühlte rotsilberne Dose hinhielt.

»Ich habe dich gar nicht reinkommen hören.«

»Ich gebe mir Mühe, ein bisschen leiser zu sein. Ich weiß ja, wie sehr dich mein Herumgepolter nervt. Und im Haus schallt es so.«

»Was für eine Ehre.« Lara nahm die Dose von ihm entgegen. »Es ist stickig hier drin, findest du nicht auch?«

»Warum gehen wir nicht ein bisschen raus, solange Jack mit seinen Malbüchern beschäftigt ist? Vorne weht ein angenehmer Wind.«

»Okay.« Sie hielt ihm eine Hand hin, damit er ihr aufhalf.

»Stephen hatte recht«, sagte Marcus und sah sie an.

»Womit?« Sie wandte sich ab, um die Röte zu verbergen, die ihr in die Wangen gestiegen war.

»Die Farbe steht dir wirklich gut.«

»Hach, ist das nicht schön?«, sagte Marcus, als sie sich auf der Hollywoodschaukel ausstreckten. Er schwang die Beine hoch, um sie auf ihren Schoß zu legen. Hund saß auf dem Rasen und sah zu ihnen empor.

»Braver Junge«, lobte Lara.

»Ich will ihn nicht im Haus haben«, erklärte Marcus.

»Keine Sorge. Platz, Junge«, befahl Lara. Hund machte sich lang, legte sich hin und ließ den Kopf auf die Vorderpfoten sinken. »Bist du schon dazu gekommen, dich wegen einem Auto zu erkundigen?«

»Ich habe rumgefragt. Noch nichts Konkretes.«

»Irgendwas müssen wir unternehmen«, sagte sie, obwohl sie ganz genau wusste, dass es an ihr hängenbleiben würde.

Sie saßen da, schaukelten in der Hitze und nippten an ihren Coladosen.

»Ob wir uns je an diese stickige Luft gewöhnen werden?«, fragte sie. Eine neue Dunstglocke hatte sich über den frischen, vom Gewitter gereinigten Tag gesenkt. Lara fühlte, wie ihr dort, wo das Gewicht von Marcus' Beinen auf ihr lastete, der Schweiß die Kniekehlen herunterlief. Jede Pore in seinem Gesicht war gerötet, groß und glänzte.

»Wann fängst du heute an?«, wollte sie von ihm wissen.

»Um zwei. James und Betty haben gesagt, dass sie einen freien Vormittag brauchen, bevor sie sich ins nächste Projekt stürzen. Es ist nur eine Leseprobe und die Präsentation der Kostüme und des Bühnenbilds. Nichts Anstrengendes, Gott sei Dank.« Marcus trank den letzten Tropfen Cola und zerquetschte die Dose in der Faust.

»Eine Premiere, und gleich danach gehen die Proben für die nächste Inszenierung los. Das ist ganz schön viel Stress für sie, findest du nicht?«

»Nur während der Sommermonate. Den Rest der Zeit wursteln sie einfach so vor sich hin.«

Sie saßen nebeneinander, schwangen gemächlich hin und her und sahen zu, wie auf der menschenleeren Straße nichts passierte. Hund, der eingeschlafen war, wälzte sich winselnd herum.

»Könntest du so weit draußen leben?«, fragte Marcus. »So wie er?«

»Ich weiß nicht.« Sie strich sich eine Haarsträhne aus dem Auge. »Ich glaube, so ganz allein wäre das nichts für mich. Ich hätte viel zu viel Angst.«

»Soll ich dir ein Geheimnis verraten?« Marcus nahm die Hände hinter den Kopf und streckte sich. »Als ich ihn auf der Party wiedergesehen habe, war ich im ersten Moment so eifersüchtig, dass ich dachte, ich komme mit der Situation gar nicht klar.«

Lara hielt den Atem an. »Wie meinst du das, eifersüchtig?«

»Auf seinen Erfolg. Er hat's bis ganz nach oben geschafft und ich nicht.«

Erleichtert wollte Lara widersprechen, aber er hob die Hand, um ihr Einhalt zu gebieten.

»Das ist die Wahrheit. Ich arbeite, verdiene dabei aber kaum genug zum Leben, und niemand ist so vernarrt in mich, dass er mich stalken würde. Aber weißt du was? Ich *mag* den Kerl. Das war mir total entfallen, weil ich ihn so lange nicht gesehen hatte. Ich mag ihn wirklich gerne.«

»Das ist gut«, sagte Lara.

»Und in gewisser Weise tut er mir auch leid. Mag sein, dass er einer der größten Stars von ganz Hollywood ist, aber er hat nicht halb so viel wie ich. All das hier hat er nicht.«

Absurderweise zeigte Marcus dabei auf das Haus. Trotzdem wusste Lara, was er meinte.

»Ich habe lange gebraucht, um das zu begreifen, aber eigentlich bin ich viel, viel besser dran als Stephen Molloy.« Marcus nahm ihre Hand. »Außerdem«, setzte er hinzu und rieb mit dem Finger auf eine Art über ihre Handfläche, die sie ganz und gar unangenehm fand. »Wer weiß? Wenn mein Agent alle Register zieht, so wie wir es vor unserer Abreise besprochen haben, kommt ja vielleicht tatsächlich einer der großen Caster aus Manhattan hier hoch, sieht mich als Mr Mack und sagt: ›Das ist genau der rothaarige Scheißer, nach dem wir gesucht haben.‹«

Trotz des Gewichts, das auf ihrem Herzen lastete, lachte Lara.

»Ich habe bei dem Job hier einfach ein gutes Gefühl. Die Hauptrolle im schottischen Stück! So viel großartiger Text. Vielleicht bekomme ich alles mit Sahnehäubchen *und* einer Kirsche obendrauf. Man kann nie wissen.«

»Man kann nie wissen …«, sagte sie. Ihr Blick schweifte zu einem Fluchtpunkt weit hinten am Ende der Main Street. Das immerhin musste man Marcus zugutehalten: Sein Optimismus ließ ihn nur selten im Stich.

»Mummy, mir ist langweilig.« Jack kam auf die Veranda getrottet. »Ich hab Hunger.«

»Dann mache ich mich jetzt mal an meinen Text.« Marcus schwang seine Beine von Laras Schoß und griff nach seiner Tasche, die noch auf der Veranda lag, wo er sie bei ihrer Ankunft hatte fallen lassen.

Lara stand auf und ließ sich von ihrem jüngsten Sohn zurück in die Küche ziehen.

24

Marcus hatte Probe, Bella und Olly waren unterwegs, Jack schlief, und Lara hätte Zeit gehabt, sich ihrem Businessplan zu widmen. Stattdessen räumte sie auf. Es war ihr unbegreiflich, wie viel Unordnung ihre Familie innerhalb von zwei Tagen anrichten konnte. Da sie noch keinen offiziellen Platz für die Schmutzwäsche bestimmt hatte, waren Bella, Olly und Marcus dazu übergegangen, ihre dreckige Unterwäsche, stinkenden Socken und T-Shirts nach dem Ausziehen einfach auf dem Fußboden liegen zu lassen. Lara fand, dass sich genügend Wäsche angesammelt hatte, um eine Fahrt zum Waschsalon zu rechtfertigen, der, wie James ihr mitgeteilt hatte, an der Main Street hinter der Abzweigung zum Theater lag.

Sie ging von Zimmer zu Zimmer, sammelte Kleider auf, stopfte sie in eine Tüte und versuchte, dabei nicht an Stephen zu denken oder daran, was als Nächstes passieren würde. Wenn sie das Problem in ihrem Kopf ganz weit nach hinten in eine Ecke schob, würde es sich vielleicht von selbst lösen, ohne dass sie etwas dafür tun musste. Doch die Spuren, die er auf ihrem Körper hinterlassen hatte, waren schwer zu ignorieren. Alles, was sie tat, schien von einer ganz neuen Bedeutsamkeit erfüllt. Sie spürte seine Anwesenheit in den Wänden, als verfolge er jede ihrer Bewegungen und wäge sie mit seinen Blicken ab.

Genau das Gefühl hatte sie auch, als sie sich in Bellas Zimmer auf den Bauch legte und den Arm unter das Bett streckte, um nach einem Slip zu greifen. Unter Stephens imaginärem Blick war es eher eine Tanzbewegung als ein häuslicher Handgriff. Als sie den Slip ihrer Tochter unter dem Bett hervorzog, blieb ein Stück Papier daran hängen. Den Fund in der Hand, kam Lara auf die Knie und stellte fest, dass es sich um die alte Fotografie eines Mädchens handelte. Es war vielleicht zwölf Jahre alt und blickte, ohne zu lächeln, starr in die Kamera. Es trug Kleider, die Laras Vermutung nach aus den vierziger Jahren stammen mussten. Als sie das Foto umdrehte, sah sie, dass jemand auf die Rückseite den Namen »Jane« geschrieben hatte.

Lara wischte den Staub vom Foto und lehnte es gegen Bellas Fensterrahmen.

»Mummy!«, rief Jack laut aus seinem Zimmer. Laras freie Zeit war um. Jetzt stand ihr ein langer, heißer Nachmittag bevor, und sie hatte niemanden außer Jack zur Gesellschaft.

»Wie wäre es mit einer Fahrt in den Waschsalon, Jacky?«, schlug sie vor. »Ich ziehe mich nur schnell um.« Sie wollte Stephens Hemd mit in die Wäsche geben, auch wenn sie sich ihres Beweggrundes – wenn es sauber war, würde sie zu ihm fahren und es ihm zurückgeben müssen – ein wenig schämte.

Sie gab Jack ein Buch, das er anschauen konnte, während sie in der kleinen Wanne mit dem gebogenen Rand duschte. Während das eisige Wasser ihr die Hitze aus dem Körper saugte, überkam sie eine ungekannte geistige Klarheit. Sie musste Stephen sagen, dass er sie vergessen und in Frieden lassen solle. Ihre Familie war wichtiger als alles andere auf der Welt. Sie kam an erster Stelle, vor ihren eigenen selbstsüchtigen Wünschen.

Alle Beteiligten – oder zumindest die meisten – wären glücklicher, wenn die Dinge so blieben, wie sie waren.

Sie stieg aus der Wanne und trocknete sich ab, wobei sie es vermied, sich selbst im beschlagenen alten Spiegel an der blechverkleideten Wand gegenüber der Wanne zu betrachten. Das Letzte, was sie jetzt sehen wollte, war ihr schlaffer Körper mit seinen allzu deutlich sichtbaren Spuren kürzlicher und länger zurückliegender Schwangerschaften.

Die Zwillinge. *Was wäre wenn ...*

Sie schüttelte den Kopf. Wie schrecklich doch ein nagender Zweifel war, wie ein Samen, der tief in einem vergraben lag, aber jederzeit austreiben und seinen Kopf aus der Erde recken konnte.

Sie entfernte die letzten Reste von Mascara, die um ihre Augen herum zu Flecken verlaufen waren, so dass sie aussah wie ein Pandabär. Dann trug sie Feuchtigkeitscreme auf und tuschte sich die Wimpern neu. Sie schlüpfte in frische Unterwäsche, zog ihr tintenblaues Leinenkleid an, das immer besser aussah, wenn es zerknittert aus dem Koffer kam, und knüllte Stephens Hemd zusammen, um es zur Schmutzwäsche zu stecken. Dann machte sie sich mit Jack im Buggy auf die Suche nach dem Waschsalon.

Die trübe Hitze hatte sich in einen gelben Dunst verwandelt, der so dicht war, dass Lara das Gefühl hatte, als müsse sie sich durch ihn hindurchkämpfen, um auf der Main Street vorwärtszukommen. Die Straße führte an einem unbesetzten Verkaufsstand mit Blumen und Mais vorbei, dann folgten mehrere Häuser in zunehmenden Stadien des Verfalls. Schließlich gelangte sie zu dem Schild, das

James ihr beschrieben hatte. Es war mit abblätternder Farbe handgemalt und dermaßen alt, dass man es in einem der Antikläden rund um die Bibliothek hätte verkaufen können. »Wäscherei« stand in verschlungener Schreibschrift darauf, darunter waren zwei Kinder abgebildet, die Kleider in einer Zinkwanne wuschen, während um sie herum Seifenblasen aufstiegen. Ganz unten auf dem Schild deutete ein Pfeil zu einer staubigen Einfahrt, die unmittelbar hinter einem abbruchreifen Haus um die Ecke führte. Lara hoffte, dass die Wäscherei mehr als bloß Zinkwannen zu bieten hatte, um den großen Sack Schmutzwäsche zu reinigen.

Sie war froh, als sie in dem niedrigen Häuschen am Ende der Einfahrt insgesamt zehn große Waschmaschinen und fünf Trockner vorfand. Abgesehen von einer einzelnen Wäscheladung, die in einem der Trockner im Kreis herumgeschleudert wurde, war der Waschsalon leer. Lara blieb stehen und betrachtete das Braun, Beige und Grau der Kleider in der Trommel, als sie an ihr vorbeiwirbelten. Die Hitze im Waschsalon machte das Atmen fast unmöglich, und Lara fluchte leise, als sie spürte, dass ihre Achseln feucht wurden – sie hatte vergessen, nach der Dusche Deo zu benutzen. Es kam ihr so sinnlos vor, frische Kleider vollzuschwitzen, während man die alten wusch. Einen Moment lang spielte sie mit dem Gedanken, sich bis auf die Unterwäsche auszuziehen und das Kleid mit in die Maschine zu werfen.

Sie stopfte die Schmutzwäsche in die Trommel, fütterte den Schlitz mit Vierteldollarstücken und die Waschpulverschublade mit Waschpulver. Dann drehte sie sich zu Jack um, der wie ein Klecks Butter in seinem Buggy hing. »Wollen wir nach draußen gehen und das Buch hier lesen?«, fragte sie und holte sein derzeitiges Lieblingsbuch, *Wir gehen auf Bärenjagd,* aus ihrer Handtasche.

»Nein«, antwortete Jack.

»Was möchtest du denn machen?« Sie hatten eine Stunde, bis die Wäsche durchgelaufen war, und Lara wollte nicht den ganzen Weg zurück zum Haus gehen, um dann zwanzig Minuten Zeit zu haben, bevor sie erneut losmussten.

»Ich will schaukeln«, quengelte Jack. »Und es ist so heiß, ich halt das nicht aus.«

Er verzog sein verschwitztes kleines Gesicht zu einer missmutigen Grimasse. Lara sah sich im Waschsalon um. Mit seinen Wänden aus billigem Plastiklaminat und dem abgewetzten Linoleumfußboden war er fast genauso trostlos wie ihr Haus. Lara fragte sich, wer auf die Idee kam, in einem Ort wie diesem einen Waschsalon zu betreiben. Seine versteckte und durch Bäume geschützte Lage machte ihn zu einem idealen Ort für Unfug aller Arten. Jack hat recht, dachte sie. Die Schaukel ist tausendmal besser, als hier herumzusitzen und zu warten.

Da Jack behauptete, zum Gehen zu müde zu sein, schob Lara ihn im Buggy nach draußen. Sie vermutete, dass sie, um zum Spielplatz zu gelangen, die Abkürzung über den Schulhof nehmen konnten. Sie überquerten gerade den Parkplatz vor der Wäscherei, als ein Wagen mit hoher Geschwindigkeit um die schwer einsehbare Straßenecke in die Einfahrt gebogen kam. Lara schrie auf und versetzte Jacks Buggy einen Stoß, so dass er in eine Hecke rollte. Hätte sie nicht so schnell reagiert, hätte der Wagen den Buggy gestreift oder sogar Schlimmeres. Das Auto kam mit kreischenden Bremsen zum Stehen.

»Immer sachte«, sagte Lara, als sie sich wieder gesammelt hatte.

Die Fahrerin des Wagens stieg aus und murmelte etwas zu sich selbst. Ohne Lara und Jack eines Blickes zu würdigen, marschierte sie schnurstracks in den Waschsalon. Lara sah nichts als jede Menge Beige und ein braun-türkis gewürfeltes Tuch, das sie vom Vortag aus dem Diner wiedererkannte.

»Unmöglich«, sagte Lara laut zu Jack in der Hoffnung, dass die Frau es hören würde. »Sie hätte uns umbringen können.« Sie überlegte, ob sie genug Mumm hätte, hineinzugehen und die Frau auf ihr Verhalten anzusprechen. Doch dann kam diese keine Minute später mit einer vollgestopften Tasche wieder heraus. Hinter der großen Sonnenbrille konnte Lara das Gesicht der Frau nicht erkennen, aber sie hatte einen verkniffenen, bitteren Zug um den Mund. Sie warf die Wäsche auf den Rücksitz ihres Wagens, sprang auf den Fahrersitz und setzte mit quietschenden Reifen in einem weiten Bogen zurück, bevor sie davonraste und den Geruch verbrannten Gummis zurückließ.

»Erstaunlich«, sagte Lara.

»Böse Frau«, sagte Jack.

»Ganz böse Frau«, pflichtete Lara ihm bei.

Links vom Parkplatz führte ein Trampelpfad einen mit Gras bewachsenen Abhang hinunter zum Schulsportplatz. Es schien tatsächlich eine gute Abkürzung zu sein, allerdings würden sie den Buggy oben stehen lassen müssen. Lara verhandelte kurz mit Jack, dann legte sie den Buggy zusammen und deponierte ihn unter einem Busch. Gemeinsam machten sie sich, halb gehend, halb rutschend, auf den Weg den Hang hinunter. Sie überquerten das Fußballfeld und stiegen auf der anderen Seite wieder hoch zum Spielplatz.

Lara stieß Jack auf der Schaukel an und unterhielt sich mit ihm, während sie gleichzeitig versuchte, sich einen Reim darauf zu machen, was soeben passiert war. Die Einfahrt zum Waschsalon war breit genug, so dass Fußgänger und ein Fahrzeug problemlos nebeneinander Platz hatten. Außerdem würde doch jeder, der halbwegs bei Verstand war, in einer solch engen Kurve langsam fahren. Und ganz abgesehen davon, hätte die Fahrerin noch genügend Zeit gehabt, Lara und Jack zu sehen und auszuweichen. Fast schien es so, als hätte sie mit voller Absicht auf sie zugehalten. Aber warum?

Vielleicht hatte das Sonnenlicht sie geblendet. Die Wolkendecke hatte sich in der letzten halben Stunde aufgelockert, und von Zeit zu Zeit stieß die Sonne durch die Lücken. Lara testete diese Theorie, indem sie zuerst nach oben in den Himmel und dann geradeaus blickte. Es stimmte, ihre Pupillen brauchten eine Weile, um sich anzupassen. Das war auch der Grund, weshalb es mehrere Sekunden dauerte, bis ihr bewusst wurde, dass sie genau zu einem großen, fremden Mann hinüberschaute, der am hinteren Ende des Spielplatzes in einer Art Pavillon saß.

Lara spürte einen Stich des Unbehagens. Sie hatte geglaubt, sie und Jack wären allein. Das Gesicht des Fremden war hinter einem Vorhang langer blonder Haare und einer bis zu den durch eine Pilotenbrille verdeckten Augen heruntergezogenen Baseballkappe fast nicht zu erkennen, und doch hatte sie das untrügliche Gefühl, dass er in ihre Richtung blickte. Ihre Vermutung bestätigte sich, als er lächelnd die Hand hob, um ihr zuzuwinken. Irgendetwas an ihm war seltsam, und Laras Instinkte schlugen Alarm. Er war für die Hitze viel zu dick angezogen und schien irgendwie nicht in seine Haut zu passen. Hätte Lara für einen Film die Rolle eines Psychopathen besetzen müssen, hätte sie den Mann auf jeden Fall zum Recall eingeladen.

Sie wandte den Blick ab und tat so, als hätte sie sein Winken nicht bemerkt. Gleichzeitig überlegte sie. Der Spielplatz lag in unmittelbarer Nähe zur Straße. Überall standen Häuser, und das Theater befand sich direkt gegenüber. Es waren jede Menge Leute in der Nähe, die sie hören würden, falls sie schrie.

»Mummy, wer ist das?«, fragte Jack und zeigte auf den Mann, während er auf der Schaukel nach oben flog.

»Pst. Man zeigt nicht mit dem Finger auf andere Leute, Schätzchen«, mahnte Lara. Dann sah sie zu ihrer Beunruhigung, dass der Unbekannte aufgestanden war und Anstalten machte, zu ihnen herüberzukommen.

»Ich glaube, jetzt ist es genug, was meinst du, Jack? Wir könnten Daddy auf der Probe besuchen gehen.«

»Jippie!«, rief Jack, während Lara bereits nach der Schaukel griff, um sie anzuhalten. Sie nahm ihren Sohn auf den Arm und wandte sich zum Gehen.

»Hallo!«, rief der Mann und beschleunigte seine Schritte, um sie einzuholen. Er hatte einen starken Südstaatenakzent. »Warten Sie kurz.«

»Verzeihung. Ich glaube nicht, dass wir uns kennen«, sagte Lara, die einsah, dass sie keine andere Wahl hatte, als stehen zu bleiben und mit ihm zu reden. Was blieb ihr anderes übrig? Falls der Mann wirklich gefährlich war, würde sie ihm sowieso niemals davonlaufen können, und falls er nur freundlich sein wollte, sollte er sie nicht für unhöflich halten.

»Sam Miller«, stellte sich der Mann vor und streckte die Hand aus, um ihre zu schütteln.

»Hallo. Lara Wayland«, sagte Lara und sah ihn an.

Jack kicherte und zappelte so lange auf Laras Arm, bis sie ihn auf den Boden stellte. Er ging auf den Mann zu. »Stephen, warum hast du dich verkleidet?«, wollte Jack wissen.

»Erwischt«, antwortete »Sam Miller« in dem Manchester-Dialekt, den Lara so gut kannte. »Wie heißt es doch so schön? Kindermund tut Wahrheit kund.«

»Stephen?« Lara musste lachen, so erleichtert war sie. »Was in drei Teufels Namen treibst du in dem Aufzug?«

»Wie soll ich mich sonst frei bewegen?«, fragte er zurück. »Ich habe Jahre meines Lebens in der Maske zugebracht. Jetzt kann ich das, was ich da gelernt habe, wenigstens mal zum Einsatz bringen.«

»Aber warum *so*?«, fragte Lara. »Ich dachte schon, du wärst ein Verrückter, der uns kidnappen will.«

»Die meisten Leute kommen Sam Miller nicht zu nahe«, erklärte Stephen lachend. »Sie stellen ihm nicht allzu viele Fragen.«

»Das scheint mir doch ein unverhältnismäßig großer Aufwand zu sein«, erwiderte Lara, während ihr klar wurde, wie dumm sie gewesen war. Unter den vier oder fünf äußerlichen Bestandteilen seiner Verkleidung war es ganz eindeutig Stephen.

»Es ist eine angenehme Abwechslung. Normalerweise starren mich immer alle an, weil sie glauben, ich wäre ihr Eigentum. Ich habe das einfach nicht länger ausgehalten. Mag sein, dass es dir überzogen vorkommt, aber es funktioniert.«

»In der Maskerade kann ich dich gar nicht ernst nehmen.«

»Ich bin froh, dass wir uns über den Weg gelaufen sind«, gab Stephen zu. »Ich musste immer wieder über unser Gespräch gestern Abend nachdenken, und ich wollte mich bei dir entschuldigen.«

Lara warf ihm einen warnenden Blick zu und deutete mit dem Kopf auf Jack, der sie an der Hand gefasst hatte und in Richtung Theater zog.

»Oje«, sagte Lara. »Ich habe ihm versprochen, dass wir bei Marcus reinschauen.«

»Isst du gerne Eis, Jacko?« Stephen beugte sich zu Jack herunter, bis seine Augen auf derselben Höhe waren wie die des Jungen.

Jack strahlte und nickte, so dass es aussah, als würden seine Sommersprossen tanzen.

»Pass auf, dann werde ich jetzt mit dir und deiner Mum zur hiesigen Eisdiele fahren. Es ist die beste im ganzen County. Jeder kennt sie.«

»Wow!«, machte Jack.

»Sie heißt Pretty Fly Pie …«, erklärte Stephen und richtete sich auf. »Und sie ist wirklich einmalig. Mein Wagen steht da drüben.« Er zeigte auf einen zerbeulten roten Jeep Wrangler, der vor dem Theater parkte.

»Müssen wir mit dem Auto fahren?« Lara dachte an ihre Wäsche.

»Auf jeden Fall. Es sind ungefähr zehn Meilen in diese Richtung.« Stephen deutete nach Westen.

»Und das nennst du hiesig?«

»Willkommen in Amerika.«

Während sie beim Haus anhielten, damit Lara den Kindersitz holen konnte, ließ Stephen zu Jacks Entzücken das Dach des Wrangler herunter. Den Wind in den Haaren, fuhren sie los, aus dem Ort hinaus in dieselbe Richtung, die Lara beim Joggen eingeschlagen hatte. Doch statt nach der Überquerung der Brücke dem Fluss zu folgen, fuhren sie geradeaus weiter aufs offene Land hinaus. Im Zickzack schlängelten sie sich einen steilen Hügel hinauf und auf der anderen Seite wieder hinunter, dann kreuzten sie eine gigantische sechsspurige Schnellstraße, auf der lediglich drei Autos und ein Lkw zu sehen waren. Links der Straße befand sich eine verlassene Tankstelle, die im Schatten eines nicht zum Stil der Umgebung passenden, zehn Meter hohen Sunoco-Leuchtschilds regelrecht winzig aussah. Abgesehen von einem kleinen Wohnwagenpark, war sie das erste Gebäude, das sie zu Gesicht bekamen, seit sie Trout Island verlassen hatten.

»Wie weit ist es denn noch?«, rief Lara über das Röhren des Motors und den Fahrtwind hinweg. Sie staunte sehr, dass Stephens Perücke noch festsaß.

»Wir sind fast da«, antwortete er. »Haltet Ausschau nach dem Pie.«

Hinter der Brücke über die Schnellstraße bogen sie rechts ab und fuhren langsam durch einen Ort, der das exakte Abbild von Trout Island war, nur dass er die majestätische Präsenz eines Theatergebäudes vermissen ließ. Am Ortsausgang beschleunigte Stephen wieder, und es ging noch einige Meilen durch die Wildnis, bis schließlich vor ihnen ein hölzernes Schild in Form eines gigantischen geflügelten Pie auftauchte.

»Pretty Fly Pie …«, verkündete Stephen und lenkte den Wagen auf den gekiesten Parkplatz vor einer rot gestrichenen Scheune. Ein weiteres Schild über dem Eingang versprach »… und verflixt gutes Eis«.

»Wehe, wenn es nicht verflixt gut ist«, sagte Lara. »Es hat einen ziemlich heftigen CO_2-Fußabdruck.«

»Glaub mir, es ist jedes Gramm wert«, versicherte Stephen und holte Jack aus seinem Kindersitz. Er wollte ihn auf den Boden stellen, doch Jack klammerte sich an seinem Hals fest. Sie sahen aus wie eine Familie, als sie über den Parkplatz gingen.

Durch das Scheunentor gelangte man in einen großen, hohen Raum, in dem erstaunlich viele Menschen auf bunt zusammengewürfelten Stühlen saßen und Pie oder Eiscreme aßen. Einige spielten Schach auf Brettern, die auf die Tischplatten gemalt waren, andere hatten sich über Puzzles gebeugt. Man konnte auch Obst und Gemüse kaufen – an einem hölzernen Verkaufsstand gleich neben dem Eingang wurden Pfirsiche aus Pennsylvania angeboten, die so reif waren, dass sie die Scheune mit ihrem lieblichen Duft erfüllten. Daneben standen auf einem Regal Körbe voller Maiskolben, deren gelbe Kerne unter den papierdünnen Hüllblättern noch taufeucht waren. Es gab stapelweise Bio-Tomaten in den unterschiedlichsten Formen und Größen und in allen Farben des Sonnenuntergangs, ebenso Blaubeeren, winzig kleine Erdbeeren, Basilikum, Zucchini und Paprika. Weiter hinten wurden auf mehreren Holzregalen Honig, Marmeladen, Ahornsirup und Küchenbretter aus heimischem Holz angeboten, die jemand namens Wally Woodshop gefertigt hatte. An der Längsseite schließlich befand sich der Heilige Gral, auf dessen Suche sie hergekommen waren: dreißig verschiedene Geschmacksrichtungen hausgemachter Eiscreme.

»Das Eis und die Pies sind aus eigener Herstellung, sämtliches Gemüse wird hinter der Scheune nach biologischen

Richtlinien angebaut, und die meisten anderen Produkte stammen aus einem Zwanzig-Meilen-Umkreis. Du musst also kein allzu schlechtes Gewissen haben«, erklärte Stephen.

Lara nahm einen Pfirsich und sog tief dessen Duft ein. Er fühlte sich an, als würde er jeden Moment in ihrer Hand zerfließen. Jack kletterte von Stephens Arm herunter und steuerte schnurstracks auf die Eistheke zu. Lara merkte, wie ihr die Tränen kamen, einfach nur weil es so schön war. Sie sah zu Stephen auf, der sie mit einem Lächeln beobachtete.

»Hübsch hier, oder?«, fragte er.

Lara legte den Pfirsich zurück und schaute sich um. »Wunderschön.« Den Satz, den ihr Magen bei Stephens Blick machte, überspielte sie, indem sie Jack zur Eistheke folgte, um ihm bei der Auswahl behilflich zu sein.

»Ich will alle«, verkündete Jack, der sich am Tresen festhielt und auf die Zehenspitzen gestellt hatte, damit er besser sehen konnte.

»Also, ich weiß nicht«, sagte Lara. »Vielleicht kannst du dir zwei aussuchen?«

Während sie Jack bei seiner schweren Entscheidung half, spürte sie Stephen ganz in ihrer Nähe.

»Hey, Sam, wie geht's, wie steht's?«, fragte der füllige Mann hinter dem Tresen.

»Gut geht's, Jim, danke«, antwortete Stephen und schaltete wieder auf den galanten Südstaatenakzent vom Spielplatz um. »Für den Kleinen empfehle ich den Sundae«, sagte er in derselben Stimme zu Lara. »Die Schokoladensoße ist ein Gedicht. Im Übrigen sind Sie eingeladen.«

»Wie nett von Ihnen, Sir«, bedankte sie sich und knickste wie eine Südstaatenschönheit. »Sie scheinen ja, was das Sortiment angeht, ein echter Connaisseur zu sein. Kommen Sie oft hierher?«

»Sehr oft«, erwiderte er, und Lara stellte sich vor, wie Stephen in seiner absurden Verkleidung hierherfuhr und ganz allein sein Eis aß. Puzzelte er, um sich die Zeit zu vertreiben? Suchte er sich einen Schachpartner?

Irgendwann war die Auswahl getroffen. Der geduldige, höfliche Jim nahm einen kunstvollen Eisbecher in Form einer Muschel und setzte jeweils eine Riesenkugel Cookie-Dough- sowie Erdnussbutter-Eiscreme darauf. Dann ging er mit einem erstaunlich grazilen Schritt zu den Soßenspendern und pumpte warme Schokoladensoße über das Eis.

»Streusel?«, fragte Jim an Jack gewandt.

»Streusel«, bestätigte Stephen.

»Das ist viel zu viel«, protestierte Lara, als sie die Schale für Jack entgegennahm.

»Keine Sorge«, sagte Stephen, nach wie vor in seinem Südstaatenakzent. »Ich helfe ihm.«

»Sonst noch jemand?« Jim verzog die fleischigen Lippen zu einem engelsgleichen Lächeln.

»Ich nehme eine Kugel hiervon.« Lara zeigte auf die fettarmen, zuckerfreien Wassereissorten ganz am Rand der Theke.

»Sind Sie sicher?«, fragte Jim. »Die hier sind um Längen besser.« Mit der Hand fuhr er an den überquellenden Bottichen, voll mit Double-Chocolate-, Hershey-Bar-, Buttermandel- und Maple-Fudge-Eiscreme, entlang.

»Nur zu, die Dame«, sagte Stephen. »Eine Frau wie Sie muss doch nicht auf ihre Figur achten.«

»Sie alter Charmeur, Sie.«

Am Ende entschied sie sich für eine Kugel Kürbiseis in

der Waffel, weil Kürbis eine Sorte war, die sie noch nie probiert hatte. Stephen wählte Strawberry Cheesecake und Toffee Cookie Crumble in einer Schale so wie Jack, allerdings mit Schlagsahne obendrauf.

»Jetzt habe ich alle durch«, meldete er zufrieden.

Während Stephen bezahlte, machten sich Lara und Jack auf die Suche nach einem freien Tisch.

»Oh!« Lara blieb wie angewurzelt stehen. Durch das Tor spazierten Hand in Hand und so sehr aufeinander fixiert, als wären sie die einzigen Menschen auf der Welt, Bella und Sean. Sean legte seine Hand unter die von Bella, als sie einen Pfirsich hochhob, damit er daran riechen konnte. Dann deutete sie auf den Mais, und er pflückte einen dreißig Zentimeter langen Stängel Basilikum ab, den er ihr wie eine Blume überreichte. Es war fast wie eine Parodie junger Liebe, und einen Augenblick lang verspürte Lara einen Stich des Neids angesichts solcher Unbeschwertheit.

Dann wandte sich Bella in ihre Richtung, um das Eis zu begutachten, und sah ihre Mutter und ihren kleinen Bruder dastehen und sie ungläubig anstarren.

»Mum?«, rief sie. »Was macht ihr denn hier?«

»Wonach sieht es denn aus?«, fragte Lara und leckte an ihrem Eis, das die Waffel hinunter über ihre Finger tropfte. Es war köstlich: die gedämpfte Süße von Kürbis, gekrönt von einem Hauch Zimt, und eine beinahe pudrige Textur.

»Eis, Bell. Lecker«, sagte Jack und erklomm einen Stuhl. Schon jetzt hatte er mehr Schokoladensoße am Mund als auf seinem Teller.

Bella zog Sean mit sich zu ihrem Tisch. »Mum, das ist Sean.«

»Ich weiß. Wir kennen uns schon.« Lara lächelte zu ihm auf. »Ich dachte, ihr wolltet schwimmen gehen?«

»Waren wir ja auch«, entgegnete Bella. »Aber irgendwann sind wir ganz schrumpelig geworden, deshalb ist Sean mit mir hierhergefahren. Ist es nicht toll hier?«

»Ach so, ihr seid mit dem Auto gekommen«, sagte Lara. »Du warst hoffentlich angeschnallt.«

»Hi, ich bin Bella. Laras Tochter.« Bella streckte die Hand über den Tisch, um Stephen zu begrüßen, der sich zu ihnen gesellt hatte und Jack gerade die Schokolade vom Gesicht wischte. Er fasste sie bei den Fingerspitzen, dann beugte er sich zu ihr und flüsterte ihr etwas ins Ohr. Bellas Augen weiteten sich. Sie machte einen Schritt zurück und musterte ihn. Dann grinste sie. »Stimmt. Jetzt fällt's mir auch auf.«

Stephen legte einen Finger an die Lippen.

»Hey, ›Sam‹«, sagte Sean.

»Du weißt Bescheid?« Bella drehte sich mit offenem Mund zu ihrem Freund um.

»Ich dachte, nur James, Betty und Trudi wären eingeweiht?«, sagte Lara zu Stephen.

»Na ja, Sean hat mich mal zufällig auf der Farm gesehen. Aber er ist ein guter Junge. Ich würde mein Leben in seine Hände legen«, flüsterte Stephen.

»Grund genug hast du ja«, erwiderte Sean ernst.

»Ich wünschte, ich hätte das früher gewusst. Du hast ja keine Ahnung, wie schwer es war, dichtzuhalten«, beschwerte sich Bella bei Sean. Dann wandte sie sich wieder Stephen zu und musterte dessen Verkleidung. »Echt schrill.«

»Also, wollt ihr zwei euch auch was gönnen?«, sagte Stephen lauter und wieder in seiner Sam-Stimme. Er langte in seine Brieftasche und reichte ihnen einen Zehndollarschein über den Tisch. »Na los, Kinder. Euer Onkel Sam gibt einen aus.«

»Danke, Sam«, sagte Bella.

Lara sah den beiden zu, wie sie zur Eistheke gingen. Sean erklärte Bella die verschiedenen Sorten und hatte dabei die Hand an ihrer Hüfte, so dass sie ihm immer ganz nah war. Die Art, wie Bella sich zu ihm umdrehte, der Ausdruck in ihren Augen, wenn sie mit ihm sprach, und die veränderte Form ihrer Lippen, wenn sie ihm zuhörte, sagten mehr darüber aus, wie weit diese Freundschaft mittlerweile gediehen war, als Lara wissen wollte. Seufzend aß sie das letzte Stückchen ihrer Eiswaffel. Sie hatten sich gerade erst kennengelernt, und Bella war noch so jung. Sie war bis über beide Ohren verliebt – das sah selbst ein Blinder. Lara wappnete sich. Das Beste, worauf sie hoffen konnte, war, dass ihrer Tochter das Herz gebrochen wurde – oder dass sie es war, die ihm das Herz brach. Alles andere wäre in ihrem Alter einfach undenkbar.

»Na, erinnern die zwei dich an jemanden?«, raunte Stephen dicht neben ihr in seiner echten Stimme.

Lara kaufte einen Korb voll Gemüse und Obst. Dann lud sie Sean und Stephen zum Abendessen ein. Sie wollte Pasta mit frischer Basilikum-Tomatensoße kochen, garniert mit Pecorino aus regionaler Produktion, gefolgt von einem Pretty-Fly-Blaubeerpie. Nach kurzem Zögern und einem gequälten Seitenblick auf Bella nahm Sean die Einladung an. Stephen hingegen sagte, er müsse nach Hause, um die Hühner zu füttern. Im Konvoi machten sie sich auf den Weg zurück. Stephen und Lara mit Jack auf dem Rücksitz, dahinter Sean zusammen mit Bella in Seans Wagen, der, wie Lara erleichtert feststellte, ein vernünftiger, nicht zu alter Nissan war.

Als sie die steile Anhöhe jenseits der Schnellstraße hinauffuhren, fiel Lara wieder ein, dass sie noch beim Waschsalon vorbeimusste. Als sie Trout Island erreicht hatten, bat sie Stephen, rechts ranzufahren. Sie lief zu Sean und Bella, die hinter ihnen angehalten hatten, um ihnen Bescheid zu geben, sie sollten schon zum Haus vorfahren, während sie und Stephen die Wäsche holten.

Auch diesmal trafen sie im Waschsalon niemanden an. Als Erstes holte Lara den Buggy und lud ihn in Stephens Kofferraum. Dann betrat sie das Häuschen. Die Waschmaschine, in die sie ihre Wäsche gesteckt hatte, war leer. In der Annahme, sie habe einen ähnlichen Fehler gemacht wie auf dem Supermarktparkplatz mit ihrem Wagen, sah sie in den anderen Maschinen nach, fand aber nichts als leere, glänzende Stahltrommeln vor. Zu guter Letzt schaute sie noch in die Trockner, weil sie dachte, jemand könnte in wohlmeinender Absicht ihre Wäsche aus der Maschine genommen haben, aber auch dort war keine Spur von ihren Sachen. Die Wäschekörbe aus Plastik waren ebenfalls leer.

Irritiert überflog sie, auf der Suche nach einer Telefonnummer, die primitiven Schilder, die überall an die Wände geklebt waren und die zahlreiche Anweisungen in fehlerhafter Rechtschreibung enthielten, wie etwa: MASCHIENEN NICHT ÜBER LADEN und VOR DEM BEFÜLEN BITTE TASCHEN LEHREN. KUNDEN HAFTEN FÜR EVENTUELE SCHÄDEN. Schließlich entdeckte sie einen kleinen handgeschriebenen Zettel, der kaum sichtbar unter dem Waschpulverautomaten hing und auf dem eine Kontaktnummer FÜR DEN STÖRFALL angegeben war. Lara notierte sich die Nummer auf den Arm.

»Mistkerle«, sagte sie, als sie zum Wrangler zurückging. Stephen saß auf der Rückbank und las Jack aus *Wir gehen auf Bärenjagd* vor, das er in ihrer Handtasche gefunden haben musste. »Jemand hat unsere Wäsche mitgenommen. Irgendjemand hat unsere gesamte Wäsche geklaut.«

»Wie seltsam. Kinder?«, fragte Stephen.

»Oder vielleicht haben Olly und Marcus sie mitgenommen?«, überlegte Lara. »Obwohl ich das bezweifle.«

»Die böse Frau«, sagte Jack.

»Du hast recht, Jack«, stimmte Lara ihm zu. »Vielleicht war es die böse Frau.«

»Welche böse Frau?« Stephen sah zu ihr auf.

»Irgendeine Schwachsinnige hätte uns beinahe überfahren, als wir heute Nachmittag hier waren«, erklärte Lara, während sie in den Wrangler stieg. »Aber was sollte sie mit unserer Wäsche anfangen?«

»Wie hat sie ausgesehen?« Stephen kletterte nach vorn auf den Fahrersitz.

»Ich konnte sie nicht genau erkennen. Irgendwie braun, mittleres Alter. Wütend. Sie ist um die Ecke gerast gekommen, hätte uns fast umgefahren, dann hat sie uns beschimpft und ist da drin verschwunden.« Lara zeigte auf den Waschsalon. Als sie sich danach zu Stephen umdrehte, fiel ihr auf, dass sein Blick sich verdüstert hatte.

»Das ist meine Schuld«, sagte er.

»Was?«

»Nichts.«

»Nein, was ist los?«

Er wandte den Blick ab, legte die Hände in den Nacken,

ließ den Kopf hängen und seufzte. »Wo ich bin, passieren ständig merkwürdige Dinge«, fügte er hinzu.

Sie legte ihm eine Hand auf die Schulter. »Hör zu, mach dir keine Gedanken. Wahrscheinlich gibt es eine ganz simple Erklärung dafür. Ich rufe die Nummer hier an, sobald wir zu Hause sind.« Sie wies auf das Gekritzel auf ihrem Arm. »Und ich bin mir sicher, dass die Sachen wieder auftauchen werden. Wenn jemand hier im Ort in Ollys Made-in-Brighton-T-Shirt herumläuft, dann haben wir unseren Dieb. Aber Marcus wird sich ärgern, dass sein Paul-Smith-Hemd weg ist. Ach, verdammt«, sagte sie, als es ihr wieder einfiel. »Dein Hemd war auch mit dabei.«

»Zerbrich dir deswegen nicht den Kopf. Ich habe Hunderte«, beruhigte Stephen sie. »Aber ich werde zusehen, dass du dein Oberteil so schnell wie möglich wiederbekommst. Jetzt habt ihr ja nicht mehr viel zum Anziehen.« Er startete den Motor. »Ich fahre dich mal lieber zurück. In ein paar Minuten kommt Marcus nach Hause.«

»Du scheinst seinen Probenplan ja gut zu kennen«, wunderte sich Lara und schnallte sich an.

»Ich habe so meine Quellen«, sagte er grinsend.

Er fuhr langsam um den Block zu ihrem Haus, parkte am Straßenrand, stieg aus und half Lara dabei, ihre Einkäufe aus dem Kofferraum zu holen. Dann hob er Jack aus seinem Kindersitz, löste den Sicherheitsgurt und trug den Sitz auf die Veranda.

»Wir sehen uns bald wieder, Lara. Sehr bald.« Er strich ihr über die Schulter und beugte sich vor, um sie auf die Wange zu küssen, dann stieg er in den Wrangler und fuhr davon.

Lara blieb stehen und winkte, die Einkäufe zu ihren Füßen. Ihre Wangen brannten dort, wo seine Lippen sie berührt hatten. Eine Brise zauste die hohen Ahornbäume, die rund ums Haus wuchsen, so dass sie einen Moment lang nichts anderes hören konnte als das Rauschen ihrer Blätter. Hatte sie nicht am Morgen erst beschlossen, Stephen nie wiederzusehen? Und hatte sie nicht gerade einen ganzen Nachmittag mit ihm verbracht und auch noch Jack in die Sache hineingezogen?

Dann erspähte sie Marcus weit hinten auf der Main Street, seine Haarfarbe und Gestalt unverwechselbar, wie er mit einer schweren Umhängetasche über der Schulter und einer Zigarette in der Hand den Gehweg entlangschlenderte. Die tief stehende Sonne des späten Nachmittags leuchtete in seinem Haar, so dass er aussah, als stünde er in Flammen. Seinem federnden Schritt nach zu urteilen, hatte er einen guten Arbeitstag gehabt. Er wirkte seltsam vollständig, als habe er endlich seinen Platz in der Welt gefunden.

»Daddy!«, rief Jack und rannte seinem Vater entgegen.

Und hier stehe ich, dachte sie. Seine Lara, die mit dem Gedanken spielt, all dieses Glück zu zerstören.

25

Bella lag im Dunkeln in der brütenden Hitze ihres Zimmers und lauschte dem Summen einer Mücke, die Kurs auf ihre Haut nahm. Nach dem unangenehmen Abend war sie ganz durcheinander, und das Mückensummen machte es noch schlimmer. Eins der Fliegengitter hatte einen kleinen Riss, und als sie gestern Abend weggefahren waren, musste sie das Licht angelassen haben. Deshalb hatte sie vor dem Insbettgehen eine geschlagene halbe Stunde damit verbringen müssen, mit einer Sandale bewaffnet durchs Zimmer zu schleichen und die gerissenen kleinen Biester, die den Weg hineingefunden hatten, auf der stockfleckigen Tapete zu blutigen Flecken zu zerquetschen.

Das Summen der letzten verbliebenen Mücke verstummte, und sie spürte den Stich, als der Stechrüssel die Haut an ihrem Bauch durchdrang. Sie hielt den Atem an, hob die Hand und ließ sie mit einem lauten Klatschen auf ihren Bauch niedersausen. Sie zerrieb die krümeligen Überreste des Insekts zwischen den Fingern. Wenn sie das Licht anmachte, würde sie ihr eigenes Blut sehen können – Motiv genug für ihr Attentat. Aber sie war zu faul, sich aus dem Bett zu lehnen und an diesem dämlichen Schalter herumzufummeln.

Der Nachteil daran, dass die Mücke jetzt nicht mehr summte, war, dass sie Olly besser hören konnte. Er schrieb gerade an einem Song, was bedeutete, dass er einen Heidenlärm veranstaltete. Er hatte diese raue Klagestimme, die ihr so unglaublich auf die Nerven ging. Sie klang total gekünstelt, und ihr einziger Zweck war es, sie in den Wahnsinn zu treiben. Er sei, so hatte er während des peinlichen Abendessens erklärt, zu dem Sean mit eingeladen gewesen war, gerade dabei, ein Byron-Gedicht aus dem Band zu vertonen, den Stephen ihm geliehen hatte. Also musste Bella jetzt Ollys Stimme ertragen, die aus dem Nebenzimmer zu ihr herüberdrang.

»Sie hatte meine Züge – ihre Augen,
Ihr Haar, der Ton selbst ihrer Stimme war,
So sagte man, dem meinen ähnlich …«

»Halt's Maul«, stöhnte Bella in die undurchdringliche Dunkelheit ihres Zimmers. Sie wusste genau, was für ein Spiel er trieb. Als sie in der Schule die Romantiker durchgenommen hatten, hatte sie auch etwas über Byron und dessen Verhältnis zu seiner Halbschwester gelesen. Es war einfach so typisch Olly, dass er jetzt versuchte, aus dem, was zwischen ihnen gelaufen war, etwas Erhabenes zu machen. Die Nummer hatte er schon mal versucht, zu Hause in Brighton. Ihre Eltern waren aus gewesen, und er hatte völlig zugedröhnt oben auf der Treppe gestanden, ihr den Weg versperrt und irgendwas davon gefaselt, dass in Bali zweieiige Zwillinge unterschiedlichen Geschlechts zur Heirat gezwungen würden, weil man davon ausging, dass sie bereits im Mutterleib Sex gehabt hatten.

Solange es nur irgendeine gelehrte Erklärung gab, war für Olly alles in Ordnung. Sie selbst jedoch empfand nichts als Scham. Sie wollte alles vergessen. Am liebsten hätte sie so getan, als wüsste niemand außer ihr davon. Aber wie sollte das gehen, wenn er es auch wusste? Und sie immer von neuem damit quälte?

Endlich war Olly mit seiner Songschreiberei fertig. Bella versuchte, die Verspannung in ihren Schultern nach unten wegzuatmen, durch die Fingerspitzen auf das zerknitterte Bettlaken. Sie zwang ihren Kopf dazu, den ganzen Müll loszuwerden, und bemühte sich, ihn stattdessen mit schönen Gedanken zu füllen.

Es war so heiß, dass man kaum Luft bekam. Das nächste Gewitter war im Anmarsch. Sie hatte es »im Urin«, wie ihr Vater immer zu sagen pflegte. Aber sie würde keinen Strom verschwenden, indem sie den Ventilator einschaltete. Am Nachmittag, nachdem sie und Sean im abgelegenen Teich seines Cousins nackt gebadet und noch einige andere Sachen gemacht hatten – bei der Erinnerung an diese *anderen Sachen* entfuhr ihr ein genüsslicher Seufzer –, war Sean mit ihr in einen Ort gefahren, dessen unaussprechlicher Name angeblich indianischen Ursprungs war. Dort hatten in der drückenden Hitze die Türen sämtlicher Geschäfte sperrangelweit offen gestanden, und trotzdem war es in den Geschäften kalt wie in einem Eisschrank gewesen. Sie und Sean hatten versucht auszurechnen, wie viel Energie alle Geschäfte Amerikas zusammengenommen verpulverten, indem sie ihre Kunden schockfrosteten, so dass diese selbst bei hohen Temperaturen warme Sachen anziehen mussten. Es war unvorstellbar. In ihrem Bett zu liegen und zu schwitzen war Bellas ganz persönliche Maßnahme gegen den Klimawandel. Mit einem Schmunzeln dachte sie daran, dass es, wenn sie noch einen zweiten Körper neben sich hätte, noch heißer und ihr Protest somit noch größer wäre.

Tja, die Aussicht war eher gering, solange ihr Bruder in der Nähe war.

Schon wieder war sie bei Olly gelandet und ließ es zu, dass er ihre Gedanken vergiftete. Sie ging die Ereignisse des Abends durch und stöhnte erneut.

Sie hob ihr Bettlaken an und ließ es dann herabsinken, um sich ein bisschen Luft zuzufächeln. Die war zwar nicht kühler, aber wenigstens nicht ganz so abgestanden.

Zu allem, was Sean am Tisch gesagt hatte, hatte Olly einen doppeldeutigen oder gemeinen Kommentar abgegeben, um ihn lächerlich zu machen. Sean war nie darauf eingegangen, aber sie hatte genau gemerkt, wie sehr es ihm zusetzte.

»Mich hätte fast der Schlag getroffen, als uns die beiden plötzlich im Pretty Fly Pie über den Weg gelaufen sind …«, hatte ihre Mutter gesagt.

»Ihr könnt froh sein, dass ihr nicht *mir* über den Weg gelaufen seid«, hatte Olly gemurmelt und dabei den Kopf so gedreht, dass nur Bella und Sean ihn hören konnten.

Und Marcus war so *überschwänglich* gewesen. Er hatte Sean Wein aufgenötigt, ihn nach seinen Plänen für die Zukunft gefragt und ihn ausgequetscht wie einen potentiellen Schwiegersohn. Es war die absolute Tortur gewesen. Aber bei Marcus war das nun mal so. Wenn er Gäste hatte, ging er immer voll in die Charme-Offensive. Und an diesem Abend hatte er besonders dick aufgetragen, weil seine Leseprobe so gut gelaufen war.

Aber ihre Mutter war auch irgendwie komisch gewesen. Sie hatte sich ein Glas Wein nach dem anderen eingegossen, sie mit diesem dämlichen Ausdruck in den Augen angelächelt, Sean und sie mit »ihr zwei« angesprochen und Witze übers Händchenhalten und Schnäbeln und so weiter gemacht. Es hatte Bella all ihre Selbstbeherrschung gekostet, nicht vor lauter Peinlichkeit unter den Tisch zu kriechen.

Dann noch die detaillierte Auflistung ihrer Unterwäscheteile, die in der gestohlenen Wäsche gewesen waren. Das war überhaupt die Krönung. Bella versuchte, ein bisschen Leben in ihr Kissen zu prügeln. Ihr Lieblingskleid und ein unersetzbarer BH waren weg, geklaut von irgendeinem Perversling, weil ihre Mutter mit Stephen Molloy losgezogen war und die Wäsche einfach vergessen hatte. Und jetzt taten ihre Eltern so, als wäre die ganze Geschichte ein Riesenwitz.

Sie kratzte die Schwellung, die die Mücke hinterlassen hatte. Wenigstens würden dabei ein paar neue Sachen zum Anziehen für sie rausspringen. Falls es hier am Ende der Welt überhaupt einen halbwegs anständigen Laden gab. In der Stadt mit dem unaussprechlichen Namen hatte sie nur einen einzigen Klamottenladen gesehen, und das war so ziemlich der finsterste Laden der Welt gewesen. Er hieß Fashion Bug und verkaufte nichts außer pastellfarbenem und limettengrünem Polyester.

Sie suchte nach etwas Positivem, an das sie denken konnte. Die *anderen Sachen* natürlich. Und Sean. Der wunderschöne Sean. Als sie sich auf der Veranda voneinander verabschiedet hatten, hatte er ihr gesagt, wie nett er ihre Eltern finde, wie cool sie seien und dass er sie hoffentlich noch öfter sehen werde.

Sie hatten sich geküsst – mit etwas weniger Leidenschaft als am Teich seines Cousins, aber immer noch heftig genug, um das Feuer neu auflodern zu lassen, das er in ihr entfacht hatte. Er hatte seine Finger mit ihren verschränkt, und sie hatten sich für den nächsten Tag verabredet.

Aber dann war natürlich Olly, dieser Schwachkopf, auf die Veranda gestolpert gekommen und direkt in sie hineingerannt, so dass sie sich erschrocken voneinander gelöst hatten.

»Oh, mein Gott«, hatte Olly gerufen. »Das tut mir ja so leid. Ich konnte ja nicht ahnen, dass ihr hier draußen steht und rumknutscht.« Dann war er mit einer widerlichen Grimasse auf Sean losgegangen und hatte ihn von Bella weggestoßen, so dass er rückwärts die Verandatreppe herunterfiel.

»Olly, komm sofort wieder rein!«, hatte Bella ihre Mutter rufen hören.

»Ich dachte, ich hab dir gesagt, dass du dich von ihr fernhalten sollst«, hatte Olly gezischt. Er war von der Veranda gesprungen, hatte Sean am Kragen gepackt und war ihm mit seinem Gesicht ganz nahe gekommen. Dann hatte er laut gerufen: »Komme schon, Mutter«, und war wieder im Haus verschwunden.

Bella verzog das Gesicht, als sie daran dachte, wie Sean sich mit zusammengebissenen Zähnen die Sachen saubergeklopft und versucht hatte, sich seine Wut nicht anmerken zu lassen.

»Was hat dein Bruder eigentlich für ein Problem?«, hatte er sie gefragt.

Natürlich hatte sie es ihm nicht sagen können. Sie wurde von Olly vollkommen unterdrückt. Und von ihren Eltern auch. Ihre Familie ließ ihr kein bisschen Raum. Sie konnte es kaum erwarten, zu Hause auszuziehen und von ihnen wegzukommen.

Sie schloss die Augen und versuchte, nicht mehr an sie zu denken, sondern stattdessen zu Sean zurückzuspulen, wie er sie anlächelte und ihre Hand hielt. Aber es war unmöglich. Immer wieder drängte sich Ollys dreckiges Grinsen dazwischen.

Sean durfte nie erfahren, was zwischen ihr und Olly passiert war. Sie fühlte sich so schmutzig deswegen. Sie würde buchstäblich vor Scham sterben.

Und dann hörte sie das unverkennbare Summen einer neuen Mücke an ihrem Ohr. Als wäre sie geschickt worden, um ihr die Nacht vollends zu versauen.

Es war einfach nicht fair. Nichts von alldem war fair.

26

Ich würde James gern fragen, ob er nicht nur diesen grässlichen Keller zunageln, sondern auch ein paar Schlösser an den Türen anbringen lassen könnte«, teilte Lara ihrem Mann beim Abräumen des Frühstückstischs mit. Ihr Schädel pochte von zu viel billigem Wein am Vorabend, und sie hatte das Gefühl, als wären ihre Hände gar nicht mit ihrem Körper verbunden.

»Warum denn das?«, fragte Marcus und sah von der Internetseite des *Guardian* auf, die er gerade auf Laras Laptop las. »Die Spurs haben null zu zwei gegen Millwall verloren.«

»Nach der Sache mit dem Waschsalon … Ich bin mir einfach nicht sicher, ob hier nicht doch irgendwelche Verrückten herumlaufen, und mir wäre wohler, wenn wir die Haustüren abschließen könnten.«

»Ich rede heute mit James darüber«, sagte Marcus, allerdings auf eine Art, die ihr signalisierte, dass er nichts dergleichen tun würde.

»Wenn du es nicht machen willst, sag es einfach, dann frage ich ihn selbst.«

»Habe ich nicht gerade gesagt, dass ich mit ihm darüber reden werde?«

»Was hast du heute Morgen so vor?« Lara tauchte die Hände ins Spülwasser, um den Abwasch zu machen. Marcus' Probe begann erst nach dem Mittagessen. Wenn er jetzt sagt, dass er sich hinsetzen und seinen Text lernen will, dachte sie, explodiere ich.

»Ich glaube, ich lerne meinen Text«, erwiderte Marcus. »Gemach, gemach, altes Mädchen«, fügte er hinzu, als Lara ein Teller aus den Händen rutschte und auf dem Boden in mehrere Stücke zersprang. »Und wie sehen deine Pläne aus?«

»Es gibt eine Aufführung für Kinder in der Bücherei«, sagte sie, während sie die Scherben auflas. »Ich dachte, da könnten wir vielleicht zusammen hingehen. Jack und ich wenigstens.«

»Ich sag dir was.« Marcus klappte den Laptop zu und streckte sich. »Warum komme ich nicht einfach mit? Der Text kann auch noch ein, zwei Stunden warten. Wäre doch schön, etwas zusammen zu machen, nur wir drei.«

»Okay.« Laras Hände rührten das schaumige Spülwasser, während sie versuchte, einen uralten Fleck vom Boden einer Kaffeetasse zu entfernen. Sie wusste nicht, was sie mehr ärgerte: dass Marcus nicht aufgefallen war, dass sie den Teller absichtlich hatte fallen lassen, oder dass er ihr nicht angeboten hatte, allein mit Jack in die Bücherei zu gehen, damit sie eine Stunde Zeit für sich hatte. Den Businessplan konnte sie genauso gut vergessen. Er würde sowieso nie fertig werden.

»Hat sich der Typ vom Waschsalon eigentlich schon gemeldet?«, wollte Marcus wissen. Er sorgte sich um das von ihm so getaufte »exorbitante Hemd«. Lara hatte am Abend zuvor gleich nach ihrer Rückkehr die Nummer angerufen, die sie sich auf den Arm notiert hatte, und nach einer Tonbandansage mit russischem Akzent, der so stark war, dass sie kein Wort verstanden hatte, eine Nachricht sowie ihre Festnetznummer hinterlassen.

»Hast du heute Morgen das Telefon läuten hören?«, fragte sie zurück.

»Nein.«

»Dann hat er sich wohl auch nicht gemeldet. Ich muss bald einkaufen gehen. Olly hat praktisch nichts mehr anzuziehen.«

»Können wir das nicht der Versicherung melden?«

»Sicher, aber es kann Ewigkeiten dauern, bis wir das Geld bekommen.«

»Übertreib es nur nicht mit den neuen Sachen, in Ordnung?«

Um Viertel vor zehn machten sie sich auf den Weg zur Bücherei. Jack rannte vorneweg, und Lara und Marcus gingen nebeneinander, allerdings ohne sich zu berühren. Wie viele Ehepaare, die daran gewöhnt waren, die Arme mit Babys, Buggys, Einkäufen und Kleinkindern voll zu haben, hatten sie das Händchenhalten verlernt.

In der Nacht hatte es erneut ein Gewitter gegeben, das rotbraunen Schlamm die mit Gras bewachsenen Böschungen heruntergespült und Pfützen in den verzogenen, geborstenen Pflastersteinen hinterlassen hatte. Jack trat in eine Pfütze, die viel tiefer war, als sie aussah. Wasser schwappte über den oberen Rand seiner Turnschuhe, und es sah aus, als würde es ihm geradewegs bis hoch in die Augen steigen, als er wegen seiner nassen, kalten Socken lauthals zu weinen anfing.

»Jetzt komm schon, Jack«, sagte Marcus in seinem strengen Vaterton. »Es ist doch nur ein bisschen Wasser.«

»Setz dich auf die Mauer«, beruhigte Lara ihren Sohn. »Ich kümmere mich darum.«

»Du verziehst das Kind«, tadelte Marcus mit hoher Stimme. »Und später bekommst du die Rechnung dafür.«

Lara wusste, dass er nur Spaß machte, indem er ihre Mutter nachahmte – sie und Marcus hatten zu den seltenen Gelegenheiten, an denen sie sich begegnet waren, aufeinander einen gleichermaßen unvorteilhaften Eindruck gemacht. Doch hinter dem Scherz verbarg sich das, was er wirklich dachte. Sie zog Jack die triefenden Socken von den Füßen und wrang sie aus. »Geh einfach barfuß.« Sie zwinkerte ihm zu. »Dann kannst du nach Herzenslust planschen.«

»Da ist die Katastrophe vorprogrammiert«, fuhr Marcus in derselben Fistelstimme fort. Lara wünschte, er würde den Mund halten.

Bei der Bücherei angelangt, erklommen sie die steilen Steinstufen, die die Böschung hinauf zu dem bildhübschen Gebäude führten. Exakt symmetrisch mit seinen vier Säulen, die das Vordach über der Veranda stützten, stand es vor dem Hintergrund einer Gruppe hoher grüner Bäume und leuchtete in der Morgensonne.

Den Eindruck der schönen Fassade störte lediglich ein auf dem Gehweg stehender Plakataufsteller, auf den jemand ein laminiertes, mit Cliparts verziertes Poster geheftet hatte. Das Poster informierte Passanten darüber, dass FÜCHSCHEN POPÜCHSCHEN und HÜHNCHEN POPÜNCHEN heute Vormittag um 10.00 Uhr auftreten würden und ALLE HERZLICH WILLKOMMEN!!!!!! seien.

»Ach du Scheiße«, murmelte Marcus.

»Niemand hat dich gezwungen mitzukommen«, gab Lara zurück. »So, Jacko, bringen wir dich in Ordnung.« Sie sorgte dafür, dass er sich die Füße auf der Borstenmatte abtrat, die auf der Veranda vor dem Eingang lag, und stellte seine Schuhe und Socken zum Trocknen in die Sonne.

Drinnen wurden sie von einer adretten Frau begrüßt, die vor einer Reihe hölzerner Archivboxen saß. Ein Ständer mit Stempeln stand gebrauchsbereit vor ihr.

»Hallo«, grüßte sie, stand auf und streckte ihnen die rechte Hand hin. »Ich wette, Sie sind Marcus und Lara Wayland. Und wer ist das?« Sie beugte sich vor und strahlte Jack an, der daumenlutschend zu ihr emporstarrte.

»Das ist Jack. Sag hallo, Jack«, bat Lara ihn.

»Hallo«, sagte Jack und verkroch sich hinter seiner Mutter.

»Ich bin Tina«, stellte die Frau sich vor und gab ihnen die Hand. »Die Bibliothekarin von Trout Island. Und fragen Sie mich nicht, woher ich weiß, wer Sie sind. Ich weiß über alles und jeden hier Bescheid.« Sie lachte, wobei ihr Kopf eine merkwürdige Wackelbewegung machte. Obwohl sie nicht älter sein konnte als fünfzig, trug sie ein voluminöses gemustertes Hemdblusenkleid, das die Kategorie »Vintage« verfehlt hatte und direkt bei altbacken gelandet war.

»Wir sind hier, um uns die Aufführung anzusehen«, erklärte Lara.

»Das dachte ich mir. Hereinspaziert, hereinspaziert!« Tina führte sie an Bücherregalen vorbei in die Kinderabteilung. Dort saßen mehrere Frauen mitsamt Nachwuchs auf winzigen Holzstühlen, die in zehn Reihen mit Blick auf einen Tisch arrangiert waren, auf dem ein aus Sperrholz ausgesägter Krug, ein Korb mit zwei Dutzend riesigen Eiern sowie einige Maiskolben lagen. Hinter dem Tisch befand sich eine Leinwand, bemalt mit überlappenden grünen Hügeln, die in einen blauen Himmel voller Cartoonwolken übergingen.

»Da wären wir. So«, sagte Tina an Jack gewandt, »während du hier sitzt und *Spaß* hast, mache ich dir eine Ausleihkarte fertig, damit du nachher noch ein paar Bücher mitnehmen kannst. Wie ist Ihre Adresse? Sie wohnen im Larssen-Haus, stimmt's?«, fragte sie Lara.

»Das stimmt. Nummer einhundertsechsundvierzig.«

Tina schnitt eine Grimasse und machte sich dann auf den Weg zurück zu ihrem Tisch.

»Warum hat sie so ein Gesicht gemacht?«, fragte Lara, während sie sich nach freien Plätzen umsahen.

»Muss das wirklich sein?«, flüsterte Marcus.

»Jetzt gibt es kein Zurück mehr«, sagte Lara, als sie in die letzte Reihe schlüpften. Jack begann prompt zu jammern, er könne nichts sehen, also schlug Lara ihm vor, sich vor der ersten Reihe mit einem Kissen auf den Boden zu setzen.

»Daddy muss aber mitkommen«, befahl er und zog Marcus am Arm.

»Geht nur«, sagte Lara. »Ich bleibe hier hinten sitzen.«

Marcus ließ sich von Jack nach vorn ziehen. Unter einigen Schwierigkeiten, da seine Jeans an den Knien und in der Taille zu eng war, ließ er sich auf eins der Kissen nieder und schlug wie sein Sohn die Beine übereinander, damit sie nicht in den Bühnenbereich hineinragten. In dieser Position sah er aus wie ein kleiner Junge, nicht anders als Jack. Beide drehten sich gleichzeitig zu ihr um, lächelten ihr zu und reckten den Daumen in die Höhe.

»Hi.« Eine Frau, wenige Plätze von Lara entfernt, zog ihre Hand unter dem kleinen Kind hervor, das sich an ihr festgeklammert hatte, und streckte sie Lara zur Begrüßung hin. »Ich bin Gina. Ich habe Sie hier noch nie gesehen.«

»Ich bin Lara. Und das da vorn sind Marcus und Jack. Wir gehören zum Theaterensemble.«

»Sie sind aus England!«, rief Gina entzückt. »Mein Mann ist Engländer.«

»Wirklich?«

»Wir wohnen gleich neben der Bücherei. Das hier ist Bert.« Sie deutete auf das Kind, das inzwischen sein Gesicht an der Schulter seiner Mutter vergraben hatte. »Er ist furchtbar schüchtern, nicht wahr, Bert? Seine Schwestern Gladys und Ethel sitzen vorn. Wenn Sie Zeit haben, müssen Sie unbedingt nach der Vorstellung auf einen Kaffee mit zu uns kommen.«

»Sehr gern«, sagte Lara.

»Ich hoffe, die Aufführung heute wird einigermaßen erträglich«, raunte Gina ihr zu und beugte sich zu ihr herüber. »Normalerweise sind sie nicht besonders gut. Still jetzt, Bert!«, ermahnte sie ihren Sohn, obwohl dieser keinen Mucks von sich gegeben hatte. »Es geht gleich los.«

Eine dünne Frau in einem blauen Milchmädchen-Kostüm trat hinter der Leinwand hervor, gackerte wie ein Huhn und ließ den Blick ihrer hervortretenden Augen hin- und herzucken. Die Kinder im Publikum schrien vor Lachen.

»Heute«, begann sie, »erzähle ich euch die wahrlich sehr, sehr traurige Geschichte von Hühnchen Popünchen und Füchschen Popüchschen.« Sie sprach betont langsam, als wären die Kinder zurückgeblieben und bräuchten viel Zeit, um jede einzelne Silbe nachzuvollziehen. »*Kennt* jemand von euch die Geschichte von Hühnchen Popünchen und Füchschen Popüchschen?«

Im Zuschauerraum gingen einige Hände in die Luft.

»Ich!«, rief ein dicker Junge mit Brille in der vordersten Reihe.

»Nein?«, sagte das Milchmädchen und ignorierte den Jungen, der seinen Arm so weit in die Höhe reckte, als wäre er kurz davor zu platzen. »Soll ich euch die Geschichte von Hühnchen Popünchen und Füchschen Popüchschen *erzählen*?«

»Ja!«, riefen die Kinder und setzten sich voller Erwartung kerzengerade hin.

»Dann werde ich aber ein bisschen Hilfe brauchen«, sagte sie und strahlte ihre Zuschauer an.

»Ich!« Wieder reckte der dicke Junge, genau wie alle anderen Kinder, die Hand in die Luft.

Es folgte ein langes Hin und Her, während das Milchmädchen die diversen Rollen mit Kindern aus dem Publikum besetzte. Der Junge in der vorderen Reihe zählte nicht zu den Auserwählten und begann, sich darüber lautstark bei seiner Mutter zu beschweren, die hinter ihm saß und ihm mitfühlend beipflichtete. Marcus drehte sich nach hinten um und verzog auffällig das Gesicht.

»Was habe ich Ihnen gesagt?«, erklärte Gina. »Nicht besonders gut.«

Sobald sämtliche Kinder kostümiert, maskiert und mit laminierten Textkärtchen versehen waren, wandte sich das Milchmädchen erneut ans Publikum. Und sie lächelte wie eine Geistesgestörte.

»Nun, ich glaube, uns fehlt immer noch jemand, was meint ihr, Kinder? Wir haben –«, sie zeigte überdeutlich auf jedes Einzelne der kostümierten Kinder, während sie deren Namen aufsagte, »Küken Popüken, Gockel Popockel, Ente Popente, Täubchen Popäubchen, Gänschen Popänschen und Schwänchen Popänchen. Aber wen haben wir vergessen?«

»Füchschen Popüchschen!«, rief der dicke Junge und hob die Hand. Seine Hoffnung war neu erwacht.

»Das ist richtig. Füchschen Popüchschen«, bestätigte das Milchmädchen. Es war das erste Mal, dass sie den Jungen überhaupt zur Kenntnis nahm. Dieser nahm das zum Anlass, aufzustehen und zu den anderen auf die Bühne zu gehen, das Milchmädchen jedoch hielt ihn mit ausgestreckter Hand zurück. »Warte«, bat sie. »Als Füchschen Popüchschen brauchen wir jemanden, der RICHTIG groß und RICHTIG gefährlich ist. Also«, fuhr sie fort und legte den Finger an die Lippe wie Shirley Temple. »Wen sollen wir nehmen?«

»MICH! MICH!« Der arme Junge überschlug sich fast.

»Ich glaube … wir nehmen … SIE, Sir.« Damit fasste sie Marcus an der Hand und zog ihn in die Höhe. Jack jubelte.

»Hier ist unser gefährliches Füchschen Popüchschen!«, rief sie. »Seht mal.« Sie nahm eine Strähne von Marcus' Haar zwischen die Finger. »Seine Rute hat genau die richtige Farbe. Wie heißen Sie, Sir?«

»Füchschen Popüchschen?«, sagte Marcus. Jede Zelle seines Körpers signalisierte, dass er am liebsten die Flucht ergriffen hätte. Er wusste nicht, wohin mit seinen Händen.

»Nein, Sir, Ihr richtiger Name?«

»Marcus. Marcus Wayland.«

»Ja, sieh mal einer an, wir haben einen echten Briten unter uns«, tirilierte das Milchmädchen mit einem Dick-van-Dyke-artigen Cockney-Akzent. Gina sah Lara an und hob eine Braue. Lara wünschte, ein Loch möge sich im Boden auftun und Marcus verschlingen. Dies war für ihn die schlimmste Form der Folter. Sie traf ihn dort, wo er am verwundbarsten war, direkt am Nerv seines Selbstzweifels, der unter seiner lauten, großtuerischen Fassade verborgen lag.

»Der Arme«, sagte Gina.

Das Milchmädchen setzte Marcus eine Fuchsnase auf. Dann band sie ihm eine stümperhaft gebastelte Maske mit spitzen Ohren um, die sein Gesicht in einen Kranz aus rotem Fell einrahmte. Ein kariertes Wams nebst Spazierstock versetzte seiner Würde endgültig den Todesstoß. Wäre es nicht so grotesk gewesen, dann hätte Lara lachen müssen.

Was folgte, war die unglaublich langatmige Aufführung einer Geschichte, die auch im Rohzustand nicht interessant gewesen wäre. Als klar wurde, dass mehrere Kinder auf der Bühne die Textzettel, die sie bekommen hatten, gar nicht lesen konnten, wurden selbst die dankbarsten und unkritischsten unter den jungen Zuschauern unruhig.

»Ich hätte das eine Million Mal besser gemacht«, beschwerte sich der Junge vorn weithin hörbar bei seiner Mutter.

»Ich weiß, Schatz«, beteuerte diese.

Der arme Marcus musste alles stumm über sich ergehen lassen. Er versuchte, es mit Fassung zu tragen, lächelte sogar hin und wieder und zeigte Jack den erhobenen Daumen, aber es kostete ihn seine ganze Kraft und Selbstbeherrschung.

Als er dann schließlich mit seinem Text »Komm mit mir, dann zeige ich dir den Weg« an der Reihe war, dem er ein böses »Bua ha ha ha!« folgen lassen sollte, fehlte es seiner Darbietung an der nötigen Verve, woraufhin das unzufriedene Milchmädchen ihn seinen Text immer und immer wiederholen ließ und ihn jedes Mal zwang, noch eins draufzulegen.

Mit einem Mal sah Lara ganz deutlich vor sich, wie es sein würde, wenn sie ihn verließe. Er würde als Gespött der Leute dastehen, vor aller Welt lächerlich gemacht, gehörnt und verdrängt von Stephen Molloy, und zwar nicht nur im Beruf, sondern auch im Privatleben.

Konnte sie das einem Mann antun, den sie einmal geliebt hatte?

Dann schnappte sie nach Luft – so laut, dass Gina sich zu ihr umdrehte –, weil sie von ihrer Liebe zu Marcus zum allerersten Mal in der Vergangenheit gesprochen hatte.

Das war es dann also, dachte sie mit einem dumpfen Gefühl im Magen. Stephen Molloy hin oder her, weiter mit Marcus zusammenzuleben wäre ein aussichtsloses Unterfangen. Genauso wenig würde sie einen verängstigten Fuchs quälen.

»Dann kommen Sie noch mit zum Kaffee?«, fragte Gina, als Füchschen Popüchschens Martyrium vorüber war. Kaum dass er die Bühne verlassen hatte, war Marcus sofort nach Hause geflohen, um sich die Wunden zu lecken und seinen Text zu lernen. Jack war damit beschäftigt, einen Stapel Bilderbücher auszusuchen, die ihn durch den Nachmittag bringen sollten.

»Gott, ja, bitte.« Lara war einverstanden.

27

Ginas Haus musste etwa um die gleiche Zeit herum erbaut worden sein wie das Larssen-Haus. Es machte einen ähnlich baufälligen Eindruck. Das Innere jedoch erzählte eine vollkommen andere Geschichte. Während in der provisorischen Bleibe der Familie Wayland eine Atmosphäre drückender Leere herrschte, war dieses Haus dunkler und kühler und platzte vor herumliegendem Krimskrams schier aus den Nähten. Bücher und Zeitungen stapelten sich auf jeder freien Fläche, auf dem Küchentisch lagen drei Backroste mit frisch gebackenen Plätzchen, und der Fußboden des Wohnzimmers war übersät mit Spielzeug und DVDs. Aber es hatte denselben, leicht strengen feuchten Geruch wie das Larssen-Haus. Wie überall im Ort schien auch hier ein Stinktier in unmittelbarer Riechweite zu lauern.

Auf dem Rückweg von der Bücherei hatte Gina Lara nicht nur das Du angeboten, sondern ihr auch erzählt, dass sie ihre Kinder zu Hause unterrichte. Alle drei waren schlaksig und dürr wie ihre Mutter. Aber während Bert schrecklich schüchtern war – Gina musste ihn in Gegenwart Fremder die ganze Zeit auf dem Arm tragen –, waren Gladys und Ethel, seine acht- beziehungsweise zehnjährigen Schwestern, draufgängerisch und permanent in Bewegung. Kaum zu Hause angekommen, nahmen sie Jack auf ihre knochigen Arme, als wäre er eine große Puppe, und schleppten ihn in ihr Zimmer zum Spielen.

Lara spürte instinktiv, dass sie in Gina eine Freundin gefunden hatte. Das Gefühl war so stark, dass sie gegen den Drang ankämpfen musste, sich hinzusetzen und ihr von Stephen zu erzählen.

Aber natürlich durfte sie nicht einmal seinen Namen erwähnen. Alles, aber auch alles, musste ein Geheimnis bleiben.

»Wie gefällt es dir in Trout Island?«, fragte Gina, während sie mit der Bert-freien Hand die Kaffeekanne auf den Herd stellte.

»Wir sind ja erst seit ein paar Tagen hier«, erwiderte Lara. »Aber es gefällt uns wirklich gut. Die Gegend ist sehr schön.«

»Stimmt.«

»Wie lange lebst du denn schon hier?«, wollte Lara wissen.

»Ich wurde auf einer Farm kurz hinterm Ort geboren«, erzählte Gina. »Aber ich bin viel rumgereist. Keine Provinzeule.« Sie hatte die Angewohnheit, jeden Satz so zu sagen, als wäre er die Pointe zu einem Witz.

»Und dein Mann? Du hast gesagt, er ist Engländer. Wo kommt er her?«

»Aus Coventry. Warst du da schon mal?«

»Ich bin in der Nähe aufgewachsen.« Bei dem Gedanken an ihre Kindheit als einziges Kind in einer privaten Wohnsiedlung am Rande von Northampton hatte Lara sofort einen metallischen Geschmack im Mund. Ihre nachhaltigste Erinnerung an jene Jahre war, dass es außer Alltäglichkeiten nicht viel zu erinnern gab: wie sie in ihrer peinlichen Privatschuluniform im Regen auf den Bus wartete;

lange, öde Sonntagnachmittage vor dem Fernseher bei zu hoch eingestellter Zentralheizung. Ihre Kindheit schien einen Grünstich zu haben wie ein verblichenes Polaroid.

Deshalb hatte sie schon früh nach Fluchtmöglichkeiten Ausschau gehalten – erst waren es Bücher gewesen, dann das Theater. Als die effektivste Fluchtmöglichkeit jedoch hatten sich schließlich Männer entpuppt. Durch ihre überstürzte, heimliche Heirat mit Marcus hatte sie dafür gesorgt, dass ihre Eltern – bis auf ihr erbostes Gemurmel, dass all das Geld, das sie in ihre Ausbildung investiert hätten, verschwendet gewesen sei – mehr oder weniger jegliches Interesse an ihr verloren. Sie hatten die Zwillinge ganze dreimal gesehen. Jack hatten sie sogar nur ein einziges Mal zu Gesicht bekommen, und Lara war deswegen alles andere als traurig.

Gina goss den Kaffee ein, und sie machten es sich am Tisch in der geräumigen Küche bequem. Jede Wand war mit Bildern der Kinder zugepflastert. Bastelarbeiten bedeckten sämtliche horizontalen Flächen: Dinosaurier aus Pappmaché, Galeonen aus Legosteinen und ein Elektro-Bausatz, der aussah wie eine Bombe. Das Haus schien komplett von den Kindern in Beschlag genommen worden zu sein. Lara beobachtete Gina dabei, wie sie Kaffee trank, während Bert sich, zu einem Komma zusammengerollt, an ihre Seite schmiegte, und fand, dass ihr apartes, hübsches Gesicht sehr verbraucht aussah.

»Warum unterrichtest du deine Kinder zu Hause?«, fragte sie. Sie hielt ihren Becher mit beiden Händen. Gina machte ausgezeichneten Kaffee.

»Die Schule hier im Ort ist das Letzte. Jeden Morgen müssen die Kinder ihre Treue auf die amerikanische Flagge schwören, und außerdem bringt man ihnen dort die völlig falschen Inhalte in der völlig falschen Reihenfolge bei. Nie ist Zeit für irgendwas Kreatives.«

»Aber bei dir schon, so wie es aussieht.«

»O ja. Ich bin gelernte Buchbinderin, deswegen habe ich wohl eine künstlerische Ader.«

»Ich schicke meine Tochter mal zu dir rüber. Sie hat vor, auf die Kunstschule zu gehen.«

»Hast du noch mehr Kinder?«

Gina war neugierig zu erfahren, wie britische Teenager aus der Großstadt mit dem beschaulichen Leben in Trout Island zurechtkamen. Lara erwähnte Sean, und Gina meinte, dass er ein ausgesprochen netter Junge sei, womit sie Laras Eindruck bestätigte. Als sie ihr allerdings von Ollys Freunden erzählte – deren Namen, wie sie aus einer einsilbigen Unterhaltung mit ihrem Sohn erfahren hatte, Aaron, Brandon und Kyle lauteten –, schüttelte Gina skeptisch den Kopf.

»Ist das ein Problem?«, fragte Lara.

»Na ja, meine Freunde wären sie jedenfalls nicht, wenn ich sechzehn wäre!«, sagte Gina.

»Ich höre …«

»Hier draußen auf dem Land gibt es immer eine Handvoll solcher Kids. Das war früher, als ich noch zur Schule ging, genauso. Sie kommen aus kinderreichen, armen Familien – chaotisch, ein bisschen schmutzig. Die Mutter ist auf sich allein gestellt, oder jedenfalls so gut wie, und hat so viel damit zu tun, Geld für den Lebensunterhalt zusammenzukratzen, dass sie sich nicht groß um ihren Nachwuchs kümmern kann. Diese Kids haben von Anfang an keine Chance. Sie schmeißen früh die Schule, und danach hängen sie einfach nur den ganzen Tag rum, dröhnen sich zu und sorgen für Ärger.«

»Und diese Jungs gehören auch zu der Sorte?«

Gina nickte.

Lara beschloss, bei nächster Gelegenheit ein paar Worte mit Olly zu reden, um sicherzugehen, dass er keinem schlechten Einfluss unterlag. Gleichzeitig hegte sie den Verdacht, dass derselbe Charakterzug an Gina, der sie dazu veranlasst hatte, ihre Kinder nicht auf die öffentliche Schule zu schicken, sie auch zu solchen Urteilen verleitet haben könnte. Im Grunde lief es doch darauf hinaus, dass diese Jungen aus armen Verhältnissen stammten. Es würde Olly guttun, auch mit solchen Kindern in Kontakt zu kommen, damit er eine andere Facette der amerikanischen Kultur kennenlernte und begriff, wie gut er es hatte.

Solange er vernünftig blieb.

Sie überlegte, ob sie, wenn er das nächste Mal mit ihnen loszog, einen Spaziergang durch den Ort machen sollte. Auf diese Weise ließe sich vielleicht herausfinden, was genau er mit seinen neuen Freunden trieb.

»Und wie lebt es sich so in dem Haus?«, fragte Gina und schnitt dieselbe Grimasse wie zuvor Bibliothekarin Tina. Dann stand sie auf und nahm ein paar Teller von einem Regal. »Einen Keks? Glad und Ethel haben sie heute Morgen gebacken.«

»Also gut, wenn es sein muss. Ich werde hier noch richtig dick«, sagte Lara und biss in einen Keks. Er war köstlich – mürbe und Ahorn-süß mit einem Hauch walnussiger Erdigkeit.

»Ich wäre froh, wenn ich mal ein paar Pfund zunehmen könnte.« Gina klopfte sich mit der Faust gegen die knochige

Hüfte. »Ich esse den ganzen Tag lang wie ein Schwein und werde trotzdem immer dünner.«

»Du Glückliche«, sagte Lara kauend. »Ach so, was ich noch fragen wollte: Warum hast du eigentlich so ein komisches Gesicht gemacht, als du unser Haus erwähnt hast?«

»Gesicht?«

Lara ahmte die Grimasse nach. »Und gerade eben war es, als würde es dir kalt den Rücken runterlaufen.«

»Oh! Oh, tut mir leid. Es ist nur, weißt du, bei der Geschichte und so weiter.«

»Geschichte?«

»Ach du liebe Zeit. Du weißt es gar nicht, oder?«

»Ich weiß was nicht?«

Gina schlug sich mit der Handfläche gegen die Stirn. »Vergiss es. Vergiss, dass ich überhaupt was gesagt habe. Ich bin so ein Trampel.«

»Du hast davon angefangen, jetzt musst du es mir auch erzählen.« Lara lehnte sich auf ihrem Stuhl zurück und verschränkte auffordernd die Arme.

»Oje. Aber versprich mir, dass du nicht ausflippst.«

»Versprochen.«

Gina kaute ihren Keks zu Ende, dann stellte sie ihren Becher auf den Tisch. »Also, das Haus steht seit – wie lange ist das jetzt her? – fast fünf Jahren leer.«

»Aha.«

»So ein Haus ist schwer zu verkaufen.«

»Was für ein Haus?«

»Also schön. In dem Haus hat ungefähr sechzig Jahre lang ein Mann gewohnt – Larssen. Ich kann mich noch aus meiner Kindheit an ihn erinnern. Er lebte ziemlich zurückgezogen, lief die ganze Zeit in ein und derselben Hose herum, die oben von einer Schnur gehalten wurde. Er ist den ganzen Tag lang durch die Gegend gestreift, ist meilenweit zu Fuß gelaufen, einfach nur durch den Ort, und hat Selbstgespräche geführt. Er stank ziemlich übel. Wir haben uns immer über ihn lustig gemacht. Na ja, Kinder können ganz schön grausam sein. Er hatte das ganze Haus voller Hunde, die immer überall hingekackt haben.«

»Ich fand gleich, dass es nach Hund gerochen hat.«

»Da geht deine Fantasie mit dir durch.« Gina lachte. »Das ist Jahre her. Wie auch immer, irgendwann, mitten im Sommer, hörte Larssen plötzlich auf umherzuwandern. Natürlich ist uns das aufgefallen, aber wir dachten einfach, dass er vielleicht krank ist oder so. Aber seine Hunde haben Tag und Nacht im Haus gejault. Und der Geruch – der ohnehin schon ziemlich streng war – wurde immer schlimmer. Irgendwann hat sein damaliger Nachbar Andy Schmidt es dann nicht mehr ausgehalten. Er geht also rüber, und weil niemand auf sein Klopfen reagiert, schlägt er die Haustür ein. Das Erste, was er bemerkt, ist der Gestank. Verwesung und Hundescheiße. ›So stinkt die Hölle‹, hat er hinterher gesagt. Dann, als die Haustür offen ist und er in den Flur schauen kann, sieht er es.«

»Was?«, fragte Lara mit ängstlicher Stimme.

Gina legte Bert die Hände über die Ohren. »Das, was noch vom alten Larssen übrig war«, flüsterte sie. »Nachdem die Hunde mit ihm fertig waren. Man nimmt an, dass er die Treppe heruntergefallen ist und sich das Genick gebrochen hat. Und die Hunde, die nichts zu fressen hatten … na ja, du kannst es dir ja denken …«

»Wie grauenhaft.« Lara dachte an den Fleck auf dem Teppich, und ihr drehte sich der Magen um.

»Aber das ist noch nicht alles«, fuhr Gina fort.

»Nicht?«

»Andy Schmidt alarmiert die Polizei, und während er wartet, treibt er die Hunde zusammen und bindet sie auf der Veranda an. Er meinte, sie wären ganz brav gewesen, als würden sie sich für das, was sie getan hatten, schämen. Aber als er danach zurück ins Haus geht, um einen letzten Blick auf den alten Larssen zu werfen, hört er dumpfe Schläge, die von unter der Treppe kommen.«

»Das gefällt mir gar nicht«, sagte Lara, die an den Keller und das Bett dachte.

»Dann höre ich auf«, erwiderte Gina. »Den Rest musst du nicht wissen.«

»Ich glaube doch.«

»Also, schließlich findet Andy eine geheime Tür unter der Treppe.«

»Die kenne ich«, warf Lara ein.

»Er öffnet sie, und plötzlich ist der Gestank noch viel schlimmer, und er hört ein Wimmern. Er findet den Lichtschalter und macht das Licht an, und dann geht er die Treppe runter.«

»Er findet das Zimmer.«

»Genau. Er findet das Zimmer. Und er findet Jane.«

»Jane?«

»Sagt dir der Name was?«

»Ich glaube, ich habe ein Foto von ihr in Bellas Zimmer gefunden.«

»Im Ernst? Merkwürdig. Ich dachte, das Haus wäre komplett ausgeräumt worden.«

»Wer ist sie denn nun? Und was hat sie da unten gemacht?«

»Sie konnte nicht raus. Er hatte sie an die Wand gekettet, wie einen Hund.« Gina hielt inne und biss von ihrem Keks ab.

»Die Handfesseln«, sagte Lara.

»Die Handfesseln sind immer noch da unten? Igitt. Wir wussten natürlich, dass er eine Schwester hatte, die irgendwie behindert war oder verrückt, aber alle haben gedacht, sie wäre in Buffalo in einem Heim untergebracht. Dabei hat er sie in Wahrheit«, Gina verengte die Augen zu Schlitzen, »die ganze Zeit über da unten im Keller gefangen gehalten. Sie hat ausgesehen wie ein Albinomaulwurf, hat Andy gemeint. Sie war seit Jahren nicht draußen gewesen. Sie hat bloß dagesessen, halb verhungert natürlich, sich selbst im Arm gehalten und sich hin- und hergewiegt. Sie war blind und hat die ganze Zeit leise vor sich hin gewimmert.« Gina demonstrierte Lara, was sie meinte, als wäre ihre Beschreibung nicht eindrücklich genug.

»Schrecklich«, sagte Lara.

»Dann kommt also die Polizei. Sie nehmen Jane mit und geben sie in ein Heim, wo sie eigentlich schon die ganze Zeit hingehört hätte. Offenbar wollte der alte Larssen nicht für einen Platz zahlen, deshalb hat er die Sache selbst in die Hand genommen. Aber dann stellte sich heraus, dass er einen Riesenbatzen Geld auf der Bank hatte. Fast eine Million Dollar. Jane, die Arme, hat danach nicht mehr lange gelebt. Sie ist innerhalb eines Jahres gestorben. Und das ganze Geld, das er gescheffelt hatte, ging an irgendeinen Cousin in Nebraska.«

»Und das Haus?«

»Das stand all die Jahre zum Verkauf, bis zu diesem Frühjahr, da hat ein Unbekannter es gekauft und dem

Theater geschenkt. Wegen der Immobilienkrise war der Preis ohnehin bis auf einen Kleckerbetrag gesunken.«

»James hätte uns davon erzählen müssen.«

»Aber was hätte das denn gebracht?«, widersprach Gina. »Was man nicht weiß, macht einen nicht heiß. Ich wünschte, ich hätte nie den Mund aufgemacht.« Sie nahm sich einen neuen Keks.

»Ich weiß nicht, ob ich da noch länger wohnen bleiben will.«

»Ach, das sind doch bloß ein paar Wände. Und bevor ihr eingezogen seid, wurde jede Menge am Haus renoviert. Es standen mehrere Wochen lang Lieferwagen davor, und irgendwelche Leute haben drinnen gearbeitet.«

»Was die gemacht haben, ist mir schleierhaft. Das Haus war total verdreckt, als wir ankamen. Ich habe die letzten drei Tage damit zugebracht, es zu putzen.« Lara dachte erneut an den Teppich mit dem Fleck und erschauerte. »Was wurde aus den Hunden?«

Gina fuhr sich mit dem Finger über die Kehle. »Na ja, alle außer einer. Der ist entwischt, während sie versucht haben, die Tiere auf einen Transporter zu laden. Er ist über die Nebenstraße weg, über den Fluss und dann im Wald verschwunden.«

»Wie sah er aus?«, wollte Lara wissen und dachte an Hund.

»Keine Ahnung«, antwortete Gina.

»Und in welchem Haus wohnt dieser Andy Schmidt?«

»Der wohnt hier nicht mehr.«

»Ist er umgezogen?«

»Tot.«

»Mein Gott.«

»Mummy, schau mal!« Jack stand in der Küchentür, flankiert von Gladys und Ethel. Er trug ein langes Glitzerkleid, eine blonde Lockenperücke und komplettes Make-up inklusive türkisfarbenem Lidschatten, großzügig aufgetragenem Rouge und dicken roten Lippen. »Ich bin hübsch, Mummy.«

»Und wie hübsch du bist, Schätzchen«, beteuerte Lara, nahm ihn in den Arm und drückte ihn.

Nicht zum ersten Mal fragte sie sich, in was für Schwierigkeiten ihre Familie durch den Entschluss, Marcus nach Amerika zu folgen, geraten war.

28

Gina sagte, sie habe ein furchtbar schlechtes Gewissen, weil sie Lara die Geschichte des Hauses verraten habe. Um sich zu entschuldigen, nötigte sie sie, zum Mittagessen zu bleiben. Lara rief zu Hause an, um Bella und Olly Bescheid zu geben, dass sie sich selbst versorgen mussten, aber es nahm niemand ab. Wahrscheinlich schliefen sie noch, oder aber sie waren bereits unterwegs. Wie auch immer, sie und Jack würden jedenfalls nicht vermisst werden.

Beim Mittagessen berichtete Lara Gina von ihrer Situation mit dem Auto, woraufhin diese ihr sofort ihren alten Volvo zur Verfügung stellen wollte. »Ich bin nur noch nicht dazu gekommen, ihn zu verschrotten«, erklärte sie. »Er steht bloß rum und nimmt Platz weg. Ihr würdet mir einen Gefallen tun.«

Sie ging mit Lara den kleinen Weg am Haus entlang zur Garage. Das vom Rost zerfressene Wrack war haargenau dasselbe Volvo-Modell wie das, das sie zu Hause in England fuhren. Selbst die Farbe war die gleiche. Der einzige Unterschied bestand darin, dass dieses Auto noch älter war.

»Er gehört euch«, erklärte Gina. »Bitte befreit mich davon.«

Bevor Lara und Jack sich von Gina verabschiedeten, lud diese sie noch ein, am selben Abend mit der ganzen Familie zu einem geselligen Beisammensein an der Feuergrube vorbeizukommen. Zwischenzeitlich war Lara zu dem Schluss gelangt, dass sie aus dem Larssen-Haus ausziehen mussten. Die Geschichte war einfach zu schrecklich. Sie ging beim Theater vorbei, um zu sehen, ob James oder Betty da waren, damit sie sich persönlich mit ihnen über die Sache auseinandersetzen konnte.

Und tatsächlich, James' kleiner Sportwagen parkte vor dem Gebäude. Lara half Jack die Stufen zur Veranda hinauf und klopfte an die verschlossene Eingangstür.

Fast augenblicklich kam James und öffnete. Er sah erschöpft aus, und seine Augen waren blutunterlaufen.

»Hallo, ihr Lieben.« James küsste Lara auf die Wange. »Was verschafft mir die Ehre?« Eine seiner irritierenderen Eigenschaften war, dass er normalerweise über die Energie eines aufgedrehten Hundewelpen verfügte. Ihn so verhalten zu erleben war geradezu beunruhigend.

»Geht es dir gut?«, erkundigte sich Lara.

»Ach, na ja. Nur ein bisschen im Stress.«

Er ließ sie ein, nahm hinter dem Schreibtisch im Foyer Platz und bedeutete Lara, sich auf den Stuhl gegenüber zu setzen. »Es sind zusätzliche Proben für das Musical anberaumt worden, und dann muss ich mich auch noch um das schottische Stück kümmern. June und Brian haben sich verkracht und reden nicht mehr miteinander – nicht mal auf der Bühne –, und meine Lady McB liegt mir ständig damit in den Ohren, dass ihr die Unterkunft nicht passt. Als hätte ich nicht schon genug am Hals.« Er stand auf, ging zum Küchen-Einbauschrank und füllte einen Wasserkocher. »Aber genug von mir. Was kann ich für dich tun, Lara, Liebes? Kaffee? Pfefferminztee?«

»Pfefferminztee, bitte.« Lara hatte bei Gina schon so viel Kaffee getrunken, dass sie ihr Herz klopfen hörte.

»Na«, sagte James und drehte sich zu ihr um. »Ist das nicht schön.«

»Ich wollte mit dir über das Haus reden«, begann Lara und hörte ihre Stimme im hohen, holzverkleideten Foyer widerhallen. »Mir hat gerade eben jemand erzählt, was dort passiert ist.«

»Ah.« James presste sich die Finger tief in die Schläfen. »Warte eine Sekunde«, bat er und zog einen Korb mit Spielsachen hervor, auf dem *Gebrauch NUR für Spiel- und Krabbelgruppe* stand.

Jack schlängelte sich von Laras Schoß und nahm Kurs auf die Spielsachen.

»Betty, bist du noch da unten?«, rief James die Treppe hinunter. Er goss zwei Tassen Pfefferminztee ein und brachte sie zum Tisch.

»Ich kann mich einfach nicht losreißen«, sagte Betty, die mit einem Maßband um den Hals die Stufen hinaufkam. »Oh, hallo, Lara, Schatz.« Sie ging zu Lara und küsste sie.

»Sie weiß über das Larssen-Haus Bescheid.«

»Oh«, machte Betty. »Oje.«

»Bevor du noch mehr dazu sagst, Lara«, begann James, »möchte ich, dass du weißt, dass wir keine andere Wahl hatten. Wir stellen grundsätzlich allen unseren Schauspielern eine Unterkunft zur Verfügung, und in Marcus' Fall bedeutete das, dass wir gezwungen waren, eine komplette Familie unterzubringen, was uns ziemliche Kopfschmerzen bereitet hat. Wir sind darauf angewiesen, dass Leute aus dem Ort uns entweder umsonst oder für sehr wenig Geld Zimmer bereitstellen, und Betty und ich haben Monate im Voraus damit zu tun, alles zu organisieren. Eine Bleibe für euch alle fünf zu finden wäre so gut wie unmöglich gewesen – wenn unser großzügiger Wohltäter nicht gewesen wäre, der das Haus aus dem Larssen-Nachlass gekauft und es uns gestiftet hat. Damit hat er das Problem gelöst, mit dem ihr als Familie uns konfrontiert habt.«

»Aber ihr wisst, was in dem Haus passiert ist?«

»Selbstverständlich wissen wir, was in dem Haus passiert ist«, sagte James.

»Alle wissen das.« Betty setzte sich neben Lara und nahm ihre Hand. »Aber mal ehrlich, Liebes, das ist doch Schnee von gestern.«

»Warum habt ihr uns nichts davon erzählt?«

»Was hätte das genützt?« James gähnte, ließ sich gegen seine Stuhllehne sinken und verschränkte die Hände hinter dem Kopf.

»Aber euch muss doch klar gewesen sein, dass wir es früher oder später rausfinden würden?«

»Ich habe eine Million Dinge um die Ohren, Lara«, rechtfertigte sich James. »Wir sind wohl einfach davon ausgegangen, dass es reicht, wenn wir das Haus ausräumen und gründlich saubermachen. Dass ihr euch einlebt und es euch gemütlich macht, und dass es dann nicht so schlimm werden würde, selbst wenn ihr es herausfindet. Und es *ist* doch auch nicht so schlimm, oder? Es ist ein wunderschönes Haus. Ich bitte euch ja nicht, für immer dort wohnen zu bleiben, nur für einen Sommer lang. Die meisten Leute wären dankbar«, fügte er hinzu.

»Das ist unnötig, Schatz«, sagte Betty zu James.

»Ich bin einfach nur so erledigt«, erwiderte James und rieb sich die Augen.

»Ich würde sagen, das Haus war weder ausgeräumt noch

sauber, als wir angekommen sind«, widersprach Lara und schluckte trocken.

»Das erwähntest du bereits, Liebes. Aber wir haben die Arbeiter angewiesen, es komplett leer zu räumen, bevor sie die Möbel reinstellen. Stimmt's?« Betty warf James einen Blick zu.

»Es sind lauter unheimliche Sachen im Keller, und dann war da noch dieser widerliche Teppich mit dem Fleck drauf.« Lara wurde ganz schlecht bei dem Gedanken daran.

Erneut ein Blick von Betty zu James. »Ich wünschte, du hättest noch mal alles überprüft.«

»Schließlich habe ich ja noch nicht genug zu tun«, sagte James, stand auf und marschierte quer durch den Raum.

»Ich nehme mal an, ihr könnt uns nicht irgendwo anders unterbringen?«, vermutete Lara.

James lachte.

»Es ist nur – ich kann den Gedanken an all das Leid nicht ertragen. Das arme Mädchen.«

»Mädchen? Sie war jenseits der vierzig, als man sie gefunden hat«, entgegnete James.

»Ach, James, darum geht es doch gar nicht«, sagte Betty und tätschelte Laras Hand. »Schütte Tante Betty dein Herz aus.«

»In dem Haus herrscht eine ganz schreckliche Atmosphäre.« Lara rieb sich den Nacken und erschauerte. Die Klimaanlage im Theater war zu hoch eingestellt. Sie wünschte, sie hätte eine Jacke mitgebracht, aber angesichts der Hitze draußen war sie gar nicht auf die Idee gekommen.

»Sag mal, was ist denn mit Danny?«, fragte Betty James.

»O Gott, Betty.« James verdrehte die Augen und ließ den Kopf in die Hände sinken.

»Danny?« Lara schaute Betty fragend an.

»Danny kann dir mit dem Haus bestimmt helfen. Er ist ein ganz wunderbarer Mann. Er lebt ganz in der Nähe. Ein Ältester des Seneca-Stammes.«

»Behauptet er jedenfalls von sich«, warf James ein. Er nahm die Teebecher und trug sie zur Spüle.

»Und er vollzieht ein ausgezeichnetes Reinigungsritual«, fuhr Betty fort, ohne sich um James zu kümmern.

»Reinigungsritual?«

»Er verbrennt Salbei und chantet dabei. Das reinigt einen Ort von bösen Geistern und negativer Energie. Es wirkt ganz fantastisch. Seine Familie lebt schon seit Urzeiten hier auf diesem Land, und die Kunst wurde von Generation zu Generation weitergegeben. Danny hat es für uns gemacht, kurz nachdem wir das Theater übernommen hatten. Ich war mir nämlich ganz sicher, dass wir einen Geist im Keller hatten. Ich habe es nicht eine Minute lang alleine da unten ausgehalten. Und jetzt ist es praktisch mein zweites Zuhause.«

»Gib mir Kraft«, murmelte James und ließ das Wasser in der Spüle aufspritzen. »Betty, Schatz, in zehn Minuten fängt die Probe an. Bist du bereit?«

»Ich bin immer bereit, James«, antwortete Betty. Sie beugte sich zu Lara und nahm erneut ihre Hand. »Ich rede mit Danny und sage ihm, es sei dringend. Bestimmt hilft er euch gern.«

Was blieb Lara übrig? Eigentlich hasste sie solchen Hokuspokus – violette Esoterikläden mit ihren Kristallen und Duftstäbchen. Aber vielleicht konnte dieser Danny ja tatsächlich helfen. Schließlich hatte sein Volk in der Gegend gelebt, lange bevor dort die ersten Häuser gebaut worden waren. Vielleicht konnte er seinen Salbei auch über ihr verbrennen, um den Bann zu brechen, mit dem Stephen sie belegt hatte, damit alles wieder klar und einfach wurde.

»Ich werde es mit ihm probieren. Aber sagt Marcus nichts davon, sonst macht er sich nur über mich lustig.«

»Na, dann wäre das ja geklärt«, sagte James, der bereits im Flur stand und mit seiner Körpersprache zum Ausdruck brachte, dass die Unterredung nun zu Ende war. »Tut mir leid, falls du geglaubt hast, wir wollten euch hinters Licht führen.«

»Nein –«

»Aber ich hoffe, dass du die Sache auch von unserer Warte aus betrachtest.«

»Natürlich«, bestätigte Lara.

Sie brachte Jack dazu, sich vom Spielzeugkorb zu trennen, indem sie ihm ein Eis am Stiel in Aussicht stellte. Als sie ihn endlich losgeeist hatte und sich mit ihm auf der Hüfte umdrehte, sah sie, dass James und Betty nebeneinanderstanden und sie liebreizend anlächelten.

»Na los.« Betty knuffte James in die Seite.

»Ich hätte da eine Rolle für unseren kleinen Jack«, sagte James. »Falls er gerne sein Schauspieldebüt geben würde.«

»Rolle?«

»Wir brauchen noch ein süßes kleines Mäuschen für die Macduff-Szene«, klärte Betty sie auf. »Glaubst du, er hätte Lust?«

»Was meinst du dazu?«, wandte sich Lara an Jack, der sie mit verständnisloser Miene ansah. »Ich glaube, das müsst ihr mit seiner Agentin besprechen.«

»Hallo? Ist da Jacks Agentin am Apparat?« Betty hielt

sich einen imaginären Telefonhörer ans Ohr. »Hätte Ihr Klient eventuell Interesse an einer kleinen Rolle in der Trout-Island-Theatre-Produktion von *Macbeth*?«

»Schottisches Stück!«, quiekte James laut, so dass Jack vor Schreck zusammenfuhr. Er steckte den Daumen in den Mund und starrte James mit weit aufgerissenen Augen an.

»Ups. Dann müssen wir Danny wohl gleich noch mal kommen lassen.« Betty zwinkerte Lara zu.

»Ich bespreche das kurz mit meinem Klienten«, sagte Lara in ihr eigenes Telefon, um Jack abzulenken, dessen Unterlippe bedrohlich zu zittern begonnen hatte. »Jack, hättest du Lust, mit Daddy zusammen in Daddys Stück aufzutreten?«

Den Daumen nach wie vor im Mund, sah Jack zu ihr auf und nickte, dass seine roten Locken wippten.

»Mein Klient würde Ihr Angebot gerne annehmen«, verkündete Lara in ihren Hörer und dachte an die vielen freien Stunden, die sie damit gewinnen würde.

»Hervorragend! Was sind Ihre Bedingungen?«, wollte Betty wissen.

»Wir pfeifen auf irgendwelche Bedingungen. Sorg einfach dafür, dass Danny vorbeikommt.« Lara legte auf.

»Nun. Dann ist ja alles ganz wunderbar«, schloss James. »So, ihr zwei Hübschen. Wenn ihr nichts dagegen habt, muss ich jetzt zu meiner Probe.«

»Und ich in meinen Garten«, sagte Betty.

»Ich habe ihr den Nachmittag freigegeben«, erklärte James. »Ich kann mich beim besten Willen nicht mehr daran erinnern, wieso.«

Er brachte sie noch zur Tür.

Als sie ins Freie traten, sahen sie Marcus. Er saß mit dem

Rücken zu ihnen auf der Veranda auf einem Plastikstuhl. Ihm zugewandt saß eine braungebrannte Frau mit langen honigfarbenen Haaren, die ihm einen Arm um den Nacken gelegt hatte.

»Entweibt mich hier«, sagte sie gerade zu Marcus, während er ihr eine Zigarette anzündete. Ihr Blick brannte sich in sein Gesicht. »Füllt mich vom Wirbel bis zum Zeh randvoll mit wilder Grausamkeit –«

Als sie Lara bemerkte, verstummte sie, hob den Kopf und lächelte, so dass Marcus' Feuerzeug nutzlos in der Luft schwebte.

Marcus drehte sich um und sah seine Frau und seinen Sohn. »Oh, hi.« Er schnippte seine eigene Zigarette in einen Feuereimer neben seinem Stuhl. »Wir fragen uns gerade gegenseitig unseren Text ab. Lara, das ist Selina Mountford, meine Lady McB. Selina, das ist Lara, meine Lady Wayland. Und das ist Jack, ein Kind, dessen Kopf nicht an die Wand geschmettert ward.«

»Freut mich.« Selina streckte sich über Marcus hinweg, um Lara die Hand zu schütteln.

»Gleichfalls«, sagte Lara, während sie daran denken musste, wie schön diese Selina war. Und hatte sie Marcus nicht mit dem Arm gestreift, als sie sich vorgebeugt hatte? Bahnte sich zwischen den beiden womöglich etwas an?

Man konnte es nur hoffen.

Lara und Jack überquerten gerade die Main Street, als Seans Nissan vor ihnen am Straßenrand hielt. Bella kurbelte die Scheibe herunter, und Takte einer wunderschönen Unplugged-Musik entschwebten in die warme Luft.

»Hey, Mum. Wo warst du?«

»Fast überall«, antwortete Lara.

»Hallo, Mrs Wayland«, sagte Sean.

»Sag ruhig Lara zu mir, Sean. Was habt ihr zwei denn vor?«

»Schwimmen gehen«, erwiderte Bella. »Zum Abendessen bin ich wieder da.«

»Sei brav«, bat Lara. Das Auto fuhr wieder an und war bald in der flimmernden Hitze verschwunden.

»Das sagt die Richtige, Miz Wayland.« Eine schleppende Stimme hinter ihr ließ sie zusammenzucken.

Sie wirbelte herum und sah Stephen in seiner Verkleidung als Sam. Er stand direkt hinter ihr.

»Wo kommst du denn so plötzlich her?«, fragte sie, während sich ihr anfänglicher Schreck in pures Glücksgefühl verwandelte.

»Ich kam gerade hier vorbei, Ma'am.«

»Ich habe dich gar nicht gesehen.«

Lächelnd wies Stephen auf eine Bank, die halb hinter den Zweigen eines Baums verborgen war. »Da habe ich gesessen und die Zeit vertrödelt.«

Jack streckte ihm die Arme entgegen, damit er ihn hochhob.

»Ist alles in Ordnung?«, fragte Stephen und nahm Jack auf den Arm.

»Ja«, antwortete Lara. »Wieso?«

»Du wirkst ein bisschen verstört.«

»Ach. Es ist nichts.« Lara schwirrte der Kopf, weil sie kaum noch wusste, mit wem sie worüber reden durfte. »Ich habe bloß gerade einige Dinge über das Haus erfahren, in dem wir wohnen.«

»Wirklich? Was denn?«

»Das kann ich dir nicht sagen. Nicht vor –« Sie zeigte auf Jack, der zu sehr damit beschäftigt war, Stephens Aufmerksamkeit auf sich zu lenken, als dass er zugehört hätte, was seine Mutter redete. »Ein andermal, wenn wir unter uns sind.« Sie lächelte zu ihm auf und spürte, wie die Welt um sie herum zu schwanken begann.

»Ich freue mich schon darauf.« Er erwiderte ihren Blick.

Sie schüttelte den Kopf und rieb sich die Augen. »Ach, verdammt, ich habe das mit den Schlössern ganz vergessen.«

»Schlösser?«

»Wir haben keine Schlösser an den Türen, und ich würde gerne welche anbringen lassen. Ich wollte James und Betty darauf ansprechen.«

»Schlösser sind immer gut. Ich bin ein großer Freund von Sicherheit.«

»Das ist mir aufgefallen. Obwohl ich natürlich nichts Hochkompliziertes verlange, so wie bei dir. Und die Kellertür muss auch verriegelt werden. Marcus hatte versprochen, sich darum zu kümmern, aber …« Sie beendete den Satz nicht, weil es ihr wie Verrat vorkam, vor Stephen schlecht über Marcus zu sprechen.

»Wenn Marcus das gesagt hat, wird er es mit Sicherheit auch tun«, sagte Stephen und legte ihr eine Hand auf die Schulter. »Wie auch immer«, fuhr er fort. »Ich bin froh, dass wir uns getroffen haben. Ich wollte dich nämlich fragen, ob du und die Kinder vielleicht Lust hättet, mit mir das hier anzuschauen.« Er hielt fünf Eintrittskarten in die Höhe. »Das ist eine Zirkusvorstellung – eine moderne, Gott sei Dank, im traditionellen Zirkus hier gibt es sogar noch Tierdressuren. Die Vorstellung wäre in einem kleinen Ort etwa eine halbe Stunde südlich von hier. Morgen Abend. Unbedingt sehenswert.«

»Und was ist mit Marcus?«, fragte Lara.

»Oh, die Vorstellung fängt um sieben Uhr an, da ist er noch auf der Probe.«

»Wie schade.« Lara lächelte.

»Ja, schade.«

»Wir kommen sehr gern.«

»Großartig.« Er steckte die Eintrittskarten wieder weg. »Dann komme ich so gegen fünf bei euch vorbei und hole euch ab. Wir können unterwegs essen gehen.«

Er stand da und lächelte sie an, während Jack an seiner Perücke zog. Irgendwo ganz in der Nähe sang eine Zikade. Selbst in seiner merkwürdigen, fast schon grotesken Verkleidung kam Stephen ihr wie etwas ganz Besonderes und Kostbares vor, etwas, das ganz ihr gehörte. Sie streckte die Hand aus und schob seine Pilotensonnenbrille nach oben, damit sie ihm in die Augen sehen konnte. Sekundenbruchteile bevor Jack auffallen konnte, dass etwas Merkwürdiges zwischen ihnen vorging, hatte sie sich auf die Zehenspitzen gestellt und ihn auf die Wange geküsst. Es war eine Geste, mit der sie den intimen Moment zugleich beendete und besiegelte.

»Du testest die Grenzen aus«, meinte er. »Gefällt mir.«

»Dann sehen wir uns morgen«, sagte sie, und ihre Stimme verhakte sich ein wenig dabei.

»Muss ich wirklich so lange warten?« Er gab ihr Jack zurück.

Lara und Jack gingen weiter die Main Street hinunter. Kurz bevor sie den Dorfladen erreicht hatten, in dem sie Jack sein Bestechungs-Eis kaufen wollte, drehte Lara sich um und sah zu der Stelle zurück, wo sie kurz zuvor gestanden hatten. Stephen hatte sich noch nicht bewegt. Er schirmte die ungeschützten Augen vor der Sonne ab und sah ihr nach.

29

Lara und Jack brauchten eine halbe Stunde, um sich auf ein Eis zu einigen. Während sie danach in gemächlichem Tempo zurück zum Haus schlenderten, versuchte Lara, sich auf die positiveren Aspekte von dessen heruntergekommenem Äußeren zu konzentrieren: die verwitterten Holzschindeln und malerischen Fensterläden. Doch immer wieder wanderte ihr Blick zu dem Steinsockel, auf dem das Haus stand. Er war dunkel und moosbewachsen. Wie Grabsteine, durchfuhr es sie.

Sie beschloss, das, was sie über das Haus erfahren hatte, für sich zu behalten. Es bestand kein Grund, Bella und Olly damit zu behelligen, und Marcus würde die Geschichte bloß verharmlosen, was sie nicht ertragen hätte.

Als sie in den Gartenweg einbogen, sah sie auf der oberen Stufe zur Veranda einen kleinen Gegenstand liegen.

Es war ein gelbes flaumiges Küken, das dort auf dem Rücken lag, die Flügelstummel zu beiden Seiten hin ausgebreitet, die wurmartigen Füßchen in die Luft gereckt, so dass sie wie Hinweispfeile aussahen, mit denen das Tier auf seine eigene Leiche zeigte. Sein Genick war ganz eindeutig gebrochen. Lara bückte sich, um den Kadaver zu untersuchen, und musste dabei an die Schemazeichnung eines zwölfwöchigen Fötus in ihrem alten Schwangerschaftsbuch denken, die sie wie unter Zwang immer wieder angeschaut hatte. Ungefähr so groß war er gewesen.

»Armer Babyvogel«, sagte Jack und ging neben dem Küken in die Hocke. Sein Eis tropfte auf den Boden.

Lara richtete sich auf und blickte die Straße hinunter. Wie immer war die Luft angefüllt von Tierlauten – Insekten, Hunde, Pferde und noch andere, wildere Kreaturen. Aber sie hatte nicht ein einziges Mal das Gackern eines Huhns oder das Krähen eines Hahns gehört. Und selbst wenn – dieses winzige Ding wäre allein wohl kaum sehr weit gekommen. So wie sein Hals abgeknickt war, musste es von etwas getötet worden sein, das größer war als es selbst.

Unwillkürlich dachte Lara an Hund. Es gab keine konkreten Beweise, und doch hatte sie ihn bereits im Verdacht, der entflohene Larssen-Hund zu sein. War dies eine Art hündisches Friedensangebot, weil er wusste, dass sie ihn enttarnt hatte?

Sie fuhr sich mit der Hand über die Augen. Trieb dieses Haus sie langsam, aber sicher in den Wahnsinn?

»Ja, armer Babyvogel«, sagte sie, nahm ihren Sohn auf den Arm und öffnete die Tür.

»Hallo?«, rief sie von der Schwelle aus, in der Hoffnung, dass wenigstens Olly da wäre. Stattdessen empfing sie das Haus mit seiner ganz eigenen, drückenden Leere und Fäulnis. Einzig das Summen des alten Kühlschranks, der versuchte, sich selbst am Überhitzen zu hindern, durchbrach die Stille. Sie sah zu der Stelle auf dem Fußboden im Flur hinüber, wo der Fleck gewesen war. Sie hatte ganze Arbeit geleistet. Man hätte niemals geahnt, dass dort etwas Schreckliches passiert war.

Beim Hineingehen trat Lara versehentlich auf einen

Brief, der auf der Fußmatte lag. Sie wusste gleich, dass er für sie bestimmt war, weil der Absender ihren Namen in Großbuchstaben mit grüner Tinte auf den Umschlag geschrieben hatte. Er roch nach schalem Zigarettenrauch. Im Umschlag steckte ein Zettel, auf dem in derselben eigenartigen Druckschrift und ohne Satzzeichen Folgendes geschrieben stand:

HEY KÜKEN FREU DICH NICHT ZU FRÜH LASS DIE FINGER VON SM.

Laras Wangen brannten. Jemand wusste von ihr und Stephen. Aber wer? Die einzige Person, die möglicherweise etwas ahnte, war Betty. Lara wusste nicht viel über sie, aber solche Abscheulichkeiten waren ganz gewiss nicht ihr Stil.

Sie setzte Jack an ihren Laptop, damit er ein Spiel auf der C-Beebies-Website spielen konnte. Dann nahm sie ein Bier aus dem Kühlschrank und ging nach draußen, wo sie sich auf die Veranda setzte, nachdachte und das tote Küken anstarrte, als könnte es ihr eine Antwort auf ihre Frage liefern.

Alles wurde immer verworrener: die gestohlene Wäsche; der Streifenhörnchen-Vorfall; die Geisteskranke, die sie um ein Haar überfahren hätte; die Larssen-Geschichte; Bella, die den Kopf verlor; Olly, der sich mit zwielichtigen Freunden herumtrieb.

Einen Moment lang sah sie die Lösung gestochen scharf vor sich: Sie würde mit den Kindern nach Hause fliegen, und Marcus würde bleiben. So konnte er in Ruhe arbeiten, ohne dass ihm seine Familie im Weg war. Und wenn er dann im September zurück nach England kam, würde sie die Sache auf die eine oder andere Weise entscheiden, je nachdem, was die räumliche Trennung in ihr bewirkt hatte. Ohne die alles verkomplizierende Anwesenheit von Stephen.

Sobald er in ihrer Nähe war, konnte sie nicht mehr klar denken.

Aber noch während sie über die Idee nachsann, wurde ihr bereits klar, dass sie es niemals tun würde. Denn dann würde sie Marcus ihre Abreise irgendwie erklären müssen; Bella und Olly würden Fragen stellen, und es war durchaus denkbar, dass sie ganz einfach sagen würden, sie wollten lieber bei ihrem Vater bleiben. Und das kam auf keinen Fall in Frage.

Doch der wahre Grund, weshalb sie nicht abreisen würde, war genau der, aus dem sie eigentlich hätte abreisen *sollen.*

Sie würde nicht tun, was diese hinterhältige kleine Botschaft von ihr forderte. Sie konnte die Finger nicht von SM lassen. Dazu war es nun zu spät.

Sie fuhr sich mit beiden Händen durch die Haare und rieb sich den Nacken. Sie sah zu den Häusern mit ihren blinden Fenstern hinüber und fühlte sich beobachtet. Es war furchtbar. Im Rücken spürte sie die drückende Last des Larssen-Hauses mit seinem ganzen Elend.

Weil sie es nicht länger aushielt, stand sie auf und ging zum Schuppen hinter dem Haus, wo die Kolibris wie immer den Futterspender umschwirrten, als hätte sich seit jenem ersten Morgen, als sie ihnen zugesehen hatte, nicht das Geringste geändert. Sie stieß die mit Spinnweben verhangene Tür des Schuppens auf und spähte vorsichtig ins dunkle, nach Teeröl riechende Innere.

Bis auf einige Blumentöpfe und einen Spaten – genau das, wonach sie gesucht hatte – war der Schuppen leer. Sie nahm den Spaten, ging um den Schuppen herum und hob im struppigen Gras ein kleines Grab aus. Dann kehrte sie zur Veranda zurück und nahm das tote Küken auf den Spaten, wobei sie achtgab, es nicht noch weiter zu beschädigen.

Sie trug das Küken zum Grab und ließ es vorsichtig hineingleiten. Der Anblick, wie es leblos in der roten Erde lag, bestärkte sie in der Überzeugung, dass sie die Sache mit Stephen bis zum Ende durchstehen musste. Das Leben war kurz, und in ihr meldete sich der erschreckende Gedanke, dass sie bereits sechzehn lange Jahre davon vergeudet hatte.

Vergeudet war vielleicht ein wenig übertrieben. Aber dennoch …

Sie sprach ein Gebet für das Baby, dessen Leben sie ein Ende gesetzt hatte, und bedeckte das Küken mit einem Häufchen Erde. Sie pflückte eine Chrysantheme von einem verkümmerten Busch, der in einem der unkrautüberwucherten Blumenbeete hinter dem Schuppen wuchs, und steckte sie in die frisch aufgeworfene Erde. Während sie am Boden kniete, wurde ihr klar, dass sie Stephen anrufen musste.

Sie eilte ins Haus und wählte seine Handynummer, aber es sprang sofort die Mailbox an – nicht weiter überraschend in einer Gegend mit derart lückenhafter Netzabdeckung. Als Nächstes versuchte sie es auf seinem Festnetzanschluss, aber dort klingelte und klingelte es nur, ohne dass jemand abnahm. Sie stellte sich vor, wie die Telefonklingel in seinem kühlen, hohen Wohnzimmer widerhallte. Es gab keinen Anrufbeantworter, aber sie hätte ohnehin keine Nachricht hinterlassen, weil sie gar nicht wusste, was sie sagen sollte.

Jack war nach wie vor glücklich in sein Computerspiel vertieft, doch Lara war verzweifelt. Sie musste unbedingt mit jemandem reden. Aber mit wem? Gina konnte sie nicht anrufen, weil sie ihr gegenüber Stephen nicht erwähnen durfte. Die Einzige, die ihr einfiel, war Betty. Sie tippte die Nummer des Farmhauses ins Telefon und wartete fünfzehn Klingeltöne ab. Sie wollte gerade auflegen, als sich eine atemlose Stimme meldete. »Hallo?«

»Betty?«

»Lara, bist du das?«

Hastig berichtete Lara ihr von dem Küken und der Nachricht. Betty bat sie, alles genau zu beschreiben – die Farbe der Schrift, die großen Druckbuchstaben.

»Hast du Stephen schon davon erzählt?«

»Nein, noch nicht. Ich kann ihn nicht erreichen.«

»Gut. Kein Sterbenswörtchen zu ihm, Liebes. Ich möchte, dass du jetzt gleich zu mir nach Hause kommst, dann können wir uns darüber unterhalten. Ich habe Eistee im Kühlschrank. Bring den Brief mit, damit ich ihn mir ansehen kann.«

»Aber ich habe Jack dabei.«

»Das ist doch kein Problem, mein Täubchen. Ich habe genau das Richtige, um ihn zu beschäftigen.«

Nach einer kurzen Verzögerung, da Jack, der es geschafft hatte, sich vorn vollständig mit Eiscreme zu bekleckern, eine Ganzkörperwäsche benötigte, hielt Lara am Weg neben dem Farmhaus.

»Hallo«, rief sie und klopfte an die Küchentür.

»Da seid ihr ja!«, kam Bettys Stimme aus dem Garten hinter Lara. »Ich dachte schon, ihr hättet euch verfahren.« Sie tauchte hinter den Tomatenstauden auf und kam, einen flachen Korb in der Armbeuge, über den Weg zwischen den Gemüsebeeten auf sie zu. Seit ihrer Begegnung im Theater hatte Betty sich umgezogen und trug nun einen seidenen

Kimono zu abgeschnittenen Shorts. Sie hatte sich die Haare zurückgebunden, war aber nach wie vor vollständig geschminkt.

»Da unten ist Trudi. Trudi, sag hallo zu Lara und Jack«, rief Betty. Hinter einem Dickicht aus Stachelbeersträuchern kam die gedrungene obere Hälfte der sonderbaren, vernarbten Frau zum Vorschein. Sie hob eine Hand zum Gruß, bevor sie sich wieder über ihre Arbeit beugte. »Schau dir diese kleinen Goldstücke an.« Betty nahm eine winzige kugelrunde Tomate aus ihrem Korb und steckte sie Lara in den Mund.

»Köstlich«, sagte Lara.

»Pass auf, Jack, möchtest du mal etwas ganz Besonderes sehen?«, fragte Betty und ging in die Hocke, damit sie mit ihm auf Augenhöhe war.

»Die Fische?«, fragte Jack und machte große Augen.

»Noch besser als die Fische.«

Jack nickte und nahm Bettys Hand. Sie führte ihn ins Haus zu einer Nische unter der Treppe.

»Schau mal«, flüsterte sie und ließ sich, aufs Treppengeländer gestützt, auf die Knie nieder. Jack tat es ihr nach. Er reckte den Hals, um besser sehen zu können, und stieß einen Laut der Verzückung aus.

Im Schatten der Treppe stand ein Korb mit kleinen Kätzchen. Sie hatten das Ratten-Stadium hinter sich und sahen aus wie flauschige Fellkugeln. Betty nahm eins der Tiere auf den Arm und hielt es Jack hin. Dieser schaute fragend zu seiner Mutter.

»Eine Minute.« Lara wühlte in ihrer Handtasche nach seinen Antihistaminen und einer Wasserflasche. »Er ist allergisch«, erklärte sie, an Betty gewandt.

»Ach herrje. Das wusste ich nicht«, sagte Betty.

»Kein Problem.« Lara gab Jack eine Tablette. »Die hier habe ich immer dabei. Wenn er eine nimmt, hat er zehn Stunden Ruhe.«

Nunmehr geschützt, wandte Jack sich dem Kätzchen zu. Er nahm es entgegen, als wäre es zart wie eine Feder, und es schmiegte sich in seine Armbeuge, als wäre es zu nichts anderem geboren worden. Jack sah zu Lara auf, übers ganze Gesicht strahlend. Sie spürte Tränen in den Augenwinkeln brennen. Das also war Unschuld.

»Ein Kojote hat die Mutter getötet«, raunte Betty Lara zu. Dann wandte sie sich wieder an Jack. »Es ist jetzt Fütterungszeit. Möchtest du das übernehmen? Ich zeige dir, wie es geht.«

Betty ging in die Küche und kam kurze Zeit später mit einer Pipette und einem kleinen Becher Milch zurück. Sie zeigte Jack, wie er das Kätzchen mit dem milchgefüllten Glasröhrchen locken und dann vorsichtig auf den Gummiballon drücken musste, damit die Milch herausfloss, während es saugte.

»Damit sollte er eine Weile zu tun haben«, sagte Betty. »Also, *Mamacita,* komm und trink einen Eistee, und dann erzählst du Betty alles.«

Lara setzte sich an den Küchentisch und reichte Betty den bösen Brief. Betty setzte sich eine Brille mit Gestell im Leopardenmuster auf und las ihn, roch an ihm und legte ihn schließlich mit gerümpfter Nase zwischen sie auf den Tisch.

»So. Man muss dir also sagen, dass du dich von Stephen fernhalten sollst?«, sagte sie nicht unfreundlich.

»Es ist nichts passiert ...«, sagte Lara. »Aber, wie du mir selbst gesagt hast: Das einzig Wichtige im Leben ist die

Liebe.« Sie ließ den Kopf in die Hände sinken und schloss die Augen. Sie sollte besser den Mund halten. Darüber zu sprechen würde sie der Tat nur noch einen weiteren Schritt näher bringen.

»Ach, Lara. Du und ich, wir sind uns ganz ähnlich. Wir sind beide Romantiker. Soll ich dir erzählen, was es mit diesem Brief auf sich hat?«

»Ja«, sagte Lara in ihre Hände.

»Bestimmt hast du das meiste schon gehört. Es war ja kaum ein Geheimnis. Nun, in L. A. sind gewisse Dinge vorgefallen, die den armen Stephen sehr krank gemacht haben. Wenn man in der Öffentlichkeit steht, zieht man viel Aufmerksamkeit auf sich, da ging es ihm wie vielen. Allerdings gab es eine ganz bestimmte Person – Elizabeth Sanders –, die so felsenfest davon überzeugt war, dass sie und Stephen füreinander bestimmt waren, dass sie vollkommen durchgedreht ist, als er nicht auf die Flut von Nachrichten reagierte, die sie ihm geschickt hat. Zuerst war es noch relativ harmlos – zerbrochene Eier auf seiner Windschutzscheibe oder Päckchen, die er nicht bestellt hatte. Aber dann wurde es immer schlimmer, und irgendwann gingen dann die Drohungen los.«

»Drohungen?«

»Es war grauenhaft. Richtige Gewaltdrohungen.«

»Und warum ist er nicht zur Polizei gegangen?«

»Das ist er ja anfangs, aber es hat sich alles so schleichend entwickelt – sie verstand es, ihre Spuren zu verwischen, und es war schwer zu beweisen, dass die Drohungen tatsächlich von ihr kamen. Sie lebte im Verborgenen und konnte nie aufgespürt werden, es gab nicht mal eine Personenbeschreibung von ihr. Das war schrecklich für Stephen. Sie ist untergetaucht und hat mit ihrem Feldzug einfach weitergemacht. Schließlich ist dann sein Management in Panik geraten, weil der Fall so viel Aufsehen erregt hat. Das sei nicht gut für sein Image als harter Mann, meinten sie und haben ihn gedrängt, die Anzeige zurückzuziehen, weil sie hofften, es würde dann schon von selbst aufhören. Aber natürlich war das genaue Gegenteil der Fall. Auf einmal hatte Stephen immer öfter ›Unfälle‹. Das ging so weit, dass er sich irgendwann gar nicht mehr vor die Tür gewagt hat. Alles, was er noch machen konnte, war zu Hause zu sitzen und seine Angst im Alkohol zu ertränken.«

»Ich dachte, er trinkt nicht.«

»Nicht mehr. James und ich lebten zu der Zeit gerade in New York. Als wir zurück nach L. A. kamen, waren wir entsetzt, in was für einer schlechten Verfassung Stephen war. Wenn man ihn jetzt sieht, kann man es sich kaum vorstellen, aber er sah einfach grauenhaft aus. Also haben wir ihn aus der Stadt geschmuggelt und ihn drei Monate zum Entzug nach Utah geschickt, was den zusätzlichen Vorteil hatte, dass Elizabeth Sanders ihm nicht mehr zu nahe kommen konnte. Danach ist er hierhergekommen. Er hat bei uns gewohnt und sich gleichzeitig nach einem Haus umgesehen. Wir haben unseren gesamten Alkoholvorrat hinten in der Scheune versteckt und nur getrunken, wenn er nicht zu Hause war. Kannst du dir das vorstellen? Wie zwei ungezogene Teenager.«

»Und das Küken? Und der Brief?«

Betty beugte sich vor und kniff die Augen zusammen. »Ich weiß nicht, wie es ihr gelungen ist, aber sie muss ihn aufgespürt haben.« Sie nahm den Brief wieder in die Hand und wedelte damit vor Lara in der Luft herum. »Das ist zu einhundert Prozent ihr Stil – wenn das Wort nicht zu viel der Ehre ist. Wir haben getan, was wir konnten, um ihn zu verstecken, aber offenbar ist sie ihm auf die Spur gekommen. Haben deine Kinder irgendwas ausgeplaudert?«

»Nein«, erwiderte Lara und hoffte, dass sie damit recht hatte. »Sie sind vernünftig. So was würden sie nicht machen. Ihnen ist klar, dass Stephen vorsichtig sein muss.«

Betty lehnte sich zurück, verschränkte die Arme vor der Brust und musterte Lara. Sie konnten hören, wie Jack draußen in der Halle mit den Kätzchen redete.

»Außerdem«, fuhr Lara fort, »war da diese Frau, die uns beobachtet hat, als wir von eurer Party kamen, direkt nach dem Wiedersehen mit Stephen. Erinnerst du dich noch – diese komische Frau im Diner? Ich glaube, es war dieselbe.« Dann erzählte Lara Betty noch von dem Vorfall im Waschsalon. »Du fandest sie doch auch irgendwie merkwürdig, oder?«

»Ich habe Sanders nie mit eigenen Augen gesehen«, erklärte Betty stirnrunzelnd. »Und du hast recht, bei dieser Frau im Diner hatte ich kein gutes Gefühl. Aber ich hätte niemals gedacht ...« Sie verstummte und schloss die Augen. Ihre langen Wimpern warfen dünne Schattenstriche auf ihre Wangen. Lara konnte fast hören, wie ihr Gehirn arbeitete.

»Folgendes, Schatz«, sagte Betty schließlich, während sie ihre wunderschön manikürten Fingernägel betrachtete. »Es gibt zwei Dinge, die du jetzt tun musst.«

»Und zwar?«

»Erstens, und das ist das Allerwichtigste: Stephen darf auf keinen Fall erfahren, dass Elizabeth Sanders ihm hierher gefolgt ist.«

»Was soll das denn bezwecken?«

»Er ist sensibler, als du denkst, Liebes. Wenn er davon erfährt, dann wird ihn das umbringen. Ich habe damals hautnah miterlebt, wie verzweifelt er war.«

»Aber sie wird nicht einfach so wieder verschwinden«, gab Lara zu bedenken. »Oder?«

»Nein. Und das ist der Punkt, an dem du ins Spiel kommst.« Erneut lehnte Betty sich über den Tisch. »Ganz offensichtlich hat sie dich aufs Korn genommen. Ich möchte, dass du versuchst, herauszufinden, wer sie ist und wie sie aussieht. Du musst Beweise sammeln wie ein Detektiv. Und dann, wenn wir genug gegen sie in der Hand haben, gehen wir zur Polizei, und der Fall wird erledigt sein, bevor Stephen auch nur etwas ahnt.«

»Aber ist sie nicht gefährlich? Was ist mit uns?«

Betty fixierte sie mit strengem Blick. »Lara, es geht hier um Stephen Molloy.«

Lara runzelte verblüfft die Stirn. Betty hatte Stephens Namen ausgesprochen, als wäre er eine Art Gottheit. Als müsste Lara bereit sein, alles für ihn zu opfern.

»Und nun zur zweiten Sache«, fuhr Betty fort.

»Zweite Sache?«

»Ich habe doch gesagt, dass es zwei Dinge gibt, die du tun musst, schon vergessen, Liebes?«

»Ich höre.« Lara spürte, wie ihre Wangen glühten.

»Es ist von elementarer Wichtigkeit, dass *Macbeth* ein Erfolg wird. Für das Theater, für James, für mich, für Marcus. Das heißt, nicht nur darfst du Stephen kein Sterbenswörtchen davon verraten, dass seine kleine Erzfeindin wieder aufgetaucht ist, ich möchte dir außerdem dringend ans Herz legen, in deinem Umgang mit ihm ein gewisses Maß an Zurückhaltung walten zu lassen.«

»Umgang?«

Betty sah Lara an. Jeder Rest Wärme war aus ihren Zügen verschwunden, so dass man ihr zum ersten Mal ihr wahres Alter ansah. »Ich will nicht, dass du Marcus in *irgendeiner* Weise aus dem Gleichgewicht bringst, bis die Vorstellungen vorbei sind. Haben wir uns verstanden? Falls doch, dann bekommst du es mit mir zu tun, und glaub mir, ich nehme keine Gefangenen.«

Lara schob ihr halb ausgetrunkenes Glas Eistee von sich und sah Betty an. Sie war also aufgeflogen, und zur Strafe hatte man ihr jeden letzten Rest Selbstbestimmung und Sicherheit weggenommen. Sie musste daran denken, wie sie sich als Kind gefühlt hatte, als ihre Meinung nie gezählt hatte; wie ihre Eltern aus ihrer Erwachsenenperspektive auf sie herabgeschaut hatten, als sei sie eine vollkommen andersgeartete Lebensform, etwas, das auf einer viel niedrigeren Evolutionsstufe angesiedelt war. Genau so fühlte sie sich jetzt wieder.

»Nun, Liebes«, sagte Betty, die aufstand und in die Hände klatschte, so dass sich ihr prächtiger Kimono ausbreitete wie die Schwingen eines großen Raubvogels. »Dann wollen wir doch mal schauen, wie es dem süßen kleinen Jack mit den kuschligen kleinen Kätzchen ergangen ist.«

30

Sean lenkte den Nissan vom Weg aufs weiche Gras neben dem Teich. Er schaltete den Motor aus und drehte sich lächelnd zu Bella um.

»Hi, Liebling, ich bin zu Hause.« Er zog sie an sich, um sie zu küssen.

»Schwimmen?«, fragte sie.

»Aber klar.«

Sie stiegen aus, und Sean holte Decken, Bier und das Picknick aus dem Kofferraum. Hand in Hand gingen sie um den Teich herum – den man in England als See bezeichnet hätte – bis zur anderen Seite. Am Rande eines Stegs, an dem ein rundes Schlauchboot festgebunden war, breitete Sean auf der mit Blättern übersäten Erde die Decke aus. Bei ihrem ersten Besuch hatten sie sich im Schlauchboot bis zur Mitte treiben lassen. Sie hatten sich den ganzen Nachmittag lang langsam und genüsslich geliebt, sich in der Sonne geaalt und zwischen Forellen und Ochsenfröschen gebadet, die das kühle, von Steinen eingefasste Gewässer bewohnten.

Anfangs hatte Bella Angst gehabt, dass man sie stören könnte, aber Sean hatte ihr versichert, dass an Wochentagen nie jemand an den Teich kam. Außerdem lag er fünf Meilen außerhalb des Ortes, zwei Meilen abseits der Straße und auf einem Privatgrundstück, so dass keine Gefahr bestand, dass jemand zufällig auf sie stieß. Dies war ihr zweiter, und mittlerweile fand sie nichts mehr dabei, mit ihrem Freund nackt auf der Decke in der Sonne zu liegen und ihn den ganzen Nachmittag lang zu küssen, zu streicheln und ihm verliebt ins Ohr zu flüstern. Es war wie im Garten Eden.

Sie rissen sich die Kleider vom Leib, rannten Hand in Hand über den Steg und warfen sich ins Wasser, wo sie zum ersten Mal an diesem Nachmittag Sex hatten. Wilden, ungezügelten Sex, nach dem sie sich gesehnt hatten, seit Sean vor ihrem alten Gruselhaus vorgefahren war.

Auf der Fahrt, während auf dem alten Kassettenrekorder Sufjan Stevens seine entspannten Songs spielte, hatte Sean ihr die Geschichte vom Larssen-Haus erzählt – von dem alten Mann, den menschenfressenden Hunden und der geisteskranken Schwester. Bella hatte vor Staunen ganz große Augen gemacht.

»Nicht im Ernst?«, hatte sie gesagt. »Das ist ja der totale Wahnsinn.«

»Ich liebe dich«, sagte er, als sie einige Zeit später auf der Decke lagen und die Wärme von ihrem Liebesspiel sich in ihren Körpern ausbreitete, während sie eisgekühltes Bier tranken. Eine Libelle schillerte über die jadegrüne Oberfläche des Teichs. »Ich möchte mein Leben mit dir verbringen«, flüsterte er ihr ins Ohr.

»Ich mit dir auch.« Bella zog ihn an sich und drückte ihn an ihre Brust.

Sean war vernünftig, einfühlsam, ernst und zu hundert Prozent verlässlich – vollkommen anders als jeder andere Junge, den sie bisher getroffen hatte. Hätte jemand ihr gegenüber solche Eigenschaften angepriesen, bevor sie Sean begegnet war, hätte sie bloß gegähnt und sie als langweilig abgetan. Aber bei ihm waren sie alles andere als langweilig.

Olly hatte immer diese Vorstellung gehabt, dass sie zwei Hälften ein und derselben Person seien. Ständig hatte er davon geredet, schon als sie noch ziemlich jung gewesen waren. Sie hatte ihm die Theorie nie so ganz abgekauft, und als die Dinge zwischen ihnen dann immer komplizierter geworden waren, hatte sie sie sogar offen zurückgewiesen, weil in ihr der Verdacht aufgekeimt war, dass sie durchaus ein von ihm unabhängiges, selbständiges Wesen sein konnte.

Durch Sean war ihr klargeworden, dass sie zwar grundsätzlich ein ganzer Mensch war, dass er aber trotzdem zu ihr passte – nicht nur körperlich, sondern in jeder Hinsicht. Er vervollständigte sie auf eine Art, wie Olly sie niemals vervollständigen würde, ganz egal, wie sehr er sie auch damit bedrängte.

Sie fühlte sich durch und durch warm, wie Karamell. Die Sonne, die zwischen den großen Blättern der Bäume am Teich hindurchblinzelte, warf Sprenkel auf ihre nackte Haut, und die stille Hitze, die leichte Benommenheit vom Bier und das saubere, wie geschrubbte Gefühl nach dem Sex im Wasser ließen sie langsam eindösen.

»Was war das?«, fragte sie und fuhr in die Höhe. Zwischen den Bäumen hatte sich etwas bewegt. Ein Knacken im Unterholz, das sie beide aus dem Schlaf geschreckt hatte.

Sean saß einen Augenblick lang still da, lauschte angestrengt und suchte langsam mit Blicken den Wald ab. Dann entspannte er sich und legte sich wieder hin. Den Kopf in die Hand gestützt, sah er sie an. »Ein Reh«, sagte er und zog sie mit der freien Hand an sich. »Glaub ich.«

»Oder ein Bär«, erwiderte Bella. Sie sträubte sich gegen ihn, setzte sich auf und schlang die Arme um die Beine. »Oder ein Puma.«

»Sehr unwahrscheinlich. Und selbst wenn, die würden nicht in unsere Nähe kommen. Die haben mehr Angst vor uns als wir vor ihnen.«

»Alles klar, du Landei.« Bella drehte sich zu ihm um. Sie strich ihm mit dem Finger das Gesicht entlang und beugte sich vor, um ihn zu küssen. Er legte eine Hand an ihre Brust, und sie schwang sich rittlings auf ihn.

»Wenn du bei mir bist, hab ich keine Angst«, gestand sie und nahm ihn langsam in sich auf.

»Musst du auch nicht.« Sean lächelte zu ihr hoch.

Sie begann, sich langsam auf ihm zu bewegen. Sean schloss die Augen und legte ihr die Hände auf die Hüften.

»Oh, Bella …«

Dann war ein gewaltiges Knacken zu hören, und vier Gestalten taumelten zwischen den Bäumen hervor und zielten mit ihren Gewehren auf sie. Es geschah alles so schnell, dass Bella eine Minute brauchte, bis ihr klar wurde, dass einer von ihnen Olly war. Er zuckte, seine Kiefer mahlten wie verrückt, und seine Pupillen waren klein wie Stecknadelköpfe. Er hatte sich das Gesicht mit Tarnfarbe bemalt, und der Blick seiner blutunterlaufenen Augen glitt über sie.

»Haben wir euch geschnappt«, knurrte er.

Die Insekten im Gras und in den Bäumen, die Grillen und Zikaden und Laubheuschrecken, verstummten. Ein Ochsenfrosch platschte von dem Seerosenblatt, auf dem er sich gesonnt hatte, ins Wasser und hinterließ ringförmige

Wellen auf der Teichoberfläche. Bella sprang von Sean herunter und zog die Decke über sie beide.

»Olly, was soll der Mist?«, schrie sie.

»Schau mal einer an«, lallte Olly, an seine Kumpane gewandt. »Sieht ganz so aus, als hätten wir zwei richtig schöne Exemplare erwischt.« Er machte den drei anderen ein Zeichen, woraufhin die sie langsam einkreisten. Bella erkannte sie wieder: die Jungs vom Spielplatz. Sie waren schmutzig, staubbedeckt, verschwitzt und ganz eindeutig bis zur Halskrause voll mit irgendwelchem Zeug. Einer von ihnen, ein großer Schlaksiger mit rasiertem Schädel und starker Akne, hatte einen Joint zwischen den Zähnen und einen Rucksack auf dem Rücken. Der Zweite – ein Fetter, dem ein Schneidezahn fehlte – stieß ein widerliches, schrilles Lachen aus. Der Dritte war ein kurzer, stämmiger Blonder. Er stand direkt neben Bella, und sein verdreckter, sich wölbender Schritt befand sich genau auf der Höhe ihrer Augen.

Sie sah zu ihrem Bruder hoch.

»Was soll das?«

»Müsste ich das nicht dich fragen?«, entgegnete er und streckte die Hand nach dem Joint aus. Seine Augen mit ihren winzigen Pupillen schienen fast aus ihren Höhlen zu springen, und sein Mund bewegte sich unablässig, auch wenn er nicht sprach. »Was hab ich dir über diesen miesen Typen gesagt? Und was muss ich jetzt sehen? Kamera!«, bellte er und hielt die Hand auf. Der Junge mit der Erektion reichte Olly ein iPhone, und er machte ein Foto von Bella und Sean, wie sie unter der Decke kauerten. »Wir haben ein paar echt gute Bilder geschossen, Bella. Von euch im Wasser.«

Mit einem wilden Schrei war Bella auf den Beinen und wollte sich auf ihren Bruder stürzen. Doch der Fette packte sie von hinten. Seine verschwitzten Hände landeten genau auf ihren Brüsten. Die anderen zwei drehten sich zu ihr um, und sie sah, wie der Große sie gierig musterte und dabei zwei scharfe, spitze Eckzähne entblößte.

»Sean!«, rief sie, aber Olly hob sein Gewehr und legte auf ihn an.

»Keine Bewegung, Loverboy«, sagte er. Dann brüllte er seine Begleiter an: »Hände weg, ihr Viecher. Los, Bella, zieh dir was über, sonst kriegst du, was du verdienst.«

Bella sammelte ihre Kleider auf, die sie eine Stunde zuvor, als sie noch frei und glücklich gewesen war, ausgezogen hatte. »Olly, bitte geh«, flehte sie leise, als sie sich das Kleid überzog.

»Ich bin aber noch nicht fertig«, erwiderte Olly und sah Sean feixend an.

»Lass ihn ja in Frieden.« Erneut wollte Bella auf ihren Bruder losgehen.

»Ganz ruhig, Bella«, warnte Olly und machte einen Schritt zur Seite. Sein Gewehr war nach wie vor auf Sean gerichtet. »Das Ding ist geladen und schussbereit. Wir wollen doch nicht, dass ein Unglück passiert, oder?«

»Leg das weg, Olly.« Bella stellte sich zwischen Olly und Sean.

»Mein Gott. Jungs, macht was mit meiner Schwester«, befahl Olly.

»Egal was?« Der Typ mit den Eckzähnen grinste ihr lüstern ins Gesicht.

»Nicht das, Kyle«, entgegnete Olly. »Sorgt einfach nur dafür, dass sie mir nicht in die Quere kommt.«

Kyle stellte seinen Rucksack ab und holte eine Flasche Jack Daniels heraus, von der er sich einen Schluck genehmigte, bevor er sie an den Fetten weiterreichte. Dann holte er einen Strick aus dem Rucksack.

»Ist der okay, Olly?«, fragte er.

Olly nickte. Bella versuchte, ihnen zu entwischen, aber Kyle hatte sie mit zwei Schritten eingeholt und warf sie zu Boden, wobei er mit seinem ganzen Körper auf ihr landete.

»Vorsichtig«, mahnte Olly.

»Zapple ruhig noch ein bisschen, Kleine«, zischte Kyle ihr ins Ohr, als sie ihm zu entkommen versuchte. »Fühlt sich echt gut an.« Er fesselte ihr die Hände hinter dem Rücken, zerrte sie hoch, zog sie an den Haaren zu einem Baum und band sie am Stamm fest.

»Wag es ja nicht, sie auch nur anzusehen«, fauchte Olly Sean an, während er ihm gleichzeitig mit der Waffe ein Zeichen machte, aufzustehen. »Schnappt ihn euch«, befahl er den anderen. »Mal schauen, was er so zu bieten hat.«

Die drei Jungs zerrten Sean hoch und hielten ihn fest. Zwei hielten seine Arme, der Dritte hatte seinen Hals im Würgegriff, so dass er nackt und wehrlos vor Olly stand. Er leistete keinen Widerstand und sagte kein Wort, blickte Olly aber die ganze Zeit über in die Augen.

»Lasst ihn!«, schrie Bella.

Olly legte das Gewehr auf die Erde, zog ein Messer aus seinem Gürtel und kam auf Sean zu. Er hielt ihm das Messer an den Bauch, direkt unterhalb des Nabels, und grinste ihm heimtückisch ins Gesicht.

»Jetzt bist du nicht mehr so ein Stehaufmännchen, was?«, sagte er und schlug mit der stumpfen Seite der Klinge nach Seans Penis. »Nicht wie eben, als du MEINE SCHWESTER GEFICKT hast! Ich dachte, ich hab dir gesagt, dass du sie nicht anrühren sollst.«

Bella sah, wie Sean schluckte. Er gab keinen Ton von sich, hielt Ollys starrem Blick aber weiterhin stand.

»Also, was mache ich denn jetzt mit dir?«, fragte Olly.

»Er hat 'n echt hübsches Mündchen«, sagte der Fette und lachte wieder sein schrilles dreckiges Lachen.

»Und wir haben schon immer gewusst, dass er 'ne Schwuchtel ist«, erklärte Kyle. »Seit dem Kindergarten.«

»Schwuchtel«, höhnte der Blonde und summte ein paar Takte des Banjo-Duells aus dem Film *Deliverance*. Das fanden die drei dermaßen komisch, dass sie lachten, bis ihnen die Tränen kamen. Trotzdem ließen sie Sean keine Sekunde lang los.

»Dreht ihn um«, verlangte Olly. »Ich will, dass er die Beine breitmacht.«

Brutal führten die anderen den Befehl aus. Sean war machtlos und ließ es geschehen.

Eine Zeitlang stand Olly über ihm und betrachtete nachdenklich Seans nacktes Hinterteil, als er mit zitternden Knien vor ihm hockte.

»Nein!«, kreischte Bella.

»Maul halten, Schwester«, blaffte Olly sie an. Dann spuckte er Sean auf den Rücken. »Ich bringe es nicht über mich«, sagte er mit affektierter Stimme. »Er ist einfach nicht mein Typ.«

Wieder lachten seine drei Freunde. Kyle gab Olly die Whiskyflasche, und Olly nahm einen langen, tiefen Zug.

»Dreht ihn wieder um. Auf den Boden«, befahl er. Die Jungs drückten Sean auf den Rücken. Olly griff sich in die Hosentasche und holte eine Schachtel Zigaretten, ein Paar Handschuhe und ein Zippo-Feuerzeug heraus. »Ich hab beschlossen, nett zu dir zu sein.« Er zündete sich eine Zigarette an. »Nicht, dass du es verdient hättest.« Er trat Sean mit voller Wucht in die Rippen, dann beugte er sich dicht über ihn und rieb ihm eine Handvoll Dreck ins Gesicht und in den Mund. »Diesmal belasse ich es bei einer Warnung. Aber du hast Glück, weil ich dir nämlich zusätzlich noch eine Lektion erteilen werde. Es ist immer gut, was dazuzulernen. Haltet ihn gut fest.«

Kyle und der Blonde knieten sich jeweils auf einen Arm. Der Fette ließ sich mit seinem ganzen Gewicht auf Seans Beinen nieder.

»Also, ich würde dir ja gerne sagen, dass es nicht weh tun wird«, sagte Olly. »Aber das wäre gelogen.« Die Zigarette im Mundwinkel, streifte er sich einen Handschuh über, dann kniete er sich mit dem Rücken zu Bella neben Sean auf die Erde und fasste ihm in den Schritt. Erst jetzt fing Sean an, sich zu wehren, doch die anderen hielten ihn keuchend unter ihren Körpern fest. Bella sah weg. Sie konnte ihre geilen, erregten Gesichter nicht ertragen, als sie darauf warteten, was Olly machen würde.

Mit der freien Hand hob Olly seine Zigarette hoch in die Luft. Dann ließ er sie herabsinken, bis an die Stelle, wo er Sean mit der anderen Hand gepackt hielt.

»Brutzel«, sagte Kyle.

Bei Seans Aufschrei knickten Bella die Knie ein. Olly nahm die Zigarette weg und lehnte sich zurück. »Oh, seht mal. Wo ist der kleine Mann denn jetzt hin?«, sagte er. »Dein glitschiger Schwanz hat meine Kippe ausgemacht.« Er holte das Zippo aus der Tasche. Dann beugte er sich vor und begann, Sean mit dem Feuerzeug zu bearbeiten. Sean heulte auf wie ein Tier, das ermordet wird.

Olly zog das Feuerzeug weg, dann hielt er es wieder hin. Erneut schrie Sean.

»Komm ja nie wieder in die Nähe meiner verfickten Schwester!«, fauchte Olly. »Sonst mach ich dich kalt. Hast du verstanden, du Wichser?«

»Das reicht, Mann«, sagte Kyle, nachdem Olly Sean ein drittes Mal mit dem Feuerzeug zu nahe gekommen war und Sean unter ihnen so lange geschrien hatte, bis er nicht mehr konnte.

»Den wirst du auf längere Zeit nicht benutzen können«, versicherte Olly, bevor er von ihm abließ. »Lasst ihn los.« Die drei Jungs zogen sich zurück, und Sean rollte sich, vor Schmerzen wimmernd, auf der Erde zusammen.

Olly erhob sich und nahm wieder sein Gewehr in die Hand. »Steh auf!«, brüllte er. Wimmernd kam Sean auf die Beine. Sein wunderschöner Körper sah aus, als wäre er geschrumpft, und seine zuvor braungebrannte Haut war bleich. Tränen hatten Spuren im Dreck auf seinem Gesicht hinterlassen, und er hielt sich die Hände vor den Schritt.

»Sind deine Schlüssel da drin?« Olly zeigte auf Seans Jeans, die noch immer dort lagen, wo er sie ungeduldig und mit Bellas Hilfe ausgezogen hatte. Sean nickte. »Hol sie«, befahl Olly dem Blonden.

»So, Loverboy. Jetzt nimmst du deine Schlüssel, steigst in deinen Wagen, machst den Motor an und fährst los. Verpiss dich und komm nie wieder in die Nähe meiner Schwester. Verstanden?«

Sean wollte seine Jeans aufheben. »Nein«, sagte Olly, »so, wie du bist.«

Nackt humpelte Sean zum Auto, stieg ein und fuhr los.

»Und man sah nur noch seine Rücklichter«, lachte Olly. Dann drehte er sich zu Bella um und nahm ihr Gesicht zwischen die Finger. »Na, kleine Schwester, was sagst du dazu?«

»Arschloch«, schrie Bella ihn an.

»Es ist zu deinem eigenen Besten«, erwiderte er. Er sah ihr in die Augen und sang in voller Lautstärke den Song, den er in der Nacht komponiert hatte, als sie nicht hatte schlafen können.

»Sie hatte meine Züge – ihre Augen,
Ihr Haar, der Ton selbst ihrer Stimme war,
So sagte man, dem meinen ähnlich …«

Dabei drückte er ihre Wangen zusammen, bis ihre Haut brannte.

»Wer bist du?«, fragte sie, als er mit dem Lied fertig war. Im Gesicht ihres Zwillingsbruders sah sie nichts, was ihr bekannt vorkam.

»Du kennst mich besser als jeder andere, Bella«, sagte er leise.

»Ich sag's Mum.«

»Mach nur. Dann poste ich eine hübsche kleine Fotogalerie auf Facebook.«

Bella schmeckte die Galle in ihrem Mund.

»Hast du 'ne Line, Alter?«, wandte Olly sich an den Blonden. »Mach mal zügig.«

»Lecker.« Kyle langte in Seans Picknickkorb. »Pizza.«

»Wie dein Gesicht«, sagte Brandon, und sein Gelächter vermischte sich mit Kyles meckerndem Lachen, und nach und nach fielen auch die anderen beiden mit ein, bis ihnen allen erneut die Tränen über die Wangen liefen.

Nachdem sie Seans und Bellas Picknick aufgegessen, sich das weiße Pulver durch die Nase gezogen und den Jack Daniels ausgetrunken hatten, banden die Jungs sie los.

»Und was soll ich jetzt machen?«, fragte sie und zeigte auf die Stelle, wo Seans Wagen gestanden hatte. »Wie komme ich jetzt zurück?«

»Meine Jungs hier sind Jäger. Die kennen jeden Pfad durch den Wald«, erklärte Olly. »Wir sind deine Eskorte.«

Und schon wieder ging das Gelächter los. Sie lachten, bis sie sich nicht mehr auf den Beinen halten konnten und sich am Boden wälzten.

31

Na, wo hast du denn gesteckt?«

Marcus saß rauchend auf der Veranda, als Lara und Jack von Betty zurückkamen. Zu seinen Füßen standen zwei leere Bierflaschen, in der Hand hielt er eine dritte, und auch diese war bereits halb ausgetrunken.

»Ich war draußen auf der Farm, Betty besuchen«, antwortete Lara und schaffte es in einer geradezu oscarreifen Darbietung, sich gelassen und normal zu geben. »Sie hat uns ganz wunderbares Gemüse mitgegeben, schau mal.« Sie hielt ihm den Korb voller Zucchini, Tomaten und Basilikum hin, den Betty ihr, kaum dass ihre Liebenswürdigkeit wieder erwacht war, aufgedrängt hatte.

Marcus grunzte bloß.

Lara ließ Jack bei seinem Vater, damit er ihm von den Kätzchen erzählen konnte, während sie das Gemüse in die Küche brachte. Als sie die Haustür öffnete, ließ der Verwesungsgeruch aus dem Keller sie wie angewurzelt stehen bleiben. Er war schlimmer denn je. Fest entschlossen, herauszufinden, was den Gestank verursachte, ging sie zur geheimen Tür unter der Treppe. Viel weiter allerdings kam sie nicht, denn es waren zwei neue Holzlatten über die Tür genagelt, so dass sie sich nicht mehr öffnen ließ. Als Lara sich umdrehte, sah sie mehrere Schlüssel in einem nagelneuen Schloss stecken, das jemand kunstlos, aber solide in die

Haustür eingesetzt hatte. Abgesehen von ihrer Begegnung mit Stephen, war das das Beste, was ihr an diesem sehr aufreibenden Tag passiert war.

»Bravo!«, rief sie Marcus zu, als sie in die Küche ging. Ihre Laune besserte sich noch weiter, als sie feststellte, dass die Hintertür nun oben und unten über Riegel verfügte, so dass das Haus komplett verschlossen werden konnte.

Sie nahm sich ein Bier aus dem Kühlschrank und gesellte sich zu Marcus auf die Veranda. Zu mehreren, dachte sie, ist man sicherer.

Jack hatte seine Erzählung beendet. Er lief über den Rasen und kickte einen Fußball vor sich her, von dem sie nicht wusste, woher er auf einmal gekommen war.

»Danke, dass du dich um die Schlösser gekümmert hast«, sagte sie, als sie sich neben Marcus auf der Hollywoodschaukel niederließ und auf der Straße nach Verdächtigem Ausschau hielt. Im hintersten Winkel ihres Verstandes regte sich die Frage, ob es von jetzt an immer so sein würde – ständig auf der Hut.

»Was?«, fragte Marcus ohne großes Interesse.

»Die Türen und der Keller. Du hast mich ernst genommen!«

»Ich doch nicht.« Marcus hob abwehrend die Hände. »So was würde ich nie tun.«

»Aber du hast es James gegenüber erwähnt? Er muss jemanden hergeschickt haben.«

»Möglich«, sagte Marcus, zerquetschte mit der flachen Hand einen Moskito auf seinem Arm und schnippte die blutigen Überreste auf die Veranda.

Lara sah ihn an.

»Was ist los mit dir?«

»Ich habe einen ziemlichen Hals, wenn du es genau wissen willst«, erwiderte er und warf seine Kippe in einen spitzblättrigen Busch, der am Verandageländer wuchs. Dann drehte er sich mit wütendem Gesicht zu Lara um und schwieg. Sie schluckte.

»Wieso?«, zwang sie sich zu fragen.

»James ist auf die glorreiche Idee gekommen, im Stück das volle schottische Programm durchzuziehen. Akzent, Schottenröcke und der ganze Mist.«

Lara war so erleichtert, dass sie sich vor Lachen beinahe an ihrem Bier verschluckt hätte.

»Das ist nicht lustig«, sagte Marcus. »Das ist die totale Katastrophe.«

»Ja.« Lara riss sich am Riemen. »Tut mir leid.«

»Das ist so was von geschmacklos. Außerdem hat James überhaupt kein Gespür mehr für irgendeinen Akzent, der östlich von Maine gesprochen wird. Er merkt gar nicht, wie unglaublich schlecht die anderen Schauspieler sind. Das ist einfach nur peinlich.«

»Kannst du ihn denn nicht davon überzeugen, dass er auf dem Holzweg ist?«

»Was glaubst du denn?«, gab Marcus zurück. Ein Aspekt an seinem Beruf, über den er sich immer wieder beklagte, war seine vollkommene Machtlosigkeit als Schauspieler. In seinen schwärzesten Momenten sagte er immer, im Grunde sei er bloß ein sprechendes Stück Fleisch auf Beinen, dessen einzige Aufgabe es sei, zu tun, was man ihm befahl, und ansonsten den Mund zu halten.

»Du hattest keinen besonders guten Tag, was?« Obwohl, dachte Lara, im Vergleich zu meinem …

»Das ist nicht lustig«, sagte Marcus abermals, leerte sein

Bier und warf in einer kindischen Geste die Flasche in das Gebüsch, wo sie seiner Zigarettenkippe Gesellschaft leisten konnte.

Lara seufzte, stand auf, holte die Flasche aus dem Gebüsch und stellte sie neben die Haustür, damit sie sie später zum Glascontainer bringen konnte.

»Allmählich sehe ich James mit anderen Augen«, fuhr Marcus fort. Er bückte sich nach einem halbleeren Sechserträger, den Lara gar nicht bemerkt hatte, nahm eine neue Flasche heraus und öffnete sie. »Früher dachte ich immer, ihm scheint die Sonne aus dem Arsch, aber in Wahrheit ist er einfach nur ein blöder Wichser.«

»Wie eloquent du bist.«

Lara setzte sich wieder neben ihn. Die tiefstehende Sonne ließ ein leuchtendes Mandarinorange in den diesigen Himmel sickern, aber die Hitze des Tages machte noch keine Anstalten, sich zu verflüchtigen. Die einzige Bewegung auf der Straße kam von mehreren schwarzweißen und gelbbraunen Vögeln, die auf dem Asphalt herumhüpften und von den Bäumen gefallene Samen aufpickten. Ohne sich durch das dumpfe Knallen von Jacks Ball stören zu lassen, wenn er ihn in die Luft schoss, zwitscherten sie einander ihr *Chick-a-dee-dee* zu.

Wieder fragte sich Lara, ob jemand sie womöglich aus dem Haus gegenüber beobachtete. Bislang war es nichts als blühende Fantasie gewesen, aber jetzt war die Möglichkeit plötzlich ganz real geworden. Und was war mit den Hügeln, die um den Ort herum aufragten? Lag dort vielleicht eine heimliche Beobachterin bäuchlings im Gras, ein starkes Fernglas an die Augen gepresst? Lara suchte das Grün nach aufblitzendem Glas ab.

»Da ist dein Freund wieder«, sagte Marcus.

Erschrocken drehte Lara sich um.

Es war nur Hund. Er trottete den Gartenweg entlang und ließ sich auf seinem Stammplatz auf dem Rasen in unmittelbarer Nähe der Hollywoodschaukel nieder, von wo aus Lara und Marcus ihn sehen konnten.

Lara, der nicht wohl dabei zumute war, dass ihr appetitlicher kleiner Sohn einem Tier, das möglicherweise eine Vorliebe für Menschenfleisch hatte, so nahe kam, rannte die Stufen hinunter und riss Jack an sich.

»Aber ich will Ball spielen«, protestierte Jack.

»Wie wäre es stattdessen mit ein bisschen C-Beebies?«, schlug sie vor.

»Au ja!«

»Du solltest ihn dazu ermuntern, draußen zu spielen«, rügte Marcus, während er sich eine neue Zigarette drehte. »Und ihn nicht vor den Computer zerren.«

»Du bist hier nicht der Einzige mit Hundeallergie«, gab Lara zurück. Sie wusste natürlich, dass Jack Antihistamine genommen hatte – aber Marcus wusste es nicht.

»Schon gut, du hast ja recht.« Marcus hob beschwichtigend die Hände. Dann deutete er auf Hund. »Er sieht durstig aus. Hol ihm was zu trinken, wenn du drin bist.«

Typisch Marcus, dachte Lara, für einen Hund Sympathie zu entwickeln, gerade nachdem sie möglicherweise etwas Schreckliches über ihn erfahren hatte. Sie war versucht, Marcus die Geschichte in allen Einzelheiten zu erzählen, aber dafür brachte sie im Moment nicht die Energie auf. Nicht nach dem Tag, den sie hinter sich hatte. Stattdessen holte sie, nachdem sie Jack vor den Computer gesetzt hatte, eine Schüssel Wasser für Hund.

»Da hast du, Junge«, sagte Marcus, von der Sicherheit seines Sitzplatzes auf der Veranda aus, zu Hund. »Da hast du, kleines Bürschchen«, wiederholte er noch einmal mit schottischem Akzent. Dann legte er den Kopf in die Hände und stöhnte. »Ich will das nicht machen. Ich will nach Hause.«

»Aber wir können jetzt nicht nach Hause fliegen!«, rief Lara zu hastig. Was würde sie verlieren? »Das hier könnte dein großer Durchbruch werden, hast du das schon vergessen? Bestimmt kannst du James davon überzeugen, dass der schottische Akzent keine gute Idee ist.«

Marcus schüttelte den Kopf. »Er lässt nicht mit sich reden. Ich glaube, ich schmeiße einfach hin.«

»Aber es wäre doch furchtbar, den ganzen August über zu Hause zu sitzen und nichts zu tun, nachdem wir uns so auf den Aufenthalt hier gefreut haben. Bis heute warst du doch der Ansicht, dass alles großartig läuft. Wenn es nur um den Akzent geht ...«

»Und die Schottenröcke«, fügte Marcus hinzu. Er schob die Unterlippe vor, so dass er aussah wie Jack, wenn der seinen Willen nicht bekam. »Und die Dudelsäcke.«

»Nein.« Lara musste sich das Grinsen verkneifen. »Dudelsäcke?«

»Ich will nicht darüber reden.«

Nachdem Hund sein Wasser aufgeschlabbert hatte, hob er den Kopf und sah Marcus winselnd an.

»Ich glaube, er hat Hunger«, vermutete Marcus. Lara wurde übel bei der Vorstellung, womit das Tier einst seinen Appetit gestillt haben könnte. »Hast du irgendwas zu fressen für ihn?«

»Er sieht sofort, wer leichte Beute ist«, sagte Lara so

obenhin wie möglich. Dann ging sie in die Küche, um den Kühlschrank zu durchforsten.

Auf dem Weg zurück nach draußen rief Jack nach ihr, damit sie kam und sich ein Spiel ansah, das er auf der Website gefunden hatte. Sie schaute ihm eine Runde lang zu, und die Freude und Selbstvergessenheit, mit der er sich seiner Aufgabe widmete, besänftigten ihre Nerven ein wenig.

Als sie kurz darauf mit einer kalten Wurst in der Hand auf die Veranda gehen wollte, hörte sie Marcus dröhnend und herzhaft lachen. Wodurch, fragte sie sich, konnte sich seine düstere Laune so schnell gebessert haben?

Laras Platz neben Marcus war besetzt. Selina Mountford saß dort. Beim Zuknallen der Fliegengittertür wirbelten ihre honiggoldenen Locken herum, und die Augenbrauen in ihrem symmetrischen, markanten Gesicht schossen in die Höhe. Selina war groß und athletisch, wirklich eine außergewöhnliche Erscheinung. Wenn jemand den absoluten Gegensatz zu Laras zierlichen, puppenhaften Rundungen verkörperte, dann sie.

»Hi, Lara.« Sie löste sich von Marcus und erhob sich mit ausgestreckter Hand. »Wie schön, dich wiederzusehen.«

Für ein Volk, das für seine Lockerheit berühmt war, schienen die Amerikaner in ihrem alltäglichen Umgang auf einen äußerst komplizierten Kodex von Gesten und Höflichkeitsregeln angewiesen zu sein, fand Lara. Sie fragte sich, was sie zu verbergen hatten. Sie warf Hund die Wurst hin, der sie gierig verschlang und sich dann, nach erfolgreich beendeter Mission, davonmachte. Lara wischte sich die Hand am Rock ab und reichte sie Selina.

»Selina ist meine Frau im Stück«, erklärte Marcus von

seinem Sitzplatz aus. Er für seinen Teil hatte nichts übertrieben Höfliches oder Kompliziertes an sich. »Mrs MacB.«

»Das weiß ich doch. Wir sind uns heute Nachmittag begegnet, schon vergessen?«

»Ach ja, stimmt. Muss wohl besoffener sein, als ich dachte«, gab er zu und kratzte sich den Bart.

»Ich habe Marcus gerade gesagt, dass ich das Problem mit dem Akzent geregelt habe«, verkündete Selina.

»Sie ist ein gutes Mädchen.« Marcus zwinkerte Lara zu. »Hat James um den kleinen Finger gewickelt.«

»Jetzt machen wir es in amerikanischem Englisch«, erklärte Selina.

»Gott sei Dank habe wenigstens *ich* ein Gespür für Dialekte«, sagte Marcus.

Lara, die seinen Versuch eines Brooklyner Akzents in der Inszenierung von *Ein Blick von der Brücke* im Palace Theatre in Westcliff-on-Sea gesehen hatte, teilte diese Auffassung nicht. Aber sie war froh, dass die Sache nun aus der Welt war.

Sie holte sich einen Holzstuhl vom anderen Ende der Veranda, während Selina sich auf der Hollywoodschaukel nach vorn beugte, um sich von Marcus ihre lange, dünne Zigarette anzünden zu lassen. Lara sah Selinas manikürte Nägel und betrachtete dann ihre eigenen, die schmutzverkrustet waren. Sie würde nichts an ihnen ändern. Wenn sie in Marcus' Augen neben Selina schäbig wirkte, umso besser.

»Ich habe Selina zum Abendessen eingeladen«, sagte Marcus. »Was gibt es denn?«

»Darüber habe ich mir noch keine Gedanken gemacht«, antwortete Lara und ärgerte sich über Marcus, weil dieser erstens einfach so Einladungen zum Essen aussprach und zweitens wie selbstverständlich davon ausging, dass sie diejenige sein würde, die das Abendessen plante und zubereitete. »Gina hat uns übrigens für heute Abend zu einer Gartenparty eingeladen.«

»Gina?«

»Meine neue Bekannte. Weißt du nicht mehr? Die Frau aus der Bücherei?«

»Die, deren Kinder so affige Namen haben?«, fragte Marcus und schüttelte sich, wenngleich wohl eher bei der Erinnerung an Hühnchen Popünchen und Füchschen Popüchschen. »Na ja, sie hat bestimmt nichts dagegen, wenn Selina mitkommt. Selina ist in ihrer Unterkunft nämlich ganz allein, stimmt's, meine Süße?«

»Stimmt.« Selina nickte, so dass ihre glänzenden Locken tanzten. »Lara, du Gute, hast du zufällig einen Korkenzieher? Ich habe den hier mitgebracht.« Sie hielt eine gekühlte Flasche Chablis in die Höhe.

Während Lara in der Küche versuchte, aus Bettys Gemüse eine Mahlzeit zusammenzustoppeln, saßen Marcus und Selina auf der Veranda und machten kurzen Prozess mit dem Wein. Wild entschlossen, nicht ins Hintertreffen zu geraten, machte Lara sich ihre eigene Flasche Sauvignon Blanc auf.

Während sie zwischen Schrank und Spüle, Kühlschrank und Tisch hin und her ging, wurde sie das Gefühl nicht los, jemand würde ihr zusehen. Seit sie Stephen wiedergetroffen hatte, konnte sie spüren, dass er an sie dachte, sich nach ihr sehnte. Aber dieses Gefühl jetzt war weitaus beunruhigender. Irgendwo jenseits der Linse der verglasten Veranda war womöglich jemand, der sie beobachtete. Jemand, der ihr Böses wollte. Trout Island war in einer Senke zwischen zwei Hügelketten eingeschlossen – eine Lage, die sie anfangs als malerisch empfunden hatte –, und das machte sie zu einem leichten Ziel. So musste sich Stephen in L. A. gefühlt haben. Der Arme. Er hatte so viel durchgemacht.

Sie war froh über die neuen Schlösser, wem auch immer sie sie zu verdanken hatte.

Die roten Rosen in der blauen Vase hatten ihre beste Zeit hinter sich. Sie musste sich dringend um sie kümmern. In einem halbherzigen Versuch ließ sie frisches Wasser in die Vase laufen.

Um der dunstigen Hitze der Küche zu entkommen, legte sie eine kleine Pause auf der hinteren Veranda ein. Sie setzte sich an den Rand und ließ die Beine über die Kante baumeln, so wie sie es am ersten Morgen gemacht hatte. Sie trank ihren Wein, der jetzt wieder kalt war, nachdem sie sich aus der Flasche im Kühlschrank nachgeschenkt hatte, und spürte die traurige Last des Hauses, eingekeilt zwischen ihr und der aufgesetzten Fröhlichkeit vorn. Die Anhöhe hinter dem Haus lag im Dämmerlicht, und zum ersten Mal an diesem Abend fragte sich Lara, wo Olly und Bella wohl stecken mochten.

Bestimmt amüsierten sie sich irgendwo. Musste sie sich Sorgen machen? Diese Elizabeth Sanders hatte es doch bestimmt nur auf sie, Lara, abgesehen …

Oben auf dem Kamm des Hügels glommen kurz die Frontscheinwerfer eines Autos auf und verschwanden wieder. Über den Lärm der dämmerungsaktiven Insekten hinweg war ganz leise das Geräusch eines widerspenstigen Motors zu hören. Aus der Ferne erklang Hundegebell, rhythmisch wie ein Herzschlag. Auf der anderen Seite des Hügels, viele Meilen tief im Wald verborgen, saß Stephen in seinem Haus. Lara fragte sich, was er jetzt wohl gerade machte, ganz allein dort draußen. Sie sprach ein kleines Gebet, in dem sie um seine Sicherheit bat.

Marcus' lautes Lachen stieg hinter dem Haus in die Luft und drang zu ihr herüber – es war die besonders kehlige Variante, die er ausschließlich für seine Schauspielerfreunde reservierte. Seinem Basso profundo folgte Selinas silberhelles Kichern.

Lara zog einen Klumpen Schleim aus dem Rachen hoch und spuckte ihn ins Gras – etwas, was sie normalerweise nur beim Joggen machte. Sie sah zu ihrem großen Mietwagen hinüber, der weiter hinten auf dem Asphalt parkte, und fragte sich, was sie davon abhielt, hinters Lenkrad zu springen und loszufahren, weg von Marcus, damit sie bei Stephen sein konnte. Dass ihr Ehemann nicht einmal den Hauch einer Ahnung hatte, dass zwischen ihnen etwas schieflief, machte ihre Verachtung für ihn noch größer, als sie bei ihrer Ankunft schon gewesen war. Und wenn sie ehrlich war, wollte das einiges heißen.

Olly und Bella kamen nach Hause, kurz bevor Lara das Ratatouille servierte, das sie aus Bettys Gaben zubereitet hatte. Sie waren erhitzt, müde und völlig verschmutzt. Lara freute sich, dass sie wieder da waren, aber irgendetwas stimmte nicht mit ihnen. Bella schien eine unheimliche Wut auf ihren Bruder zu haben und weigerte sich, mit ihm zu reden oder ihn auch nur anzusehen. Andererseits waren Situationen wie diese nun wirklich nichts Neues. Das ist eben die Krux bei Zwillingen, dachte Lara, während sie das

Dressing unter den Salat mischte. Ihre Beziehung war so eng, dass es ständig Konflikte gab.

Wäre sie nicht selbst so durcheinander gewesen, hätte sie den Versuch unternommen, herauszufinden, was genau mit Bella los war, aber sie vermutete, dass sich der kindische Geschwisterstreit, worum auch immer es dabei ging, auch ohne ihr Eingreifen regeln würde. Sie hatte genug eigene Sorgen.

Ohnehin wurde die Unterhaltung bei Tisch von Selina und Marcus dominiert, die sich über ihren Beruf austauschten und James im kreativen Rausch nachahmten. Selina hatte gerade mit einem Regisseur gedreht, der in jüngster Zeit eher wegen seiner eigentümlichen Familienverhältnisse als durch seine im Niedergang befindliche Karriere von sich reden gemacht hatte, und Marcus entlockte ihr alle schmutzigen Details. Auffällig war, dass Bella nicht einen Funken Interesse an den Showbiz-Geschichten zeigte. Sie saß einfach nur da und stocherte trübsinnig in ihrem Essen herum. Wenigstens Olly schien seinen Spaß zu haben.

»Heute Abend sind wir zu einer Gartenparty bei Nachbarn eingeladen«, sagte Lara, um ihre Tochter aufzumuntern.

»Macht es euch was aus, wenn ich nicht mitgehe?«, fragte diese. »Ich bin total fertig.«

»Geht es dir gut?« Lara legte Bella eine Hand an die Stirn.

»Wahrscheinlich bloß zu viel Sonne abgekriegt. Ich geh heute lieber früh ins Bett.«

»Na gut, wenn du meinst. Olly, kommst du denn mit?«

»Klar, warum nicht.«

»Du könntest deine Gitarre mitnehmen.«

»Cool.« Er lächelte. Er wirkte ein wenig zappelig, fand Lara. Ein wenig durch den Wind. Und abgehärmt sah er aus. Anscheinend streifte er ja den ganzen Tag mit seinen neuen Freunden durch die Wälder. Vielleicht verbrannte er mehr Kalorien, als selbst er zu sich nehmen konnte.

Sie nahm eine kalte Dusche, zog sich ihr letztes verbliebenes Kleid an und holte zwei Flaschen Wein aus dem Kühlschrank. Marcus und Selina nahmen Jack in die Mitte und gingen mit ihm über die Straße zur Tankstelle, um mehr Bier zu besorgen. Während Lara auf ihre Rückkehr wartete, fantasierte sie erneut, wie sie ins Auto sprang und zu Stephen fuhr. Doch noch ehe sie diese Vorstellung als lächerlich abtun konnte, erschien Olly an ihrer Seite. Auch er war frisch geduscht und trug seine Gitarre über der Schulter.

»Ich brauche echt ein paar neue Klamotten, Mum«, erklärte er.

»Morgen fahre ich in die Stadt.«

»Gut. Magst du einen Kaugummi?« Er bot ihr einen Streifen Orbit an.

»Nein danke. Und mach beim Kauen bitte den Mund zu. Ah, da sind sie ja.« Marcus und Selina überquerten den Garagenvorplatz. Marcus hatte sich das Bier unter den Arm geklemmt, und die beiden schwangen Jack zwischen sich an den Händen hin und her.

»Was für eine hübsche kleine Familie«, murmelte Lara und schloss die Haustür ab, damit Bella in Sicherheit war.

»Hä?«, machte Olly.

Der Abend hatte Ginas Garten in bläuliches Schwarz gehüllt, doch in der Mitte des Rasens, ein Stück vom Haus entfernt, waren im Schein eines prasselnden Lagerfeuers mehrere Gestalten auszumachen. Irgendjemand spielte einen Folksong auf der Gitarre, und ein anderer sang den Blues dazu. Glühwürmchen tanzten gefährliche Duette mit den aus dem Feuer aufstiebenden Funken.

Als sie näher kamen, stand Gina auf, um sie zu begrüßen, und stellte ihnen ihren schlaksigen britischen Ehemann Tom sowie diverse Nachbarn vor.

Das also sind die Leute aus dem Ort, dachte Lara. Die unsichtbaren Bewohner der Welten jenseits des Fliegendrahts. Erfreut stellte sie fest, dass sie ihr gefielen, wie sie mit ungekämmten Haaren und abgewetzten Jeans auf bunt zusammengewürfelten Stühlen rund ums Feuer saßen und Wein aus Marmeladengläsern tranken. Sie erinnerten Lara ein bisschen an die Freunde, mit denen sie früher, als die Zwillinge noch klein gewesen waren, oft zum Zelten gefahren war, wenn Marcus auswärts ein Engagement gehabt hatte.

Die Bewohner von Trout Island hießen die Waylands willkommen und machten ihnen Platz am Feuer. Innerhalb kürzester Zeit hatte sich Olly zu den Gitarrenspielern gesellt und das Repertoire in eine etwas ausgefallenere, modernere Richtung gelenkt. Die Hitze des Tages war endgültig verflogen, und die feuchte Luft hatte sich unter dem mit Sternen übersäten Himmel zu einem schweren Tau verdichtet. Die kalte Dusche kribbelte noch in Laras Nervenenden, und sie schob sich näher an die Hitze der Flammen heran, hinein in die Geborgenheit der Menge.

»Ich hoffe, dass du nur wegen der Kälte so zitterst«, sagte

Gina. »Und nicht wegen der Enthüllungen von heute Mittag.«

»Ich habe beschlossen, Marcus und den Kindern nichts davon zu erzählen«, flüsterte Lara. »Das bringt nur Kummer.«

Gina betrachtete sie von der Seite. »Also, von mir werden sie es bestimmt nicht erfahren, aber ich kann nicht garantieren, dass es nicht trotzdem rauskommt. Die Mundwerke hier in Trout Island sind ziemlich lose.«

»Darum kümmere ich mich, wenn es so weit ist«, entgegnete Lara.

»Wein?« Gina reichte Lara ein bis zum Rand gefülltes Marmeladenglas. »Hey, Mädels«, rief sie zu Gladys und Ethel hinüber. »Zeigt Jack, wie man S'Mores macht.«

Die zwei Mädchen nahmen ihren Gast mit zu einem Tisch, wo sie Marshmallows auf Stöcke spießten, ihm einen davon in die Hand drückten und ihm zeigten, wie er ihn über dem Feuer rösten musste, bevor sie zusammen mit zwei Grahamkeksen und einem Stück Hersheys-Schokolade ein Sandwich daraus machten.

»Wann musst du denn den Wagen abgeben?«, wollte Gina wissen.

»Morgen. Zurück nehme ich dann wohl den Bus.«

»Bus?« Gina lachte. »Ich habe in meinem ganzen Leben noch keinen Bus in Trout Island gesehen. Ich fahre auch in die Stadt, dann können wir dich auf dem Rückweg mitnehmen.«

»Wirklich?«, sagte Lara. »Das ist sehr nett von dir.«

»Ich muss den Mädels sowieso neue Schuhe kaufen. Sie schießen unglaublich ins Kraut.«

»Ich habe auch ein paar Einkäufe zu erledigen.«

Gina machte große Augen, als sie von dem Zwischenfall im Waschsalon hörte, und erst nachdem sie die Frau erwähnt hatte, die sie und Jack beinahe überfahren hätte, kam Lara der Gedanke, dass sie möglicherweise zu viel gesagt haben könnte.

»Klingt nicht nach jemandem hier aus dem Ort«, erwiderte Gina stirnrunzelnd.

Lara konnte sehen, wie es im Kopf ihrer Freundin arbeitete.

Es war ein geselliger Abend und eine willkommene Erholung für Lara. Marcus war in seinem Element. Er beehrte sein dankbares Publikum mit Geschichten aus dem Theaterleben. Hin und wieder steuerte auch Selina eine lustige Anekdote bei. Rasch stellte sich heraus, dass für die anwesenden Gäste – drei Maler, die ursprünglich aus Brooklyn kamen, einen Folk-Singer-Songwriter, einen Tischler namens John, zwei Professoren sowie einige mit Gina befreundete Mütter, die genau wie sie ihre Kinder zu Hause unterrichteten – das Theater von Trout Island so etwas wie ein Rettungsanker war.

»Sonst wäre der Ort hier eine kulturelle Einöde«, sagte der Folksänger.

»Kommen die Leute denn auch aus New York, um sich die Vorstellungen anzusehen?«, wollte Marcus wissen. Die Gruppe am Feuer lachte.

»Nur wenn uns Freunde von dort besuchen kommen«, antwortete einer der Maler. »Warum sollte man auch so weit fahren, wenn man hunderttausend Theater direkt vor der Haustür hat?«

»Es zieht wirklich in erster Linie Menschen aus der Umgebung an«, sagte ein anderer Maler. »Manchmal spielen sogar Leute aus dem Ort mit. Das ist toll. Wenn auch nicht immer ganz so professionell, wie man es sich wünschen könnte, was, John?«

»Ich habe mal bei einer Aufführung mitgemacht.« Der Tischler hob die Hände. »Und bin von der Bühne gefallen.«

Alle lachten außer Marcus, der mit seiner wachsenden Enttäuschung in der für ihn typischen Manier umging: indem er trank, bis er lallte.

»Ich glaube, wir machen uns jetzt besser auf den Heimweg«, schlug Lara vor, nachdem er aus seinem Campingstuhl gekippt und der Länge nach auf den Rasen gefallen war, als er nach seinem Glas hatte greifen wollen. Die anderen halfen ihm beim Aufstehen, und nach ausgiebigem Küssen und Händeschütteln und Einladungen zum Kaffee und zum Abendessen und zum Schwimmen in diversen Teichen führte Lara ihre Familie zurück nach Hause. Marcus hatte die Arme um ihre und Selinas Schultern gelegt. Schwer und schlaff hing er zwischen ihnen und stolperte gleichermaßen über seine Worte wie über seine Füße. Olly trug Jack auf dem Arm, der, den Bauch voller S'Mores, tief und fest schlief.

»Hier muss ich abbiegen«, sagte Selina. »Soll ich dir noch helfen, ihn zu euch zu bringen?«

»Ich schaffe das schon«, versicherte Lara. »Geh du lieber nach Hause und schlaf dich aus. Es kann ja nicht schaden, wenn wenigstens einer von euch zweien morgen für die Probe im Vollbesitz seiner Kräfte ist.«

»Na, dann gute Nacht, ihr Süßen.« Selina gab ihnen allen der Reihe nach einen Kuss.

Lara sah ihr hinterher, wie sie trippel-trappelnd in der

dunklen Straße verschwand, wo ihre Unterkunft lag, dann rückte sie Marcus' Arm auf ihrer Schulter zurecht und schleifte ihn weiter. Zum Glück warteten auf der Veranda diesmal keine Überraschungen auf sie. Mit Ollys Hilfe schloss sie die Tür auf und schaffte ihren Mann nach oben ins Schlafzimmer, wo sie ihn auszogen und ins Bett legten. Gerade als sie ihm die Hose herunterzogen, entfuhr Marcus ein gewaltiger Furz.

»Scheiße, Dad«, sagte Olly.

»Vielen Dank, mein Liebling.« Lara gab ihrem Sohn einen Gutenachtkuss. Dann bettete sie Jack in sein Nest auf dem Fußboden und sah nach Bella, die sich die Decke über den Kopf gezogen hatte und schlief. Zurück im Schlafzimmer, streifte sie sich ihr ausgeleiertes Schlaf-T-Shirt über und schlüpfte ins Bett.

Sie war schon im Begriff einzuschlafen, als Marcus auf ihre Seite rutschte und sich von hinten an sie presste. Sie spürte seine Erektion.

»Das haben wir schon lange nicht mehr gemacht«, lallte er ihr ins Ohr.

»Dafür gab es auch einen guten Grund«, sagte sie.

Er ließ die Hand unter ihr T-Shirt gleiten und begann, ihre Brüste zu kneten. Dann drehte er sie zu sich herum und rieb sein bärtiges Gesicht an ihrem. Kurz darauf spürte sie seine feuchte, weiche Zunge, als er versuchte, ihren Mund zu finden. Ganz kurz ließ sie sich von seinem nach Wein und Aschenbecher schmeckenden Mund küssen, bevor sie den Kopf in den Nacken legte, damit er dachte – falls er dazu überhaupt noch in der Lage war –, dass sie von ihm am Hals liebkost werden wollte. Sie wusste, dass ihr keine Wahl blieb, also ließ sie es zu, dass er sich auf sie wälzte, bis sie das Gefühl hatte, von seinem Gewicht erdrückt zu werden, und ihr mit den Händen die Beine auseinanderschob. Er drang in sie ein, ohne sich darum zu kümmern, dass sie noch nicht bereit war.

»Ah. Ah. AHHH.« Nach wenigen Stößen begann er, laut zu keuchen und zu stöhnen. Die Bettfedern rieben quietschend und kreischend gegeneinander.

»Schh«, zischte sie, weil sie an Jack dachte, der wenige Meter entfernt auf dem Fußboden schlief.

»Ah, ah, AH«, machte Marcus ungerührt weiter. Er stieß noch ein paarmal in sie, und im letzten Moment gelang es ihr, sich unter ihm wegzuschlängeln, so dass er auf dem Bettlaken kam und nicht in ihr.

»Ich liebe dich«, murmelte er, um dann augenblicklich einzuschlafen.

Lara hingegen lag noch wach und lauschte auf sein Schnarchen. Sie war wütend auf ihn, weil er nicht besser aufgepasst hatte, und auf sich, weil sie so etwas mit sich machen ließ.

Es muss sich dringend etwas ändern, dachte sie.

32

Am nächsten Morgen, während sie für Marcus ein Katerfrühstück aus Kaffee und Eiern zubereitete, fiel Lara auf, dass die Rosen sich über Nacht erholt zu haben schienen. Sie staunte, was ein paar Tropfen frisches Wasser ausmachen konnten, und ging hin, um sich die Blumen genauer anzusehen. Doch dann setzte ihr Herz einen Schlag aus, als ihr klar wurde, dass die Rosen keineswegs eine wundersame Auferstehung hinter sich hatten. Sie waren neu.

Lara schlug die Hände vors Gesicht. Ehe sie am Abend zuvor ausgegangen waren, hatte sie beide Türen abgeschlossen, ebenso bevor sie ins Bett gegangen war. Wie waren die frischen Rosen in die Vase gekommen? In ihrem Kopf drehte sich alles. Sie lief in den Garten hinterm Haus und warf sowohl die Blumen als auch die Vase hinter den Schuppen.

»Was läufst du barfuß draußen herum?«, fragte Marcus, der an den Türrahmen gelehnt dastand und das Kunststück fertigbrachte, gleichzeitig vollkommen erledigt und selbstzufrieden auszusehen. Er stieg die hölzernen Stufen hinunter und ging auf bloßen Füßen vorsichtig über den heißen Asphalt, um sie in den Arm zu nehmen.

»Das war schön gestern Abend«, sagte er.

Nach einem unruhigen Morgen setzte sie Jack in den Mietwagen und machte sich auf den Weg zu Gina, um gemeinsam mit ihr in die Stadt zu fahren. Olly verkündete, er habe andere Pläne und könne nicht mitkommen, und Bella machte keinerlei Anstalten, aus ihrem Bett aufzustehen. Beide wollten die Auswahl ihrer neuen Kleider ihrer Mutter überlassen – etwas, was seit über fünf Jahren nicht mehr vorgekommen war. Mit dem Gedanken, dass sie ausnahmsweise einmal etwas richtig gemacht haben musste, schloss Lara hinter ihnen die Haustür ab. Sie hatte ihnen einen Satz Schlüssel dagelassen und die strikte Anweisung gegeben, ja nicht aus dem Haus zu gehen, ohne abzusperren. Dass Olly dabei die Augen verdreht hatte, kümmerte sie nicht.

Als Erstes zeigte Gina ihnen die Shoppingmall. Sie lag am Stadtrand, war beigefarben und innen eiskalt. Und die meisten Ladenlokale standen leer.

»Daddy sagt, die Mall ist ein Paradebeispiel für den in den letzten Zügen liegenden Kapitalismus«, erklärte Gladys.

»Da hat dein Daddy vielleicht gar nicht so unrecht«, gab Lara zurück.

»Ganz am Ende gibt es einen JC Penney«, sagte Gina. »Da könntest du dich mal umsehen. Wir gehen derweil zu Payless und schauen, ob wir ein paar billige Schuhe finden, die nicht potthässlich aussehen.«

Lara zog mit Jack zusammen los, der im Buggy saß und schlief. Ein kurzer Rundgang durch die menschenleeren Verkaufsräume von JC Penney offenbarte, dass es dort nichts zu kaufen gab, was Bella oder Olly freiwillig angezogen hätten. Um sich die Wartezeit zu verkürzen, bis Gina und die Mädchen fertig waren, machten sie eine Runde durch die Mall. Bis auf Radio Shack verkauften sämtliche

Geschäfte, soweit sie noch geöffnet waren, Dinge, die niemand brauchen oder wollen konnte – »Geschenkartikel« wie Traumfänger aus Plastik, unoriginelle Kühlschrankmagneten oder widerliches synthetisches Potpourri, dessen Gestank das gesamte Gebäude verpestete. Ganz hinten am Ende war ein Rekrutierungsstand der Army aufgebaut; auch er fand keinen Zuspruch; der Soldat, der ihn betreute, saß einsam und verloren da und blätterte in der *New York Post*. Außer Gina, den Kindern und zwei Verkäuferinnen war er der einzige Mensch, den sie bisher gesehen hatte.

Wieder einmal staunte sie über den himmelweiten Unterschied zwischen dem Hochglanz-Amerika aus den Medien und der schäbigen Wirklichkeit. Was für eine bewundernswerte Leistung, sich als Land gegenüber dem Rest der Welt so überzeugend zu vermarkten.

Sie bog in einen Seitengang ein und blieb stehen, um sich in einem Schaufenster eine Auslage von Tarotkarten anzuschauen. Als sie sich vorbeugte, um die amateurhaft gestalteten Bilder näher zu betrachten, nahm sie im Spiegelbild in der Scheibe eine Bewegung wahr und fuhr mit klopfendem Herzen herum. Sie sah gerade noch den Absatz eines Schuhs, der um eine Ecke herum in den Hauptgang der Mall verschwand. Mitsamt dem Buggy rannte sie zum Ende des Gangs, um zu sehen, wer es war. Etwa hundert Meter weiter vorn, in der Nähe des Army-Standes, eilte eine Frau in Beige durch die automatischen Schiebetüren auf den Parkplatz hinaus.

»Stehen bleiben!«, rief Lara, aber sie war zu weit weg. Nicht einmal der Soldat blickte auf.

»Hey!« Gina tippte Lara auf die Schulter, woraufhin diese erneut zusammenzuckte. »Ups, tut mir leid. Aber wir haben Glück gehabt, schau her.« Sie zeigte auf die Mädchen, die mit zufriedenen Gesichtern je eine gelbe Plastiktüte schwenkten.

Danach ging es weiter in den eigentlichen Ort – die »Innenstadt«, wie Gina es nannte. Sie fuhr die schmale, von Geschäften gesäumte Main Street entlang, und Lara folgte ihr. Irgendwann parkten sie, stiegen aus den kühlen Autos auf den glühend heißen Gehweg und setzten die Jungs in ihre Buggys.

»Alles klar bei dir?« Gina kam zu Lara und legte ihr eine Hand auf die Schulter. »Du wirkst ein bisschen angespannt.«

»Mir geht's gut, danke. Ich habe mich nur noch nicht an die Hitze gewöhnt.«

»Ich weiß. Ist es nicht ekelhaft?« Gina schnitt eine Grimasse. »Also«, sagte sie und blickte die Straße hinauf und hinunter. »Was zum Anziehen für deine zwei Großen.«

»Und Joggingsachen für mich«, fügte Lara hinzu.

»Jogging. Du spinnst ja«, erwiderte Gina. »Hey, Mädels, sollen wir mit ihnen zu Fashion Bug gehen?«

»Jippie!«, riefen Gladys und Ethel. »Fashion Bug!«

Was die Schrift auf dem Ladenschild bereits erahnen ließ, bestätigte sich spätestens beim Anblick des Warensortiments aus pastellfarbenen Kunstfaser-Scheußlichkeiten: Bei Fashion Bug würde Lara nichts für ihre Kinder finden. Mit Schaudern befingerte sie eine glänzende Polyesterbluse.

»Ist es nicht toll hier?«, fragte Gina, die sich einen hellrosafarbenen Stufenrock vor den Körper hielt und damit wie ein Laufstegmodel posierte.

»Also …«, sagte Lara, woraufhin die zwei Mädchen einen Lachanfall bekamen.

»Ich will dich doch nur auf den Arm nehmen.« Gina gab

ihr mit dem Handrücken einen leichten Klaps auf den Arm. »Fashion Bug *geht gar nicht.*«

»Wo kauft ihr denn eure Sachen ein?«, wollte Lara wissen. Gina trug weite, schlichte Baumwollkleider, die Mädchen kecke Shorts und ärmellose Tops.

»Na ja«, sagte Gina. »Normalerweise warten wir, bis wir in New York sind. Oder wir bestellen im Internet. Hier gibt es außer für Leute mit Geschmacksverirrungen eigentlich nichts zu kaufen. Aber in einer Seitenstraße der Main Street hat ein neuer Laden aufgemacht, den wollte ich mir mal ansehen. Einer der Männer hat mir gestern Abend davon erzählt.«

Gina ging mit ihnen um eine Ecke, und zu Laras immenser Erleichterung führte das neue Geschäft Surfer- und Skaterkleidung aus Stoffen, vor deren Berührung ihr nicht ekelte. Sie kaufte mehrere Teile für Bella und Olly sowie ein neues Kleid für sich selbst. Auf dem Rückweg zu den Autos machte Gina mit ihr noch einen Abstecher zu einem teuren Sportausstatter, wo sie Ersatz für ihre gestohlenen Joggingsachen beschaffte.

»Einen Laden, wo man ein paar anständige, schicke Herrenhemden bekommen könnte, gibt es hier wohl nicht zufällig, was?«, erkundigte sie sich bei Gina.

»Ist die Frage ernstgemeint?«

Sie gaben den Chevy bei der Avis-Filiale am Stadtrand zurück. Lara nahm im Stillen Abschied von all dem Luxus, bevor sie sich zu sechst in Ginas Kombi quetschten.

»Wir sind am richtigen Ende der Stadt, um über Pretty Fly Pie nach Hause zu fahren …«, sagte Gina. »Dort gibt es das beste Eis diesseits der Catskills.«

»Ich weiß, wir waren schon mal da«, erwiderte Lara.

»Wow. Du kommst ja ganz schön rum.«

Fast wäre Lara damit herausgeplatzt, dass sie einen einheimischen Fremdenführer hatte. Sie verkniff es sich gerade noch rechtzeitig.

Gina lenkte ihren Wagen vor der großen roten Scheune in eine freie Parklücke. Bevor sie ausstieg, warf Lara einen Blick in den Seitenspiegel und sah das graubraune Auto im Schneckentempo hinter ihnen vorbeirollen, als hielte der Fahrer Ausschau nach einem Parkplatz. Die Scheiben waren getönt, aber sie konnte klar die Silhouette einer Frau hinter dem Steuer erkennen. Sie war es, kein Zweifel.

»Bleibt im Wagen«, befahl sie Gina und den Kindern, die angesichts ihres Tonfalls so verdattert waren, dass sie gehorchten.

Voller Wut über die Dreistigkeit dieser Person und das Leid, das sie Stephen zugefügt hatte, sprang Lara aus dem Kombi, machte einen Satz auf das graubraune Auto zu und riss die Fahrertür auf. Die Frau drehte sich zu ihr herum, schrie auf, legte den Rückwärtsgang ein und gab Gas, so dass Lara quer über den Kiesparkplatz geschleudert wurde. Schlingernd und mit quietschenden Reifen raste der Wagen auf die Ausfahrt zu, wo er fast mit einem ankommenden Fahrzeug zusammengestoßen wäre. Lara kam nur mühsam wieder auf die Beine.

»Ich weiß jetzt, wie du aussiehst!«, brüllte sie der Staubwolke nach, die den Wagen einhüllte. »Ich kenne dich!«

»Alles in Ordnung?«

Lara drehte sich um. Gina, Ethel und Gladys standen in einer Reihe und sahen sie mit offenen Mündern an.

»Das war die Wäschediebin«, erklärte Lara. »Das ist die Schlampe, die unsere Sachen geklaut hat.«

»Deine Knie«, sagte Gina.

Lara betrachtete das Blut, das ihr die Schienbeine hinunter bis in die Ledersandalen lief.

33

Als Stephen am frühen Abend vor der Küchentür stand, wurde Lara bei seiner bloßen Anwesenheit ganz schwindlig vor Erleichterung.

»Hi«, sagte sie und berührte ihn sacht an der Schulter.

Stephens Verkleidung für die Fahrt in den Zirkus war eine andere als die, die er tagsüber trug. Er hatte eine Brille mit dickem Rahmen aufgesetzt, und ein zerbeulter Filzhut beschattete die obere Hälfte seines Gesichts. Der Rest seines Körpers war unter einem leichten Vintage-Regenmantel verborgen.

»Du siehst aus wie ein Kunststudent aus den Neunzigern!«, stellte Lara fest, die Mühe hatte, ihre Lunge mit Luft zu füllen. Tatsächlich sah er genauso aus wie damals, als sie sich kennengelernt hatten.

»Und du siehst aus wie die Frau meiner Träume«, flüsterte er und drückte ihr einen Kuss auf die Wange. Während er sich zu ihr herunterbeugte, suchte Lara den dunklen Hügel hinter ihm nach etwaigen Bewegungen oder Personen ab.

Jack kam angerannt und drängte sich zwischen sie.

»Hallo, Stephen. Gehen wir jetzt in den Zirkus?«

»Das will ich doch wohl meinen«, antwortete Stephen und nahm Jack mit Schwung auf den Arm. »So, wo sind denn deine Geschwister?«

Jack zeigte zum Wohnzimmer, wo Olly Kaugummi kauend auf seiner Gitarre spielte und dazu ein sehr schönes Lied sang, das er gerade komponiert hatte.

»Hey, wie geht's?« Olly stand auf und begrüßte Stephen mit Handschlag.

»Byron?«, fragte Stephen und deutete auf die Gitarre.

»Aus dem Buch, das du mir geliehen hast.«

»Freut mich.«

»Bella hat sich irgendetwas eingefangen«, sagte Lara. »Deswegen kommt sie nicht mit.«

»Oder sie hat Liebeskummer.« Olly zwinkerte Stephen zu. »Loverboy meldet sich nicht. Die Arme.«

»Olly, sei nicht so gehässig«, mahnte Lara.

»Das ist aber schade«, sagte Stephen. »Soll ich mal hochgehen und mit ihr reden?«

»Ich fürchte, sie lässt sich nicht umstimmen«, erwiderte Lara.

Sie stiegen in den Wrangler und fuhren mit heruntergelassenem Verdeck los. Die Straße schlängelte sich durch ein Tal in den immer tiefer werdenden Abend hinein, vorbei an phallisch aufragenden Silos und roten Scheunen, die zunehmend verfallener aussahen, je weiter sie sich vom Ort entfernten.

»Wisst ihr, warum sie rot sind?«, rief Stephen über das Dröhnen des Motors hinweg. »Früher haben die Farmer das Blut der geschlachteten Tiere mit Öl vermischt und damit ihre Scheunen gestrichen.«

»Igitt«, sagte Lara. »Wieso denn das?«

»Weil's gut aussah.« Olly schien die Sache unheimlich komisch zu finden.

Sie bogen um eine Kurve und überquerten eine Brücke.

Etwa fünfzehn Meter unter ihnen rauschte ein Fluss in seinem steinigen Bett dahin. Kurz darauf kamen sie an einem wie neu aussehenden, minimalistisch aus Glas und Eiche erbauten Bungalow vorbei, der sich in einem mit Holz umkleideten Teich spiegelte.

»Das Sommerhaus eines Journalisten bei der *New York Times*«, erklärte Stephen. »Ein gefürchtetes Klatschmaul. Ich versuche, die Straße hier nach Möglichkeit zu meiden.«

Die Fahrt ging weiter durch eine Flussniederung, umgeben von Feldern mit mannshohem Mais, die im Licht des frühen Abends blau erschienen. Stephen schaltete die Scheibenwischer ein, um die Insektenkadaver von der Windschutzscheibe zu wischen.

Sie verließen das Tal, und die Straße führte wieder bergauf. Gerade als sie die unübersichtliche Hügelkuppe erreicht hatten, schoss ein weißes Auto mit Rennstreifen an den Seiten unter Aufheulen seines Motors an ihnen vorbei. Stephen trat auf die Bremse.

»Idiot«, rief Lara, deren Nerven sich nach dem Schreck erst wieder beruhigen mussten. »Der hätte uns umbringen können.«

»Hier gibt es viele verrückte Fahrer. Jugendliche, gerade mal sechzehn, betrunken oder high«, erklärte Stephen. »Das Auto ist die einzige Möglichkeit, von hier wegzukommen.«

»Da wären wir«, verkündete Stephen, als sie eine kleine Ortschaft erreichten und in die wunderhübsch erhaltene Main Street voller gut besuchter Cafés und Restaurants einbogen. »In dieser einen Straße spielt sich alles ab. Sie ist mit Abstand der belebteste Ort im gesamten Umkreis.« Er fand einen Parkplatz und hielt an.

Lara stieg aus dem Wrangler und hob Jack von der Rückbank. Von dort, wo sie stand, konnte sie ein Sushi-Restaurant, mehrere unabhängige Coffeeshops, einen Bioladen, der noch geöffnet hatte und voller Kunden war, einige italienische Restaurants sowie eine Buchhandlung mit Bar ausmachen. Die Menschen, die durch die Straßen schlenderten, waren jung und hip, so ähnlich wie die Gäste auf Ginas Gartenparty. Wie um diesen Eindruck zu unterstreichen, kam einer der Maler aus Brooklyn mit einer braunen Papiertüte voller Gemüse unter dem Arm an ihnen vorbei.

»Hey, Lara, wie geht's?«, begrüßte er sie und gab ihr die Hand. »Hey, Olly.« Er nickte Olly zu, dann bückte er sich, um Jack durch die Haare zu strubbeln.

Lara wollte ihm Stephen vorstellen, aber der hatte sich in Luft aufgelöst.

»Also, ich muss auch gleich weiter«, sagte der Maler. »Hungrige Mäuler stopfen.« Er deutete auf die Tüte. Dann stieg er in seinen Pick-up und brauste davon.

»Wer war das denn?« Stephen tauchte wieder neben ihr auf.

»Den habe ich bei Gina kennengelernt. Seinen Namen habe ich vergessen.«

»Gina?«

»Gina. Sie wohnt ganz in der Nähe vom Theater.«

»Wann warst du denn bei ihr?«, wollte er wissen, den Blick auf die Straße gerichtet, die links von ihnen anstieg. Ganz oben stand eine beleuchtete weiße Kirche, bei deren Anblick Lara an Italien denken musste.

»Gestern Abend«, sagte sie.

»Ich wusste gar nicht, dass du gestern Abend aus warst.«

»Wir wurden eingeladen.«

»Verstehe.« Stephen rückte sich den Hut zurecht, so dass er ihm noch tiefer im Gesicht saß. »Du hast doch nichts gesagt? Über mich?«

»Natürlich nicht!«

»Gut.«

Er ging mit ihnen in das Restaurant, das an den Bioladen angeschlossen war. »Es ist toll hier«, sagte er. »Ich habe reserviert, sonst hätten wir nie einen Tisch bekommen. Der Koch hat früher bei Mario Batali gearbeitet, die Küche ist gehoben italienisch mit einem Fokus auf regionale, biologische Zutaten.«

»Bella hätte es hier bestimmt gefallen«, sagte Lara voller Überzeugung.

»Ganz schön blöd, die Bella, dass sie einfach im Bett liegen bleibt«, sagte Olly zu Jack.

Ein Kellner brachte sie zu ihrem Tisch, der in dem von Kerzen erleuchteten Restaurant ganz hinten in einer kleinen Nische stand. Stephen setzte sich in den Schatten neben Lara, so dass sein Schenkel ihren berührte. Seine Nähe raubte ihr auch den letzten Rest Appetit, also bestellte sie für sich selbst nur einen Salat und für Jack eine Kinderpizza. Stephen und Olly entschieden sich für Pasta. Stephen bestellte außerdem hausgemachte Limonade und ein großes Glas italienischen Sauvignon Blanc für Lara.

»Kannst du bitte damit aufhören, Olly?«, bat Lara, als der Kellner ihre Bestellung aufgenommen hatte und sich entfernte. Seit sie sich hingesetzt hatten, trommelte er unablässig mit den Fingern auf die Tischplatte, und es machte sie fast wahnsinnig.

Während des Abendessens erzählte Stephen, dass der kleine Ort deshalb so anders sei als die anderen in der Gegend, weil es hier einen Campus der Summer University of New York, SUNY, gebe, der ihm das bürgerlich-liberale Gepräge einer typischen Universitätsstadt verlieh und wohlhabende Studenten anlockte, die das Leben genießen wollten. Lara gefiel der Ort, und sie erlaubte sich einen kleinen Tagtraum, in dem sie und Stephen in dem Haus mit Teich des *New York Times*-Journalisten ein gelehrsames, anonymes Leben führten.

Hin und wieder sah Stephen – der im Schutz des schummrig beleuchteten Restaurants Hut und Brille abgelegt hatte – zu ihr hin, und jedes Mal spürte sie dabei, wie ihr Magen einen Satz machte, als würde in ihrem Innern ein kleiner Vogel aufflattern.

»Wo ist denn Ollys berüchtigter Appetit geblieben?«, fragte Lara und deutete mit einem Nicken auf den Pastateller ihres Sohnes, den dieser kaum angerührt hatte.

»Ich bin auf Diät«, erwiderte Olly und schaute sie aus blutunterlaufenen Augen an. »Los, Mum, lass mich mal von deinem Wein probieren.«

Unauffällig schob Lara ihm ihr Glas hin, damit er es austrinken konnte. Stephen bestellte ihr ein neues. Als sie fertig waren – sowohl Lara als auch Olly hatten mehr als die Hälfte des Essens auf ihren Tellern liegen lassen –, zahlte Stephen mit einer auf einen falschen Namen ausgestellten Kreditkarte. Dann traten sie hinaus auf die Straße, wo sich die Menschenmenge zwischenzeitlich vergrößert und verjüngt hatte. Es war wie die North Laine in Brighton an einem Freitagabend, fand Lara, nur dass das Gefühl, sich auf einer Insel inmitten rauer Natur zu befinden, die Atmosphäre noch intensiver machte. Sie kamen an einer Gruppe junger Frauen in hübschen Vintage-Kleidern und abgewetzten Lederjacken vorbei, die sich zum Ausgehen bereitmachten. Wäre Lara Studentin gewesen, dann hätte sie gerne den SUNY-Campus besucht. Ein solches Leben hätte ihr gefallen.

Sie fuhren etwa eine Meile bis zum Stadtrand, wo auf einer flachen Aue ein großes Zelt aufgebaut war. Die feuchte Wärme aus der Erde vermischte sich mit der kühler werdenden Abendluft und sorgte bei der buntgemischten Menschentraube, die sich vor dem Kartenhäuschen tummelte, für natürliche Erfrischung.

Nun wieder vollständig maskiert, zeigte Stephen ihre Eintrittskarten vor, und sie gingen ins Zelt, in einen großen Raum ohne Sitze. Auf einer Seite spielte eine Live-Band lauten Jazzrock, während Akrobaten und andere Zirkusleute sich unters Publikum mischten, kleine Szenen improvisierten, einander Brocken auf Englisch, Spanisch, Italienisch und Französisch zuriefen, Stangen hinaufkletterten und durch die nach Parfüm, Schweiß und Sägemehl riechende Luft zu Boden wirbelten. In der wogenden Menge wurde Lara gegen Stephen gedrückt. Der Wein hatte sie verwegen gemacht, und sie blieb dicht an seiner Seite stehen. Es war berauschend, fast unerträglich, und als sie zu Stephen aufblickte, sah sie, dass er die Augen geschlossen hatte.

»Jack«, rief sie und sah sich in der Menge um.

»Ist schon gut, er ist bei mir«, antwortete Olly. Er hatte Jack ein Stück entfernt auf einen Heuballen gesetzt, damit er besser sehen konnte, und hielt ihn fest.

Die letzten Zuschauer traten ein, und die Musik verstummte. In diesem Moment der Stille verschwanden die Planen, die zuvor wie Zeltwände ausgesehen hatten, und dahinter öffnete sich wie durch Zauberhand ein noch größerer Raum, in dem acht wunderschöne junge Punk-Artisten an Trapezen in der Luft hingen. Die Lichter erloschen, bis nur noch die Kuppel des Zelts beleuchtet war.

Die Band begann wieder zu spielen, eine pirschende Bassline auf der *Snare Drum*, zu der sich eine einzige, immer wiederkehrende Songzeile gesellte. Der Mann, der sie mit Reibeisenstimme sang, sah aus, als hätte er in seinem Leben schon alles gesehen.

»I. Will. Not. Be-Good.
I. Will. Not. Be-Good.«

Nacheinander setzten auch die übrigen Instrumente ein: E-Gitarre, Congas, Saxophon und Trompete. Als der Blechbläser schließlich den Gesang übertönte und das Zelt mit seiner anarchischen Energie füllte, flogen die Artisten in hohen Bögen johlend und trällernd an ihren Trapezen durch die Zeltkuppel.

Stephen nahm seinen Hut ab, schüttelte den Kopf in der warmen Luft und überließ sich der Anonymität, die das Dunkel und die Menschenmenge ihm gewährten.

»Hey, kann ich den mal aufsetzen?«, fragte Olly, der mit Jack auf dem Arm aus dem Nichts aufgetaucht war.

»Sicher.« Lächelnd reichte Stephen Olly seinen Hut, der ihn sich tief über die Augen zog und Stephens Körperhaltung nachahmte.

»Du hast schon einen Freund gewonnen«, flüsterte Lara in Stephens Ohr.

»Das macht mich sehr glücklich.« Er lächelte zu ihr herab.

Über ihren Köpfen segelten die Akrobaten dahin, bis sie irgendwann springend, sich drehend, fliegend und taumelnd in der von Scheinwerfern erhellten Manege landeten, um den Beginn der eigentlichen Vorstellung einzuleiten. Sie nutzten jeden Winkel des Raums aus, rollten in riesigen Silberreifen über den Boden oder schnellten an elastischen Seilen durch die Kuppel. Die Zuschauer wurden von einer Seite des Zelts zur anderen dirigiert – in einem Moment drängten sie sich in der Mitte, während eine Frau mit Knieschonern und Glitzerkostüm sich in ein Seil wickelte, im nächsten bildeten sie einen Kreis um einen unglaublich muskulösen Mann, der laut auf Französisch brüllte, während er außerordentliche Dinge mit einer Eisenstange vollführte.

Die ganze Zeit über spielte die Band ihre scheppernde Musik – Lieder, in denen es darum ging, Tabus zu brechen und Einsamkeit und Sehnsucht durch das Überschreiten von Grenzen zu besiegen.

Nicht ein einziges Mal wurden Lara und Stephen durch die Bewegungen der Masse getrennt. Sie hielten sich im Hintergrund und genossen den heimlichen Körperkontakt, den die Dunkelheit ihnen ermöglichte. Olly und Jack hingegen waren immer mittendrin. Einen verwirrenden Augenblick lang dachte Lara, der Mann, der dicht hinter ihr stand, sich an ihren Rücken drückte und die Hände auf ihre Schultern gelegt hatte, könne unmöglich Stephen sein, weil der auf der anderen Seite der Manege in der vordersten Reihe stand und zu ihr herüberblickte. Doch als sie die mahlenden Kiefer sah, die einen Kaugummi bearbeiteten, erkannte sie, dass es Olly war, den das Licht und Stephens Hut einen Moment lang verwandelt hatten.

Über ihnen verbog sich eine große Frau im taubengrauen Seidenkleid schwungvoll an einer statischen Trapezstange. Sie kletterte hinauf bis unter das Dach des Zelts. Dann fiel sie, stürzte geradewegs auf das Publikum zu. Die Menge erschrak und wich wie ein Mann zurück, hin- und hergerissen zwischen dem Impuls, sie aufzufangen, und dem Drang zu fliehen, um die eigene Haut zu retten. Lara verbarg das Gesicht an Stephens Arm. Doch der vermeintliche Absturz war Teil der Darbietung. Im letzten Moment wurde die Frau durch ihren Fuß gehalten, den sie in eins ihrer Seile gehakt hatte.

»Komm heute Abend zu mir«, raunte Stephen in Laras Haar.

Die Akrobatin schlang einen muskulösen Schenkel um ihre Trapezstange, ihr Seidenkleid breitete sich aus wie Flügel, und sie bog im Triumph über ihren Fall den Rücken durch.

»Ich kann nicht.« Laras Mund streifte sein Ohr. »Ich will. Aber es geht nicht.«

»Dann morgen. Komm tagsüber, wenn du kannst.«

Lara nickte. Die Schönheit und Kühnheit dort oben trieben ihr die Tränen in die Augen. Sie hatte die Mädchen in den Lederjacken und Vintage-Kleidern um ihr Leben beneidet, doch dieser Neid wog nichts gegen die schmerzhafte Sehnsucht, die Frau dort oben sein zu können. Sie würde weglaufen und sich dieser Gruppe unbekümmerter Schlangenkörper und Freigeister anschließen, die eine wundervoll verschworene, wilde Gemeinschaft bildeten, jede Woche in einer anderen Stadt, einem anderen Land, und ihre einzige Pflicht wäre es, mit ganzem Herzen und ganzer Seele ihre Kunst zu präsentieren.

Sie weinte stumme Tränen um ihre verlorene Jugend.

Das Trapez wurde in die Kuppel hinaufgezogen, und die Artistin glitt an einem langen Seil in die Manege hinab. Ein älterer Mann mit Hut und einem Regenmantel, der dem von Stephen nicht unähnlich sah – obwohl sein Oberkörper unter dem Mantel nackt war und er nichts weiter trug als enge Leggings –, dirigierte das Publikum in eine neue Formation, damit sie einem Paar zuschauen konnten, das in einem anderen Teil des Zelts eine Zweiernummer an einer Tuchschlinge vorführte. Ihre Glieder schlangen sich ineinander, über- und umeinander. Der Mann hielt die Frau an einem Arm in die Höhe, dann drehten sie sich um, so dass sie sein gesamtes Körpergewicht auf ihrem Bein balancierte. Er löste die Pose auf, und ihre Körper verschmolzen erneut miteinander. Lara spürte Stephens Hand, als sein Arm sich um ihre Taille legte.

»Da bist du ja, Mutter«, sagte Olly ihr ins Ohr.

Instinktiv rückte sie von Stephen ab. Sie hatte geglaubt, Olly sei noch auf der anderen Seite. Sie sah zu ihm auf. Nichts ließ darauf schließen, dass er etwas mitbekommen hatte. Dennoch war sich Lara bewusst, dass sie selbst auf einem Drahtseil balancierte und besser achtgeben musste.

»Ist das nicht einmalig?«, fragte sie. Zu ihrer Erleichterung nickte Olly.

»Besser als Dads ätzender Kram«, antwortete er und schaute zu den zwei Körpern empor, die sich fünf Meter über ihnen ineinander verknoteten. »So was will ich auch mal machen«, fügte er stöhnend hinzu.

»Erst kommt der Schulabschluss«, erwiderte sie.

Nach dem Ende der Vorstellung strömten die Zuschauer aus dem stickigen Zelt in die kühle Nachtluft hinaus. Der

Rhythmus der Band pulste noch durch ihre Adern. Als sie über das stoppelige Gras zum Parkplatz gingen, drehte sich ein Paar, das sie gerade überholte, nach ihnen um und starrte Stephen an.

»Er ist es *wirklich*«, sagte die Frau. »Wenn ich es dir sage.«

»Hey, Olly, kann ich meinen Hut wiederhaben?«, bat Stephen und setzte die Brille auf. »Da habe ich doch glatt für einen Moment vergessen, dass ich kein normaler Sterblicher bin«, setzte er, an Lara gewandt, hinzu, die seinen Arm drückte. »Dass ich ein Mensch mit zwei Köpfen bin.«

Olly wollte den Hut abnehmen.

»Scheiße«, fluchte er, als sich seine Locken in der Schnalle zur Weitenregulierung verfingen. Das Pärchen vor ihnen war stehen geblieben, und die Frau debattierte mit ihrem Mann darüber, ob sie zurückgehen und Stephen ansprechen sollte.

»Nicht zerren«, sagte Lara, doch Olly riss sich mit Gewalt den Hut vom Kopf, so dass ein Haarbüschel hängen blieb.

»Autsch. Mist«, sagte er.

Mit Hut und dicker Brille war Stephen eine vollkommen andere Person.

»Schatz, ich denke, wir sollten unseren Kleinen jetzt nach Hause bringen. Er muss schleunigst ins Bett«, sagte er in seinem cremigen Südstaatenakzent und legte den Arm um Lara, als sie sich dem neugierig schauenden Paar näherten.

»Irgendjemand hier muss mal zum Augenarzt«, meinte der Mann zu seiner Frau, als sie an ihnen vorbeigingen.

»Ach, du«, hörten sie sie hinter sich sagen.

»Und der Oscar für die Rolle als Familienvater vom Lande geht an Stephen Molloy«, verkündete Olly, sobald Stephen den Motor des Wrangler angelassen hatte.

Stephen hatte eine CD mit der Musik aus der Show gekauft, und sie fuhren unter einem mit strahlenden Sternen bedeckten Himmel dahin und sangen »I. Will. Not. Be-Good«, so laut ihre Lungen es hergaben. Jack, der die Vorstellung von der ersten bis zur letzten Minute genossen hatte, sang am lautesten. Halb schrie er die Worte heraus, halb verschluckte er sie in gurgelndem Gelächter. Zum ersten Mal seit langem hatte Lara das Gefühl, vollkommen im Moment zu leben, ohne den Wunsch, irgendwo anders zu sein. In Gedanken spann sie die Szene, die Stephen auf dem Parkplatz angedeutet hatte, weiter und malte sich aus, dass sie tatsächlich eine Familie wären, die zu ihrem Haus im Wald zurückkehrte, wo sie alle zusammen lebten. Sie stellte sich vor, sie befände sich außerhalb des Autos. Wie fröhlich sie klingen mussten, wie sie laut singend die Straße entlangfuhren.

»Verdammte Scheinwerfer«, sagte Stephen.

Lara sah sich um. Direkt hinter ihnen war ein Auto. Es fuhr so dicht auf, dass es fast ihre Stoßstange berührte. Die Frontscheinwerfer waren auf Fernlicht geschaltet und blendeten Stephen. Er kippte den Innenspiegel in die Abblendposition, trotzdem konnte er nur mit Mühe sehen.

»Verdammt«, sagte er. »Festhalten.«

Das andere Auto setzte zum Überholen an, allerdings kam es ihnen dabei seitlich immer näher, bis es sie schließlich rammte. Lara sah an Stephen vorbei auf den aggressiven Fahrer. Entsetzt stellte sie fest, dass es derselbe graubraune Wagen war, der sie und Jack um ein Haar überfahren hätte; derselbe Wagen, den sie bei Pretty Fly Pie hatte anhalten wollen ... Die getönten Scheiben ließen nur die Silhouette des Fahrers erkennen, aber es war unverkennbar eine Frau.

Es war Elizabeth Sanders, und es war sonnenklar, dass sie ihrer Drohung Taten folgen lassen wollte.

»Hauen Sie ab!«, rief Stephen. »Lassen Sie mich in Ruhe!«

Sie holperten weiter, halb auf der Fahrbahn, halb auf dem Randstreifen. Wenige hundert Meter vor ihnen tauchte die Brücke auf, die sie auf der Hinfahrt überquert hatten. Wenn sie so weiterfuhren, würden sie abstürzen und im Fluss landen.

»Bremsen!«, schrie Lara und klammerte sich mit weißen Knöcheln ans Armaturenbrett. Gerade noch rechtzeitig besann sich Stephen und trat auf die Bremse, so dass sie mit kreischenden Reifen im Schotterbett drei Meter vor der Brücke zum Stehen kamen.

Nach einem letzten Schlenker, durch den es die Seite des Wagens eindrückte und ihn fast umwarf, raste das graubraune Auto an ihnen vorbei und verschwand in der Nacht. Stephen ließ den Kopf aufs Lenkrad sinken, während die Band einen unstrukturierten, atonalen Bläserriff improvisierte. Lara streckte die Hand aus, um die Musik abzustellen, und das Zirpen der Grillen in den umliegenden Feldern war wieder zu hören.

»Sind alle heil geblieben?« Sie sah nach hinten zu ihren Söhnen, die zusammengekauert und blass dasaßen. Sie nickten stumm. »Stephen?«, fragte sie und legte ihm vorsichtig die Hand auf den Rücken.

»Habe ich es nicht gesagt?«, sagte er endlich, hob den Kopf und lächelte. »Jede Menge Wahnsinnige auf den Straßen hier.«

Lara versuchte, an seinen Augen zu erkennen, ob er glaubte, was er da sagte – ob er wirklich nicht wusste, was los war –, aber seine Miene war undurchdringlich. Mit einem Schulterzucken ließ er den Motor wieder an und lenkte den Wagen zurück auf die Straße.

»Sehen wir zu, dass wir die Kinder nach Hause bringen«, erklärte er, jetzt wieder mit zur Verkleidung passender verstellter Stimme.

»Go, Daddy, go«, rief Olly in derselben Tönung des tiefen Südens.

Als sie in Trout Island ankamen, saßen Marcus und Selina auf der Veranda und rauchten. Auf dem schäbigen Plastiktisch vor der Hollywoodschaukel stand eine große, fast leere Flasche Yellowtail Pinot Grigio.

»Wie war die Vorstellung?«, blökte Marcus quer durch den Vorgarten, nachdem Stephen den Motor ausgeschaltet hatte.

»Super!«, rief Olly und sprang vom Rücksitz.

»Was zu trinken, Stephen?«, fragte Selina, die aufgestanden war und die Stufen hinunter auf ihn zutänzelte.

»Schhh!«, machte Marcus. »Mist.«

»Marcus«, sagte Lara. »Sag mir, dass das nicht wahr ist.«

»Ich kann ein Geheimnis für mich behalten, Süße«, beteuerte Selina und lehnte sich an Stephens Auto. »Selina Mountford.« Sie beugte sich zu ihm und streckte ihm die Hand zum Gruß entgegen. »Ich bin eine *große* Bewunderin Ihrer Arbeit. Ich habe in *Transform* mitgespielt, aber ich glaube nicht, dass wir uns persönlich begegnet sind. Ich war eins der Wassermädchen.«

»Hallo«, sagte Stephen, während er Jack aus seinem Kindersitz hob.

»Machen Sie sich wegen mir keine Sorgen«, versicherte Selina. »Ich bin die Verschwiegenheit in Person. Es ist ja nicht so, als ob ich Zivilistin wäre. Ich verstehe, dass Sie sich bedeckt halten müssen. Bleiben Sie doch noch, setzen Sie sich zu uns.«

»Tut mir leid. Ich muss zurück zu meinen Tieren.« Stephen reichte Lara den Kindersitz. »Tschüs, Jungs.« Er winkte Olly und Jack, die aufs Haus zugingen. »Tschüs, Lara.« Er gab ihr einen flüchtigen, unpersönlichen Kuss auf die Wange. »Marcus«, sagte er und zeigte mit dem Finger auf ihn.

»Cheers, Alter.« Marcus winkte. Er war aufgestanden und stützte sich schwankend aufs Verandageländer.

»Danke, Stephen«, sagte Lara. »Es war ein toller Abend.«

»War mir ein Vergnügen.« Er startete den Motor und fuhr davon. Erst als seine Rücklichter schon verschwunden waren, wurde Lara mit einem Stich bewusst, dass sie sich nicht für ein weiteres Treffen verabredet hatten.

»Oll, könntest du Jack bettfertig machen?«, bat sie. Olly stöhnte und schnalzte mit der Zunge, nahm aber seinen schläfrigen kleinen Bruder auf den Arm und trug ihn ins Haus.

Lara drehte sich zu Marcus um und lenkte den verspäteten Schock nach dem Beinahe-Autounfall in Wut auf ihren Mann um. »Dir ist schon klar, dass es ein Geheimnis sein sollte, dass Stephen hier ist?«

»Jetzt komm aber.« Marcus fuchtelte mit den Armen. »Was ist schon Schlimmes dabei, wenn Selina Bescheid weiß?«

»Du hast ja keine Ahnung«, erwiderte Lara.

»Was soll das denn bitte heißen?«

»Du kannst mir wirklich vertrauen, Lara«, versicherte Selina. »Zufällig habe ich eine Menge Freunde, die genauso berühmt sind wie Stephen Molloy – mindestens. Ich weiß, wie schwierig das ist. Ich bin cool.«

»Hoffen wir mal, dass das stimmt«, gab Lara zurück. Sie fragte sich, inwiefern man es als cool bezeichnen konnte, Stephen etwas vorzusäuseln und mit der winzigen Rolle zu prahlen, die man vor acht Jahren in einem seiner Filme gespielt hatte, aber sie ersparte sich jeden weiteren Kommentar. »Er gibt sich sehr große Mühe, unentdeckt zu bleiben. Für ihn steht viel auf dem Spiel.«

»Jetzt mach aber mal halblang!«, sagte Marcus. »Findest du nicht, dass er das Ganze ein bisschen übertreibt und absichtlich einen auf mysteriös macht? Er hat diesen Mythos um sich herum konstruiert, und jetzt glaubt er fest daran, und niemand widerspricht ihm, deswegen ist das Ganze für ihn zu einer Art Spiel geworden.«

»Ein Spiel? Du kapierst gar nichts, oder?«

»Mein Gott.« Marcus verdrehte die Augen. »Was hat er dir denn erzählt?«

»Weißt du was? Du verdienst es gar nicht, dass ich es dir verrate.«

»Jetzt hör mal zu. Wir haben alle von der Sache mit der Stalkerin gehört. Aber das war vor Ewigkeiten und am anderen Ende dieses riesigen Landes. Also reg dich nicht so auf, altes Mädchen.« Marcus stand auf und wollte den Arm um sie legen. »Pass auf, es tut mir leid, dass ich es Selina gesagt habe. Hilft das? Also, willst du jetzt ein Glas mittrinken?«

Lara sah auf ihre Zehen herab, die sie so stark zusammengekrallt hatte, dass sie krampften. Sie wollte Selina eine Maulschelle verpassen und dann diese dämliche Weinflasche zerschlagen und sie Marcus in den Bauch rammen. Sie stellte sich sogar bildlich vor, wie sie es tat.

»Ich bin müde«, erklärte sie nach einer Weile. »Und ich muss nach oben, Jack gute Nacht sagen.« Sie überlegte, ob sie sich eine Geschichte ausdenken könnte, dass sie etwas in Stephens Wagen vergessen hatte, damit sie einen Grund hatte, ihn anzurufen, und seine Stimme hören konnte, aber ihre Fantasie ließ sie im Stich. »Bleibt ihr beiden nur hier und amüsiert euch. Aber schließ ab, wenn du reinkommst«, fügte sie hinzu.

Als sie ins Haus ging und die widerliche, stinkende Treppe hinaufstieg, hörte sie Selinas helles Gickern, begleitet von Marcus' tiefem, kehligem Lachen. In Selinas Augen musste er geradezu exotisch sein – so anders und britisch, und noch dazu war er extra den weiten Weg aus Europa angereist, um die Hauptrolle zu übernehmen.

Nun, sie konnte ihn gerne haben.

34

Also, morgen Mittag kommt Danny für das Reinigungsritual zu euch. Ich habe Marcus zur Probe bestellt, das heißt, er wird beschäftigt sein und nie davon erfahren. So. Könnte mein kleines Täubchen morgen Abend so gegen fünf zum Proben kommen?«

»James, das ist keine ideale Zeit für einen Jungen in seinem Alter. So spät am Tag ist er nicht gerade in Hochform.«

Lara hörte James am anderen Ende der Leitung seufzen, als wäre dies nur ein weiteres *Problem,* mit dem er sich *herumschlagen* musste. Nach der schlaflosen Nacht, die hinter ihr lag, hatte sie für solche Dinge keine Geduld. Jedes Geräusch schien auf einmal etwas Bedrohliches zu haben, ob das hämmernde Gebell eines Hundes jenseits des Hügels hinter dem Haus oder das Knarren der Treppe, das sie um drei Uhr früh aus dem Bett getrieben und dazu veranlasst hatte, mit ihrem Clog als Waffe in der Hand das Haus zu durchkämmen.

»Ich weiß nicht, ob du darüber informiert bist, aber Marcus hat angeboten, ihn zu beaufsichtigen«, fuhr James fort. »Du musst dich also um nichts kümmern. Du hast ein paar Stunden frei. In denen du machen kannst, was du willst.« Eine Stille folgte.

»Okay, pass auf«, sagte sie schließlich. »Ich sehe zu, dass

Jack sich morgen früh so richtig verausgabt, damit er einen langen Mittagsschlaf macht. Dann ist er um fünf hoffentlich etwas lebhafter als gewöhnlich. Aber probt nicht zu lange, einverstanden?«

»Danke, meine Liebe. Ich bin mir sicher, dass alles ganz wunderbar funktionieren wird.«

»Bestimmt«, erwiderte sie und legte auf.

Sie starrte noch eine Weile aufs Telefon und spielte mit dem Gedanken, Stephen anzurufen, um sich für Marcus' loses Mundwerk am Abend zuvor zu entschuldigen und um einfach nur seine Stimme zu hören. Dann, noch während sie davorstand, und als hätte sie es mit der Kraft ihrer Gedanken dazu gebracht, klingelte das Telefon. Sie riss den Hörer hoch und presste ihn ans Ohr.

»Hallo?«, meldete sie sich.

»Freu dich nicht zu früh, ich bin's nur!«, sagte Gina lachend am anderen Ende.

»Oh. Hi, Gina. Wie geht's dir?«

»Ich habe gehört, du warst gestern Abend im Zirkus.«

»Du liebe Zeit, wie denn das?«

»Simon hat dich gesehen – erinnerst du dich, der Mann von der Party?«

»Stimmt, ja. Wir sind uns über den Weg gelaufen.«

»War es gut?«

»Es war atemberaubend. Ihr müsst unbedingt hingehen.«

»Tja, mit Bert könnte das schwierig werden. Er mag keine Menschenmengen. Aber apropos Bert: Er schläft gerade, deshalb wollte ich dich fragen, ob du Lust hast, auf einen Kaffee vorbeizukommen?«

»Nichts lieber als das. In zehn Minuten sind wir da.« Die Zwillinge hatten sich noch nicht blicken lassen, und Lara war nicht gerade wohl bei der Vorstellung gewesen, den ganzen Vormittag lang mit Jack wie zwei Zielscheiben im Haus herumzusitzen.

»Na, dann bis gleich.«

»Siehst du, ich habe die Wunde gesäubert, so schlimm ist es gar nicht.« Lara hob ihren Rock, um Gina ihre Knie zu zeigen.

»Das war total verrückt«, sagte Gina. »Du warst so wütend. Und was ich nicht begreife: Warum sollte diese Frau die Sachen fremder Leute aus dem Waschsalon klauen?«

Lara blickte in ihre Tasse und biss erneut von ihrem Kirsch-Walnuss-Keks ab, den Gladys ihr angeboten hatte, bevor sie mit Jack zum Spielen nach oben verschwunden war.

»Und wer war der geheimnisvolle Mann?«, wollte Gina wissen.

»Was?«

»Der Typ, mit dem Simon euch gestern Abend gesehen hat. Er meinte, als er auf euch zugekommen ist, hätte er sich gewissermaßen in Luft aufgelöst.«

»Ach, bloß ein alter Freund, den ich zufällig getroffen habe.«

»Du hast *hier* einen alten Freund getroffen?«, hakte Gina nach. »Na, das nenne ich aber Zufall.«

»Ja. Kann man wohl sagen«, erwiderte Lara. Sie saßen hinter dem Haus im Schatten. Der Himmel war blau und die Luft überraschend klar. Eine kühle Brise strich an der Seite des Hauses entlang zu ihnen herüber, so dass Lara in ihrer Tasche nach der Strickjacke suchen musste. Sie zog sie an, verschränkte die Arme, lehnte sich zurück und sah den Bäumen dabei zu, wie sie sich im Wind wiegten.

»Ist zu dem Thema noch mehr aus dir herauszubekommen?«, fragte Gina und versuchte, ihr in die Augen zu sehen.

Lara schüttelte den Kopf. Als sie in die freundlichen Augen ihrer Freundin blickte, wäre sie beinahe in Tränen ausgebrochen. »Ich würde es dir so gerne sagen. Aber das geht nicht. Es ist … zu kompliziert.«

»Das macht doch nichts.« Gina legte ihr die Hand aufs Knie. »Du musst es mir nicht sagen, wenn du nicht willst.«

»Ich kann nicht.« Lara zwang sich zu einem Lächeln, obwohl ihre Augen überzuquellen drohten. »Glaub mir, wenn ich es sagen dürfte, wärst du die Erste, die es erfährt.«

»Es hat nicht zufällig mit einem gewissen berühmten britischen Schauspieler zu tun, der ›inkognito‹ da draußen im Wald wohnt?« Gina zeigte in die Richtung, in der Stephens Haus lag.

Hätte Gina ihr eine Ohrfeige verpasst, wäre Laras Entsetzen nicht größer gewesen.

Gina lachte. »Tja, manche Geheimnisse sind eben nicht ganz so geheim, wie die Leute gerne glauben möchten. In Trout Island spricht sich alles schneller herum, als man gucken kann. Es wird zu einem Gerücht, und das Gerücht wird dann immer weiter ausgeschmückt. Mein Haus steht mitten im Zentrum, das bedeutet, ich weiß über alles Bescheid. Denk nur immer daran und sei ein bisschen vorsichtig, ja?«

Lara nickte. Aber was genau meinte Gina damit? Weswegen sollte sie vorsichtig sein? Wegen der Gerüchte oder weil Gina über alles Bescheid wusste?

O nein, dachte Lara, als sie mit Jack durch den Garten zum Haus ging. An der Tür klebte ein an sie adressierter Umschlag.

Vom Rasen aus hielt sie nach unangenehmen Überraschungen wie Tierkadavern oder Fäkalien Ausschau, aber die Veranda war leer. Sie stieg die Stufen hoch und riss den Umschlag von der Tür, als wäre er eine Brennnessel, die man mit festem Griff anfassen musste.

Im Umschlag fand sie, in einer vertrauten Handschrift, bei deren Anblick ihr sofort das Blut in die Wangen schoss, folgende Nachricht vor:

Heute Blaubeeren pflücken? Mit Kindern. Hole Dich um 14.00 Uhr ab. Sx

Sie spürte das altbekannte Flattern in der Magengegend, das Stephen in ihr auslöste. Es war erst halb eins. Wie um alles in der Welt sollte sie es fertigbringen, noch ganze anderthalb Stunden zu warten?

»Mummy, ich bin müde«, sagte Jack. Das war nicht weiter verwunderlich, schließlich hatte er den ganzen Vormittag lang als Ballettschul-Anziehpuppe für Ginas Töchter herhalten müssen, einschließlich Tutu, Rouge und allem, was dazugehörte.

»Warum legst du dich nicht auf die Hollywoodschaukel?«, schlug Lara vor. »Hier draußen ist es schön kühl.«

Sie half ihm dabei, es sich bequem zu machen, und schüttelte die Kissen auf, damit er sich lang ausstrecken konnte. Dann sperrte sie die Haustür auf, betrat den Flur, den Ort des Verbrechens, und rief die Treppe hinauf.

»Bella? Olly?«

Sie bekam keine Antwort. Wahrscheinlich waren die beiden unterwegs. Ein wenig hoffte sie – und sie war nicht gerade stolz darauf –, dass sie nicht rechtzeitig wieder auftauchen würden, so dass sie mit Jack allein zum Blaubeerenpflücken fahren konnte. Er bekam noch nicht so viel mit wie seine älteren Geschwister, und in seiner Gegenwart würde sie sich mehr erlauben können.

In der Küche beseitigte sie die Hinterlassenschaften vom Frühstück, die bewiesen, dass die Zwillinge irgendwann im Laufe des Vormittags ihre Zimmer verlassen und etwas gegessen haben mussten. Dann stieg sie unter die Dusche und zog das neue Kleid an, das sie tags zuvor gekauft hatte.

Ihr fiel ein, dass sie Jack noch das großzügig aufgetragene Make-up vom Gesicht wischen musste, also ging sie hinaus auf die Veranda. Dort angekommen, machte ihr Herz einen Satz direkt in ihre Kehle. Die Hollywoodschaukel war leer. Jack war nicht auf der Veranda, und im Garten war er auch nicht.

»Jack!«, rief Lara und stürzte zurück ins Haus. Dort war er auch nicht. Sie rannte zur Hintertür, um den Garten hinter dem Haus und den Hügel abzusuchen. Sie konnte ihn nirgendwo entdecken.

»Jack!«, schrie sie, als sie durch die Einfahrt ums Haus herum nach vorn lief. Kalte Angst stieg in ihr hoch. Sie hatte ihren Sohn verloren. Er war verschwunden. Jemand hatte ihn entführt. Sie rannte bis zum Gehweg und spähte die Main Street entlang, erst in die eine Richtung, dann in die andere. Abgesehen von einem großen Lastwagen, der langsam auf sie zugerumpelt kam, war die Straße wie immer menschenleer.

Sie musste sich an einer Straßenlaterne festhalten und presste die Stirn gegen das heiße Metall, während sie versuchte, einen klaren Gedanken zu fassen und das Gewirbel hinter ihren Augen zu stoppen.

»Mummy!«

Ihr Kopf schnellte in die Höhe. Auf der anderen Straßenseite kam Jack den Gehweg entlang in ihre Richtung gerannt. In einer Hand hielt er eine längliche Süßigkeit, in der anderen, so hatte es den Anschein, den verschollen geglaubten Cyrilbär.

»Jack, stopp!«, brüllte sie, gerade als er den Rand der Straße erreicht hatte, die ihn von seiner Mutter trennte. Vor lauter Schreck gehorchte er, und das bewahrte ihn davor, vor einen Laster zu laufen, als dieser mit ohrenbetäubendem Lärm vorbeifuhr.

Lara sah sich nach beiden Seiten um, bevor sie über die Straße und zu ihrem kleinen Sohn rannte, der mit weit aufgerissenen Augen wie festgenagelt auf dem Gehweg stand. Klebriger Zucker und Schminke mischten sich mit Tränen des Schocks, weil seine Mutter ihn angeschrien hatte.

»Was ist denn passiert, Jacky? Wie bist du auf die andere Straßenseite gekommen? Wer hat dir was zum Naschen gegeben?« Sie zog ihm das Bonbon aus den Fingern und schleuderte es von sich, als könnte es jeden Augenblick in seiner Hand explodieren. »Und wo hast du Cyril gefunden?«

Jack holte tief Luft und heulte auf, empört, dass man ihm sein Naschwerk weggenommen hatte.

»Wer war das?«, sagte Lara. Doch sie wusste die Antwort bereits.

»Die Frau«, antwortete Jack. »Die Frau hat mir Cyril wiedergegeben.«

Als sie ihm schließlich die klebrige Schmiere abgewaschen hatte, hatten sich sowohl Lara als auch Jack wieder beruhigt. Sie schärfte ihm ein, dass er niemals und unter keinen Umständen mit einem Fremden mitgehen dürfe.

»Aber das war doch keine Fremde. Das war die Frau.«

»Mit der Frau darfst du erst recht nicht mitgehen«, mahnte Lara. »Die Frau war nicht nett zu uns, hast du das schon vergessen?«

»Aber sie hat mir doch was Süßes geschenkt«, gab Jack zu bedenken.

»Und du darfst niemals etwas Süßes von der Frau oder von einem Fremden annehmen, hast du verstanden?«

Jacks roter Lockenkopf nickte. Unversehrt und sauber, sah er mehr denn je wie eine engelhafte Ausgabe seines Vaters aus. All die guten Eigenschaften vereint, ohne die unangenehmen.

Als Lara den Motor des Wrangler in der Einfahrt hörte, warf sie einen Blick aus dem Schlafzimmerfenster und sah ihn, Stephen, am Steuer sitzen.

»Also, wir sagen Stephen kein Wort von der bösen Frau«, ermahnte sie Jack und tat so, als würde sie einen Reißverschluss über ihrem Mund zuziehen.

Jack nickte und ahmte die Geste nach.

Sie nahm ihn auf den Arm, schnappte sich ihre Tasche und ging nach draußen, um Stephen zu begrüßen.

»Ohne Zwillinge?«, sagte er und stieg aus, um ihr behilflich zu sein.

»Die sind unterwegs.«

»Na gut. Schau dir mal die Delle an.« Stephen deutete auf die Seite seines Wagens. »Ich habe immer noch keine

Ahnung, was sich dieser Wahnsinnige dabei gedacht hat. Bei euch war seit gestern alles in Ordnung? Keine seltsamen Vorkommnisse?«

»Doch«, entgegnete Lara. »Ich meine nein, keine.«

»Gut«, sagte Stephen mit leicht gerunzelter Stirn. »Du würdest es mir doch sagen, wenn dich irgendwas beunruhigt, oder?«

»Natürlich«, beteuerte Lara. »Ich hole nur schnell den Kindersitz.« Sie eilte zurück in den Flur. Der Sitz stand noch da, wo sie ihn am Abend zuvor hingestellt hatte. Wie gerne hätte sie Stephen gesagt, was los war. Aber Bettys Worte hallten noch in ihrem Kopf wider.

Wenn Stephen erfährt, dass sie wieder da ist, wird ihn das umbringen.

Lara wollte nicht noch mehr Blut an ihren Händen kleben haben. Außerdem war sie fest entschlossen, dieser Frau auf eigene Faust das Handwerk zu legen, und zwar ein für alle Mal.

»Wo wollen wir denn Blaubeeren pflücken?«, erkundigte sie sich, als sie Trout Island hinter sich ließen.

»Bei mir«, antwortete er. »Auf meinem Land gibt es die besten Blaubeeren.« Er drehte den Song lauter, den er auf seinem iPhone über die Anlage des Wagens laufen ließ. Es war »There is a light that never goes out« von den Smiths. »Weißt du noch?«, fragte er.

Sie sah ihn an und nickte. Es war damals ihr Lied gewesen.

Sie fuhren über den Berg, während Stephen und Lara davon sangen, wie sie von Doppeldeckerbussen überrollt und Seite an Seite sterben würden.

»Das Haus ist wunderschön«, meinte sie, als sie am strahlend weißen Farmhaus mit der spektakulären Aussicht vorbeikamen.

»Die Lage ist zu exponiert für mich«, erwiderte Stephen. »Ich muss im Verborgenen bleiben.«

Sie tauchten wieder in den Wald ein, bis sie an die Zufahrt zu seinem Grundstück kamen. Stephen langte ins Fach in der Fahrertür und nahm ein kleines Gerät mit einem Knopf heraus. Das Tor öffnete sich summend, ließ sie passieren und schloss sich dann wieder hinter ihnen.

»Es ist so schön hier«, seufzte Lara, als sie auf der Lichtung vor seinem Haus anhielten.

»Ja.« Er sah sie an.

Lara stieg aus, um Jack aus seinem Sitz zu helfen. »Schlangen!«, rief der und zappelte, bis sie ihn herunterließ, woraufhin er sofort zielstrebig auf den Holzstapel zuging. Als Jack nicht hinschaute, legte Stephen den Arm um Lara und küsste sie aufs Haar.

»Ich bin so froh, dass du hier bist«, sagte er.

»Ich bin auch froh, dass ich hier bin. Ich freue mich so, dass ich dich wiedergefunden habe. Ich dachte schon –«

»Stephen! Du musst kommen und mit mir nach Schlangen suchen!« Jack kam um die Ecke gerannt, und sie rückten voneinander ab.

»Ich gehe die Ausrüstung fürs Blaubeerpflücken holen«, erklärte Stephen. »Deine Mum kann dir helfen.«

»Na gut. Aber du brauchst einen Stock, Mummy«, sagte Jack.

Sie stocherten gerade im Holzstoß herum, als Lara wenig später Stephens Hand auf der Schulter spürte. »Bitte sehr.« Er reichte ihr und Jack jeweils einen kleinen Weidenkorb.

»Du musst mich tragen!«, verlangte Jack von Stephen und streckte die Arme aus.

Sie machten sich auf den Weg und folgten dem Pfad hinter dem Haus in den Wald hinein.

»Wir könnten auch den Wagen nehmen, aber es ist nicht weit, und es ist so ein schöner Tag«, sagte Stephen.

»Mir ist es recht«, antwortete Lara, während sie durch den sonnengesprenkelten Wald einen steilen Hang erklommen und sich immer weiter vom Haus entfernten. Unterwegs erzählte ihnen Stephen, dass sich an der Stelle einst eine Siedlung befunden habe und dass die dichtbewaldeten Hügel hundert Jahre zuvor noch kahl gewesen seien, weil dort Kleinbauern Landwirtschaft betrieben und der kargen, steinigen Erde mühsam ihren Lebensunterhalt abgerungen hätten. Der Niedergang der zehn Meilen entfernten Eisenbahnstrecke und die Schwierigkeiten, vor die der Boden und die harten Winter die Farmer stellten, hatten die Menschen jedoch dazu gezwungen, die Gegend zu verlassen. Innerhalb weniger Jahrzehnte hatten Bäume und Unterholz wieder die Herrschaft übernommen. Lara dachte daran, wie viel Arbeit es machte, ihren winzigen Garten in Brighton von Unkraut freizuhalten. Wie schnell erst in diesem heißen, feuchten Klima die heimischen Pflanzen wachsen mussten. Sie konnte den Blattranken fast dabei zusehen, wie sie Zentimeter um Zentimeter über den felsigen Boden krochen und den Waldweg von den Menschen zurückeroberten.

Mit jedem Schritt spürte Lara, wie sie sich ein Stück

mehr von den Ereignissen der vergangenen Tage erholte. Zu dritt gingen sie der Zukunft entgegen, und während sie vorwärtsschritten, zerrissen die Fesseln der Vergangenheit und Pflicht.

»Wenn man die Augen offenhält, kann man überall noch Überreste der Siedlung entdecken«, erzählte Stephen. »Da.« Er zeigte zu einer von Efeu überwucherten Mauer, die im rechten Winkel zum Weg am Hang entlangführte. »Das ist eine alte Grenzmauer. Wenn man ihr bis über den Hügel folgt, kommt man zu einem verfallenen Haus. Ich kann es euch zeigen, wenn wir mit dem Blaubeerpflücken fertig sind.«

»Klingt gut, oder, Jack?«, fragte Lara. Der kleine Junge nickte. Er hatte den Kopf in die Höhe gereckt und die Arme fest um den Hals des großen Mannes geschlungen. Stephen hielt ihn sicher mit einem Arm, während er gleichzeitig mit Hilfe eines Stocks, den er vom Boden aufgehoben hatte, ein zugewachsenes Stück Pfad von den langen, blättrigen Stielen einer Art Weidenröschen befreite. Wie er so mit Kind und Stock durch den Wald ging, sah Stephen genauso vollständig aus wie auf dem Foto von Dover's Hill in seiner Nachttischschublade.

»Da wären wir!«, verkündete er, als sie den höchsten Punkt erreicht hatten. Der dunkelgrüne Schein jenseits der Bäume verblasste erst zu einem hellen Limettengrün, dann tat sich das Blau des Himmels auf. Noch ein Schritt, und sie standen auf einer mit Gras bewachsenen Kuppe, auf der Gruppen von Sträuchern wuchsen, die größer waren als Lara und zwischen denen sich schmale Trampelpfade hindurchschlängelten. Sie hingen voller blauvioletter Beeren, die förmlich darum bettelten, gepflückt zu werden.

Jack kletterte von Stephens Arm herunter und rannte auf die Sträucher zu.

»Seht euch nur mal die Aussicht an«, sagte Lara, kletterte auf eine mit Grasbüscheln bewachsene Erhebung und drehte sich im Kreis. Dreihundertsechzig Grad bewaldete Hügel, die ineinander übergingen und sich in der blau schimmernden Ferne verloren. Hätte es die fünf Hochspannungsleitungen nicht gegeben, die auf ihren gigantischen Masten das Land durchschnitten, wäre weit und breit kein Zeichen menschlicher Zivilisation zu sehen gewesen. Zum ersten Mal seit langem hatte Lara nicht das Gefühl, unter Beobachtung zu stehen.

»Nicht schlecht, oder?« Stephen legte ihr eine Hand auf die Schulter und zeigte in die Ferne. »Von da unten sind wir gekommen.«

Lara schloss die Augen und lehnte den Kopf an seine Schulter. »Ich –«

»Schh«, mahnte er und legte ihr einen Finger an die Lippen. »Komm, Jacko, lass uns die Körbe hier vollmachen, dann kann deine Mum dir Pfannkuchen backen.« Er nahm Jack an die Hand und führte ihn auf einem der Trampelpfade tief ins Blaubeerdickicht hinein.

Wie im Traum begann Lara, Beeren von einem Strauch zu pflücken und in ihren Korb zu legen. Hin und wieder schob sie sich versonnen eine Beere in den Mund, zerdrückte sie mit der Zunge und schmeckte ihre mehligherbe Süße. Das tiefe Summen umherfliegender Insekten vermischte sich mit dem Zirpen der Grillen, und sie betete, für immer bleiben zu dürfen, hier inmitten der Blaubeersträucher.

»Mummy, schau mal!« Mit dem Korb voller Beeren stolperte Jack hinter einem Strauch hervor und in ihren Tagtraum hinein.

»Das ging aber schnell«, sagte sie und hockte sich neben ihn, um seine Ernte zu begutachten.

»Er hatte ein klein wenig Hilfe.« Lara hob den Kopf und sah Stephen auf sie herabblicken. Sie stand auf und durchbrach so die sonderbare Innigkeit des Augenblicks.

»Ich würde sagen, das reicht fürs Frühstück morgen und vielleicht noch für einen Kuchen«, stellte Stephen fest. »Obwohl ich das Gefühl habe, dass bei deiner Mummy mehr Beeren in den Mund als in den Korb gewandert sind.« Er leckte sich über den Daumen und wischte ihr einen Fleck Blaubeersaft von der Lippe.

»Mummy ist ein Frechdachs«, sagte Jack kichernd. »Kann ich –?«

Ein Knacken im Gebüsch hinter ihnen übertönte den Rest und ließ Lara und Stephen herumfahren. Gut dreißig Meter von ihnen entfernt stand ein drei Meter großer Bär auf den Hinterbeinen und starrte sie aus vor Wut blitzenden Augen an. Er schien über das unerwartete Aufeinandertreffen ebenso erstaunt wie sie.

Jack klammerte sich an Laras Beine.

»Macht keine plötzlichen Bewegungen«, flüsterte Stephen und richtete sich zu seiner vollen Größe auf. »Stellt euch hinter mich, und egal, was passiert, seht ihm nicht in die Augen.«

»Keine Angst, Jacko. Alles wird gut.« Lara schob Jack hinter sich und bemühte sich, ihn stillzuhalten.

Stephens Warnung folgend, blickte sie zwar in die Richtung des Bären, sah ihn aber nicht direkt an, sondern beobachtete ihn lediglich aus dem Augenwinkel. Trotzdem war nicht zu verkennen, dass er sie hungrig fixierte. Die Insekten waren verstummt, als hätten sie die Spannung zwischen Menschen und Tier gespürt. Obwohl der Bär noch weit entfernt war, wehte sein fruchtiger Geruch in der heißen Nachmittagsluft zu ihnen herüber. Eine scheinbare Ewigkeit lang geschah nichts.

»Hey, Bär!« Stephen streckte ihm die Hand hin, Handfläche nach unten. »Ich werde jetzt mit dem Bär reden, Lara«, sagte er leise und langsam. »Bleib aufrecht stehen und mach dich so groß wie möglich. Denk dran, schau ihm nicht in die Augen, aber sieh auch nicht weg.« Er bewegte langsam die Arme auf und ab und streckte sich. »Der Kerl da«, erklärte er und meinte damit den Bären, »denkt wahrscheinlich, dass wir uns auf seinem privaten Blaubeerfeld befinden. Wir werden ihm zeigen, dass wir ihm nichts Böses wollen, und ihm als Entschuldigung die Beeren dalassen, die wir gepflückt haben.«

»Nein!«, rief Jack. Das plötzliche Geräusch brachte Bewegung in den Bären. Er begann, seinen massigen, pelzigen Körper hin und her zu wiegen, schüttelte den Kopf und brummte.

»Still, Jack«, mahnte Lara und hielt ihn fest gegen ihre Beine gedrückt. »Wir können neue Beeren pflücken.«

»Hier, Bär, nimm die Beeren.« Stephen schüttete seinen Korb vor sich im Gras aus. »Und jetzt ziehen wir uns langsam zurück.« Er bewegte weiterhin die Arme auf und ab, während er vorsichtig ein paar Schritte rückwärtsging und Lara und Jack auf den Pfad zum Haus lotste. Sie waren etwa zwanzig Meter weit gekommen, als der Bär einen Schritt auf sie zumachte.

Lara verbarg das Gesicht an Stephens Rücken und hielt

Jack dicht an sich gepresst. Der Bär begann, auf sie zuzutrotten, und wurde immer schneller. Rasch riss Stephen die Arme hoch, stellte sich breitbeinig hin und stieß ein dermaßen lautes Brüllen aus, dass die Bäume im näheren Umkreis davon zu erzittern schienen. Zitternd schmiegte sich Jack an Laras Beine.

Lara fiel das Smiths-Lied aus dem Auto wieder ein. *To die by your side …*

Stephens Gebrüll ließ den Bären innehalten. Er stellte sich auf die Hinterbeine, während Stephen ihm mit hoch erhobenen Armen gegenüberstand, um so groß wie möglich zu wirken. Die Zeit schien stillzustehen, während Mann und Bär sich gegenseitig musterten. Endlich ließ sich der Bär auf die Vordertatzen fallen. Er begann, die ausgeschütteten Blaubeeren zu beschnüffeln, als wären die drei Menschen Luft.

»Er hat seinen Meister gefunden.« Ein kleines Lächeln umspielte Stephens Lippen. »Er hat verdammt noch mal seinen Meister gefunden.«

Sie zogen sich rückwärts in den Wald zurück. Erst als sie außer Sichtweite des Bären waren, wagten sie es, sich umzudrehen. Stephen nahm Jack auf die Arme.

»Gut gemacht, mein tapferer Kleiner«, lobte er. »Und jetzt müssen wir so viel Lärm machen, wie wir können, für den Fall, dass noch andere Bären in der Nähe sind. Damit sie uns kommen hören. Aber nicht rennen, ganz egal, was passiert.«

Unter lautem Rufen, Johlen und Händeklatschen machten sie sich auf den Weg hinunter zum Haus. Als sie bei der Tür zur hinteren Veranda ankamen, war Lara heiser. Doch zu dem Adrenalin, das ihr vor Angst ins Blut geschossen war, gesellte sich nun das stärkere Hochgefühl, überlebt zu haben.

Stephen schloss die Tür auf und ließ sie eintreten.

»Ich dachte schon, wir wären erledigt.« Er drehte sich zu ihr um und grinste sie an. Sie warf ihm und Jack die Arme um den Hals, und einen Augenblick lang standen sie einfach nur so da und hielten einander fest. Nach einer Weile fing Jack an zu zappeln und schlängelte sich zwischen ihnen hervor.

»Schlangen!«, sagte er.

Die einstündige Suche auf der Wiese hinter dem Haus lieferte reiche Ausbeute: eine einen Meter zwanzig lange schwarze Rattenschlange, von der Stephen behauptete, dass sie so weit nördlich äußerst selten anzutreffen sei. Jack klatschte vor Freude in die Hände, als das Tier den Stock zu würgen versuchte, mit dem Stephen es aufgehoben hatte.

Viel zu früh wurde es Zeit für Lara, wie ein Aschenputtel in ihr schreckliches Haus in Trout Island zurückzukehren, wo sie für alle kochen und putzen musste.

Auf der Rückfahrt nutzte Lara den Motorenlärm des Wrangler und den Wind, der ihnen durchs Haar pfiff, um Stephen von den zwei freien Stunden zu erzählen, die sie am nächsten Abend zur Verfügung haben würde.

»Vielleicht könnte ich dich besuchen kommen?«, schlug sie vor.

Geradeaus blickend, die Hände am Lenkrad, lächelte er. »Das wäre wirklich schön.«

»Warte«, sagte er, als sie vor ihrem Haus aus dem Jeep sprang, und drückte ihr einen Schlüssel in die Hand. »Für die Hintertür«, erklärte er. Dann nahm er ihren Arm und schrieb ihr mit einem Kugelschreiber, den er vom Armaturenbrett genommen hatte, fünf Ziffern auf die Haut.

»Das ist der Code, auf den ich morgen das Tor einstellen werde. Komm einfach, sobald du Zeit hast, und öffne es selbst.«

Lara winkte zum Abschied, dann trug sie Jack und den Kindersitz ins Haus, das noch genauso leer war wie früher am Tag bei ihrem Aufbruch. Bevor sie von einem Bären bedroht und von einem Helden gerettet worden waren.

35

Bella hörte den Wrangler vor dem Haus vorfahren. Ihre Mutter sagte Stephen auf Wiedersehen und dass sie sich morgen sehen würden. Die Fliegengittertür ging auf und knallte wieder zu, und dann rief ihre Mutter unten von der Treppe aus nach ihr und Olly. Der war, das wusste Bella, nicht zu Hause. Ein Glück.

Mit einem Seufzer zog sie sich die Bettdecke über den Kopf. Sie wollte zurück nach Brighton. Oder noch besser: einfach weglaufen. Sie wollte ihren Bruder, das Monster, nie mehr wiedersehen. Hoffentlich merkte niemand, dass sie hier oben in ihrem Zimmer lag.

Sie musste daran denken, wie Sean zu seinem Wagen gerannt war. Wie er sich die Hände vor den Schritt gehalten hatte und wie bleich sein Hintern gewesen war, wo den ganzen Sommer über die Badehose gesessen hatte. Sie stöhnte bei dem Gedanken an seine Erniedrigung und daran, dass sie diejenige war, die all das über ihn gebracht hatte. Wie sollte sie ihm nach dem, was Olly ihm angetan hatte, jemals wieder unter die Augen treten?

Sie machte sich Sorgen um ihn und fragte sich, wie es ihm wohl ginge, aber als sie sich, sobald alle anderen weg gewesen waren, aus ihrem Zimmer gewagt hatte, um ihn anzurufen, war seine Mutter ans Telefon gegangen.

»Ja? Wer spricht da, bitte?«, hatte sie gefragt. Ihre kalte, vorwurfsvolle Stimme hatte ein Echo gehabt, als stünde sie in einem kahlen Flur mit Holzfußboden. Bella hatte aufgelegt, ohne ein Wort zu sagen. Sie durfte nicht mehr mit Sean sprechen, das war völlig klar. Egal, wie sehr es schmerzte, sie musste sich von ihm fernhalten, denn wer wusste schon, was Olly mit ihm machen würde, wenn sie es nicht tat? Ohne sie wäre er tausendmal besser dran.

Deswegen hatte sie auch jedes der vier Male, als das Telefon geklingelt hatte, die Rufe ihrer Mutter und ihres Vaters ignoriert und so getan, als wäre sie nicht da.

Sie war ganz allein. Sie hatte niemanden, an den sie sich wenden konnte. Olly hatte die Fotos. Wenn sie jemandem von dem Vorfall erzählte, würde er sie öffentlich bloßstellen. Und selbst *wenn* sie damit rausrückte – wo sollte das Geständnis enden? Was immer sie sagte, würde sie genauso sehr in Schwierigkeiten bringen wie ihn. Marcus würde ihr ohnehin kein Wort glauben, und ihre Mutter schien viel zu sehr damit beschäftigt, mit Stephen Molloy durch die Gegend zu ziehen, als dass sie sich dafür interessiert hätte, was mit Bella los war.

Ihre Mutter, die Starfickerin.

Seufzend wälzte sich Bella herum. Ihr reichte es. Sie hatte die Schnauze voll von ihrer Familie. Und sie hatte die Schnauze voll von der Liebe. Vielleicht war es ihre eigene Schuld, weil sie damals, als die Sache mit ihrem Bruder aus dem Ruder gelaufen war, nichts dagegen unternommen hatte. Denn jetzt, nach allem, was passiert war, hing die Schande an ihr wie ein Soldatenmantel in der Hitze.

Sie überlegte, ob sie abhauen sollte. Sie überlegte, sich das Gewehr von einem von Ollys Freunden zu schnappen und ihm das Hirn wegzupusten. Das wäre der einzige Weg, ihn endgültig los zu sein.

Oder wäre es nicht das Einfachste, dachte sie dann, sich zusammenzurollen und selber zu sterben, mutterseelenallein in ihrem stinkenden Bett?

36

Lara lief die Straße am Fluss entlang, während sich der Morgennebel zu ihren Füßen kräuselte, und merkte, dass sie einen Begleiter hatte. Hund war aus dem Nichts aufgetaucht und trottete neben ihr her.

»Na, Junge?«, sagte sie. »Kommst du, um mich vor wilden Tieren, Bären und Verrückten zu beschützen?«

Hund sah erst nach rechts und dann nach links, wie um zu bekräftigen, dass er tatsächlich Wache hielt. Alles, was das Tier tat, schien darauf ausgelegt, ihr zu beweisen, was für ein braver Hund er war, und trotzdem wurde Lara das ungute Gefühl nicht los, dass er, sollte sich die Gelegenheit bieten, aus ihren Waden eine Zwischenmahlzeit machen würde.

An diesem Morgen war ihr Bedürfnis, laufen zu gehen, besonders groß gewesen. Sie war noch vor Sonnenaufgang aufgewacht, rastlos und nervös, weil sie wusste, was sie an diesem Tag tun würde. Als sie im ersten fahlen Licht der Dämmerung die Treppe hinuntergeschlichen war, hatte sich das Haus um sie zusammengezogen und sie mit seinem Elend angesteckt.

Am Abend zuvor hatte sie versucht, so lange wach zu bleiben, bis Bella, Olly und Marcus nach Hause kamen. Aber der Tag draußen in der Sonne, die Erschöpfung nach der Begegnung mit dem Bären und eine gute halbe Flasche

Wein hatten zur Folge, dass sie irgendwann auf dem Sofa, den schwitzenden Jack wie eine lebende Wärmflasche im Arm, von Marcus wachgerüttelt wurde.

»Komm, altes Mädchen. Ab ins Bett«, sagte er mit Tabak- und Weinatem.

»Wie spät ist es?«, wollte sie wissen.

»Die Geisterstunde ist schon vorüber.« Er hob Jack auf den Arm.

»Wo sind Bella und Olly?« Verwirrt setzte sie sich auf. Sie konnte sich noch daran erinnern, dass sie mit dem Abendbrot gewartet hatte. Irgendwann hatte sie es dann aufgegeben und allein gegessen – viel hatte sie nicht herunterbekommen.

»Im Bett. Ich habe gerade nach ihnen geschaut. Schlafen beide wie Engel.«

Er nahm Jack mit nach oben und ließ sie im kahlen, staubigen Wohnzimmer mit seinem süßlichen Verwesungsgeruch blinzelnd auf dem Sofa zurück.

Sie stand auf, streckte sich und ging in die Küche, wo sie aufräumte, das stehengelassene Essen in den Kühlschrank räumte und sich vergewisserte, dass die Hintertür abgeschlossen war. Sie ergänzte die Sicherheitsmaßnahmen im Haus durch einen Besen und einen Wischmopp, die sie unter die Klinken der Hinter- und Vordertür klemmte. Dann endlich schleppte sie sich nach oben ins Bett. Als sie ins Schlafzimmer kam, schlief Marcus bereits, so dass sie keine Gelegenheit mehr hatte, ihn zu fragen, wo er den ganzen Abend gewesen sei.

Als sie nun mit Hund die nebelverhangene Straße am Fluss entlanglief, setzte ihr neben einem leichten Kater auch noch der unangenehme Gedanke zu, dass sie in ihrer

Familie langsam, aber sicher an den Rand gedrängt wurde. Sie versuchte zu entscheiden, ob das gut oder schlecht war.

Sie trabten an dem bellenden Rottweiler vorbei, der wie üblich auf sie zugestürzt kam, um dann jaulend zurückzuspringen, als er auf die unsichtbare Barriere traf.

»Ätsch«, sagte Lara. »Geschieht dir recht, du gemeines Vieh.«

Das Laufen tat seine Wirkung. Es verjagte die Spinnweben aus ihrem Kopf und half ihr, sich auf den bevorstehenden Abend zu freuen, an dem sie zum ersten Mal seit sechzehn Jahren wieder mit Stephen allein sein würde. Sie versuchte, darüber nachzudenken, welche Konsequenzen das für Marcus haben würde, merkte dann aber, dass es sie nicht länger interessierte. Die ganze vergangene Woche war ein unerträglich langes Vorspiel gewesen, und sie stand kurz vor der Explosion. Dieses eine Mal musste sie etwas Echtes tun, etwas, bei dem sie sich selbst treu blieb. Sie warf einen Blick auf ihren Arm – die Zahlenkombination für das Tor stand noch da, in Stephens Handschrift.

»Living a lie, living a lie«, sang sie, und das Tempo ihrer Schritte markierte den Rhythmus. Normalerweise hörte sie beim Joggen immer Musik, aber an diesem Morgen hätte sie sich damit zu schutzlos gefühlt, deshalb hatte sie die Ohrstöpsel herausgenommen.

Plötzlich blieb Hund ohne Vorwarnung stehen, ging in Kauerstellung und knurrte. Lara musste eine Vollbremsung machen, um nicht über ihn zu stolpern. Seine Aufmerksamkeit galt einer Gestalt, die knapp zwanzig Meter entfernt und halb im vom Fluss aufsteigenden Nebel verborgen neben einem Auto stand.

»Hallo?«, rief Lara. Hunds Schultern zuckten, und er

knurrte erneut. Die Gestalt machte einen Schritt auf sie zu, weg von ihrem graubraunen Auto, und Laras Magen krampfte sich zusammen, als sie die Schirmmütze, das mausbraune Haar, das braun-türkis gewürfelte Seidentuch erkannte.

»Stehen bleiben! Oder ich hetze meinen Hund auf Sie«, rief sie.

»Ich weiß, was Sie denken …«, schallte es laut durch die Morgenluft zu ihr herüber. Es war die Art von Stimme, wie man sie nur durch lebenslanges Kettenrauchen bekam. Elizabeth Sanders kam immer näher, bis Lara das dick aufgetragene orangestichige Make-up in ihrem Gesicht sehen konnte.

Hund fletschte die Zähne.

»Braver Hund«, lobte Lara.

»Aber ich bin gekommen, um Sie vor Molloy zu warnen.«

»Sicher.« Lara fixierte die andere Frau durch zusammengekniffene Augen. Ihr Herz klopfte. »Ihre *Warnungen* kenne ich, Elizabeth Sanders.«

Die Frau verschränkte die Arme vor der Brust und lächelte Lara an.

»Glauben Sie, ich weiß nicht, was Sie vorhaben?«, fuhr Lara fort. »Mir können Sie keine Angst einjagen.«

»Doch, das kann ich. Ich *habe* Ihnen schon Angst eingejagt. Und ihm auch«, widersprach die Frau. »Er hat mich dazu getrieben, und ich habe mich ein bisschen gehen lassen.« Sie lachte laut auf. »Auf der Brücke hätte ich euch fast erledigt.«

Lara stand da und sah sie an. Das Wissen, dass sie dieser schwerfälligen Person im Notfall mühelos würde davonlaufen können, gab ihr Sicherheit.

»Er sagt, ich soll Sie jetzt in Ruhe lassen, aber der Mistkerl schuldet mir noch was, und die Schuld wird er jetzt begleichen.«

»Er weiß, dass Sie hier sind?«

»Natürlich weiß er, dass ich hier bin.«

»Aber er sollte doch nichts davon erfahren«, sagte Lara. Wut packte sie. »Das würde ihn umbringen.«

Sanders lachte. »Ihn umbringen? Er hat mir gesagt, dass ich herkommen soll, Schätzchen.«

»Sie sind ja nicht ganz bei Trost.« Lara zog das iPhone aus der kleinen Armtasche. »Er will nichts von Ihnen. Er wollte noch nie etwas von Ihnen. Sie haben diese perverse Wahnvorstellung, dass Sie irgendeine Art Beziehung zu ihm haben. Dabei kennen Sie ihn nicht mal. Nicht so wie ich ihn kenne.«

»Oh, selbstverständlich kenne ich ihn. Sie haben keine Ahnung, worauf Sie sich da einlassen, Lara Wayland.«

Lara nahm all ihren Mut zusammen. Mit gezücktem iPhone machte sie einen Schritt auf Sanders zu, hielt es ihr vors Gesicht und machte ein Foto. Dann lief sie zu Sanders' Wagen und fotografierte auch das Nummernschild.

Sanders stürzte sich auf Lara und packte sie am Genick. Sie versuchte, ihr das iPhone zu entreißen, und griff mit ihren abgebissenen Fingernägeln danach. Aber Hund ging dazwischen und sorgte dafür, dass sie von Lara abließ. Knurrend bleckte er die Lefzen.

Lara entfernte sich vom Auto. »Jetzt habe ich Sie.« Sie winkte mit dem Handy. »Und da Sie mir den Gefallen getan haben, Stephen von Ihrer Anwesenheit zu unterrichten, werde ich jetzt zu ihm gehen und ihm alles sagen. Und dann verständigen wir die Polizei.«

Elizabeth Sanders wieherte vor Lachen. »Sie sind die mit Abstand größte Idiotin, die mir je begegnet ist«, sagte sie. Sie wich vor Hund zurück und stieg kopfschüttelnd in ihren Wagen. Sie ließ den Motor an, dann sah sie zu Lara auf. »Ich wollte Ihnen einen Gefallen tun.« Sie schob ihre Sonnenbrille hoch und fixierte Lara mit ihrem Eidechsenblick. »Aber bei Ihnen pisst man gegen den Wind. Sie sind blind. Blind, blind, blind, blind. Sie haben genau so jemanden wie ihn verdient. Und er jemanden wie Sie.«

Sie trat das Gaspedal durch. Eine Sekunde später war sie fort, und zurück blieben lediglich der Geruch von verbranntem Gummi und eine Nebelwolke in Laras Kopf.

»Komplett durchgeknallt«, sagte sie zu Hund. Sie hatte eine Gänsehaut auf den Armen. Aber über eine Sache war sie doch froh: Sanders hatte sich Stephen zu erkennen gegeben, und das bedeutete, dass Lara nun endlich ehrlich zu ihm sein konnte.

Sie steckte ihr iPhone zurück in die Tasche und lief, Hund bei Fuß, mit Höchstgeschwindigkeit zurück zum Haus des Grauens.

»Ich bin dann mal weg.«

Marcus streckte den Kopf in den Durchgang zur Küche, wo Lara vornübergebeugt dastand und sich nach dem Laufen dehnte, während sie gleichzeitig überlegte, was sie als Nächstes tun sollte.

»Ich dachte, die Probe fängt erst um elf an?«

»Ich treffe mich vorher noch mit Selina, wir wollen uns beim Frühstück gegenseitig abhören. Toll übrigens, dass das Hemd wieder aufgetaucht ist«, setzte er hinzu und goss sich ein Glas Wasser ein.

»Was?« Als Lara sich aufrichtete, sah sie, dass Marcus sein Paul-Smith-Hemd trug.

»Dann hat sich der Russki vom Waschsalon also doch noch gemeldet, was?«, fragte er und stellte sein halb ausgetrunkenes Glas in einer nassen Pfütze auf dem Küchentisch ab. »Hoppla, ich bin spät dran. Ich muss los, bis später.« Er drückte Lara einen Kuss aufs Haar und eilte zur Haustür hinaus.

Kaum war er weg, lief Lara nach oben in ihr Schlafzimmer, wo Jack in seinem Nest auf dem Fußboden noch seelenruhig schlummerte, und warf einen Blick in die Kammer. Dort sah alles anders aus. Die Arzneimittel standen jetzt auf dem untersten Regal, wo vorher Jacks Spielsachen gewesen waren. Die Spielsachen wiederum lagen ganz oben. Das rosafarbene Blümchenkleid, aus dem sie angeblich »hervorquoll«, hing an der Tür, und dort, wo ursprünglich Jacks Kleider gewesen waren, die nun auf dem Boden verstreut lagen, stapelte sich, gebügelt und gefaltet, die gestohlene Wäsche.

Entsetzen machte sich in ihr breit. Sie rannte von einem Zimmer ins nächste, um sich zu vergewissern, dass der Eindringling nicht noch im Haus war. Aber abgesehen von der üblichen Unordnung – zerwühlte Betten, Haufen feuchter Handtücher auf den Bettlaken –, waren Ollys und Bellas Zimmer leer. Sie mussten schon frühmorgens mit ihren jeweiligen Freunden losgezogen sein. Wenigstens hoffte Lara das.

Nachdem sie auch im Erdgeschoss alles überprüft hatte, verriegelte sie die Türen und versuchte, Stephen anzurufen, aber er nahm nicht ab. Sie spielte mit dem Gedanken, auf der Stelle zu ihm zu fahren, aber was sollte sie mit Jack machen? Sie hatte keine andere Wahl. Sie musste bleiben, wo sie war.

Im Laufe des Vormittags, während sie ungeduldig darauf wartete, dass es endlich Zeit wurde, Jack zur Probe zu bringen und zu Stephen zu fahren, versuchte sie es immer wieder bei ihm.

Es nahm niemand ab.

Sie hatte gerade das Telefon in die Hand genommen, um es ein weiteres Mal zu versuchen, als vorn an die Haustür geklopft wurde. Sie schlich ins Wohnzimmer und spähte durchs Fenster. Auf der Veranda stand ein großer, stämmiger Mann.

»Lara? Hallo? Ich bin's, Danny«, rief er zu den geöffneten Fenstern im oberen Stock hinauf.

Sie hatte völlig vergessen, dass heute das Reinigungsritual stattfinden sollte. Froh über die Gesellschaft eines Erwachsenen, lief sie zur Tür.

»Danny, vielen Dank, dass Sie gekommen sind.«

Sie wusste nicht, was sie erwartet hatte, aber bestimmt nicht den Mann, der nun vor ihr stand. Es war unmöglich, sein Alter zu schätzen – er hätte vierzig sein können oder fünfundsechzig. Er trug gepflegte Khakihosen und ein gebügeltes Baumwollhemd, hatte eine lederne Tasche über der Schulter und kurze, von Silber durchzogene Haare. Er hätte ebenso gut ein Immobilienmakler sein können, der gekommen war, um das Haus potentiellen Käufern zu zeigen.

Stattdessen war er ein indianischer Schamane, der ihr Haus von seiner negativen Aura befreien wollte.

Er trat in den Flur und schaute sich um.

»Das hier ist der schlimmste Teil des Hauses«, erklärte Lara. »Hier halte ich es gar nicht aus.«

Danny schloss die Augen und stand, die Hände vor dem Körper gefaltet, ganz still da. Nach wenigen Minuten löste er sich aus sciner Starre und wandte sich zu Lara.

»Zeigen Sie mir auch die anderen Räume.«

Sie führte ihn zunächst durchs Erdgeschoss und schilderte ihm auf dem Weg die Treppe hinauf die Situation mit dem Keller. Oben ging sie mit ihm zuerst in Ollys Zimmer. Danny blieb auf der Schwelle stehen und betrachtete stirnrunzelnd die gräulich verfärbte Bettwäsche und die sich darauf türmenden dreckverkrusteten Kleider.

Als Nächstes zeigte Lara ihm Bellas Zimmer, wo diese, sehr zu Laras Erstaunen, ihren zerzausten Kopf unter einem Berg Wäsche auf dem Bett hervorstreckte, den Lara für einen Haufen zerknüllter Decken gehalten hatte. Sie funkelte die Eindringlinge an.

»Kannst du nicht anklopfen?«, sagte sie und schirmte die Augen vor dem staubigen Licht ab, das durch die geöffnete Tür ins Zimmer fiel.

»Tut mir leid, Schatz, ich dachte, du wärst nicht da. Geht es dir gut?« Sie trat zum Bett, um Bellas Stirn zu fühlen, aber bei der Hitze im Zimmer war es unmöglich zu sagen, ob sie Fieber hatte oder nicht. »Wie fühlst du dich?«, fragte sie und legte ihrer Tochter eine Hand auf den Arm.

»Beschissen«, murmelte Bella.

»Bestimmt würde es dir guttun, wenn du aufstehst und ein bisschen an die frische Luft gehst«, schlug Lara ihr vor.

»Ja, klar.« Bella zog sich die Decke wieder über den Kopf und drehte sich von ihrer Mutter weg.

»Entschuldigen Sie«, sagte Lara an Danny gewandt. Der betrachtete gerade das Foto, das an Bellas Fensterrahmen lehnte.

»Das ist ein Foto der armen Jane Larssen«, erklärte Lara und trat neben ihn. »Soll ich es wegnehmen?«

Danny schüttelte den Kopf. »Das Foto ist nicht das Problem«, sagte er.

Sie beendeten den Rundgang und kehrten ins Erdgeschoss zurück. Im Wohnzimmer stellte Danny Lara bei einem Kaffee Fragen über ihre Familie, woher sie kämen und wie lange sie bleiben wollten. Während sie die Fragen beantwortete, beobachtete Danny sie aufmerksam, nickte und rieb sich mit Daumen und Zeigefinger das Kinn. Dass er sie so genau musterte, machte sie nervös, und es beschlich sie das Gefühl, dass sie zu viel redete.

Schließlich verstummte sie, und erst jetzt ergriff er das Wort.

»Lara, es gibt ein Problem mit diesem Haus, aber es ist ein sehr kleines, sehr altes Problem. Es liegt fast vollständig in der Vergangenheit. Das eigentliche Problem ist nicht das Haus.«

»Was meinen Sie damit?«

»Das eigentliche Problem, Lara, sind Sie.«

»Ich verstehe nicht.«

Er stellte seine Tasche auf den Boden und öffnete sie. Dann holte er ein dreißig Zentimeter langes Bündel getrockneter Zweige und Blätter hervor, die mit gelben Stoffbändern zusammengebunden waren.

»Was machen Sie da?«

Er hob die Hand und bedeutete ihr zu schweigen. Mit einem roten Plastikfeuerzeug, das er aus seiner Hosentasche gezogen hatte, entzündete er ein Ende des Bündels und schwenkte es hin und her, bis es anfing zu brennen. Dann blies er die Flamme aus und ließ den Rauch zwischen ihnen emporsteigen. Er trat näher zu Lara hin, die staunend zur Kenntnis nahm, wie er die Augen schloss und in einer ihr unbekannten Sprache zu singen begann. Er strich sich mit den glühenden Zweigen zunächst über den eigenen Körper, an Armen und Beinen entlang, dann machte er dasselbe bei ihr, wobei er sich mehr Zeit ließ.

»Atmen Sie ein«, wies er sie in knappen Worten an, bevor er zu singen fortfuhr.

Lara musste gegen den Hustenreiz ankämpfen, als sie den Kräuterrauch inhalierte. Er erinnerte sie an die Joints aus selbst angebautem Marihuana, die sie und Marcus früher geraucht hatten, bevor sie mit den Zwillingen schwanger geworden war, oder an die scheußlichen Honeyrose-Zigaretten, die sie eine Woche lang ausprobiert hatte, um vom Nikotin loszukommen. Was auch immer es war, es stieg ihr sofort zu Kopf. Ihr wurde schwindlig, und sie fühlte sich albern. Sie musste sich zusammenreißen, um nicht zu kichern.

Nach einer Zeitspanne, die ihr wie eine Stunde vorkam, die aber ebenso gut nur wenige Minuten lang gewesen sein konnte, machte Danny einen Schritt zurück. Er stand schweigend da und musterte sie, als versuche er, etwas Kleingedrucktes auf ihrer Wange zu entziffern.

Schließlich begann er zu sprechen.

»Ich habe getan, was ich konnte. Der Rest liegt bei Ihnen.«

»Aber was ist mit dem Haus?«

»Wenn Sie möchten, reinige ich es gerne für Sie. Schaden kann das auf keinen Fall. Aber nur Sie allein können wirklich etwas verändern.«

Er ging durchs Haus, sang dabei und verteilte den Rauch

in den vermeintlichen Problemzonen, bis von seinem schwelenden Kräuterbündel nur noch ein kleiner Stummel übrig war. Dann nahm er Lara bei der Hand und führte sie auf die Veranda hinaus, wo er sie in eine väterliche Umarmung zog.

»Machen Sie die Augen auf, Lara«, sagte er. »Etwas Schlimmes wird passieren, wenn Sie nicht sehr vorsichtig sind.«

Sie sah ihm zu, wie er seine Sachen einsammelte und ging.

Es war, als wüsste er Bescheid.

37

Lara versuchte es noch mehrmals bei Stephen. Es nahm nach wie vor niemand ab, was nicht gerade dazu beitrug, ihr immer größer werdendes Unbehagen zu mildern. Nachdem sie Jack beim Theater abgeliefert hatte, legte sie einen Zettel und dreißig Dollar auf den Küchentisch, damit Bella – die immer noch wie ein Trauerkloß in ihrem Zimmer hockte – und Olly – den sie dem Gefühl nach tagelang nicht gesehen hatte – sich zum Abendessen eine Pizza holen konnten. Marcus und Jack waren von James und Betty nach der Probe ins Diner eingeladen. Als Grund für ihre eigene Abwesenheit nannte sie Besorgungen, die sie in der Stadt zu erledigen habe.

Das Interesse der übrigen Familienmitglieder an Laras Kommen und Gehen war so gering, dass sie ein derart vage und langweilig klingendes Alibi problemlos schlucken würden. Wahrscheinlich wäre sie ohnehin wieder zurück, bevor irgendjemand gemerkt hatte, dass sie überhaupt weggefahren war.

Nachdem sie alle Türen abgeschlossen hatte, ging sie ums Haus herum nach hinten. Unterwegs blieb sie kurz stehen, um den Blick durch den feuchtwarmen Garten und das Gebüsch dahinter schweifen zu lassen. Es war erstaunlich, wie sehr ihr dies innerhalb weniger Tage in Fleisch und Blut übergegangen war. Sie war froh, dass sie nun endlich mit Stephen darüber sprechen und dann gemeinsam mit ihm zur Polizei gehen konnte.

Falls es ihr gelang, ihn zu finden.

Sie eilte zum alten Volvo. Dreimal drehte sie den Zündschlüssel um, ohne dass etwas geschah: Der Motor gab keinen Mucks von sich, nicht einmal ein Stottern. Ginas großzügig mit Ausrufezeichen gespickter Gebrauchsanleitung folgend, die in einem kleinen braunen Buch im Handschuhfach gelegen hatte, holte Lara den »Megariesenschraubenschlüssel!« aus dem Kofferraum, machte den »bockigen Anlasser!« ausfindig und versetzte ihm einen »mordsmäßigen Schlag!«.

Der ungewöhnliche Trick zeigte Wirkung, und Lara lenkte den röhrenden Wagen auf die Main Street. Sie schwitzte. An diesem Abend war es besonders drückend. Die heiße, schwüle Luft lag dumpf auf ihr, und natürlich funktionierte die Klimaanlage des Volvo nicht. Auch ohne an ihre eigene Situation zu denken, war da dieses Gefühl, als stünde etwas unmittelbar bevor, wie ein Sturm, der aufzog. Dazu gesellten sich noch das Brennen in ihrem Unterleib und das Kribbeln zwischen ihren Beinen wie von tausend Stecknadeln. Sie war drauf und dran, etwas Falsches zu tun, sich vielleicht sogar in Gefahr zu begeben, und das machte sie ganz schwindlig.

Es war, als wäre sie wieder neunzehn und auf dem Weg zu Stephens Dachwohnung in Stratford, wo seine extravagante Vermieterin, eine Frau mit einem Faible für Textilblumen und Judy-Garland-Filme, sich diskret zurückzog, wann immer ihr »junger Herr Schauspieler Besuch empfing«. Rückblickend sah Lara diese Zeit als eine Zeit der Unschuld, und obwohl sie in Wahrheit natürlich alles andere gewesen war als unschuldig, traf diese Charakterisierung, im Vergleich zu dem, was jetzt auf dem Spiel stand, durchaus zu.

Ihrer Sorge wegen der unbeantworteten Telefonate und der Vorstellung, was vielleicht gerade in Stephens Haus vor sich ging, war es zuzuschreiben, dass Laras Fuß das Gaspedal des Volvo ein wenig zu beherzt durchtrat.

Allerdings war sie noch gar nicht weit gekommen, da musste sie schon wieder anhalten. Jemand war auf die Idee gekommen, an der Main Street Straßenarbeiten durchzuführen, die bisher noch nicht weiter gediehen waren, als dass man direkt vor Ginas Haus eine temporäre Ampel mit extrem langer Rotphase aufgestellt hatte. Während Lara, auf dem heißen Ledersitz allmählich zerfließend, vor dieser Ampel stand und den nicht existierenden Gegenverkehr auf der einzigen freien Fahrspur abwartete, baute sie Stephens *Was wäre wenn* im Geiste zu einem detaillierten Szenario aus, in dem sie die Zwillinge in L. A. großgezogen hatten und ein Leben führten, dessen Abende von gemeinsamen Zirkusbesuchen bestimmt wurden, während die ungezählten Nächte ihren ineinander verschlungenen Körpern gehörten …

Eine Hand, die auf das Dach des alten Volvo schlug, riss Lara aus ihrem Tagtraum.

»Und? Wie geht's der alten Rostlaube?«

Lara drehte sich um und sah Gina, die den Kopf durchs Beifahrerfenster gestreckt hatte. Ihre Töchter standen neben ihr.

»Oh, hi, Gina.« Lara stieß vor Erleichterung die Luft aus. »Ethel, Gladys. Diese Ampel – ich glaube es einfach nicht.«

»Wem sagst du das!«, pflichtete Gina ihr bei. »Tom hat

neulich ungefähr drei Jahre lang gewartet. Hey, schick – die Tasche passt zum Wagen.«

Lara senkte den Blick. Es stimmte, ihre Handtasche, die sie neben sich auf den Beifahrersitz geworfen hatte, hatte exakt dieselbe Farbe wie das Auto.

»Bis auf den Rost!«, fügte Gina hinzu.

Lara lächelte. Normalerweise liebte sie Ginas Fröhlichkeit, aber heute war sie nicht in der Stimmung für Geplauder. Außerdem fuhr sie, sofern sie ihr Alibi von einem Besuch in der Stadt aufrechterhalten wollte, genau in die falsche Richtung. Ihr Doppelleben hatte noch gar nicht richtig angefangen, und schon leistete sie sich den ersten Patzer.

»Und, meine Dame, wohin des Wegs?«, erkundigte sich Gina mit erhobener Augenbraue.

»Ach, bloß, also …« Doch dann wurde Lara von der Ampelschaltung gerettet.

»Jetzt oder nie!«, rief Gina und haute noch einmal auf den Wagen, als wäre der ein träges Pferd.

Lara löste die Handbremse und fuhr ein wenig schneller los als mit der »Schrittgeschwindigkeit«, die das Schild an der Baustelle vorschrieb.

Als sie die Kreuzung erreicht hatte, an der die Straße zu Stephen von der Main Street abzweigte, warf sie einen Blick in den Rückspiegel, um sich zu vergewissern, dass ihr niemand folgte. Zu ihrem Verdruss standen Gina und ihre Töchter noch immer am Straßenrand und winkten ihr durch den wabernden Hitzedunst hinterher. Es passte zu Gina, zu winken und zu winken, bis die Person, von der sie sich verabschiedete, nicht mehr zu sehen war. Aber darüber hinaus legte es auch die Vermutung nahe, dass sie Verdacht schöpfte.

Doch was machte das schon für einen Unterschied? Während Lara über die sich windende Straße den Berg hinauf und schließlich über das grasbewachsene Plateau am Gipfel fuhr, schüttelte sie ganz allmählich die lähmende Angst vor Konsequenzen ab, die sie in ihrem Leben so sehr gehemmt hatte.

Am höchsten Punkt, von wo aus man meilenweit in die Ferne blicken konnte, wellten sich die Hügel blau in blau unter einem khakifarbenen Himmel. Blitze – so weit weg, dass Lara nicht einmal das Wispern eines Donners hören konnte – zuckten über den am weitesten entfernten Kamm und entluden knisternd ihre Elektrizität in die warme, flanellweiche Luft. Nach Westen schauend, über eine Landschaft von solcher Weite und Leere hinweg, dass die europäische Vorstellungskraft sie gar nicht zu fassen vermochte, kam Lara die Gewissheit, dass auf dieser Erde alles möglich war.

Auf der anderen Seite tauchte sie wieder in den Wald ein und bog nach einer Weile mit knirschenden Reifen von der Kiesstraße auf den Waldweg ab, der sie schließlich bis vor Stephens Tor führte.

Sie las die Zahlenkombination von ihrem Arm ab und tippte sie in das Tastaturfeld ein. Sie fuhr durchs Tor und zwang sich zu warten, bis es sich hinter ihr geschlossen hatte. Dann rumpelte sie – zu schnell für einen Wagen mit derart alten Stoßdämpfern – über die steinige Zufahrt, die zwischen Bäumen hindurch zu dem magischen Haus führte, das Stephen gebaut hatte.

Sie parkte zwischen seinem zerbeulten Wrangler und der hölzernen Garage und stellte den Motor ab. Die Fahrt bei geöffneten Fenstern hatte Straßenstaub ins Auto geweht; und als sie sich die Lippen leckte, schmeckte sie körnigen Sand. Es war das allererste Mal in diesem Land, dass sie nichts hörte. Die Stille war so tief, dass ihr die Ohren klingelten. Kein Insekt, kein Vogel, kein Tier gab einen Laut von sich.

Das musste das herannahende Gewitter sein. Ihr Oberteil war schweißgetränkt, und hinter ihren Augen summte es.

Nicht nur auf Stephens Lichtung war es still, auch im Haus schien sich nichts zu regen. Sämtliche Jalousien und Vorhänge waren geschlossen. Ihr Herzschlag dröhnte in ihrem Kopf. Sie wischte sich den Schweiß von der Oberlippe. Sein Wagen war da, er musste also irgendwo in der Nähe sein. Sie sah sich im Garten um. Der Wald jenseits des Rasens konnte alles und jeden verbergen.

Nichts, nicht einmal das Beben eines Zweiges, ließ erahnen, dass sie etwas anderes betrachtete als eine Fotografie oder das Standbild zu Beginn oder Ende eines Films.

Ein aufzuckender Blitz war der Vorbote eines leisen Donnergrollens. Der Himmel verdunkelte sich, und Lara fühlte sich an die Sonnenfinsternis von 1999 erinnert, die sie – wie so oft allein – mit ihren zwei kleinen Kindern auf einem Campingplatz in Sussex verfolgt hatte.

Dann hörte sie das Geräusch – ein unregelmäßiges Knallen und Knacken wie von brechenden Knochen – der ersten dicken Regentropfen, die sich durch die zähe Luft gekämpft hatten und auf glatten Blättern landeten.

Ihr behagte nicht, dass das Haus so verschlossen wirkte. Sie widerstand dem Drang, sich ins Auto zu setzen, zurückzufahren und alles zu vergessen. Was auch immer sie hier erwartete, sie musste ins Haus gehen.

Sie ging über die Schlangenwiese zur Hintertür und

öffnete sie mit dem Schlüssel, den Stephen ihr überlassen hatte. Die Tür fiel hinter ihr ins Schloss. Draußen war es dämmrig gewesen, doch das Innere des Hauses kam ihr vor wie ein Grab. Sie stand still und wartete, bis ihre Augen sich an die Dunkelheit gewöhnt hatten. Dann sah sie durch die Küche in den Wohnbereich hinüber. Dort, vom Schein einer schwach leuchtenden Tischlampe erhellt, konnte sie die Umrisse einer Gestalt auf dem Ledersofa ausmachen.

Diese Gestalt hatte eine Waffe in der Hand und zielte damit direkt auf sie.

Mit einem Aufflackern von Panik hörte Lara das Klicken, als das Gewehr entsichert wurde. Einen Moment lang musste sie an ihre Begegnung mit dem Bären denken. Die Gefahr jetzt war weitaus größer.

Ein Blitz, der zeitgleich mit einem Donnerschlag kam, verriet ihr, dass das Gewitter direkt über ihnen war. Durch die Ladung in der Luft flackerte die Lampe und erstrahlte einen Augenblick lang in voller Helligkeit. Lara erkannte, dass die bewaffnete Gestalt auf dem Sofa Stephen war.

»Stephen!«, rief sie. »Was ist los?«

»Kommen Sie ins Licht, damit ich Sie sehen kann«, befahl er.

Zögernd trat Lara in den Wohnbereich. Mechanisch nahm sie die Hände hoch. »Stephen, ich bin es, Lara.«

»Lara!« Stephen stieß einen schweren Seufzer aus und sackte in sich zusammen. Das Gewehr fiel polternd zu Boden. Lara blieb wie angewurzelt stehen und wusste nicht, ob sie aus dem Haus fliehen oder zu ihm eilen sollte.

»Ich hätte dich erschießen können. Ich dachte, du wärst …«, rechtfertigte er sich und presste sich die Fäuste gegen die Stirn.

Zitternd ging Lara die sieben Schritte, die nötig waren, um die Entfernung zwischen ihnen zu überbrücken. Dann schob sie vorsichtig das Gewehr beiseite, sank auf die Knie, nahm seine Hände und zog sie ihm vom Gesicht. Unter dem Schmutz, der seine Wangen bedeckte, war seine Haut kalkweiß. In seinen Augen stand die blanke Verzweiflung. Zum allerersten Mal sah sie ihn hilflos, völlig ungeschützt.

»Ich dachte, du wärst sie«, flüsterte er.

»Ich weiß«, sagte sie. »Ich weiß, dass sie hier ist. Seit wir angekommen sind, verfolgt sie mich.«

»Was?« Stephens Blick zuckte zu ihr hoch.

»Betty hat mir gesagt, ich dürfe dir nichts verraten. Es würde dich umbringen, wenn du davon erfährst.« Sie drückte Stephens Hände, als dieser erschrocken Luft holte.

»Betty?«, fragte er.

»Aber ich bin so froh, dass du es jetzt weißt«, fuhr Lara fort. »Jetzt können wir darüber reden. Du bist nicht allein, Stephen. Du hast mich, und zusammen werden wir dafür sorgen, dass diese Elizabeth Sanders hinter Gitter wandert, ein für alle Mal.«

»Ich werde nie gegen sie ankommen.« Er machte sich von Lara los und vergrub das Gesicht in einem Kissen. »Sie ist meiner Fährte quer durch den ganzen Kontinent gefolgt, als wäre ich ein wildes Tier.«

»Aber sieh mal her.« Lara wühlte in ihrer Handtasche nach ihrem iPhone. »Ich habe Beweise.« Sie zeigte Stephen die Fotos, die sie von Sanders und ihrem Wagen aufgenommen hatte.

»So nahe ist sie dir gekommen?«, sagte Stephen fassungslos mit kaum hörbarer Stimme. »Großer Gott, in was für eine Gefahr habe ich dich gebracht?« Er nahm ihr Gesicht in beide Hände. »Lara, wenn dir etwas zustieße, ich würde –« Er stand auf und begann, im Zimmer umherzugehen. »Ich kann nicht fassen, dass Betty mein seelisches Gleichgewicht über deine Sicherheit gestellt hat. Ist ihr nicht klar, wie gefährlich diese Frau ist?«

»Betty wollte, dass wir einen Weg finden, ihr eine Falle zu stellen, damit du erst gar nichts von der Sache erfahren musst. Aber eigentlich hat Sanders mir einen Gefallen getan, indem sie sich dir zu erkennen gegeben hat. Du wirst es nicht glauben, aber sie wollte mir sogar weismachen, du hättest ihr gesagt, sie solle herkommen. Sie ist verrückt. Vollkommen durchgedreht.«

Ein Donnerschlag ließ das Haus erzittern, und Stephen sah sie mit grimmiger Miene an. »Glaub dieser *Person* kein Wort. Sie ist böse, Lara, und sie spielt ein teuflisches Spiel. Und Betty – diese überbesorgte Glucke. Weiß sie nicht, dass ich gut auf mich selbst achtgeben kann?«

»Kannst du das denn?« Lara erhob sich und trat auf ihn zu. »Wenn ich dich jetzt hier so sehe, bin ich mir nicht sicher, ob sie nicht vielleicht recht damit hatte, dich beschützen zu wollen.«

»Aber Nichtwissen ist kein Schutz, im Gegenteil. Und was, wenn dir etwas zugestoßen wäre, Lara? Wie würde es mir dann gehen?«

Er hatte ihr die Hände auf die Schultern gelegt, hielt sie auf Armeslänge von sich und betrachtete sie. Seine Sorge um sie und der Taumel des Augenblicks gaben ihr das Gefühl, als zöge er an einem Band, dessen Enden tief in ihnen beiden verwurzelt waren. Sie wollte ihn nach weiteren Einzelheiten fragen: wie er herausgefunden hatte, dass Sanders hier war; ob sie jetzt in diesem Moment gerade irgendwo draußen zwischen den dichten Bäumen lauerte. Doch all das kam ihr vollkommen unwichtig vor, als ihre Körper sich unaufhaltsam aufeinander zubewegten.

»Darauf habe ich so lange gewartet, Lara«, sagte er heiser.

»Schh«, machte sie, streckte die Hand aus und zog seinen Kopf zu sich herab, bis sich ihre Lippen berührten, Als er vor ihr auf die Knie sank, hatte sie Angst, auf Nimmerwiedersehen davonzuschweben.

»O Gott«, hauchte er und drückte sein Gesicht an ihren Bauch. Das Geräusch von Wassertropfen auf Holz wurde immer lauter. Der Regen trommelte aufs Dach, aber das Einzige, was Lara hörte, war Stephens kurzer, flacher Atem.

Er löste sich von ihr und begann, ihr langsam und zärtlich ein Kleidungsstück nach dem anderen auszuziehen. Niemals zuvor hatte jemand sie so restlos enthüllt. Irgendwann stand sie nackt vor ihm. Mit einem Ausdruck kindlichen Staunens sah er zu ihr auf.

»Du bist so schön«, sagte er. »Sogar noch schöner als in meiner Erinnerung. Schöner als in meinen Träumen.«

Lara schloss die Augen. Niemand hatte ihr gesagt, dass sie schön war. Seit Jahren nicht.

Er streckte die Hand aus, strich ihr über die Hüfte den Schenkel entlang, und winzige Stiche der Lust prickelten in jedem Zentimeter ihres Körpers, den er berührte.

»So weich«, fügte er hinzu. »Überall ganz weich.« Erneut schmiegte er seine Wange an ihren Bauch, diesmal Haut an Haut, und sie fiel – nein, sie sank – zu Boden.

»Ich liebe dich, Lara. Ich habe dich immer geliebt und werde dich immer lieben.«

Dass sie bei ihm war und er sie so sehr verehrte – sie fragte sich, ob sie es träumte. Doch dann glitt seine Hand zwischen ihre Beine, und ihr ging auf, wie real, wie greifbar es tatsächlich war.

»Ich liebe dich auch«, sagte sie. »Ich habe dich auch immer geliebt, und ich werde dich auch immer lieben.«

Die nächste Stunde erlaubte er ihr nicht, ihn zu berühren. Er huldigte jedem Zentimeter ihres Körpers, jedem Winkel, jeder verborgenen Kurve. Das war es, woran sie sich erinnerte. Das war es, wonach sie sich gesehnt hatte. Dann, als sie sich schon nicht mehr vorstellen konnte, noch mehr Lust zu empfinden, legte auch er seine Kleider ab. Nur sein Unterhemd behielt er an. Im Stehen hob er sie langsam hoch, bis sie ihn in sich aufnehmen konnte.

So standen sie da, miteinander verschmolzen, regungslos, erfüllt, bis sie es nicht länger aushielten. Wie auf ein unsichtbares Signal hin bog Lara den Rücken durch, und er sank mit ihr aufs Sofa, wo sie sich wild liebten, bis sie wenige Minuten später gemeinsam kamen.

Das war es, was sie wollte. Sie wusste es genau. Sie wollte, dass er sich tief in ihr Innerstes bettete, eins mit ihr wurde, sein Erbgut in ihren gerade erst entleerten Schoß pflanzte.

Eng umschlungen glitten sie zu Boden, während er ihr letztes Zucken und Beben auskostete. Draußen hatte der Wind aufgefrischt, und die Zweige der Bäume rieben gegen die Hauswände wie tausend kratzende Finger. Ein erneuter Blitz mit gleichzeitigem Donnerschlag ließ sie in einem allerletzten gemeinsamen Schauer zusammenfahren.

»Willkommen zu Hause«, sagte sie. Und dann war alles andere vergessen, während sie sich endlich wieder im Arm hielten und in einen kurzen, aber tiefen Schlaf sanken.

»Erzähl mir, wie du herausgefunden hast, dass Sanders hier ist«, bat Lara einige Zeit später, als sie auf Stephens Brust lag, auf seinen Herzschlag lauschte und versuchte, mit ihm im Gleichklang zu atmen.

»Ein Vorschlag.« Stephen regte sich. »Wir gehen zusammen raus, und ich zeige dir, womit wir es hier zu tun haben.« Er stand auf und zog sich an. Dann half er ihr mit ihren eigenen Kleidern, wobei er jeden Körperteil zum Abschied küsste, bevor er ihn verhüllte.

Das Gewitter war viel schneller vorüber gewesen, als es aufgezogen war. Als sie auf die regennasse hintere Veranda hinaustraten – Stephen trug das Gewehr über der Schulter –, hörte Lara leise das sich entfernende Grummeln des Donners. Die Wolken, die teils aus dem Dampf bestanden, der von den Bäumen aufstieg, hatten sich fast vollständig verzogen und gaben den Blick auf einen rotgoldenen und orangefarbenen Himmel frei, das Vorspiel zu einem spektakulären Sonnenuntergang. Um sie herum und zu ihren Füßen wagten sich kriechende und hüpfende Tierchen aus ihren Schlupfwinkeln, um aufs Neue mit ihrem Konzert zu beginnen. Die Luft, aus der der Regen die Schwere gewaschen hatte, war erfüllt von dem scharfen Geruch frischer, feuchter Erde.

Lara kam sich vor wie ein Baby, nachdem es ins Taufbecken getaucht worden war.

»Wo wollen wir denn hin?«, fragte sie.

»In den Wald«, antwortete Stephen. »Wir nehmen die hier mit.« Er nahm eine Taschenlampe vom Stiefelregal auf der Veranda. »Wenn wir zurückkommen, ist es vielleicht schon dunkel.«

»Hältst du es für klug, da rauszugehen?« Im Kontrast

zum glitzernden Gras wirkten die Bäume schwärzer denn je, fand Lara.

»Entgegen Bettys Auffassung bin ich sehr wohl in der Lage, uns zu beschützen.« Stephen legte einen Arm um sie, drehte sie herum und deutete auf die Bäume. »Ich kenne diese Wälder wie meine Westentasche. So wie ich dich kenne.« Lara stellte sich auf die Zehenspitzen und zog seinen Mund zu ihrem herab. Als sie sich küssten, spürte sie, wie seine Hand unter ihr rotes Trägerhemd und zu ihrer Brust wanderte.

»Komm«, sagte er, und seine Stimme war heiser. »Am besten, wir machen uns gleich auf den Weg. Sonst ist es wirklich bald dunkel.«

»Außerdem habe ich gesagt, dass ich um acht zurück bin.« Es war bereits halb sieben, und die Fahrt nach Trout Island dauerte eine gute halbe Stunde.

»Ich sorge schon dafür, dass du rechtzeitig nach Hause kommst«, versprach er.

»Ich will hier gar nicht weg.«

»Ich weiß.«

Genau wie tags zuvor auf dem Weg zum Blaubeerpflücken kletterten sie durch den Wald den Hang hinauf, nur dass Jack diesmal nicht bei ihnen war und sie Arm in Arm gehen konnten. Das Unterholz und die Blätter über ihnen waren nass vom Regen. Sie wuschen ihnen die Beine und ließen Schauer auf ihre Köpfe niederregnen, wann immer sie stehen blieben, um sich zu küssen.

»Was, wenn sie uns sieht?«, fragte Lara. »Wenn sie uns beobachtet?«

»Soll sie ruhig. Weißt du was? Zum ersten Mal, seit sie

angefangen hat, mich zu belästigen, habe ich keine Angst mehr vor ihr. Ich fühle mich …«, er atmete die reingewaschene Luft ein, »… ich fühle mich unbesiegbar.« Er drehte sich zu Lara um, nahm sie auf den Arm und wirbelte sie lachend im Kreis herum. »Du hast einen Supermann aus mir gemacht!«

Lara glaubte ihm. Wie konnte man sich an seiner Seite nicht sicher fühlen?

Sie marschierten weiter, auf die Kuppe des Hügels zu.

»Du kannst dir gar nicht vorstellen«, sagte er und half ihr über einen dicken Ast, den der Sturm abgerissen und auf den Weg geworfen hatte, »wie unruhig ich war, seit wir uns gestern verabschiedet haben. Ich konnte mich auf nichts konzentrieren.«

»Ich glaube, ich habe eine ungefähre Ahnung davon«, gab sie zurück.

»Ich hatte die ganze Zeit das Gefühl, dass ich mich auf deinen Besuch vorbereiten muss. Ein Gemach herrichten, ein Festmahl zubereiten. Aber ich weiß auch, dass wir beide, du und ich, gar kein großes Drumherum brauchen.«

Er blieb stehen, um eine kleine Walderdbeere zu pflücken, die er zu seinen Füßen entdeckt hatte. Er drehte sich zu Lara und legte sie ihr auf die Zunge.

»Also bin ich fast die ganze Zeit draußen gewesen. Ich war zweimal lange joggen. Ich habe Holz gehackt, Unkraut gejätet und meine Tomaten geerntet. Ich habe ein paar Büsche gerodet und eine Trockenmauer repariert. Ich habe alles Mögliche gemacht, um nicht zu explodieren. Und dann bin ich losgezogen, um zu sehen, ob ich vielleicht dem Bär noch einmal begegne. Damit ich ein, zwei Fotos von ihm schießen kann.«

»Damit du ihn noch mal bezwingen kannst.« Lara drückte seine Hand.

»Ich muss doch sehr bitten. Ich wollte nur ein paar Bilder machen«, erwiderte Stephen. »Aber er hat sich nicht blicken lassen. Also dachte ich mir, wenn ich schon mal da oben bin, kann ich gleich eine Runde in meinem Teich schwimmen gehen – ich zeige ihn dir bald. Und auf dem Weg dorthin habe ich bei dem verfallenen Haus vorbeigeschaut – das, von dem ich dir erzählt habe.«

Sie hatten die Blaubeerlichtung erreicht und standen eine Zeitlang schweigend da. Sie sahen weder den Bären noch sonst etwas Beunruhigendes. Nichts raschelte im Gehölz, keine Zweige knackten am Waldboden. Es schien, als wären sie ganz allein.

Sie gingen weiter und tauchten auf der anderen Seite der Lichtung erneut in den Wald ein. Hier führte der Pfad im Zickzack einen steilen Abhang hinunter.

»Noch eine halbe Meile, dann kommen wir zum schönsten Schwimmteich im ganzen Staate New York«, verkündete Stephen, während ihre Schuhe durch jahrzehntealte Laubschichten raschelten. »Er wird von einer Quelle gespeist, und es ist das frischeste, klarste Wasser, in dem du je geschwommen bist.«

Er bog einen niedrig hängenden, dicht belaubten Zweig zurück. »Ich habe das hier entdeckt.« Er deutete auf ein eingeschossiges Steinhaus, das auf einer terrassenförmigen Erdaufschüttung stand. Wo früher Fenster und Türen gewesen waren, gähnten jetzt offene Löcher, aber das Dach war noch intakt. Eine ums Haus herum verlaufende Trockenmauer markierte die Grundstücksgrenze. Diese Mauer war es auch, die die Vegetation auf Abstand gehalten hatte, wenngleich aus einer der Fensteröffnungen ein Ahornschössling emporwuchs.

»Brr.« Lara schauderte.

»Schau dich mal drinnen um.« Stephen leuchtete mit der Taschenlampe in den Türeingang.

Als Lara ins Innere des Hauses spähte, sah sie einen fleckigen Schlafsack, eine alte Feuerstelle mit Überresten eines vor kurzem abgebrannten Feuers, einen Haufen leerer Lebensmittelverpackungen und Einwickelpapiere sowie einen großen Plastikkanister, voll mit Trinkwasser. Auf dem Fußboden waren, aus Zweigen und Blättern geformt und von einem Herz aus kleinen Steinen umschlossen, die Buchstaben *ES + SM* zu lesen. Doch was Lara endgültig die Nackenhaare zu Berge stehen ließ, waren die aus Vogelschädeln, Knochenresten und Wurzelfasern gebastelten Puppen. Die größere der beiden hatte einen Stoffstreifen von Stephens Hemd um den Bauch gewickelt – das Hemd, das aus dem Waschsalon gestohlen worden war. Die kleinere trug einen Fetzen von Laras grünem Top. Lara schaute zu Stephen, der hinter ihr ins Haus getreten war.

»Ich habe es gewaschen und zum Trocknen nach draußen gehängt, am Tag, nachdem ihr zum ersten Mal bei mir wart«, erklärte er, weil er die Frage in ihrem Blick gelesen hatte. »Dann war es auf einmal verschwunden. Erst dachte ich, der Bär hätte es sich geschnappt. Ich hatte den Weinfleck sogar rausbekommen.«

Erneut warf Lara einen Blick auf die Puppen. Jeder steckten sechs große Dornen in der Brust.

»Stacheln der Igelkraftwurz. Die wächst hier in meinem Wald überall«, klärte Stephen sie auf.

»Was meinst du, wie lange haust sie hier schon?«

»Ich bin vor ungefähr zehn Tagen auf dem Weg zum Schwimmen hier vorbeigekommen, da war alles noch verlassen. Das hier ist ganz neu. Dieses verdammte Miststück.« Einen Augenblick lang schien er die Kontrolle über sich zu verlieren. Er trat mit dem Fuß nach dem Steinherz und den Vogelschädelpüppchen, nach dem Schlafsack und dem Wasserkanister.

»Beruhige dich.« Lara legte ihm eine Hand auf die Schulter. »Du vernichtest die Beweise.«

Er sah sie mit loderndem Blick an.

»Sie will uns fertigmachen.« Er riss sich von Lara los und stürmte nach draußen in den düsteren Wald.

»Komm raus, Sanders!«, brüllte er und legte das Gewehr an. »Komm raus und zeig dich!«

Die einzige Antwort war Stille.

»Ich will jetzt zum Haus zurück«, bat Lara und legte ihm erneut besänftigend die Hand auf den Arm. Es wurde rasch dunkler – die wenigen Fetzen Himmel, die zwischen den Bäumen durchschimmerten, färbten sich bereits von Rosa zu Grau. Selbst mit Stephen an ihrer Seite verspürte sie nicht das Bedürfnis, draußen im Wald zu sein, wenn der letzte Rest Tageslicht verschwand und sie im Stockdunkeln zurückblieben.

»Ja«, sagte er, und die Art und Weise, wie er sich umschaute, verriet ihr, dass auch er sich nach dem Schutz seiner vier Wände sehnte.

Schweigend bahnten sie sich ihren Weg zurück durch Dornengestrüpp und Unkraut, das seit ihrem Aufbruch hinter ihnen in die Höhe geschossen zu sein schien.

Stephen hatte sein Gewehr im Anschlag wie ein Soldat, der durch den Dschungel pirscht. Genau wie in seiner Rolle in dem Vietnam-Film, für die er den Oscar bekommen hatte. Lara leuchtete ihnen mit der Taschenlampe. Die Zeit drängte. Bald musste sie sich auf den Weg nach Trout Island machen. Sie wollte nicht zurück. Sie wollte bei Stephen bleiben, und sie wollte ihn nicht allein lassen, solange *diese Frau* irgendwo zwischen den Bäumen herumschlich und ihn beobachtete.

Außerdem sah sie sich nicht in der Lage, allein in ihrem unzuverlässigen Auto den dunklen Berg hinunterzufahren, zumal da immer noch ihre alte Angst war, sie könnte urplötzlich im Rückspiegel ein Paar böse Augen aufblitzen sehen. Daheim in England, auf den freundlichen grünen Straßen der Home Counties, war es für sie schon schlimm genug, nachts unterwegs zu sein. Aber inmitten einer Natur, die als Kulisse für Tausende von Leinwandalpträumen gedient hatte, und im Wissen, dass eine echte, lebendige Geisteskranke hier draußen ihr Unwesen trieb, würde sie es niemals schaffen. Sie würde unterwegs vor lauter Angst einen Nervenzusammenbruch erleiden.

Deshalb sagte sie, als sie seine Veranda erreicht hatten und er sie an sich zog und bat, noch ein wenig länger zu bleiben, sofort ja.

Er schloss die Tür auf, und sie gingen hinein. Er machte kein Licht. Mit Hilfe der Taschenlampe lotste er sie ins Wohnzimmer und zog sie neben sich auf die große Ledercouch. Sie schmiegte sich fest an ihn und drückte den Kopf an seine Brust.

»Erzähl mir von ihr. Erzähl mir, was sie dir angetan hat.«

Sie streckte wie er die Beine aus und lauschte seiner tiefen Stimme.

»Angefangen hat alles mit anonymen Textnachrichten.

Zuerst waren sie nicht besonders bedrohlich – ich wurde für meine Arbeit gelobt und so weiter. Ein bisschen merkwürdig fand ich sie schon, weil ich nicht wusste, wer die Absenderin war, aber so was kommt vor. Wenn man im Filmgeschäft ist, schließt man einen Pakt mit dem Teufel. Es gehört einfach dazu. Genauso wie es dazugehört, dass man nicht mehr über die Straße gehen kann, ohne von Fremden angesprochen oder um ein Autogramm gebeten zu werden. Manchmal möchte man sich nicht mit den Leuten abgeben, aber man muss freundlich bleiben, höflich. Mit der Zeit wurden die Inhalte dann zunehmend persönlicher – es ging um meinen Körper und darum, was diese Unbekannte gerne mit mir gemacht hätte. Ich habe sie ignoriert, weil ich dachte, irgendwann würde die Frau schon das Interesse verlieren und aufhören, aber mein Schweigen hat sie scheinbar nur noch mehr angestachelt. Schließlich fand ich immer öfter handgeschriebene Zettel an meiner Haustür. Sie waren in grünen Großbuchstaben geschrieben, und der sehr spezielle Stil und die fragwürdige Rechtschreibung haben mir sofort verraten, dass sie von derselben Verfasserin stammen mussten wie die SMS. Die Zettel hingen sogar an der Tür meines Wohnwagens, wenn ich zu Dreharbeiten war, oder klemmten hinter den Scheibenwischern meines Wagens.«

»Wie unheimlich.« Lara streichelte seinen wunderschönen Unterarm, an dem sich jeder einzelne schlanke Muskel deutlich abzeichnete. Als könne sie sein innerstes Wesen unter ihren Fingerspitzen spüren.

»Du sagst es.« Er drückte seine Lippen in ihr Haar. »Aber dann wurden die Nachrichten immer übergriffiger – dieses oder jenes Hemd würde mir nicht stehen, ich sollte bei

Ugo's zum Abendessen lieber etwas anderes bestellen … Auf einmal lagen Sachen vor meiner Haustür: Whiskyflaschen, Pralinen, Blumensträuße, Teddybären. Teddybären! Ich bekam Pizza, Bücher und Kleidung geliefert, die ich nie bestellt hatte. Ich habe dreimal die Telefonnummer gewechselt und einen Sicherheitsmann eingestellt, der mein Tor bewachen sollte, aber irgendwie hat sie immer Mittel und Wege gefunden, mir nahe zu kommen. Und durch meine Versuche, sie loszuwerden, habe ich sie natürlich nur noch wütender gemacht. Die Nachrichten schlugen in Drohungen um, und die Geschenke wurden bösartig – mehrere Tonnen Mist, die in meiner Toreinfahrt abgeladen wurden, zwei Dutzend verwelkte Rosen, eine Godiva-Pralinen-Schachtel voll mit etwas, das aussah wie menschliche Exkremente.«

»Igitt.«

»So langsam setzten mir ihre Unerbittlichkeit und Bösartigkeit immer stärker zu. Ich habe ein Abendessen abgesagt, bei dem ich eine Rede halten sollte, weil ich Angst hatte, in der Öffentlichkeit aufzutreten. Ich wurde allmählich paranoid, was die Sicherheitsmaßnahmen der Studios anging, in denen ich gearbeitet habe.«

»Und die Polizei konnte dir nicht helfen?«

»Sie hatten ja fast nichts in der Hand. Sie war wirklich schlau, so gut wie unsichtbar. Niemand hat sie auch nur ein einziges Mal zu Gesicht bekommen. Und dann –« Er verstummte und holte tief Luft, wie um sich zu sammeln.

»Und dann?«

»Hatte ich kurz hintereinander mehrere Unfälle. Ein Außenstehender hätte vielleicht Pech oder Unvorsichtigkeit dafür verantwortlich gemacht – das war zumindest die

Ansicht der Polizei. Und es stimmt ja auch, dass ich nicht mehr bei klarem Verstand war. Aber ich bin mir ganz sicher, dass sie ihre Finger dabei im Spiel hatte. Bevor sie aufgetaucht ist, ist mir nie etwas Vergleichbares passiert.«

»Was denn zum Beispiel?«

»Mir ist ein Reifen geplatzt, gerade als ich von meinem Grundstück in den Mulholland Drive eingebogen bin. In einer Kurve am Berghang. Es war pures Glück, dass ich nicht abgestürzt bin. Ich habe eine hohe Terrasse, die vom ersten Stock meines Hauses aus übers Tal ragt.« Er benutzte die Hände, um ihr die Konstruktion zu veranschaulichen. »Du wirst sie eines Tages zu sehen bekommen, sie wird dir gefallen. Eine der hölzernen Stufen, die vom Pool zur Terrasse nach oben führen, hat nachgegeben, als ich gerade hochkam. Ich bin gestürzt und habe mir den Knöchel gebrochen. Genauso gut hätte es das Genick sein können. Dann hatte ich eine Lebensmittelvergiftung, wegen der ich drei Tage im Krankenhaus liegen musste. Und eines Abends habe ich den Grill angezündet, und dabei ist das hier passiert.«

Er drehte sich zu ihr herum, und Lara richtete sich auf, um ihm dabei zuzusehen, wie er das T-Shirt anhob und seine Brust entblößte. Seine Haut, die früher glatt, straff und golden gewesen war, glänzte jetzt unnatürlich und hatte weiße und dunkelrote Flecke. Lara streckte die Hand aus und berührte die Narben. Er hielt ihre Hand auf seiner verbrannten Haut fest und sah sie an.

»Die Polizei hat mir geraten, mich wegen des Vorfalls an den Hersteller des Grills zu wenden. Und beim Kochen auf offener Flamme nicht zu viel Champagner zu trinken. Die einzige Frau mit Namen Elizabeth Sanders, die sie in L. A.

ausfindig machen konnten, war eine verhutzelte Neunundachtzigjährige mit absolut blütenweißer Weste. Das konnte sie nicht sein. Es war ein falscher Name, und sie war unauffindbar.«

»Du Armer!« Lara legte den Kopf an seine Brust und strich mit den Fingerspitzen über die zerklüftete Landschaft seiner Narben.

»›Wenn ich dich nicht haben kann, dann soll dich niemand haben‹ – das war die Botschaft, die mir endgültig den Rest gegeben hat. Ich habe massenweise Schmerzmittel geschluckt – mein Fuß war immer noch nicht wieder voll belastbar, und wegen der Verbrennungen musste ich mehrere Hauttransplantationen über mich ergehen lassen –, und dazu habe ich Alkohol getrunken. Das war keine gute Mischung. Ich bin nicht mehr vor die Tür gegangen. Ich wurde buchstäblich zum Gefangenen in meinem eigenen Haus. Ich habe mich so einsam gefühlt, Lara.«

»Du Armer! Mein armer Liebster!« Lara legte den Arm um ihn und drückte ihn fest an sich.

»Damals war Betty die Einzige, der ich mich anvertrauen konnte. Sie war mein Fels in der Brandung. Sie hat mich auch nach der Überdosis gefunden.«

»Überdosis?«

»Sie hat dafür gesorgt, dass nichts an die Öffentlichkeit dringt. Trotzdem hätte ich gedacht, dass die Sache wenigstens ihren Weg in die diversen Gerüchteküchen des Internets gefunden hat.«

»Ich habe nie was von einer Überdosis gehört.«

»Na ja, sagen wir einfach, zu dem Zeitpunkt habe ich in meinem Leben keinen großen Sinn mehr gesehen. Betty hat mich zum Entzug nach Utah gebracht, und als ich wieder rauskam, haben sie und James vorgeschlagen, ich solle doch hierherziehen und eine Weile von der Bildfläche verschwinden. Sie hat sogar dieses Grundstück für mich gefunden. Ich bin also mehr oder weniger wortwörtlich abgetaucht. Nicht mal mein Management weiß, wo ich mich derzeit aufhalte. Ich hätte niemals gedacht, dass Sanders mich finden würde. Aber jetzt ist sie hier, und ich muss weg. Ich gehe nach Mexiko. Oder nach Europa.«

»Dann hätte sie doch gewonnen. Stephen, wir müssen dem ein Ende machen. Wir müssen der Polizei alles sagen und dafür sorgen, dass sie verhaftet wird – wenigstens für unerlaubtes Betreten. Damit kommen wir doch auf jeden Fall durch.«

»Stimmt. Hierzulande nimmt man Vergehen gegen das Eigentumsrecht sehr viel ernster als Gewaltdelikte.«

»Wir dürfen uns nicht vertreiben lassen.« Lara setzte sich auf und sah ihm in die Augen. »Was auch geschieht.«

»Ich mag, wie das klingt – ›wir‹.« Er schloss die Augen und lehnte seine Stirn gegen ihre. »Bleib heute Nacht bei mir, Lara.«

»Und was soll ich Marcus sagen?«

»Sag ihm, das Gewitter hätte einen Baum entwurzelt. Sag, die Straße wäre unpassierbar. Das ist letztes Jahr wirklich passiert. Ich habe vier Tage lang hier oben festgesessen. Es ist absolut glaubhaft. Ich brauche dich hier, Lara. Auf so vielfältige Weise.«

»Ich habe also meine Handtasche bei Stephen liegen lassen, als ich gestern mit Jack zum Blaubeerpflücken hier war, und deswegen konnte ich heute nicht gleich in die Stadt fahren, weil ich mein Portemonnaie ja nicht hatte, sondern musste erst hierher, um es zu holen. Und dann ging auf einmal das Gewitter los. Habt ihr unten im Ort auch was abbekommen?« Sie wickelte sich das Kabel von Stephens Bürotelefon um die Finger.

»Ja«, sagte Marcus. Sein Unmut, dass er sich nun ganz allein um Jack kümmern musste, war durch die Leitung deutlich zu spüren.

»Nachdem das Gewitter vorbei war, bin ich gleich losgefahren, aber ungefähr eine Meile von Stephens Haus entfernt ist eine riesige Eiche umgestürzt und blockiert die Straße. Also bin ich umgekehrt, und Stephen hat irgendeine Notrufnummer angerufen. Da haben sie gesagt, dass die Straße bis morgen früh wieder frei ist. Er hat mir angeboten, bei ihm zu übernachten.«

Stephen reichte ihr ein Glas Wein und hob fragend die Brauen.

»Das ist aber nett von ihm«, erwiderte Marcus.

Lara reckte den Daumen in die Höhe.

»Er ist wirklich ein echter Freund«, fuhr Marcus fort.

»Ich komme zurück, sobald die Straße wieder passierbar ist.«

»Das will ich doch hoffen. Und was mache ich morgen früh mit Jack, wenn ich zur Probe muss?«

»Hör mal, das Ganze ist nicht meine Schuld«, sagte Lara. Sie war tatsächlich entrüstet. »Lass dir von Bella oder Olly helfen. Oder geh zu Gina und frag sie. Ich bin sicher, sie wird gerne einspringen.«

»Na schön«, hörte sie ihn seufzen. »Irgendwie werde ich es schon hinkriegen.«

»Dann also bis morgen Abend«, sagte sie.

»In Ordnung. Und, Lara?«

»Ja?«

»Ich weiß, dass Mr Molloy ein weltberühmter Filmstar ist, aber kein Gefummel, verstanden? Sonst schicke ich die Jungs vorbei.«

Eine Sekunde lang war Lara verunsichert. Dann gab sie sich einen Ruck. »Was, Olly und Jack?«, fragte sie. »Da schlottere ich ja vor Angst.«

»Mach's gut, Schatz«, verabschiedete er sich. »Und zerbrich dir wegen uns nicht den Kopf. Ich habe die Sache im Griff.«

»Und, wie war's?« Stephen streckte die Arme nach ihr aus, als sie zu ihm ins Wohnzimmer kam.

»Anstrengend«, antwortete sie. »Seine allererste Reaktion war ›Und was soll ich jetzt machen?‹, nicht ›Du Arme, ich hoffe, es geht dir gut‹.«

»Du Arme. Ich hoffe, es geht dir gut«, sagte Stephen, richtete sich auf und zog sie an sich, so dass sie rittlings auf ihm saß.

Später nahmen sie zusammen ein langes Bad in einer in den Boden eingelassenen Wanne, die Lara noch nicht gesehen hatte.

»Ich habe davon geträumt, das mit dir hier drin zu machen«, gestand er, als sie auf ihm lag und ihre Körper im duftenden, schaumigen Wasser übereinanderglitten.

»Ich liebe alles an dir«, sagte er, drehte sie herum und küsste die Schwangerschaftsstreifen, die sich über die Oberseiten ihrer Brüste und ihren Bauch zogen. »Daran hat sich nichts geändert.«

»Geh nie wieder zurück«, murmelte er, als er sie nackt zu

seinem großen Doppelbett führte. »Geh nie wieder zu ihm zurück.« Er bat sie, sich lang auszustrecken, und begann, sie sanft von den Zehen bis zum Haar zu streicheln. Sie war wie betäubt vor Lust. Noch nie hatte jemand sie so vergöttert.

38

Lara, die es gewohnt war, in aller Frühe von Jack geweckt zu werden, öffnete nach zu wenig Schlaf die Augen und stellte fest, dass sie mit dem Gesicht an Stephens vernarbter Brust lag. Es dauerte mehrere Minuten, bis ihr klar wurde, wo sie war und dass sie die letzten vierzehn Stunden nicht geträumt hatte. Sie lauschte seinen gleichmäßigen, satten Atemzügen, während sich ihrer beider Körperwärme mit der kühleren Luft des Schlafzimmers vermischte. Ein klarer Himmel und dazu der regennasse Wald hatten für eine beinahe schon kalte Nacht gesorgt, aber das war ihnen kaum aufgefallen.

In diesem frischen Morgenlicht wusste Lara nur eins: Hier war ihr Zuhause, und hier wollte sie bleiben. Sie lag ruhig da, bemüht, ihn nicht aufzuwecken, während sie über alles nachdachte. Jack würde bei ihr und Stephen hier draußen im Wald leben. Sobald Sanders das Handwerk gelegt worden war, würden sie zurück nach L. A. ziehen. Bella und Olly würden, solange sie ihren Abschluss noch nicht hatten, das Schuljahr über bei Marcus bleiben, danach konnten sie sich aussuchen, ob sie lieber in Amerika oder in England studieren wollten. Ihr kam alles so einfach, so klar vor, als sie an diesem ersten gemeinsamen Morgen in Stephens Armen im Bett lag.

Natürlich hatte sie ihr Versprechen Betty gegenüber

gebrochen und sich nicht zurückgehalten. Andererseits hatte sich Bettys Auffassung, Stephen dürfe nichts von Elizabeth Sanders erfahren, ja auch als falsch erwiesen. Es wäre viel besser gewesen, wenn Lara ihn schon früher ins Vertrauen gezogen hätte. Außerdem hätte nicht einmal Betty mit ihrem Blick wie Stahl das abwenden können, was zwischen ihr und Stephen hatte passieren müssen.

»Na, du?«, sagte Stephen, rollte sie auf den Rücken und lächelte bis in ihr innerstes Wesen hinein.

»Ich habe ein Problem«, bekannte Lara, als sie sehr viel später gemeinsam aus der Dusche stiegen. »Ich kann nichts sehen.«

»Was meinst du damit?« Stephen hüllte sie in ein flauschiges weißes Handtuch, das ihr von den Schultern bis zum Fußboden reichte.

»Ich habe keine frischen Kontaktlinsen mitgebracht, und meine alten musste ich gestern Abend rausnehmen. Ich dachte, ich hätte noch welche in meiner Tasche, aber ich habe mich getäuscht. Ohne Linsen kann ich nicht Auto fahren.«

»Warum würdest du das auch wollen?«, fragte Stephen und rubbelte sie sanft mit dem Handtuch trocken.

Später, nach einem Frühstück, bestehend aus Blaubeeren und selbstgemachtem Sahnejoghurt, schlüpfte Stephen in das Kostüm des langhaarigen Sam Miller, nahm sein Gewehr und küsste Lara auf die Lippen.

»Es dauert nicht lange«, versprach er.

»Wo willst du denn hin?«

»Ich muss ein Päckchen von der Post im Ort abholen. Wichtige Unterlagen. Ich bin ganz schnell wieder da. Bleib einfach im Wohnzimmer, lass die Vorhänge zu und geh nicht nach draußen.«

»Ich kann nicht alleine hierbleiben«, protestierte sie, und es war ihr voller Ernst. »Kannst du nicht Trudi Staines bitten, das Päckchen für dich abzuholen?«

»Sie geht nicht ans Telefon«, erwiderte Stephen rasch. »Und ich brauche das Päckchen sofort.«

»Oh«, sagte sie.

»Du Arme.« Er schloss sie in die Arme. »Du fürchtest dich, stimmt's?«

»Ja.« Sie lächelte zu ihm auf.

»Du könntest natürlich mitfahren. Sofern …«

»Sofern?«

»Wenn wir nach Trout Island kommen, müsstest du dich verstecken. Und ich muss vorsichtig sein. Wir wollen ja nicht, dass jemand merkt, dass es den umgestürzten Baum auf der Straße gar nicht gibt.«

Also fuhren sie mit offenem Verdeck den Berg hinunter. Kurz vor dem Ort hielt Stephen am Straßenrand an. Lara kletterte auf den Rücksitz, und er reichte ihr das Gewehr.

»Ich will das nicht haben«, sagte sie.

»Es ist aber besser, wenn du es nimmst. Es ist gesichert, keine Sorge.« Er breitete eine Decke über sie und fuhr weiter in den Ort hinein. Lara fühlte sich beengt und schwitzte unter der Decke, aber es war besser, als ganz allein in Stephens Haus zu sitzen. Irgendwann kam der Wrangler zum Stehen.

»Wir sind jetzt vor dem Postamt. Bleib unten«, bat Stephen, als er aus dem Wagen stieg. »Es dauert nur zwei Minuten.«

Während Lara unter der Decke lag und versuchte, sich

so wenig wie möglich zu bewegen, hörte sie plötzlich zwei vertraute Stimmen, die immer näher kamen.

»Was ist ein Verräter?«, sagte Marcus.

»Was ist ein Verräter?«, wiederholte Jack.

»Nun, einer, der schwört und es nicht hält«, antwortete Marcus, eine Frauenstimme nachahmend.

»Und sind alle Verräter, die das tun?«, fragte Jack, und Laras Herz krampfte sich zusammen.

»Jeder, der das tut, ist ein Verräter und muss aufgehängt werden«, fuhr Marcus in der Frauenstimme fort.

»Müssen denn alle ...«, sagte Jack. Er stockte. »Ja. Jetzt weiß ich's wieder ... aufgehängt werden, die es nicht halten und schwören?«

»JAWOHL!«, donnerte Marcus, und Jack kicherte. »Aber es heißt ›schwören und es nicht halten‹, Jacko«, erklärte Marcus, nun wieder in seiner eigenen Stimme.

»Aber ich war doch gut, oder, Dad?«, wollte Jack wissen. »Ich hab meinen Text gelernt.«

»Wie ein Profi«, lobte Marcus. »So gut wie dein alter Vater.«

»Sieh mal!«, rief Jack. Seine Stimme war ganz nah, zu nah. »Stephens Auto.«

»Was?«, sagte Marcus. Lara konnte sein Aftershave riechen, als er sich in den Wagen beugte. Ein Schweigen folgte, so lang wie ein ganzes Leben. Lara hielt den Atem an und betete, Stephen möge nicht jetzt aus dem Postamt kommen.

»Nein. Das kann gar nicht Stephens Wagen sein, Jacko. Stephen sitzt mit Mummy zusammen oben auf dem Berg fest, schon vergessen? Der arme Kerl.«

»Aber schau doch mal, Daddy. Stephens Dellen«, beharrte Jack, und seine Stimme wurde ein wenig leiser, als er in die Hocke ging, um auf die zerbeulte Seite des Wagens zu zeigen, wo Sanders sie, beim Versuch, sie von der Straße zu drängen, gerammt hatte. Einen Augenblick lang vergaß Lara ihre brenzlige Lage, weil ihr der verwirrende Gedanke durch den Kopf schoss, dass Stephen nicht einmal auf die Idee gekommen war, Sanders könnte hinter der Sache gesteckt haben. Oder hinter dem Vorfall im Waschsalon.

»Schau doch mal, Daddy.«

Sei still, Jack, flehte Lara.

»Das kann nicht Stephens Wagen sein«, sagte Marcus mit Nachdruck. »Hier gibt es haufenweise solche Jeeps. Und ich wette, jeder von denen ist voller Kratzer und Dellen wegen der vielen Geländefahrten, die ihre kernigen Besitzer in ihnen unternehmen. Komm, Jacko, wir müssen jetzt langsam weiter. Sonst kommt Daddy zu spät zur Arbeit.«

»Aber …«

»Kein Aber. Gina wartet, und ich will mich nicht verspäten.«

»Aber wann ist Mummy denn wieder da?«

»Früh genug, um dir dein Abendessen zu machen.«

Lara musste sich zwingen, nicht vor Erleichterung laut aufzuseufzen, als die beiden zu Ginas Haus weitergingen. Zum Glück hatte Jack, wie jeder kleine Sohn, der zu seinem Vater aufschaut, dessen Irrtum geglaubt. Ausnahmsweise einmal freute sich Lara, dass Marcus so dumm war.

Eine weitere Ewigkeit schien zu verstreichen, und sie musste sich langsam und vorsichtig unter der Decke auf den Rücken drehen, um sich etwas Abkühlung zu verschaffen und freier atmen zu können. Dann wurde die Tür geöffnet, und sie spürte, wie Stephen sich auf den Fahrersitz schwang.

Sie hörte, wie er etwas neben sich auf den Beifahrersitz legte, dann war seine Hand auf ihr.

»Hi«, sagte er.

»Jack und Marcus sind vorbeigekommen«, berichtete sie und hielt seine Hand fest.

»Ich weiß. Ich musste drinnen warten, bis sie weg waren«, flüsterte er. »Bleib liegen, bis wir aus dem Ort raus sind.«

Lara hielt seine Hand fest. »Könnten wir nicht ganz kurz beim Haus vorbeifahren und meine Kontaktlinsen holen? Olly und Bella sind so früh noch nicht wach.«

»Zu riskant«, erklärte Stephen. »Wir müssen hier so schnell wie möglich verschwinden.«

Sie spürte einen Ruck durch den Wagen gehen, als Stephen anfuhr, auf der Straße wendete und sie sich auf den Rückweg machten. Lara wusste, dass sie an Ginas Haus vorbeikommen würden, und betete, dass Marcus Stephen nicht am Steuer sehen würde. Andererseits hatte er ihn bisher nur in seiner Zirkus-Verkleidung zu Gesicht bekommen, Sam Miller würde er aller Voraussicht nach also nicht erkennen. Sowieso gab es kein Zurück mehr. Sie hatte den kritischen Punkt längst überschritten. Sie musste sich Stephens treusorgenden Händen überlassen. Und natürlich tat sie nichts lieber als das.

Es gab niemanden auf der ganzen weiten Welt, dem sie mehr vertraute.

39

Die Luft ist rein«, verkündete Stephen, sobald er das Haus flüchtig nach Eindringlingen durchsucht hatte. »Kommst du einen Augenblick lang alleine zurecht? Ich muss schnell ein paar Dinge da drin erledigen.« Er deutete erst auf das Päckchen in seiner Hand, dann auf sein Arbeitszimmer, in dem Lara mit Marcus telefoniert und ihm die Lüge aufgetischt hatte. »Danach haben wir den ganzen Tag für uns. Nimm dir, was du möchtest.« Er zeigte ihr ein hohes Bücherregal neben dem Küchenbereich. »Und hier hast du ein bisschen Musik.« Er wählte etwas auf einem iPod, der auf einer wunderschönen holzverkleideten Kompaktanlage stand. Morrissey erfüllte die Luft.

»Aha, wieder der Charming Man?«, fragte Lara, während sie im Bücherregal stöberte.

»Das hier ist neuer. *Years of Refusal* heißt das Album.« Stephen verschränkte die Arme vor der Brust, lehnte sich gegen die Wand und musterte sie. »Aber er spricht uns noch genauso stark an wie früher. Seine Themen sind jetzt andere, aber trotzdem habe ich immer das Gefühl, als würde er die Geschichte meines Lebens erzählen. Weißt du, was ich meine?«

»Was Morrissey wohl dazu sagen würde, wenn er wüsste, dass Stephen Molloy sein größter Fan ist?« Sie sah zu Stephen auf, betrachtete sein vollkommenes kantiges Gesicht und war wie geblendet von seiner Erscheinung. Er war mit jeder Faser seines Wesens ein Star.

»Weißt du was? Das wäre ihm scheißegal. Und deswegen liebe ich ihn.«

Lara lächelte.

»Wir sehen uns in ein paar Minuten.« Stephen ging zu ihr und zog sie in die Arme. »Rühr dich nicht vom Fleck.«

»Ich glaube, das könnte ich auch gar nicht«, entgegnete sie. »Mit meinen schlechten Augen.«

Sie strich über die Bücher in Stephens Regal und ging ganz dicht heran, um die Titel entziffern zu können. Es gab jede Menge Kochbücher und auch einige Reihen mit moderner Lyrik. Auf Augenhöhe zog sich ein Bord voller Kunstbücher – theoretische Werke und Monographien – über die ganze Breite der Wand. Sie durchsuchte die nach Alphabet geordneten Titel und fand den Alice-Neel-Band, den Bella sich angesehen und der ihr so gefallen hatte. Lara hob das Buch aus dem Regal und trug es zum Sofa, wo sie es auf ihren Knien aufschlug und sich mit zusammengekniffenen Augen vorbeugte, um die Bilder zu betrachten.

Beim Blättern öffnete sich das Buch wie von selbst auf einer Seite, die besonders oft angeschaut worden zu sein schien. Als Lara hinsah, durchzuckte sie ein Schreck des Wiedererkennens. Das Bildnis einer Frau namens Nancy, die zusammen mit zwei Säuglingen auf einem Bett lag, hätte ebenso gut sie selbst mit ihren Zwillingen darstellen können, früher, als sie noch klein gewesen waren. Es war nicht nur die rein äußerliche Ähnlichkeit, obwohl diese allein schon bemerkenswert war. Der Blick in den Augen der Frau – als wären zwei kleine Ungeheuer ohne Vorwarnung in ihr Leben geplatzt und hätten Besitz von ihr ergriffen –

drückte genau das aus, was Lara in der ersten Zeit nach der Geburt ihrer Kinder empfunden hatte. Der graue Schatten an der weißen Wand schien die Frau ans Bett zu fesseln. Er war genauso sehr Teil des Ganzen wie die Figuren selbst.

Lara betrachtete das Bild, und ihre Augen füllten sich mit Tränen. »Fesseln« war das richtige Wort. Ihre Kinder hatten, ohne es zu wollen, ein Gefängnis aus Pflicht, Müdigkeit und Liebe um sie herum errichtet. Sie konnten nichts dafür, und doch hatten sie sie ausgesaugt und ängstlich gemacht.

Aber jetzt, endlich, hatte Stephen ihr ihren Mut zurückgegeben.

Die Tür zu seinem Arbeitszimmer öffnete sich. Mit einem Blatt Papier in der Hand und einem Lächeln im Gesicht stand er da.

»Was ist?«, fragte Lara, klappte das Buch zu und legte es neben sich aufs Sofa.

»Etwas Unglaubliches ist passiert«, sagte Stephen. Er hielt ihr das Blatt Papier hin. »Das ist ein Laborbericht.« Er setzte sich zu ihr, legte den Arm um sie und zog sie an sich. »Sieh mal!« Mit dem Finger fuhr er eine Liste von Zahlen entlang bis zu einem Textabsatz, der mit *Ergebnis* überschrieben war. »Lies das, Lara.«

»›Auf Grundlage der DNA-Analyse kann der mutmaßliche Vater, Sam Miller‹ …«

»Das bin ich«, warf Stephen ein.

»›… als leiblicher Vater des Kindes Oliver Wayland nicht ausgeschlossen werden …‹« Lara hielt inne und schlug sich eine Hand vor den Mund.

»Lies weiter«, bat Stephen, der sie nach wie vor im Arm hielt.

»›… da eine Übereinstimmung mehrerer genetischer Marker nachgewiesen werden konnte.‹ Stephen, ich kann nicht weiterlesen«, sagte sie.

Er nahm ihr das Blatt aus der Hand und las vor. »›Zur Wahrscheinlichkeit eines Verwandtschaftsverhältnisses, verglichen mit einer nicht getesteten, nicht verwandten Person derselben Ethnizität, siehe unten.‹ Und unten, Lara, steht das hier«, setzte Stephen hinzu, und sein Gesicht leuchtete vor Triumph. »›Prozentsatz der Wahrscheinlichkeit: neunundneunzig Komma neun neun vier zwei‹.«

»Aber wie hast du –?« In Laras Kopf herrschte heilloses Chaos.

»Ich hatte schon vorsorglich im Labor in der Stadt wegen eines Eilauftrags angefragt. Ich dachte, es würde schwierig werden, an Proben zu kommen, aber Ollys Haare in meinem Hut – an dem Abend im Zirkus – waren ein Geschenk des Himmels. Jede Menge Haarwurzeln.«

Lara machte sich von Stephen los. Sie hatte das Gefühl, als würde ihr Brustkorb nach innen gedrückt.

»All die Jahre hatte ich einen Verdacht … und genau das war er.« Er fasste sie bei den Schultern und drehte sie zu sich herum, so dass sie seinem siegestrunkenen Blick ausgesetzt war. »Ich hatte damals schon meine Zweifel, als du mir gesagt hast, dass du schwanger bist. Aber du warst dir in Bezug auf das Zeugungsdatum so sicher, dass ich nicht weiter darüber nachgedacht habe.«

»Nein.« Erneut entzog Lara sich ihm und schlug die Hände vor die Augen.

»Ich habe herausgefunden, dass es Zwillinge waren, weißt du? Kurz nach der Geburt.«

»Wenn du Zweifel hattest«, sagte Lara und drehte sich zu

ihm um, »warum bist du dann nicht zurückgekommen und hast mit mir darüber gesprochen?«

»Weil mir die Möglichkeit gar nicht offenstand. Vergiss nicht, ich war völlig mittellos. Außerdem konnte man damals solche Tests noch gar nicht machen.« Er schwenkte den Laborbericht in der Luft. »Ich hatte keine Beweise. Und selbst wenn – was, wenn ich mich doch geirrt hätte? Ich habe getan, was richtig war, und mich zurückgezogen. Mein Verhalten war ein Musterbeispiel an Ehrenhaftigkeit. Das musst du respektieren, Lara. Aber ich habe trotzdem die ganze Zeit über daran denken müssen. Und ich habe meine Hausaufgaben gemacht. Weißt du, wie schwierig es ist, eine Zwillingsschwangerschaft korrekt zu datieren?«

»Ja«, antwortete Lara mit leiser Stimme. Tränen liefen ihr über die Wangen.

»Und wenn wir dann noch den Umstand mit einbeziehen, dass dein Zyklus nicht gerade der regelmäßigste ist …«

»Wie hast du –?« Sie sah zu ihm auf, aber er schien weit weg zu sein. Sein glühender Eifer machte ihn unerreichbar.

»Was du für zehn Wochen gehalten hast, können genauso gut auch bloß acht gewesen sein …«

»Aber die Ultraschall-Datierung?«

»Selbst heutzutage liefern solche Untersuchungen vor der zwanzigsten Woche nur in neunzig Prozent aller Fälle ein exaktes Ergebnis.« All das sagte Stephen auf wie einen Drehbuchtext. »Damals«, fuhr er fort, »war es noch weniger. Außerdem ist eine Zwillingsschwangerschaft ein zusätzlicher Unsicherheitsfaktor. Ich hatte von Anfang an Zweifel, weißt du? Und als ich dann die ersten Fotos von Bella und Olly gesehen habe …«

»Was?«

»Vor allem von Olly. Dir muss doch aufgefallen sein, wie ähnlich wir uns sehen?«

»Ja. JA. HÖR AUF!«, rief Lara und presste die Hände auf die Ohren.

Scheinbar stundenlang saßen sie schweigend nebeneinander. Irgendwann nahm Stephen ihre Hand.

»Ich dachte, du freust dich«, sagte er, den Mund ganz dicht an ihrem Ohr.

»Das ist alles so ein entsetzliches Durcheinander«, erwiderte Lara. »Es war schlimm, aber jetzt ist es noch schlimmer geworden. Ich kann nicht klar denken. Ich kann nicht mal –«

»Aber es ist doch ganz einfach.« Stephen lachte. »Er kann keinerlei Anspruch auf sie erheben. Es geht allein um uns, Lara! Wir haben so viel nachzuholen. Du, ich, unsere Kinder.« Er küsste sie auf den Hals.

»Das ist alles viel zu plötzlich. Zu brutal. Ich muss gehen«, erklärte sie, riss sich von ihm los und stand auf. »Ich brauche Zeit, um das zu verdauen.« Alles, woran sie denken konnte, war Marcus, wie er nach einer furchtbaren Tournee mit irgendeinem abscheulichen Stück nach Brighton in ein kaltes, leeres Haus zurückkehrte, und niemand hieß ihn willkommen, niemand war da, der seinem Leben einen Sinn gegeben hätte, weil die Familie, die er für die seine gehalten hatte, nicht mehr existierte.

Lara lief durch die Küche zur Hintertür und drehte am Knauf. Sie war verschlossen.

»Schließ die Tür auf. Bitte, Stephen, lass mich raus.«

Er erhob sich vom Sofa und kam langsam auf sie zu. »Ich kann dich nicht rauslassen. Das ist viel zu gefährlich, hast du das vergessen? Elizabeth Sanders. Sie könnte jeden Augenblick zuschlagen.« Er nahm ihr Gesicht in beide Hände

»Und du kannst sowieso nicht Auto fahren. Nicht ohne deine Kontaktlinsen.« Er beugte sich zu ihr und gab ihr einen Kuss auf jedes Augenlid.

Sie versuchte, sich ihm zu entziehen, aber er hielt sie fest.

»Nicht jetzt, Stephen. Ich brauche ein bisschen Zeit.«

»Es ist schon zu viel Zeit vergangen.«

»Es war alles so eine Verschwendung.« Sie sah zu ihm auf. Ihre Augen quollen über, Tränen rollten ihr über die Wangen. »So viele Jahre, und jetzt ist alles kaputt. Die Kinder – ich kann das nicht. Ihnen ihr Leben wegnehmen. Ihnen sagen, dass alles eine Lüge war.«

»Schh«, machte er und zog sie an sich. Sie spürte, wie er steif wurde und sich an sie presste. Was hatte er vor?

»Nicht jetzt, Stephen. Ich kann nicht – bitte, fahr mich zurück.«

»Aber wir haben doch gerade erst begonnen. Es gibt so viel nachzuholen.« Er vergrub die Lippen in ihrem Haar. Sanft, aber bestimmt zog er sie nach unten auf den Küchenfußboden. Sie versuchte, ihn wegzuschieben, aber er ließ sich nicht beirren. Dann saß er rittlings auf ihr. Seine Hand nestelte an seiner Hose.

»Nein, Stephen«, beharrte sie. Das war völlig verkehrt. Sie wollte das nicht.

Er lag auf ihr, hatte die Hand unter ihrem Rock, die Finger in ihr.

»Du kannst mich jetzt nicht verlassen, weißt du.« Er verschloss ihren Mund mit einem Kuss. Sie keuchte, als er mit einer einzigen heftigen Bewegung in sie eindrang. Es tat weh, weil sie noch nicht bereit war und er so grob war. In ihrem Kopf drehte sich alles, als wäre sie seekrank. Dies war das genaue Gegenteil des zärtlichen Liebesspiels, das sie in der Nacht zuvor mit ihm genossen hatte. Dass sie unter ihm zappelte und versuchte, von ihm wegzukommen, schien ihn nur noch mehr zu erregen. Er machte seinen Besitzanspruch auf sie geltend, und was sie selbst wollte, spielte dabei keine Rolle mehr.

»Stephen, bitte …«, flehte sie, aber er hörte sie gar nicht mehr.

»Ich liebe dich, Lara«, sagte er wieder und wieder, bis er schließlich in ihr kam.

Hinterher, nachdem er eine Weile keuchend auf ihr gelegen hatte, der Rhythmus seines Atems kontrapunktisch zu ihrem Schluchzen, richtete er sich auf und kniete sich neben sie.

»Du weißt gar nicht, wie lang mir die Zeit geworden ist.« Während er sprach, begann er, sie auszuziehen. »Schau dich nur an. Wie hübsch du bist. Ich habe nie jemand anderen geliebt als dich, Lara. Du bist für mich wie eine Krankheit. Ich habe die ganze Zeit darauf gewartet, mit dir zusammen sein zu können, ich habe darauf gewartet, dass die Zwillinge groß werden und endlich alt genug sind, damit du Marcus verlassen kannst. Ich hätte niemals, niemals deine Familie auseinandergerissen. Das weißt du. Ich bin die Ritterlichkeit in Person. Jawohl, das bin ich.«

Er lachte, doch es lag keine Freude darin. »Aber die Ironie des Ganzen ist, dass ich, indem ich weggegangen bin, genau das getan habe. Wir hätten eine glückliche Familie sein können, Lara. Du, ich und unsere Kleinen. Es hätte perfekt sein können.«

Lara lag nackt unter ihm. Sie hatte die Augen zum Schutz vor dem Licht, das durch die Jalousien an den Küchenfenstern hereinfiel, zusammengekniffen und nickte. Sie fühlte sich so elend. Wie viel Glück sie verschenkt hatten. Konnte man ihm verübeln, dass er angesichts dessen, was er soeben erfahren hatte, aus dem Gleichgewicht geraten war? Sie öffnete die Augen und sah zu ihm empor. »Aber was ist mit Jack? Wo ist da die Ritterlichkeit?«

Er veränderte seine Position und legte sich neben sie auf den Fußboden. Vollständig bekleidet streckte er sich neben ihrem nackten Körper aus.

»Gleiches Recht für alle, Lara«, flüsterte er ihr ins Ohr. »Jetzt gehört er mir. Schließlich hat Marcus all die Jahre lang meine beiden für sich gehabt.«

Erneut machte Lara den Versuch, sich ihm zu entziehen, doch er hielt sie fest.

»Hast du dich nicht auch manchmal gewundert, Lara? Wenn du unseren Jungen angeschaut hast und dir die Ähnlichkeit aufgefallen ist? Hast du dich nie gefragt, ob du dich vielleicht im Datum geirrt haben könntest?«

Lara nickte kläglich. Doch, das hatte sie, aber als ihr der Gedanke gekommen war, war es bereits zu spät gewesen, und sie hatte ihn tief, tief unterhalb ihres Bewusstseins begraben.

»Ach, Lara. Warum bist du nicht zu mir gekommen und hast es mir gesagt? Denk nur, wie glücklich wir hätten sein können. Das war sehr böse von dir. In gewisser Weise hast du uns beide bestohlen.«

»Wir hätten so viele Menschen so unglücklich gemacht«, flüsterte sie.

»Meinst du etwa, dass es jetzt *einfach* wird?«

Er stand auf, hielt sie aber weiterhin am Boden fest. Dann hob er sie auf die Arme und drückte sie an sich, als wäre sie sein Baby. Am Zittern seines Brustkorbs erkannte sie, dass er weinte.

»Oh, Stephen. Es tut mir so furchtbar leid.« Sie streichelte seine Wange. Tränen liefen ihm über das Gesicht, ihren Arm entlang und über ihre Hüfte. Wie ein Band, das sie an ihn fesselte.

»Denk nur, wie glücklich wir hätten sein können«, wiederholte er. Fest an sich gedrückt, trug er sie die Treppe hinauf.

»Ich muss gehen, Stephen«, sagte sie im Versuch, an das zu appellieren, was noch von seiner Vernunft übrig war.

»Aber du liebst mich doch, Lara, oder? Du hast mich immer geliebt. Das hast du selbst gesagt.«

Er legte sie auf sein Bett und kam gleich darauf neben sie, damit sie ihm nicht entwischen konnte, während er an ihrer Schulter weinte. Sie bekam kaum Luft, so fest hielt er sie umschlungen. Eine ganze Weile lagen sie so da, Stephens Gesicht an ihrem Rücken, bis ihr Organismus aufgrund des erlittenen Schocks schließlich einfach abschaltete und sie in einen alles auslöschenden Schlaf fiel.

Sie erwachte lange Zeit später von der Telefonklingel, die durch das große, leere Holzhaus schallte. Der Tag hatte sich zum Ende geneigt. Die letzten Lichtstrahlen warfen lange, schräge Streifen auf den Schlafzimmerfußboden. Stephens Arme hielten sie noch immer wie eine Schraubzwinge umklammert. Das Telefon verstummte und begann kurz darauf, erneut zu klingeln.

»Das muss Marcus sein«, sagte Lara. »Er fragt sich garantiert, wo ich bleibe.«

»Das denke ich nicht.« Stephen drückte ihr einen Kuss in den Nacken.

Draußen, irgendwo auf dem Hügel hinter dem Haus, erklang ein Schrei in der Dämmerung. Weitere Schreie gesellten sich hinzu. Lara in ihrem Käfig aus Stephens Armen versteifte sich.

»Was ist das?«, fragte sie mit wild klopfendem Herzen.

»Kojoten auf der Jagd«, raunte er ihr ins Ohr. »Wie Mädchen, die auf einer Wiese abgeschlachtet werden.«

Das Läuten des Telefons brach ab.

»Also, ich finde, wir könnten jetzt ein Bad gebrauchen, was meinst du?« Stephen löste sich von ihr und drehte sie auf den Rücken. »So wunderschön«, murmelte er, während er sie betrachtete.

»Aber jemand muss Jack abholen«, wandte Lara ein. »Sie werden sich alle wundern, wo ich bin.«

»Mach dir darüber keine Sorgen, Liebes«, erwiderte er. »Es ist alles geregelt.«

»Was heißt das?«

»Ich habe heute Vormittag bei James angerufen und ihm gesagt, dass der Baum immer noch die Straße blockiert und dass es höchstwahrscheinlich noch ein paar Tage dauern wird, bis er beseitigt ist. Er hat versprochen, es Marcus auszurichten. Für solche Dinge hat er wirklich ein Händchen, der James.«

Lara rollte sich zusammen und wandte den Blick ab.

»Das heißt, wir können uns entspannen und ganz füreinander da sein«, sagte Stephen, bevor er aufstand und ins Bad ging, um Wasser in die große runde Wanne einzulassen. »Wir haben alle Zeit der Welt.«

Lara lag da und dachte darüber nach, wie begrenzt ihre Möglichkeiten waren. Selbst für den Fall, dass es ihr gelang, aus dem Haus zu fliehen, würde sie es niemals nach Trout

Island schaffen. Ohne Kontaktlinsen konnte sie nur einen halben Meter weit sehen. Zu Fuß würde sie Stunden brauchen, und der einzige Weg, mit dem sie vertraut war, war die Straße, so dass Stephen ihr mühelos folgen konnte. Und wenn sie durch den Wald lief ... Aber der Wald war riesig und voller Bären und Kojoten und Schlangen.

Wieder klingelte das Telefon. Bevor Lara übers Bett krabbeln und abnehmen konnte, war Stephen schon da und hielt den Hörer in der Hand.

»Ich finde nicht, dass du ans Telefon gehen solltest, Lara«, meinte er. »Überlass das dem Profi.« Er hob den Hörer ans Ohr. »Hallo? Oh, hi, Marcus. Ja, ihr geht es gut. Ich glaube, sie hat sich kurz hingelegt. Nein, nein.« Stephen hielt den Finger an die Lippen, während er Marcus zuhörte. »Um zu Fuß zu gehen, ist es zu weit. Nein. In solchen Dingen ist man hier nicht besonders effizient. Wir müssen einfach abwarten. Aha! Das ist gut.« Er lauschte abermals für eine Weile, dann lachte er über etwas, was Marcus gesagt hatte. »In Ordnung. Ja, alles Gute dann. Ja. Tschüs.«

Lara sah zu Stephen auf.

»Er hat gesagt, Jack hätte einen tollen Tag bei Gina gehabt, und sie hätte angeboten, er könne bei ihnen übernachten.«

»Das ist gut«, antwortete Lara, während sie sich gleichzeitig fragte, was Marcus Gina wohl über den Verbleib seiner Frau erzählt und ob ihre Freundin daraus die entsprechenden Schlussfolgerungen gezogen hatte.

»Zeit für die Wanne.« Stephen nahm Lara auf den Arm und trug sie ins Bad, wo er sie ins tiefe, heiße Badewasser gleiten ließ. Statt mit in die Wanne zu kommen, kniete er sich neben ihr hin und wusch sie mit größter Aufmerksamkeit und Sorgfalt. Seine mit Seifenschaum bedeckte Hand widmete sich jedem Zentimeter ihres Körpers.

»Ich glaube, ich bin dir wegen eben noch was schuldig.« Er beugte sich herunter, um sie auf die Brüste zu küssen. »Es tut mir leid. Ich habe ein wenig die Beherrschung verloren.«

Seine geschickten Hände liebkosten sie, sein wunderschöner Mund erkundete sie, bis sich gegen ihren Willen ihr Innerstes nach außen drehte.

»Rühr dich nicht vom Fleck, Lara«, bat er hinterher. Er stand auf und ging, während das Wasser um sie herum noch sanfte Wellen schlug und sie tief im Innern pulsierte. »Ich habe genau das Richtige für dich.«

Lara gehorchte und fragte sich, was um alles in der Welt er als Nächstes mit ihr vorhatte. Nach etwa einer halben Stunde kehrte er mit einer Flasche Champagner, einem Kübel voller Eis und einem einzelnen Glas zurück, das er gegenüber der Wanne auf die Ablage des Waschbeckens stellte. Ich brauche wirklich einen Drink, dachte sie. Mehr konnte sie im Moment ohnehin nicht tun, und draußen war es dunkel.

Mit dem Rücken zu ihr, schenkte Stephen ein. Dann drehte er sich um und reichte ihr das Glas.

»Auf uns«, sagte er.

Sie leerte das Glas in einem Zug. Er füllte es sofort nach, und auch diesmal trank sie schnell. Fast augenblicklich breitete sich das betäubende Gefühl des Alkohols in ihrem Körper aus, und ihre Glieder wurden schwer. Als die Flasche leer war, half er ihr aus der Wanne und wickelte sie in ein dickes, weiches Handtuch, das so lang war, dass es hinter ihr über den Boden schleifte wie die Schleppe einer Braut.

»Komm und schau es dir an.« Als er sie in sein Schlafzimmer führte, merkte sie, dass sie fast kein Gefühl mehr in den Beinen hatte. Die Bettlaken waren übersät mit frischen Rosenblättern, und um das Bett herum standen Vasen über Vasen voller Rosen. Die Luft war schwer von ihrem Duft.

»Ein Gemach, wie es einer Königin gebührt«, sagte Stephen.

»Die Rosen waren von dir«, murmelte Lara mit schleppender Stimme.

»Von wem denn sonst?«, entgegnete er, als sie auf der Matratze zusammenbrach und das Bewusstsein verlor.

40

Lara öffnete ein Auge und versuchte, das Kopfkissen zu fokussieren. Jeder Teil ihres Körpers schmerzte.

Während sie sich zusammenreimte, wo sie war und was passiert war, flackerten durch ihren Kopf unbewusst wahrgenommene Bilder – Stephens leuchtendes Gesicht über ihr, vielleicht von unten von einer Kerze beleuchtet. Sie sah orange, sie sah rot. Sie sah ihn aus nächster Nähe, wie eine Eule oder einen Hund.

Dann sah sie sich selbst von oben, wie ihr ganzer Körper durchgerüttelt wurde, als wäre sie eine schlaffe Puppe. Ein Band, das in das Fleisch ihres Arms schnitt; Rosenblätter, die an ihrem Gesicht klebten. Der Duft, der Gestank von Rosen und fauligem Rosenwasser, der ihr durch die Haut bis in die Knochen drang.

Sie bewegte sich vorsichtig auf der Matratze. Stephens schlafschwerer Arm lag auf ihr.

Sie fasste ihn am Handgelenk und befreite sich vorsichtig aus der Umarmung, wobei sie achtgab, ihn nicht zu wecken. Dann schwang sie die Beine herum und setzte sich auf der Bettkante auf. Ihr Kopf tat weh, und sie musste dringend auf die Toilette, aber noch stärker war der Schmerz zwischen ihren Beinen und an den Hinterseiten ihrer Oberschenkel. Sie tastete nach der Quelle des Schmerzes, und als sie die Hand wegzog, war sie blutverschmiert.

Auf unsicheren Beinen stand sie auf, drehte sich um und warf einen Blick zu Stephen, der nach wie vor tief und fest schlief und dabei lächelte. Er sah so schön aus, wie ein dunkler Engel. Aber was hatte er in der Nacht mit ihr gemacht? Sie wusste noch, dass sie Champagner getrunken hatte – zu viel Champagner. An mehr erinnerte sie sich nicht.

Sie wankte ins Bad und lehnte sich über das Waschbecken, um im Spiegel ihre blutunterlaufenen Augen zu betrachten. Ihre Arme, die sie auf den Waschbeckenrand gestützt hatte, zitterten. Sie bemerkte die roten Striemen an ihren Handgelenken.

Sie spritzte sich Wasser ins Gesicht, leerte unter brennenden Schmerzen ihre Blase und setzte sich dann vorsichtig aufs Bidet, in das sie warmes Wasser einließ, um das Brennen zu lindern. Sie nahm Stephens nach Sandelholz duftende Seife und begann, sich zu waschen. Sie versuchte, sich einen Plan zurechtzulegen, aber ihr Gehirn war nicht in der Lage, auch nur zwei Gedanken miteinander zu verknüpfen. Aus dem Augenwinkel nahm sie eine Bewegung wahr. Sie sah auf. Stephen lehnte in der Tür und blickte auf sie herab.

»Hör nicht auf«, bat er. Beschämt senkte sie den Blick. Er ging vor ihr auf die Knie. »Komm, ich helfe dir.«

»Ich weiß nicht, ob ich das jetzt kann«, sagte sie, als er mit der Hand zwischen ihre seifigen Schenkel fuhr, dorthin, wo der Schmerz am stärksten war. Irgendwie gelang es ihm, sie mit Hilfe dieser intimsten aller Berührungen hochzuheben. Er drückte sie brutal gegen die Tür und ignorierte ihre Schmerzensschreie, als er erneut in sie eindrang. Er stieß in sie, bis sie schluchzend an seiner starken vernarbten Schulter zusammenbrach.

»Darf ich mich jetzt anziehen?«, fragte sie, als er sie nach einer gemeinsamen Dusche abtrocknete.

»Lieber nicht«, sagte er. »Es wäre eine Sünde, diese Schönheit zu bedecken.«

Also war sie immer noch nackt, als er ihr am Esszimmertisch unter dem großen hölzernen Deckenventilator, der durch seine Bewegung die kühle Luft im Haus verteilte, Kaffee, Eier und Toast servierte. Sie hatte keinen Appetit, aber weil ihr so schwindlig war, zwang sie sich, ein paar Gabeln voll zu essen.

»Wir machen jetzt Folgendes«, begann Stephen, als wolle er einen Einkaufszettel schreiben. »Wir sagen es den Zwillingen. Du und Marcus lasst euch scheiden, wir beide heiraten und werden glücklich sein bis an unser Lebensende.«

»Aus deinem Mund klingt es alles kinderleicht.«

»Ich muss dir was zeigen.« Er nahm ein iPad und rutschte neben sie auf die Bank. Eine Hand lag auf ihrem Schenkel, während er ihr den Bildschirm fürsorglich dicht vors Gesicht hielt und mit der Bewegung seines Fingers Fotos aufrief.

»Das ist mein Haus in L. A.«, erklärte er. »Ich finde, wir sollten es behalten. Gefällt es dir? Wenn nicht, kann ich auch ein neues kaufen.« Sodann zeigte er ihr mehrere Bilder von großen, wunderschön eingerichteten Zimmern, einem Infinity-Pool mit dunklem Grund und eine Nachtaufnahme seiner Terrasse, die am Hang eines Hügels direkt über dem glitzernden Luxusmeer der Stadt Los Angeles schwebte.

»Dort können wir abends sitzen, und ich schaue dir beim Champagnertrinken zu.« Er rief ein weiteres Foto auf, dieses zeigte ein rotes Schlafzimmer mit einem wunderschön zurechtgemachten, riesigen Bett und Wandbehängen aus Brokat. Über dem Bett hing ein Gemälde, das aussah wie ein echter Klimt. »Ich hab es extra nach deinem Geschmack einrichten lassen. Du magst doch Rot, oder? Und das hier«, er öffnete das nächste Foto: ein riesengroßes, aber schlichter möbliertes Zimmer, durch dessen Fenster man denselben Ausblick hatte wie von der Terrasse, »ist für Olly. Siehst du die Gitarre?« Er deutete auf die Wand. »Eine Original Les Paul. Hat früher Kurt Cobain gehört. Als ich sie fand, wusste ich gleich, dass er sie lieben würde.«

»Aber wann –«

»Und das ist für Bella.« Er zeigte ihr ein weiteres Schlafzimmer. Dieses war femininer, mit mehr Mustern. »Sie könnte sich meinen Alice Neel an die Wand hängen. Allerdings«, er lächelte Lara an, »müsste sie ein bisschen mehr Ordnung halten als in ihrem Zimmer in Brighton.«

»Woher weißt du –«

»Hallo, du wunderschöne Brust.« Er beugte sich vor und küsste ihre linke Brustwarze.

In Laras Kopf überschlugen sich die Gedanken. Das Essen hatte den Kater und den dumpfen Schmerz vertrieben, der ihr das Gehirn vernebelt hatte.

Das hier war keine Romanze. Es war keine Sehnsucht. Es war kein *was wäre wenn*.

Sie war so unfassbar dumm gewesen.

»Du hast das alles schon ganz genau durchgeplant, was?«, sagte sie.

»Ich hatte lange genug Zeit, mir Gedanken darüber zu machen«, erwiderte er und zeichnete mit dem Finger eine Spur von ihrer Kehle über ihre Brust bis zum Bauchnabel.

Sie spannte die Bauchmuskeln an und versuchte, sich vor ihm zurückzuziehen, doch seine andere Hand lag noch immer schwer auf ihrem Schenkel. »Das hast du ja ziemlich schlau eingefädelt. Es war kein Zufall, dass wir uns hier begegnet sind, oder?«

»Erwischt!« Er zwinkerte ihr zu.

»Verrat mir, wie du es angestellt hast«, bat sie, um Zeit zu schinden. Sie gab sich Mühe, es so zu sagen, als wäre sie nicht entsetzt, sondern fasziniert.

Stephen lehnte sich zurück, legte den rechten Arm auf die Rückenlehne der Bank und umfasste dann mit festem Griff ihre Schulter. Seine andere Hand begleitete das, was er sagte, mit lebhaften Gesten.

»Wir haben ja bereits festgestellt, dass ich die Ritterlichkeit in Person bin.« Er lächelte sie an. »Ich habe mich also bedeckt gehalten und darauf gewartet, dass die Zwillinge sechzehn werden, damit sie nicht länger auf ihre kuschelige heile Kleinfamilie angewiesen sind und ich endlich das zurückfordern kann, was rechtmäßig mir gehört. Du hast es doch selbst gesagt, nicht wahr? Als ich damals gegangen bin. Du hast gesagt, dass wir zusammengehören?«

»Ja.« Ihr Atem ging in hektischen, flachen Stößen, aber sie bemühte sich, ihn bewundernd anzusehen. »Ja, das habe ich.«

»Und ich habe sehr viel Glück gehabt, denn wenn man Geld hat, um die entsprechenden Leute zu bezahlen, ist es heutzutage kinderleicht, das Leben einer anderen Person zu verfolgen. Ich habe dich die ganze Zeit im Auge behalten, Lara Wayland. Der arme alte Marcus. Seine Karriere ist nie so richtig in Schwung gekommen, oder? Für diese Jugendtheater-Tournee des National Theatre, bei der er mitgespielt hat, hat er im *Guardian* eine gute Kritik bekommen, aber normalerweise wird er in den Rezensionen nicht einmal namentlich erwähnt, stimmt's? Ich habe mir Sorgen gemacht, ob er überhaupt genug verdient, um euch zu ernähren. Ich habe sogar schon mit dem Gedanken gespielt, heimlich ein bisschen Geld auf dein Konto bei der Co-op-Bank zu überweisen.«

»Woher weißt du von dem Konto?« Lara holte erschrocken Luft. Nicht einmal Marcus wusste von ihrem separaten Konto.

»Mittel und Wege«, lautete Stephens Antwort. »Schau dir das hier mal an.«

Erneut nahm er das iPad zur Hand und durchsuchte den Bilderordner.

»Siehst du?« Er hielt ihr den Bildschirm hin. Sie sah sich selbst, wie sie auf dem Parkplatz des Sainsbury's-Supermarkts in ihrer Nachbarschaft aus dem Auto stieg. Sie holte gerade etwas aus dem Kofferraum, und der für Brighton typische Seewind peitschte ihr die Haare. »Das war letztes Jahr. Dieses hier ist ein bisschen älter. Sie haben mir Abzüge geschickt. Ich habe sie eingescannt, für meine Unterlagen.« Er blätterte zu einem Bild, auf dem sie den mit Tüten behängten Zwillingskinderwagen den Hügel zu ihrem Haus hinaufschob. »Da hattest du gerade deine Weihnachtseinkäufe gemacht. Du hast dein Kreditkartenlimit ganz schön überzogen. Böse Lara.«

»Aber ich hatte keine Ahnung …«

»Natürlich nicht.« Er lachte. »Das ist ja der Sinn der Sache. Und dann, mit der Zeit, wurden die zwei immer größer …« Er rief ein Foto von Bella auf, das sie im Alter von etwa dreizehn Jahren zeigte, wie sie in Schuluniform an einer Bushaltestelle über ihr Handy gebeugt dastand. »Und plötzlich sah sie immer mehr aus wie du.« Sein Finger verweilte auf dem Foto. »Genau wie du. Und er, der Schlingel …« Das nächste Bild zeigte Olly, der in Badehose und mit einer verräterisch dicken Selbstgedrehten zwischen den Fingern am Strand saß. Seinem Aussehen nach zu urteilen, musste das Foto im vergangenen Sommer aufgenommen worden sein. »Also, wie kann dir da nicht der Verdacht gekommen sein, dass ich sein Vater bin?« Stephen hob die Hände, so dass sie einen Rahmen um sein Gesicht bildeten, und setzte exakt dieselbe Miene auf wie Olly auf dem Foto. Dann zuckte er mit den Schultern und lächelte Lara an.

Sie sah auf ihre Hände herab, die so fest ineinander verkrallt waren, dass sich ihre Knöchel blau verfärbt hatten. Ein Gefühl der Scham senkte sich über sie wie ein Leichentuch. Sie hatte nicht den leisesten Schimmer gehabt, dass ihre Familie beschattet wurde. Nicht den Hauch einer Ahnung.

»Aber schau dir an«, sagte Stephen, nun wieder großmütig, »was für ein Mann ich bin. Ich hatte so viele Beweise in der Hand, und *trotzdem* habe ich abgewartet, bis sie sechzehn waren. Ich bin ein Mann, der zu seinem Wort steht.« Er hob ihre Haare an, um sie auf den Hals zu küssen. »Ich habe sie in Ruhe ihre Prüfungen machen lassen«, flüsterte er ihr ins Ohr. »Ich wollte, dass sie die besten Zukunftsaussichten haben.«

»Das war sehr rücksichtsvoll von dir.« Lara versuchte, ihre Angst herunterzuwürgen.

»Allerdings.« Er ließ den Kopf an ihre Schulter sinken.

»Aber was ist mit Jack?«, fragte Lara. Bei dem Gedanken an ihren kleinen Sohn schossen ihr die Tränen in die Augen. Sie wünschte sich, sie wäre wieder daheim in Brighton, läge mit ihm zusammengekuschelt im Bett, in der Sicherheit und Geborgenheit ihres kleinen Hauses, und läse ihm eine Gutenachtgeschichte vor. Aber dann rief sie sich ins Gedächtnis, dass es ihr nur sicher *erschienen* war. Unsichtbare Augen hatten jede ihrer Bewegungen verfolgt.

»Ich weiß«, sagte Stephen. Er stieß einen schweren Seufzer aus, fasste sie bei den Schultern und zwang sie, ihn anzusehen. »Aber wie lange soll ich noch warten, Lara? Wann bekomme ich endlich die Chance auf ein bisschen Glück?« Er lächelte. »Aber die Abtreibung war wirklich eine gute Entscheidung, findest du nicht auch? Sonst wärst du jetzt schwanger, und das hätte die ganze Angelegenheit ein wenig verkompliziert.«

Lara schloss die Augen. Ihr war speiübel. Speiübel und kalt.

»Und ich weiß, dass du nicht glücklich bist. Du sitzt nachmittags auf dem Sofa und trinkst Wein. Streitest dich ständig mit ihm.« Er blätterte zu einem neuen Bild, das sich auf die Berührung seines Fingers hin in Bewegung setzte.

»Ich bin nicht sauer, wenn du mir die Wahrheit sagst«, hörte Lara sich auf dem Bildschirm in seiner Hand sagen.

»Okay. Also, du, na ja, du quillst hier und da ein bisschen raus«, antwortete Marcus' Stimme.

»Ich finde, du sahst wunderschön aus«, sagte Stephen und hielt das Video an der Stelle an, wo sie in dem engen rosafarbenen Kleid mit verletztem Blick in ihrem Schlafzimmer stand.

»Wie?«

»Laptop. Der Router, den ich dir geliefert habe – das war ein ziemlich cleverer Einfall. Es war, als befände ich mich direkt in deinem Computer. Ein sehr schöner Ort.«

Der Router, den er ihr geliefert hatte? Das bisschen, was noch von Laras Kampfgeist übrig war, verrieselte wie die letzten Körnchen in einer Sanduhr.

»Armes Ding, du hast ja eine Gänsehaut«, stellte Stephen fest. »Hier, nimm das.« Er streckte sich und zog ein Rehfell von der Rückenlehne des Sofas. »Fell auf Haut«, murmelte er, als er es ihr um die nackten Schultern legte. »So wunderschön.« Abermals landete seine Hand auf ihrem Schenkel.

Lara roch das schwache, süßlich strenge Aroma von Verwesung in der Tierhaut.

»Das heißt, du wusstest, dass wir hierherkommen wollten.« Sie wollte ihn am Reden halten, damit er ihr nicht mehr so nahekam. Trotz des Geruchs war sie dankbar für den Schutz, den ihr das Rehfell bot. Sie zog es fest um sich.

»Nein. Lass es offen. Bitte. Damit ich dich anschauen kann«, bat Stephen und zog die Tierhaut so zurecht, dass Lara wieder entblößt war. »Ach, Lara. Du begreifst es immer noch nicht, oder? Glaubst du im Ernst, James wollte Marcus für seinen *Macbeth* haben? Ich musste ihn lange bearbeiten, das kann ich dir sagen. Es wurde ziemlich kostspielig!«

»Kostspielig?«

»Vollständig einklappbare Sitze, zu acht verschiedenen Formationen umbaubar. Maßgefertigt und mit dem teuren roten Stoff bezogen. Schon wieder deine Lieblingsfarbe.«

»Du meinst, du hast James bestochen, damit er uns hierherholt?«

»›Aber Stephen‹.« Stephen gelang eine vollendete Imitation von James' Akzent und Modulation. »›Wir brauchen *dringend* mehr Unterkünfte für unsere Schauspieler. Und das Larssen-Haus ist so ein *Schnäppchen.*‹ Ich bin froh, dass du mein Werk so überzeugend fandest, Lara«, fuhr er in seiner eigenen Stimme fort. »Schließlich wollte ich nicht, dass du und Marcus hier ein kleines Liebesnest vorfindet.«

»Du hast dir die Larssen-Geschichte ausgedacht?«

»Natürlich nicht. Schrecklich, oder? Aber sie hat mich inspiriert, und ich habe in dem alten Haus ein bisschen gezaubert. Ein schöner alter Teppich, eingeweicht in den Innereien eines Rehs – dasselbe Reh, dessen Fell du gerade umhast, wie es der Zufall will. Ein paar Fotos. Ein Bett. Ketten.« Er ließ sich das Wort auf der Zunge zergehen, als wäre es eine Erdbeere. »Ich habe sogar ein Stück von einer toten Ricke unten im Keller versteckt, für das authentische Geruchserlebnis. James und Betty hatten wie erwartet alle Hände voll zu tun und waren heilfroh, dass ich mich um alles gekümmert habe. Nicht, dass sie jemals eine meiner Entscheidungen in Frage stellen würden. Sie versuchen ihr Bestes, sich locker zu geben, aber in Wirklichkeit sind sie zwei ausgemachte kleine Starficker, genau wie alle anderen. Es war kein Kunststück, ihre ›Freundschaft‹ zu erlangen, wenn man es so nennen kann, damit sie mir dabei helfen, meinen Plan in die Tat umzusetzen.«

»Sie wissen über alles Bescheid?«, fragte Lara.

»Nein.« Stephen lachte. »Nur so viel, dass sie für mich von Nutzen sein können. Ich wusste, dass James irgendwann in grauer Vorzeit Marcus' Schauspiellehrer gewesen war, also habe ich ihn ausfindig gemacht. Und die Geschichte mit der Stalkerin – die mir *wirklich* sehr zugesetzt hat, Lara, ungelogen –, nun ja, die hat sich als überaus praktisch erwiesen, weil dadurch Bettys Muttergefühle geweckt wurden. Danach hatte ich die beiden endgültig auf meiner Seite. Sie haben sich rührend um mich gesorgt.«

»Aber die Stalkerin ist doch nach wie vor ein Problem für dich«, sagte Lara.

Stephen hielt inne. Einige Sekunden lang saß er mit einem kleinen Lächeln auf den Lippen regungslos da und musterte sie. Dann schnellte er in die Höhe.

»Also, ich würde sagen, um Elizabeth Sanders brauchen wir uns keine Sorgen mehr zu machen«, erklärte er. »Ich bin gleich wieder da, rühr dich nicht vom Fleck.« Damit verschwand er im Bad.

Was meinte er damit? Nun, da sie endlich allein war, hielt Lara im Raum nach einer Fluchtmöglichkeit Ausschau. Sie wusste, dass er sämtliche Türen abgeschlossen hatte, und vor den Fenstern waren fest installierte Fliegengitter. Sie jubelte innerlich, als sie ihre Handtasche auf dem Küchentresen erspähte. Dort hatte sie sie kurz nach ihrer Ankunft hingelegt, als die Welt noch eine ganz andere gewesen war.

Sie zog sich das Rehfell fester um den Körper, schlich zu ihrer Handtasche und schüttete den Inhalt auf dem Tresen aus. Fieberhaft wühlte sie sich durch Portemonnaie, Schlüssel, Tabletten, Ventolin und Schminkutensilien. Die Sachen kamen ihr fremd vor, als gehörten sie einer anderen Person. Sobald sie ihr Handy gefunden hatte, entsperrte sie es mit zitternden Fingern. Doch dann erkannte sie, dass sie keinen Empfang hatte, und stöhnte auf. Sie warf das Handy weg und schaute sich in panischer Verzweiflung um. In ihrem Fellkleid glich sie eher einem wilden Tier als der

Frau, die sie früher einmal gewesen war. Ihr Blick blieb am Festnetztelefon hängen, das Stephen beim Braten des Rühreis neben den Herd gelegt hatte. Mit einem Satz hatte sie es sich geschnappt und tippte blitzschnell die Nummer ihres Hauses in Trout Island ein. Doch als sie den grünen Knopf drückte, um die Verbindung herzustellen, schallte zu ihrem Entsetzen die Melodie der Tastentöne durchs ganze Haus.

Die Badezimmertür flog auf. Stephen kam herausgestürzt, entriss ihr das Telefon und schleuderte es in die Spüle, die voll war mit kaltem Abwaschwasser. Dann wirbelte er zu ihr herum. Sein Kiefer zuckte.

»Ich habe doch gesagt, ich kümmere mich darum«, sagte er. »Wir müssen im Augenblick niemanden anrufen. Alle glauben, dass wir wegen des umgestürzten Baums hier oben festsitzen.«

»Aber glaubst du nicht, dass sie früher oder später ins Grübeln kommen werden?«, wandte sie ein. »Sie könnten jemanden hier raufschicken, der mich abholt, und ich könnte dann einfach über den Baum klettern. Oder jemand kommt her, um sich die Sache anzusehen.«

»Warum um alles in der Welt sollten sie das tun? James und Betty werden sich für mich freuen, weil du hier bei mir bist. Marcus wird sich von der liebreizenden Selina umsorgen lassen. Und wenn ich ganz ehrlich sein soll«, fuhr Stephen fort, während er die Sachen, die Lara auf dem Küchentresen ausgeschüttet hatte, zusammenschob und zurück in ihre Tasche räumte, »wenn ich ganz ehrlich sein soll, würde es mich nicht wundern, wenn James genau in diesem Moment Marcus davon erzählt, dass er hier hochgefahren sei und den Baum mit eigenen Augen gesehen habe, und dass es keine Möglichkeit gebe, daran vorbeizukommen, auch nicht zu Fuß.«

Lara hielt das Rehfell umklammert und stand mit offenem Mund da.

»Also, ich finde, auf dem Sofa hätten wir es bequemer, meinst du nicht auch? Möchtest du dir gerne einen Film ansehen?«

Er führte sie zurück in den Wohnbereich. »Ich glaube, das brauchst du jetzt nicht mehr.« Er zog ihr das Rehfell von den Schultern. »Jetzt sitzt du ja nicht mehr unter dem großen alten Ventilator.«

Er ließ sich neben ihr nieder, durchsuchte eine Liste von Filmen auf seinem iPad und traf seine Auswahl. Mit Hilfe einer Fernbedienung schaltete er den großen Flachbildfernseher ein.

Der Vorspann seines allerersten Films lief über den Bildschirm.

»Ich dachte, wir machen eine kleine Retrospektive meiner alten Werke.« Er legte den Arm um sie und zog sie an sich. »Wir fangen ganz am Anfang an. Was meinst du?«

»Brillant«, lautete Stephens Urteil, nachdem sie neunzig Minuten lang seinem jüngeren Selbst zugesehen hatten. Lara hatte den Schmerz gesehen, den er damals bei den Dreharbeiten zu seinem ersten Film in sich getragen hatte. Er war ein wunderschöner Mann gewesen, und die Jahre hatten seinem Aussehen nichts anhaben können. Allerdings war »wunderschön« mittlerweile nicht mehr das Wort, mit dem sie Stephen beschrieben hätte. Wenn er eins nicht war, dann schön.

»Du bist müde«, meinte er, als er den Fernseher ausschaltete, sie bei den Händen nahm und ihr aufhalf. »Wie wäre es mit einem Nickerchen?«

»Mir geht es gut, wirklich. Danke.« Lara versuchte, ihm ihre Hände zu entziehen. Sie kam sich so nackt vor.

»Unsinn. Komm mit. Das ist jetzt unser Leben, Lara.« Und er führte sie nach oben ins Schlafzimmer, wo das Bett noch Zeugnis von den Geschehnissen der vergangenen Nacht abgab, befleckt mit dem Rot von Rosenblättern und ihrem Blut.

»Leg dich hin!«, forderte er sie auf. »Auf den Bauch.«

Was kommt jetzt?, dachte sie, als sie ihn durchs Zimmer gehen hörte. Die Matratze senkte sich, als er zu ihr zurückkam und sich neben ihren Arm kniete. Er goss ihr etwas Feuchtes auf den Rücken, und der Geruch von Orangenbäumen in voller Blüte stieg ihr in die Nase. Unwillkürlich musste sie an den billigen Frühlingsurlaub denken, den sie mit Marcus zusammen in der Nähe von Sevilla verbracht hatte, als die Zwillinge noch klein gewesen waren. Nichts als Sonnenschein und Gelächter.

Ihr war, als hätte sie jemand mit einem brutalen Tritt aus dem Schlaf gerissen. Sie *waren* glücklich gewesen. Sie *hatte* ein gutes Leben gehabt. Und jetzt hatte sie es endgültig und unwiederbringlich zerstört.

Dann waren Stephens Hände auf ihr, sie rieben und kneteten und klopften ihren Körper, bis sie an nichts mehr denken konnte. Während er sie bearbeitete, ihr Rücken, Beine und Kopfhaut massierte und ihr das Öl in die Haare rieb, erzählte er ihr, wie ihre gemeinsame Zukunft aussehen würde. Ihr Kopf lag schwer auf ihren Unterarmen. Sie hörte Stephen zu und erkannte, wie sehr sein Bild mit dem identisch war, das sie sich selbst seit ihrer Ankunft in Trout Island in ihren Träumen ausgemalt hatte.

Nach einer Weile wurde seine Massage intensiver, bis er sie schließlich auf den Rücken drehte.

Sie wusste, dass ihr nichts anderes übrigblieb, als es auch diesmal über sich ergehen zu lassen.

41

Als es vorbei war, lag sie unter ihm auf dem Bett und zwang sich, wach zu bleiben, damit sie ihre Chance nicht verpasste. Irgendwann, als seine Atemzüge langsamer und tiefer wurden und die Andeutung eines Schnarchens hinzukam, schlängelte sie sich – vorsichtig, damit er ja nicht aufwachte – unter seinem Körper hervor. Sie betrachtete ihn, wie er dalag. Jetzt, da sein grausamer Wille schlief, war er ein Bild der Seligkeit. Vielleicht lag es daran, dass sie kurzsichtig war, aber auch diesmal erkannte sie wieder eine Art Schönheit in ihm – der Schwung seiner Augenbrauen, die Kontur seiner Lippen. Aber es war die Schönheit einer prachtvollen exotischen Blume, die nach Tod stank.

Sie schlüpfte aus dem Schlafzimmer und schlich, eine Duftspur aus Sex und Neroli hinter sich herziehend, nackt durch den Flur. Sie öffnete die erste Tür, zu der sie kam, und entdeckte ein weiteres Schlafzimmer. Sie hatte vor, irgendwo ein Fliegengitter zu öffnen und aus dem ersten Stock ins Freie zu springen.

In der Hoffnung, etwas zum Anziehen zu finden, öffnete sie den Kleiderschrank. Das Erste, was sie darin sah, waren die Kostüme, die Stephen anlegte, wenn er unerkannt ausgehen wollte – Sam Miller und der Zirkusvater: Jeansjacken und Day-Glo-T-Shirts. Dahinter erspähte sie etwas, dessen Anblick sie erschrocken innehalten ließ: eine braune UPS-

Uniform. Neben der Uniform hing eine khakifarbene Kombination, wie sie vielleicht der Wachmann auf einem Supermarktparkplatz tragen würde. Sie runzelte die Stirn und versuchte zu begreifen, wie um alles in der Welt …

Doch dann erstarrte sie, fassungslos angesichts dessen, was als Nächstes im Schrank zum Vorschein kam. Auf dem allerletzten Bügel hingen ein schmutziger beigefarbener Damenmantel mit einem braun-türkis gewürfelten Seidenschal und eine Plastiktüte. Voller Entsetzen griff Lara in die Tüte. Sie zog eine mausbraune Perücke, eine Schildpattsonnenbrille mit ovalen Gläsern sowie eine hellbraune Schirmmütze heraus. Sie inspizierte die Perücke. An mehreren Stellen waren die Haare von einer Substanz verklebt, die wie Blut aussah.

Auf diesem Bügel hing Elizabeth Sanders – oder das, was noch von ihr übrig war.

Hatte Stephen das gemeint, als er behauptet hatte, sie bräuchten sich um Sanders keine Sorgen mehr zu machen? Lara drehte sich der Magen um. Wozu war dieser Mann, den sie zu kennen geglaubt hatte, fähig?

Doch zum Grübeln war keine Zeit. Sie musste handeln. Sie warf sich den schmutzigen Mantel über, huschte zum Fenster und entriegelte es. Es ließ sich problemlos öffnen. Das Fliegengitter stellte ein größeres Hindernis dar. Es schien am Fensterrahmen festgenagelt zu sein. Auf Knien durchwühlte Lara den Kleiderschrank und fand schließlich einen hölzernen Baseballschläger, den sie mit beiden Händen packte und gegen das Fliegengitter drückte, so dass sich der Draht nach außen wölbte. Sie merkte, dass mehr Kraft nötig war, und in ihrer Verzweiflung schlug sie mit dem Schläger auf die Ecken des Gitters ein, um es vom Fensterrahmen zu lösen. Nach dem dritten Schlag fiel das Fliegengitter heraus und landete rasselnd draußen auf der Erde. Lara war schon halb zum Fenster hinausgeklettert, als hinter ihr die Tür aufflog und Stephen hereinkam. Er war nackt und zielte mit seinem Gewehr auf sie.

Sie hatte es vermasselt.

»Was machst du da, Lara?« Er packte sie und zerrte sie ins Zimmer zurück, dann schleuderte er sie vor dem Kleiderschrank zu Boden, so dass sie mit dem Gesicht auf der blutverschmierten Perücke landete.

»Was hast du mit ihr gemacht?«, schrie sie und krallte ihre Finger in die synthetischen Haare. Jeder Gedanke an Verstellung war verflogen. »Was hast du mit Elizabeth Sanders gemacht?«

»Nichts, was sie nicht verdient hätte«, gab er zurück und hob das Gewehr, so dass der Lauf genau auf Laras Kopf zielte. »Und jetzt zieh diesen widerlichen Mantel aus.«

»Aber was ist das hier alles?« Die Perücke weiterhin in der Hand haltend, griff Lara nach der Sonnenbrille, deren Gläser, wie sie erst jetzt feststellte, gesprungen waren. »Ist das auch nur eins von deinen Kostümen? Hast du dich bloß als sie verkleidet?«

»Zieh den Mantel aus!«

Lara schüttelte den Kopf. Sie hatte angefangen zu weinen.

»DU MACHST«, brüllte er, »WAS ICH DIR SAGE!« Er griff nach dem Mantel und riss ihn ihr vom Leib.

»Schon besser«, sagte er, schlagartig beruhigt. Er wich einen Schritt von ihr zurück, holte tief Luft, schwang sich das Gewehr über die Schulter und lehnte sich dann gegen den Türstock. »Denk doch mal eine Minute nach, Lara.« Er sprach langsam und ruhig, wie zu einem Kind. »Wie hätte ich denn Elizabeth Sanders sein sollen? Ich saß am Steuer, als wir aus dem Zirkus zurückgekommen sind und sie uns beinahe von der Straße gedrängt hätte, schon vergessen? Sie HÄTTE UNS UM EIN HAAR GETÖTET.« Er schloss die Augen, und als er einatmete, blähten sich seine Nasenflügel. Er rang um Fassung. Dann lächelte er wieder und sah sie an. »An zwei Orten gleichzeitig zu sein, das bringe nicht mal ich fertig.«

»Ich bin so durcheinander.« Lara legte die Hände vors Gesicht und versuchte, jeden Gedanken an ihn zu verdrängen.

»Falls du es unbedingt wissen willst, Lara: Die ursprüngliche Elizabeth Sanders hat es wirklich gegeben. Allerdings gibt es sie jetzt nicht mehr, deshalb war ich gezwungen, eine neue anzuheuern. Es musste jemand sein, der knallhart war und dringend Geld brauchte. Betty hat mir Trudi Staines auf dem Silbertablett serviert, und sie wusste es nicht einmal. Trudi war perfekt – zumindest bis vor kurzem –, und ich mag Perfektion. Schauspielerfahrung, geübt im Umgang mit Make-up, da sie ja immer ihr grotesk entstelltes Gesicht überschminken musste.« Genau wie Olly zeichnete Stephen Trudi Staines' von Mund bis zum Ohr reichende Narbe mit dem Finger nach.

»Aber das hier«, er bückte sich, um den beigefarbenen Mantel aufzuheben – er hatte ihn auf den Boden geworfen, nachdem er ihn Lara vom Leib gerissen hatte, »ist noch das echte Sanders-Outfit, das ich damals in Los Angeles dem Original abgenommen und der Ersatzdarstellerin zur Verfügung gestellt habe. Jetzt muss ich es schon wieder in die Reinigung geben, was ein ziemliches Ärgernis ist.« Er hielt den Mantel in die Höhe und zeigte Lara die Schlammflecken auf der Außenseite. Sie sahen aus, als wäre der Mantel über feuchte Erde geschleift worden. Dann drehte er ihn um und wies auf einen dunkleren rotbraunen Fleck im Innenfutter. »Aber dann musste ja Betty kommen, diese blöde Schlampe, und mir in die Parade fahren.«

»Was meinst du damit?« Laras Gedanken überschlugen sich.

»Musste diese abgetakelte Transe sich überall einmischen? Der SINN DER SACHE war doch, dass du in *so* einem Zustand zu mir gelaufen kommst.« Er rang die Hände und stieß ein ersticktes Wimmern aus. »Dass die widrigen Umstände uns wieder zusammenführen. Aber Betty hat ihre fette Nase in Dinge reingesteckt, die sie nichts angehen. Und als wäre das nicht schon schlimm genug, hat Trudi dann auch noch ihr wahres Gesicht gezeigt. Sie hat angefangen rumzuzicken, wollte mehr Geld haben, hat mit diesem gedroht, dann mit jenem, dann mit noch irgendetwas anderem. Was hätte ich tun sollen?«

Lara brach schluchzend auf dem Boden zusammen.

»Bitte lass mich gehen«, sagte sie. »Bitte.«

»Das ist doch albern, Lara. Es könnte alles perfekt sein. Du musst nur deine Einstellung ändern.«

Lara sprang auf und versuchte, an ihm vorbei zur Tür zu stürzen. Er war völlig überrumpelt, und sie hatte es schon halb die Treppe hinuntergeschafft, ehe er sich auf sie warf. Zusammen rollten sie die Stufen hinab und landeten auf dem Küchenfußboden. Lara prallte mit dem Kopf gegen einen Treppenpfosten und verlor das Bewusstsein.

Vielleicht waren nur wenige Sekunden vergangen, vielleicht auch Stunden, sie wusste es nicht. Doch als Lara mit einem pochenden Schmerz an der Schläfe wieder zu sich kam, sah sie Stephen bewusstlos neben sich am Boden liegen. Er hatte eine Platzwunde an der Wange und sah aus wie ein gefallener Actionheld. Sie fragte sich kurz, ob er noch lebte, aber sie wollte ihre Gelegenheit zur Flucht nicht ein zweites Mal verschenken. Sie probierte alle Türen aus – sie waren abgesperrt, wie sie befürchtet hatte. Also rannte sie zurück nach oben in das Zimmer, wo sie das Fliegengitter herausgeschlagen hatte. Ohne zu zögern, kroch sie durchs Fenster, packte mit beiden Händen das Fensterbrett und ließ sich, nackt, wie sie war, draußen zu Boden fallen. Bei der Landung knickte sie um und stieß rückwärts gegen eine Mülltonne aus Blech, die unter großem Geschepper umkippte. Ihre Fingerspitzen, die sie sich am Fensterrahmen aufgerissen hatte, taten weh und bluteten, und ihr pochte der Schädel, aber sie nahm nichts davon wirklich wahr. Sie hatte es aus dem Haus geschafft. Sie war frei.

Hektisch schaute sie sich um. Was jetzt? Dann floh sie, in der unbewussten Instinkthandlung eines schutzsuchenden Tieres, in Richtung Wald, quer durch den Garten, wo Schlangen im Holzstoß lagen und in der Nachmittagshitze dösten.

»LARA!«

Ohne stehen zu bleiben, sah sie sich um. Stephen kam aus der Hintertür gewankt, das Gesicht blutüberströmt. Er hatte ihre Flucht bemerkt. Sie rannte und rannte, auf den Schutz der Bäume zu. Disteln stachen in ihre Fußsohlen, Dornengestrüpp riss ihr die Haut auf. Der Atem rasselte in ihrer zugeschnürten Kehle, aber sie wusste, dass es nur die

Angst war, nicht die Erschöpfung. Sie konnte es schaffen. Sie war Läuferin, und er konnte kaum aufrecht stehen.

Sie rannte den Pfad entlang, den Hügel hinauf, immer tiefer in den Wald. Wäre sie einem anderen Menschen begegnet, hätte dieser sie für eine fliehende Waldnymphe gehalten. Doch der Satyr, der sich an ihre Fersen geheftet hatte, war nicht zu Fuß. Hätte Lara außer ihrem eigenen Atem und ihrem klopfenden Herzen noch etwas anderes hören können, wäre es der Motor des zerbeulten roten Wrangler gewesen, den Stephen nun anließ. Ihre Füße flogen über den Boden, und selbst der steile Hang hielt sie nicht auf. Sie dachte nicht eine Sekunde lang darüber nach, dass sie nackt war, sondern hetzte durch Hartriegel und Erlen, stolperte über Vogelknöterich und aus der Erde ragende dunkle Wurzeln. Dreimal fiel sie, dreimal rappelte sie sich wieder auf und lief weiter, ohne sich auch nur den Schmutz vom schweißnassen Körper zu wischen.

Sie rannte um ihr Leben.

Und dann hörte sie das Röhren hinter sich. Sie blickte zurück und sah das rote Ungeheuer hinter ihr den Hang hinaufrasen und immer näher kommen. Der Wrangler hielt in einem Winkel auf sie zu, der ihr so unmöglich steil vorkam, dass es aussah, als würde er den Hang hinaufspringen. Lara beschleunigte ihr Tempo. Im Vorbeirennen sah sie das dichte Unterholz zu beiden Seiten des Pfads. Sie musste es tun. Wenn sie ihm entkommen wollte, blieb ihr keine andere Wahl.

Sie nutzte den Schwung der Drehung aus und sprang vom Weg ins Dunkel der Bäume, wo das dichte Blätterdach das grelle Sonnenlicht fast vollständig verdeckte. Ihre Augen brauchten eine Weile, um sich an die veränderten Sichtbedingungen zu gewöhnen, aber ihre Beine rannten unermüdlich weiter, setzten über Büsche hinweg und ließen Hautfetzen an Dornen zurück, die zufällig im Weg waren.

Und dann traf ihr Schienbein auf die halb eingesunkene Mauer, das Geheimnis des Waldes, die Überreste früherer Bewohner. Ihr Fuß, der sich in einem Erdloch verfangen hatte, blieb stecken, als sie vornüberfiel, und sie hörte das übelkeitserregende Knacken ihres Schienbeinknochens, als sie auf der anderen Seite der Mauer in eine Vertiefung stürzte und mit dem Gesicht in einem Haufen frisch aufgeworfenem Waldboden landete. Ihr Mund war voller Erde, ein Zahn angeschlagen, ihre Lippe zerbissen. Die Welt schien urplötzlich stillzustehen, und sie spürte, wie ihr ein Prickeln den Hinterkopf hinaufkroch. Entsetzen überrollte sie wie eine Welle, als ihr bewusst wurde, dass sich direkt neben ihrem Gesicht eine Hand befand. Eine Frauenhand mit Schmutz unter den zerbissenen Fingernägeln, die vor ihr aus der Erde ragte.

»Ach, Lara. Was machst du denn nur?«

Stephen hatte sie eingeholt. Schwer atmend und auf schwankenden Beinen stand er über ihr. Und trotzdem hatte er noch die Kraft, sie zu packen, sich über die Schulter zu werfen und auf den Rücksitz des Wagens zu legen. Der Schmerz in ihrem Bein, als es achtlos hochgehoben und ins Fahrzeug geschoben wurde, sorgte dafür, dass sie von dem, was danach folgte, nichts mehr mitbekam.

42

Marcus' Probe dauerte wieder mal länger, deshalb hatte er Bella gesagt, sie solle sich eine Peperoni Spezial aus dem Pizzaladen holen. Wenigstens war sie so dazu gezwungen gewesen, ihr Zimmer zu verlassen, und nach dem Spaziergang hatte sie sich nicht mehr ganz so sehr wie der wandelnde Tod gefühlt. Aber wirklich nur ein bisschen.

Dass ihre Mutter oben bei Stephen Molloy festsaß, war ein einziger Mist. Ihr Dad war zu sehr mit seinen Proben beschäftigt, um einkaufen zu gehen oder zu kochen. Und was Olly anging – den konnte man sowieso abhaken. Obwohl sie die meiste Zeit in ihrem miefigen Zimmer im Bett verbracht hatte, hatte sie den Verdacht, dass ihr Bruder, dieser Freak, seit mindestens zwei Tagen nicht mehr nach Hause gekommen war. Wahrscheinlich rannte er irgendwo im Wald herum, warf sich Drogen ein und brachte kleine Tiere um. Na ja, sie konnte nur froh sein. Je länger er wegblieb, desto besser.

Wenigstens hatte sie Jack nicht am Hals. Ihre Mutter war seit mittlerweile drei Nächten weg, und er hatte während der ganzen Zeit bei Gina geschlafen.

Als sie zum Haus zurückkam, sah sie den Hund an seinem angestammten Platz auf dem Rasen sitzen. Seit ihre Mutter weg war, hatte er fast ständig da gehockt.

»Na, Junge?«, sagte sie und ging zu ihm, um ihm den Kopf zu streicheln. Er blickte mit seinen schwermütigen, seelenvollen Augen zu ihr auf. Der Inhalt ihrer großen, fetttriefenden Pizzaschachtel hatte sein Interesse geweckt.

Sie ging ins Haus, klappte die Schachtel auf und riss zwei Pizzastücke ab. Das erste trug sie mit fettigen Fingern nach draußen und warf es dem Hund hin, der es mit zwei gierigen Happen verschlang. Dann ging sie zurück nach drinnen, schaltete den Laptop ihrer Mutter ein und machte sich daran, das andere Stück zu essen. Es war die erste Mahlzeit, die sie seit Ollys Überfall auf Sean zu sich nahm. Ihr war es irgendwie unanständig vorgekommen zu essen. Appetit hatte sie nach wie vor keinen, aber sie war so hungrig, dass sie das Gefühl hatte, als würde sich ein Teil ihres Körpers vom Rest ablösen.

Das MacBook Pro ließ seine charakteristische Begrüßungsmelodie hören, und Bella tippte das Passwort ein, von dem ihre Mutter glaubte, es wäre geheim. Sie startete Safari und loggte sich auf ihrer Facebook-Seite ein, um zu sehen, was ihre Freunde zu Hause in England so trieben. Als sie die von Blitzlicht erhellten, verwackelten Fotos ihrer Altersgenossen sah, wie sie auf Strandpartys durcheinandertorkelten oder in Glastonbury Helium aus Gasballons inhalierten, bekam sie Heimweh. Sie war so weit weg von allem, was sie kannte und liebte.

Sie überflog ihre privaten Nachrichten und löschte rasch eine erbärmliche kleine Pinnwandnotiz von Jonny, Ollys Lockspitzel, der schrieb, wie schlecht es ihm gehe, weshalb sie sich nicht gemeldet habe und dass Brighton ohne sie total öde sei.

Scheiß auf ihn!, dachte sie.

Dann ging sie den Rest der Nachrichten durch.

Sie wünschte, sie hätte mit Sean reden können. Bei ihrem einzigen anderen Ausflug ins Freie war sie sogar an seinem Haus vorbeigegangen, aber dann hatte sie an die Stimme seiner Mutter gedacht und war zu feige gewesen, die Stufen zur Haustür hochzusteigen. Sie hatte seinen Namen auf Facebook gesucht, ihn aber nicht gefunden. Es war, als wäre er komplett aus ihrem Leben gelöscht worden.

Wahrscheinlich ist es auch besser so, dachte sie trübsinnig.

Sie las und löschte mehrere Einladungen zu Partys, auf die sie nicht würde gehen können, sowie die knappe, anklagende Nachricht ihrer Freundin Kat, die wissen wollte, was zum Geier mit ihr los sei. Die letzte Nachricht hatte den Betreff *Sieh mal einer an* und kam von jemandem mit dem Benutzernamen *Dein Freund*. Überzeugt, dass es sich um Spam oder irgendein langweiliges Spiele-App handelte, wollte Bella sie schon ungeöffnet in den Papierkorb befördern.

Doch dann biss sie stattdessen von ihrer Pizza ab und klickte die Nachricht an.

Sie enthielt mehrere, aus derselben Perspektive aufgenommene Fotos von ihrer Mutter und Stephen Molloy, wie sie auf der Veranda seines Hauses standen. Mit gerunzelter Stirn beugte Bella sich näher zum Bildschirm. Im ersten Foto standen die beiden mit dem Rücken zur Kamera dicht nebeneinander in der Nähe der Tür. Im zweiten hatte Stephen ihrer Mutter eine Hand ins Kreuz gelegt und drehte sie so, dass ihre Gesichter voll zu sehen waren. Stephen zeigte auf etwas.

Als sie das dritte Bild anklickte, wurde der Pizzabissen in ihrem Mund zu einem dicken teigigen Klumpen.

Ihre Mutter hatte die Hand in Stephens Nacken gelegt und zog ihn zu sich herab. Auf dem vierten Bild küssten sie sich – und nach den umfangreichen Erfahrungen, die Bella in der letzten Zeit damit gesammelt hatte, wusste sie sofort, dass dies kein Kuss zwischen Freunden war. Das letzte Foto schließlich zeigte ihre Mutter und Stephen eng umschlungen. Stephen hatte die Hand unter Laras Top, direkt auf ihrer Brust.

Das Erste, was Bella machte, nachdem sie sich etwas gesammelt hatte, war, den Link anzuklicken, der sie zur Seite von *Dein Freund* führte. Aber dort gab es nichts zu sehen. *Dein Freund* hatte sein Profil für alle Benutzer gesperrt, die nicht seine – oder ihre – Freunde waren. Und darauf legte Bella nun wirklich keinen gesteigerten Wert.

»Halloo!« Ein Klopfen an der Hintertür. »Jemand zu Hause?«

Bella saß regungslos da und starrte das leere Facebook-Profil an, während wie bei einem Tetris-Spiel die Teile der Wahrheit Stück um Stück an ihren Platz rückten.

Sie hörte, wie das Fliegengitter der Hintertür aufgezogen wurde und dann zuschnappte.

»Bella? Lolly?«, rief Jack. »Wo seid ihr denn?«

»Vielleicht sind sie unterwegs«, sagte Gina, als Jack sie hinter sich her ins Wohnzimmer zog. Sie trug wie immer den klammernden Bert auf dem Arm.

Bella knallte den Laptop zu und sah auf, gerade als die drei eintraten.

»Bella!« Jack kam auf sie zugerannt und schlang ihr die Arme um die Beine, als wäre er am Ertrinken und sie eine Rettungsinsel.

»Oh, hi, Bella«, sagte Gina. »Du warst so leise.«

»Ich hab ein paar E-Mails geschrieben«, erwiderte Bella. »Tut mir leid, ich war mit den Gedanken ganz bei –« Sie machte eine Handbewegung in Richtung des Computers.

»Du brauchst dich doch nicht zu entschuldigen«, sagte Gina. »Jack hatte nur ein bisschen Heimweh, deshalb dachte ich, wir machen mal einen kurzen Spaziergang hierher, um ihm zu zeigen, wie nah es von uns zu euch ist.«

»Ganz nah«, bestätigte Jack und nickte.

»Tom und ich haben nämlich überlegt«, fuhr Gina fort, »ob wir euch nicht vielleicht irgendwie dabei helfen können, eure Mutter zurückzuholen. Marcus hat uns von dem Baum erzählt. Aber ich will dir nichts vormachen.« Gina setzte sich neben Bella und legte ihr eine Hand aufs Knie. »Ich weiß, wohin sie unterwegs war und mit wem sie sich treffen wollte.«

»Ach ja?«, sagte Bella mit piepsiger Stimme.

»Ich hatte einen Informanten.« Gina deutete mit dem Kopf auf Jack.

»Ich hab Gina erzählt, dass Stephen mit uns in den Zirkus gegangen ist«, erklärte Jack und strahlte Bella voller Stolz an. »Und von dem Bären.«

»Ach, Jack.« Bella schlug sich die Hand vor den Mund.

»Keine Bange, Liebes. Ich wusste ohnehin schon fast alles. Mir entgeht nicht viel von dem bisschen, was hier in Trout Island so passiert.«

»Oh.«

»Jack, mein Mäuschen, könntest du mir vielleicht ein Glas Wasser holen?«, bat Gina ihn. »Ich habe ganz großen Durst.«

Jack war sichtlich stolz, mit so einer Mission betrau

worden zu sein. Er nickte und marschierte in Richtung Küche davon.

Gina senkte die Stimme. »Tom hat heute Nachmittag auf der Heimfahrt von der Arbeit einen Umweg gemacht, um sich die Sache mit dem Baum auf der Straße anzusehen. Wir dachten, vielleicht könnten wir helfen. Jack vermisst natürlich seine Mommy.«

»Ja«, sagte Bella. Sie ahnte schon, was als Nächstes kommen würde.

»Es gibt keinen Baum«, formte Gina lautlos mit den Lippen.

Bella nickte und schloss die Augen. »Und warum sagen Sie mir das alles?«

»Ich will mich nicht einmischen«, sagte Gina, was Bella ein bisschen stark fand. »Deswegen bin ich auch nicht gleich zu deinem Dad gegangen. Aber eins will mir nicht in den Kopf: Wie kann eine Mutter, ganz egal, was sie sonst noch am Laufen hat, ihr kleines Kind so lange alleinlassen? Und so wie ich deine Mom kenne, passt das ganz und gar nicht zu ihr.« Gina lehnte sich zurück und sah Bella in die Augen. »Wenn du die Wahrheit wissen willst: Ich mache mir ein bisschen Sorgen um sie.«

»Aber was soll ich denn tun?«, fragte Bella. Einen Moment lang spielte sie mit dem Gedanken, Gina die Fotos zu zeigen, aber sie schämte sich zu sehr. Sie wollte mit alldem nichts zu tun haben.

»Pass auf. Dein Freund Sean hat doch ein Auto, oder? Könntet ihr nicht rauffahren und sagen, ihr wärt gekommen, um zu sehen, ob ihr irgendwie helfen könnt? Und dabei hättet ihr bemerkt, dass der Baum schon weggeschafft worden sei? Nur um rauszufinden, was los ist.«

»Aber …« Bella konnte Gina unmöglich von der Sache mit Sean erzählen. Einige Dinge in Trout Island gab es nämlich doch, über die sie nicht Bescheid wusste. Zum Beispiel, dass ihr Bruder ein sadistischer Psycho war.

»Ich würde ja selbst hinfahren, aber ich habe die Kinder. Und eigentlich dürfte ich von der ganzen Sache auch gar nichts wissen. Falls es wirklich harmlos ist, wäre es eine Katastrophe, wenn ich plötzlich vor der Tür stehe. Ich kümmere mich auch solange um Jack. Bitte, Bella. Ich bin zu dir gekommen, weil deine Mutter gesagt hat, du seist die Vernünftige von euch zweien. Könntest du nicht hinfahren und nachsehen, ob es ihr gutgeht?«, bat Gina. »Ich habe da so ein komisches Gefühl …«

»Bitte, Gina«, sagte Jack, der mit dem Wasser hereinkam. Er war sehr vorsichtig, schaffte es aber trotzdem, mehr als die Hälfte des Wassers zu verschütten, bevor er Gina erreicht hatte.

»Kann ich … kann ich bitte mit Sean sprechen?«, sagte Bella, während sie sich das altmodische Kabel des Harold-Pinter-Telefons um den Finger wickelte.

»Bist du das Mädchen aus England?«, wollte seine Mutter wissen.

»Bitte, ich muss wirklich dringend mit ihm sprechen …«

Seine Mutter legte auf.

Sie stand vor Seans Haus und wartete darauf, dass jemand auf ihr Klopfen reagierte. Irgendwann hörte sie lederne Absätze über Holz klackern. Die Tür wurde geöffnet, und eine Woge kühler, nach Bienenwachs duftender Luft strömte ins Freie.

»Ja?« Eine kleine, rundliche Frau in einem graugewürfelten Kleid füllte den Türrahmen aus.

»Mrs McLoughlin? Ich muss mit Sean sprechen.«

»Meinst du nicht, dass es dafür ein bisschen zu spät ist?«, fragte seine Mutter. Sie war eine streng aussehende Frau mit kurzen grauen Haaren und einer Lesebrille, die ihr vorn auf der Nasenspitze saß. Bella erinnerte sich daran, dass Sean gesagt hatte, sie sei Buchhalterin und arbeite von zu Hause aus. Was bedeutete, dass sie ihren Wachtposten niemals verließ.

Bella ergriff die Hand der Frau.

»Bitte«, sagte sie. »Es ist dringend.«

»Ich kann dich nicht zu ihm lassen.« Ihre Stimme klang abgehackt und rau. »So schäbig, wie du ihn behandelt hast. In einer einzigen Woche, junges Fräulein, hast du aus meinem Sohn einen –«

»Mom, ist schon gut.« Sean war hinter seiner Mutter im schwach beleuchteten Flur aufgetaucht. »Lass mich mit ihr reden.«

Seine Mutter drehte sich um, sah zu ihm auf, dann zurück zu Bella.

»Wenn du –«, drohte sie Bella.

»Danke, Mom«, sagte Sean. »Ich regle das schon.« Er hielt mit dem Arm die Haustür auf, so dass seine Mutter darunter hindurchgehen konnte. Noch einmal schaute sie kopfschüttelnd zu ihm hoch. Sean kam auf die Veranda und schloss die Tür hinter sich.

Sie standen da und starrten sich an. Bella schloss die Augen. Tränen liefen ihr übers Gesicht. Sean trat auf sie zu und schlang die Arme um sie.

»Du hast mir so gefehlt«, flüsterte er in ihr Haar. »Als du nicht ans Telefon gegangen bist, dachte ich, du willst mich nicht mehr sehen, weil du mich für einen Schwächling hältst.«

»Ich hab mich bloß so geschämt«, gab sie zu.

»Ich mich auch«, gestand er lachend, und seine Stimme klang ganz wacklig.

»Und ich wollte Olly nicht noch mehr Gründe liefern, dir weh zu tun.«

»Wir dürfen nicht zulassen, dass er gewinnt, Bella.«

»Was hast du denn gemacht?«, fragte Bella, »als du an dem Tag nach Hause gekommen bist?«

»Mich ins Bett verkrochen und mir die Decke über den Kopf gezogen. Zum Glück war Mom für ein paar Tage in New York, und ich hatte Zeit, mich wieder auf die Reihe zu kriegen. Sie weiß nichts. Niemand weiß was. Sie glaubt, du hättest mir einfach nur das Herz gebrochen. Nur!«

»Warst du nicht im Krankenhaus? Ich dachte –«

»Was hätte ich denen denn sagen sollen?«

»Und wie geht's dir jetzt?«

»Ich hab immer noch Schmerzen. Mit Advil geht's einigermaßen. Aber bald bin ich wieder der Alte.«

»Gott sei Dank.«

Erst nachdem sie ihr Gesicht eine Weile an seiner Brust vergraben und ihn fest im Arm gehalten hatte, fiel ihr wieder ein, weshalb sie eigentlich gekommen war.

»Sean, du musst mir helfen.« Sie sah zu ihm auf.

»Was hat er jetzt wieder angestellt?«, fragte Sean, und sein Kiefer spannte sich an.

»Es hat nichts mit Olly zu tun.« Bella zeigte ihm die Wegbeschreibung, die sie und Gina mit Hilfe deren Ortskenntnis und Google Earth zusammengeschrieben hatten »Es ist wegen Mum und Stephen Molloy.«

Hund kam gemächlich die Main Street entlanggetrottet und setzte sich, als sie auf ihn zufuhren, direkt vor ihrem Wagen auf den von der Hitze aufgeworfenen Asphalt.

»Verrückter Köter«, sagte Sean und trat auf die Bremse.

»Er will mitkommen«, glaubte Bella, stieg aus und öffnete die hintere Tür. Hund kam um den Wagen herumgelaufen, sprang auf die Rückbank und setzte sich mit Blick nach vorn wie ein ungeduldiger VIP, der darauf wartet, dass sein Chauffeur endlich losfährt.

»Je mehr wir sind, desto besser«, war Bella überzeugt.

Hundert Meter weiter mussten sie erneut anhalten, diesmal wegen der Baustellenampel. Während sie warteten, lief Gladys vor ihnen auf die Straße. Sie trug den verängstigten, weinenden Jack auf dem Arm.

»Jack?«, rief Bella und streckte den Kopf aus dem Fenster.

»Bella!« Jack reckte ihr die Arme entgegen.

»Bella, bist du das? Dem Himmel sei Dank«, sagte Gladys in vollendeter Nachahmung der Ausdrucksweise ihrer Mutter. Sie war blass um die Nase und keuchte heftig. Sie hatte sichtlich Mühe, Jack zu tragen, der zwar mehrere Jahre jünger war als sie, aber fast genauso schwer.

»Was ist denn?« Bella sprang aus dem Auto und befreite das Mädchen von seiner Last.

»Ethel ist aus dem Baumhaus gefallen, und jetzt ist ihr Arm ganz verdreht, und der Knochen guckt raus, und sie schreit wie eine Bekloppte. Mommy hat gesagt, ich soll zum Theater gehen und Jack zu seinem Vater bringen, weil wir in die Notaufnahme müssen, aber da ist niemand.«

»Die Hauptdarsteller sind heute zur Kostümanprobe in der Stadt«, erklärte Sean, der nun ebenfalls ausstieg. »Deswegen hab ich auch den Nachmittag frei.«

»Ich nehme ihn. Geh du ruhig zurück zu deiner Mutter«, sagte Bella.

»Danke, du Gute«, rief das kleine Mädchen, dann rannte sie zurück zu ihrem Haus.

»Und was mache ich jetzt?« Mit Jack auf dem Arm wandte Bella sich an Sean.

»Dann kommt er eben mit.«

»Aber wir haben keinen Kindersitz. Mum rastet aus.«

»Irgendwie hab ich das Gefühl, dass das die geringste ihrer Sorgen sein wird, wenn sie uns sieht.« Sean öffnete die hintere Tür, damit Bella Jack ins Auto setzen konnte.

»Hundi!«, rief Jack, dessen Miene sich beim Anblick seines Reisebegleiters augenblicklich erhellte. Hund wandte den Kopf und schleckte Jack zur Begrüßung flüchtig über die Wange. Dann drehte er sich wieder nach vorn.

Die Ampel schaltete auf Grün, und Sean ließ den Motor an. Gerade als er losfahren wollte, sahen sie das türkisfarbene Cabrio, das ihnen auf der Main Street langsam entgegenkam. Es musste am anderen Ende der Baustelle das Rotlicht überfahren haben.

»Ach du Scheiße«, sagte Sean. Bella nahm seine Hand.

Vorn im Wagen saßen Aaron und Kyle. Hätte sie nicht solche Angst gehabt, hätte Bella lachen müssen, so groß war ihre Ähnlichkeit mit Dick und Doof. Als sie an ihnen vorbeifuhren, zielte Aaron, der am Steuer saß, genüsslich mit einem imaginären Gewehr auf Sean und drückte ab. Im Schneckentempo rollte der Wagen an ihnen vorüber.

»Was Olly wohl dazu sagen wird, Kyle?«, sagte Aaron in einer grotesken Frauenstimme.

»Ich möchte es mir gar nicht vorstellen«, lispelte Kyle zurück.

»Ich glaube, wir werden ihm sagen müssen, was seine ungezogene kleine Schwester so treibt …«

»Das wird ihm nicht gefallen.«

»Aber so *gar* nicht.«

Sie ließen den Motor zweimal aufheulen, dann brauste der Wagen davon. Sean legte die Stirn gegen das Lenkrad. Nach einer Weile atmete er tief durch, warf Bella einen Blick zu und lächelte.

»Kein Weglaufen mehr. Das Schlimmste an der ganzen Sache war für mich, dass ich mich nicht gewehrt habe. Das wird mir nicht noch mal passieren.«

Bella beugte sich zu ihm und küsste ihn. Dann gab er Gas, und sie machten sich auf den Weg die Main Street entlang zu Stephens Haus, das jenseits der Berge mitten im Wald lag.

»Und überhaupt, was regen wir uns so auf?«, sagte Bella. »Sie wissen ja gar nicht, wo wir hinwollen.«

Erst als sie schon zu weit von Trout Island entfernt waren, um noch etwas daran zu ändern – sie fuhren gerade an dem Haus mit dem Teich vorbei, das ihrer Mutter so gefallen hatte –, dämmerte es Bella.

Trotz des Schocks und der Verwirrung wegen der Fotos von ihrer Mutter mit Stephen hatte sie darauf geachtet, sich bei Facebook auszuloggen. Das machte sie immer, schon aus Gewohnheit, denn wenn sie es vergaß, ging Olly auf ihre Seite und schrieb unter ihrem Namen irgendwas Versautes oder Peinliches. »Frape« nannte man das. Aber hatte sie auch das Fenster geschlossen, in dem Stephens Haus auf Google Earth zu sehen war? Gina hatte ihr genau gezeigt, wie sie die Adresse finden konnte, die angeblich auf Google gar nicht existierte. Falls sie, wie sie befürchtete, die Seite wirklich offen gelassen hatte, dann war es ein Irrtum zu glauben, dass Olly nicht wusste, wohin sie unterwegs waren. Im Gegenteil: Er wusste es sogar sehr genau.

43

Das Erste, was Lara wahrnahm, als sie aufwachte, war, dass sie ihre Arme nicht spüren konnte. Nach einer Weile merkte sie, dass es daran lag, dass ihre Hände hinter dem Rücken eng mit etwas Metallenem gefesselt waren. Ihr Bein allerdings spürte sie sehr wohl. Der Schmerz pendelte zwischen dumpf und reißend, als würde ein auf der falschen Wellenlänge eingestelltes Radio abwechselnd lauter und leiser gedreht.

Stephens Gesicht erschien über ihr. Er lächelte auf sie herab wie ein liebenswürdiger Onkel.

»Ah, da bist du ja wieder«, sagte er und strich ihr übers Haar. »Ich hatte schon angefangen, mir Sorgen zu machen.«

Sie sah, dass der Schnitt an seiner Wange mit Leukostrips beklebt war.

»Jetzt kann ich nur noch die Bösewichte spielen«, erklärte er und betastete die Wunde. »*Scarface* Teil zwei.«

Lara wollte sich aufrichten, aber selbst wenn ihr Kopf nicht zu sehr weh getan hätte, um ihn vom Kissen zu heben, wäre das unmöglich gewesen, denn sie war mit Gurtbändern am Bett fixiert.

»Bitte mach mich los«, krächzte sie.

»O nein, nicht das schon wieder«, seufzte Stephen. »Ist dir klar, Lara, wie viele Frauen buchstäblich bereit wären, einen Mord zu begehen, um da zu sein, wo du dich gerade befindest? Hier bei mir? Du solltest mir dankbar sein. Ich habe dich aus der schalen Farce deiner Ehe befreit.«

»Ich kann meine Arme nicht fühlen«, sagte Lara. »Bitte, mach mich los.«

»Oh, ich glaube nicht, dass ich das tun kann, Schatz. Nicht nach deinem kleinen Ausflug heute Nachmittag. Ich vertraue dir nicht, verstehst du? So leid es mir tut.« Er beugte sich vor, berührte sie an der Schulter und fuhr dann mit der Hand weiter den unter ihrem Körper gefangenen Arm entlang. »Ah, verstehe. Du liegst auf deinen Händen. Das ist bestimmt sehr unbequem.«

Er kniete sich auf ihren Bauch, damit sie sich nicht bewegen konnte, und löste die Gurtbänder. Während er sie aufs Bett drückte, rollte er sie gleichzeitig herum. Sie stieß einen Schrei aus, als ihr Bein so unvermittelt bewegt wurde.

»Tut mir leid«, sagte er. »Armes kleines Bein.«

Er wartete, bis sie aufgehört hatte zu keuchen. Dann setzte er sich rittlings auf sie, band ihr die Hände los, nahm ihre Arme und streckte sie im rechten Winkel zu ihrem Körper nach beiden Seiten aus.

»Ist es so besser?«

»Ja«, sagte Lara, ihre Stimme gedämpft vom Kopfkissen. Als das Blut in ihre Finger zurückfloss, war das Stechen und Kribbeln fast unerträglich, aber er hatte recht, es war besser, als weiterhin auf ihnen zu liegen.

»Na dann.« Stephen griff nach etwas an der oberen Ecke des Betts. »Gut, dass ich die hier habe. So ist es mit Sicherheit viel bequemer für dich.«

Verzweiflung machte sich in Lara breit, als sie das Rasseln von Ketten vernahm. Sie hörte das Einrasten von Metall, als Stephen die Handschellen erst um ihr linkes, dann um ihr rechtes Handgelenk schloss. Rasch sprang er auf und machte dasselbe mit ihren Fußknöcheln, so dass sie nun mit gespreizten Gliedern und dem Gesicht nach unten auf der Matratze lag.

»Und jetzt, Lara«, verkündete er, kletterte von ihr herunter und strich mit den Händen ihre Beine hinauf über ihren Hintern, »werde ich deine unentdeckten Gefilde erobern.«

Hinterher lag er endlich still, noch immer in ihr, Schweiß an Schweiß. Blut und Tränen vermischten sich mit seinem Samen. Lara blieb ein kurzer Moment, um sich zu fragen, was bei alldem aus ihr geworden war. Dann schaltete sich ihr Bewusstsein gnädigerweise ab, erlöste sie von dem Schrecken namens Stephen Molloy und stürzte sie in eine Art Vergessen.

44

Egal wie sehr Bella sich auch wünschte, dass es den umgestürzten Baum wirklich gab – Ginas Mann hatte die Wahrheit gesagt. Das einzige Hindernis auf der Straße war der von einem Auto zermalmte Kadaver eines Rehkitzes.

Sean lenkte den Nissan mit knirschenden Reifen den staubigen Pfad bis zu Stephens Tor hinauf und stellte den Motor ab. Bella stieg aus, und er folgte ihr.

Eingehüllt in die Staubwolke, die der Wagen aufgewirbelt hatte, betrachteten sie die Hindernisse, die es zu überwinden galt. Ein verschlossenes, drei Meter hohes und mit Stacheldraht gespicktes Tor. Ein Zaun, genauso hoch, ebenfalls mit Stacheldraht gespickt. Von Menschenhand errichtete Grenzlinien im Wald, an denen kein Vorbeikommen war. Abgesehen von einem Eingabefeld, auf dessen Zifferntasten Bella vergeblich herumdrückte, sah sie nichts – keinen Klingelknopf, keine Kamera –, das jemandem im Haus hätte verraten können, dass sie da waren.

Die Laubheuschrecken in den Bäumen über ihnen machten ihren üblichen Lärm, der sich in Bellas Schädel bohrte.

»Also, ich kapier nicht, warum wir überhaupt den ganzen Weg hierhergefahren sind«, sagte sie schließlich.

»Meinst du nicht, du hast ein Recht, darüber Bescheid zu wissen?«, fragte Sean.

Sie sah ihn an. Seine Augen glühten.

»Wenn ich die Möglichkeit hätte, meinen Dad davon abzuhalten, eine andere zu vögeln, bevor meine Mom was davon erfährt …«

»Aber das geht mich doch gar nichts an.«

»Und ob dich das was angeht.«

»Findest du?« Es wunderte sie, dass er sich so ereiferte. Sie lehnte sich an ihn, und er schlang den Arm um sie. »Und was machen wir jetzt? Wie sollen wir da reinkommen? Das ist wie Fort Knox.«

»Frag den Einheimischen.« Sean hob einen Finger. »Wir können von hinten aufs Grundstück gelangen. Querfeldein. Das Land auf der anderen Seite gehört meinem Onkel. Wir können noch ein Stück mit dem Auto fahren, den Rest der Strecke müssen wir dann zu Fuß gehen.«

»Aber wir haben Jack dabei.« Bella drehte sich zu ihrem kleinen Bruder um, der sich, soweit sie durchs Wagenfenster erkennen konnte, mit Hund unterhielt und hin und wieder nieste.

»Wenn er müde wird, können wir ihn abwechselnd tragen.«

Sie stiegen wieder ins Auto, und Sean fuhr den Weg entlang bis zu der Stelle, an der der Zaun um Stephens Grundstück sich vom Weg trennte und im Wald verschwand. Nach weiteren fünf Meilen endete ihre Fahrt vor einem mit Unkraut überwucherten Maisfeld auf einem Plateau hoch oberhalb der dunklen, dichtbewaldeten Hügel. Dämmerungsaktive Insekten schwirrten summend und beißend durch die Luft. Bella schlug sich auf einige juckende Stellen an den Armen – schon wieder diese Gnitzen.

»Inzwischen kommt hier keiner mehr hoch«, erklärte

Sean und stellte den Motor ab. »Aber als Kind hab ich oft den ganzen Sommer hier verbracht. Früher, als mein Onkel noch gesund genug war, um das Land zu bewirtschaften. Ihr Haus stand da drüben.« Er zeigte in die Richtung einer roten Scheune, die sich im Fünfundvierzig-Grad-Winkel zur Erde neigte. »Aber es war zu weit oben. Das Haus wurde vom Blitz getroffen und ist quasi in die Luft geflogen.«

Was für eine sonderbare Welt, dachte Bella, als sie auf dem heißen, windgepeitschten Plateau stand, wo die rote Erde die Farbe der untergehenden Sonne in sich aufsog und vor dem Grün der hoch aufgeschossenen Maispflanzen fast blendete. Hier konnten Häuser in die Luft fliegen, Brüder sich in Psychopathen verwandeln, Mütter mit Filmstars durchbrennen, und sie konnte die Liebe ihres Lebens finden.

»Und wo lang jetzt?«, fragte sie.

»Nach Süden. Durch den Wald. Da ist es so wild, dass nicht mal Molloy einen Zaun aufstellen könnte. Den Berg runter, auf der anderen Seite wieder rauf und dann wieder runter.«

Das hörte sich für Bella ziemlich anstrengend an, erst recht mit einem kleinen Jungen und Hund im Schlepptau. Doch sie beruhigte sich mit ihrer neugewonnenen Erkenntnis, dass nichts unmöglich war.

»Er sagt, wir müssen uns beeilen«, japste Jack. Bella drehte sich um. Ihr kleiner Bruder hatte eine Hand auf Hunds Rücken gelegt. Sein Gesicht war von der allergischen Reaktion aufgedunsen.

»Jack, ist alles in Ordnung mit dir?«, fragte Bella. Sie war immer davon ausgegangen, dass ihre Mutter bloß deshalb so einen Zirkus um Jacks Allergien und Asthma veranstaltete, weil sie ihn nicht loslassen konnte. Aber als Bella ihren Bruder jetzt sah, ging ihr auf, dass er wohl tatsächlich seinen Inhalator und die Tabletten brauchte – und dass die vermutlich unerreichbar weit weg waren, nämlich in Trout Island bei Gina.

»Mir geht's gut«, antwortete er und ließ Hund los, damit der vorneweg laufen konnte. Das Tier verschwand über einen Pfad, der quer durchs Maisfeld und hinunter ins indigoblaue Herz des Waldes führte. Bella hoffte, dass die frische Luft Jack helfen würde.

»Kommt schon, ihr Schnecken!« Jack hopste Hund hinterher.

Sean warf die Autotüren zu, nahm Bella an der Hand und zog sie hinter sich her ins Feld.

Bevor die Bäume sie verschluckten, schaute Bella noch einmal zurück. Seans Wagen war auf der Kuppe des Plateaus weithin sichtbar. Wenn die Jungs sie finden wollten, hatten sie einen guten Ausgangspunkt.

45

Kaum waren sie im Wald, als der Pfad endete und sie sich ihren Weg durchs Unterholz bahnen mussten. Hund lief voraus, dicht gefolgt von Jack.

»Läuft Hund überhaupt in die richtige Richtung?«, wollte Bella von Sean wissen.

»Verrückt, aber ja.«

»Pass auf den Giftefeu auf«, warnte Sean, als sie den Abhang hinunterschlitterten. Sie konnten das Gurgeln des Flusses hören, der tief unten im Tal über Steine floss, die von den Hängen hinabgerollt waren. »Angeblich kommt er in diesen Breiten nicht vor, aber ich weiß aus eigener Erfahrung, dass er hier im Wald überall wächst.«

»Ich würde Giftefeu nicht mal erkennen, wenn ich drüber stolpere«, gestand Bella.

»Das hast du schnell raus. Schau her.« Er bückte sich und zeigte auf eine harmlos aussehende grünblättrige Ranke, die an einem Baumstamm emporkletterte. »Der Blätter drei, geh vorbei. Wenn du die anfasst, kriegst du in ein, zwei Tagen große Blasen auf der Haut. Es dauert mehrere Wochen, bis sie wieder weggehen, und sie breiten sich auf dem ganzen Körper aus.«

»Igitt.« Der Wald wirkte auf den ersten Blick so friedlich – wie ein englischer Eichenwald. Aber angesichts von

Giftefeu, Schlangen, Bären, Kojoten und Pumas, die hinter Bäumen lauern konnten – ganz zu schweigen von ihrer Mutter, die irgendwo da draußen weiß der Geier was mit Stephen Molloy trieb –, konnte man wohl sagen, dass der Schein trog.

Sie stapften den Hang hinab durch Schichten krümeliger Lauberde, bis sie den Fluss erreicht hatten. Über rotbraune Felsen, die verstreut im Wasser lagen, konnte man auf die andere Seite gelangen. Bella musste die ganze Zeit an das Foto von ihrer Mutter und Stephen Molloy denken. Würde sie ihre Mutter wirklich von ihrem Vorhaben abbringen können? Ganz offensichtlich wollte sie ja bei ihm sein. Bella fragte sich, wie lange das zwischen ihnen schon so ging. Sie erinnerte sich noch daran, wie Stephen gesagt hatte, dass sie sich von früher kannten. War ihr »zufälliges Wiedersehen« hier in Trout Island vielleicht nur Show gewesen?

Auf halbem Weg über den Fluss blieb sie stehen.

»Ich glaube, wir sollten umdrehen«, rief sie Sean über das Rauschen des Wassers hinweg zu.

»Was?«, rief der und drehte sich zu ihr um.

»Ich will nicht da hingehen. Ich will von der ganzen Sache nichts wissen. Ich will vergessen, dass ich diese Fotos überhaupt je gesehen habe. Ich will, dass Dad das regelt.«

»Wenn du es so weit kommen lässt, dann ist alles vorbei, das ist dir klar, oder?« Sean balancierte zu ihr zurück und fasste sie bei der Hand. »Und die Fotos wirst du so oder so nicht los.«

Bella schloss die Augen und zog die Brauen zusammen. Er hatte recht. Das Bild von Stephen und ihrer Mutter war so klar und deutlich in ihrem Kopf, als hätte jemand es mit Laser auf die Innenseiten ihrer Augenlider gebrannt.

»Bella«, sagte Sean, während sie auf dem großen Felsen mitten im Fluss standen. »Denk an den Kleinen da.« Mit einem Nicken deutete er auf Jack, der das andere Ufer bereits erreicht hatte, dort auf einem Findling saß und die Arme um seine dreckverkrusteten Knie geschlungen hatte. Hund saß neben ihm. Jack wirkte so klein, sowohl im Vergleich zu dem Tier als auch vor den riesigen Bäumen, die hinter ihm in den Himmel ragten.

»Willst du wirklich seine ganze Welt zerstören?«, fragte Sean.

Bella blickte zu Boden und schüttelte den Kopf.

»Wir müssen unser Bestes versuchen. Das ist unsere Pflicht ihm gegenüber – allen Beteiligten gegenüber.«

Unsere Pflicht, dachte Bella und sah zu Sean auf. Und zu ihrer immensen Erleichterung wurde ihr klar, dass sie, ganz egal, was noch passieren würde, wenigstens nicht allein wäre.

»Jetzt *kommt*!«, rief Jack ihnen atemlos von seinem Findling aus zu.

»Wir kommen ja!«, rief Bella zurück und sprang zum nächsten Stein.

»Außerdem«, sagte Sean, der sich an ihrem Arm festhielt, als er ihr hinterhersprang, »hast du eine Sache dabei ganz vergessen.«

Bella sah ihn an. Eine Libelle schwirrte geräuschlos zwischen ihnen vorbei, ein Aufblitzen von irisierendem Blau und Grün.

»Wer hat die Fotos gemacht? Und woher wusste derjenige, dass er sie dir schicken musste?«

Bella biss sich auf die Lippe. Wie hatte sie so dämlich sein können? Die Bilder hatten ihr so einen Schrecken eingejagt, dass sie gar nicht weiter darüber nachgedacht hatte, we

Dein Freund sein könnte. In ihrer Dummheit hatte sie sie für Paparazzifotos gehalten, so wie man sie von Stephen und seinesgleichen in jeder Illustrierten sah. Sie ging die Liste der möglichen Verdächtigen durch. Um Stephen Molloys willen konnte sie nur hoffen, dass es nicht Olly war …

»Kommt doch endlich!«, brüllte Jack.

Dann machte es klick. »Diese Stalkerin!«, rief sie. »Stephen Molloy wurde doch von einer Stalkerin verfolgt –«

»Ja, damals in L. A., das hat Betty mir erzählt. Die muss echt durchgeknallt gewesen sein.«

»Du glaubst doch nicht …?«

»O Mann.«

»Vielleicht hatte Gina mit ihrem ›komischen Gefühl‹ ja recht.«

»Hä?«

»Egal. Komm weiter.«

Sie sprangen über die restlichen Steine bis zum anderen Ufer.

»Endlich«, sagte Jack. »Los, Hund, komm.«

»Schnell«, drängte Bella.

Sie marschierten weiter und hatten den steilen Anstieg bereits zur Hälfte hinter sich gebracht, als ein Gewehrschuss durchs Tal hallte und sie erstarren ließ. Hund fuhr herum und bellte in die Richtung, aus der der Schuss gekommen war.

»Aus!«, zischte Sean.

Es wurde still im Wald. Das einzige Geräusch war Jacks Keuchen.

»Was –?« Bella drehte sich zu Sean um.

»Schhh.« Er hob die Hand, lauschte und spähte in den dunkler werdenden Wald hinter ihnen.

Weit weg, auf der anderen Seite des Flusses, hörten sie ein unverwechselbar hohes, meckerndes Lachen, gefolgt von einem Jubelschrei.

»O nein«, sagte Bella. Natürlich waren Olly und seine Gang ihnen gefolgt. Sie hätten ebenso gut ihren Weg mit Brotkrumen markieren können.

»Diese Typen sind, seit sie krabbeln können, fast jedes Wochenende mit ihren supertollen Vätern, oder was auch immer das für Männer sind, draußen auf der Jagd gewesen«, erklärte Sean. »Es war ein Kinderspiel für sie, uns bis aufs Plateau zu folgen – schließlich fahren sonst keine Autos mehr da hoch. Und dann noch der frische Trampelpfad im Mais … Man kann nicht gerade behaupten, dass wir unsere Spuren gut verwischt hätten.«

»Und was machen wir jetzt?«

»Wir gehen weiter. Sie dürfen uns auf keinen Fall einholen, und wenn wir umkehren, werden sie uns mit Jacko und Hund garantiert bemerken. Unser Vorteil ist, dass wir schon fast oben sind. Kommt.« Er nahm Jack hoch, schwang ihn sich auf die Schultern und lief weiter.

Mit Hund als Vorhut kamen sie auf dem Pfad rasch voran. Sean bückte sich, um einen Stock aufzuheben, den er hin und wieder ins Gebüsch warf, damit das Tier ihn apportierte.

»Um ein paar falsche Fährten zu legen. Vielleicht hält sie das ein bisschen auf.«

»Clever.«

»Für einen Jungen vom Lande selbstverständlich.«

Bella hätte gelächelt, aber sie musste sich anstrengen, mi ihm Schritt zu halten. Seine Beine waren über dreißig Zen timeter länger als ihre. Das wusste sie deshalb so genau weil sie sie eines gemütlichen Nachmittags am Teich verglichen hatten.

Sie kamen an einem verfallenen Haus vorbei, das halb von Moos überwachsen war. Es sah aus wie ein Gesicht, dem man die Augen ausgestochen hatte.

»Früher haben hier in den Hügeln überall Menschen gelebt«, sagte Sean.

»Wie es scheint, herrscht ja immer noch ganz schön viel Betrieb.«

»Los, schneller, Sean!«, rief Jack, als er gerade einmal nicht nach Luft schnappen musste, und gab Sean die Sporen, als wäre er sein Pferd.

Endlich waren sie auf der Kuppe des Hügels angekommen. Außer Atem nach der Anstrengung, stolperten sie aus dem Schutz der Bäume auf eine sonnengesprenkelte Lichtung.

»Bär«, sagte Jack. Und seine Unterlippe begann zu zittern.

»Habt ihr hier den Bären gesehen, Jacky?« Bella sah zu ihm hoch.

Jack nickte, und sie bemerkte, dass die Augen in seinem verquollenen, aufgetriebenen Gesicht nur noch zwei kleine Schlitze waren.

»Wir müssen dafür sorgen, dass Jacky Hund nicht zu nahe kommt«, sagte sie.

»Aber ich mag Hund«, jammerte Jack.

»Der Bär ist die geringste unserer Sorgen. Los, gehen wir«, forderte Sean Bella auf. Sie stapften weiter, vorbei an einer Gruppe Blaubeersträucher voller reifer Beeren. Auf der anderen Seite der Lichtung tauchten sie abermals in den Wald ein und begannen, über einen matschigen Pfad den

Abhang hinunterzurutschen. Orangefarbene Salamander huschten vor ihnen davon.

»Da ist es!« Sean zeigte auf ein Fleckchen rotes Dach, das zwischen den Blättern hervorblitzte. »Mr Molloys Liebeshöhle.«

»Hör auf damit«, bat Bella. Schlagartig war ihr die Lust an ihrem Abenteuer vergangen, und sie hatte das Gefühl, sich übergeben zu müssen. Sie blieb einen Augenblick stehen.

»Wollen wir sie überraschen?«, fragte Sean.

»Lieber nicht.« Bella verzog das Gesicht. »Ich fände es besser, wenn sie vorgewarnt wären.«

»Schlangen!«, rief Jack, als sie den Rasen erreicht hatten. Hustend versuchte er, von Seans Schulter herunterzuklettern. Hund galoppierte voraus, setzte sich auf die Veranda und wartete dort auf sie.

In der Dämmerung wirkte das Haus still und verlassen. Wären der alte Volvo und Stephens zerbeulter Wrangler nicht gewesen, hätte man meinen können, dass niemand zu Hause war.

»Besser, du bleibst mit Jack hier draußen«, schlug Bella vor. »Ich will nicht, dass er irgendwas sieht, was er nicht verkraften kann.«

Sean deutete auf den Wald, aus dem sie soeben gekommen waren. »Ist es etwa besser, wenn er sieht, was die mit mir machen, wenn sie uns eingeholt haben?«

Bella biss sich auf die Lippe. »Olly würde dir nichts tun, wenn Jack dabei ist.«

»Du hast ja keine Ahnung, welch großer Trost das ist.«

»Okay.« Bella überlegte fieberhaft. »Ich klingele erst mal und warte, bis sie mich gesehen haben. Dann sehen wir weiter. Mom wird nicht zulassen, dass Olly irgendwas macht.«

Sie ging zur Tür und hielt Ausschau nach einer Klingel. Natürlich war keine da. Es gab keinerlei Möglichkeit für einen Besucher, auf sich aufmerksam zu machen – wozu auch, wenn der einzige Zugang zum Grundstück so gut gesichert war? Also klopfte sie leise an die Tür, wobei sie insgeheim hoffte, dass niemand kommen würde. Dann konnten sie wieder nach Hause gehen und vergessen, dass sie jemals hier gewesen waren.

»Die beeilen sich mal besser, sonst sitzen wir richtig in der Scheiße.« Sean starrte zum Wald hinüber, wo, gar nicht mehr sehr weit entfernt, Olly, Aaron, Brandon und Kyle weithin hörbar ihrer Spur folgten. Sean sah aus, als sei er kurz davor, den Mut zu verlieren, den er um Bellas willen zusammengenommen hatte.

Dann lief Jack, dessen Atemwege sich bis auf die Breite eines Haares verengt hatten, blau an.

46

Was ist dein Plan?«, murmelte Lara. Stephen lag neben ihr, Arme und Beine um ihren Leib geschlungen. Sie war noch immer ans Bett gekettet, musste dringend zur Toilette und lechzte nach einem Glas Wasser. Der Geruch ihrer Körper hüllte sie ein, aber Stephen hatte sie so stark gezeichnet, dass sie nicht mehr wusste, welches ihr Geruch war und welches seiner. »Hast du überhaupt einen Plan?«

»Ich fahre heute Abend in den Ort«, erklärte er, stützte sich auf einen Ellbogen und streichelte ihr den Rücken, »und sage Bella und Olly, dass ich ihr Vater bin. Ich glaube, sie werden sich freuen, meinst du nicht?«

Lara lag vollkommen still, ohne zu antworten. Sie war nicht in der Lage, sich vorzustellen, wie die Reaktion ihrer Kinder ausfallen würde, aber Freude war nicht das Erste, was ihr in den Sinn kam.

»Keine Sorge. Ich habe alles für sie vorbereitet. Sie werden erleichtert sein, ganz im Ernst. Dann komme ich mit ihnen hierher zurück, und wir können alle zusammen Tee trinken. Vielleicht könntest du einen Kuchen backen.«

»Ich muss aufs Klo«, sagte Lara.

»Aber natürlich.« Er sprang auf und löste die Fesseln um ihre Füße und Handgelenke. Er stützte sie – sie konnte ihr gebrochenes Bein nicht belasten – und führte sie ins Bad wo er vor ihr stehen blieb, während sie auf der WC-Schüssel saß.

»Warte, ich wische dich ab«, bot er an und nahm die Toilettenpapierrolle. Gerade in dem Moment hörten sie ein lautes Klopfen an der Hintertür. Lara hielt den Atem an und sah zu Stephen auf. Der kniff die Augen zusammen.

»Das nenne ich Eigeninitiative.«

»Was meinst du damit?«

»In Ordnung. Du bleibst besser hier.« Er trug sie zurück ins Schlafzimmer und kettete sie hastig wieder fest. Das Klopfen dauerte an und wurde immer drängender.

Endlich verspürte Lara einen Hoffnungsschimmer. Jemand war gekommen, um sie zu retten.

»Mum? Lara?«

Ihr Herz machte einen Satz direkt in ihren Mund, als ihr klar wurde, wer dort draußen mitten in diesem gottverlassenen Wald vor Stephens Tür stand.

Ihre Tochter.

»Das ist mein Mädchen«, sagte Stephen.

47

Wenn sie da sind, dann hören sie das garantiert«, sagte Sean.

»Mum!«, rief Bella erneut. Sie wurde immer verzweifelter, »Lara!« Sie presste ein Ohr an die Tür, dann trat sie einen Schritt zurück. »Es kommt jemand«, meldete sie. Sie nahm ihren kleinen Bruder auf den Arm und versuchte, sein verzweifeltes Keuchen zu beruhigen. »Halt durch, Jacky.«

»Bella, was für eine schöne Überraschung«, sagte Stephen, als er die Tür öffnete. Sein Begrüßungslächeln passte nicht so ganz zu der Schrotflinte, die er in der Hand hielt.

»Jack hat einen Anfall«, erklärte Bella und sah zu ihm auf. »Wir wissen nicht, was wir machen sollen.«

Hund kauerte sich nieder, fletschte die Zähne und knurrte Stephen Molloy an.

»ZURÜCK!«, brüllte Stephen und hob die Hand, als wolle er das Tier schlagen. Sein Tonfall war so gebieterisch, dass Hund auf die Hinterbeine sprang und sich winselnd ins Gemüsebeet verkroch.

»Daran ist nur dieses Vieh schuld«, behauptete Stephen, der sich das Gewehr über die Schulter schwang und Jack auf den Arm nahm. »Was hast du dir nur dabei gedacht?« Er warf Bella einen strengen Blick zu. »Du weißt doch, dass er allergisch ist.«

»Ich habe nicht daran gedacht –«, gab Bella mit Tränen in den Augen zu.

»Kommt rein. Ich schaue mal, ob ich was finden kann.« Stephen trug Jack ins Haus. Bella und Sean folgten ihm.

In der Küche setzte er Jack auf den Tresen und stützte ihn, während er in einer Tasche wühlte, bei der es sich, wie Bella feststellte, um die Handtasche ihrer Mutter handelte. »Gott sei Dank«, sagte er, als er Jacks Ventolin-Spray gefunden hatte und die Kappe abriss. »Unsere Lara hat immer alles dabei, darauf ist Verlass.«

Er hielt Jack den Inhalator an die Lippen, und nach fünf Sprühstößen begann sich seine Atmung, langsam zu normalisieren.

»Danke, danke«, sagte Bella immer wieder.

»Sind seine Tabletten auch da drin?« Stephen zeigte auf Laras Handtasche.

Bella fand die Durchdrückpackung mit den Antihistaminen. Sie reichte sie an Stephen weiter, der, während er Jack weiterhin mit einem Arm festhielt, ein Glas vom Abtropfbrett nahm, es mit Wasser füllte und dem japsenden kleinen Jungen zwei Tabletten zu schlucken gab.

Als die Gefahr endlich gebannt war, trug Stephen Jack ins Wohnzimmer und bettete ihn aufs Sofa, bevor er Sean und Bella bedeutete, sich neben ihn zu setzen.

»Wow«, machte er und hob die Brauen.

»Danke«, wiederholte Bella und strich ihrem kleinen Bruder über den Kopf, während der sich auf ihrem Schoß zusammenrollte.

»Also noch mal von vorn«, sagte Stephen nach einer Weile. »Bella, Jack, Sean – herzlich willkommen bei mir zu Hause.«

Er stand auf und sah sie mit einem erwartungsvollen Lächeln an.

»Wo ist Mum?«, fragte Bella schließlich.

»Oh. Sie schläft gerade. Aber Bella, ich glaube, deine Mutter und ich müssen dir etwas erklären.«

Bella starrte auf ihre Füße. Stephens Gegenwart schüchterte sie ein, und die ganze Situation war so ungeheuer peinlich.

»Ihr seht ja völlig erledigt aus. Kann ich euch was zu trinken bringen? Oder einen Happen zu essen …«

Bella fuhr sich mit der Zunge über die trockene Oberlippe und schmeckte Salz. Ihr war gar nicht klar gewesen, wie verschwitzt und schmutzig sie war. Ihre Beine taten weh, wo Dornen ihre Haut geritzt hatten.

»Limonade, Stephen«, bat Jack und setzte sich auf. Seine Gesichtsfarbe war, von Staub und Sonnenbrand abgesehen, wieder die alte.

»Guter Junge.« Stephen strubbelte ihm durchs Haar.

»Für mich reicht ein Wasser«, sagte Sean.

»Für mich bitte auch«, fügte Bella hinzu.

Während sie befangen auf dem Sofa saßen und darauf warteten, dass Stephen mit den Getränken zurückkam – er gab sich sehr viel Mühe mit Eis und Zitrone und Strohhalmen –, hörten sie von oben plötzlich einen lauten, dumpfen Knall.

»Was war das?«, wollte Bella von Stephen wissen.

»Was denn?«, fragte er und lächelte breit, als er ein Tablett mit drei klirrenden Gläsern zum Sofa trug.

»Das Geräusch eben. Da ist es wieder.«

Stephen legte den Kopf schief. Erneut war das Geräusch zu hören. Es war wie ein Klopfen – etwas wurde hochgeho ben und dann fallen gelassen, hochgehoben und fallen gelassen. Bella registrierte eine winzige Zuckung in Stephens Kiefer.

Jack trank gierig seine Limonade aus und sog den letzten Rest schlürfend durch den Strohhalm.

»Das ist nur wieder dieses verfluchte Stachelschwein«, erklärte Stephen. »Weißt du noch, Bella, als ihr hier übernachtet habt? Inzwischen klettert es sogar aufs Dach – frag mich nicht, wie es das bewerkstelligt – und kratzt und reibt sich am Haus. Als ich es zum ersten Mal gehört habe«, sagte er lachend, »dachte ich, da oben kriecht ein Verrückter herum.«

»Ich dachte, Stachelschweine sind nachtaktiv«, warf Sean ein.

»Das da nicht.« Stephen drehte sich zu ihm um. Er lächelte, allerdings nicht mit den Augen.

Bella und Sean tranken einen Schluck aus ihren Gläsern. Der Ventilator, der sich über ihren Köpfen drehte, und das dumpfe Rumoren von oben waren die einzigen Geräusche im Raum.

»So«, sagte Stephen irgendwann. »Und jetzt erzählt mir mal, wie und warum ihr hergekommen seid.«

»Ich würde lieber allein mit dir reden«, bat Bella. »Nicht wenn J. A. C. K. dabei ist.«

Jack, der genau wusste, wie man seinen Namen buchstabierte, blickte grinsend auf.

»Sicher«, sagte Stephen. »Wir können in mein Arbeitszimmer gehen. Sean, macht es dir was aus, solange hierzubleiben? Dort im Regal sind jede Menge DVDs. Warum machst du den kleinen Jack nicht ein bisschen mit meinem Œuvre vertraut? Die Hintertür ist offen, falls er Schlangen suchen gehen möchte, aber pass auf, dass er dem Köter nicht zu nahe kommt, in Ordnung?«

Bella machte sich Sorgen wegen der unverschlossenen Tür, aber Sean brachte es fertig, eine vollkommen neutrale Miene aufzusetzen, als er sich erhob und mit Jack durchs Zimmer ging, um sich von den vielen hundert DVDs, die in dem vom Boden bis zur Decke reichenden Regal standen, eine auszusuchen. Vielleicht hatte er das Gefühl, dass er, solange Stephen dabei war, von Olly nichts befürchten musste.

»Also?«, sagte Stephen, als er sich in seinem Bürostuhl niederließ und sich zu dem eiförmigen Sessel herumdrehte, in dem Bella auf sein Geheiß hin Platz genommen hatte. Das dumpfe Geräusch war hier viel deutlicher zu hören. Es schien direkt von über ihnen zu kommen.

Bella berichtete ihm von den Fotos. Als sie fertig war – die Sache mit Stephens Hand auf der Brust ihrer Mutter ließ sie aus, das brachte sie einfach nicht über die Lippen –, stützte er die Ellbogen auf die Knie und legte die Hände zusammen.

»Du weißt, was das bedeutet?«, fragte er.

»Es bedeutet, dass du und Mum eine Affäre habt«, erwiderte Bella.

»Affäre? So würde ich es nicht nennen. ›Affäre‹ suggeriert doch etwas Heimliches, das nebenherläuft, findest du nicht?«

»Wie meinst du das?«

Stephen hielt eine Hand hoch, um sie am Weitersprechen zu hindern.

»Der springende Punkt ist doch der, Bella: Wer, glaubst du denn, hat diese Bilder gemacht?«

»Ja, wir –«

»Ist es dir vielleicht in den Sinn gekommen, dich zu fragen, wieso ich mit einem Gewehr an die Tür gekommen bin? Ja? Nun«, fuhr er fort und zeigte auf das Grün des Waldes, das durch die Maschen des Fliegengitters verschwommen auszumachen war, »da draußen läuft eine Geisteskranke herum, die wild entschlossen ist, Lara etwas anzutun, weil sie glaubt, dass ich zu ihr gehöre und nicht zu deiner Mutter.«

»Ich will das alles gar nicht hören.« Bella kauerte sich zusammen und presste die Hände auf die Ohren.

»Nicht? Warum bist du dann gekommen?«

»Weil ich mit Mum sprechen will.«

»Oh, das sollst du auch, Bella.« Stephen beugte sich vor, legte ihr die Hände auf die Knie und suchte ihren Blick, so dass sie gezwungen war, ihn zu erwidern. »Meine Bella.«

»Was?« Sie wollte sich von ihm losmachen, aber er hielt ihre Beine fest.

»Du bist deiner Mutter so ähnlich, weißt du das? Als ich mich damals in sie verliebt habe, war sie nur drei Jahre älter, als du jetzt bist.«

»Sie war neunzehn? Aber da war sie doch schon mit meinem Dad verheiratet.«

Stephen lehnte sich wieder zurück, schlug sich aufs Knie und begann zu lachen.

»Was ist daran so komisch?«, wollte Bella wissen.

Stephen lachte immer weiter, bis ihm die Tränen kamen.

»Was?«, fauchte Bella und kam ihm mit ihrem Gesicht ganz nahe.

»Du liebe Zeit«, sagte Stephen. »Ein temperamentvolles

Mädchen, hm? Das gefällt mir. Nein, mein Liebling, was mich so zum Lachen gebracht hat, ist die Tatsache, dass deine Mutter mit neunzehn eben *nicht* mit deinem Dad verheiratet war. Sie war nie mit deinem Dad verheiratet.«

»Natürlich. Ich hab doch die Fotos gesehen. Sie haben ein Album.«

»Du begreifst es immer noch nicht, oder?« Er nahm ihr Kinn zwischen Daumen und Zeigefinger und drückte zu. »Deine Mutter war nie mit deinem Vater verheiratet – wenigstens bis jetzt noch nicht –, weil …« Er schnellte in die Höhe und breitete die Arme aus wie ein Schauspieler der Royal Shakespeare Company, der sich zum Applaus verbeugt. »… ich dein Vater bin!«

Hätte Stephen sie in ein eiskaltes Schwimmbecken geschubst, hätte der körperliche Schock nicht größer sein können. Bella hatte Mühe, Luft zu holen. Dann schüttelte sie den Kopf und presste die Hände erneut auf die Ohren.

»Es ist die Wahrheit«, sagte er und strahlte sie an. Er hatte die Arme noch immer ausgebreitet.

»Ich glaube dir nicht.« Sie schüttelte so heftig den Kopf, dass ihr Schädel knackte.

»Dann sieh mal her.« Er nahm ein Blatt Papier aus einer Ablage auf seinem Schreibtisch und reichte es ihr. Dann setzte er sich wieder hin und schaute ihr, das Kinn auf die Hand gestützt, beim Lesen zu.

Bella überflog das Blatt. Dann ließ sie es zu Boden flattern und hob ganz langsam den Kopf. In ihrer Miene spiegelte sich unverhohlenes Entsetzen.

»Ich sehe schon, du wirst ein bisschen Zeit brauchen, um das zu verdauen«, sagte Stephen lächelnd. »Natürlich. Aber mein Schatz, mein Mädchen – es ist die Wahrheit. Es ist eine unumstößliche Tatsache. Und je eher du dich damit abfindest, desto besser für alle Beteiligten.«

»Und was ist mit Marcus?«

»Was ist mit ihm?« Stephen hob das Blatt auf.

»Weiß er davon?«

»Noch nicht.«

»Und Mum?«

Erneut brach Stephen in Gelächter aus. »Was glaubst du denn? Sie ist hier bei mir, oder etwa nicht? Schau mal –« Er nahm ihre Hände und hielt sie zwischen seinen eigenen gefangen. »Ich habe euch eine geordnete Kindheit ermöglicht; ich habe mich im Hintergrund gehalten. Aber ich wusste immer, dass dieser Tag irgendwann kommen würde.«

»Ich muss zu Mum.«

»Sie wacht bestimmt bald auf.«

»Ich will jetzt sofort zu ihr.« Bella zog ihre Hände aus seinem Griff, stand auf und wollte gehen. Als er einen Satz in ihre Richtung machte, um sie aufzuhalten, wich sie aus und trat ihm gegen das Schienbein. Dann wirbelte sie herum und stürzte aus dem Arbeitszimmer zur Treppe.

Draußen bellte Hund wie von Sinnen.

»Bella«, sagte Sean von seinem Beobachtungsposten neben dem Wohnzimmerfenster aus. Er hatte sich flach gegen die Wand gedrückt. »Olly ist hier.«

»Sorg dafür, dass Jack unten bleibt«, wies Bella ihn an. Dann flog sie förmlich die Treppe hinauf. Oben rannte sie den Flur entlang bis zu dem Zimmer, das über dem Arbeitszimmer lag. Sie entriegelte das Schloss am Türknauf und stieß die Tür auf.

Ihr war, als fände sie sich urplötzlich am Rand eines Abgrunds wieder; sie schwankte, wie gelähmt von dem, was sie sah. Auf dem Bett lag, mit gespreizten Armen und Beinen, eine Frau. Ihr linkes Bein war in einem unnatürlichen Winkel abgeknickt, ihr nackter Körper voller Schrammen und Blutergüsse, ihr Blick wild. Es dauerte einen Moment, bis Bella sie als ihre Mutter erkannt hatte.

»Bella, hilf mir!«, flehte sie heiser, während sie sich ein weiteres Mal aufbäumte und dann zurück auf die Matratze fallen ließ. »Hilf mir!«

Ohne einen Gedanken, ohne ein Wort stürzte Bella zum Bett, um nachzusehen, wie die Ketten befestigt waren. Ein entsetzter Aufschrei ihrer Mutter ließ sie innehalten. Stephen stand im Türrahmen. Sein Gesicht war tränenüberströmt, und in der Hand hielt er das Gewehr.

»So sollte es doch nicht ablaufen«, schluchzte er.

Bella stellte sich zwischen ihn und ihre Mutter. Er fiel vor ihr auf die Knie.

»Bitte, vergib mir«, flehte er. »Ich wollte nicht, dass es so kommt.« Er senkte den Kopf auf seine Faust, als würde er beten. Dann richtete er sich blitzschnell auf und packte Bella am Arm. »Bitte, sag mir, dass wir die Situation noch retten können. Ein Stück zurückspulen. Das Ganze neu schneiden?« Unter Tränen lächelte er zu ihr hoch. »Meine Tochter?« Er streckte die andere Hand aus und fasste Laras Bein, so dass diese vor Schmerzen aufschrie. »Meine Frau?«

»Jack, komm zurück!«, rief Sean aus dem Flur.

»Mummy?«

Jack stand mit offenem Mund im Türrahmen. Sean, der ihn im selben Augenblick eingeholt hatte, erfasste die Situation sofort und stürzte sich mit einem Hechtsprung auf Stephen, um ihn von den zwei Frauen zu trennen.

»Schaff ihn hier raus!«, kreischte Lara. »Bella, bring Jack hier raus!«

Bella schlug einen Haken um die zwei Männer, riss ihren Bruder in die Arme und rannte, nein, fiel beinahe die Treppe hinunter.

»Du kommst sofort zurück!«, brüllte Stephen, der Sean abgeschüttelt hatte, vom oberen Treppenabsatz aus. Erneut warf Sean sich auf ihn, aber diesmal gelang es Stephen, dem Angriff auszuweichen, so dass Sean kopfüber die Stufen hinunterstürzte.

»Sean!«, schrie Bella.

»Mir geht's gut«, rief er zurück und rappelte sich auf. »Lauf einfach. Ich lenke ihn von deiner Mutter ab.«

Die Waffe in der Hand, kam Stephen die Treppe heruntergepoltert, doch seine Aufmerksamkeit galt nicht Sean, sondern ganz allein Bella.

»Schnell«, sagte Bella zu Jack, der sich wimmernd an sie klammerte. Sie stieß die Hintertür auf, und sie stolperten in die dämmrige Abendluft hinaus, die sich nach der Kälte im Haus still und warm anfühlte. Halb trug sie ihren kleinen Bruder, halb schleifte sie ihn hinter sich her, als sie über den Rasen auf den schützenden Wald zuhetzte. Hund rannte am Rand der Wiese hin und her und bellte die Bäume an, als wolle er ihr Deckung geben.

Ein lautes Krachen ertönte hinter ihnen. Geräusche eines Kampfes. Bella sah sich um. Stephen war auf der Veranda, wo es ihm gelang, sich von Sean loszumachen. Er riss das Gewehr hoch und zielte auf sie und Jack. Sie rannte weiter und betete, dass sie die Bäume rechtzeitig erreichen würden.

»STOPP!«, brüllte Stephen, und Bella spürte, wie sie zu

Boden geworfen wurde, als ein Gewehrschuss die Luft zerriss.

Sean rollte sich von ihr herunter. Bella warf einen Blick zurück, um zu sehen, wie sie sich und Jack aus Stephens Schusslinie bringen konnte.

Zu ihrer Erleichterung sah sie, dass Stephen das Gewehr fallen gelassen hatte. Sie sah die Wut in seinem Gesicht. Und dann sah sie den roten Fleck, der sich auf seinem weißen Leinenhemd ausbreitete. Er sackte auf die Knie und schaute zu ihr hoch.

»Ich liebe dich, Bella«, sagte er.

Ein zweiter Schuss krachte, und ein Zucken ging durch Stephen, als ein Teil seines Hinterkopfes explodierte. Er schwankte kurz; dann, der Anblick war fast komisch, kippte er nach vorn, stürzte von der Veranda und landete mit dem Gesicht im Dreck.

»Bella!«, ertönte Laras Schrei von drinnen.

Beim Klang ihrer Stimme fegte Hund an ihnen vorbei ins Haus, wobei er mit einem Sprung über Stephens Leiche hinwegsetzte.

»Uns geht's gut, Mum!«, rief Bella zurück. »Alles in Ordnung.«

Ein Rascheln im Gebüsch, und Olly tauchte auf. Er hatte eine Flinte im Anschlag und seine drei unbewaffneten Freunde im Schlepptau. Er ging zu Sean, der noch am Boden lag, und spuckte ihn an.

»Und was dich betrifft«, blaffte er und stellte sich breitbeinig hin, als er anlegte. Sein Unterkiefer mahlte wie verrückt, seine Augen waren so rot wie die blutige Masse, die einmal Stephens Kopf gewesen war.

»Tu's nicht, Mann«, sagte Aaron und versuchte, Oll

eine Hand auf die Schulter zu legen. »Du bist sowieso schon zu weit gegangen.«

»Lolly, NICHT!« Jack rappelte sich auf und stellte sich zwischen seinen großen Bruder und den Freund seiner Schwester. »Du musst Mummy holen.« Er zeigte zur Tür. »Ihr geht es ganz schlecht.«

Olly sah seinen Bruder an, dann seine Schwester, dann seine Freunde. Dann endlich schwang er sich die Flinte über die Schulter und gab Aaron, Brandon und Kyle ein Zeichen, mitzukommen, als er über Stephens Leiche stieg und ins Haus ging.

Aber die drei Jungs machten überhaupt keine Anstalten zu folgen.

»Ich verpiss mich, Leute«, verkündete Aaron.

»Ich mich auch«, pflichtete Kyle ihm bei. Die beiden drehten sich um und sahen Brandon mit fragendem Blick an, bis dieser langsam nickte. Wie auf Kommando zogen sich die drei in den Wald zurück und waren verschwunden.

Bella und Sean rappelten sich auf und klopften sich den Staub von den Kleidern.

»Alles in Ordnung?«, fragte sie.

»Ich werd's überleben«, erwiderte er.

»Schlangen!«, rief Jack und versuchte, seine Schwester zum Holzstoß zu ziehen.

Das Bekannte

Ich wurde angenommen!«, sagte Bella, die auf der Tribeca Street vor dem Gebäude der New York Academy of Art ihre dicke Präsentationsmappe hin- und herschwenkte. Der Frühlingssonnenschein wärmte sie, nachdem sie den ganzen Vormittag drinnen verbracht und einer Reihe von Professoren ihre Arbeiten gezeigt hatte.

»Ich wusste es!« Laras Stimme hallte durch den Flur des frisch renovierten Hauses in Trout Island. »Hast du es Sean schon gesagt?«

»Er hat erst um sieben frei. An der Juilliard haben sie während der Probe Handyverbot. Aber ich fahr jetzt gleich nach Hause und zaubere uns zur Feier des Tages was Leckeres zu essen.«

»Wunderbar.«

Bella setzte sich in Bewegung, die Franklin Street entlang in Richtung Broadway. Sie wollte zu Dean and DeLuca. Sie war eine lausige Köchin, deshalb hatte sie vor, das komplette Abendessen einzukaufen. Sie würde alles nach Hause tragen und aufwärmen, in der schicken Küche des großen Hauses an der Ecke West Tenth und Seventh Street, das sie und Sean ganz für sich allein hatten, solange ihre Mutter in Trout Island war und dort auf Ollys Prozessbeginn wartete.

Die letzten acht Monate waren für sie alle sehr merkwürdig gewesen. Daran änderte auch der unverhoffte Reichtum nichts, zu dem sie dank Stephen gekommen waren. Er hatte Lara sein gesamtes Vermögen vermacht. Aber immerhin hatte ihnen das Geld in vielerlei Hinsicht geholfen, und nicht nur weil sie sich jetzt mehr Luxus leisten konnten. Die bislang größte Summe, nach Krankenhaus- und Anwaltsrechnungen, hatte die Therapie verschlungen, die sie alle – einschließlich Sean – angefangen hatten. Bella fand, dass sie ganz gute Fortschritte machte, obwohl es nach wie vor Dinge gab, über die sie niemals mit irgendwem reden würde, auch nicht mit einem Psychiater.

»Rufst du Marcus an und sagst es ihm und Selina?«, fragte Lara.

»Klar rufe ich Dad an«, versprach Bella. Ihr Vater – sie konnte nicht anders von ihm denken – war nach dem ganzen Fiasko zurück nach England gezogen. Natürlich war er unglaublich wütend auf ihre Mum gewesen, als die Wahrheit ans Licht gekommen war, und eine Zeitlang hatte er weder mit Lara noch mit ihr und Olly irgendwas zu tun haben wollen – nicht mal mit Jack, dem Armen. Aber Selina, die er heiraten wollte, sobald die Scheidung durch war, hatte sich als großartige zukünftige Stiefmutter entpuppt. Sie hatte ihn so lange bearbeitet, bis er Bella, Sean und Jack erlaubt hatte, über Ostern nach England zu fliegen und ihn zu besuchen. Es war gar nicht so anstrengend gewesen, wie Bella befürchtet hatte. Ihrem Dad ging es gut. Er hatte eine Hauptrolle in einer neuen Fernsehserie bekommen, von der er behauptete, sie würde der nächste große Quotenhit auf Channel Four werden.

»Ich hatte heute ein sehr erfreuliches Gespräch mit Mickelberg«, fuhr ihre Mutter fort, während Bella Map und Handy wechselte, um ihre schmerzende Schulter zu entlasten.

»Ach ja?« Bella gab sich Mühe, neutral zu klingen. Mickelberg war Ollys Strafverteidiger. Einer der besten des Landes.

»Er ist davon überzeugt, dass der Fall vor Gericht abgewiesen wird. Es ist ja klar, dass Olly dachte, Stephen wollte auf dich und Jack schießen, und im Staate New York reicht das als Rechtfertigungsgrund. Das Crystal Meth und der unerlaubte Waffenbesitz werden ihm allerhöchstens zwei Jahre einbringen, und da er bereits sechs Monate davon abgesessen hat, haben wir unseren Oll in weniger als achtzehn Monaten wieder.«

»Toll«, sagte Bella und musste ihre Enttäuschung herunterschlucken. Sie wollte von alldem nichts hören. Schon gar nicht heute, nach ihrem Erfolgserlebnis an der New York Academy of Art – etwas, das nach den letzten elenden acht Monaten zum ersten Mal wieder eine glücklichere, freiere Zukunft für sie verhieß.

Sie hatte gehofft, Olly und den ganzen Dreckhaufen für die nächsten paar Jahre vergessen zu können.

Sie stand an der Ecke der West Fourth Street und wartete darauf, dass die Fußgängerampel endlich auf Grün sprang. Vielleicht war es doch an der Zeit, sich mit der Sache auseinanderzusetzen, ob nun mit Psychiater oder ohne.

»Mum, ich –«, begann sie, aber dann hörte sie durch die Telefonleitung, wie jemand an die Tür des Hauses in Troutland klopfte und Hund aufgeregt zu bellen begann.

»Oh, das ist bestimmt Gina«, erklärte ihre Mutter. »Ich muss jetzt auflegen. Aber gut gemacht, mein Schatz. Ich bin unheimlich stolz auf dich.«

»Aber –«

»Was denn?«

»Ach, egal.«

Bella steckte ihr Handy in die Tasche und wunderte sich darüber, dass ihre Erleichterung, unterbrochen worden zu sein, viel größer war als ihre Enttäuschung. Sie ging den Broadway hinauf, um für ihren Freund etwas zu essen zu besorgen.

Lara legte das Telefon weg und griff nach ihren Krücken. Selbst nachdem ihr Bein über Monate hinweg innen wie außen von diversen Metallteilen zusammengehalten und im Anschluss daran mehrere Wochen lang in einer steifen Gehhilfe aus Schaum eingesperrt worden war, konnte es ihr zwischenzeitlich immer größer werdendes Gewicht noch nicht tragen.

Sie stolperte fast über Hund, als sie zur Haustür humpelte und die Hochsicherheitsschlösser entriegelte. Jede Menge Schlösser – das war ihr ausdrücklicher Wunsch an die Architekten gewesen, die sie mit der zügigen Renovierung des Hauses in Trout Island beauftragt hatte.

Sie öffnete die Tür. Hund, der bekannte Gesichter erspäht hatte, rannte zwischen den Besuchern hin und her während diese ihm auf den Rücken klopften und die Pfot schüttelten.

»Wir hatten so viel Spaß!«, sagte Gina, während Hun ihr die Hand abschleckte. Sie war mit Jack, Bert und de Mädchen in der Bücherei gewesen, um die erste Kinde vorstellung des Sommerprogramms anzusehen.

»Jedenfalls war es nicht völlig indiskutabel«, ergänz Ethel.

Jack kam in den Flur gestürzt und warf seine Mutter fast um, als er ihr die Arme um die Beine schlang.

»Sachte, Jacko«, mahnte Lara. Verständlicherweise war er seit den Vorkommnissen recht anhänglich. »Hast du Zeit für einen Kaffee?« Die Frage war an Gina gerichtet. »Die Rasselbande kann sich solange oben in Jacks Zimmer eine DVD ansehen.«

»Ich bleibe, unter der Bedingung, dass du die Füße hochlegst und mich den Kaffee kochen lässt«, antwortete Gina. »Du darfst dich nicht überanstrengen.«

In der Küche berichtete Lara ihrer Freundin von Bellas Erfolg und davon, dass Mickelberg Ollys Prozess optimistisch entgegensah. Sie ließ sich auf einem Stuhl nieder, und Gina machte sich daran, den Kaffee aufzusetzen. Durch die nagelneue Veranda mit Doppeltür wehte eine sonnendurchflutete Brise in die helle, geräumige Küche.

»Und für mich einen grünen Tee«, bat Lara. »Ich kann im Moment keinen Kaffee trinken.«

»Es ist so toll, dass Bella das Haus hat und zu Fuß zum College gehen kann«, sagte Gina.

»Finde ich auch. Und es ist wirklich ein wunderschönes Haus. Ganz egal, was man sonst über ihn sagen mag, Stephen hatte einen exzellenten Geschmack. Wir werden das Haus auf jeden Fall behalten. Dieses hier natürlich auch.«

»Gibt es schon Interessenten für das Haus draußen im Wald?«

»Nicht einen. Kein Wunder, nach dem, was dort passiert t. Ich spiele mit dem Gedanken, es einfach verwildern zu ssen. Sollen die Bäume und Pflanzen und Schlangen es ch zurückholen.«

»Kann ich dir nicht verübeln.« Gina schüttelte sich.

»Die arme Frau«, sagte Lara und schenkte den Kaffee ein.

»Die arme Trudi Staines?«, wiederholte Gina. »Spar dir dein Mitleid für jemand anderen auf, Schwester. Sie hat Betty hintergangen, und sie hat sich von ihm dafür bezahlen lassen, dir alle möglichen scheußlichen Dinge anzutun.«

»Niemand verdient es, lebendig begraben zu werden«, erwiderte Lara und erschauerte. »Sie wollte mich sogar noch warnen, weißt du? Aber ich habe nicht auf sie gehört. Dummheit stirbt nicht aus.«

»Na ja, wie auch immer. Du kannst froh sein, wenn du das Haus los bist.«

»Und in seinen Palast in L. A. will ich nicht mal einen Fuß setzen …« Bei seiner bloßen Erwähnung musste Lara unwillkürlich an die Bilder auf Stephens iPad denken und an die verrückten Pläne, die er in diesem Haus für ihrer beider Zukunft geschmiedet hatte. Und das wiederum erinnerte sie daran, was er ihr angetan hatte, nachdem er ihr die Bilder gezeigt hatte …

»So viele Häuser für einen einzigen Menschen!«, sagte Gina, die Übung darin hatte, Lara von den Schrecken abzulenken, die noch immer in ihrer Erinnerung lauerten.

»Und in Manchester und London hat er auch noch welche.« Lara zählte sie an den Fingern ab.

»Ich weiß. Krass.«

»Aber bevor ich weitere Entscheidungen treffe, muss ich erst mal wissen, was aus Olly wird.«

»Jetzt kann es ja nicht mehr lange dauern.«

»Ja. Ich hoffe nur, unser Anwalt behält recht.«

»Nach allem, was du mir erzählt hast, ist dein Sohn doc praktisch schon ein freier Mann.« Gina winkte ab, als geb es nicht das geringste Problem.

Lara schloss die Augen und betete, dass ihre Freundin recht behalten möge.

Sobald sie wusste, wie es um Olly stand, wollte Lara sich um ihr Vermögen kümmern. Bislang wusste sie nur, dass es immens war. Sie hatte sich entschlossen, einen Großteil davon zu spenden.

Als Erstes würde sie eine Stiftung für das Theater von Trout Island ins Leben rufen. Sie fühlte sich für dessen Schließung mitverantwortlich, nachdem *Macbeth* von jetzt auf gleich hatte abgesetzt werden müssen und James und Betty wegen des Presserummels im Zusammenhang mit dem Skandal rund um Stephens Tod nach L. A. zurück geflüchtet waren. Sie dachte daran, dass das Theater Menschen wie Sean gefördert hatte und für die Gemeinschaft ein wichtiger Identifikationspunkt war. Dass es wegen ihr hatte schließen müssen, verursachte ihr nach wie vor ein schlechtes Gewissen. Womöglich würde sich sogar für sie selbst eine Beschäftigung am Theater finden lassen, etwa im Management. Obwohl ihre Zeit natürlich schon bald von ganz anderen Dingen in Anspruch genommen werden würde.

Das Telefon klingelte und holte sie aus ihrem Tagtraum zurück.

»Entschuldige. Macht es dir was aus, wenn ich rangehe? Es könnte noch mal Mickelberg sein.« Lara stemmte sich vom Stuhl hoch und humpelte in die Arbeitsecke, die sie sich im riesigen Wohnzimmer eingerichtet hatte. »Nimm dir noch mehr Kaffee, G.« Sie nahm den Hörer ab.

»Hey, Lara.«

Sie lag richtig. Mickelberg begann seine Telefonate grundsätzlich in der Annahme, dass die Person, die sich am anderen Ende meldete, diejenige war, die er zu sprechen wünschte.

»Ich habe großartige Neuigkeiten für Sie«, begann er.

»Ollys Verfahren wurde abgewiesen?«

»So großartig nun auch wieder nicht«, fuhr er fort. »Aber fast. Ich hatte gerade ein Gespräch mit einem gewissen Detective O'Halloran vom San Bernardino County Sheriff's Department in Kalifornien. Dort haben sie vor einem Jahr im Joshua-Tree-Nationalpark eine unbekannte Leiche ausgegraben, und es ist ihnen erst kürzlich gelungen, sie endgültig zu identifizieren.«

Lara setzte sich hin und fuhr sich mit der Hand über die Augen. Ein dumpfer Schmerz plagte ihr Kreuz. Sie ahnte bereits, was als Nächstes kommen würde.

»Die Unglückliche – allem Anschein nach war auch sie lebendig begraben worden – hieß Elaine Montez, lebte aber unter dem Namen –«

»Elizabeth Sanders«, beendete Lara den Satz, und ihre Wangen brannten. Lebendig begraben.

»Richtig! Meine Liebe, Sie können offenbar hellsehen. Und was am allerbesten ist: Molloys DNA wurde überall auf ihrem Körper gefunden. Ihr Sohn hat seinen Bruder und seine Schwester vor einem Doppelmörder gerettet. Er ist kein Krimineller, im Gegenteil: Er ist ein Held. Nach diesen Neuigkeiten wird er in null Komma nichts wieder auf freiem Fuß sein.«

Wie betäubt legte Lara auf. Sie wusste nicht recht, ob si Freude oder Entsetzen empfinden sollte. Dann allerding wurde sie dieser Entscheidung enthoben, denn in ihre Innern breitete sich plötzlich ein warmer Schmerz aus, d nach vorn wanderte und bis in die harten Muskeln ihr

Unterleibs hineinzog. Das war Stephens Abschiedsgeschenk gewesen, neben all dem Geld und den Immobilien. Im Krankenhaus hatte man ihr angeboten, es wegmachen zu lassen, weil es aus einer Vergewaltigung entstanden sei. Doch sie wusste es besser. Sie wusste, dass es gezeugt worden war, als sie und Stephen sich zum ersten Mal geliebt hatten, als sie ihn noch in sich gewollt – nein, gebraucht – hatte. An diesem Gedanken musste sie sich festhalten.

»Gina«, rief sie in Richtung Küche, sobald die Wehe sich vollständig entfaltet hatte. »Ich glaube, es geht los.«

Ein Baby. Wurde auch verdammt noch mal Zeit.

Ein Baby.

Dank

Dank an: Carmela Marner, Gene Marner, Carole Lucia Satrina und alle bei der Franklin Stage Company für viele fantastische Theatersommer in wahrhaft inspirierender Umgebung; Felix Marner Bridel (elf Jahre alt) für seinen fundierten Rat in Sachen Wildtiere; John Vassallo und Howard H. Weiswasser für ihre vielen unschätzbar wertvollen Auskünfte über das Rechtssystem des Staates New York.

Danke an all meine Franklin-Freunde für ihre Großzügigkeit und den Spaß – vor allem an Xina Sheehan und Tim, Cedric, Stella und Reggie Duerden; an Anne, Dave, Jake und Sam Ohman; an Pam Peters und Walter, Lizzie und Even Putrycz.

Mein Dank für die Inspiration gebührt The Police; und No Fit State Circus für ihre großartige Show *Tabu* (die mir als Vorbild für die Zirkusvorstellung gedient hat); Alice Neel, deren Ausstellung in Whitechapel mich auf viele Ideen gebracht hat; und, wie so oft, Mr Morrissey.

Ein Dankeschön auch an meinen Agenten Simon Trewin und seine Assistentin Ariella Feiner; an Jessica Craig und die gesamte Belegschaft von United Agents; an meine wundervolle Lektorin Leah Woodburn und ihre Assistentin Emily Kitchin; an den Meister unter den Presseagenten Sam Eades, und an alle bei Headline.

Und zum Schluss wie immer Dank an Nel, Owen, Joey und Tim Crouch.